自学本

杨子坚 编注

古代文学史简编

南京大学出版社

图书在版编目(CIP)数据

古代文学史简编 / 杨子坚编注. —南京:南京大学
出版社,2012.8(2024.8重印)
ISBN 978 - 7 - 305 - 10475 - 6

Ⅰ. ① 中… Ⅱ. ① 杨… Ⅲ. ① 中国文学－古代文学史
Ⅳ. ① I209.2

中国版本图书馆 CIP 数据核字(2012)第 198949 号

出版发行　南京大学出版社
社　　址　南京市汉口路 22 号　　　　邮　编　210093
书　　名　古代文学史简编
　　　　　　GUDAI WENXUESHI JIANBIAN
编　　注　杨子坚
责任编辑　刁晓静　　　　　　　　编辑热线　025 - 83597482
照　　排　南京开卷文化传媒有限公司
印　　刷　常州市武进第三印刷有限公司
开　　本　787 mm×960 mm　1/16　印张 26.5　字数 600 千
版　　次　2012 年 8 月第 1 版　　2024 年 8 月第 6 次印刷
ISBN　978 - 7 - 305 - 10475 - 6
定　　价　66.00 元

网　　址:http://www. njupco. com
官方微博:http://weibo. com/njupco
微信服务号:njupress
销售咨询热线:(025)83594756

目　录

第一章　先秦文学

"先秦"①一词古已沿用,最早见于《汉书》,指秦以前的上古时代,即从远古起到秦始皇嬴政二十六年(公元前 221 年)统一中国的漫长时期。上古时代包括旧石器时代(约 60 万年～1 万年前)、新石器时代(约 1 万年～4000 年前)、夏(约公元前 21 世纪～前 16 世纪)、商(约公元前 16 世纪～前 11 世纪)、西周(约公元前 11 世纪～前 771 年)、春秋(公元前 770 年～前 476 年)、战国(公元前 475 年～前 221 年)。从社会性质来说,包括原始社会、奴隶社会和封建社会。一般说来,新、旧石器时代是原始社会;夏、商、西周、春秋是奴隶社会;战国到秦是封建社会的形成期。

由于文字记载的简陋和秦始皇的焚烧,先秦文学的资料很少,现在能搜集到的约有下列几种:(一) 商代的"卜辞",即所谓甲骨文;(二) 刻在商、周青铜器上的铭文;(三) 商周之际的卜筮书《周易》和记载了一些殷商文告的《尚书》;(四) 产生于西周到春秋中叶的诗歌总集《诗经》;(五) 史传散文《左传》、《国语》、《战国策》等;(六) 诸子散文《论语》、《庄子》、《墨子》、《老子》、《荀子》、《韩非子》、《吕氏春秋》等;(七) 战国时楚地的诗歌集《楚辞》。

由于文学还处于萌发时期,上述资料中的文学作品,属于现代意义的文学作品是很少的,它们往往是以与文化、历史、艺术相结合的形式来表现的。先秦文学的文体主要有诗歌、散文两种,诗歌的代表作是《诗经》和《楚辞》;散文的代表作是历史散文和诸子散文。

第一节　上古歌谣和神话

上古歌谣和神话是流传下来的最早的文学作品,它们生动地反映出了文学是如何萌发的。

一、文学的起源

在早期原始社会的生产劳动中,文学创作就开始了。那时的文学作品既是生产劳动的

---

① 先秦:该词最早见于《汉书》:"先王所得书,皆古文先秦旧书。"颜师古注:"先秦犹言秦先。"(《汉书·景十三王传》)

产物，又是当时劳动生活的艺术反映。鲁迅《门外文谈》一段话正生动地说明了文学起源的情况：

> 我想，人类在未有文字之前，就有了创作的，可惜没有人记下，也没法子记下。我们的祖先的原始人，原是连话也不会说的，为了共同劳作，必须发表意见，才渐渐的练出复杂的声音来，假如那时大家抬木头，都觉得吃力了，却不想到发表，其中有一个叫道"杭育杭育"，那么，这就是创作；大家也要佩服，应用的，这就等于出版；倘若用什么记号留存下来，这就是文学；他当然就是作家，也是文学家，是"杭育杭育"派。

鲁迅的阐述并不是想当然，而是有文献根据的。在《吕氏春秋·淫辞》中就有："今夫举大木者，前呼舆谌①，后亦应之。"《淮南子·道应训》中也有："今夫举大木者，前呼邪许②，后亦应之，此举重劝力之歌也。"其中的"舆谌"、"邪许"就是劳动号子，是原始的语言，也是原始的歌谣，文学就这样从劳动中由简单而复杂地发生了。劳动创造了人、世界，也创造了文学艺术。

二、现存的原始歌谣

原始歌谣保存下来的很少，我们只能从后来的文献中摘录出几则。

《吴越春秋·勾践阴谋外传》里记有一首《弹歌》，传为黄帝时的歌谣：

> 断竹，续竹，飞土，逐宍（古"肉"字）。

叙述渔猎时代原始人造弹弓打猎的过程。

《礼记·郊特牲》中记有一首伊耆氏③的《蜡辞》④：

> 土返其宅⑤，水归其壑⑥，昆虫毋作，草木归其泽。

表达了原始人盼望风调雨顺和支配自然的愿望。

《易经·归妹》中有一首原始歌谣：

> 女承筐，无实；士刲⑦羊，无血。

这是一首男女剪羊毛的牧歌，表现出欢快的气息。

原始歌谣反映了两个特点：一是与劳动生产活动紧密结合；二是它们往往与舞蹈、音乐融合在一起。《吕氏春秋·古乐篇》记葛天氏⑧之乐的表演："昔葛天氏之乐，三人操牛尾，投足以歌八阕⑨。"这八阕歌现已有目无辞。《尚书·尧典》也有"予击石拊石⑩，百兽率舞"的记载。这百兽可能是指戴着百兽图腾的人。

---

①舆谌 yú xū：众人扛重物所发出的号子声。 ②邪许 yé hǔ：号子声。 ③伊耆氏：即神农氏，一说是帝尧。耆 qí，老。 ④《蜡辞》：古代年终大祭之辞。蜡 zhà，年终大祭。 ⑤土返其宅：是说泥土要归于田垄、堤坝内。 ⑥水归其壑：是说水流要归于沟池内。 ⑦刲 kuī：杀、割。 ⑧葛天氏：传说中远古帝号，在伏羲之前。 ⑨八阕：原始乐舞八章，它们是：载民、玄鸟、遂草木、奋五谷、敬天常、达帝功、依帝德、总万物之极。阕 què，奏乐终了。 ⑩拊石：拍打石头。拊 fǔ，拍。

三、上古神话传说

上古神话传说也是人类创造的最早的文学艺术形式,是活跃在上古人民口头的幻想故事。

在原始时代,人对自然表现出极大的依赖性,当他们为了生存,在同大自然进行抗争的时候,无从了解自然的规律,对自然界的日月星辰、风雷变幻、生物的生老病死都感到非常神秘。于是,他们就把这一切归之于神的意志。在他们的想象中,一切自然力都被形象化、人格化了。一切无生命、无意识的事物,变成了有生命的有意识的具有超人力量的神,成为世界的主宰。以后,随着生产力的发展,人们认识能力的提高,神话的主人公也就更具人性,故事也就更具有现实性,而这些叙述古代武勇英雄的故事则被称为传说。一般说来,神话与传说都是在远古现实的基础上发生的,常常连用,界限难分。严格地说,神话纯属幻想,传说现实性较强,神话的主角多属天神,传说的主角则是具有神性的人。

古代人在休息的时候,为了消遣闲暇,彼此谈论故事,正是不自觉地进行创作,这些作品,最早的一部分就是我们今天所看到的上古神话传说。

我国上古神话传说散佚了很多,现存仅散见于《山海经》、《楚辞》、《淮南子》、《庄子》、《列子》等典籍中。

神话传说的内容

我国神话传说内容十分丰富,充满了浓厚的浪漫主义色彩,生动表现了我们的祖先探索万物起源和创造历史的宏伟业绩,歌颂了古代劳动人民征服自然的强烈愿望和坚强决心,歌颂了他们的崇高品质。上古著名的神话传说有:

女娲①造人补天神话:女娲是造人之神,《太平御览》引《风俗演义》:"俗说天地开辟,未有人民,女娲抟②黄土作人。剧务,力不暇供,乃引绳于泥中,举以为人。故富贵者,黄土人;贫贱者,引组③人也。"关于女娲补天的神话见于《淮南子·览冥训》:"往古之时,四极废,九州裂,天不兼覆,地不周载,火爁炎④而不灭,水浩洋而不息,猛兽食颛民⑤,鸷鸟⑥攫⑦老弱。于是女娲炼五色石以补苍天,断鳌⑧足以立四极,杀黑龙以济冀州⑨,积芦灰以止淫水。苍天补,四极正,淫水涸,冀州平,狡虫死,颛民生。"这则神话生动地反映出了自然灾害的危害和人类征服自然的艰苦努力。

夸父逐日神话传说:宇宙当中,太阳与人的关系是很密切的,它使万物生长,也能使万物

---

①女娲:即女娲氏,神话中的古帝名,一说是伏羲之妹或其妇。娲 wā,人名用字。　②抟 tuán:把东西捏成团。　③组 gēng:粗绳。　④爁炎:大火燃烧的样子。爁 lǎn,火燃烧。　⑤颛民:良民。颛 zhuān,善良。⑥鸷鸟:凶猛的鸟。鸷 zhì,猛禽。　⑦攫 jué:抓取。　⑧鳌 áo:即鼇,传说中的海中大龟。　⑨冀州:这里泛指中原地区。

枯焦;日出日落,时阴时晴,原始人觉得不可思议,夸父就是一个追逐太阳,探索太阳奥秘的先驱。《山海经·海外北经》里记载:"夸父与日逐走,入日,渴欲得饮,饮于河、渭①;河、渭不足,北饮大泽,未至,道渴而死;弃其杖,化为邓林②。"夸父是我国神话传说中的巨人,他的死是十分悲壮的。

夸父逐日(选自《山海经校注》插图)

精卫填海神话传说:《山海经·北山经》记载:"发鸠之山③,其上多柘木④。有鸟焉,其状如乌,文首,白喙,赤足,名曰'精卫'⑤,其鸣自詨⑥。是炎帝之少女,名曰女娃。女娃游于东海,溺而不返,故为精卫,常衔西山之木石,以堙⑦东海。"这是一首表达原始人向大海挑战的永不屈服精神的颂歌,是精诚和毅力的颂歌。

羿⑧射九日神话传说:《淮南子·本经训》,记载了羿这位为民除害的英雄:"逮至尧之时,十日并出,焦禾稼,杀草木,而民无所食。猰貐⑨、凿齿⑩、九婴⑪、大风⑫、封豨⑬、修蛇⑭,皆为民害。尧乃使羿诛凿齿于畴华⑮之野,杀九婴于凶水⑯之上,缴⑰大风于青丘⑱之泽,上射十日,而下杀猰貐,断修蛇于洞庭⑲,禽封豨于桑林⑳。万民皆喜,置尧以为天子。"羿是原始人与自然灾害(旱、水、风、虫和鸟兽灾害)斗争集体群像的艺术概括。

大禹治水神话传说:《山海经·海内经》记载:"洪水滔天,鲧㉑窃帝之息壤㉒以堙洪水,不待帝命;帝命祝融㉓杀鲧于羽郊㉔。鲧复生禹,帝乃命禹卒布土㉕以定九州。"这是说他们

---

①河、渭:指黄河、渭水。 ②邓林:古代神话传说中的树林。 ③发鸠之山:山名,旧说在山西长子县西。 ④柘 zhè 木:黄桑。 ⑤精卫:神话中鸟名,一名冤禽。 ⑥詨 xiāo:叫呼,像呼叫之声。 ⑦堙 yīn:填塞。 ⑧羿 yì:后羿,传说中英雄。 ⑨猰貐 yà yǔ:传说中食人的凶兽,善走,还会发出似婴儿的哭声。 ⑩凿齿:传说中的半人半兽,齿长三尺,齿状如凿。 ⑪九婴:有九个头能喷水吐火的怪物。 ⑫大风:一种凶猛的大鸟,飞过伴有狂风。 ⑬封豨 xī:大野猪。 ⑭修蛇:大蟒蛇。 ⑮畴华:古代南方水泽名。 ⑯凶水:古代北方水名。 ⑰缴 zhuó:系在箭之上的绳。 ⑱青丘:古代东方水泽名。 ⑲洞庭:古代南方水泽名,即今洞庭湖。 ⑳桑林:传说商汤祈雨之地。 ㉑鲧 gǔn:传说原始部落首领,禹之父。 ㉒息壤:一种神土,可以生长不息,用以填塞洪水。 ㉓祝融:传说中的火神。 ㉔羽郊:委羽山,在北极之阴。 ㉕布土:敷土铺填。

父子两代顽强治水。《楚辞·天问》和《汉书》颜师古注所引《淮南子》佚文,说禹治水时用"导"的方针,有一条应龙①,用尾巴画地,引百川归海。禹自己也变成一只熊凿通辕辕山②,终于治水成功。禹的治水方法是我国古代人民与洪水斗争经验的总结。

此外,还有刑天③舞干戚④、共工⑤触不周山⑥、盘古⑦开天辟地等神话传说。

神话传说对后世文学的影响

上古神话传说是人类童年时代的艺术作品,是后世文学的渊源。其一,浪漫主义的创作方法,启迪着后世文学的创作。神话传说对现实的积极态度和进取精神,对人类自身力量的充分肯定和强烈的夸张,奠定了我国古代文学的浪漫主义的传统。屈原的楚辞、庄子的散文、李白、李贺的诗作、元杂剧、明清传奇都有明显的受影响的痕迹。小说受其影响最为直接,志怪小说、唐人传奇、明代神魔小说、笔记小说都继承了神话传说这种积极浪漫主义的创作方法。《红楼梦》不也是从"无才补天"的神话引出故事的吗?其二,它的表现形式与后世小说有相近之处。神话传说是早期的叙事文学,是通过故事情节和人物形象来表达思想的,这就为小说的孕育和产生准备了条件。其三,神话传说中的一些题材和故事,常为后世文学吸取或据以生发改造。作为"古今语怪之祖"的《山海经》和《穆天子传》对后世文学的影响尤大。志怪小说《博物志》好些内容抄自《山海经》,而《搜神记》则是由《穆天子传》发展而来的。清代小说《镜花缘》里大人国、小人国等名称和人物的奇形怪状都出自《山海经》。

第二节　《诗经》

《诗经》是我国第一部诗歌总集,也是我国现实主义诗歌光辉的起点,是培育后世诗人和诗作的摇篮。

一、《诗经》的概貌

名称由来

《诗经》在汉以前被称为《诗》或《诗三百》,到了汉代,汉儒把它定为"五经"之一,才称之

---

① 应龙:古传说有翼的龙。　② 辕辕 huán yuān 山:山名,在河南偃师市东南。　③ 刑天:神话人物,因与天帝争权,失败后不屈不挠,以乳为目,脐为嘴,穿着盾牌,舞着斧头。　④ 干戚:盾与斧。　⑤ 共工:古部族首领,曾与颛顼争帝位,怒触不周山,使天柱折,地维绝。　⑥ 不周山:传说山名,在昆仑山西北。　⑦ 盘古:神话中开天辟地的人,死后身体各部分,变成了日月星辰,山川树林。

为《诗经》。汉代传授《诗经》的有四家：齐人辕固、鲁人申培、燕人韩婴、赵人毛苌①，魏晋以后，前三家失传，唯毛苌所传《诗经》独存，所以《诗经》又叫《毛诗》。

篇数、所收时限和诗篇由来

《诗经》共有诗篇 305 篇，另有 6 篇"笙诗②"有目无辞。

所收时限是大约公元前 11 世纪到公元前 6 世纪，即西周初年到春秋中叶的 500 多年间。

这些诗篇大约是由于王官采集而来的。我国古代确有王官采诗制度。班固《汉书·食货志》就有："孟春之月③，群居者将散，行人振木铎④徇⑤于路，以采诗，献之太师⑥，比其音律，以闻于天子。"周朝还有公卿士大夫献诗制度。

这些诗篇原来都是合乐的唱词，归周朝乐官掌管，大约在公元前 6 世纪中叶由周朝乐官编定。

另外，还有所谓"孔子删诗"之说，《史记·孔子世家》载："古者诗三千余篇，及至孔子，去其重，取可施于礼义。"这说法影响颇大，但不可靠。《左传》襄公二十九年（前 544）吴公子季札出使鲁国观乐，所歌的诗分类名目、先后次第与今本《诗经》差不多，那年孔子才 8 岁。

分类组成

这 305 篇诗分编为风、雅、颂三部分，何谓风、雅、颂？历来的学者多所猜测，现在大都采用宋人郑樵的概括："风土之音曰风，朝廷之音曰雅，宗庙之音曰颂。"（《通志·总序》）

风就是各地的土风民谣，共 15 国风，160 篇。15 国风是：周南、召南、邶⑦风、鄘⑧风、卫风、王风、郑风、齐风、魏风、唐风、秦风、陈风、桧⑨风、曹风、豳⑩风。这些诗实际是人民群众口头创作的歌谣，反映了当时的社会风貌和劳动生活。无论从思想还是从艺术上看，它们都是《诗经》的精华。

雅就是周王朝直接统治地区的"正声雅乐。"共 105 篇，分大雅、小雅两类。大雅 31 篇，用于诸侯朝会，是一些叙述周始祖业绩和周王朝兴起的叙事诗。小雅 74 篇，用于贵族宴享，主要是一些反映周朝没落、讽刺现实政治黑暗的诗。

颂就是诸侯天子祭祀宗庙的歌舞乐曲，共 40 篇，分鲁颂、商颂、周颂三部分；鲁颂 4 篇、

---

①毛苌 cháng：赵人，治诗尤精，称小毛公，官至北海太守。苌 cháng，姓。 ②笙诗：以笙为乐器吹奏的乐曲。 ③孟春之月：正月，春季第一个月。孟，每季月份中居首的。 ④木铎 duó：带木舌的铃。古代施行政教、传布命令时用铎振鸣惊众。铎，铃。 ⑤徇 xùn：依从。 ⑥太师：辅弼国君的官。西周始置，原为军队最高统帅，春秋时晋楚等国沿用，成为辅弼国君的官。 ⑦邶 bèi：古国名，在今河南汤阴县东南，有邶城镇；一说在今河北省。 ⑧鄘 yōng：古国名，在今河南新乡西南。 ⑨桧 kuāi：通郐，古国名，在今河南密县。 ⑩豳 bìn：同邠，在今陕西彬县。

商颂(商的后代宋国的颂)5篇,周颂31篇。这些是歌颂祖先功德、祭祀鬼神的舞曲歌辞,系庙堂文学,其中有些反映了商、周王朝的发展和生产情况,是历史的实录。

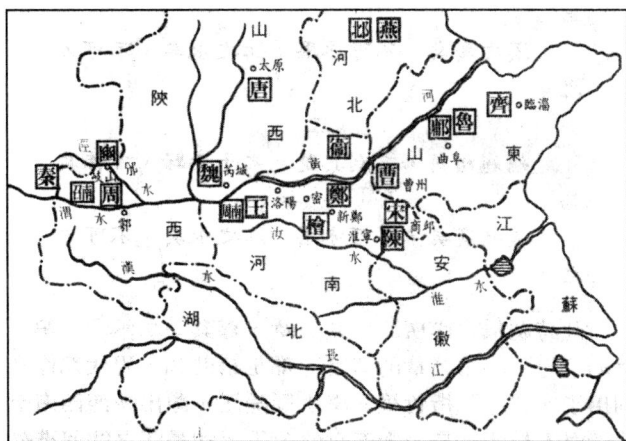

《诗经》十五国风地域图

二、《诗经》的思想内容

尽管风、雅、颂反映现实的深度有较大的差别,但从总体上看,《诗经》确实是一部现实主义精神强烈的著作。它深刻地反映了从西周到春秋中叶奴隶社会的真实面貌,特别是15国风,它更直接地反映出了劳动人民的具体生活情景和真实的思想感情。

它积极的思想意义主要反映在下列几方面。

反映人民生活痛苦,表达人民的不满和反抗

《邶风·七月》描写周代农业生产情况,叙述了农夫在一年内所从事的种种农业劳动,深刻地反映出了当时的生产关系和在这种关系支配下农奴们的凄惨生活图景。全诗共有8章,每章11句,共88句,是国风中最长的一篇。该诗涉及农奴全年每月的农事,却从冷热交替的七月开始。

七月①流火②,九月授衣③。一之日④觱发⑤,二之日栗烈⑥。无衣无褐⑦,何以

―――――――――

①七月:指夏历七月。 ②流火:大火星向下行。流,向下行;火,大火星,大火星西下,暑将退。 ③授衣:授与御寒之衣。 ④一之日:周历正月,夏历十一月。 ⑤觱发 bì bò:寒风吹物的声音。觱,风寒。 ⑥"二之日"句:十二月寒气凛烈,指寒气刺骨。二之日,周历二月,夏历十二月。 ⑦褐 hè:用细兽毛或粗麻编成的短衣。

卒岁①! 三之日②于耜③,四之日④举趾⑤。同我妇子,馌⑥彼南亩⑦,田畯至喜⑧。
以上是第一段,写最后如何过冬。第二段:

毛诗图 (明代周臣作)

七月流火,九月授衣。春日载阳⑨,有鸣仓庚⑩。女执懿筐⑪,遵彼微行⑫,爰⑬求柔
桑。春日迟迟⑭,采繁⑮祁祁⑯。女心伤悲,殆及公子同归。

写春忙,采桑女还提心吊胆担心被掠走。全诗以时序为线索,寓抒情于记事之中,真实具体
地反映出了农奴全年的悲惨生活。

《魏风·伐檀》是伐木人之歌,揭露奴隶主不劳而获、残酷剥削的行径,全诗似柔而刚,似

①卒岁:终岁。 ②三之日:周历三月,夏历一月。 ③于耜:修耒耜。于,修;耜 sì,古代农具名,形似犁
耙。 ④四之日:周历四月,夏历二月。 ⑤举趾:举脚。动身去做活。 ⑥馌 yè:送饭。 ⑦南亩:垄作南北向
田地。 ⑧"田畯"句:田官甚喜。田畯 jùn,古田官。 ⑨"春日"句:春天就暖洋洋。载,就。 ⑩仓庚:鸟名,
即黄莺。 ⑪懿筐:深筐。懿 yì,深。 ⑫微行:小路。 ⑬爰 yuán:于是。 ⑭迟迟:缓慢貌,指春天日长。
⑮繁 fán:白蒿,可饲幼蚕。 ⑯祁祁:众多貌。

讽实愤,表现出奴隶们的反抗怒火。

《魏风·硕鼠》则更把剥削者比作贪得无厌的大老鼠,表达出劳动者的谴责和追求。

对于兵役和徭役,《诗经》里也有好多篇章,表现出人民的厌倦和不满。如《小雅·何草不黄》:

> 何草不黄,何日不行①? 何人不将②? 经营四方。
>
> 何草不玄③? 何人不矜④? 哀我征夫,独为匪民⑤。
>
> 匪兕⑥匪虎,率⑦彼旷野。哀我征夫,朝夕不暇。
>
> 有芃者狐⑧,率彼幽草⑨。有栈之车⑩,行彼周道⑪。

全诗以草起兴,写征伐不息,人民哀怨。

关于青年男女婚姻恋爱的歌唱

这类爱情诗,在《国风》中占很大比重,它们写青年男女的倾慕相思、幽期密约,热恋的欢乐,失恋的痛苦,被拆散的愤恨,受阻挠的反抗,写得坦诚热烈,真实地表达出男女情爱的美好。如《诗经》第一篇《周南·关雎》:

> 关关⑫雎鸠⑬,在河之洲。窈窕⑭淑女,君子好逑⑮。
>
> 参差荇菜⑯,左右流之。窈窕淑女,寤寐⑰求之。
>
> 求之不得,寤寐思服⑱。悠哉悠哉,辗转反侧⑲。
>
> 参差荇菜,左右采之。窈窕淑女,琴瑟友之⑳。
>
> 参差荇菜,左右芼之㉑。窈窕淑女,钟鼓乐之㉒。

写一个男子对爱慕女子的追求,主要表现手法是兴寄,即先以别的景物引起所咏之物以为寄托。流传至今,"关雎"、"窈窕淑女"等都已成为爱情的代名词。

《邶风·静女》写男女幽期密约的情态和心情:

> 静女㉓其姝㉔,俟㉕我于城隅㉖。爱㉗而不见,搔首踟蹰㉘。

---

①"何日"句:无日不奔走于道路的意思。 ②将:行。何人不从役的意思。 ③玄:黑。 ④"何人"句:无人不困苦可怜。矜,通怜。 ⑤"独为"句:独受此非人待遇。匪,通非。 ⑥兕 sì:古代犀牛一类的兽。⑦率:循。 ⑧"有芃"句:那长着蓬松大尾巴的狐狸。有,不定指示形容词;芃 péng,众草丛杂貌,这里形容狐尾。 ⑨幽草:深草丛中。 ⑩"有栈"句:高高的役车。栈,通桟,高车貌。 ⑪周道:大道。 ⑫关关:指鸟和鸣声。 ⑬雎鸠 jū jiū:鸟名,即王雎。《禽经》:"王雎,雎鸠,鱼鹰也。"闻一多考证:国风中用雎鸠鸟的地方多达四处,都是比喻女性,爱情专一的。 ⑭窈窕 yǎo tiǎo:幽静娴雅。《方言》:"秦晋之间,美心为窈,美状为窕";淑,善良,美好。 ⑮好逑 qiú:好的配偶。逑,配偶。 ⑯荇菜:水生植物。荇 xìng,即莕菜,白茎,叶紫赤色,正圆,浮在水面。 ⑰寤寐 wù mèi:犹言日夜。寤,醒时;寐,睡时。 ⑱思服:思恋。 ⑲辗转反侧:形容辗侧反复,不安睡。 ⑳琴瑟友之:比喻男女间感情和谐友好。 ㉑芼 máo 之:择取。 ㉒钟鼓乐之:钟和鼓为两种乐器,这里是音乐欢歌意思。 ㉓静女:娴静美好的女子。 ㉔姝 shū:美丽。 ㉕俟:等待。㉖城隅:城角。 ㉗爱:这里是薆 ài 的借字,隐蔽貌。 ㉘踟蹰 chí chú:徘徊。

静女其娈①，贻②我彤管③。彤管有炜④，悦怿⑤女美。

自牧归荑⑥，洵⑦美且异。匪⑧女⑨之为美，美人之贻。

借物写情，笔法活泼灵巧，构思新颖别致。

《诗经》里也有一些篇章反映妇女在婚姻与家庭问题上遭受的不幸。如《卫风·氓》：

氓⑩之蚩蚩⑪，抱布贸丝⑫。匪来贸丝，来即我谋⑬，送子涉淇⑭，至于顿丘⑮。匪我愆期⑯，子无良谋。将⑰子无怒，秋以为期。

乘彼垝垣⑱，以望复关⑲；不见复关，泣涕涟涟⑳；既见复关，载㉑笑载言。尔卜尔筮㉒，体无咎言㉓。以尔车来，以我贿迁㉔。

桑之未落，其叶沃若㉕。于嗟㉖鸠㉗兮，无食桑葚㉘！于嗟女兮，无与士耽㉙！士之耽兮，犹可说也；女之耽兮，不可说㉚也！

桑之落矣，其黄而陨㉛。自我徂尔㉜，三岁食贫㉝。淇水汤汤㉞，渐车帷裳㉟。女也不爽㊱，士贰其行㊲。士也罔极㊳，二三其德㊴！

三岁为妇，靡室劳矣㊵；夙兴夜寐㊶，靡有朝矣㊷。言既遂矣㊸，至于暴矣㊹。兄弟不知，咥其笑矣㊺。静言思之㊻，躬自悼矣㊼！

及尔偕老㊽，老使我怨。淇则有岸，隰则有泮㊾。总角之宴㊿，言笑晏晏(51)，信

---

①娈 luán：美好。 ②贻：赠送。 ③彤 tóng 管：红色管状物体。 ④炜 wěi：光泽鲜明。 ⑤悦怿 yì：心喜。怿，喜悦。 ⑥"自牧"句：女友从放牧处采来荑草赠送给我。归，同馈 kuì；荑 tí，初生的茅草。 ⑦洵 xún：的确，实在。 ⑧匪：同非。 ⑨女：同汝。 ⑩氓 méng：民。 ⑪蚩蚩：嬉笑的样子。 ⑫"抱布"句：持钱来买丝。布，布币，货币。 ⑬"来即"句：来就是商量我的婚事。即，就，谋，商量婚事。 ⑭涉淇：渡过淇水。淇，卫国淇水，在今河南淇县。 ⑮顿丘：地名，在淇水南。 ⑯愆期：失期、过期。愆 qiān，过。 ⑰将：愿、请。 ⑱"乘彼"句：登上那颓坏的墙。乘，登上；垝垣 guǐ yuān，坏墙。 ⑲复关：重关。可能是男子的居地。 ⑳涟涟 lián lián：泪流不止貌。 ㉑载：则。 ㉒"尔卜"句：你去卜筮。卜，用龟甲卜卦；筮，用蓍草占卦。 ㉓"体无"句：卜筮结果，并无凶辞。体，卦象；咎言，不吉利的言辞。 ㉔"以我"句：带着我的嫁妆跟你走。贿，财物，指陪嫁之物。 ㉕沃若：沃然，润泽貌。 ㉖于嗟：叹词，即吁嗟。 ㉗鸠：斑鸠。 ㉘桑葚：桑树的果实。葚 shèn，桑之实，据说鸠鸟多吃桑葚会醉倒。 ㉙耽：即酖，过乐。是说女子不要过分沉迷恋情。 ㉚说：即脱。是说女子沉迷恋情就无法解脱了。 ㉛"其黄"句：桑叶变黄而脱落。陨 yǔn，坠落。 ㉜徂尔：嫁到你家。徂 cú，往。 ㉝食贫：过苦日子。 ㉞汤汤 shāng shāng：水浩大貌。 ㉟"渐车"句：女子被休弃后，渡淇水回家，水溅湿了车幔。渐，浸湿；帷裳，车上布幔。 ㊱"女也"句：女子并无过错。 ㊲"士贰"句：男子却有差错。贰，当为贰，即忒，差错；行 háng，其列。 ㊳罔极：没有准则，反复无常。 ㊴"二三"句：不断违背诺言，负心背德。 ㊵"靡室"句：所有家务都是我操持。靡，无、不；室，家务。 ㊶"夙兴"句：早起睡晚。夙，早；兴，起。 ㊷"靡有"：日日如此，非止一日。 ㊸"言既"句：既已顺遂了丈夫的意愿以后。言，句首语词。 ㊹"至于"句：以至于你对我就十分粗暴虐待了。 ㊺"咥其"句：(兄弟们)就笑话我了。咥 xì，大笑的样子。 ㊻"静言"句：静而思之。言，语中词语，无义。 ㊼"躬自"句：自己深自伤悼。躬，自身。 ㊽"及尔"句：从前和你相约白头偕老。 ㊾"淇则"两句：淇水尚有河岸，漯河也有边际，而我的痛苦却无边无际。隰 xí，应作湿；泮，同畔，边沿。 ㊿"总角"句：孩提时代的欢乐。总角，儿童发髻向上分开两股叫总角。这里代指童年时代；宴，欢乐。(51)晏晏 yàn yàn：和悦的样子。

信誓旦旦①，不思其反②。反是不思③，亦已焉哉④。

痴情女子负心汉，这是2000多年前的弃妇悲愤诗。全诗情景相生，融抒情、叙事、议论为一体。

对统治者恶德丑行的讽刺

在《国风》和《小雅》里也有一些政治讽刺诗，辛辣地嘲讽了统治者的恶德丑行，表现了人民机智勇敢和嫉恶如仇的精神。《邶风·新台》讽刺卫宣公，他抢了儿媳齐女姜氏，还特别在黄河上为姜氏造了一座新台。诗中把卫宣公比作癞蛤蟆，骂他是缩脖子的丑老公，竭尽嘲讽之能事。《秦风·黄鸟》则把矛头指向了为奴隶主殉葬这一野蛮的习俗。

交交黄鸟⑤，止于棘⑥，谁从穆公⑦？子车奄息。维此奄息，百夫之特⑧。临其穴，惴惴其栗⑨。彼苍者天，歼我良人！如可赎兮，人百其身！

交交黄鸟，止于桑⑩。谁从穆公？子车仲行。维此仲行，百夫之防⑪。临其穴，惴惴其栗。彼苍者天，歼我良人！如可赎兮，人百其身。

交交黄鸟，止于楚⑫。谁从穆公？子车鍼虎⑬。维此鍼虎，百夫之御⑭。临其穴，惴惴其栗。彼苍者天，歼我良人！如可赎兮，人百其身。

《史记·秦本纪》载："穆公卒，葬雍⑮，从死者百七十七人，秦之良臣子舆（即子车）氏三人名曰奄息、仲行、鍼虎，亦在从死之中。秦人哀之，为作《黄鸟》之诗。"可见诗所反映的情况是真实的。全诗三节，分悼三人，表现殉葬习俗的凶残，人民对被残害者的痛惜。

对社会风情、劳动生活的咏唱

《诗经》里也有一些篇章广阔地反映出当时奴隶社会的生活风貌、部族兴衰变化和人民劳动的情景。《魏风·十亩之间》就是典型的采桑歌谣：

十亩之间兮，桑者闲闲兮，行与子还兮！

十亩之外兮，桑者泄泄⑯兮，行与子逝兮！

写采桑者在劳动行将结束时，相互应答，呼唤同归的情景，洋溢着一种劳动后的欢快心情。《周南·芣苢⑰》则是妇女们采集车前子的歌谣：

---

①"信誓"句：誓言极为诚恳、可信。旦旦，诚恳的样子。　②"不思"句：没想到他真的违背了自己的誓言。　③"反是"句：既然你已经违背了自己的誓约，我就什么都不想了。是，则、就。　④"亦已"句：我们的关系就这样算了吧！已，了结、止住；焉哉，语气助词，相当于"了吧"的意思。　⑤"交交"句：黄鸟声声和鸣。交交，鸟雀和鸣声；黄鸟，即黄雀。　⑥棘：酸枣树。　⑦穆公：即秦穆公，春秋时秦国国君，所谓春秋五霸之一。　⑧特：突出的、杰出的。　⑨"惴惴"句：(临穴时)是那样的惴惴不安。惴惴，恐惧战栗的样子；栗，害怕发抖。　⑩桑：桑树。　⑪防：比，当。就是说此一人可当百夫。　⑫楚：灌木名，名牡楚、荆树。　⑬鍼虎：奄息、仲行、鍼虎是秦国三良臣。鍼qián，姓。　⑭御：即当。　⑮雍：即雍州，古九州之一，约在今甘肃、青海、陕西一带。　⑯泄泄yì yì：众多闲缓貌。　⑰芣苢fú yǐ：草名，即车前子。

采采芣苢,薄言①采之。采采芣苢,薄言有之。

采采芣苢,薄言掇②之。采采芣苢,薄言捋③之。

采采芣苢,薄言袺④之。采采芣苢,薄言襭⑤之。

有着浓厚的劳动生活气息,是一首明快优美的歌谣。闻一多说:"揣摩那是一个夏天,芣苢都结子了,满山谷是采芣苢的妇女,满山谷响着歌声。"(《匡斋尺牍》)

从内容上看,《诗经》里具有积极意义的篇章,大多出国风和小雅。大雅与颂,大部分是歌功颂德祭祀祖先的作品,价值不及国风和小雅,但有认识作用。

三、《诗经》的艺术成就

《诗经》是我国 2500 年前出现的第一部诗歌总集,它艺术上的成就不仅在当时,即使对后世来说,也是巨大的、有深远影响的。主要表现于下列三方面:

现实主义的创作方法

《诗经》和神话传说不同,它很少运用主观幻想的变化来反映生活、表达意愿,而是用写实的方法,直接反映当时的社会现实,表达意愿,表现出强烈的现实主义精神。《诗经》所反映的是我国从公元前 12 世纪到公元前 6 世纪的奴隶社会的生活,可以说它是当时社会形象的百科全书。

《诗经》的现实主义的写作方法,后人能明显地体会得到,这正如《公羊传》所概括的"饥者歌其食,劳者歌其事"10 个字。说明《诗经》里的优秀篇章都是作者从切身的生活体验中,发自内心的呼喊,而不是为文学而文学,或无病呻吟。《豳风·七月》是最早全面地用现实主义方法反映农奴生活的诗篇,清人姚际恒说:"鸟语、虫鸣、草荣、木实,似《月令》⑥。妇子入室,茅绹⑦、升屋,似风俗书⑧。流火、寒风,似《五行志》⑨。养老、慈幼,跻堂称觥⑩,似庠序礼⑪。田官、染织、狩猎、藏冰、祭、献、执功⑫,似国家典制书。其中又有似《采桑图》、《田家乐图》、《食谱》、《谷谱》、《酒经》。"(《诗经通论》)也正如清人方玉润所说:"《七月》所言皆农桑稼穑之事,非躬亲陇亩⑬,久于其道,不能言之亲切有味也如是。"(《诗经原始》)

《诗经》的这种现实主义精神在后世诗人诗作中是有明显的直接影响的。

---

①薄言:语助词,无意义。 ②掇 duō:拾取。 ③捋 luō:抹枝而取。 ④袺 jié:衣兜着。 ⑤襭 xié:衣襟兜满。 ⑥《月令》:记载每年农历十二月的时令、行政及相关事物的书,相传为周公所作。实际为秦汉间人抄录《吕氏春秋》十二月纪的首章,收入《礼记》,题曰《月令》。 ⑦茅绹 táo:割茅草搓绳索。绹,绞绳。 ⑧风俗书:记述相沿积久而成习俗之书。 ⑨《五行志》:古代称构成各种物质的五种元素:金、木、水、火、土为五行。这里指记载风霜节令、气候变化的书。 ⑩跻堂称觥:登上学堂举起酒杯。跻 jī,升登;觥 gōng,古代酒器。 ⑪庠序礼:古代礼节教化。庠序 xiáng xù,古代乡学,亦概称教育事业。 ⑫执功:从事农业劳动。 ⑬陇亩:古通垄亩。

赋、比、兴的表现手法

古代有所谓"诗六义"之说,最早见于《周礼》,《毛诗序》也说:"故诗有六义焉:一曰风,二曰赋,三曰比,四曰兴,五曰雅,六曰颂。"其实,风、雅、颂与赋、比、兴是两个不同类别的问题,前者是分类体例,后者是表现手法。

关于赋、比、兴的解释,朱熹说得真切:"赋者,敷陈其事而直言之者也";"比者,以彼物比此物也";"兴者,先言他物以引起所咏之词也。"(《诗集传》)

赋:就是直接铺陈描写。《邠风·七月》和《小雅·采薇》基本上是运用直接铺陈描写的表现方法。试看《采薇》:

采薇采薇①,薇亦作止②。曰归曰归,岁亦莫③止。靡室靡家④,猃狁⑤之故。不遑启居⑥,猃狁之故。

采薇采薇,薇亦柔⑦止。曰归曰归,心亦忧止。忧心烈烈,载饥载渴⑧。我戍⑨未定,靡使归聘⑩。

采薇采薇,薇亦刚⑪止。曰归曰归,岁亦阳⑫止。王事靡盬⑬,不遑启处。忧心孔疚⑭,我行不来⑮。

彼尔维何⑯,维常之华⑰。彼路斯何⑱,君子之车⑲。戎车⑳既驾,四牡㉑业业㉒。岂敢定居,一月三捷㉓。

驾彼四牡,四牡骙骙㉔。君子所依㉕,小人所腓㉖。四牡翼翼㉗,象弭鱼服㉘。岂不日戒㉙,猃狁孔棘㉚。

昔我往矣,杨柳依依㉛。今我来思,雨雪霏霏㉜。行道迟迟㉝,载渴载饥。我心伤悲,莫知我哀。

这是一首描写戍卒生活的诗,戍卒在归家途中,追述戍边生活的苦辛和思乡的殷切。全诗用直接铺陈描写的方法,景中含情,事中有我,感人至深。特别是结尾一章描绘得婉转生动、情

---

①薇:野豌豆苗。　②作止:生长了。作,生;止,语尾助词。　③莫:即今暮字。　④"靡室"句:无有家室。⑤猃狁 xiǎn yǔn:匈奴。　⑥"不遑"句:无暇安定。遑 huáng,闲暇。启,跪、危坐;居,安坐。　⑦柔:柔嫩、肥嫩。　⑧"载饥"句:又饥又渴。　⑨戍:戍守。　⑩归聘:捎信回家问候。　⑪刚:粗硬,指薇菜老了。　⑫阳:到了农历十月,"十月小阳春"之意。　⑬靡盬:无止息。盬 gǔ,止息。　⑭孔疚:非常痛苦。孔,甚;疚 jiù,病、痛。　⑮"我行"句:我这次出行后怕回不来了。　⑯"彼尔"句:那盛开的花,是什么? 维何,是什么?　⑰"维常"句:那是常棣之花。常,常棣,即扶移。　⑱"彼路"句:那高大战车样的东西是什么? 路,即辂 lù,高大战车;斯何,即维何。　⑲"君子"句:那是将帅的车子;君子,即将帅。　⑳戎车:兵车。　㉑牡:雄的。　㉒业业:壮健的样子。　㉓捷:交战。　㉔骙骙 kuí kuí:雄壮威武。　㉕依:这里作乘讲。　㉖腓:庇、隐护。步卒借以掩护。㉗翼翼:训练有素悠闲貌。　㉘"象弭"句:将军饰以雕弓利箭。象弭,装饰的弓;弭 mǐ,弓;鱼服,鱼皮箭袋。㉙日戒:每日警戒。　㉚孔棘:很紧急。棘,急。　㉛依依:杨柳披拂飘动貌。　㉜霏霏:雨雪密集貌。　㉝迟迟:迟缓悠慢。

貌无遗,成为千古佳句。清人方玉润说:"此诗之佳全在末章,真情实景,感时伤事,别有深情,非可言喻。"(《诗经原始》)

比:就是譬喻和比拟。作为萌发时期的文学作品,《诗经》中的比喻是十分生动丰富的,有明喻、有暗喻。《卫风·硕人》写卫庄公夫人庄姜姿容的美丽:"手如柔荑①,肤如凝脂,领如蝤蛴②,齿如瓠犀③,螓首④蛾眉⑤。巧笑倩兮,美目盼兮"——这些都是明喻。《小雅·鹤鸣》以"他山之石,可以攻玉",比拟国君用贤臣治国——这是暗喻。《诗经》中的比喻有些确实精彩传神,给人以丰富的联想。《邶风·鸱鸮》是一首寓言诗,假托一只小鸟诉说遭受鸱鸮的欺凌迫害,用以比拟人世间弱小人物受强梁恶霸的迫害摧残。《卫风·硕鼠》更把剥削者比作专门盗窃劳动果实的大老鼠。这些比喻形象逼真、生动传神。

兴:就是借物起兴,它往往在诗的开头,以一物引起下文。这借以引起下文之物或事,往往在情调上和主题关联。例如《周南·关雎》,开头的"关关雎鸠,在河之洲"就是兴,是以鸟起兴,用洲上的关雎和鸣,而引起"窈窕淑女,君子好逑"的人世间的男女恋情。⑥

四言诗行和重章迭句

《诗经》形式上的标志主要有两方面:一是诗句以四言为主,间以少数杂言,例如"殆及公子同归"、"胡取禾三百廛兮"等。在用韵方面,一般是隔句用韵。这样韵律整齐而有变化。四言隔句韵就成为后代诗歌的基本形式之一。二是在诗行的章节方面,好重章迭句,以形成反复咏叹的情致。例如《魏风·十亩之间》、《郑风·风雨》,试看后者:

> 风雨凄凄⑦,鸡鸣喈喈⑧,既见君子,云胡不夷⑨。
> 风雨潇潇⑩,鸡鸣胶胶⑪,既见君子,云胡不瘳⑫。
> 风雨如晦⑬,鸡鸣不已,既见君子,云胡不喜。

三章每章仅换了几个字,从一唱三叹、回旋迭宕中表达"最难风雨故人来"的主题。

这是《诗经》的特色之一,也是以后历代民歌的特色之一。

四、《诗经》的影响

《诗经》是我国现实主义诗歌光辉的起点,对后世有深远的影响。

首先,它的现实主义精神,为后世诗人立下楷模的典范。汉乐府民歌继承并发扬了《诗

---

①柔荑 tí:白茅嫩草。荑,草嫩芽。 ②蝤蛴 qiú qí:白长的天牛幼虫。 ③瓠犀:形容牙齿象瓠瓜的子。 ④螓 qín 首:形容女子额广方正像螓首。螓,似蝉小昆虫。 ⑤蛾眉:蚕蛾一样细长眉毛。 ⑥关于赋、比、兴表现手法的使用情况,据朱熹统计全书1141章,其中用赋的有727,比111,兴274,兼类(即兴而比,赋而兴之类)29。赋居最多数,占63.7%。 ⑦凄凄:寒凉。 ⑧喈喈 jiē jiē:鸟鸣声。 ⑨"云胡"句:怎么心中不平呢? 云胡,怎么;夷,平。 ⑩潇潇:风雨声。 ⑪胶胶 jiāo jiāo:鸡鸣声,亦作膠膠。 ⑫瘳 chōu:病愈,病好了。 ⑬如晦 huì:如夜晚昏暗。晦,夜。

经》的这个传统。唐初陈子昂在他倡导的诗歌革新运动中就是以批判齐梁诗"风雅不作"、"兴寄都绝"为口号的；杜甫明确标榜"别裁伪体亲风雅"是自己现实主义诗歌的道路；白居易说："为诗意如何？六义①互铺陈。风雅比兴外，未尝空著文。"他所倡导的新乐府运动正是《诗经》现实主义精神的继承和发扬。不仅如此，后世诗人还从理论上把"诗言志"和比兴手法作为反对浮艳诗风的武器和评价作品的标准。

其次，《诗经》的赋、比、兴的表现手法，已经成为我国诗歌的传统手法，影响非常直接。

再次，《诗经》的四言诗行和重章迭句的形式已经成为和后来的五言、七言诗并立而三的固定样式，历代都有写四言诗的诗人。

再次，《诗经》开创了文人向民间文学汲取营养、更新样式的优良传统。民间文学是文学艺术的宝库，文人只有善于从民间文学汲取养料，才能取得成就——这是《诗经》给人们的重要启示。不仅如此，文学形式（诸如五言诗、七言诗、词、散曲等）的更迭，也都起于民间，是文人从民间文学的基础上创造发展的。这个传统是《诗经》开创的。

再次，《诗经》的一部分庙堂文学、宫廷文学也被后世继承下来，用以歌颂统治者功绩，粉饰太平。历代礼乐志中的郊庙歌、燕射歌、赋、颂、铭、诔等都是这一类的东西。

第三节　先秦散文

严格地说，先秦散文就只有春秋战国时期的历史散文和诸子散文。因为在春秋以前，文字草创，现存只是些卜辞、铭文、誓诰等简短不成篇章的词句，不能算作散文。

尽管如此，春秋战国以前的散文还是值得一提的，因为我们可以从中看到散文的源头，体察到后来的由简及繁、由质而文的飞跃。春秋战国以前的散文存留于下列资料典籍中。甲骨卜辞：甲骨文是现存最早的文字，它们是商代王室进行占卜时刻在龟甲、兽骨上的简短记载，也可说是最早最简朴的散文。例如："癸卯卜，今日雨，其自西来雨，其自东来雨，其自北来雨，其自南来雨。"（郭沫若《卜辞通纂》第 375 片）《易经》：是我国古代的卜筮之书，其中的卦爻辞可能是商末周初的文字。它们除简朴之外，还有点生动形象的描写。例如《中孚·六三》："得敌，或鼓②或罢③，或泣或歌。"仅用 10 个字就描写出了凯旋的战士的种种情态。《尚书》：又称《书经》，或《书》，是我国最早的历史载籍，有《虞书》、《夏书》、《商书》、《周书》等，是这些朝代誓、命、训、诰的结集，也可以说是我国第一部散文集。文字虽诘屈聱牙，但表达水平已有明显的进步。《盘庚》三篇是殷王盘庚关于迁都问题的三次训话，1000 多字，反复取喻，颇为生动："如网在纲④，有条而不紊；若农服田⑤力穑⑥，乃亦有秋。""若火之燎于原，

---

①六义：即风、雅、颂、赋、比、兴。　②鼓：振作精神。　③罢：通疲。　④纲：网上总绳。　⑤农服田：农人在田野劳作。　⑥力穑 sè：努力耕作、收获。穑，收获谷物。

不可向迩①，其犹可扑灭。""人惟求旧，器非求旧，惟新。"说明迁都的道理，要求臣民服从，不惮劳苦迁入新都。《春秋》：我国最早的编年史书，由孔子删定而成，记鲁隐公元年到鲁哀公十四年的 242 年史事。叙事简要精粹，寓褒贬于字里行间，世称春秋笔法。例如《春秋》"隐公元年"的记载："元年春，王正月。三月，公及邾②仪父盟于蔑③。夏五月，郑伯克段于鄢④……"记述就是这样简略。（后来解释《春秋》的书有《左传》、《公羊传》、《谷梁传》，合称"春秋三传"。）

到了春秋战国，散文进入了蓬勃发展的时代，这才摆脱了简单记事、记言的面貌，而呈现出具有文学色彩的独立的一种文体。促成散文有了质的飞跃的是当时社会政治经济的大发展。奴隶制社会走向崩溃，封建制社会逐渐兴起，各阶级、集团、人物都站了出来发表意见，总结经验。与此相适应，思想界更是异乎寻常的活跃，形成了处士⑤横议、百家争鸣的局面。在此基础上产生了一大批散文著作，按其内容可分为历史散文和诸子散文两大类。

一、历史散文

历史散文是记载当时各国政治经济、内政、外交、军事活动的历史著作，如《左传》、《国语》、《战国策》等。

《左传》

《左传》全称为《春秋左氏传》，又称《左氏春秋》。司马迁、班固等人认为它是孔子同时代人左丘明所著。但后人考证，此书系战国初年无名氏所著。它是配合《春秋》而作的一部编年史，共 196 845 字，记载了从鲁隐公元年到鲁哀公二十七年（即公元前 722—公元前 468）的 254 年间的各诸侯国的政治、外交、军事、社会事件、人物活动。它的内容要比《春秋》广阔丰富，全面地记述了春秋时代的政治历史面貌。

从思想倾向方面看，《左传》基本上是儒家思想，宣扬礼治德政，强调等级名分，对统治阶级腐朽丑行采取"不隐恶"的态度，还十分重视人民的意志、作用，表现出民本思想。

《左传》虽是一部编年史，却有文学价值，是很好的历史散文，对后世小说创作也有深刻的影响。它叙事完整而翔实，尤其擅长于描写战争。刘熙载说："左氏叙事，纷者整之，孤者辅之，板者活之，直者婉之，俗者雅之，枯者腴之；剪裁运化之方，斯为大备。"（《艺概》）书中对于一些重大战争的叙描就达到了上述的境地。例如宣公十二年的晋楚邲⑥之战。晋国出兵本来师出无名，许多将帅不愿出战，认为"我曲楚直"。战斗打响后，这支不义之师就崩溃逃窜，最高统帅更是"不知所为"。军士争船渡河，被砍的手指很多，竟达到了"可掬"的地步。

①向迩 ěr：靠近。迩，近。　②邾 chū：地名，在山东邹县。　③蔑 miè：春秋时鲁国地名，叫姑蔑，在今山东泗水县东。　④鄢 yān：地名，在河南鄢陵县西北。　⑤处士：古代称有才德而隐居不仕的人为处士。　⑥邲 bì：古地名，春秋郑地，在今河南荥阳市北。

晋人或以广队①不能进，楚人惎②之脱扃③；少进，马还④，又惎之拔旆⑤投衡⑥，乃出。顾曰："吾不如大国之数奔⑦也。"

这些描写十分深刻地表现出晋国必然失败的道理和晋兵溃逃的狼狈。晋人自我解嘲之语"吾不如大国之数奔也"更是神来之笔，写尽了晋人必败的心理。整个战斗过程具体生动，详略得当。它的叙事技巧对后世小说、散文有很大影响。

《左传》虽然以记事为主，但记事中注意刻画人物，通过人物的语言和行动表现人物的性格特征。《郑伯克段于鄢》一段对郑庄公的刻画就非常成功：

初，郑武公⑧娶于申⑨，曰武姜。生庄公及共叔段。庄公寤生⑩，惊姜氏，故名曰寤生，遂恶之，爱共叔段，欲立之，亟⑪请于武公，公弗许。及庄公即位，为之请制⑫。公曰："制，岩邑也，虢叔死焉⑬；他邑唯命。"请京⑭，使居之，谓之京城大叔。

祭仲⑮曰："都城过百雉⑯，国之害也。先王之制，大都不过参国之一⑰；中，五之一；小，九之一。今京不度⑱，非制也⑲。君将不堪⑳！"公曰："姜氏欲之，焉辟害㉑？"对曰："姜氏何厌之有㉒！不如早为之所，无使滋蔓㉓！蔓，难图也。蔓草犹不可除，况君之宠弟乎？"公曰："多行不义，必自毙。子姑待之。"

既而㉔大叔命西鄙、北鄙贰于己㉕。公子吕㉖曰："国不堪贰，君将若之何？欲与大叔，臣请事之。若弗与，则请除之，无生民心㉗。"公曰："无庸，将自及。"大叔又收贰以为己邑㉘，至于廪延㉙。子封㉚曰："可矣！厚㉛将得众。"公曰："不义不昵㉜，厚将崩。"

大叔完聚㉝，缮甲兵㉞，具卒乘㉟，将袭郑。夫人将启之㊱。公闻其期，曰："可矣！"命子封帅㊲车二百乘以伐京；京叛大叔段。段入于鄢㊳，公伐诸鄢。五月辛丑㊴，大叔出奔共㊵。

①广队：兵车队伍宽阔。　②惎 jì：教导。　③扃 jiōng：车前横木。　④马还：马盘旋不进。　⑤旆 pèi：旌旗。　⑥衡：车辕头上的横木。　⑦数奔：几次败北而逃。数，数次。　⑧郑武公：春秋郑国国君姬掘突，郑庄父之父，在位27年卒。　⑨申：国名，姜姓，故都在河南南阳市北。　⑩寤生：难产。寤 wù，逆。　⑪亟 qì：好几次。　⑫制：地名，即虎牢，在今河南汜水县。　⑬"虢叔"一句：虢叔死在这里。虢 guó 叔，即东虢君，被郑武公所灭。　⑭京：郑国邑名，在今河南荥阳东南。　⑮祭仲：郑国大夫。祭 zhài，姓。　⑯雉：古量词，城长三丈，高一丈，为一雉。　⑰"大都"句：大的城邑不超过国都的三分之一。下文的中、小类推。　⑱不度：不合法度。　⑲非制也：不合先王法度。　⑳不堪：忍受不了。　㉑辟害：避害。　㉒"何厌"句：有什么不能满足的。厌同餍。　㉓滋蔓：滋长蔓延。　㉔既而：不久。　㉕命西鄙、北鄙贰于己：使西边和北边的境地表面属于郑庄公，实际属于自己。鄙 bǐ，边境。　㉖吕：郑国大夫，字子封。　㉗"无生"句：不使百姓产生贰心。　㉘收 贰 为己邑：把西鄙、北鄙收为己有。　㉙廪 lǐn 延：郑城邑，在河南延津县。　㉚子封：即公子吕。　㉛厚："谓土地广大"（杜预注）。　㉜"不义"两句：（他）对君不守臣节，对长亲怀有异心，即使土地广大，也将垮台。义，君臣之义。昵 nì，亲近。　㉝完聚：修葺城郭，聚集粮食。　㉞缮甲兵：修好盔甲武器。　㉟具卒乘：准备充实步兵战车。具，完备；卒，卒兵；乘，战车。　㊱"夫人"句：夫人（指武姜）将为他们开城门，做内应。　㊲帅：同率。　㊳鄢 yān：郑邑名，鄢陵西北。　㊴五月辛丑：五月二十三日。　㊵共：古国名，在河南辉县。

书①曰:"郑伯克段于鄢。"段不弟,故不言弟;如二君,故曰克;称郑伯,讥失教也;谓之郑志,不言出奔,难之也②。

这篇记载生动地展现了统治者内部骨肉相残的事实,描绘出郑庄公这样一个外表宽厚诚笃,内里阴险狠毒的人物。他沽名钓誉,把自己打扮成孝子、贤兄,实际是欲擒故纵,助长共叔段的贪欲,促成共叔段走上叛乱道路,他的所作所为无不具有深谋远虑。

总之,《左传》作为一部编年史,不仅叙事生动,富于故事性,思想深刻,富于哲理性,而且文笔简练,富于文采。它的思想价值、史学价值、文学价值都很高,为后人推崇。其中一些精彩片断,如"城濮之战"、"鄢陵之战"、"晋重耳出奔"、"子产相郑国"等都已成为语文课本常选用的篇章。

《国语》

《国语》是我国第一部分国记事的史书,也是历史散文的汇编。时间起自西周穆王讫于东周定王(即公元前 990—公元前 453),其间 538 年。分国为周语、鲁语、齐语、晋语、郑语、楚语、吴语、越语等,共七万余字。司马迁说"左丘失明,厥③有国语",其实不可靠,它的作者可能是战国时人根据各国史料编成。

《国语》反映的是春秋时期各国政治、军事活动,以一些重要人物的言论为重点。它的思想倾向大致与《左传》相同,反对残酷暴虐,反对荒淫逸乐,注重民意,宣扬民本思想。书中也有一些预言吉凶,宣扬天命和鬼神的迷信思想,唐人柳宗元写有《非国语》,予以批驳。

《国语》的文章朴素简练,说理平实严谨,有些篇章情节生动,人物形象鲜明突出,如《晋语》中"骊姬杀太子申生"的故事。但总的说来,它的文学成就赶不上《左传》。

《国语》中"召公谏弭谤④"一篇语意周详,见地深刻,是《国语》的代表作:

厉王虐⑤,国人谤之。召公告曰:"民不堪命矣⑥。"王怒,得卫巫⑦,使监谤者。以告⑧,则杀之。国人莫敢言,道路以目⑨。

王喜,告召公曰:"吾能弭谤矣,乃不敢言⑩!"

召公曰:"是障之也⑪。防民之口,甚于防川。川壅⑫而溃,伤人必多;民亦如

---

①书:指《春秋》。 ②"谓之"三句:赶走共叔段本来就是郑庄公的意思,所以《春秋》不说共叔段出奔。这样写含有责难郑庄公的意思。 ③厥:乃。 ④题名:题目的意思是召公规劝君主遏止非议的事件。召公,一作邵公,即邵穆公,名虎,周公卿士;弭谤 mǐ bàng,遏止非议;弭,消除;谤,原为恶意坏话,这里是非议、批评的意思。 ⑤厉王虐:厉王残暴。厉王,即周厉王,名胡,夷王之子,西周末暴君,在位 37 年,后被放逐于彘。 ⑥"民不堪"句:老百姓不能承受帝王暴虐的政令了。堪,承受;命,厉王暴虐的政令。 ⑦卫巫:卫国巫术士。 ⑧以告:只要(卫巫)告密,(厉王)就把谤者杀掉。 ⑨"道路"句:(老百姓敢怒不敢言)路上相遇,只能用眼神示意。 ⑩"乃不"句:终于不敢随便说了。乃,终于。 ⑪"是障"句:这是用暴力堵住老百姓的嘴。障,堵挡、堵塞。 ⑫"川壅"句:水道堵塞,就会溃堤泛滥。壅 yǒng,堵塞。

之。是故为川者决之使导①，为民者宣之使言②。故天子听政③，使公卿至于列士献诗④，瞽献曲⑤，史献书⑥，师箴⑦，瞍赋⑧，矇诵⑨，百工谏⑩，庶人传语⑪。近臣尽规⑫，亲戚补察⑬，瞽、史教诲⑭，耆、艾修之⑮，而后王斟酌焉⑯。是以事行而不悖⑰。民之有口，犹土之有山川也，财用⑱于是乎出；犹其原隰之有衍沃也，衣食于是乎生⑲。口之宣言也，善败于是乎兴⑳。行善而备败㉑，其所以阜财用衣食者也㉒。夫民虑之于心而宣之于口，成而行之，胡可壅也㉓？若壅其口，其与能几何㉔？"

王不听。于是国人莫敢出言，三年乃流王于彘㉕。

召公的话分析透辟，逻辑性强，表现出他的能言善辩和深谋远虑。"防民之口，甚于防川"比喻精当，已成至理名言。

《国语》影响也很大，作为国别史之祖，体例上影响到《战国策》、《三国志》等书。

《战国策》

《战国策》是一部记录战国时期纵横家思想和活动的著作，有较高的史学价值和文学价

①"是故"句：所以治理河道的人一定要疏浚河道，使之通畅。为川者，治水者；决，疏浚；导，通畅。 ②"为民"句：治民者必宣导平民百姓，使之畅所欲言。为民者，治理百姓的人；宣，开导；言，这里有使之畅所欲言的意思。 ③听政：治理政事。 ④"使公卿"句：让公卿直到列士都进献讽谏诗篇。公卿，周朝高级官吏，有三公九卿；列士，周时士有上、中、下三等，故称列士。 ⑤瞽献曲：乐官进献反映民情、民意的乐曲。瞽 gǔ，盲人，古时以盲人为乐官。 ⑥史献书：史官进献史书，使王知古之政体，以为借鉴。史，史官；书，史籍。 ⑦师箴：乐师进献规谏的言辞。师，乐师；箴 zhēn，劝戒的言辞。 ⑧瞍赋：盲人诵读公卿列士所献之诗。瞍 sǒu，盲人，"无眸子曰瞍"（郑玄注）。 ⑨矇诵：盲人诵读。矇 méng，也指盲人，有眸子而无所见曰矇；诵，不合乐诵读。 ⑩百工谏：百官劝谏。百工，古代官的总称，犹言百官。 ⑪庶人传语：平民传话给国王。平民见不到帝王，只得由官员传达。 ⑫"近臣"句：天子左右亲近之臣尽规谏之职。 ⑬"亲戚"句：天子同宗的大臣们弥补王之过失、督察王之行为。补，弥补过失；察，督察行为。 ⑭"瞽史"句：乐师、史官用乐曲、史书对王进行教诲。 ⑮"耆艾"句：老臣们把政令、意见修饬整理。耆 qí 艾本来是老者的统称，六十曰耆，五十曰艾。 ⑯"而后"句：然后由国王斟酌、取舍，付诸实行。 ⑰"事行"句：（王）的行事才能准确无误，不违背情理。悖 bèi，违背情理。 ⑱财用：人类的生活用度。 ⑲"犹其"两句：由于土地有原隰、衍沃，人类的衣食资源才从此而生长。原，宽广平坦的土地；隰 xí，低下的湿地；衍，低下而平坦的土地；沃，有河流灌溉的土地。 ⑳"口之"两句：由于平民百姓可以发表言论，国家政事的好坏，才能体现出来。善败，指政事好坏；兴，发，指体现、表现。 ㉑"行善"句：平民百姓认为好的，就加以推行，认为坏的就加以防范。 ㉒"其所以"句：这就是衣食财用大大增多的道理。 ㉓"成而"两句：（平民百姓）所发表的意见，是深思熟虑以后自然流露出来的，怎么能横加堵塞呢？成，成熟；行，付诸表达，其中有自然流露的意思；壅，堵塞。 ㉔"其与"句：这有多少帮助呢？与，助，帮助，如"与人为善"；几何，几多，多少。 ㉕"于是"两句：于是国人一时都不敢说话；过了三年，平民百姓终于忍无可忍，就把厉王放逐到彘地方去了。流，流放；彘 zhì，晋地，在今山西霍县境内。据考，厉王被放逐到彘是在公元前 842 年，召公谏谤当在公元前 845 年。

值。它大概是秦汉人杂采战国时期各诸侯国史料编纂而成。作者为谁已无从查考,到汉成帝时,由刘向整理汇编,定名为《战国策》。全书包括东周、西周、秦、齐、楚、赵、魏、韩、燕、宋、卫、中山十二策,总共 17 万多字,33 篇。长沙马王堆出土的帛书中,有和《战国策》相似的文字二十几篇,可知在西汉以前确有类似《战国策》的文章,但还未成书。

《战国策》上起东周定王十六年,下至秦二世元年,即公元前 453 年至公元前 209 年的 245 年。内容主要是战国时期纵横家,也就是一些策士谋臣的言论和行动,例如"苏秦以连横说秦"、"张仪诳楚绝齐"、"吕不韦立君得利"、"甘罗十二出使"、"邹忌讽齐王纳谏"、"冯谖客孟尝君"、"鲁仲连义不帝秦"、"唐雎不辱使命"等等,这些篇章能帮助读者了解当时的政治历史情况,从中得到启示。但全书思想驳杂、瑕瑜互见,有反对虐政、反对不义之战,颇具进步意义的篇章,也有对策士们的阴谋诡计津津乐道、大加赞扬的篇章。

但从散文发展的角度来考察,《战国策》比起严谨简约的《左传》、《国语》来,文学性却有增强。

《战国策》打破"编年"的限制,以人物和人物性格为中心,统率记言、记行。例如,《秦策》中的"苏秦以连横说秦"就是以苏秦为中心,写他从失败到成功的不寻常的经历,刻画了他为了个人的名利,不惜朝秦暮楚,变连横为约从,终于成功的策士嘴脸。试看这一段:

> 说秦王书十上而说不行。黑貂之裘弊①,黄金百斤尽,资用乏绝,去秦而归。赢縢履蹻②,负书担橐③;形容枯槁,面目黧黑④,状有归色⑤。归至家,妻不下紝⑥,嫂不为炊,父母不与言。苏秦喟叹曰:"妻不以我为夫,嫂不以我为叔,父母不以我为子,是皆秦之罪也。"乃夜发书,陈箧⑦数十,得太公阴符之谋⑧,伏而诵之,简练以为揣摩⑨。读书欲睡,引锥自刺其股,血流至足,曰:"安有说人主,不能出其金玉锦绣,取卿相之尊者乎?"期年⑩,揣摩成。曰:"此真可以说当世之君矣!"于是乃摩燕乌集阙⑪,见说赵王⑫于华屋⑬之下,抵掌⑭而谈。赵王大悦,封为武安君⑮。受相印⑯,革车⑰百乘,锦绣千纯⑱、白璧百双、黄金万镒⑲以随其后,约从散横⑳,以抑强秦。故苏秦相于赵,而关不通㉑。当此之时,天下之大,万民之众,王侯之威,谋

①裘弊:毛皮衣破了。弊,坏,破了。 ②"赢縢"句:裹着绑腿,穿着麻鞋。赢縢 lěi téng,缠绕着绑腿布;履蹻,足穿麻鞋;蹻,通屩,麻鞋。 ③担橐:挑着包裹。橐 tuó,包裹。 ④黧黑:黑魆魆。黧 lí,黑色。 ⑤归色:当为"愧色"之误。 ⑥紝 rèn:纺织机。 ⑦陈箧:摆开书箱。箧 qiè,小箱子、书箱。 ⑧太公阴符之谋:指姜太公吕尚的《阴符经》。 ⑨"简练"句:选择练习,反复揣测其真义。简,选择;练,熟悉。 ⑩期年:满一年。期,一段时间,如学期、潜伏期等。 ⑪摩燕乌集阙:迫近君王所居之地。摩,迫近;燕乌集阙,阙名,君王所居之地。 ⑫赵王:即赵肃侯,赵语。 ⑬华屋:高大华丽的殿堂。 ⑭抵掌:击拍。形容谈话投缘、亢奋。 ⑮武安君:武安地方的统治者。武安,今河北武安县。 ⑯受相印:受拜为相。即赵王封苏秦为相。 ⑰革车:兵车。 ⑱纯 tún:匹、段,绸帛计量单位,一丈五尺为一纯。 ⑲镒 yì:古代重量单位二十两(一说二十四两)为一镒。 ⑳约从散横:推行六国合纵,拆散别国与秦的连横关系。 ㉑关不通:六国共同抗秦,因此函谷关交通断绝。关,指与秦国通连的函谷关。

臣之权,皆欲决苏秦之策。不费斗粮,未烦一兵,未绝一弦,未折一矢,诸侯相亲,贤于兄弟。夫贤人在而天下服,一人用而天下从,故曰:"式于政,不式于勇①;式于廊庙之内,不式于四境之外②。"当秦之隆,黄金万溢③为用,转毂连骑④,炫煌于道⑤,山东之国,从风而服,使赵大重⑥。且夫苏秦,特穷巷掘门桑户棬枢之士耳⑦!伏轼撙衔⑧,横厉⑨天下;廷说⑩诸侯之主,杜左右之口,天下莫之能伉⑪。

　　将说楚王,路过洛阳,父母闻之,清宫除道⑫,张乐设饮,郊迎三十里。妻侧目而视⑬,倾耳而听;嫂蛇行匍伏⑭,四拜自跪而谢。苏秦曰:"嫂何前倨⑮而后卑也。"嫂曰:"以季子⑯之位尊而多金!"苏秦曰:"嗟乎!贫穷则父母不子,富贵则亲戚畏惧。人生世上,势位富贵,盍⑰可忽乎哉?"

情节生动,人物鲜明。《战国策》在人物描写方面又很有特色,它善于将人物置身于典型的历史环境中,揭示人物丰富的内心世界,语言又十分警策动人,富有个性特征。例如"唐雎不辱使命"中的唐雎,"冯谖客孟尝君"中的冯谖,都是个性鲜明的人物。

《战国策》的语言笔锋犀利,善于铺陈,很有文采。特别是一些谋臣策士的语言,都有谈锋矫健、析理明晰的特点,但具体人物又在总的特点之下各自显示出自己的特色,如苏秦的坚韧倔强、张仪的奸险狡诈、陈轸的圆滑机智、公孙衍的老谋深算,等等。《战国策》的语言善于夸张渲染,例如,"苏秦为赵合纵说齐宣王"的一段,极力渲染临淄的繁华富庶:

　　甚富而实,其民无不吹竽鼓瑟,击筑弹琴⑱,斗鸡走犬,六博蹋鞠者⑲;临淄之途,车毂击,人肩摩,连衽⑳成帷,举袂㉑成幕,挥汗成雨,家敦而富,志高而扬。

这样夸张渲染的描写更增添了谋臣策士语言的辩难色彩。

《战国策》好用寓言说理,如"画蛇添足"、"狐假虎威"、"鹬蚌相争"、"南辕北辙"等故事都出自此书。它们寓意深刻,表达生动,同样增添了谋臣策士语言的辩难色彩。

---

①"式于政"两句:运用政治力量,不运用武力。式通试,使用。　②"式于廊庙"两句:运用于朝廷以内的谋划,不运用于四境以外的武力征伐。廊庙,犹言庙堂,古代君臣议政之所。　③溢:通作镒,古重量单位。④"转毂"句:车骑络绎。毂gǔ,代指车轮。　⑤"炫煌"句:辉煌显耀于道路。炫煌 xuàn huáng,辉煌光耀。⑥"山东之国"三句:华山以东的国家,像风吹草伏一样,对赵国敬重起来,使赵国地位大大提高。　⑦"特穷巷"一句:(苏秦)不过是穷乡僻壤的一个寒士。掘门,同窬门、窑门;桑户,以桑木或桑条编织的门扉;棬枢,把树条圈起来作门枢。　⑧"伏轼"句:伏在车前的横木之上,拉着马的勒头。撙zǔn,勒住。　⑨横厉:纵横凌厉,形容气势很盛。　⑩廷说:在朝廷上游说。　⑪伉:通抗,匹敌之意。　⑫"清宫"句:收拾房屋,清扫道路。　⑬"妻侧目"句:妻子不敢正视。　⑭"嫂蛇行"句:嫂嫂趴在地上爬行。　⑮倨 jù:傲慢。　⑯季子:古代嫂称小叔子为季子。　⑰盍 hé:何不、怎么。　⑱"其民无不"两句:家家风雅弹琴的意思。竽、瑟、筑、琴,古代乐器。　⑲"六博"句:家家游乐嬉戏的意思。六博,又作陆博,长棋。踏鞠,即蹴鞠,古代足球游戏。鞠jū,即鞠。　⑳衽 rèn:衣襟。　㉑袂 mèi:衣袖。

二、诸子散文

诸子散文是指先秦各学派的专门著作。春秋战国时期处士横议、百家争鸣,产生了诸子百家的学术流派。他们的学术思想述著统称诸子、子书或诸子散文。

诸子百家,或称九流十家,究竟有多少家,各书说法不一,《史记》列阴阳、儒、墨、名、法、道德六家,《汉书》加纵横、杂、农、小说共十家。一般说来,主要有儒、墨、道、法四家。

先秦诸子散文的发展大致有三个阶段:一是春秋末战国初的语录体议论文,如《论语》、《墨子》;二是战国中期的对话体论辩文,如《孟子》、《庄子》等;三是战国末期的专题议论文,如《荀子》、《韩非子》等。

《论语》

《论语》是记录孔子及其弟子言行的一部儒家经典著作。孔子(公元前 551—公元前 479)名丘,字仲尼,鲁国陬①邑(今山东曲阜)人。先世为宋国贵族,生有圣德,学无常师,曾问礼于老聃②,学乐于苌弘③,学琴于师襄④。年轻时做过保管仓库和看管牛羊的小吏,中年任鲁司寇,摄相行事,鲁国大治。其后出游卫、宋、陈、蔡、楚,均不见用。60 岁时返鲁从事述著和讲学。相传《诗》、《书》、《春秋》等典籍都经过他的整理。他开私人讲学之风,有弟子 3 000,身通六艺者 72 人。后世尊为至圣先师。

《论语》即论纂的言语之意,正如《汉书·艺文志》所说:"《论语》者,孔子应答弟子时人及弟子相与言而接闻于夫子之语也。当时弟子各有所记。夫子既卒,门人相与辑而论纂,故谓之《论语》。"后来学者认为,大约在春秋战国之际由曾参编定。在汉代曾经有三种本子流传:齐论、古论、鲁论,现只存鲁论。

《论语》共 20 篇,512 章,1.5 万字。全书绝大部分是语录体散文,大部分记言,小部分记行。每篇篇名是取该篇开头两三个字,如《学而》、《为政》、《公冶长》等。

《论语》反映了孔子的政治思想和学术思想。孔子思想的核心是仁,仁的概念是多方面的,"仁者爱人"、"克己复礼为仁"、"孝弟也者其为仁之本与"等等,可以说,它是孝、弟、忠、信等一切德行的总称。除此,孔子思想中还有不少即使在后世也具有积极意义的思想,例如节用爱人、举贤才、有教无类等等。《论语》还有一些格言反映出深刻的人生哲理。

《论语》虽是语录体,属理论散文的早期形态,但较有文学意味。

语录体散文的特点就是语言非常简练明白,而又含蓄深远,例如"岁寒,然后知松柏之后雕也"(《子罕》)、"朽木不可雕也,粪土之墙,不可杇⑤也"(《公冶长》)、"不义而富且贵,于我

---

①陬 zōu:古邑名,春秋鲁地,在今山东曲阜市东南。　②老聃:相传就是老子。聃 dān,本为耳长大者之称,老子用以为名。　③苌弘 cháng hóng:春秋时周大夫,通晓天象数历之学。　④师襄:春秋鲁国乐官,善弹琴、击磬。　⑤杇 wū:同圬,抹灰。

如浮云"(《述而》),这些语录言简意丰、形象而具有启发性。《论语》的语录好用比喻,语式多变化,还较多地使用之、乎、也、者、矣、焉、哉、耶、与等语气词,这些都加深了语意的表达。

《论语》的语录还有一个特点,就是它能在简短的言、行的记叙中展现人物。例如《先进》中的"子路、曾皙、冉有、公西华侍坐章"不仅表达出了孔子和他的这些学生的音容笑貌,还可以从他们的言语、动作中表达出各自的身份和性格。

《论语》是儒家思想、理论的基础,对后世产生了深远的影响。在文学特别是文学语言方面的影响也是很显著的。

《孟子》

《孟子》是记孟轲言行的书。孟轲(约前370—前289)字于舆,邹(今山东邹县)人。他是孔子之孙孔伋①的门人,曾游说齐、宋、滕、魏等国,一度为齐卿,但终因诸侯嫌他的政治主张迂阔,而没有用他。于是他归而述孔子之意,明先王之道,以教弟子。他死后,门人万章、公孙丑等记其言行为《孟子》七章。七章分别为:梁惠王、公孙丑、滕文公、离娄、万章、告子、尽心。篇名无义,仅取篇首两三个字。另有《外书》四篇已佚。

孟轲生于战国时期,诸侯相互征战,都企图变法图强,孟轲提出实行"仁政"、"王道"而一统天下。他的"王天下",使民有恒产、省刑罚、薄税敛,社会安定,更施之以教化;他谴责统治者的穷奢极欲;残民以逞的行为,提出"民为贵,社稷②次之,君为轻"的论断。孟子思想的消极面是:维护孔子的君子、小人的等级,说"劳心者治人,劳力者治于人"、"无君子莫治野人③,无野人莫养君子"。

《孟子》散文具有明显的特色,它在语录体的基础上,发展成为对话论辩体。这种对话论辩体可以说是古代议论散文由简到繁,由散章到整篇的过渡。

《孟子》散文具有雄辩的特色。它以对话问答的方式,展开了雄辩的说理。它不像《论语》那样注重含蓄幽远,而是以犀利明快的语言、灵活多变的说理方法、层层紧逼,步步推理,显示出一种铺张扬厉,咄咄逼人的气势。例如《梁惠王下》中的一章:

> 孟子谓齐宣王曰:"王之臣有托其妻子于其友而之楚游者,比其反也,则冻馁其妻子,则如之何?"王曰:"弃之。"曰:"士师④不能治士⑤,则如之何?"王曰:"已之⑥。"曰:"四境之内不治,则如之何?"王顾左右而言他。

这就是"王顾左右而言他"的出典。孟子向齐宣王连续提出了三个问题,由远及近,由小到大,逼得宣王无辞以对,充分表现出孟子散文锋芒毕露的特色。再如《梁惠王上》中的"齐桓

---

①孔伋 jí:春秋鲁人,受学于曾子,独传孔门心法,作《中庸》以述父师之意,后世称为述圣。伋,思考敏捷。 ②社稷 jì:古代君主祭祀的土神和谷神,一般作国家的代称。稷,粟,古代以稷为百谷之长,因此被奉为百谷之神。 ③野人:即鄙人。古时称四郊以外地区为野,野人指在田野的农业生产者。 ④士师:法官。掌握讼狱的官。 ⑤治士:管理下属办案。 ⑥已之:罢免掉。

晋文之事"章,表现出孟子在论辩中善设机巧、请君入瓮的本领。孟子先有意避开齐宣王提出的称霸的问题,把命题引入王道,说明宣王足以行王道,主要问题在于不为,进而拆穿宣王不为的真实思想在于心存大欲,即称霸天下。下面又论证"以若所为,求若所欲,犹缘木而求鱼也①",最后才将行王道的主张和盘托出。文章纵横捭阖,循序渐进,雄辩有力。

《孟子》散文的论辩方法,正如他在《公孙丑上》中所说,"我知言","诐辞②知其所蔽,淫辞③知其所陷,邪辞④知其所离,遁辞⑤知其所穷"。

《孟子》散文还善于运用故事和比喻来说理。"鱼也我所欲也"章以舍鱼而取熊掌为喻,说明理想高于生命,在理想与生命不可兼得时,宁可舍生取义。"齐人有一妻一妾"章,通过齐人在坟间乞讨酒食的故事,把那些钻营谋官者的无耻丑态,描绘得形态逼肖,达到了令人恶心的程度。其他如"揠⑥苗助长"、"五十步笑百步"、"挟泰山以超北海"等比喻都是孟子的杰作。孟子散文的故事和比喻与其他子书比较起来有平实浅显,与议论紧密结合的特点。

《孟子》在儒家中有重要的地位,唐宋古文大家不仅在思想方面,而且在散文艺术方面都深受其影响。韩愈、柳宗元和"三苏"的散文都有明显的师法《孟子》的痕迹。

《庄子》

《庄子》是诸子散文的重要著作,也是道家经典。它是庄周和其弟子、后学所著。

庄周(约前369—前286)宋蒙城(今河南商丘县东北)人。曾为漆园吏,"其学无所不窥,然其要本归于老子之言"(《史记》)。楚威王要拜他为相,他哭着对使者说:"子亟⑦去,无污我。我宁游戏污渎之中自快,无为有国者⑧所羁"(同上)。他家里很穷,住在穷街陋巷,以织屦为生。

《汉书·艺文志》载《庄子》52篇。现仅存33篇,内篇7,外篇15,杂篇11。内篇为庄周作,外、杂篇则出自门人、后学之手。

庄子继承和发展了老子的思想,主张顺应自然,消极避世,无为而治。他以玩世不恭,随俗沉浮的处世态度来看待尘世的一切。反对儒、墨、名家的是非之争,认为人们不强调是,就没有非;不宣扬善,就没有恶;不主张贵,就没有贱;不推崇君子,就没有小人;不知美也就不知丑,人生是一场大梦。他这种虚无主义厌世主义、不可知论当然是错误的。但他那种蔑视权贵、礼、法、愤世嫉俗,不与统治者合作的态度,在当时却有积极意义。一些名言如"窃钩者

---

①"犹缘木"句:比如爬到树上去捉鱼,比喻方式、方法完全错了,无法达到目的。 ②诐 bì 辞:偏颇、邪僻的言论。 ③淫辞:夸大失实的言论。 ④邪辞:不合正道的言论。 ⑤遁辞:指理屈辞穷或不愿吐露真意时用以搪塞的话。 ⑥揠 yà:拔。 ⑦亟 jí:急。 ⑧有国者:国君、统治者。

诛,窃国者为诸侯。诸侯之门而仁义存焉①"(《胠箧》②)非常深刻地批判了当时的社会。

《庄子》的文章具有独特的艺术风格,鲁迅评道:"(《庄子》)十万余言,大抵寓言,人物土地,皆空言无事实,而其文则汪洋辟阖③,仪态万方,晚周诸子之作,莫能先也。"(《汉文学史纲要》)郭沫若则说:"不仅晚周诸子之作莫能先,秦汉以来的一部文学史差不多大半在他的影响之下发展","足以和他分庭抗礼,在韵文方面当数屈原,在散文方面当推司马迁"(《今蒲昔剑》)。

《庄子》散文的艺术特色首先在于构思奇幻,极富浪漫主义色彩。例如《逍遥游》的一段:

> 北冥④有鱼,其名为鲲⑤。鲲之大,不知其几千里也;化而为鸟,其名为鹏⑥。
> 鹏之背不知其几千里也,怒而飞⑦,其翼若垂天之云⑧。是鸟也,海运⑨则将徙⑩于
> 南冥。南冥者,天池也。《齐谐》⑪者,志怪者也。《谐》之言曰:"鹏之徙于南冥也,
> 水击三千里,搏⑫扶摇⑬而上者九万里,去以六月息者也。⑭"

《逍遥游》的主题是要使精神无所拘束、绝对自由地来往于天地之间,逍遥于无何有⑮之乡。文章的开头就写鲲鹏在天水间变幻遨游的景象,意境开阔,想象奇特。

《庄子》散文艺术的另一特点则是大量运用寓言故事来说理。庄子认为世人都沉浊,不可以庄语,就以"谬悠⑯之说,荒唐之言,无端崖⑰之词"(《庄子·天下篇》)的所谓"寓言"、"重言"来表达他的意思。"寓言"就是虚幻的神话故事,"重言"就是引证历史故事和古人的话,而庄子的所谓"卮言⑱",才是抽象的论说。寓言一词最早见于《庄子》,而《庄子》的寓言故事在诸子散文中又写得最好。它的寓言或借动物或托神灵,想象丰富,变幻奇特,巧妙地表现了所要说的道理。试看"庄周贷粟"一则:

> 庄周家贫,故往贷粟于监河侯⑲。监河侯曰:"诺! 我将得邑金⑳,故贷子三百
> 金,可乎?"庄周忿然作色㉑,曰:"周昨来,有中道㉒而呼者。周顾视车辙中,有鲋
> 鱼㉓焉。周问之曰:'鲋鱼,来! 子何为者邪?'对曰:'我东海之波臣㉔也。君岂有㉕

---

①"窃钩者"三句:窃衣带钩者被斩,而窃国大盗则可以封王封侯,所谓"仁义"只存于诸侯之门。这话是讽刺封建法治社会的虚伪和不合理。钩,腰带的扣钩。　②胠箧 qū qiè:《庄子》中的一篇,原文是:"将为胠箧探囊发匮之盗而为守备。"胠箧,意思是撬开箱、箧,后亦用为盗窃的代称。　③汪洋辟阖 hé:谓文章义理深广、气势浑厚雄健而又开合自如。　④北冥:北海。冥即溟,海水深黑者。　⑤鲲 kūn:古代传说中的大鱼。　⑥鹏:古代传说中的大鸟。　⑦怒而飞:鼓翼而飞。　⑧垂天之云:天边云彩。垂同陲。　⑨海运:即海动,波涛翻荡。　⑩徙 xǐ:迁移。　⑪《齐谐》:书名,志怪之书。　⑫搏:拍击。　⑬扶摇:狂飚,盘旋而上的大风。　⑭"去以"句:鹏鸟一举飞去,要半年才歇息下来。息,休息。　⑮无何有:谓无所有。《庄子》成玄英疏:"无何有,犹无有也。"　⑯谬悠:荒诞无稽。　⑰无端崖:广大无边、不拘守于一隅。端,顶端;崖,堤岸。　⑱卮 zhī 言:缺乏主见、随人意而变之言。出于《庄子·寓言》"卮言日出"。　⑲监河侯:原官主司不详,后来泛指出贷钱物的人。　⑳邑金:封邑租税金。成玄英疏:"待我岁终得百姓租赋封邑之物乃贷子。"　㉑忿然作色:气愤地变了脸色,发怒了。　㉒中道:半路。　㉓鲋 fù 鱼:即鲫鱼。　㉔波臣:鲋鱼自称。意谓水族中的臣仆奴隶,后亦借指被淹死的人。　㉕岂有:即其有,表示祈使。岂,其。

斗升之水而呵活我哉?'周曰:'诺！我且南游吴越之王,激西江①之水而迎子,可乎?'鲋鱼忿然作色,曰:'吾失我常与②,我无所处;吾得斗升之水然活耳,君乃此言,曾不如早索我于枯鱼之肆③！'"(《外物》)

庄周断粮,危在旦夕,只要赒济④斗升之粟就可活命。可是食有封邑的监河侯却故作慷慨地许诺;等他收完债以后,一定借给三百金。这种远水不救近火、画饼充饥的许诺无疑是见死不救。庄周就讲了车辙鲋鱼的故事揭露监河侯嘴甜心苦,假仁假义的伪君子面貌。故事生动,寓意显豁。

再次,《庄子》散文描绘细致生动,给人以活灵活现的感受。如《徐无鬼》中的"匠石斫垩"⑤的小故事:

> 郢人⑥垩漫其鼻端若蝇翼⑦,使匠石斫之。匠石运斤成风⑧,听⑨而斫之,尽垩⑩而鼻不伤,郢人立,不失容⑪。

这就是成语"运斤成风"的出典,这则小故事把郢人和匠石配合的绝技描绘得形象生动、活灵活现。

可贵的是,上述的一些特色在庄子散文中结合得非常紧密。它常常运用生动的寓言,拟人化的设譬,飞腾着奇诡绚丽的想象,描绘又极细致传神。在庄子笔下鲲鹏大小互变,一会水击三千里,一会扶摇直上青云;鳌蛙对话,蛇风相怜;居于蜗角的蛮氏、触氏能争地而战,伏尸百万;庄生梦蝶、蝶梦庄生;这些正如刘熙载所言"《庄子》寓真于诞,寓实于玄,于此见寓言之妙","尤缥缈奇变,乃如风行水上,自然成文也"(《艺概》)。

《庄子》散文确实是汪洋恣肆,仪态万方,机趣横生,对后世文学影响深远。苏轼的旷达洒脱与庄子相通,他说:"吾昔有见,口未能言。今见《庄子》,得吾心矣。"(苏辙《东坡先生墓志铭》)

总之,先秦散文对后世文学产生了直接而深远的影响,可以说,它是除韵文以外的各体文学的源头。历史散文是我国最早的记叙文,开辟了以后的传记文学的道路,也给唐宋散文以深刻的影响,同时还给笔记、历史演义、英雄传奇等小说创作提供了丰富的借鉴。诸子散文则是我国议论文的滥觞,以后的哲理散文、政论文、小品、杂文、游记中都可见诸子文风的痕迹,至于孔、孟、老、庄的思想影响则更是显而易见的了。

---

①西江:锦江的别称,成玄英疏:"西江,蜀江也。"　②"吾失"句:我失去了往常的环境,而落到了这步田地。常,往常。　③枯鱼之肆:卖死鱼的集市。　④赒 zhōu 济:对人给予物质上的帮助。赒,即周,接济。　⑤匠石斫垩:斫石的匠人削掉白垩的事。斫,砍、削。垩è,白粉、灰。　⑥郢 yǐng 人:楚国郢城人。郢城在今湖北江陵。　⑦若蝇翼:有苍蝇翅膀那么一点。　⑧运斤成风:挥动斧头发出呼呼风声。　⑨听 tīng:听任、听凭。　⑩尽垩:砍尽鼻端白粉。　⑪不失容:面不改色。

第四节　屈原和楚辞

屈原是我国文学史上第一个伟大的诗人,是积极浪漫主义文学传统的奠基者,他创造的**诗歌新形式**——楚辞体,标志着我国古代诗歌进入了一个崭新的阶段,哺育了以后的各代诗人。1953 年诗人逝世 2 230 周年之际,被列为世界文化名人隆重纪念。

一、屈原生平

屈原(约前 340—约前 279)名平,字原,战国末期楚国丹阳(今湖北秭归)人。他生当楚秦两霸争雄,楚国由强转弱的时代。《史记·屈原列传》记载,屈原博闻强记,明于治乱,娴①于辞令,一度深受楚怀王信任,更被授予左徒②之职,入则与王图议国事,以出号令,出则接遇宾客,应对诸侯。可是楚怀王是一个庸懦的国君,任用了一批佞臣如上官大夫、靳尚之流执政,屈原遭到排斥,降职为三闾大夫③。秦见有隙可乘,就派张仪到楚国,施行阴谋诡计,瓦解了齐楚的"纵亲"关系,导致齐楚绝交。怀王发觉秦国的骗局以后,就贸然出兵伐秦,由于没有齐国的支援,两次都被打得大败,还丧失了汉中之地。怀王不得已,就派屈原使

屈原像

齐,恢复了齐楚的合纵关系。秦国害怕齐楚联合就提出还地讲和,派张仪再次出使楚国。怀王气恼张仪,但张仪利用内奸郑袖花言巧语而得了逞。怀王三十年,秦国进一步提出秦楚会盟,屈原阻谏说:"秦,虎狼之国,不可言,不如无行。"可子兰等亲秦派却竭力怂恿怀王去秦。怀王入秦后果然被扣,进而被逼割地称臣,终而客死秦国。此时屈原已被放逐到汉北地区。

怀王死后,顷襄王接位,子兰为令尹。子兰唆使上官大夫等诽谤屈原,屈原又被放逐到江南地区。他"被发④行吟泽畔,颜色憔悴,形容枯稿",忧国忧君忧民,一刻也没有忘记回故乡。他流离于沅湘一带达 9 年之久,长歌当哭,抒发着难以排遣的郁愤。顷襄王二十一年(前 279)秦兵攻破了楚国都城郢,楚国君臣仓皇逃难。山河破碎,报国无门,屈原感到自己毫无希望,便投汨罗江自杀。传说,人们伤痛这千古奇悲的诗人就在五月五日以赛龙舟、祭粽子的方式来悼念。

---

①娴 xián:熟练。　②左徒:官名,战国时,楚国置,楚国贵臣。　③三闾大夫:官名,战国时,楚国置,掌昭、屈、景三姓贵族。　④被发:披着头发。被,同披。

二、屈原的作品

楚辞名称的由来和楚辞作家

楚辞是战国后期产生的一种新诗体,是以屈原为代表的楚国诗人,把楚国流行的祭神曲加工润色从而创造出来的一种有楚地民歌特色的诗歌。宋黄伯思说:"屈宋诸骚,皆书楚语、作楚声,记楚地、名楚物,故可谓之楚辞"。(《东观余论·楚骚序》)

楚辞的出现标志着诗歌发展的新阶段,除了形式的创新外,创作方式也由集体转向了个人。屈原所作楚辞有《离骚》、《九章》、《天问》、《九歌》、《招魂》。继屈原以后,宋玉、唐勒和景差等人都创作楚辞,宋玉是屈原的后辈,他的《九辩》词藻秀丽,音节谐美,韵味深长,抒发了自己落拓不遇的悲愁,在艺术上很有创造性。到了汉代,一些作家虽非楚人,但"其情其辞则楚"故亦称楚辞。

西汉末年,刘向辑录屈原、宋玉以及汉朝楚辞作家的作品,名为《楚辞》。东汉王逸又为这本书作了注,名曰《楚辞章句》。从此"楚辞"又成了继《诗经》以后的诗歌总集的名称。由于屈原是楚辞的创始人和代表作家,后人提到楚辞,每每就是指屈作。屈原的《离骚》是楚辞的代表作,后人又每每称楚辞体为"骚体",《楚辞》如与《诗经》并称,则曰"风骚"。

汉朝有代表性的文学样式是赋,汉赋与楚辞则有继承关系,宋玉就写过《风赋》、《高唐赋》等多篇,刘勰《文心雕龙》就认为楚辞开导了汉赋,"是以枚(枚乘)贾(贾谊)追风以入丽,马(司马相如)扬(扬雄)沿波而得奇"(《辨骚》)。自来辞与赋并称,辞赋的铺张扬厉、排比往复的写作方法,皆导源于《离骚》。赋家推崇屈原,称屈原的作品为屈赋。

《离骚》

《离骚》是屈原和楚辞的代表作,是我国古代文学中最长的一首抒情诗,共 273 句,2490个字。司马迁解释为:"离骚者,犹离忧也。"(《屈原列传》)王逸《楚辞章句》解释为:"离,别也;骚,愁也。"(《离骚序》)

全诗可分为前后两部分,从"帝高阳之苗裔兮"到"岂余心之可惩"为前一部分。这一部分是诗人对往事的回顾,诗人回叙了家世、出身、自己高洁的品格、宏伟的抱负,为了祖国的强盛,他一意为王先驱,但是那些贵族、小人离间、中伤,使他陷入了受迫害而无法实现政治理想的境地。试看这一段:

众皆竞进以贪婪兮①，凭不厌乎求索②。羌内恕己以量人兮③，各兴心而嫉妒④。忽驰骛以追逐兮⑤，非余心之所急⑥。老冉冉其将至兮⑦，恐修名之不立⑧。朝饮木兰之坠露兮⑨，夕餐秋菊之落英⑩。苟余情其信姱以练要兮⑪，长顑颔亦何伤⑫！擥木根以结茝兮⑬，贯薜荔之落蕊⑭。矫菌桂以纫蕙兮⑮，索胡绳之纚纚⑯。謇吾法夫前修兮⑰，非世俗之所服⑱。虽不周于今之人兮⑲，愿依彭咸之遗则⑳。长太息以掩涕兮㉑，哀民生之多艰㉒！余虽好修姱以鞿羁兮㉓，謇朝谇而夕替㉔。既替余以蕙纕兮㉕，又申之以揽茝㉖。亦余心之所善兮，虽九死其犹未悔㉗！怨灵修之浩荡兮，终不察夫民心㉘。众女嫉余之蛾眉兮㉙，谣诼谓余以善淫㉚。固时俗之

---

①"众皆"句：那些小人都争相追名逐利。众，指楚王左右的党人、小人；竞进，争着求进；贪婪，"爱财曰贪，爱食曰婪"（王逸《楚辞章句》）。兮，语气词，即啊。　②"凭不厌"句：追求索取，全然没有满足之时。凭，楚方言，满足；厌，餍足；求索，追求索取。　③"羌内"句：这些人以自个的小人之心度量别人。羌，楚方言，发语词；恕己，宽宥自己；量人，度量别人。　④"各兴心"句：（他们）各生嫉妒、猜忌之心。兴，生。　⑤"忽驰骛"句：（小人们）急于追逐权势、财利。驰骛 wù，马奔跑貌。　⑥"非余心"句：这些并不是我所做的事。　⑦"老冉冉"句：我渐渐步入了垂暮之年。冉冉 rǎn rǎn，渐渐地。　⑧"恐修名"句：怕只怕美好的名声未能树立。　⑨"朝饮"句：早上我饮的是木兰花上坠落下的露水。木兰，香木名，皮似桂而香，状如楠树。　⑩"夕餐"句：晚上我吃食的是秋菊的落花。这两句表示诗人修行的高洁，与那些贪婪的小人迥异。　⑪"苟余情"句：只要我的感情精诚专一。苟，如果、假如；余情，我的内心；信，真实；姱 kuā，美好；练要，操守坚定、精诚专一。　⑫"长顑颔"句：纵然形骸消瘦又有什么关系。顑颔 kǎn hàn，因饥饿而憔悴。　⑬"擥木根"：（我）手持木兰的根把白芷拴上。擥同揽，持的意思；木根，据蒋骥《山带阁注楚辞》，是木兰之根；茝 chǎi，一种香草。　⑭"贯薜荔"句：再穿上薜荔的花蕊。贯，穿；薜荔 pì lì，蔓生香草。　⑮"矫菌桂"句：我举起削直了的桂枝又挽上了芳蕙。矫，举起；菌桂，直的桂枝；菌，直；纫，联缀；蕙，香草名。　⑯"索胡绳"句：再串上些胡绳草，这下就更美了。索，作动词用，搓绳；胡绳，叶可搓绳的香草；纚纚 xǐ xǐ，相连貌，形容长串的美好。　⑰"謇吾"句：我是这样效法历代贤人的品格。謇 jiǎn，语首词；法，效法；前修，前代贤人。　⑱"非世俗"句：与那些世俗人等迥然不同。服，用。　⑲"虽不周"句：虽然不投合时尚人的习俗。周，投合。　⑳"愿依"句：我效法的是古代贤人彭咸的法则。彭咸，王逸《楚辞章句》："殷贤大夫，谏其君不听，自投水而死。"遗则，留下的榜样、法则。　㉑"长太息"句：我长长地叹息一声，止不住掩面流泪。太息，叹息；掩涕，掩面拭泪。　㉒"哀民生"句：我哀怜的是人民的生计，是多么艰难困苦。民生，人生。　㉓"余虽"句：我虽然有高尚的操行，而又十分收敛、小心从事。修姱 kuā，美德；鞿 jī，马缰绳；羁，马笼头；鞿羁，检点、约束着自己。　㉔"謇朝谇"句：饶这样，我还是遭排斥，早晨进献的主张，晚上就遭到废弃。谇 suì，进谏；替，废弃。　㉕"既替余"句：（你们）既然换了我的蕙草佩带。蕙纕，指用蕙草做的佩带；纕 xiāng，佩带。　㉖"又申之"句：还要指斥我采集芷草。茝 chǎi，即芷草，一种香草。　㉗"亦余心"两句：只要我内心认为是正确的，纵然让我多次去死，我也毫无反悔之心。所善，指自己认为正确的；九死，多次去死；其，尚且。　㉘"怨灵修"两句：怨只怨先王是那样的糊涂、木讷，老是不了解我的用心。灵修，神明，此篇中代指楚王；浩荡，无思虑的样子，犹言糊涂；察，体察、分辨；民心，指臣子的良苦用心。　㉙"众女"句：群小嫉妒我的美德。众女，喻群小；蛾眉，细长弯曲如蚕蛾触须的眉毛，转意为美好的容颜，这里是喻美德。　㉚"谣诼"句：他们制造谣言，说我是淫邪之人。谣诼 zhuó，造谣、毁谤；淫，淫邪。

工巧兮①,偭规矩而改错②。背绳墨以追曲兮,竞周容以为度③。忳郁邑余侘傺兮,
吾独穷困乎此时也④! 宁溘死以流亡兮,吾不忍为此态也⑤! 鸷鸟之不群兮,自前
世而固然⑥。何方圆之能周兮,夫孰异道而相安⑦! 屈心而抑志兮,忍尤而攘诟⑧。
伏清白以死直兮,固前圣之所厚⑨。

后一部分从"女媭之婵媛兮⑩"到篇末"乱曰:已矣哉! 国无人莫我知兮,又何怀乎故都! 既
莫足为美政兮,吾将从彭咸之所居⑪"。这一部分是描写诗人对未来道路的探索。诗人在遭
到迫害以后,陷入彷徨苦闷之中,他升天入地寻求解答和鼓舞,所遇的情景竟与现实差不多。
他感到极度矛盾,国势殆危,粪壤充帏,自己远逝不愿,顺俗随流又不能,只得打算以死来殉
自己的理想。试看这一段:

跪敷衽以陈辞兮,耿吾既得此中正⑫。驷玉虬以乘鹥兮,溘埃风余上征⑬。朝
发轫于苍梧兮,夕余至乎县圃⑭。欲少留此灵琐兮,日忽忽其将暮⑮。吾令羲和弭

---

①"固时俗"句:诚然时俗之人善于投机取巧。时俗,世俗之人;工巧,善于投机取巧。 ②"偭规矩"句:
违反规矩、胡作非为。偭 miàn,违反、违背;规矩,法度;改错,改变措施,不走正道;错,同措。 ③"背绳墨"
两句:(他们)违背是非准则、从俗沉浮。他们把追求错误,比赛着谄媚逢迎作为生活的准则。绳墨,木工用
以画直线的工具;追曲,追逐邪曲;周容,苟且、谄媚,以求许可、原谅;度,法度。 ④"忳郁邑"两句:十分烦
闷、忧郁不安,我是那样地苦恼忧愁! 我孤独地为不幸所困厄。忳 tún,烦闷,是加于郁邑上的副词;郁
邑,同郁悒,苦恼忧愁;侘傺 chà jì,楚方言,失意时心情不定的样子。 ⑤"宁溘死"两句:(我)宁可早些死
掉,或者让灵魂去流浪漂泊啊,我实在不忍心去做出他们那种丑态。溘 kè 死,忽然死去;以,或者。 ⑥"鸷
鸟"两句:高飞远集的鹰隼是无法与燕雀合群的啊,自古以来就理所当然。鸷 zhì 鸟,鹰鹞一类猛禽;不群,
超乎流俗。 ⑦"何方圆"两句:方和圆怎能相合啊,不同道的人怎能相安共处? 能周,能够相合。 ⑧"屈心"
两句:(我)且耐心地压制着内心的意愿,忍受着无端的责骂,接受耻辱性的流言。屈,委屈,有压制心志的
意思;忍尤,忍受无端的罪责;尤,罪过;攘诟,容忍,接受别人的诟骂;攘 rǎng,容让或被迫地接受;诟,耻
辱。 ⑨"伏清白"两句:保持自己的清白,守着正直之道而死,那本是前世圣人所嘉许、赞美的啊! 伏清白,保持
清白;伏,通服;死直,守着正直之道而死;厚,契重、嘉许、赞美。 ⑩"女媭"一句:我那体贴、眷念的女伴啊。
女媭 xū,女伴;婵媛 chán yuán,情思牵萦眷念貌。 ⑪"乱曰"六句:尾声:算了吧,国中没有明君贤人理解
我,我又何必苦苦地怀念着故国;既然不足与之行美德施善政,我将跟从彭咸于地下。乱,乐曲、辞赋的末
章,相当于尾声;已矣哉,算了吧,无人、无贤人;莫我知,即莫知我;莫足,不足与;美政,德政、善行;彭咸,殷
朝贤臣,谏君不成,投水而死。 ⑫"跪敷衽"两句:跪在地上摊开前襟,我胸怀坦荡,已经得到了做人的正
道。敷,铺开;衽 rèn,衣襟;耿,光明;中正,正确的道理。 ⑬"驷玉虬"两句:我驾起了玉龙和凤凰,陡然之
间,我乘着沙尘暴风脱离尘俗,随风上升。虬 qiú,无角的龙;玉,白色;鹥 yī,凤一类的鸟;溘 kè,乘着;埃风,
沙尘暴风。 ⑭"朝发轫"两句:早晨我从苍梧山出发,晚上我就到达了昆仑山上的县圃。轫 rèn,停车时用
来卡住轮子的横木;发轫,撤去轫木,意即发车;苍梧,即传说中舜的埋葬之地九嶷山;县圃,传说中昆仑山
神仙所居之地。 ⑮"欲少留"两句:我打算在这神圣的地方逗留片刻,可是太阳却匆匆下山了。灵琐,神境
中的门;忽忽,犹言匆匆。

节兮，望崦嵫而勿迫①。路曼曼其修远兮，吾将上下而求索②。饮余马于咸池兮，总余辔乎扶桑③。折若木以拂日兮，聊逍遥以相羊④。前望舒使先驱兮，后飞廉使奔属⑤。鸾皇为余先戒兮，雷师告余以未具⑥，吾令凤鸟飞腾兮，继之以日夜⑦。飘风屯其相离兮，帅云霓而来御⑧。纷总总其离合兮，斑陆离其上下⑨。吾令帝阍开关兮，倚阊阖而望予⑩。时暧暧其将罢兮，结幽兰而延伫⑪。世溷浊而不分兮，好蔽美而嫉妒⑫。

总之，屈原的《离骚》反映了他一生的思想历程和楚国政治的腐败，表现了他眷念祖国，实行美政的高尚情怀，以及他坚持理想、憎恶丑恶，矢志不移的斗争精神。

鲁迅说《离骚》"逸响⑬伟辞，卓绝一世。后人惊其文采，相率仿效"（《汉文学史纲要》），说明《离骚》艺术魅力的巨大。

《离骚》的艺术成就，首先表现在全诗具有强烈的浪漫主义色彩。全诗成功地塑造了抒情主人公的高大形象，他是那样地具有进步的政治理想，他是那样地有着高尚的思想情操，那样地挚爱着祖国、故乡，那样地嫉恶如仇，那样地有着九死不悔以身殉国的坚强意志，那样地胸中澎湃着狂涛巨浪般的激情。这个抒情主人公的形象在中国诗歌史上是空前的，他既有血肉丰满的现实基础，更放射出理想化的、超凡脱俗的光辉，是一个浪漫主义色彩强烈的悲剧典型。另外，屈原在创造这一个浪漫主义抒情主人公时所用的一些手法也是新颖生动的，洋溢着浪漫主义气息。全诗糅合了许多神话传说，场景宏丽，境界迷离恍惚，表现出作者

---

①"吾令"句：我吩咐太阳之神慢慢走啊，纵然望见了崦嵫，也别匆匆地沉落。羲和，驾着太阳飞行的人；弭 mǐ，止；节，车行的速度；崦嵫 yān zī，传说中落日之山、神山。　②"路曼曼"两句：前路是那样地长远，我将升天入地追求我的理想境地。曼曼，同漫漫；修，长，辽远；求索，寻找探索。　③"饮余马"两句：且让我的马在咸池好好饮水，系好缰绳，在扶桑下好好休息。咸池，传说中太阳洗澡的地方；总，系结；扶桑，神话中的树名，太阳就是从下面升起。　④"折若木"两句：我折下若木的枝桠，拂拭太阳，使它不要迅速昏暗下去，我能得以暂时徘徊片刻。若木，神话中树名，相传在昆仑山两极；拂，拂拭；聊，暂且；相羊，即徜徉，徘徊。　⑤"前望舒"两句：我支使月亮之神在前面做向导，又命令风伯在后面跟随。前，作动词用，走在前面；望舒，神话中的月神；后，作动词用，走在后面；飞廉，传说中的风神；奔属，奔随。　⑥"鸾皇"两句：鸾凤，你就替我喝道开路程，可是雷神却来告诉我一切尚未准备好。鸾皇是凤一类的禽鸟；皇，即凰；先戒，先行警戒；雷师，雷神；未具，指旅行准备未完成。　⑦"吾令"两句：我派凤鸟展翅飞腾，夜以继日，不得停息。　⑧"飘风"两句：一会儿，那旋风聚合起来，风儿率领着云霞来迎接。飘风，回风、旋风；屯，聚合；离，同丽，附着；云霓，云霞；霓 ní，虹霓；来御 yà，来迎接。　⑨"纷总总"两句：眼前辉煌灿烂，五光十色，聚散不定，参差腾涌，忽上忽下。纷总总，众多聚集的样子；离合，忽离忽合，聚散不定；斑陆离，形容云霞五光十色，参差错综；斑，纷乱；陆离，色彩繁杂。　⑩"吾令"两句：我叫天帝的守门人，为我开门，他却倚着天门，摆一摆手，漠然地望着我。帝阍 hūn，天帝的守门人；开关，即开门；阊阖 chāng hé，传说中的天门。　⑪"时暧暧"两句：时光昏暗，白日将尽，我手结幽兰，在天门外滞留徘徊。时，日光；暧暧 ài ài，昏暗不明；罢，终了；结幽兰，结着所佩戴的幽兰。　⑫"世溷浊"两句：世界是这样的混浊啊，美丑不辨，美好的往往被蒙蔽，剩下的只是相互间的嫉妒。溷浊，即混浊；溷 hūn，浑；蔽，障蔽。　⑬逸响：指雄浑奔放的文章。

《离骚》的艺术成就

奇幻的想象力和非凡的表现力。诗人升天入地与日神（羲和）、月神（望舒）、风神（飞廉）、雷神（丰隆）等交谈、请教，有力地表现了诗人执著追求理想的大无畏精神——这些在先秦诗歌中都是极具魅力的创造。

其次，《离骚》还创造性地运用了《诗经》开创的比兴手法。诗人在诗中大量运用比兴手法，使人联类想象，韵味深长，而且全诗的比兴不是分散的珠玉，而是有机地结合在一起的。后汉王逸在《楚辞章句》中说："《离骚》之文，依《诗》取兴，引类譬喻，故善鸟香草，以配忠贞；恶禽臭物，以比谗佞；灵修美人，以媲①于君；宓妃②佚女③，以譬贤臣；虬龙④鸾凤⑤，以托君子；飘风云霓⑥，以为小人。其词温而雅，其义皎而朗。"就是说，《离骚》里的比兴繁多而不散乱，善恶美丑，壁垒分明；花草树木，鸟兽虫鱼，自然界的一切，也都有了生命，而且人格化了，包蕴着作者鲜明的爱憎感。众女嫉妒美人以喻群小嫉贤，荃蕙⑦转化为萧茅⑧比喻人的蜕化变节，这些复杂的思想感情从比喻中反映得自然贴切、鲜明深刻，无疑是修辞史上的一次革命。

再次，在语言句法上，《离骚》创造了一种句法参差错落、灵活变幻的新形式——楚辞体。试看这一段：

> 惟草木之零落兮，恐美人之迟暮⑨。不抚壮而弃秽兮，何不改此度⑩？乘骐骥以驰骋兮，来吾导夫先路⑪！

这种语言形式以隔句用兮为其特色，整齐中有变化，词藻华美，对仗工整，节奏鲜明，比起《诗经》的四言诗行来，更便于表达丰富复杂的社会内容，抒发激昂委曲的情怀。

除此，一变《诗经》的短章而为 273 句的长篇，以抒情为主，也夹杂一些叙事成分，形成了一首波澜起伏、千回百转的抒情长诗，这也是《离骚》在结构上的创新。

《九歌》

《九歌》是屈原在民间祭神乐歌基础上加工而成的楚辞祭歌。它共有 11 篇：《东皇太一》、《云中君》、《湘君》、《湘夫人》、《大司命》、《少司命》、《东君》、《河伯》、《山鬼》、《国殇》、《礼魂》。除《礼魂》为通用的送神曲外，其余 10 篇各祀一种神。

《九歌》创造了优美动人的诸神形象，这些神充分人格化，特别是在描写他们恋情的时

---

①媲 pì：比得上。 ②宓妃：伏羲之女，相传溺死洛水，遂为洛水神。《离骚》："吾令丰隆乘云兮，求宓妃之所在。"宓 fú，通伏。 ③佚女：美女。佚 yì，散失。 ④虬龙：古代传说中的龙。虬，读 qiú，一种龙。 ⑤鸾凤：鸾鸟和凤凰，比喻贤俊之士。 ⑥飘风云霓：飘风，旋风。云霓，指高空的云雾。比喻谗邪之士。 ⑦荃蕙 quán huì：荃，香草名，即菖蒲，比喻君主。蕙，香草名，一名佩兰。 ⑧萧茅：萧，蒿类植物，即艾蒿。茅，一种草。 ⑨"惟草木"两句：草木有零落的时候，我深深忧虑的是您——国君，即使是您也会衰老的。美人，这里喻国君，指楚怀王；迟暮，年老。 ⑩"不抚壮"两句：何不抓紧少壮的年华，抛弃那些污浊的东西，改变现行的政治、法度。抚，凭借、趁着；弃秽，抛弃污浊的东西。 ⑪"乘骐骥"三句：我驾着千里马向前飞奔，快来吧，我为您带路！骐骥 qí jì，骏马，导，引导；先路，前面带路。

候,简直是一阕凄惋哀感的人的恋歌。例如《湘君》与《湘夫人》,两篇祀的都是湘水之神。相传湘君即舜,湘夫人是舜之二妃,也有人认为湘君、湘夫人为配偶神,两篇都是写等待对方而不见到来的哀怨心情,试看其开头:

> 君不行兮夷犹,蹇谁留兮中洲①? 美要眇兮宜修,沛吾乘兮桂舟②。令沅湘兮
>
> 无波,使江水兮安流③。望夫君兮未来,吹参差兮谁思④。　　——《湘君》
>
> 帝子降兮北渚,目眇眇兮愁予⑤。袅袅兮秋风,洞庭波兮木叶下⑥。
>
> 　　　　　　　　　　　　　　　　　　　　——《湘夫人》

通篇沉浸在哀怨缠绵的思绪之中。诗中还以洞庭、湘水的景物描写渲染气氛,极富诗情画意。

《山鬼》一篇是巫山神女的恋歌,开头就极诡奇:

> 若有人兮山之阿,被薜荔兮带女萝⑦。既含睇兮又宜笑,子慕予兮善窈窕⑧。
>
> 乘赤豹兮从文狸,辛夷车兮结桂旗⑨。被石兰兮带杜衡,折芳馨兮遗所思⑩。

作者描写的是一个披枝挂叶、骑豹饮泉的原始女性,下面则写她的相思、忧恨,又仿佛现实社会中人,环境和装束烘托出了女神的野性美。

《国殇》是哀悼死于国事的将士祭歌。诗歌赞美了他们的英勇作战、慷慨就义的悲壮精神。

《九章》

《九章》是屈原9篇抒情诗的合称,它们是《惜诵》、《涉江》、《哀郢》、《抽思》、《怀沙》、《思美人》、《惜往日》、《橘颂》、《悲回风》。强烈的爱国主义精神和浓厚抒情成分的结合,仍是这

---

①"君不行"两句:湘君啊,你为啥迟迟不见来到,是谁把你留在了洲中? 夷犹,犹豫不决;蹇 jiǎn,发语词;中洲,即洲中;洲,水中陆地。　②"美要眇"两句:我的容貌打扮得美丽俊俏,并且快速划来了桂木舟。要眇 yāo miǎo,体态美好;宜修,打扮入时;沛,行疾貌;乘,乘船;桂舟,芳香高洁的桂木舟。　③"令沅湘"两句:请沅水、湘江平息波澜,浩渺的江水,安静地流淌吧!　④"望夫君"两句:望夫君啊,他还是迟迟不来,我思绪悠悠,吹箫啊,究竟为谁? 夫,语词;参差,排箫,竹管编就,其形像凤羽翼参差不齐。　⑤"帝子降"两句:公主下降在那北边的河滩上,放眼远望啊,我分外惆怅。帝子,天帝的女儿;舜妃娥皇、女英为尧之女;眇眇,极目远望的样子;愁余,使我忧烦。　⑥"袅袅"两句:秋风吹拂啊,延绵不断,洞庭起浪啊,落叶飘坠。袅袅 niǎo niǎo,微微而不绝;波,生波;下,落下。　⑦"若有人"两句:仿佛有一个人啊,在深山旷野处,她披着薜荔又缠带着女萝。山之阿,山中隐曲处;被,同披;薜荔,香草;女萝,又名松萝,蔓生植物。　⑧"既含睇"两句:她既含情微视,又发出自然的笑意;"公子爱慕我的,正是这美好幽娴的神貌"。含睇 dì,含情微视;宜笑,笑得得体大方;慕,爱恋;子,公子;善,美好;窈窕,幽娴的样子。　⑨"乘赤豹"两句:我骑着赤豹,后面跟从的是文狸,再后面跟从的是辛夷香车,上面缠结着桂枝旗。赤豹,红色或绛色的花豹;文狸,有花纹的狸猫;辛夷车,辛夷香木做的车;结桂旗,编结桂枝的旗帜。　⑩"被石兰"两句:我上身披着石兰,腰间系着杜衡,我采折了很多香花、香草,赠给我的所思念的那个人。石兰,香草名;杜衡,香草名,也作杜蘅、南细辛;芳馨,指香花、香草;遗 wèi,赠与。

9篇诗的主旋律。其中《橘颂》一篇,大约是屈原的早期作品,歌颂橘树受命不迁①、深固难徙②的高尚品格,有自喻自励的意味。

《天问》

《天问》是一首长诗,由170多个问题组成,每两句或四句一组,每句只四个字。问题包括自然现象、神话传说、历史人物等方面,表现出作者大胆怀疑,勇于探索的精神,诗歌在质疑中,反映了当时的一些神话传说、历史故事,有资料价值。

本章复习思考题

一、文学是如何起源的?

二、我国古代神话传说的内容大致有哪些方面,反映了一些什么样的社会问题。

三、《诗经》的思想内容和艺术成就。

四、先秦历史散文的文学特色。

五、先秦诸子散文的文学特色。

六、《离骚》的主要内容和艺术成就。

帝二女(选自《山海经校注》插图)

---

①受命不迁:指承受天命决不徙移。　②深固难徙:(其志向)牢固难移。

第二章　秦汉文学

　　我国秦汉时代，即公元前 221 年到公元后 220 年的 440 年间。其中秦朝虽经历了始皇、二世两个皇帝，但时间很短，仅仅 14 年，加上焚书坑儒对文化的摧残，留下的文学作品极少，真所谓"秦世不文"（《文心雕龙·诠赋》），纵有，也只数李斯一人而已。汉朝是一个统一强盛的封建王朝，分西汉和东汉两大时期。从公元前 206 年刘邦建国到公元 24 年王莽改制，史称西汉；从公元 25 年刘秀中兴到公元 220 年曹丕称帝汉朝灭亡，史称东汉。两汉 400 多年间的文学是中国文学发展史上的重要阶段，内容和形式逐渐丰富多样，呈现出一派蓬勃向上、继往开来的景象。汉赋是当时最盛行而成就卓著的文体，王国维说："凡一代有一代之文学，楚之骚、汉之赋、六代之骈语、唐之诗、宋之词、元之曲皆所谓一代之文学，而后世莫能继焉者也。"（《宋元戏曲史》）汉赋确实是汉代最有代表性的文学样式，它体大思精，"润色鸿业"，是汉代升平景象的投影，也是文学独立发展的重要一步。汉代文学成就较高的还有散文，散文分史传散文和议论散文两类。《史记》和《汉书》则是彪炳史籍的两大史传文学作品，贾谊、王充等人的政论和学术著作则是很有影响的议论散文。汉代诗歌以乐府民歌成就最高，乐府诗是我国诗歌继《诗经》、《楚辞》以后的第三发展阶段，五言诗就是在乐府诗的基础上发展成熟的。

第一节　汉　赋

　　汉赋是汉代新兴的文学样式，也是汉代的主要文学样式，一时名家辈出，力作如云。

一、汉赋的兴起

　　赋在汉代兴起，有文学发展的主观方面的原因，也有社会需要的客观方面的原因。从文学发展的内部原因来说，赋与《诗经》、《楚辞》有继承关系。刘勰说："赋也者，受命于诗人，拓宇于楚辞也。"（《文心雕龙·诠赋》）就是说，赋是由《诗经》、《楚辞》衍变而来的。班固说："赋者，古诗之流也。"（《两都赋序》）刘熙载则认为："言情之赋，本于风；陈义之赋，本于雅；述德之赋，本于颂。"（《艺概》）诚然，《诗经》对于汉赋，特别是其中赋的手法对于汉赋的写作是有很大影响的，但影响更为直接的却是楚辞。楚辞是在民歌基础上发展起来的新体诗，它句式灵活,抒情色彩强烈,铺陈描写透辟,这些都给汉赋带来了多方面的养料。从汉赋的发展看,初期大多是模仿楚辞的所谓骚体赋,以后才演变为有独立特征的散体大赋。所以,在汉代往往辞赋连称。另外,赋也受战国以来的散文的影响,荀况有《赋篇》,《赋篇》的韵散交递、问答对话的形式,也为汉赋所吸收。

汉赋成为一代之盛的文体,还有深刻的社会原因。汉王朝经过"文景之治",经济繁荣,国力强盛,逐步发展到鼎盛时期,为了润色鸿业,反映王朝的文治武功,汉赋应运而生。加上统治者的偏好喜爱,这种文体发展得更为昌盛。文、景以后,梁孝王刘武、淮南王刘安都鼓励文人写作辞赋,雄才大略的汉武帝更是雅好辞赋。他一面好大喜功,连年用兵,扩张疆土;一面又大兴土木,营造宫苑,幸巡天下。自然更特别喜爱文人把这一切被之辞章,歌功颂德,盛赞太平。汉武帝周围有一大批辞赋家,如严助、司马相如、东方朔、朱买臣等,他们"朝夕论思,日月献纳"。这样,由于时代需要和统治者的提倡,汉赋便争奇斗艳地发展起来。

二、汉赋的特点

汉赋非诗非辞、半韵半散,是一种特殊的文体,后人对这种文体的特点论述较多,归结起来,大致有三点:(一) 不歌而颂。班固《汉书·艺文志》说:"不歌而颂谓之赋。"就是说,赋与入乐的诗不同,它只适宜于诵读而不能歌唱。(二) 铺采摛文①。刘勰说:"赋者,铺也,铺采摛文、体物写志也。"(《文心雕龙·诠赋》)所谓铺采摛文,就是铺陈连类,进行细腻地描写,使之穷形尽相。(三) 体物写志。所谓体物写志,就是通过具体事物的描写叙述,从中表现作者的情志。刘熙载在《艺概》里也说:"叙物以言情,谓之赋。""赋必有关着自己痛痒处。"

三、汉赋的发展过程

汉赋的形成和发展,大致可分为三个阶段。

形成期:这是指汉高祖初年到汉武帝初年的七八十年间。这段时间社会刚刚安定,经济开始恢复,统治者还没有太多的精力顾及思想文化,儒家思想尚未占据统治地位,此时的辞赋主要是继承楚辞的余绪,抒发作者的政治理想或个人身世感慨。以后随着"文景之治"的到来,赋也逐渐向体物大赋方向转化。代表作家有贾谊、枚乘。

全盛期:这是指西汉武帝到东汉安帝的 200 多年间。这一时期汉朝的强盛达到了顶峰,统治者夸耀国力、张扬盛世的意图与日俱增,为了迎合他们的艺术趣味,赋的内容大多是歌功颂德,铺陈描写国家的强盛、都邑的繁华、苑囿的宏丽、物产的丰饶、田猎的壮观、歌舞的旖旎。这时期的作家作品最多,《汉书·艺文志》著录的就有 900 余篇,作家 60 余人,著名的大家司马相如、扬雄、东方朔、班固等都云集于此时。

作为全盛时期的汉赋,除了内容上的特点和作家作品众多以外,更为显著的特征就是散

---

① 铺采摛文:铺陈文采。摛 chī,铺张词藻。

体大赋的定型。汉赋一般就是指此时流行的散体大赋。所谓散体大赋,就是一种恢弘靡丽、典雅凝重的赋,篇幅上:规模宏大,结体严密,动辄万言,它的格式往往具有序言、正文、结语的三部分。序言叙述赋之源起或由来,从正面发议论,正文分设主客问答,结语又称乱辞,简单归结。内容上:主要是歌颂帝王功德,表现他们的畋猎、娱乐生活。文字上:韵散结合、文辞富丽。句式参差明显,夹杂秦汉散文的气势笔锋,好用典故、难字。表现手法上,竭尽铺陈夸饰之能事,写景状物不厌其详,务必达到"使人不能加"(《汉书·扬雄传》)。散体大赋还有所谓"劝百讽一"的特点,即歌颂夸耀于前,劝戒讽喻于后,这两者形成了不和谐的统一,也造成了大赋思想的复杂性。对于这,有人认为好,它曲终奏雅,从反面点题;也有人认为"只益于淫靡之思,无益于劝戒之旨"(清程廷祚《骚赋论》)。

转变期:这是指东汉安帝以后到汉末的百年间。这一时期外戚、宦官专权,政治腐败,社会黑暗,作者无法歌功颂德,赋从思想内容、体制、风格上不得不有所转变。散体大赋明显减少,而反映社会黑暗现实,讽喻时事,抒发个人的不满和悲愤的短篇小赋兴起,代表作家有张衡、蔡邕、赵壹等。

四、汉初赋家贾谊和枚乘

贾谊(前200—前168)洛阳人,西汉著名的政论家、文学家。曾任太中大夫,对当时国家大事多所建议,一时深受器重,后受谗毁,被贬为长沙王太傅,转梁怀王太傅。梁怀王坠马死,他自惭失职,悲伤而亡。时年33,原有集四卷,已佚,明人辑为《贾长沙集》。

贾谊有赋7篇,以《吊屈原赋》和《鵩鸟赋》最著称。

《吊屈原赋》写于长沙赴任途中,经汨罗感慨屈原以自伤。赋中继承骚体的形式和风格,可以说与楚辞一脉相承。刘熙载说:"屈子之赋,贾生得其质。"(《艺概》)试看赋之前段:

　　恭承嘉惠兮,俟罪长沙①;侧闻屈原兮,自沉汨罗②。造托湘流兮,敬吊先生③;遭世罔极兮,乃殒厥身④。呜呼哀哉兮!逢时不祥。鸾凤伏窜兮,鸱鸮翱翔⑤。阘茸尊显兮,谗谀得志⑥;贤圣逆曳兮,方正倒植⑦。世谓随夷为溷兮,谓跖蹻廉⑧,莫

①"恭承"两句:我恭敬地承接了美好的恩命,待罪于长沙。这是指汉文帝贬贾谊为长沙王太傅一事。②"侧闻"两句:我从旁听说屈原先生是在这里投汨罗江自杀的。侧闻,从旁听说;汨罗,湘江支流。③"托造"两句:我来到湘江水边,敬托湘水,凭吊屈原先生。④"遭世"两句:先生遭遇到了极其昏暗的时代,才丧失了性命。罔极,无准则、非正道;殒,亡。⑤"鸾凤"两句:那真是一个贤才隐愚、小人高飞的时代啊!鸾鸟和凤凰,比喻贤德之人;鸱鸮 chī xiāo 猫头鹰、恶鸟,比喻坏人、恶势力。⑥"阘茸"两句:卑贱无才德的人受到尊崇显贵的待遇;说别人坏话、阿谀拍马之徒反而意满志得。阘茸 tǎ róng,卑贱无才德的人。⑦"圣贤"两句:圣贤之人受到迫害,原来方正之人却让他们颠倒行事。逆曳,被倒拉着,不顺正道而行;倒植,颠倒。⑧"世谓"两句:真是好坏颠倒的时代啊!世上人说卞随、伯夷是昏浊之人,盗跖、庄蹻是清廉之士。随,卞随,商汤曾以天下让给卞随,卞不受;夷,伯夷,反对周武王伐纣,不食周粟,饿死首阳山,这两人都被认为是高尚之人;跖 zhí,春秋鲁国人,传说为强盗;蹻 jué,战国楚国人,传说为强盗。

邪为钝兮，铅刀为铦①。吁嗟默默，生之无故兮②；斡弃周鼎，宝康瓠兮③？腾驾疲牛，骖蹇驴兮④；骥垂双耳，服盐车兮⑤。章甫荐屦渐不可久兮⑥；嗟苦先生；独离此咎兮⑦。

《鵩鸟赋》⑧作于任长沙王太傅的第三年。长沙俗以鵩鸟（猫头鹰）入室，主人死。贾谊借主人与鵩鸟的对话，大发齐生死、等荣辱、祸福相倚的议论，以自己排遣郁闷：

且夫天地为炉兮，造化为工⑨；阴阳为炭兮，万物为铜⑩。合散消息兮，安有常则⑪；千变万化兮，未始有极⑫！忽然为人兮，何足控抟⑬；化为异物兮，又何足患⑭！小智自私兮，贱彼贵我⑮；达人大观兮，物无不可⑯。

此赋以问答体抒情议论，开汉大赋之先声。

枚乘（？—前140）字叔，淮阴人，初为吴王濞郎中，吴王企图谋反，他上书劝阻，遂去。后来吴王反，他又上书劝谏。汉平七国之乱后，由是知名。景帝召为弘农都尉。武帝即位，慕以文名，以安车蒲轮征召入京，卒于道。著作后人辑为《枚叔集》，赋唯存《七发》一篇。

《七发》是标志汉大赋形成的第一篇作品。赋中写楚太子有病，吴客前去探问，发现太子的病是纵欲过度、享乐不节所致，不是一般药石所能救治，只能以要言妙道说而去之。于是先夸饰音乐、饮食、乘车、游宴、田猎、观涛等六种乐趣来诱导太子改变生活方式，太子均回以"仆病未能也"。最后吴客以方术之士的要言妙道启发太子舍弃淫靡的物质享受，去追求高

---

①"莫邪"两句：宝剑莫邪说成是钝器，而普通的铅刀却说是锐利的。莫邪，古宝剑名，相传为干将、莫邪夫妇所铸；铅刀，铅质的刀，言其不锋利，一般比喻才力微弱的人，铦 xiān，锋利。　②"吁嗟"两句：感叹先生不得意而无端遭到了这种祸事。吁嗟，叹词，表示感伤；默默，不得意的样子；生，指屈原；无故，无辜。③"斡弃"两句：真正的宝器反而被抛弃，而破烂的瓦器反而被视为至宝。斡 wò 弃，即抛弃；周鼎，传国之宝，夏禹所铸，夏、商、周三代相传；康瓠，破裂的空瓦壶，康，空。　④"腾驾"两句：乘驾的是瘸腿牛车，所驾驴车，也是跛足而不得力的。腾，乘；骖，一车驾三马，这里指驾车；蹇 jiǎn，跛足。　⑤"骥垂"两句：千里马不得志，驾御着的却是盐车。骥 jì，千里马；垂双耳，马负重而吃力的样子；服，驾御；服盐车，俗谚"骥服盐车兮上太行"喻大材小用。　⑥"章甫"两句：用礼冠来垫鞋，真是用得颠倒，糟践贤才，这样是不能长久的。章甫，商代的一种礼冠，荐屦 jù，垫鞋，渐，浸染、积习。　⑦"嗟苦"两句：可叹啊，这苦难的先生，独独遭受这种祸患。离，同罹；咎，灾难祸患。　⑧《鵩鸟赋》：据《史记·屈原贾生列传》："贾生为长沙王太傅三年，有鸮飞入贾生舍，止于坐隅。楚人命鸮曰服。贾生既已適（谪）居长沙，长沙卑湿，自以为寿不得长，伤悼之，及为赋以自广。"服同鵩，即今所谓猫头鹰，古人认为是不祥的鸟。　⑨"且夫"两句：这是以冶铸为喻，阐述宇宙合散变化之理，那天地之间就像冶炼之炉，自然界的创造化育就是冶化的工匠。造化，自然界一切创造化育；工，工匠。　⑩"阴阳"两句：阴阳铸化万物那就是炭，铸化而成的就像是炉子里的铜。　⑪"合散"两句：万物或聚或散，或生或灭，哪里有一定的规律。合，聚合；消，灭；息，生；常则，一定规律。　⑫"千变"两句：千变万化，未尝有终极。⑬"忽然"两句：偶然变成了人，这也不足以过分爱惜珍贵。忽然，偶然，控抟，引持，有爱惜珍重之意；抟 tuán，结聚。⑭"化为"两句：化为异物，（指死）又何足为患。⑮"小智"两句：智识浅短的人，只顾虑自身，以他物为贱，以自己为贵。⑯"达人"两句：在通达的人看来，自己和万物可以互相适应，没有一物不合适。大观，所见远大。

深精微的精神生活,太子感动"涊然①汗出,霍然病已"。作品的主旨在于讽喻贵族集团骄奢淫靡的生活方式,劝戒贵族子弟舍弃种种安逸享乐。《七发》的艺术特色在于它善于运用夸张、渲染、比喻等手段来穷形尽相地描绘事物,语汇丰富,词藻华美,气势浩大。刘勰评道:"枚乘摘艳,首制《七发》,腴词云构②,夸丽风骇③。"(《文心雕龙·杂文》)试看关于江涛的描写:

> 疾雷闻百里④;江水逆流,海水上潮⑤;山出内云,日夜不止⑥。衍溢漂疾,波涌而涛起⑦。其始起也,洪淋淋焉,若白鹭之下翔⑧。其少进也,浩浩澄澄,如素车白马帷盖之张⑨。其波涌而云乱,扰扰焉如三军之腾装⑩。其旁作而奔起也,飘飘焉如轻车之勒兵⑪。六驾蛟龙,附从太白⑫。纯驰浩蜺,前后骆驿⑬。颙颙卬卬,椐椐彊彊,莘莘将将⑭。壁垒重坚,沓杂似军行⑮。訇隐匈磕,轧盘涌裔,原不可当⑯。观其两旁,则滂渤怫郁⑰,闇漠感突,上击下律⑱,有似勇壮之卒,突怒而无畏⑲。蹈壁冲津,穷曲随隈⑳,逾岸出追,遇者死,当者坏㉑。

描述和比喻把江涛的情势,描绘得具体而生动。

自枚乘的《七发》以后,仿作者甚多,七形成赋的一种专体。如傅毅《七激》、张衡《七辩》、王粲《七释》、曹植《七启》、陆机《七徵》、张协《七命》等。

---

①涊然:汗出的样子。涊 niǎn,汗出。 ②腴词云构:美辞作品大量涌现。腴,肥美;云构,作品大量涌现。 ③夸丽风骇:夸饰附丽、气势怕人。 ④"疾雷"句:声似疾雷,闻于百里之外。 ⑤"江水"两句:江水倒灌,海潮上涌。 ⑥"山出"两句:山中的云,日夜翻腾吞吐着。 ⑦"衍溢"两句:散开的浪花和急流,波涌而涛起。 ⑧"其始起也"三句:波涛涌起之初,洪浪如山,就像一群白鹭盘旋下飞。淋淋,浪从上头倾泻下来的样子。 ⑨"其少进也"三句:稍稍前进一会儿,江水显得广阔,一片白色,如同素车白马张开了帷幕,车盖飞奔向前。澄澄 ài ài,即皑皑,一片白色;帷盖之张,帷幕和车盖张开,飞奔向前。 ⑩"其波涌"两句:其波涛涌起像云彩一样纷乱,那纷乱的样子,又像是全军装束齐备,奔腾前涌。扰扰焉,纷乱的样子;三军,即全军。 ⑪"其旁作"两句:那横头涌出的,像主帅乘着轻车指挥军队。旁作,横出;勒,指挥;飘飘焉,随风摆动的样子。 ⑫"六驾"两句:驾御着六条蛟龙,跟随在河神之后。太白,河神。 ⑬"纯驰"两句:单见一条白色虹蜺在奔跑,前后连续不断。浩蜺,白色的虹蜺;骆驿,继续不断。 ⑭"颙颙"等三句:这三句是形容波涛的前推后继、激荡奔腾。颙颙卬卬 yóng yóng áng áng,形容波涛的大和高;椐椐彊彊 jū jū qiáng qiáng,形容波涛的前推后继;莘莘将将 shēn shēn jiāng jiāng,形容波涛众多而激荡奔腾。 ⑮"壁垒"两句:壁垒一层层地竖立着,众多不一致像军队队伍一样。沓杂,即杂沓,多而不一致。 ⑯"訇隐"三句:江涛翻滚沸腾,那样子,原不可挡。訇隐匈磕,此四字形容江涛冲击怒吼的象声词;訇,读 hǒng;磕,读 gài;轧盘,广阔;涌裔,奔腾。 ⑰"观其"两句:看其两旁,则水势郁积。滂渤怫郁,形容水势的郁积。怫 fú服,愁闷不高兴。
⑱"闇漠"两句:在阴暗中作冲突之势。闇,即暗;感,同撼;上击下律,是从高处滚下的意思。律,同硉,冲击。
⑲"有似"两句:有像勇壮的士兵盛气冲突,无所畏惧。 ⑳"蹈壁"两句:(士兵们)攻击营垒,抢渡口,任何一个坑凹的地方都要搜索到。壁,营垒;隈 wēi,水弯。 ㉑"逾岸"三句:跨过水边,跳出沙滩,谁要碰挡着,就必定死亡。追,古堆字。

五、司马相如、扬雄

全盛期作家很多,以司马相如和扬雄为代表。

司马相如(前179—前117)字长卿、蜀郡成都人。景帝时为武骑常侍。景帝不好辞赋,相如以为与己志不相称,便称病免官,客游于梁。梁孝王死,相如归蜀,结识大富商女卓文君,与文君私奔。后在富商帮助下成为富人。汉武帝读其《子虚赋》大为赞赏,后召见相如,相如又作《上林赋》。武帝看后大喜,任为郎,一度出使西南,后为孝文园令。晚年病卒于家。原有集已散佚,明人辑为《司马文园集》,今存赋6篇。

《子虚赋》和《上林赋》是他的代表作。这两篇赋的内容前后衔接,《史记》则视为一篇,名为《天子游猎赋》。《子虚赋》写楚国的子虚先生在齐国的乌有先生面前夸耀楚国云梦泽之大和楚王畋猎①之盛。乌有先生一面批评他"不称楚王之德厚,而盛推云梦以为高,奢言淫乐而显侈靡",一面又吹嘘齐国土地广、人口多、物产丰饶。《上林赋》则描写亡是公听了子虚和乌有的谈话后,批评他们"不务明君臣之义,正诸侯之礼,徒事争于游戏之乐,苑囿②之大",接着更在"君未睹夫巨丽"的名义下,把汉天子上林苑的富贵壮丽和天子畋猎的盛大铺陈夸说一番,从而使楚齐两国相形见绌,表现汉天子的绝对威仪。赋末以汉天子翻然悔悟"此大奢侈,乃解酒罢猎"作结。作品的主旨在于,歌颂大一统的汉王朝的威势和气魄,同时又"曲终奏雅",对诸侯天子荒废政务,贪恋游猎,提出讽谏。

《子虚赋》和《上林赋》规模宏大,辞采富赡,想象丰富,气魄非凡,是汉赋铺陈描写的典范。试看其关于上林苑的一段描写:

> 且夫齐楚之事,又乌③足道乎!君未睹夫巨丽也,独不闻天子之上林④乎?左苍梧⑤,右西极⑥,丹水更其南⑦,紫渊径其北⑧。始终灞、浐,出入泾渭⑨;酆、镐、潦、潏⑩,纡余委蛇⑪,经营⑫乎其内,荡荡乎八川分流,相背而异态。东西南北,驰

---

①畋猎:打猎。畋 tián,打猎。 ②苑囿:养蓄禽兽并种植林木的地方,多为帝王和贵族游玩和打猎的风景园林。囿 yòu,古代帝王畜养禽兽的园林。 ③乌:何。 ④上林:宫苑名。在今西安市西面,汉武帝在秦人旧苑的基础上扩建,南傍终南山,北滨渭水,西接周至县,周围200多里,有离宫、观、馆数十处,苑内放养禽兽,供皇家游猎。 ⑤左苍梧:东边是苍梧郡。 ⑥右西极:西边是西极。 ⑦丹水更其南:丹水经过南边。丹水,源出陕西冢岭山,东流入河南,更,经过。 ⑧紫渊径其北:紫渊经其北。紫渊,水名,在长安北;径,即经。 ⑨"始终"两句:灞、浐两水自始至终流在上林苑中,泾、渭两水从上林苑外流入,又从苑中流出。灞水、浐水,源出陕西蓝田,向西北合流后,注入渭水。 ⑩酆、镐、潦、潏 fēng hào lán jié:皆水名。酆水,源出秦岭,西北流经长安,注入渭水;镐水,源出长安南,北流入渭水;潦水,源出陕西樗县南,北流入渭水;潏水,源出秦岭,北入渭水。 ⑪"纡余委蛇":水流纡回曲折。蛇 yí,逶迤。 ⑫经营:这里是周旋的意思。

骛①往来：出乎椒丘之阙②，行乎洲淤之浦③，经乎桂林之中，过乎泱漭④之野。汨乎混流⑤，顺阿⑥而下，赴隘狭⑦之口。触穹石⑧，激堆埼⑨，沸乎暴怒⑩，汹涌澎湃⑪。

仅此一段就可了解大赋夸张铺叙的情况。这两篇赋奠定了汉代散体大赋的体制和表现手法，在赋史上起着里程碑的作用。鲁迅盛赞司马相如，"制作虽甚迟缓，而不师故辙，自摅⑫妙才，广博闳丽，卓绝汉代"（《汉文学史纲要》）。

扬雄（前53—公元18）字子云，蜀郡（今成都市）人。少好学，博览多通，口吃，然好沉思。他随汉武帝游猎，献赋数篇。后任给事黄门郎，历成帝、哀帝、平帝，不得仕进。晚年专门研究哲学，埋头著述。明人辑有《扬子云集》。

扬雄赋以《甘泉》、《羽猎》、《河东》、《长杨》为代表。他的赋多学司马相如，世有"扬马"之称。扬雄晚年后悔"少年好赋"，认为作赋只是"童子雕虫篆刻之功"，乃壮夫不为的小技。

六、张衡、赵壹

转变期的赋家以张衡、赵壹为代表。

张衡（78—139）字平子，南阳西鄂（今属河南）人。他是科学家兼文学家。他有感于统治者的穷奢极欲，以10年之功写成《二京赋》进行讽谏。结构模仿班固的《两都赋》，但比之更宏大，思想上也有新鲜的东西。

张衡一面是大赋的殿军，一面又是抒情小赋的先锋，他写有《思玄赋》、《归田赋》、《扇赋》等抒情小赋，形式短小，感情真挚，语言动人，仿佛在闷湿的大赋氛围中，吹来了一阵凉爽的风。《归田赋》是他晚年不得志，欲归隐田园时所写，全篇仅211字：

游都邑以永久，无明略以佐时⑬；徒临川以羡鱼，俟河清乎未期⑭。感蔡子之慷

张衡与《归田赋》

①驰骛 wù：奔走趋赴。这里是说水流奔涌向前。　②椒丘之阙：椒丘的阙口通道。椒丘，丘名；阙，古代宫殿前的高建筑物，左右各一，建成高台，台上砌楼观，中间有阙口，作为通道，故名为阙或双阙。③洲淤之浦：洲淤的水涯。淤 yū，即洲；浦，水涯。　④泱漭 yāng mǎng：广大貌。　⑤汨乎混流：混流水势迅疾。汨 gǔ，水流迅疾貌。　⑥阿：大的丘陵。　⑦隘狭：即狭隘。　⑧穹石：大石。　⑨堆埼 qí：沙壅曲岸。埼，曲岸头。　⑩沸乎暴怒：水暴怒样涌起。沸，水沸腾的样子。　⑪汹涌澎湃：水奔腾上涌，水浪轰鸣撞击。⑫摅 shū：抒发。　⑬"游都邑"两句：我来洛阳已经很久了，还没有高明的谋略来辅佐皇上。都邑，京城洛阳；明略，高明的谋略；佐时，帮助朝廷。　⑭"徒临川"两句：只是临川羡鱼，不能长久坐待圣明之时的到来。临川羡鱼，古谚语"临川羡鱼，不如退而结网"；河清，比喻政治清明；周佚诗"俟河之清，人寿几何"；俟 sì，等待。

慨,从唐生以决疑①。谅天道之微昧,追渔父以同嬉②。超埃尘以遐逝,与世事乎长辞③。

于是仲春令月④,时和气清,原隰⑤郁茂⑥,百草滋荣⑦。王雎⑧鼓翼,仓庚⑨哀鸣。交颈颉颃⑩,关关嘤嘤⑪。于焉逍遥⑫,聊以娱情。

尔乃龙吟方泽,虎啸山丘⑬,仰飞纤缴⑭,俯钓长流。触矢而毙,贪饵吞钩,落云间之逸禽⑮,悬渊沉之鲹鰡⑯。

于时曜灵俄景,系以望舒⑰。极般游之至乐,虽日夕而志劬⑱。感老氏之遗诫,将迥驾乎蓬庐⑲。弹五弦之妙指,咏周孔之图书⑳。挥翰墨以奋藻,陈三皇之轨模㉑。苟纵心于物外,安知荣辱之所如㉒?

语言清新,情味悠长,一洗大赋凝重气息。行文颇多骈偶成分,为魏晋抒情赋开辟了道路。

赵壹(生卒年不详)汉阳西县(今甘肃天水)人。为人狂放不羁,恃才倨傲,为乡里所摈斥。后名重京师,西归,州郡争致礼命、十辟㉓公府,皆不就,卒于家。今存文5篇,《刺世疾邪赋》是其代表作。赋中揭露东汉末年政治腐败、社会黑暗,指斥统治者不顾生民之命,"唯利己而足",并对当时官场上的"舐痔结驷㉔"、"抚拍豪强㉕"的丑行作了辛辣的讽刺。这是一篇少见的政治倾向鲜明的赋。这篇赋骈散相间,语言直率,风格劲健。篇末假托秦客和鲁

---

①"感蔡子"两句:这是用战国蔡泽的故事,表明自己的决心。蔡泽是战国的游士,久不得意,便找唐举问前程,唐举说,你从现在起,还有四十几年的寿。蔡泽说,既然如此,有四十几年我很够了。于是就发愤入秦,说服范雎。既而取代范雎为秦相。 ②"谅天道"两句:想到天道的幽昧难知,我还是追随渔父的情怀,不受尘世的罗网拘束,而自得其乐。谅,想到;微昧,隐昧、幽暗;渔父,指屈原所遇到的渔人。 ③"超尘埃"两句:我决心超越尘世而远走高飞,与世事告别。遐逝,远走高飞。 ④令月:良月。 ⑤原隰:高和低两种平地。隰xí,低处平地。 ⑥郁茂:指草木繁茂。 ⑦滋荣:繁荣。 ⑧王雎:即《诗经》中的雎鸠。 ⑨仓庚:黄莺。 ⑩颉颃xié háng:上下飞翔,飞而上者曰颉,飞而下者为颃。 ⑪关关嘤嘤:王雎两两和鸣的象声词。 ⑫于焉逍遥:于乎大家自由自在,不受拘束。 ⑬龙吟方泽,虎啸山丘:是比喻自由自在适合的境遇。 ⑭仰飞纤缴:人们仰头射出弋射之箭。纤缴zhuó,系在箭上的细线。 ⑮逸禽:能高飞远去的鸟。 ⑯"悬渊沉"句:是说能钓到深水中的小鱼。鲹shā和鰡liù,都是小鱼名。 ⑰"于是"两句:于是太阳偏斜月光就接着出现。曜yào灵,指太阳;俄,斜;景,同影;系,作继;望舒,月光。 ⑱"极般游"两句:极尽游乐之能事,虽日头已晚而忘掉劳苦。般游,即盘游、游乐;劬qú,劳累。 ⑲"感老氏"两句:感悟老子的遗训,不宜在外驰骋游乐,故而将要驾车回到家中。老氏之遗诫,即《老子·道德经》第二十章:"驰骋畋猎,令人心发狂;迥驾,返车;蓬庐,自家草舍。 ⑳"弹五弦"两句:倾慕古人之道,弹五弦琴,诵周孔之书。五弦,五弦琴,相传为舜所发明;妙指,指同旨,美妙的意趣;周孔之书,周公、孔子典籍。 ㉑"挥翰墨"两句:挥笔作文,以陈述古圣、先王之遗法。翰,笔;奋藻,作文;三皇,伏羲、神农、黄帝;轨模,法规、制度。 ㉒"苟纵心"两句:且放任自己的心情于世俗之外,哪里还考虑什么荣辱得失之所归呢?苟,且;纵心,放任;物外,世外;如,往,归。 ㉓辟bì:征召。 ㉔舐痔结驷:是说卑鄙无耻的人,能取得荣华富贵。舐shì痔,即吮痈舐痔,比喻谄媚之徒趋奉权贵的卑鄙行为;结驷,结驷连骑,形容车马众多,排场阔绰。 ㉕抚拍豪强:亲暱、谄媚豪强。抚拍,亲暱。

生所作的五言诗,从赋而言,创造了抒情小赋的新形式;从诗本身而言,可谓东汉文人诗的佳作:

> 有秦客①者乃为诗曰:河清不可俟,人命不可延②。顺风激靡草,富贵者称贤③。文籍虽满腹,不如一囊钱。伊优北堂上,抗脏倚门边④。

> 鲁生闻此辞,击而作歌曰:势家多所宜,咳唾自成珠⑤;被褐怀金玉,兰蕙化为刍⑥。贤者虽独悟,所困在群愚⑦。且各守尔分,勿复空驰驱⑧。哀哉复哀哉,此是命矣夫!

除此以外,蔡邕的《述行赋》、祢衡的《鹦鹉赋》都是较好的抒情小赋。

七、汉赋的影响和流变

汉赋是文学独立发展的重要阶段,汉赋的出现促进了文学和经学的分离,汉赋的写作开创了文学家独力进行书面写作的先例;汉赋的写作技巧对以后的诗歌、散文和小说都有很大影响。影响最为直接的是,它开创了散文中赋的系列,赋是文苑中一种很有感染力的抒情描写文体。

赋体的流变大致经历了骚赋、汉赋、骈赋、律赋和文赋五个阶段。

骚赋是指屈原、宋玉所写作的楚辞以及后世模仿楚辞的作品。楚辞是一种单独的文体,可以说是赋的源头,也可以说先于赋的一个发展阶段。

汉赋主要指汉代流行的散体大赋。

骈赋也叫俳赋,流行于魏晋南北朝,讲求骈偶和用典,一般全篇均由四六言对仗句组成,丽藻雅词,追求韵律、平仄,富有音乐美。

律赋是指列入唐代科举考试科目的赋,它是在骈赋的基础上产生的更注重声律、对仗,规定了句数和韵式的赋。

文赋是指在唐宋古文运动影响下,用散文笔法写的赋,它句式错落多变,押韵也比较自由,更有一股灵活清新的散文气息。

赋体文学在不同历史时期的变迁,实际上就是赋的发展史。

---

①秦客:辞赋中通常用虚拟人物叫秦客或鲁生。赵壹是关中人,这里或指自己。 ②"河清"两句:不能长久等待清明之时的到来,人寿能有几何? 周佚诗有云:"俟河之清,人寿几何。" ③"顺风"两句:随风而倒,还是富贵人家占强。 ④"伊优"两句:卑躬屈节的无耻之徒坐在高堂上,而不屑谄媚的人却无人理睬,只得倚靠在门边。伊优,指鞠躬献媚之状;抗脏,高尚正直的形容词。 ⑤"势家"两句:有势力的人怎样都是好的,连咳出来的唾沫星子都会变成珠宝。 ⑥"被褐"两句:穿粗布衣服的穷人品质高贵,虽是香草也被人轻贱。这话可能出自下列两句:《老子》"圣人被褐怀玉",《楚辞》"荃蕙化而为茅"。 ⑦"贤者"两句:贤者虽然名哲,独自醒悟,无奈受困的是多数愚人。 ⑧"且各"两句:这是激励自己、宽慰自己的话。驰驱,奔走谋求功名。

第二节 《史记》和史传文学

《史记》是一部伟大的历史著作和传记文学名著,它在我国散文发展史上起着承前启后的作用。它开创了我国的记传体文学,也开创了我国的传记史学。

一、《史记》作者司马迁

司马迁(前145—前87?)字子长,左冯翊夏阳(今陕西韩城)人。西汉武帝建元、元封之间任太史令,好黄老之学,他生活在汉代鼎盛时期,约与汉武帝同时。他的父亲司马谈在汉武帝建元、元封之间任太史令,好黄老之学,著有《论六家之要旨》[①],这些对司马迁的人格思想和治学态度有很大影响。司马迁的童年是在家乡度过的,曾"耕牧河山之阳[②]"。10岁随父到长安,开始了对古文献的研读,并受业于经学大师董仲舒、孔安国。20岁开始了南游生活,据他的《史记·太史公自序》说:"上会稽[③],探禹穴[④],窥九疑[⑤],浮于沅、湘[⑥],北涉汶、泗[⑦],讲业齐、鲁之都[⑧],观孔子之遗风,乡射邹峄[⑨],厄困鄱、薛、彭城[⑩],过梁、楚以归[⑪]……"可见他游历地域的广阔。以后,他任为郎中,一度奉使巴蜀以南,视察和安抚少数民族地区,"南略邛、笮、昆明,还报命[⑫](同上)。这可以说是他一生中的第二次漫游。元封元年(公元前110)汉武帝率百官封泰山而禅梁父[⑬],司马迁赶来参加,并随同游历了东部沿海、东北和长城内外。这大约是他一生中的第三次漫游。他的青壮年时代经历了这样三次漫游,足迹几乎遍及全国,所到之处

---

①《论六家之要旨》:是书未见,据司马迁《太史公自序》说:推崇汉初黄老之学,总结当时流行的阴阳、儒、墨、名、法、道等先秦各派学说,认为道家最能综合各派所长。 ②河山之阳:指黄河之北,龙门之南的地区。河,黄河;山,指龙门,在今陕西韩城县。 ③上会稽:上会稽山。今浙江会稽山。 ④探禹穴:探访禹穴。禹穴,夏禹的坟墓,在浙江会稽山上。 ⑤窥九疑:游历九嶷山。九嶷山,在湖南宁远县南,虞、舜葬于此。 ⑥沅、湘:即湖南的沅水与湘水。 ⑦汶、泗:即山东境内的二水。 ⑧"讲业"句:研究学问于山东齐鲁之都。齐在山东临淄,鲁在今山东曲阜。 ⑨乡射邹峄:乡射于山东邹县的山上。乡射,古代州长在春、秋两季以礼会民于州而习射叫乡射;邹峄,山东邹县的山。 ⑩"厄困"句:穷困受难于鄱、薛、彭城等地。鄱,在今山东滕县;薛,在今山东滕县南;彭城,在今山东铜山县;三县皆属鲁国。 ⑪过梁、楚以归:经过梁、楚等地而归。梁,在今河南省;楚,指今湖北省。 ⑫"南略"两名:向南经过邛、笮、昆明以后,回复命令。邛 qióng,西汉设邛都,治所在今四川西昌市东南;笮 zuó,古代少数民族笮都夷的简称;昆明,汉代少数民族所建国家,在今云南省。 ⑬"封泰山"句:封禅泰山和山下的梁父。梁父,泰山下的一座小山,在今山东新泰市西,古代皇帝在此山辟基祭奠山川。

探访历史遗迹、采集传说、考察风俗、收集资料、研究地理,为以后通史的撰写打下了坚实的基础。

汉武帝封禅大典那一年,其父司马谈过世,其父因为未能参加封禅大典而遗憾,并把编修通史的遗愿托付给了司马迁。三年后,司马迁继承父亲的职位任太史令。这是他一生从事伟大事业的开端,并从而获得饱览皇家藏书、全面研究的机会。太初元年(前104)他与其他星学家提出改革秦历,订《太初历》,这事得到了汉武帝的支持。所谓太初历,即沿用至今的夏历。接着,司马迁即着手从事"究天人之际,通古今之变①,成一家之言"(《汉书·司马迁传》)的通史的写作工作。

就在他写作《史记》第五个年头的时候,却突然横遭李陵之祸。天汉二年(前99)李陵率领5 000士卒迎击匈奴,被数倍匈奴兵包围,弹尽粮绝而投降,汉武帝治李陵罪,司马迁为李辩护,陈述李陵孤军奋战的功劳,并猜度李陵可能是等待机会报效汉朝。这下可激怒了汉武帝,立即令廷尉逮捕司马迁治罪。以后,他受腐刑②出狱,任中书令。他受了这样大的侮辱,曾想引决自裁,因为事业未竟,所以忍辱发愤而写书,在《报任安书》中说,历来伟大作品,"大抵圣贤发奋之所为作也,此人皆有所郁结,不得通其道,故述往事,思来者"。他正是这样含愤忍诉来从事他心目中的旷世大业的。大约在52岁时写好《史记》。此后就没有任何记载可寻找了,王国维考证,他大约卒于武帝末年。

司马迁的著作除《史记》外,还有一些赋和散文,流传下来的只有《悲士不遇赋》和《报任安书》。《悲士不遇赋》抒发了作者受刑后悲惨的遭遇和愤懑不平的情绪;《报任安书》剖白了自己忍辱含诉完成《史记》的悲痛心曲。

二、《史记》的体制

《史记》是我国第一部纪传体通史,记叙了上自黄帝下至汉武帝太初年间,共计3 000多年的中国历史。全书526 500字,130篇。由十二本纪、三十世家、七十列传、十表、八书五部分组成。

本纪:写从黄帝到汉武帝历朝、历代帝王的兴废和重大的政治事件。

世家:写春秋战国以来各主要诸侯国和汉朝所封的诸侯、勋贵的历史。

列传:记社会各阶层、不同地位、不同职业中有影响的人物。作者把功臣、名流以及他认为应占一席地位的人物一一加以记述。列传所记人物非常广泛,有贵族、官吏、学者、政治家、军事家、文学家、刺客、游侠、商人等。列传的叙述方式又分专传、合传、附传、类传四种。

表:有世表、年表、月表三种,它们按朝代的顺序,把历史分成若干阶段,再分别按世代、年、月写成简明的大事记,作为全书叙事的联络和补充。

书:是对当时社会重要典章制度的专门论述,分别叙述礼仪、音乐、军事、历法、星象、宗

①天人之际:天道与人事相互之间的关系。　②腐刑:即宫刑,古代阉割男子生殖器的酷刑。

教、水利、经济等方面的现状和发展,与现今学科发展史相类。

《史记》把这五种体例有机地组织起来,互相补充,形成一个完整的体系,全面地总结了我国古代的历史,这是一个伟大的创造,也是他对中国历史科学的巨大贡献。《史记》与它以前的史书最大的不同之处,是以人物为中心敷演历史,创造了我国历史上第一部以写人物为中心的纪传体史书。

三、《史记》的思想内容

《史记》全面、客观地反映了中国历史的面貌,人们誉之为"实录"。班固《汉书·司马迁传》称赞作者"有良史①之材,服其善序事理,辨而不华②,质而不理③,其文直,其事核④,不虚美,不隐恶"。《史记》的可贵之处,还在于作者具有进步的历史观和对社会现实的公正的批判精神。他广泛地为社会各种人物作传,突出农民起义军领袖陈涉的形象,把他放在贵族王侯的世家之列;他不以成败论英雄,把项羽放在帝王之列。他不唯汉独尊,也重视其他民族历史;他摆脱历史偏见,十分重视商业经济、科学活动。他以犀利的笔锋直指最高统治者,还他们残暴和虚伪的面貌;对于雄才大略的汉高祖刘邦,既记叙了他丰功伟绩,也不隐晦他的流氓和奸诈。对于"今上"汉武帝更是敢于直面事实,披露他穷兵黩武、劳民伤财的过失。司马迁确实是一个真正的具有胆识的历史家。

具体说来,《史记》进步的思想内容,大致有下列几方面:(一)"表现在对封建统治阶级,特别是对汉代最高统治集团的揭露和讽刺上"。(二)"描写了广大人民对封建暴政的反抗"。(三)"写了一系列下层人物,并给予热情的肯定和赞扬"。(四)"写了一系列爱国的英雄人物。"

四、《史记》的艺术成就

《史记》既是历史的"实录",又具有文学价值,除表和书外,本纪、世家、列传都是很有文学色彩的传记文学作品。鲁迅称赞《史记》为"史家之绝唱,无韵之离骚"(《汉文学史纲要》)。

那么,《史记》的文学成就,究竟反映在哪些方面?

首先,《史记》运用真实的历史材料成功地塑造出众多的性格鲜明的人物形象。《史记》的人物画廊里,走出各色各样的历史人物来,其中最引人注目的有:既雄才大略,又善于权变,甚至耍流氓无赖的汉高祖;拔山盖世、粗豪坦荡的项羽;智勇双全,"先国家之急,而后私仇"的蔺相如;老当益壮、负荆请罪的廉颇;忍小隙而干大业、用兵如神的韩信;易水萧萧、义无返顾的荆轲,等等。司马迁以一支生花的妙笔,成功地再现了中国历史大舞台上的生、旦、净、末、丑。他塑造人物的方法是多种多样的:一是竭力做到历史、人物和主题的统一,就是

---

①良史:旧时称有学识、记事无所隐晦的史官为良史。 ②辨而不华:辨析清楚而不华丽。 ③质而不理:质朴而不进行加工、治理。 ④核:经过详细查对考察。

说,描述历史要着重表现人物的个性,而人物的个性却又与一篇的主旨相一致。这样,主旨鲜明,历史生动,人物也就生龙活虎了。因为,司马迁意识到,他写人物是在表现历史的内涵,人物再生动与历史无涉,就不是历史传记文学。前人早就看出"子长作传,必有一主宰"。鲁迅在《汉文学史纲要》里也谈到这方面的问题:"(司马迁)感身世之戮辱①,传畸人②于千秋,……惟不拘于史法,不囿于③字句,发于情,肆于心④而为文,故能如茅坤所言:'读《游侠传》即欲轻生,读《屈原贾谊传》即欲流涕,读《庄周》、《鲁仲连传》即欲世遗⑤,读《李广传》即欲立斗⑥,读《石建传》即欲俯躬⑦,读《信陵》、《平原君传》即欲养士'也。"说明当人物表现出历史和历史内涵的时候,就能打动人。在取材方面,司马迁也注意到要以一定的中心思想作为布局谋篇、表现人物的依据。《吕后本纪》、《荆轲列传》等事例集中、线索分明,矛盾冲突层次井然,颇有历史小说的意味。《廉颇蔺相如列传》中关于蔺相如,只写了"完璧归赵"、"渑池会"、"将相和"三件事,这样,突出了这一历史人物智勇双全、能屈能伸的英雄形象。但是作为一篇传记,蔺身为宰相,政事上的作为怎能付之阙如? 司马迁知道,政务写多了,主题就不突出,人物也减色。二是善于以人物的行动来表现人物性格,作者一般不作性格介绍或行为注脚。项羽这个传奇人物的一生经历了巨鹿大战、鸿门之宴、垓下之围等重大历史事件,而项羽的性格就在这些事件中表现得淋漓尽致。试看"垓下之围"——这位英雄的末路:

项王军壁垓下⑧,兵少,食尽,汉军及诸侯兵围之数重。夜,闻汉军四面皆楚歌⑨,项王乃大惊曰:"汉皆已得楚乎? 是何楚人之多也!"项王则夜起,饮帐中。有美人名虞,常幸从;骏马名骓⑩,常骑之。于是项王乃悲歌慷慨,自为诗曰:"力拔山兮气盖世! 时不利兮骓不逝! 骓不逝兮可奈何! 虞兮虞兮奈若何?⑪"歌数阕⑫,美人和之。项王泣数行下;左右皆泣,莫能仰视。于是,项王乃上马骑,麾下壮士骑从者八百余人,直夜⑬,溃围南出⑭,驰走。平明⑮,汉军乃觉之,令骑将灌婴以五千骑追之。项王渡淮,骑能属者⑯百余人耳。项王至阴陵⑰,迷失道,问一田父,田父绐⑱曰:"左"。左,乃陷大泽⑲中,以故汉追及之。项王乃复引兵而东。至东城⑳,乃有二十八骑。汉骑追者数千人。项王自度不得脱,谓其骑曰:"吾起兵至今八岁矣! 身七十余战,所当者破,所击者服,未尝败北,遂霸有天下。然今卒困于此,此天之亡我,非战之罪也! 今日固决死,愿为诸君快战㉑,必三胜之,为诸君溃围、斩将、刈旗㉒,令诸君知天亡我,非战之罪也。"乃分其骑,以为四队,四向㉓。汉军围

①戮辱:身体受刑而被侮辱。 ②畸人:指有独特志行,不同于流俗的人。 ③囿于:拘泥、局限。囿 yòu,养动物的园地、局限。 ④肆于心:内心不受拘束,放纵于心。 ⑤世遗:即遗世,超脱尘世,隐居。 ⑥立斗:立即争斗。 ⑦俯躬:弯下身子。 ⑧垓下:地名,在今安徽灵璧县东南。 ⑨楚歌:南方歌曲。 ⑩骓 zhuī:青白杂色马。 ⑪奈若何:把你如何安置。 ⑫歌数阕:复沓数遍。 ⑬直夜:当夜。 ⑭溃围南出:突破重围,向南冲出。 ⑮平明:天大亮。 ⑯能属者:(随从中)能跟得上的。 ⑰阴陵:地名,在今安徽定远东南。 ⑱绐 dài:哄骗他。 ⑲大泽:大湿地。 ⑳东城:地名,在今安徽定远东南。 ㉑快战:痛痛快快地力拼一仗。 ㉒刈 yì 旗:砍敌人旗帜。 ㉓四向:向着四面。

之数重。项王谓其骑曰："吾为公取彼一将"。令四面骑驰下,期山东为三处①。于是,项王大呼驰下汉军皆披靡②,遂斩汉一将。是时,赤泉侯③为骑将,追项王,项王乃瞋目而叱之,赤泉侯人马俱惊,辟易④数里。与其骑会为三处。汉军不知项王所在,乃分军为三,复围之。项王乃驰,复斩汉一都尉,杀数十百人。复聚其骑,亡其两骑耳。乃谓其骑曰:"何如?"骑皆伏⑤曰:"如大王言!"

于是,项王乃欲东渡乌江。乌江亭长⑥舣船⑦待,谓项王曰:"江东虽小,地方千里,众数十万人,亦足王也。愿大王急渡,今独臣有船。汉军至,无以渡。"项王笑曰:"天之亡我,我何渡为!且籍与江东子弟八千人渡江而西,今无一人还;纵江东父兄怜而王我⑧,我何面目见之?纵彼不言,籍独⑨不愧于心乎?"乃谓亭长曰:"吾知公长者。吾骑此马五岁,所当无敌,尝一日行千里,不忍杀之,以赐公。"乃令骑者下马,步行,持短兵接战。独⑩籍所杀汉军数百人;项王身亦被十余创⑪。顾见汉骑司马吕马童⑫曰:"若非吾故人乎?"马童面之⑬,指王翳曰⑭:"此项王也!"项王乃曰:"吾闻汉购我头千金,邑万户。吾为若德⑮。"乃自刎而死。王翳取其头;余骑相蹂践⑯。争项王,相杀者数十人。最其后,郎中骑杨喜,骑司马吕马童,郎中吕胜、杨武,各得其一体;五人共会其体⑰,皆是。

这一段写得波澜起伏、慷慨悲凉。悲剧主角项羽豪迈慷壮的性格通过其一系列行动表现得十分突出。更为可贵的是行文中通过陪衬(部下的正衬、汉军的反衬),项王的形象就愈益突出了。三是既描写人物在重大的历史事件中的表现,又十分注意刻画细节,取得从细微中见人的艺术效果。在《淮阴侯列传》里,韩信平齐后,遣人讨封假齐王⑱:

当是时,楚方急围汉王于荥阳,韩信使者至,发书,汉王大怒,骂曰:"吾困于此,旦暮望若来佐我,乃欲自立为王!"张良、陈平蹑⑲汉王足,因附耳语曰:"汉方不利,宁能禁信之王乎? 不如因立,善遇之使自为守;不然,变生。"汉王亦悟,因复骂曰:"大丈夫定诸侯,即为真王耳,何以假为!"乃遣张良往立信为齐王,征其兵击楚。

这里的踢脚而复骂的细节很好,十分形象地表现出刘邦机警聪明善于权变的性格特征。四是运用各种叙描方法,特别是浪漫主义方法来刻画人物。《史记》里有一些是属于浪漫主义的情节或细节,例如《李将军列传》记载:"广出猎,见草中石,以为虎而射之,中石没镞⑳,视

---

①期山东为三处:约定冲过山的东面三处地方会合。 ②披靡:如随风的草一样溃倒。 ③赤泉侯:叫杨喜,当时只是郎中骑。赤泉在今河南淅川县西。 ④辟易:惊退。 ⑤伏:同服,佩服。 ⑥乌江亭长:乌江的亭长,乌江为安徽和县地江岸。亭长,秦置,十里一亭,设亭长。 ⑦舣 yǐ 船:把船停到江边。 ⑧王我:拥戴我做王。 ⑨独:岂。 ⑩独:此处是单的意思。 ⑪被十余创:受有十几处创伤。 ⑫"顾见汉骑司马吕马童":回头看见汉骑兵将领吕马童。这吕马童可能是项羽旧部,所以项羽称他为故人。 ⑬面之:看着脸相认。 ⑭对王翳曰:指着项王对王翳说。 ⑮吾为若德:我给你点恩惠。德,恩惠、好处。 ⑯蹂践:踩踏争夺。 ⑰共会其体:一齐拼合项王遗体。 ⑱假齐王:权宜自封为齐王。 ⑲蹑 niè:踩、踏、碰。 ⑳中石没镞:射中石头,连箭头都射入石中。镞 zú,箭头。

之石也。因复更射之，终不能复入石矣"，还有樊哙发怒"头发上指，目眦尽裂①"，田蚡为鬼所杀②，蒙恬死时说自己修长城绝了地脉因而被杀，等等。这些描写是小说家夸张想象之辞，在信史里一般不允许有，但《史记》却大胆地运用了。这些对于描绘人物，无疑是非常生动而形象的。有人认为，《史记》在考信史实的前提下，对某些细节通过合情入理的想象加入文饰是可以的，使读者产生事所必然、理所当然的感觉，这与小说家之言不可相提并论。

除了善于刻画人物以外，《史记》叙事简明生动，特别注意刻画富有戏剧性的场景，使传记写得紧张激烈，引人入胜。完璧归赵、渑池会、火牛阵、武灵王胡服入秦等矛盾冲突紧张激烈很有戏剧性，但完全不见于先秦古籍，可能是作者根据传闻或已佚野史的想象加工而成。"鸿门宴"也是最为突出的一段，名为宴会，实为各种人物的斗法，在这场遭遇战里，项羽的粗豪爽直、缺智少谋，刘邦的机警狡猾、能言善辩，范增的冷酷无情，张良的临危不惧，项庄的笨拙，樊哙的勇猛全都表现出来了。作为小说，亦属上乘之作。

《史记》的语言简洁精炼、流畅生动，与同时代的一些以整齐富赡见长的散文家的语言相比，最适宜作为传记的语言。在人物语言方面，《史记》大量运用了切合人物心理特征和社会特征的个性化的语言。刘邦和项羽在起事前都曾见过秦始皇的威仪，他们不同的感慨就表现出他们不同的个性。项羽说："彼可取而代也。"语气粗直强悍，野心十足，表现出一种睥睨不屑③的神情。刘邦却惊叹："嗟乎！大丈夫当如此也！"艳羡之情溢于言表，这是当年职位卑微却又十分倾慕权势的口吻。以后，刘邦取得了天下，未央宫建成，他给父亲敬酒时说："始大人常以臣无赖，不能治产业，不如仲力④。今某之业，所就孰与仲多？"这句话反映出了他羡慕帝王终于抢到手，向其父炫耀的神情，反映出他以天下为自己产业的卑劣心胸。在《史记》里人物的语言也是刻画人物的重要手段。在叙述描写方面，《史记》的语言通俗传神，抒情色彩强烈，试看《刺客列传》中荆轲与燕太子丹钱别的描写：

> 太子及宾客知其事者，皆白衣冠⑤以送之至易水⑥之上。既祖⑦，取道⑧，高渐离击筑⑨，荆轲和而歌，为变徵之声⑩，士皆垂泪涕泣。又前而歌曰："风萧萧⑪兮易水寒，壮士一去兮不复还！"复为羽声⑫慷慨，士皆瞋目⑬，发尽上指冠。于是荆轲就车而去，终已不顾⑭。

像是抒情诗一般，表现出悲凉慷慨的氛围和荆轲豪迈壮烈、义无返顾的胸怀。另外，大量引用谚语歌谣和诗赋以增强语言的表现力也是《史记》语言的一种创造。比如《项羽本纪》的

---

①目眦尽裂：眼眶都崩裂了。表示怒极。眦 zì，眼眶。　②田蚡：西汉大臣，病卒。《史记》说他为鬼所杀"一身尽病，若有击者，謼（hū，大声叫喊）服谢死。"　③睥睨 pì nì 不屑：斜视有傲慢厌恶不屑相向的神情。　④不如仲力：不如老二给力。仲，弟兄排行中的老二。　⑤白衣冠：本是丧服，这里知其难返，有悲伤激励之意。　⑥易水：在河北西部。　⑦祖：古称钱行为道神，送行祭祀并设宴饮。　⑧取道：上路。　⑨筑：中国古代筑，弦乐器。　⑩变徵之声：F调，音节苍凉，适于悲歌。　⑪萧萧：风声状词。　⑫羽调：A调，音节高亢，其声激昂慷慨。　⑬瞋目：激愤而瞪大眼睛。　⑭终已不顾：直到最后头也不回地去了。

"垓下歌"、《高祖本纪》的"大风歌"、《留侯世家》的"鸿鹄歌"、《魏其武安侯列传》的"颖水童谣"等等,这些原本为民间口头文学,质朴生动,表现力强,一经《史记》引用,传播更广,成了千古名句。

《史记》还创造了"太史公曰"的史论形式。这些传记后面的"太史公曰"是司马迁的见解,灵活生动,可当做一则议论小品。它们或是订正史实讹误,或补述史闻轶事,或点明历史的内涵,或抒写作者的感慨,不拘一格,阐发精警、流畅明快,是人物传记的补充和延伸。

五、《史记》的影响

《史记》开创了我国散文的一个新的历史时代,它对中国文学的影响是多方面的。

《史记》是记传史学中成就最高的,《史记》以后,从《汉书》到《清史稿》,一共有24部,都是以《史记》为典范编成的,但没有一部超过《史记》。

《史记》对后世散文的影响也很大,它的叙事方式、写作技巧、语言风格都成为后代散文创作的典范。唐宋古文运动就曾以《史记》和先秦散文为旗帜,反对骈体文。唐宋八大家、明代的归有光、侯方域、清代桐城派诸家无一不是推崇《史记》,自觉向《史记》学习的。

《史记》对后世小说、戏曲的影响也很大,《史记》中描写、叙事手法的多种多样,为后世小说提供了丰富的借鉴。唐宋传奇和清代的一些笔记小说,常常以介绍某一人物为线索来展开故事,就是明显地学习了《史记》写法。唐人传奇、《聊斋志异》的语言,也接受了《史记》的影响。《聊斋志异》的"异史氏曰"自然也取法《史记》。长篇小说方面,《东周列国志》、《西汉通俗演义》直接取材于《史记》,《三国演义》在写作技巧和语言方面都有学习《史记》的痕迹。在戏曲方面,元明杂剧的题材,好多出自《史记》,京剧和各地方剧种有好多剧目,如《霸王别姬》、《将相和》、《搜孤救孤》等就取材于《史记》。

《史记》在汉代称《太史公书》,魏晋间始称《史记》。东汉起就有人为它作注,现存最早最完整的注本有南朝宋裴骃[①]的《史记集解》、唐司马贞的《史记索引》、唐张守节的《史记正义》。到北宋年间,才把三家注合成一编。现在刊行的中华书局本,对原文连同三家注一同标点,并作了校勘。

六、《汉书》

东汉班固撰述的《汉书》,是我国第一部记传体断代史,班固有意识地采取了《史记》关于汉初的一部分,再续补汉昭帝以下至西汉末的历史事实,写成一部新的断代史,故有"史汉"、"班马"合称。

《汉书》在体制上几乎全袭《史记》,所不同的是取消"世家"并入"列传",改"书"为"志"。

作为传记文学,《汉书》也有较高的成就。它的文笔虽不如《史记》奇幻洒脱,跌宕起伏,

---

① 裴骃:南朝宋史学家,著《史记集解》130卷,所引证多先儒旧说。骃 yīn,浅里带白的杂毛马。

但严整工练,语言受汉代辞赋的影响,以整饬华丽见长。范晔《后汉书·班固传》称《汉书》"文赡而事详①","赡而不秽②,详而有体,使读者亹亹而不厌③"。

在人物描写方面,它继承了《史记》的手法,善于通过重要情节、巨大场面和生活细节、个性化的语言来塑造人物。它比较注重细节描写,有些细节写得精彩而传神。例如《外戚列传》中写李夫人病重,汉武帝来探视,她却以被蒙面,坚决不给汉武帝看。最后,她说出了缘由:"所以不欲见帝者,乃欲以深托兄弟也。我以容貌之好,得以微贱爱幸于上。夫以色事人者,色衰而爱弛,爱弛则恩绝。上所以挛挛顾念我者,乃以平生容貌也。今见我毁坏,颜色非故,必畏恶吐弃我,意尚肯复追思闵录其兄弟哉!"这一段话深刻地表达了李夫人凄苦的变态心理。

七、其他野史杂传

汉代还出现了介于正史和小说之间的野史杂传。所谓野史,即私家编撰的史书,它不同于史官所记的正史,往往夹杂一些里巷传闻和神怪传说。现存较为可信的汉人小说是《燕太子》,写的是燕太子丹派荆轲刺秦王的故事,内容和《史记·刺客列传》所载大致相同,只是兼采了民间传说,诸如"乌即白头,马生角"之类的怪异内容。它情节曲折,结构完整,人物性格突出,虽本史实,又收罗了异闻传说,就更与后来的小说相近。

这类野史杂传中还有东汉赵晔的《吴越春秋》和袁康的《绝越书》,两书故事本于《国语·越语》,兼采《左传》、《史记》,同时又增加了好些异闻。

第三节　汉乐府和文人诗

汉代诗歌成就最高的当数乐府民歌,乐府诗歌是继《诗经》、《楚辞》以后的又一重要阶段,是它奠定了五言诗的格局。东汉文人开始模仿乐府民歌创作五言诗,《古诗十九首》标志五言诗的成熟。

一、汉乐府民歌

乐府民歌的搜集和整理

什么叫乐府民歌? 这是指掌管音乐的官署——乐府,从各地搜集来的民歌,这些乐府民歌或称为"乐府诗",也可简称"乐府"。

---

①文赡而事详:文词丰富而事件详实。　②赡而不秽:文词丰富而干净。　③亹亹而不厌:谓诗文或谈论动人有吸引力,使人不知疲倦。亹亹 wěi wěi,勤勉、不倦的样子。

作为官署的乐府,西汉惠帝时已设立,到了汉武帝时才扩大为专门掌管音乐的机构。它的具体任务一是广泛采集和整理民歌民谣,二是制定乐谱、训练乐工。汉代乐府所演唱的歌辞中有许多是从各地采集来的民歌民谣,它们就是我们今天所说的"汉乐府民歌"。

汉初统治者之所以如此热衷于搜集民歌民谣,一则可以"观风俗,知厚薄①"(《汉书·艺文志》)了解民情,掌握治乱动向;二则可以满足他们娱乐生活、丰富宫廷音乐的需要。据《汉书·艺文志》记载,汉代搜集民歌民谣的地域非常广阔,几乎遍及长江上下、黄河南北。所收民歌,西汉的就有138首,可惜这些民歌大多散佚。

宋人郭茂倩所编辑的《乐府诗集》是收罗乐府歌辞最为完备的一部总集,它收集了汉至唐五代乐府名作,也编入了汉以前传说的古歌辞。它把乐府诗分为十二类:郊庙歌辞、燕射歌辞、鼓吹曲辞、横吹曲辞、相和歌辞、清商曲辞、舞曲歌辞、琴曲歌辞、杂曲歌辞、近代曲辞、杂歌谣辞、新乐府辞。其中有关汉乐府诗的有相和曲辞、杂曲歌辞、鼓吹曲辞、杂歌谣辞四类。现存汉乐府民歌约40余篇,大多是东汉时期的作品。

汉乐府民歌的思想内容

汉乐府民歌是民间歌谣,它继承和发展了《诗经》的现实主义传统,"感于哀乐,缘事而发",直接广泛地反映了汉代社会生活的图景和各种社会矛盾,表达了汉代下层人民的精神面貌和思想愿望。具体地说,在下列几方面:

(一)反映劳动人民生活的困苦。汉朝是封建社会的上升时期,国力还比较强盛,但是两极分化却非常严重,"富者田连阡陌,穷者身无立锥之地"(《汉书·董仲舒传》)为了供应地主官僚的奢侈享乐,贫民只得"衣牛马之衣,食犬彘之食","卖田宅,鬻子孙以偿债"(《汉书·食货志》)乐府民歌对这种对立的生活,特别是劳动人民困苦的生活作出了血泪的控诉。《平陵东》②写官吏压榨良民,竟用"绑票"的方法来催租逼债:

> 平陵东,松柏桐,不知何人劫义公③。劫义公,在高堂下,交钱百万两走马④。
> 两走马,亦诚难,顾见追吏心中恻。心中恻,血出漉⑤,归告我家卖黄犊⑥。

《病妇行》⑦通过病妇临死对丈夫的嘱托和她死后丈夫去市上求钱买食的情景的叙描,具体形象地反映了人民生活极端贫困和痛苦。试听病妇如泣如诉的嘱托:

> 病妇连年累岁,传呼丈人前一言,当言未及得言⑧;不知泪下一何翩翩⑨:"属

---

①观风俗,知厚薄:观风俗民情,知好坏(或富裕、贫困)。 ②题名:平陵东,即在平陵以东发生的事。平陵,汉昭帝墓,在长安西北70里。 ③"平陵东"三句:在平陵东面,松、柏、桐树交杂的丛中,义公被来路不明的人劫走了。 ④"劫义公"三句:把义公劫到官府的高堂之下,勒逼他拿出百万钱,加上两匹善跑的好马,作为交换条件,才可放他回家。 ⑤"血出漉"句:心中伤痛,仿佛身上血都要渗出似的。漉心,渗出。 ⑥"归告"句:(走马不易筹措)只好回家卖掉小黄牛来凑足赎身费用。 ⑦题名:《病妇行》为相和古辞,《乐府诗集》载入相和歌瑟调曲。 ⑧"病妇"三句:一个病妇多年患病自知不起,便招呼丈夫前来,说有一句话应说清楚。丈人,女子对丈夫称呼。 ⑨"不知"句:眼泪就不由自主地掉下。翩翩,不由自主而下貌。

累君两三孤子①,莫我儿饥且寒,有过慎莫笞笞②,行当折摇,思复念之③。"

封建剥削无比残酷,逼得贫民无路可走,有的只得铤而走险,《东门行》④所反映的就是这样一幅图景:

> 出东门,不顾归;来入门,怅欲悲⑤。盎中无斗米储,还视架上无悬衣⑥。拔剑东门去,舍中儿母牵衣啼:"他家但愿富贵,贱妾与君共哺糜⑦。上用仓浪天故,下当用此黄口儿⑧。今非⑨!""咄!行!吾去为迟⑩!白发时下难久居⑪。"

（二）反映战争和徭役给人民带来的灾难。汉武帝穷兵黩武、征战不息,从征者自然长期饱受战争的困苦,一些民歌对此作了如泣如诉的指控。《战城南》通过战死者的自诉反映战争的恐怖和残酷:

> 战城南,死郭北⑫。野死不葬乌可食⑬。为我⑭谓乌:"且为客豪⑮! 野死谅⑯不葬,腐肉安能去子逃!"水深激激⑰蒲苇冥冥⑱,枭骑⑲战斗死,驽马⑳徘徊鸣。梁筑室㉑,何以南,何以北㉒? 禾黍不获㉓君何食? 愿为忠臣安可得? 思子良臣㉔,良臣诚可思:朝行出攻,暮不夜归㉕!

《十五从军征》㉖则通过一个老兵的自述控诉兵役制度的残酷和战争给人民带来的灾难的深重:

> 十五从军征,八十始得归。道逢乡里人:"家中有阿谁㉗?""遥望是君家。"松柏

---

①"属累君"一句:嘱托把这两三个孤儿带好,拖累你了。属,同嘱;累,牵累、拖累于你。　②"莫我儿"两句:不要让我的孩子挨饿受冻,有过失审慎责打他们。过,过失;笞笞 dá chī,鞭打。　③"行当"两句:(我)行将死去,绝不能让他们受累,望你多想想我的遗言,可怜他们! 折摇,夭折。　④题名:载《乐府诗集》属相和歌辞瑟调曲。　⑤"出东门"四句:出东门时原已决心铤而走险,不再考虑回家的事,去了一趟,内心反复斗争,终于又回来了,但是刚进家门,失意怅恨又涌上心头。怅,失意。　⑥"盎中"两句:米盎里没有什么存粮,再看衣架上也没有什么衣服挂着。盎 àng,古代的一种腹大口小的瓦器;还视,顾视。　⑦"他家"两句:妻劝夫君不可去冒险:别人家只想富贵;我只想和你一起过穷日子、吃糠喝粥。他家,别人家;哺糜 bǔ mí,吃粥。　⑧"上用"两句:你上看苍天的份,下看这些孩子的份上。仓浪天,青天,苍天;黄口,幼儿。　⑨今非:你现在这样的做法是不对的。　⑩"咄! 行!"等三句:哼! 让开,我现在走已经是迟了。咄 duō,呵叱声。　⑪"白发"句:我的白发逐渐脱落,这种日子实在难挨! 下,脱落。　⑫"战城南"两句:战斗而死在城郊。郭,外城;城与郭、南与北为互文见义。　⑬"野死"一句:战死在野外连埋葬都省了。乌,即乌鸦。　⑭我:作者自称。　⑮"且为"句:聊且对死难者号哭几句吧! 豪,即嚎,哀号;古时对新死者招魂,边哭边说就是号。　⑯谅:想必是,猜度语气。　⑰激激:水清澈貌。　⑱冥冥:幽暗貌。　⑲枭骑:善战的骏马。枭通骁,勇。　⑳驽马:驽钝的马。这里是描写战场的景象,枭骑和驽马互文见义。　㉑"梁筑室"句:指桥梁上盖起房子,或指盖起了堡垒。　㉒"何以南"两句:何以生活、做事? 指何以交通、生产、贸易等等。　㉓禾黍不实:田里的庄稼不收获。　㉔"思子"句:想到你是烈士。良臣,对战死者的美称。　㉕暮不夜归:直到夜晚都没有回来。(指为国捐躯了)　㉖题名:在《乐府诗集》中属横吹曲辞,又名《紫骝马歌》。　㉗阿谁:谁。阿,助词,无意义。

冢累累①，兔从狗窦②入，雉③从梁上飞。中庭生旅谷④，井上生旅葵⑤。春谷持作饭，采葵持作羹。羹饭一时熟，不知贻⑥阿谁。出门东向望，泪落沾我衣。

（三）反映当时妇女命运悲惨和她们对礼教的抗争。汉代随着儒家地位的尊崇，妇女所受的压迫也是日渐深重。妇女有所谓"七出"之条：即"不顺父母去、无子去、淫去、妒去、有恶疾去、多言去、盗窃去"（《大戴礼记·本命》），许多妇女成了弃妇。《上山采蘼芜》⑦写的正是无端被遗弃妇女的哀伤：

上山采蘼芜，下山逢故夫。长跪⑧问故夫："新人复何如？""新人虽言好，未若故人姝⑨。颜色类相似，手爪不相如。""新人从门入，故人从阁去⑩。""新人工织缣⑪，故人工织素⑫。织缣日一匹⑬，织素五丈余。将缣来比素，新人不如故。"

《孔雀东南飞》写的是焦仲卿和刘兰芝这一对夫妇的爱情的悲剧，成功地塑造了刘兰芝身受迫害而坚贞不屈的妇女形象。其他如《陌上桑》、《羽林郎》刻画了罗敷和胡姬两个坚贞美丽的女子形象。

汉乐府民歌反映社会生活的面比较广阔，可以说，它是汉代社会生活的一面镜子。

汉乐府民歌的艺术成就

汉乐府民歌深广的思想内容，是通过质朴自然的艺术形式表现出来的，它的艺术特色主要有下列几点：

（一）生动的叙事性。乐府民歌主要是叙事诗。在它以前，我国叙事诗不够发达，《诗经》中的国风大多是抒情诗，《楚辞》也是抒情诗。汉乐府民歌"感于哀乐，缘事而发"（《汉书·艺文志》）继承了先秦民歌"饥者歌其食，劳者歌其事"的传统，加以发展，创造了一套叙事手法。其一是，选择典型情节或细节，集中歌咏，表达主题。叙事诗比散文、小说要更加凝炼，特别是短篇叙事诗，几乎不允许有什么来龙去脉的交代，它要求诗人截取生活的某个侧面，集中描绘，取得以一目而传神的效果。如《十五从军征》选择的是一个征战了 65 年的老兵，归乡后所闻所见、所做所感，来表达反战的主题。他九死一生侥幸还家，等待的却是家毁人亡的惨状，他的做饭做羹等一连串下意识的动作，强烈地反映出主人公痛苦而麻木的神情。这样，战争的残酷、社会的黑暗，都无声地浓缩在这样一个萧瑟悲凉的景象中，读来令人惊心动魄。其二是，巧妙地运用对话来叙事抒情。《上山采蘼芜》几乎全是由弃妇和故夫的对话构成的，对话起到了交代故事情节、描写人物、表示主题的作用。《孔雀东南飞》是代表乐府民歌最高成就的长篇叙事诗，诗中的对话要比叙事、描写多得多，从对话中交代故事，表

①"松柏"句：松柏间坟茔一个接一个。　②狗窦：给狗出入的墙洞。　③雉：野鸡。　④旅谷：野谷苗，指未经播种而生出者。　⑤旅葵：冬葵生在井畔。葵，菜名，其叶可食。　⑥贻：送给。　⑦题名：始见于《玉台新咏》，题作《古诗》。蘼芜，香草名，可食，能使妇女多子。　⑧长跪：直身而跪，以示庄重。　⑨姝 shū：品貌美好。　⑩阁：旁门。　⑪缣 jiān：黄色细绢。　⑫素：白色生绢。　⑬一匹：四丈。

现人物性格和心理活动。刘兰芝和焦仲卿的对话显示兰芝处境艰难和他们爱的深沉;仲卿母子的对话,写出焦母对儿子的私爱和对兰芝的无端仇恨;兰芝母女的对话,显示兰芝母亲的世俗心理;兰芝兄妹的对话,显现其兄刻薄势利之心。所以清代陈祚明在《采菽堂古诗选》中评道:此诗"佳处在历述十许人口中语,各各肖其声情,神化之笔也"。其三是,吸取散文技巧使诗行神采飞动。比如《陌上桑》中描写罗敷的美丽,除正面描写外,又特意运用侧面描写的方法:"行者见罗敷,下担捋髭须①。少年见罗敷,脱帽着帩头②。耕者忘其犁,锄者忘其锄。来归相怨怒,但坐观罗敷。"这就背面敷粉,愈益突出了罗敷惊人的美貌。《有所思》是一首表达痴情女子爱情矛盾痛苦的民歌,虽是诗,但笔法与散文差不多:

> 有所思,乃在大海南③。何用问遗君④?双珠玳瑁簪⑤。用玉绍缭之⑥。闻君有他心,拉杂摧烧之⑦,摧烧之,当风扬其灰⑧。从今以往,勿复相思! 相思与君绝! 鸡鸣狗吠,兄嫂当知之⑨。妃呼豨⑩,秋风肃肃晨风飔⑪,东方须臾高知之⑫。

诗中不断使用加重描写的句子,表现女主人公强烈的感情,如听到爱人有他心以后,立即"拉杂摧烧之",而且"当风扬其灰"加重形容她的极度的愤恨;在"勿复相思"后又写"相思与君绝"重复中表示坚决。另外,诗中使用接字钩句法表示回环往复的思绪,如"拉杂摧烧之,摧烧之","勿复相思,相思与君绝"意思重复,句式又参差,是散文化的诗句。

　　(二)崭新的诗行形式。汉乐府民歌诗行形式多种多样,有三言、四言、五言、六言、七言以及杂言,其中较多的是五言诗和杂言诗。这是诗歌艺术的一个进步。《诗经》以四言为主,《楚辞》以六言为主,乐府民歌以杂言和五言为主要形式,叙事、抒情、描写、议论就更自由、灵活,更容易吸收口语入诗。

　　(三)质朴自然的风格。汉乐府民歌大多具有冲口而出,浑然天成,真切生动的妙处,章法自然顺畅,绝无雕琢的痕迹,语言通俗活泼,明朗自然。明人胡应麟说:"质而不理,浅而能深,近而能远,天下至文,靡以过之。""矢口成言,绝无文饰,故浑朴真至,独擅古今。"(《诗薮》)这些品评是确当的。试看写恋情的《上邪》⑬:

---

①"行者"两句:行者见到罗敷,放下担子抚弄着胡子。捋 lǚ,抚弄、整理;髭 zī,嘴唇上的胡子;须,下巴下的胡子。　②"少年"两句:少年人见着罗敷,脱下帽子,露出美丽的花头巾。着,这里作露出讲;帩 qiào 头,古时束发的头巾。　③"有所思"两句:我所思恋的那个人,他远在大海之南。　④"何用"两句:用什么来赠与你? 问遗 wèi,赠送;君,妻称夫为君。　⑤"双珠"句:用双珠、玳瑁的名贵簪子。双珠,系在簪子头上的两颗宝珠。玳瑁 dài mào,龟类,它的甲壳花纹美丽,可做簪子等饰物;簪,插在发髻和冠上的饰物。　⑥"用玉"句:再用玉环把簪子缠绕起来作装饰。绍缭,缠绕。　⑦"拉杂"句:折碎烧毁掉。　⑧"当风"句:迎风扬其灰。　⑨"鸡鸣"两句:我们交往以来,惊动过鸡犬,兄嫂当然心知肚明,现在多丑啊,该怎么办?⑩妃呼豨:叹息之声。豨 xī,古指猪,这里用音。　⑪"秋风"句:秋风萧飒,雄鸟悲鸣。肃肃,风声貌;晨风,雄鸟名;飔,即思。　⑫"东方"句:如何办! 东方发白,天色渐明,天亮以后总会有办法的(这实际是自我安慰)。须臾,不久;高,同皓。　⑬题名:上邪,犹天呀;邪,即耶。

上邪！我欲与君相知①，长命无绝衰。山无陵②，江水为竭，冬雷震震，夏雨雪③，天地合，乃敢与君绝。

这分明是一位女子的海誓山盟，感情是那样的热烈坚决，诗句又是那样真切自然，仿佛冲口而出，但又取喻生动，铿锵顿挫，是不同凡响的诗行。

（四）浪漫主义色彩强烈。汉乐府民歌大多是叙事诗，偏重于现实主义的真实描绘，但也有浪漫主义的篇章，在叙事方面也有浪漫主义笔触。例如《孔雀东南飞》，末尾的男女主人公双双自杀，可是墓上"东西植松柏，左右植梧桐，枝枝相覆盖，叶叶相交通。中有双飞鸟，自名为鸳鸯，仰头相向鸣，夜夜达五更"。这浪漫的一笔，使感情更浓烈，仿佛真是主人公恋情的升华。

汉乐府民歌的影响

汉乐府民歌是诗歌发展史上的重要里程碑，它对后世的影响是巨大的。

它丰富发展了我国诗歌的现实主义传统。我国诗歌的现实主义传统，虽然早就表现在《诗经》里，但是发展成为一个延续不断的、更丰富、更有力的现实主义传统，却不能不归功于汉乐府。有人作如下表述："'缘事而发'（汉乐府民歌）→'借古题写时事'（建安曹操诸人的古题乐府）→'即事名篇，无复依傍'（杜甫创作的新题乐府）→'歌诗合为事而作'（白居易所创导的新乐府运动）。由借用汉乐府旧题到摆脱旧题而自创新题，由不自觉或半自觉的学习到成为一种创作原则，由少数人的拟作到形成一个流派、一个运动，这说明汉乐府民歌的现实主义精神对后代诗人的影响还是愈来愈显著的。"（游国恩等《中国文学史》）事实上，白居易以后，乐府民歌影响也是巨大的，唐末皮日休就写了不少"正乐府"，清末黄遵宪还提出"取《离骚》、乐府之神理而不袭其貌"（《人境庐诗草·自序》）的创作主张。

它为五言诗的形成和发展开拓了道路。汉乐府民歌以前，我国还很少见完整的五言诗，而汉乐府民歌中的五言诗却已达到了相当成熟的地步，最为杰出的就是《陌上桑》和《孔雀东南飞》。《陌上桑》长达53句，淳朴自然、刚健清新，是流传千古的叙事诗佳作，在古代五言诗的发展史上占有显著的地位。《孔雀东南飞》的篇幅更为惊人，长达357句，是古代叙事中罕见的杰作。诗的小序说，故事发生在"建安中"，"时人伤之，为诗云尔"，可知这首五言长篇叙事诗产生于建安稍后的时期。据文献记载，文人拟作五言诗，从东汉初开始，汉末建安出现了"五言腾踊"的局面，但像《孔雀东南飞》这样宏伟、成熟的叙事长诗却没有。建安以后，五言诗遂一跃而为诗坛上的主要诗歌形式，汉乐府民歌在五言诗形成和拓展方面的功劳是无法泯灭的。其他，在杂言诗方面，汉乐府民歌对后世的影响也很大，曹操的《气出唱》、曹丕的《陌上桑》、陈琳的《饮马长城窟行》、鲍照的《拟行路难》、李白的《蜀道难》、《战城南》等都有意模仿乐府诗。

---

①相知：相爱。　②陵：山峰。　③雨雪：飘落雪花。雨，动词。

是它为后世诗人提供了丰富的创作经验。前面说过汉乐府民歌的艺术手法,特别是叙事手法是非常生动丰富的,它为后世的诗歌创作提供了宝贵的经验,影响深远。

二、文人五言诗的兴起

五言诗是我国古典诗歌的一种主要形式,它最早见于民间歌谣,汉乐府民歌使五言诗发展到了接近成熟的阶段,它越来越吸引文人从《诗经》、《楚辞》体的写作转到了五言诗的写作。

东汉初年班固的《咏史》,一般认为是最早的文人五言诗,这首诗描写文帝时孝女缇萦①救父的故事,写得"质木无文"(钟嵘语),艺术性不强。以后又产生了一些文人五言诗,如张衡的《同声歌》、秦嘉的《赠妇诗》、蔡邕的《翠鸟》、郦炎的《见志诗》、赵壹的《疾邪诗》等。但影响最显著、艺术上最成熟的还数辛延年的《羽林郎》,宋子侯的《董娇饶》和无名氏的《古诗十九首》。《羽林郎》、《董娇饶》两诗风格接近乐府民歌,辛、宋两作者情况不详,估计是下层文人。

《古诗十九首》

《古诗十九首》均为无名氏的作品,这19首诗产生于汉末,代表了那时文人五言诗的最高成就,标志着东汉文人五言诗的成熟。

《古诗十九首》之名,最早见于梁代萧统编的《文选》,萧统在乐府诗以外的无名氏诗歌中挑选了19首较好的,列为一组,总题为"古诗十九首",从此,它便成了这19首诗作的专称。关于这19首诗作的作者和产生时代,历来有许多推测,有说是枚乘、傅毅所作,有说是曹植、王粲所作,这些都与诗的内容和五言诗的发展情况相悖。可信的意见则是,这19首诗产生于东汉后期顺帝以后到献帝以前的数十年间,作者为下层文人。

从作品本身看,它们都有共同之处:形式上,篇幅不长,大多在8至28句之间;内容上大都写官宦失意和游子思妇的离情别绪,都为抒情诗,正如沈德潜在《古诗源》中所说:"十九首大率逐臣弃妻、朋友阔绝、死生新故之感。"

依题材内容,我们且分两类来介绍,一类是写游子思妇的离情别绪。如《行行重行行》②:

行行重行行,与君生别离③。相去万余里,各在天一涯④。道路阻且长,会面安可知?胡马依北风,越鸟巢南枝⑤。相去日已远,衣带日以缓⑥。浮云蔽白日,

①缇萦 tí yíng:即淳于缇萦,有名孝女,西汉人,文帝时父为太仓令,下狱,她上书请作官婢以赎父刑。缇,橘红色丝织品;萦,缠绕。　②题名:《玉台新咏》题为杂诗,以为枚乘作。　③"行行"两句:离去者行之不已,与君生离死别,倍感忧伤。　④涯 yá:边际。　⑤"胡马"两句:汉时成语,不忘本之谓也。依,爱。　⑥"相去"两句:相去岁月长久,道路逐渐遥远;思念亲人,身体逐渐瘦弱,衣带自然宽松。缓,宽松。

游子不顾反①。思君令人老，岁月日已晚。捐弃勿复道，努力加餐饭。

以思妇的口吻，委婉真切地将相思、相恋、相盼之情写了出来，语意真挚、平朴有味。

再如《涉江采芙蓉》②：

涉江采芙蓉，兰泽③多芳草。采之欲遗④谁？所思在远道。还顾望旧乡，长路漫浩浩⑤。同心而离居⑥，忧伤以终老。

描写游子思乡、怀念妻子的离情别绪，借物抒情，回环往复，哀婉动人。

其他如《庭中有奇树》、《迢迢牵牛星》等。

二类是写官宦失意之情和人生短暂的感叹。如《西北有高楼》⑦：

西北有高楼，上与浮云齐。交疏结绮窗⑧，阿阁三重阶⑨。上有弦歌声，音响一何悲！谁能为此曲，无乃杞梁妻⑩？清商⑪随风发，中曲正徘徊⑫。一弹再三叹，慷慨⑬有余哀。不惜歌者苦，但伤知音稀。愿为双鸣鹤⑭，奋翅起高飞。

这首诗通过听音乐感伤知音难觅，来表现自己落寞失意的心情。诗中处处写歌声，悬想歌者，实际是借他人酒杯浇自己块垒。

再如，《生年不满百》⑮：

生年不满百，常怀千岁忧。昼短苦夜长，何不秉烛游？为乐当及时，何能待来兹⑯？愚者爱惜费⑰，但为后世嗤。仙人王子乔，难可与等期⑱。

感叹人生短暂，愚者扰扰，不如及时行乐。东汉政治黑暗，寒族士子苦心营求，只会落得满腹牢骚，于是苦闷厌世，或者玩世不恭，追求颓废享乐。《古诗十九首》表达这种思想的诗句，还有不少，如"人生寄一世，奄忽若飙尘"、"人生忽如寄，寿无金石固"、"不如饮美酒、被服纨与素"、"斗酒相娱乐，聊厚不为薄"等。这种思想也影响了此后的诗人，如曹操、陶渊明、李白、苏轼等，他们的诗中往往有饮酒行乐的句子。正如梁启超所说，颓废思想"给后人以极大的印象。千余年来中国文学，都带有悲观消极的气象，十九首的作者怕不能不负点责任哩！"（《中国之美文及其历史》）

如果说，汉乐府民歌在叙事诗方面把五言诗推向了成熟的阶段，那么，另一半的功劳则

---

①"浮云"两句：游子在外，被牵扯住，如受浮云遮挡，不思返家。顾，念。 ②题名：《玉台新咏》题为杂诗，以为枚乘作。芙蓉，荷花。 ③兰泽：长满兰花的水泽地。 ④遗 wèi：赠给。 ⑤漫浩浩：即漫漫浩浩。浩浩，广阔无边。 ⑥"同心"句：即屈原《离骚》："何离心之可同兮，吾将远逝以自疏"。 ⑦题名：《玉台新咏》题为杂诗，以为枚乘作。 ⑧"交疏"句：交错镂刻的花纹窗。交疏，交错镂刻；结绮，刻有花纹的窗。 ⑨"阿阁"句：四面有檐的亭阁多层台阶。阿 ē 阁，四面有檐亭阁。 ⑩杞梁妻：战国齐大夫杞梁，伐莒，死于莒城下，其妻赶到大哭十日自尽。这里代指烈士妻。 ⑪清商：清越哀伤乐曲。 ⑫"中曲"：曲中正回环往复。 ⑬慷慨：即忼慨，壮心不得志于心也。 ⑭鸣鹤：即鸿鹄。 ⑮题名：余冠英《乐府诗选》云：本诗与《西门行》本辞又共为晋末所奏《西门行》蓝本。 ⑯来兹：来年。 ⑰爱惜费：吝惜靡费。 ⑱"仙人"两句：仙人王子乔也难得与之长寿。王子乔，周灵王太子，名晋，好吹笙，后道人浮丘公把他接到嵩山成仙。等期，抱有同样的期待，说同样长寿。

应让位于《古诗十九首》,是《古诗十九首》在抒情诗方面将五言诗推上了成熟的阶段。《古诗十九首》在艺术上有很高的造诣。刘勰称它为"五言之冠冕"(《文心雕龙·明诗》)。钟嵘则说它:"文温以丽,意悲而远,可谓几乎一字千金。"(《诗品上》)具体地说,下列几点值得注意:一是善于融情入景、寓情于景,从而情景交融,收到强烈抒情的艺术效果。试看《迢迢牵牛星》①一首:

> 迢迢牵牛星②,皎皎河汉女③。纤纤擢素手④,扎扎弄机杼⑤。终日不成章,泣
> 涕零如雨。河汉清且浅,相去复几许?盈盈⑥一水间,脉脉不得语⑦。

这是一首借秋夜即景抒情之作,就是借天上牵牛、织女星的阻隔抒发人间夫妇的离愁别恨。作者紧扣牛郎织女故事,看似通篇写景,深味之却又句句写情,情借景出,情景相生,深挚缠绵。二是善于运用比兴手法、映衬烘托。例如,《行行重行行》中的"胡马依北风,越鸟巢南枝",借鸟兽依恋故土,以比喻游子思乡,比喻得贴切自然,历来称为名句。再如此篇中的"浮云蔽白日,游子不顾反",浮云蔽白日本是对贤君被奸臣、好人被坏人蒙蔽的比喻,现在用在这里,表明思妇对游子不返的担心:被坏女人勾引了无法回家,比中大有深意。三是善用浅近精粹的语言表达深挚绵邈的情韵。《古诗十九首》保存着乐府民歌朴素自然的风格,没有什么新奇绮丽的句子,但言短情长,含蓄隽永。上面的例子中也可看出它的语言面貌,再看《青青河畔草》一首:

> 青青⑧河畔草,郁郁⑨园中柳。盈盈⑩楼上女,皎皎⑪当窗牖⑫。娥娥⑬红粉
> 妆,纤纤⑭出素手。昔为倡家女⑮,今为荡子妇⑯。荡子行不归,空床难独守。

过去有人称此为思淫之诗,王国维辨正道,"无视为淫词"者"以其真也"(《人间词话》),它以真切平淡的语言,描绘出了荡子妇内心的哀伤。连用6个叠词,由物及人,由景及情,顺畅自然,毫无堆砌累赘的感觉。明代胡应麟在《诗薮》里说得好:"畜⑰神奇于温厚,寓感怆于和平,意愈浅愈深,词愈近愈远,篇不可句摘,句不可字求。"

《古诗十九首》是我国最早的感伤文学,它在学习《诗经》、乐府民歌的基础上,发展了抒情五言诗,直接影响建安、魏晋南朝文人五言诗的发展。

---

①题名:《玉台新咏》题为杂诗,以为枚乘作。　②"迢迢"句:遥远的牵牛星。迢迢,遥远。牵牛星和织女星在银河两边,传说为情侣。　③"皎皎"句:明亮的织女星。皎皎 jiǎo jiǎo,明亮貌;河汉,银河。　④"纤纤"句:细长白色的手摆动着。纤纤,细柔而长貌;擢 zhuó,摆动。　⑤"扎扎":在织机声中摆弄着机杼。扎扎,织机声;杼 zhù,梭子。　⑥盈盈:水清浅貌。　⑦"脉脉":相视而不能说话。脉脉,相视貌。　⑧青青:青翠貌。　⑨郁郁:茂盛貌。　⑩盈盈:仪态美好的样子。　⑪皎皎 jiāo jiāo:明亮的样子。　⑫牖 yǒu:木窗。　⑬娥娥:形容姣好。　⑭纤纤:柔美貌。　⑮娼家女:歌妓。娼同倡,唱。　⑯荡子妇:即游子妇。游子,指游于四方而不归的人。　⑰畜:容留、积储。

本章复习思考题

一、汉赋的特点,它是怎样产生的?

二、枚乘和司马相如各有什么代表作,对它们如何评价?

三、汉赋的影响和流变。

四、《史记》的文学成就。

五、什么叫汉乐府民歌? 它的文学成就何在?

六、《古诗十九首》在诗史上的价值。

第三章　魏晋南北朝文学

魏晋南北朝时期,是指公元 220 年曹丕代汉到公元 589 年隋文帝杨坚灭陈的 369 年间。这是一段动荡、混乱的时代,在文学上却是一个自觉发展的重要时代。

吴、东晋、宋、齐、梁、陈都建都于建康,史称六朝;在文学作品中,六朝有时也作为整个魏晋南北朝或南朝的代称。

魏晋南北朝文学继续了秦汉文学独立发展的势头,完成了自然艺术向人为艺术的过渡,踏上了自觉发展的阶段。

早在东汉末年的建安时期,魏晋南北朝文学的序幕就拉开了,曹氏父子和建安七子等在当时的历史条件下,描写社会动乱、人民疾苦,抒发了强烈的建功立业的政治思想,作品语言清新、格调高远,一扫汉末宫廷文学的颓靡气息,这就是彪炳史册的建安文学。

从正始到魏末的文学称为正始文学。文人在黑暗的政治高压下,只得清谈玄学、消极避世,反映在文学上则表现为脱离现实、虚无玄想的倾向。其中能继承建安传统,敢于愤世嫉俗的则是阮籍和嵇康。

晋太康时期文学繁荣,涌现出一批号称"文章之中兴"的作家群落:"三张"、"二陆"、"一左"。他们"儿女情多、风云气少",其中唯左思一人借史事作不平之鸣。

东晋时期大畅玄言,作品在玄学和佛理的影响下,枯涩板滞,一似道德论。只有陶渊明的田园诗,刮出了一股"凉爽的风"。

刘宋时期文坛又发生了变化,"老庄告退,而山水方滋"。谢灵运开创了山水诗派。

南朝最杰出的诗人是鲍照,他出身寒微,他的作品具有强烈的反抗精神。他确立了七言诗隔句押韵的形式,为七言诗的成熟奠定了基础。沈约、谢朓等研究汉语音节的平上去入,讲究"四声八病",创造了"永明体"。他们为古体诗向近体诗过渡作出了贡献。南朝的梁陈时期,帝王、世族子弟精神空虚,写了许多艳情诗,一时蔚成风气,史称"宫体诗"。

相反,南北朝乐府民歌的成就却相当高,北朝诗粗犷刚健,南朝诗清丽婉转,《木兰诗》、《敕勒川》就是其杰出的代表。

散文在魏晋南北朝时期也有所发展,诸葛亮的《出师表》、陶渊明的《桃花源记》都是传世之作。北朝的《水经注》、《洛阳伽蓝记》也是杰作,特别是前者,它开创了山水游记散文之先河。骈文形成于汉魏时期,南朝大盛,鲍照的《芜城赋》、江淹的《别赋》、《恨赋》都是力作。

在诸文体中发展中最为迟缓的是小说,魏晋南北朝时期的小说都是文言短篇,有志人、志怪两大类,初具小说雏型。

文学理论在魏晋南北朝时期有了长足的发展,取得了辉煌的成就,刘勰的《文心雕龙》、钟嵘的《诗品》都是很有价值的理论专著,它们是这个自觉发展时代的重要标志。

总之,魏晋南北朝文学是文学史上的重要发展阶段,它承先启后,无论在广度还是在深度方面,无论是在创作实践还是在理论批评方面,都具有开创意义。

第一节　建安文学

建安是东汉献帝的年号,即公元195—220年。文学史上的建安文学则是包括建安、黄初和太和三个时期,后两者都是魏曹丕年号,即公元220—233年。建安文学的代表作家是三曹(曹操、曹丕、曹植)、七子(孔融、王粲、刘桢、阮瑀、徐干、陈琳、应玚)和蔡琰。

一、建安风骨

诗歌是魏晋南北朝文学中最精彩的一页,而这一页中开头的乐章——建安文学又是最辉煌的。后来的文学家把这一时期的文学成就,创作上的现实主义特色概括为一句话,叫做"建安风骨"或"汉魏风骨",并认为"建安风骨"是文学史上的优良的传统,值得后世文学继承和发扬。

所谓"风骨",是中国古代文论的概念和术语,实质是对文学作品内容和文辞的美学要求。风就是指文章的生命力,一种内在的、充实的、能感染人精神的活力。骨就是指文章的表现力,直接体现在语言的运用上,语言刚劲、简练、明晰,则文章就有了骨力。所以,一般说来,风骨就是要求作品要有充实深刻的内容,真实动人的情感、刚健清新的语言。建安时期是一个分裂动乱的时代。公元184年爆发了黄巾大起义,摧垮了腐朽的汉王室的统治,接着军阀混战,三国鼎峙,他们此征彼伐,战祸连年。建安诗人经历了这场社会的动乱,饱尝了分裂战乱之苦,有的本人就是一方的头领。在他们的作品中,真切地反映了苦难的社会现实,表达出对社会和人民的同情,对国家和民族前途的忧虑,在悲愤中又焕发着一种为国建功立业的进取激情,这就是"建安风骨"。简言之,建安风骨就是汉魏文学中所表现出来的慷慨悲凉、朴质刚健的风格。曹操的《蒿里行》、《薤露行》,曹植的《送应氏》、王粲的《七哀诗》、蔡琰的《悲愤诗》等都典型地反映出了这种建安风骨。正如刘勰《文心雕龙》中所分析:"观其时文,雅好慷慨,良由世积乱离,风衰俗怨,并志深而笔长,故梗概而多气也。"

当然,构成建安风骨的因素还是比较复杂的,除了出于时代的悲感和立业的壮心的内容方面的因素以外,还有形式和风格方面的因素。

建安文学继承和发展了乐府民歌的现实主义精神和现实主义风格和语言形式。建安文学不仅承袭乐府民歌"感于哀乐,缘事而发"的现实主义传统,而且在写作形式上也深受乐府民歌的影响,曹操的《蒿里行》、《薤露行》沿用的是乐府旧题,曹植的《鰕䱇篇》与古辞《长歌行》相似。另外,建安文学所表现的质朴、明朗、刚健的语言风格也与乐府民歌相一致。

建安文学又不是专门讲求模仿的文学潮流,而是讲求在继承传统的基础上大胆创造的文学潮流。在形式上,建安诗人普遍采用新兴的五言诗的形式,奠定了五言诗在诗体中的主导地位。可以说,五言诗在建安诗人手中成熟。其他,四言、六言、七言诸体,建安诗人都有发展创造。特别是七言诗,曹丕的《燕歌行》是成熟的七言诗。在运用乐府旧题方面,曹氏父子往往有很多突破,比如《蒿里》原是挽歌,曹操用之描写现实,而且不被之管弦,这就大大方便了“诗”的独立发展。在语言方面,建安诗人在古朴的基础上也讲究藻饰,讲究华美与朴素的结合。锺嵘的《诗品》对曹植的评价特别高,辞采是重要的因素,说他“骨气奇高,辞采华茂”。

后世提倡建安风骨的人,着眼点不尽相同,往往是针对当时文坛弊端而言的,比如有的内容贫乏,感慨不深,有的风格柔靡、感情晦暗,有的雕章琢句,语言繁缛,有的因袭模仿,落入俗套,等等。他们之所以都能打出建安风骨的旗号,就是因为建安风骨总括了几方面的因素。

二、三曹(曹操、曹丕、曹植)

曹氏父子是建安文坛的领袖,是建安文学的代表。

曹操(155—220)字孟德,沛国谯(今安徽亳县)人。20岁举孝廉,为郎。因镇压黄巾起义,声名大显。献帝初,又因联兵讨伐董卓而进入高层,以后统一北方,挟天子以令诸侯,位丞相,进魏王。有《魏武帝集》,已佚,明人辑有《曹操集》。曹操是汉末的政治家、军事家,文学家。他“外定武功,内兴文学”,搜罗文士,形成邺下文人集团,创造了“彬彬之盛”的建安文学的局面。宋人评曰:“魏武帝如幽燕老将,气韵沉雄”(敖陶孙《诗评》)。曹操的文学成就有如下几方面。

曹操善作诗,现存20余首,全是乐府歌辞,他继继发展了现实主义精神,用乐府旧题写时事,描写汉末现状和人民苦难,抒发建功立业统一国家的英雄抱负。这方面最典型的是《蒿里行》①:

曹操像(采自明《三才图绘》)

关东②有义士,兴兵讨群凶。初期会盟津③,乃心在咸阳④。军合力不齐,踌躇

---

①题名:古挽歌名,谓人死魂魄归于蒿里,古辞是杂言,曹操这首是五言。　②关东:指函谷关以东的广大地区。　③盟津:即孟津。在今河南孟县西南黄河地区。　④“乃心”句:指军阀们像楚汉争霸一样个个心想夺得汉皇室政权。

而雁行①。势利使人争，嗣还②自相戕。淮南弟称号，刻玺于北方③。铠甲生虮虱④，万姓以死亡。白骨露于野，千里无鸡鸣。生民⑤百遗一，念之断人肠。

钟惺评曹诗"汉末实录，真诗史也"（《古诗归》），这首就非常典型。

曹操写了好几首有名的四言诗，使四言诗有了新的生命。名作如《短歌行》、《步出夏门行》⑥等。试看后者：

> 东临碣石⑦，以观沧海⑧。水何澹澹⑨，山岛竦峙⑩。树木丛生，百草丰茂。秋风萧瑟，洪波涌起。日月之行，若出其中；星汉⑪灿烂，若出其里。幸甚至哉，歌以咏志⑫。

《步出夏门行》共四章，前有"艳"（前奏曲），这是第一章。写于建安十二年（207）曹操征乌桓过碣石山时。登山望海，气象雄浑，大海的心胸仿佛正是他自己。后人称赞曹操的四言诗"于三百篇外，自开奇响"（沈德潜），范文澜也说："特别是四言乐府诗，立意刚劲，造语质直，三百篇后，只有曹操一人独步。"（《中国通史》）

总起来说，曹操的诗歌，继承《诗经》、乐府民歌的现实主义精神，把苦闷苍凉的情绪和昂扬进取的胸怀糅合在一起，形成悲凉慷慨、雄健沉郁的风格，给当时和后世作家以积极的影响。

曹操的散文，简约严明，直率流畅，有什么说什么，确实是改造文章的祖师。鲁迅评曰：清峻、通脱。如《让县自明本志令》自述自己对国家的功劳："设使国家无有孤，不知当几人称帝，几人称王。"说得坦诚而有气魄，又确是实在话。

曹丕（187—226）字子桓，曹操次子。先继曹操为魏王，后废汉献帝，改国号为魏，史称魏文帝。

曹丕自幼酷爱文学，政治上作为不大，文学上成就颇高，存诗40多首，其中一类是征夫思妇诗，一类是自我生活写照。曹丕诗歌笔致细腻，语言清新，有民歌风味。刘勰称为"洋洋清绮"。《燕歌行》是其名作，也是我国最早最成熟的七言诗，诗作有两首，试看第一首：

> 秋风萧瑟天气凉，草木摇落⑬露为霜。群燕辞归雁南翔，念君⑭客游思断肠。慊慊⑮思归恋故乡，君何淹留⑯寄⑰他方？贱妾茕茕⑱守空房，忧来思君不敢忘，不

---

①"踌躇"句：指各怀鬼胎的军阀们只是迟疑着跟随别人前进，并不一致拼力向前。　②嗣还：随后，不久。　③"淮南"两句：指盟主袁绍之弟淮南王袁术自行刻玺称帝。　④虮虱：虱子。虮 jǐ，虱子的卵。　⑤生民：人。《孟子·公孙丑上》："自有生民以来，未有孔子也。"　⑥题名：又名《陇西行》。夏门是汉洛阳北面城门，门外是邙山，多墓塚。乐府旧曲写升仙得道，慨叹人生无常。曹操借此题写北征乌桓之事。　⑦碣石：在今河北乐亭县西南，现已湮没。　⑧沧海：大海。海水呈青苍色，故曰沧海。　⑨澹澹 dàn dàn：水波动荡貌。　⑩竦 sǒng 峙：高耸屹立。　⑪星汉：银河。　⑫"幸甚"两句：这两句是配乐的套话。幸，高兴；至，很的意思；咏志，用诗歌来表达自己的意思。　⑬摇落：凋残、零落。　⑭君：指客游在外的亲人。　⑮慊慊 qiàn qiàn：不满足、空虚之感。　⑯淹留：久留。　⑰寄：寄居。　⑱茕茕 qióng qióng：孤单貌。

— 64 —

觉泪下沾衣裳。援琴鸣弦发清商①，短歌微吟不能长。明月皎皎照我床，星汉西流②夜未央③。牵牛织女遥相望，尔独何辜④限河梁⑤。

以思妇的口气，抒发了对征夫的怀念，气氛悲怆，清丽婉转。

值得一提的是，曹丕有一篇文艺批评的专论《典论·论文》，是我国最早的文学批评的专门论文，对后世具有较大的影响。《典论·论文》主旨在反对文人相轻的恶习，对建安诸家逐一给以简要中肯的评论。他提出"文以气为主，气之清浊有体，不可力强而致"的命题。在文体特点方面，他提出"盖奏议宜雅，书论宜理，铭诔⑥尚实，诗赋欲丽"的正确论断。

曹植（192—232）字子建，曹操子，少聪敏，富文采，从小就以才华横溢得到曹操的赞赏，曾有意立他为太子，后因其行为放任、饮酒不节，被曹丕击败。封陈王，谥曰思，世称陈思王。

曹植是建安时期最负盛名的作家，被钟嵘列为上品，称为"建安之杰"（《诗品》）南朝诗人谢灵运激赏其才学渊博，说："天下才共有一石，曹子建独得八斗，我得一斗，自古及今同用一斗。"（李翰《蒙求集注》）这就是"才高八斗"成语的出处。

曹植存诗80多首，散文辞赋40多篇。他的作品，以曹丕即位为界，分前后两期。

前期的作品大多表达自己建功立业、匡时弭难的思想。如《白马篇》⑦、《名都篇》、《鰕䱉⑧篇》等，试看前者：

白马饰金羁⑨，连翩⑩西北驰。借问谁家子？幽燕⑪游侠儿。少小去乡邑，扬声⑫沙漠垂。宿昔秉良弓⑬，楛矢何参差⑭。控弦⑮破左的⑯，右发摧月支⑰。仰手接飞猱⑱，俯身散马蹄⑲。狡捷⑳过猴猿，勇剽㉑若豹螭㉒。边城多警急，虏骑数迁移。羽檄㉓从北来，厉马㉔登高堤。长驱蹈㉕匈奴，左顾凌㉖鲜卑㉗。弃身锋刃端，性命安可怀㉘？父母且不顾，何言子与妻？名编壮士籍㉙，不得中顾私㉚。捐躯赴国难，视死忽如归。

朱乾《乐府正义》说得好："此寓意于幽并游侠，实自况也。篇中所云捐躯赴难，视死如归，亦子建素志，非泛述矣。"曹植自己的话，也证实了这一点："吾虽德薄，位为藩侯，犹庶几

①清商：乐曲名。　②星汉西流：夜已深，银河向西流转。　③夜未央：夜深而未尽。　④何辜：何罪，亦作何故解。　⑤限河梁：反而受桥梁阻隔，不能相会。　⑥铭诔 lěi：泛指记述死者经历和功德的文章。　⑦《白马篇》：即《游侠篇》，这是曹植自己创造的乐府新题。　⑧鰕䱉：即虾鳝两字。　⑨羁 jī，马笼头。　⑩连翩：连续不断。　⑪幽燕：一作幽并，在今河北、山西、陕西一带。　⑫扬声：扬名。　⑬"宿昔"句：一向操持着良弓。宿昔，向来、经常。　⑭"楛矢"句：名箭参差摆列着。楛 hù 矢，我国古代名箭，一称楛矢石砮，楛木箭杆，卵石箭头。　⑮控弦：拉弓。　⑯左的：左侧箭靶。　⑰月支：一种箭靶，又名素支，即白色箭靶。　⑱"仰手"句：仰身可以迎击飞猱。猱 náo，猿类动物。　⑲"俯身"句：低身可以射碎马蹄。马蹄，一种黑色箭靶。　⑳狡捷：敏捷、灵巧。　㉑勇剽：勇猛而敏捷。　㉒豹螭 chī：豹子和螭龙。螭，传说中没角的龙。　㉓羽檄：羽书。古代征调军队的文书，写在木简上，插上羽毛，以示紧急。　㉔厉马：驰马、拍马。　㉕蹈：踩踏。　㉖凌：欺侮。　㉗鲜卑：我国古代西北部的一个民族，东汉时较强大。　㉘怀：心中存有、爱惜。　㉙籍：名册。　㉚中顾私：心中只顾念私事。

曹子建才高八斗

戮力上国,流惠下民,建永世之业,留金石之功,岂徒以翰墨为勋绩,辞颂为君子哉!"(《与杨德祖书》)

有些诗深切地反映出社会的残破和人民的苦难。这个内容也是他前期诗作的突出主题。如《送应氏》、《泰山梁甫吟》等,试看前者:

> 步登北邙坂①,遥望洛阳山②。洛阳何寂寞,宫室尽烧焚。垣墙皆顿擗③,荆棘
> 上参天。不见旧耆老④,但睹新少年。侧足无行径,荒畴不复田。游子久不归,不
> 识陌与阡⑤。中野⑥何萧条,千里无人烟。念我平常居⑦,气结⑧不能言。

应氏即应场,建安七子之一,原作两首,这是其一。该诗大约写于建安十六年(211)植随曹操西征马超时,诗中描写董卓乱后洛阳残破景象,反映军阀混战给社会造成的灾难和人民遭受的苦楚。

后期诗作,由于他受曹丕、曹叡的迫害,转而抒发他愤慨抑郁之情,如《野田黄雀行》、《赠白马王彪》、《七哀诗》、《怨歌行》等,试看前者:

> 高树多悲风⑨,海水扬其波,利剑不在掌,结交何须多。不见篱间雀,见鹞⑩自
> 投罗。罗家见雀喜,少年见雀悲。拔剑捎⑪罗网,黄雀得飞飞。飞飞摩苍天,来下
> 谢少年。

大约作于曹丕即位时,诗中以黄雀上有鹞鹰下有罗网来比喻好友丁仪、丁廙⑫的被害,幻想自己有"拔剑捎罗网"的能力。《赠白马王彪》是一篇抒发悲愤的力作,写于黄初四年(223),五月间诸藩王俱朝京师,会节气⑬,任城王曹彰突然被害,七月诸王还国,曹植与白马王曹彪同路,又被禁国使者禁止同行。诗人意毒恨之,愤而成篇。诗分七章,集中抒发了弟兄相残的满腔悲愤,反映出曹魏集团内部矛盾的尖锐。写得情真意切、感人至深。试看第三章:

> 玄黄犹能进⑭,我思郁以纡⑮。郁纡将何念?亲爱在离居。本图相与偕,中更
> 不克⑯俱。鸱枭⑰鸣衡扼⑱,豺狼当路衢⑲,苍蝇间白黑,谗巧⑳令亲疏。欲还绝无
> 蹊,揽辔止踟蹰㉑。

曹植的诗感情强烈,笔力雄健、体现建安诗风,另外,他的诗作也有色泽丰润、文采斐然的特点。他在诗歌艺术上,大量吸取乐府民歌的养料,好多诗句直接从乐府民歌化出。同时

---

①北邙坂:北邙山的斜坡。北邙山在洛阳东北。坂 bǎn,斜坡。　②洛阳山:指洛阳城外山峰。　③顿擗 pǐ:崩倒。擗,分裂。　④旧耆老:旧时老人,耆 qí,60 岁以上老人。　⑤陌与阡:小路。陌,田间东西向小路;阡 qiān,南北向小路。　⑥中野:旷野之中。　⑦平常居:平素住于此的居民。　⑧气结:哽咽。　⑨悲风:凄厉的风。　⑩鹞 yào:比鹰略小的猛禽,喜食小鸟。　⑪捎 shān:拂掠、破除。　⑫丁仪、丁廙:他们曾劝说曹操立曹植为太子,遭曹丕忌恨。曹丕即位后,将他们杀害。廙 yì,恭敬。　⑬会节气:古代王侯有立秋前会合迎节气的习俗。　⑭"玄黄"句:马病了犹能上前。玄黄,疾病,语出《诗经·周南·卷耳》:"陟彼高冈,我马玄黄。"　⑮郁以纡:即郁纡,心情郁结。　⑯克:能够。　⑰鸱枭:即鸱鸮,猫头鹰一类恶鸟。　⑱衡扼:即衡轭,车辕前的横木和架在马颈上用以拉车的曲木。比喻束缚和控制。　⑲路衢:四通八达的道路。　⑳谗巧:谗邪巧令者。　㉑踟蹰:犹豫、徘徊不进。

他又有一些创新发展,特别是在五言诗的创作上,确实有超前的贡献。比如:他善于把抒情和叙事有机地结合起来,丰富了五言诗的艺术功能,《赠白马王彪》即是一例;他善于运用比喻和象征的手法,使诗作具体而深隽;他注意语言的提炼和修饰,词藻华美但又清新流畅,前人注意到曹植"工于起调,善为警句"的本领;他还注意文句的整饬和音韵的和谐,诗句向对仗、平仄谐调方向发展。我们再举《七哀》一首来着重体会他诗歌艺术的成就:

> 明月照高楼,流光正徘徊。上有愁思妇,悲叹有余哀。借问叹者谁,自云宕子
> 妻①。君行逾十年,孤妾常独栖。君若清路尘,妾若浊水泥。浮沉各异势,会合何
> 时谐?愿为西南风,长逝入君怀。君怀良不开,贱妾当何依。

历来认为这首诗是托讽抒怨之作。清新淡雅,自然而工。

曹植还写有一些辞赋、散文,都不乏佳作。《洛神赋》最为著名,此赋作于黄初年间,描写人神相恋的故事,诗人渡洛水时巧遇洛神宓妃,两情相通,但由于人神殊隔,宓妃只得惆怅而去。作者运用宋玉《神女赋》的写法,细腻地刻画了宓妃的形象:

> 其形也,翩若惊鸿②,婉若游龙③。荣曜④秋菊,华茂春松。仿佛若轻云之蔽
> 月,飘飖⑤兮若流风之回雪。远而望之,皎⑥若太阳升朝霞;迫而察之,灼⑦若芙蓉
> 出渌波⑧。

富丽的语言、巧妙的比喻,道尽了宓妃的艳丽。

三、建安七子

建安时期的重要作家,除曹氏父子外,还有建安七子。建安七子的称呼出于曹丕的《典论·论文》,文中列举了当时的孔融、王粲、徐干、陈琳、阮瑀、刘桢、应玚七个著名文人,并称赞道:"斯七子者,于学无所遗,于辞无所假,咸以自骋骐骥⑨于千里,仰齐足⑩而并驰。"以后,建安七子就成为文学史上的习称。七子著作皆已散佚,清人辑有《建安七子集》。

这七人都是曹操的部属,邺下文人集团的重要成员,他们的作品也体现了"雅好慷慨","志深而笔长","梗概⑪而多气"的建安风骨。但是七子由于各人的政见、个性、文风和所长不尽相同,创作也各有个性。孔融政治上保守,为人刚直敢谏,因触怒曹操而被杀,所著诗、颂、碑文、书记共25篇,长于奏议散文,辞情慷慨,体气高妙;阮瑀善解音律,能鼓琴,后为曹操记室⑫,当时军国书檄文字,多为他和陈琳手笔,存诗12首,以《驾出北郭门行》最有名;陈琳原为袁绍幕府,后曹操爱其才而不杀,与阮瑀同管记室,他诗、文、赋皆能,散文雄放而遒劲,诗作以《饮马长城窟行》最为有名;徐干以博识洽闻著称,举笔成章,能诗善赋,存诗9首,

---

①宕 dàng 子妻:放荡、不受拘束的人的妻子。这里是指在外乡游荡的人的妻子。宕,放荡。　②惊鸿:惊飞的鸿雁。　③游龙:游走、飞腾的蛇龙。　④荣曜 yào:即荣耀。　⑤飘飖 yáo:即飘摇,飘荡飞扬的意思。　⑥皎 jiǎo:明亮洁白。　⑦灼 zhuó:明亮。　⑧渌 lù 波:清波。渌,水清。　⑨骐骥 jì lù:良马。　⑩齐足:犹并驾,谓前进速度相同。　⑪梗概:刚直的气概,慷慨。　⑫记室:古代官名,也用作秘书的代称。

多写儿女情思，以《室思》6首最有名；刘桢性卓傲倔强，刚直不阿，诗存15首，风格慷慨刚劲，为曹氏父子赏识。《诗品》将其列为上品，并说"自陈思以下，桢称独步"；应玚为五官中郎将文学，曹丕说他"才学足以著书，美志不遂"（《与吴质书》），存诗9首，成就不甚高。

七子中文学成就最高者当数王粲，王粲（177—217）字仲宣，山阳高平（今山东金乡县）人。17岁时因避战乱去荆州依刘表，表见他貌寝体弱而不重用。15年后归魏，颇得曹操信任，官至侍中，是七子中唯一封侯者。他天资聪明，博洽强记，能诗善赋，言辞明辨，文学成就最高，后人把他与曹植合称"曹王"，刘勰赞道："仲宣溢才，捷而能密，文多兼善，辞少瑕累，摘其诗赋，则七子之冠冕乎！"（《文心雕龙·才略》）

王粲赋今存20多篇，《登楼赋》是客居荆州时作的一篇抒情小赋，为历来所传诵：

登兹楼①以四望兮，聊暇日以消忧。览斯宇②之所处兮，实显敞而寡仇③。挟清漳之通浦兮④，倚曲沮之长洲⑤。背坟衍之广陆兮⑥，临皋隰之沃流⑦。北弥陶牧⑧，西接昭丘⑨。华实⑩蔽野，黍稷⑪盈畴。虽信美而非吾土兮，曾何足以少留！

遭纷浊而迁逝兮⑫，漫逾纪⑬以迄今。情眷眷⑭而怀归兮，孰忧思之可任⑮！凭轩槛⑯以遥望兮，向北风而开襟。平原远而极目兮，蔽荆山之高岑⑰。路逶迤而修迥⑱兮，川既漾而济深⑲。悲旧乡之壅隔⑳兮，涕横坠而弗禁。昔尼父之在陈兮，有归欤之叹音㉑；钟仪幽而楚奏兮㉒，庄舄显而越吟㉓。人情同于怀土兮，岂穷达而异心。

惟日月之逾迈兮㉔，俟河清其未极㉕。冀王道之一平兮㉖，假高衢而骋力㉗。

---

①兹楼：这座城楼。据考是指湖北当阳北门城楼。　②斯宇：这座楼宇。　③寡仇：很少可以匹敌。④"挟清漳"句：一面带着清澈的漳江和两岸支流、河滩啊。漳江源出湖北南漳县西南，流经当阳与沮水会合，漳水清澈，故曰清漳；浦，水边或河流、河滩交会处。　⑤"倚曲沮"句：背靠着曲折的沮水边狭长的陆地。沮 jū，沮水，它源出于河北宝康县西南，沿途曲曲折折，故曰曲沮。　⑥"背坟衍"句：北面地势高而平坦是广阔的陆地啊。坟衍，平坡地。　⑦"临皋隰"句：南面是湿地和可灌溉的河流。皋隰 xí，水边湿地；沃，灌溉。⑧"北弥"句：北面的尽头是陶牧。弥，尽至、极至；陶牧，在荆州西，传说有陶朱公墓。　⑨昭丘：在湖北当阳，传说有楚昭王墓而得名。　⑩华实：丰硕的果实。　⑪黍稷：高粱、小米。　⑫"遭纷浊"句：我遭逢丧乱的局势而远离故乡啊。纷浊，局势动乱。　⑬逾纪：超过一纪。一纪十二年。　⑭眷眷 juàn juàn：常常想念的样子。⑮"孰忧思"句：这忧思谁人能承受得住？⑯轩槛：城楼上的窗栏。槛，栏杆。　⑰"蔽荆山"句：遮挡了荆山的高峰。荆山，在湖北南漳县；岑，小高峰。　⑱修迥：长而远。⑲"川既漾"句：水势汪洋而难以渡过。漾，水盛大貌。　⑳壅 yōng 隔：堵塞隔绝。　㉑"昔尼父"两句：过去孔子在陈国绝粮，就发出不如归去的慨叹。据《论语·公冶长》记载，孔子周游列国，曾在陈国绝粮，就对门徒叹曰："归欤，归欤！"　㉒"钟仪"句：春秋时楚国的钟仪被囚禁于晋国，他弹奏的依然是楚国的曲调啊！幽，囚禁；楚奏，楚地的乐调，事见《左传·成公九年》。㉓"庄舄"句：越国人庄舄在楚国做了高官，可在生病的时候，发出的呻吟，依旧是越人的腔调。事见《史记·张仪列传》。舄 xì，履也；越吟，越人语调，吟叹。㉔"惟日月"句：思念中光阴飞逝啊！惟，想；日月，光阴；逾迈，逝去。　㉕"俟河清"句：等待太平盛世而未来到。俟，等待；河清，黄河水清，沧海波平，用以形容天下太平；未极，未至。㉖"冀王道"句：期望着王朝政权统一安定啊！冀，希望，期待。㉗"假高衢"句：凭借着大路而驰骋足力。高衢，大路，要津，比喻要位显职。

— 68 —

惧匏瓜之徒悬兮①,畏井渫之莫食②。步栖迟以徒倚兮③,白日忽其将匿。风萧瑟
而并兴兮,天惨惨而无色。兽狂顾以求群兮,鸟相鸣而举翼。原野阒④其无人兮,
征夫行而未息。心凄怆以感发兮,意忉怛而憯恻⑤。循阶除而下降兮,气交愤于胸
臆。夜参半⑥而不寐兮,怅盘桓⑦以反侧⑧。

这是王粲依刘表时登当阳县城楼所作,主要抒写久留客乡,才能又不得施展的思乡苦闷。这篇小赋写景和抒情结合得非常巧妙,景色不仅具有陪衬的意味,而且起着感发情绪的作用,"移步换形",处处情景交融。王粲被刘勰称为"魏晋之赋首"(《文心雕龙·诠赋》)当之无愧。

王粲存诗 23 首,以抒情见长,辞采也比较秀美。代表作是《七哀诗》,共有 3 首,是作者离长安赴荆州时所作,第一首最为有名:

西京⑨乱无象⑩,豺虎方构患⑪。复弃中国⑫去,委身适荆蛮⑬。亲戚对我悲,
朋友相追攀。出门无所见,白骨蔽平原。路有饥妇人,抱子弃草间。顾闻号泣声,
挥涕独不还。"未知身死处,何能两相完?"驱马弃之去,不忍听此言。南登霸陵⑭
岸,回首望长安。悟彼《下泉》⑮人,喟然伤心肝。

作者以形象化的语言,描绘了一幅战乱的社会图景,有概略的叙描,也有事例的特写,点面相依,虚实结合,与曹操《蒿里行》有异曲同工之妙。

四、蔡琰

汉魏之际能反映建安风骨的作家还有蔡琰,蔡琰是杰出的女诗人,她的《悲愤诗》是建安文坛的杰作。蔡琰,字文姬,生卒年不详。是学者蔡邕的女儿,曾是卫仲道的遗孀,在汉末军阀混战中,被董卓部下所掳,辗转流落入南匈奴,做了匈奴人的妻子,生二子,12年后被曹操赎回,再嫁董祀。

蔡文姬的作品现存 3 篇,都是自传之作,可信的只五言《悲愤诗》,另外两篇:骚体《悲愤诗》和《胡笳十八拍》,可能是后人伪作。

五言《悲愤诗》是文人长篇叙事诗,标志五言叙事诗的成熟,杜甫《北征》显然接受了它的影响。全诗如下:

---

①"惧匏瓜"句:怕只怕我像匏瓜那样只是悬挂着,不为世用啊!《论语·阳货》孔子说:"吾岂匏瓜也哉,焉能系而不食!"王粲借以自喻。匏 páo 瓜,一年生草本植物,果实比葫芦大,可食;徒悬,白白挂着。
②"畏井渫"句:更可怕的是:井中污物已淘净了,还是没人来吃用。这是《周易·井卦》典故:"井渫不食,为我心恻。"渫 xiè,除去了污秽。　③"步栖迟"句:我在这城楼上漫步徘徊啊!栖迟,游息;徒倚,徘徊,流连不去。　④阒 qù:寂静。　⑤"意忉怛"句:心情悲伤凄凉。忉怛 dāo dá,哀伤貌;憯恻 cǎn cè,惨痛悲伤。
⑥夜参半:夜半。　⑦盘桓:徘徊,逗留。　⑧反侧:辗转反侧。　⑨西京:即长安。西汉都长安,东汉改都洛阳,称长安为西京。　⑩无象:无形,无法度。即乱得不可开交。　⑪构患:制造祸患。　⑫中国:这里指中原。　⑬"委身"句:是说去了南方蛮夷之地。　⑭霸陵:汉文帝刘恒的陵墓,在今陕西西安市东北。　⑮《下泉》:即《诗经·曹风·下泉》是思贤明君主的诗。

　　汉季失权柄①，董卓乱天常②，志欲图篡弑，先害诸贤良③。逼迫迁旧邦④，拥主以自强。海内兴义师，欲共讨不祥⑤。卓众来东下，金甲耀日光。平土人脆弱，来兵尽胡羌⑥。猎野围城邑，所向悉破亡。斩截无孑遗⑦，尸骸相撑拒。马边悬男头，马后载妇女。长驱西入关⑧，迥路险且阻。还顾邈冥冥⑨，肝脾为烂腐。所略有万计，不得令屯聚。或有骨肉俱，欲言不敢语。失意几微间，辄言"毙降虏⑩，要当以亭刃⑪，我曹不活汝"。岂敢惜性命，不堪其詈骂。或便加棰杖⑫，毒痛参并下⑬。旦则号泣行，夜则悲吟坐。欲死不能得，欲生无一可。彼苍者何辜⑭，乃遭此厄祸？

　　边荒与华异，人俗少义理。处所多霜雪，胡风春夏起。翩翩⑮吹我衣，肃肃⑯入我耳。感时念父母，哀叹无穷已。有客自外来，闻之常欢喜。迎问其消息，辄复⑰非乡里。邂逅徼时愿⑱，骨肉来迎己。已得自解免，当复弃儿子。天属缀人心⑲，念别无会期。存亡永乖隔，不忍与之辞。儿前抱我颈，问母"欲何之？人言母当去，宁复⑳有还时？阿母常仁恻㉑，今何更不慈？我尚未成人，奈何不顾思？"见此崩五内㉒，恍惚生狂痴。号泣手抚摩，当发复回疑㉓。兼有同时辈㉔，相送告别离。慕我独得归，哀叫声摧裂㉕。马为立踟蹰㉖，车为不转辙。观者皆歔欷㉗，行路㉘亦呜咽。

　　去去割情恋，遄征㉙日遐迈㉚。悠悠三千里，何时复交会？念我出腹子㉛，胸臆为摧败。既至家人尽，又复无中外㉜。城廓为山林，庭宇生荆艾㉝。白骨不知谁，纵横莫覆盖。出门无人声，豺狼号且吠。茕茕㉞对孤影，怛咤㉟糜㊱肝肺。登高远

　　①"汉季"句：汉末皇帝失去了权柄，由宦官、外戚轮流把持着。汉季，汉末。　②"董卓"句：董卓违背了天理纲常。董卓是汉末作乱的军阀，他一度把持朝政，先废少帝刘辩，进而弑害，又毒死何太后。　③诸贤良：指周珌、伍琼等人。董卓立汉献帝，迁都长安，督军校尉周珌、城门校尉伍琼等反对，被董卓杀害。　④迁旧邦：初平元年（公元190）董卓迁都长安。长安系西汉首都，故曰旧邦。　⑤不祥：不吉、不善之人。　⑥"来兵"句：董卓从西凉来，军中多羌族、氐族士兵。　⑦孑遗：剩余。　⑧关：函谷关，在今河南新安市。　⑨邈冥冥：深长而昏暗。　⑩毙降虏：该死的俘虏——这是士兵辱骂百姓的话。　⑪"要当"句：该当挨刀子。亭，放置。　⑫棰杖：用短木棍打。　⑬"毒痛"句：怨恨和痛苦交织在一起。毒，怨恨；参，杂。　⑭"彼苍者"句：天啊，我们有什么罪孽。彼苍者，指天，《诗经·黄鸟》："彼苍者天"；辜，罪。　⑮翩翩：风吹衣飘貌。　⑯肃肃：风声。　⑰辄复：往往，总是。　⑱"邂逅"句：无意中我却实现了平时的愿望。邂逅 xiè hòu，偶然碰见，徼，侥的异体字；时愿，平时的愿望。　⑲"天属"句：天然的血缘连缀人心啊！天属，天然的血缘关系；缀，联系。　⑳宁复：岂，难道。　㉑仁恻：慈爱。　㉒五内：指五脏。　㉓回疑：迟疑不决。　㉔同时辈：指同时被虏之人。　㉕摧裂：摧伤，使人心碎。　㉖踟蹰 chí chú：犹豫，要走不走。　㉗歔欷 xū xī：悲痛抽泣。　㉘行路：过路人。　㉙遄征：迅速行进。遄 chuán，速。　㉚日遐迈：一天天走远。　㉛出腹子：亲生儿子。　㉜中外：内外亲戚。中，指舅家子女，称内兄弟；外，指姑家兄弟，称外兄弟。　㉝荆艾：荆棘、蒿艾。　㉞茕茕 qióng qióng：孤单无靠貌。　㉟怛咤 dá zhà：悲伤感叹。　㊱糜：碎烂。

眺望,神魂忽飞逝。奄若①寿命尽,旁人相宽大②。为复强视息③,虽生何聊赖④,托命于新人⑤,竭心自勖厉⑥。流离成鄙贱,常恐复捐废⑦。人生几何时,怀忧终年岁⑧。

诗篇叙事与抒情相结合,既有环境气氛的渲染,又有诗人心理的剖白,流贯着强烈深沉的悲愤之情,它是汉末社会动乱的真实写照,又是对军阀暴行的血泪控诉。

第二节　正始文学

　　正始是三国曹魏第三个皇帝曹芳的年号,即公元 240—249 年,不过,文学史的所谓正始文学一般指曹魏后期,即公元 240—265 年间的文学风貌。这一时期的文学有显著的特点,就是一般文人都崇尚老庄,喜尚玄谈,一部分作品走上了虚浮求仙的境界,一部分作品则用曲折的方式反映现实的矛盾斗争。这是因为这一时期是曹魏向两晋的过渡时期,司马氏与曹魏王室的斗争非常紧张,政治黑暗,恐怖活动猖獗,司马氏常以不孝的罪名加诸异己,"名士少有全者",倾向于魏曹的文人大多遇害。在高压下,文人便接受老庄思想的影响,以玄学清谈逃避现实而远祸,或以任情放达来曲折地反抗黑暗现实。

　　当时文坛以"竹林七贤"为代表。所谓竹林七贤,即嵇康、阮籍、刘伶、山涛、向秀、阮咸、王戎七人,他们相互交往,曾集于山阳(今河南修武)竹林之下肆意酣饮,故世称竹林七贤。七贤在文学创作上的成就不一,以阮籍和嵇康成就最大,阮的五言诗、嵇的散文在文学史上都占重要地位。

一、阮籍

　　阮籍(210—263)字嗣宗,陈留尉氏(今属河南)人,是阮瑀的儿子。因曾任步兵校尉,故世称阮步兵。四岁丧父,家境清苦,勤学成才。好老庄、喜饮酒、善弹琴,素有大志,却又狂放不羁。魏曹爽辅政,召他为参军,他托病不就。后曹爽败,时人服其远识。他不满意司马氏的篡权活动,但避免干预世事。司马昭为儿子司马炎向他家求婚,他喝得酩酊大醉,使对方无法开口。他蔑视名教礼法,"见礼俗之士,以白眼对之"。后期则变为"发言玄远,口不臧否⑨人物",终日"饮酒昏酣",以求全身免祸。原有集 13 卷,已佚,明人辑《阮步兵集》。

　　阮籍的文学成就在五言诗方面,有 82 首五言"咏怀诗",这些诗的写作时间和背景已难确定,内容大多是感叹身世,也有讽时讥世的成分。《文选》李善注说:"嗣宗身仕乱朝,常恐

①奄若:忽然好像。　②相宽大:给予安慰。　③强视息:勉强睁眼呼吸,即复苏。　④聊赖:依赖,生活感情的寄托。　⑤新人:新嫁之人,指董祀。　⑥勖厉:勉励。勖 xù,勉励。　⑦捐废:遗弃。　⑧终年岁:终身。　⑨臧否 zāng pǐ:褒贬、评论。

罹谤遭祸,因兹发咏,故每有忧生之嗟。虽志在刺讥,而文多隐避,百代之下,难以情测。"试看"夜中不能寐"一诗:

竹林七贤像　（南朝墓砖画）①

　　夜中不能寐,起坐弹鸣琴。薄帷鉴明月②,清风吹我襟。孤鸿③号外野,翔鸟鸣北林。徘徊将何见?忧思独伤心。

含蓄委婉地表达了他的苦闷伤心。再看"嘉树下成蹊"一首:

　　嘉树下成蹊④,东园桃与李。秋风吹飞藿⑤,零落从此始。繁华有憔悴,堂上生荆杞⑥。驱马舍之去,去上西山趾⑦,一身不自保,何况恋妻子。凝霜被野草,岁暮亦云已⑧。

透露出他对现实政治的感受。

　　阮籍也有一些针砭黑暗现实的作品,如"驾言发魏都":

---

①此画砖出土于南京西善桥南朝大墓,刻的是西晋文人"竹林七贤"和春秋隐士荣启期(下左一。见《列子·天瑞》),砖画刻划了"竹林七贤"诸人的形态和气质:弹琴的嵇康、吹指作啸状的阮籍、饮酒的山涛、曲膝玩如意的王戎、闭目沉思的向秀、饮酒的刘伶、挽袖拨阮(月琴)的阮咸。树木也不相同,大约是松、柏、银杏、垂柳。　②"薄帷"句:月光映照在轻纱一样的帷帐上。薄帷,轻纱帷幕;鉴,照。　③孤鸿:一只鸿雁。　④"嘉树"句:桃李树下自成小路。语本《史记·李广列传》所引"桃李不言,下自成蹊"。蹊 xī,小路。　⑤藿 huò:豆叶。　⑥荆杞:荆棘、枸杞两种野生灌木,这是说荒芜败落了。　⑦西山趾:指陕西永济西南首阳山。趾,通址。　⑧已:结束。

驾言发魏都①,南向望吹台②。箫管有遗音,梁王③安在哉。战士食糟糠,贤者
处蒿莱,歌舞曲未终,秦兵已复来。夹林非吾有④,朱宫⑤生尖埃。军败华阳下⑥,
身竟为土灰⑦。

　　阮籍诗歌的特点在于,一方面慷慨悲壮于迷离恍惚中,流露出忧生伤时的苦闷,另一方面多用比兴手法,隐晦曲折,意旨含蓄。锺嵘《诗品》评道:"言在耳目之内,情寄八荒⑧之表","厥旨⑨渊放,归趣难求。"

　　阮籍是建安以来第一个全力创作五言诗的人,他接受了《诗经》、《楚辞》等多方面的影响,创造了特有的风格,对后世五言诗的发展影响颇深,从陶渊明的《饮酒》、庾信的《拟咏怀》、陈子昂的《感遇》、李白的《古风》中都可找到继承发展的踪迹。

　　阮籍还有一篇《大人先生传》的赋体传记文。大人先生超然独往,抗世傲俗,蔑视一切礼法,还讽刺那些循轨蹈矩的礼法之士,不过是藏在裤缝中的虱子,真是独出心裁,辛辣之极。

二、嵇康

　　嵇康(224—263)字叔夜,谯郡铚(今安徽宿县)人。少孤,聪颖好学,博通玄学、文学、音乐。与魏宗室通婚,官至中散大夫,史称嵇中散。他崇尚老庄、恬静寡欲,同时又反对司马氏篡政的阴谋,刚肠疾恶,与物多忤。与阮籍不同,他臧否人物,锋芒毕露,甚至公开声言"非汤武而薄周孔",终为司马昭杀害。临刑,他奏《广陵散》一曲,从容赴死。著作有佚失,鲁迅辑有《嵇康集》。

　　嵇康存诗50余首,二分之一为四言体,风格清峻秀逸,是曹操后较好的四言诗作。

　　嵇康散文方面的成就超过诗歌,《与山巨源绝交书》是代表作。山巨源即山涛,本为竹林七贤之一,后改投司马氏,任尚书吏部郎,他推荐嵇来代替自己,嵇认为是奇耻大辱,就写了这封绝交书。他说自己不能出仕的原因是:

阮嗣宗⑩口不论人过,吾每师之而未能及;至性⑪过人,与物无伤⑫,惟饮酒过
差⑬耳。至为礼法之士⑭所绳⑮,疾之如仇,幸赖大将军保持之耳⑯。吾不如嗣宗

---

①"驾言"句:驾车发魏都。言,语助辞;魏都,魏国都城大梁(今河南开封市)。　②吹台:又名范台、繁台,是魏王游乐处,遗址在开封市东南。　③梁王:指当年的魏王罃。　④"夹林"句:夹林早已不为他所有。夹林,魏王建在吹台之南的景观地;吾,拟魏王自称。　⑤朱宫:吹台的殿宇。　⑥"军败"句:公元前273年秦将白起围大梁,破华阳,魏割南阳之地求和。华阳,地名,在今河南新郑县东。　⑦"身竟"句:指魏王身败名裂。身竟,身死;为土灰,化为土灰。　⑧八荒:八方荒远之地。　⑨厥旨:其旨。　⑩阮嗣宗:阮籍,字嗣宗。　⑪至性:纯厚的性情。　⑫与物无伤:待人接物并无触犯。　⑬过差:过度。　⑭礼法之士:指何曾等拘守礼法的人士。　⑮绳:指责、纠弹。　⑯"幸赖"句:据孙盛《晋阳秋》记载:何曾在司马昭座之当面说阮籍"任性放荡,败礼伤教",应该放逐到边远的地方去。而司马昭则说"此贤素羸病,君当恕之"。大将,指司马昭;保持,回护。

之贤，而有慢弛之阙①，又不识人情，闇于机宜②，无万石之慎③，而有好尽④之累⑤。久与事接，疵衅⑥日兴，虽欲无患，其可得乎！又人伦有礼，朝廷有法，自惟至熟⑦，有必不堪者七，甚不可者二⑧，卧喜晚起，而当关⑨呼之不置⑩，一不堪也；抱琴引吟，弋钓草野⑪，而吏卒守之，不得妄动，二不堪也；危坐一时⑫，痹不得摇⑬，性复多虱，把搔无已⑭，而当裹以章服⑮，揖拜上官⑯，三不堪也；素不便书⑰，又不喜作书⑱，而人间多事，积案盈机⑲，不相酬答⑳，则犯教伤义㉑，欲自勉强，则不能久，四不堪也；不喜吊丧，而人道㉒以此为重，已为未见恕者所怨，至欲见中伤者㉓，虽瞿然自责㉔，然性不可化，欲降心顺俗㉕，则诡故不情㉖，亦终不能获无咎无誉㉗如此，五不堪也；不喜俗人，而当与之共事，或宾客盈坐，鸣声聒耳，嚣尘臭处㉘，千变百伎㉙，在人目前，六不堪也；心不耐烦，而官事鞅掌㉚，机务㉛缠其心，世故烦其虑，七不堪。又每非汤武而薄周孔㉜，在人间不止此事，会显，世教所不容㉝，此甚不可一也。刚肠疾恶，轻肆直言，遇事便发㉞，此甚不可二也。以促中小心之性，统此九患，不有外难，当有内病㉟，宁㊱可久处人间邪？又闻道士遗言，饵术黄精㊲，令人久寿，意甚信之；游山泽、观鱼鸟，心甚乐之；一行作吏，此事便废，安能舍其所乐而从其所惧哉！

全文"思想新颖"，洒脱自如，嬉笑怒骂，表现了他傲岸刚烈的个性。

---

①慢弛之阙：怠慢松弛的缺点。阙，同缺。　②闇于机宜：不明了事理。闇，同暗。　③万石之慎：万石一家是有名的小心谨慎之人。汉石奋和他的四个儿子都官至二千石。汉景帝称他为万石君。　④好尽：对事喜欢尽性直言，不敷衍了事。　⑤累：带累，使受害　⑥疵衅：缺点、过失。　⑦自惟至熟：自念是很熟稔的。⑧"有必不堪"两句：如果叫我做官的话，有七件事我忍受不了，更有两件事我是万万做不到的。　⑨当关：守门人、传达。　⑩不置：不停。⑪弋钓草野：在田野里射鸟钓鱼。弋，古代用带绳之箭射鸟。⑫危坐一时：端坐长久。　⑬痹 bì 不得摇：麻木得无法动弹。痹，中医指肢体疼痛或麻木。⑭把搔无已：抓挠不停。⑮章服：绣有图纹显示等级的官服。　⑯揖拜上官：拱手向上级示敬。揖 yī，拱手行礼。　⑰便书：熟悉书写。⑱作书：写书信。　⑲积案盈机：(公文)堆满案几。机，同几。　⑳酬答：指写回信、回文。　㉑犯教伤义：触犯教化，有损理义。　㉒人道：做人的礼仪。　㉓"已为"两句：我的所为被不能谅解我的人所怨恨，甚至于还有以此攻击中伤我的人。　㉔瞿然自责：猛地惊醒而自己责备。瞿 qú，惊动貌。　㉕降心顺俗：委曲内心，顺从世俗。㉖诡故不情：虚伪而不合实情。㉗无咎无誉：既无过错，也没有赞誉。㉘嚣尘臭处：尘土飞扬，恶臭不堪。㉙千变百伎：指奸诈多变的鬼域伎俩。㉚鞅 yāng 掌：公事忙碌。《诗经·小雅·北山》："或王事鞅掌"，言事多不暇整容也。㉛机务：权要政务。㉜"非汤武"句：否定商汤周武王，同时又轻视周公和孔子。㉝"在人间"三句：如果为官不停止这种议论，那显然会为礼教所不容纳。会，将会；显，显然；世教，指传统的礼教。㉞"刚肠"三句：(我)性情刚直倔强，轻率得口无遮拦，直言不讳，脾气则遇事就发。㉟"以促"四句：意思是(我)这种心胸狭隘的性格，再加上上述九种毛病，即使没有外来的灾祸，也会致使内在的病痛暴发。促中小心，即心胸狭直；九患，即上述的七不堪、二不可。　㊱宁：岂、怎。　㊲饵术黄精：服食山蓟、黄精。饵，服用，术，山蓟 jì，多年生草本植物，花紫红色，可入药；黄精，药名，百合科植物，地下茎，可作药用。

第三节　太康文学

　　太康是晋武帝司马炎的年号,即公元 280—289 年,文学史上的太康文学一般是指西晋时期,即公元 280—316 年间的文学风貌。司马炎统一中国后出现了相对安定的局面,文学繁荣,作家众多。锺嵘《诗品序》云:"太康中三张(张载、张协、张亢)、二陆(陆机、陆云)、两潘(潘岳、潘尼)、一左(左思),勃尔复兴,踵武①前王,风流未沫②,亦文章之中兴也。"

　　文学史上还有所谓太康体的说法,是指此时一种诗风,此时诗歌繁荣,技巧精美,讲究辞藻华丽和对偶工整,但有时过于雕琢,笔力平弱。刘勰评道:"采缛③于正始,力柔于建安,或析文以为妙,或流靡④以自妍。"(《文心雕龙·明诗》)

　　"降及太康,潘陆特秀",陆机和潘岳代表了太康文学的主要倾向,而成就最高的则数左思,他的诗内容充实、语言质朴、气势雄浑,在太康诗风中独树一帜。

一、陆机和潘岳

　　陆机(261—303)吴郡华亭(今上海松江县)人。出身东吴世族,祖父陆逊是吴丞相。入晋后他曾任平原内史,后世称陆平原。

　　陆机是当时声誉最高的文学家,被后世誉为"太康之英",他的诗华美整饬,以深厚的学力和繁缛的词藻著称,表现出一种雍容华贵之美。五言诗代表作如《赴洛道中作》(二首之一):

> 远游越山川,山川修且广。振策陟崇丘⑤,案辔遵平莽⑥。夕息抱影寐⑦,朝徂衔思往⑧。顿辔倚嵩岩⑨,侧听悲风响。清露坠素辉⑩,明月一何朗。抚几不能寐,振衣⑪独长想。

作于太康十年(289),陆机 29 岁,是应诏赴洛阳途中抒发羁旅愁思之作,情与景合,凄楚动人。

　　陆机除诗而外,所著辞赋散文很多,其中《文赋》一篇是文学批评史上的重要文献。《文赋》以精美的语言,总结了前人和自己的创作经验,提出了不少精辟的见解。

---

①踵武:脚迹。《离骚》:"忽奔走以先后兮,及前王之踵武。"这里的意思是循着前王的脚迹走。
②未沫:未曾消失。《离骚》:"芳菲菲其难亏兮,芬至今犹未沫。"　③采缛:炫烂、繁密的光彩。缛 rù,繁琐、繁复。　④流靡:过分华美,反而委靡不振。　⑤"振策"句:挥鞭登高山。振策,挥鞭,策,古时马鞭,鞭头上有刺;陟 zhì,登高;崇丘,高山冈。　⑥"案辔"句:手搭着缰绳任马循着平原缓行。辔 pèi,马缰绳;平莽,草原。⑦"夕息"句:夜晚休息感到孤独。夕息,夜晚休息;抱影寐,只是与影共眠,说明孤独。　⑧"朝徂"句:早晨出发,只是带着悲伤前行。朝徂 cú,早晨出发;衔思往,带着愁思向前走,说明十分悲楚。　⑨"顿辔"句:停下时,驻马倚着高山岩。顿辔,停马;嵩,高。　⑩"清露"句:清晨的露水在月亮映照下滴下来。⑪振衣:指穿衣,穿衣总要先抖一抖衣服。

潘岳(247—300)字安仁,荥阳中牟(今属河南)人。他善缀辞令,长于铺排,造句工整。锺嵘将他列为上品,并说“陆才如海,潘才如江”。《悼亡诗》3首是潘岳的代表作。现录其一:

荏苒冬春谢①,寒暑忽流易。之子归穷泉②,重壤③永幽隔。私怀谁克从④?淹留⑤亦何益。僶俛⑥恭朝命⑦,回心反初役⑧。望庐思其人,入室想所历。帏屏无仿佛⑨,翰墨有余迹⑩。流芳未及歇⑪,遗挂犹在壁⑫。怅怳如或存⑬,回惶忡惊惕⑭。如彼翰林鸟⑮,双栖一朝只。如彼游川鱼,比目中路析⑯。春风缘隙⑰来,晨霤⑱承檐滴。寝息何时忘⑲,沉忧日盈积⑳。庶几有时衰㉑,庄缶犹可击㉒。

写亡妻已葬,诗人返回庐舍的心情,抒写细腻,一步一思,写尽了物在人亡,哀痛无尽的深情,后人写思念亡妻的诗词,多以“悼亡”为题,正是受潘岳诗的影响。

二、左思

左思(约250—约305)字太冲,临淄(今山东淄博)人。他出身寒微,貌丑口讷,不好交游。因其妹左棻被选入宫,举家迁居洛阳,曾任秘书郎。后齐王司马冏命其为记室督,他以病辞。太安二年(303)张方纵乱京师,左思移居冀州,数年病逝。原有集5卷,已佚,后人辑有《左太冲集》。

左思存赋两篇,诗14首,《三都赋》和《咏史》诗是其代表作。

《三都赋》包括《蜀都赋》、《吴都赋》、《魏都赋》三篇,据史载,他精心覃思,多方求教,花了10年的工夫才写成。一经出世轰动文坛,当时名流皇甫谧为之作序,张载为之作注。张华则赞誉曰:“班张之流,”由是“豪贵之家,竞相传写,洛阳为之纸贵”。(《晋书》本传)之所以这样风行,除了赋本身的富丽文采以外,更重要的是它说出了一个朝野上下关注的问题,要不

洛阳纸贵

①“荏苒”句:逐渐地冬春代谢一年又过去了。古礼,妻死丈夫服丧一年,看来诗写于潘妻周年。荏苒rěn rǎn,逐渐。 ②“之子”句:她已归于地下。穷泉,深泉,即地下。 ③重壤:层层土壤。 ④“私怀”句:这追悼妻子的心情,还能向谁倾吐?谁克从,转意向谁说。 ⑤淹留:久留。 ⑥僶俛mǐn fǔ:勤勉、努力。 ⑦恭朝命:恭从朝廷的命令,即赴任。 ⑧“回心”句:回心转意再从事当初的官差。 ⑨“帏屏”句:罗帐和屏风犹在,只不见了妻子的身影。 ⑩“翰墨”句:妻子的笔墨遗迹尚且存留着。 ⑪“流芳”:衣上余香还未能消散。 ⑫“遗挂”句:平生玩用之物犹挂在壁。这两句的解释见于五臣注《文选》吕廷济:“芳,谓衣余香今犹未歇。遗挂,谓平生玩用之物尚在于壁。” ⑬“怅怳”句:恍惚间如同活着一样。怅怳,恍忽。 ⑭“回惶”句:表现他对亡妻的几种情绪。回惶,心绪由恍惚而转为不安、惶恐;忡chōng,忧;惕,惧。(清陈廷祚、沈德潜说此句“不成语”。) ⑮翰林鸟:鸟栖之林。 ⑯“比目”句:像比目鱼成双并排而游,中路分开。析,分开。 ⑰隙:门窗缝隙。 ⑱晨霤liu:早晨屋檐上的雨露。 ⑲“寝息”句:是说安稳地睡着好像已不存在了。 ⑳“沉忧”句:是说忧伤的日子却日渐积多。 ㉑“庶几”句:是说但愿这种情况会减少。庶几,但愿,表示希望。 ㉒“庄缶”句:(我)能像庄周那样达观地击缶。庄,指庄周;缶,瓦盆,古时可作打击乐器。《庄子·至乐》:“庄子妻死,惠子吊之,庄子则方箕踞鼓盆而歌。”表示他的达观情怀。

要进军东吴,统一全国。左思通过对魏、蜀、吴三都的描写,勾画三国鼎立的形势,预言西晋将一统江山,"日不双丽,世不两帝,天经地纬,理有大归①"。这显示了赋的充实的内容,在赋的发展史上占有一定的地位。不过,这篇赋也还有罗列名物、堆砌辞藻的毛病,反映现实深度也不够。

《咏史》诗8首是左思代表作,也是西晋诗歌最高成就的代表。所谓咏史,实际上是借历史来抒发自己的怀抱。左思早年有强烈的用世之心,希望有所作为,但在门阀制度下,出身寒门的他始终得不到展露才能的机会。在《咏史》第二首里他写道:

> 郁郁②涧底松,离离③山上苗。以彼径寸茎④,荫此百尺条⑤。世胄蹑高位⑥,英俊沉下僚⑦。地势使之然,由来非一朝。金张藉旧业,七叶珥汉貂⑧。冯公岂不伟,白首不见召⑨。

以草、松为喻,托历史以自鸣不平。在第六首里,他写道:

> 荆轲饮燕市,酒酣气益震。哀歌和渐离,谓若傍无人⑩。虽无壮士节⑪,身世亦殊伦⑫。高眄邈四海,豪右何足陈⑬!贵者虽自贵,视之若埃尘⑭。贱者虽自贱,重之若千钧⑮。

侧重表示对豪门权贵的蔑视。

左思《咏史》诗的特色在于,把历史和现实联系起来,再以巧妙的艺术形式加以表达,名为咏史,实为咏怀。《咏史》笔力雄健,情调高亢,语言朴实而凝重,虽然表现了作者内心抑郁的苦闷,却没有颓丧厌世之感。这显然是继承与发展了建安风骨的优秀传统,因而被《诗品》称之为"左思风力"。

左思风力和《咏史》诗对陶渊明和王勃等都发生了深刻的影响。其来龙去脉正如胡应麟、沈德潜所论,胡应麟说:"《咏史》之名,起自孟坚(班固),但指一事。魏杜挚《赠毌丘俭》叠

----

①理有大归:近乎真理。大归,最后的归宿。　②郁郁:繁茂葱翠貌。　③离离:懒散疲沓貌。这里是下垂稀疏的意思。　④"以彼"句:以它寸把粗的小茎。　⑤"荫此"句:遮蔽这百尺高的大树。　⑥"世胄"句:世家子弟蹑高位。世胄,世家子弟;蹑niè,登。　⑦"英俊"句:英俊才士沉没在下级官位。　⑧"金张"句:金、张两家子弟凭借祖先的基业,七代世世做着高官。金,指金曰磾,他家自汉武帝至汉平帝,七代为内侍;张,指张汤,他家自宣元以来为侍中、中常侍者凡十余人。七叶,七代;珥ěr,插戴;汉貂,指貂尾,汉代侍中、中常侍皆插貂尾。磾dī,染料。　⑨"冯公"两句:冯唐岂不是一位才识超群的人物吗?可他一直等到头发白了,也不被皇上重用。冯公,指冯唐,汉文帝时人,为中郎署长,年老而官甚微;伟,奇伟出众,才干超群。
⑩"荆轲"四句:讲的是《史记·刺客列传》的一段话:"荆轲既至燕,爱燕之狗屠及善击筑者高渐离。荆轲嗜酒,日与狗屠及高渐离饮于燕市。酒酣以往,高渐离击筑,荆轲和而歌市中,相乐也。已而相泣,旁若无人者。"震,威;谓,以为。　⑪节:节操,操守。　⑫"身世"句:与一般人不一样。伦,辈。　⑬"高眄"两句:(荆轲)自视不凡,小看四海之士,豪门贵胄更是不值一提。高眄miǎn,高处斜视;眄,斜视;邈,同貌,小看;豪右,世家贵族;陈,陈述,评论。　⑭"贵者"两句:贵者自以为贵,(我)看来却轻如灰尘。　⑮"贱者"两句:贱者虽自以为贱,但依我看来,却重如千钧。钧,三十斤为一钧。

左思风力

用入古人名,堆垛寡变。太冲题实因班,体亦本杜;而造语奇伟,创格新特,错综震荡,逸气干云,遂为古今绝唱。"(《诗薮外编》卷二)沈德潜说:"太冲胸次高旷,而笔力又复雄迈,陶冶汉魏,自制伟词,故是一代作手。""太冲《咏史》,不必专咏一人,专咏一事,咏古人而己之性情俱见,此千秋绝唱也。后惟明远(鲍照)、太白(李白)能之。"(《古诗源》卷七)

第四节　陶渊明

西晋末到东晋初,社会动乱,文坛沉滞,玄言诗风行。大量玄言诗拾取佛老唾余,韵而成篇,既无诗味,又少哲理,"皆平典似道德论,建安风力尽矣"(锺嵘《诗品序》)。如此延续百年,直到东晋末,陶渊明出,诗风才霍然改观。

一、陶渊明生平

陶渊明(365—427)一名潜,字元亮,私谥靖节①,浔阳柴桑(今江西九江)人。曾祖陶侃是东晋大司马,祖父做过太守,到陶渊明就家道中落,生活在贫困之中。生活虽拮据,但他却得到了很好的文化教养,研读了老、庄和六经以及其他书籍。他的"闲静少言,不慕名利""好读书,不求甚解"的习性,可能就是在青少年时代养成的。从 29 岁起,他开始做官。起先他做江州祭酒,因"不堪吏职,少日自解归",闲居了五六年以后,他任荆州刺史桓玄属吏,一年后就因母丧辞职归家。再后来,他还做过参军一类的小官。39 岁那年,他出任彭泽令,在官 80 余日,适逢督邮来县。县吏要他束带去迎,他叹道:"我不能为五斗米折腰向乡里小儿。"即日解职而归。从此,他便坚决走上归田道路。归隐后,和妻子"躬耕自资",接近农民,虽一度家遭大火,林室尽焚,也不改变初衷。晋末,曾征为著作佐郎,他坚辞不就。晚年,贫病交迫,有时还不得不出去乞食。临死时"偃卧饥馁有日",江州刺史檀道济送来米和肉,劝他"奈何自苦如此",他仍然拒不接受"麾②而去之"。终年 63 岁,这些情况,萧统的《陶渊明传》记载较详。萧统还为其编集 8 卷,北齐人增为 10 卷,后人编有《陶渊明集》和《靖节先生集》。

二、陶渊明作品的思想内容

陶渊明的作品,现存诗 120 多首、散文 6 篇、辞赋 3 篇和 2 篇四言韵文。

陶渊明作品的内容大致有下列几方面:

(一)他创造性地发展了田园诗,开创了田园诗派。他的田园诗的重要内容就是表现田

---

①私谥靖节:古时人死后由亲属朋友或门人给予的谥号叫私谥。陶潜的谥号靖节先生是南朝末年颜延之给的,他在《陶徵士诔》中说:"若其宽乐令终之美,好廉克己之操,……询诸友好,宜谥曰靖节徵士。"亦称陶潜靖节先生。　②麾 huī:同挥,用手拂去。

园生活的自然美好,与黑暗污浊的官场现实形成强烈的对照,从而表现出诗人对归隐的赞美、对官场的鄙薄和憎恶。如《归园田居》第一首:

> 少无适俗韵①,性本爱丘山。误落尘网②中,一去三十年③。羁鸟恋旧林,池鱼思故渊。开荒南野际,守拙归园田。方宅十余亩,草屋八九间。榆柳荫后檐,桃李罗堂前。暧暧④远人村,依依⑤墟里⑥烟。狗吠深巷中,鸡鸣桑树巅。户庭无尘杂,虚室有余闲。久在樊笼里,复得返自然。

这首诗大概写于辞彭泽令的次年,归田的愉悦和乡居的乐趣跃然纸上。这首诗妙在写出了天然淳朴、诗中有画的世外桃源景致,有意无意地与尘俗相对照。

再看《饮酒》第五首:

> 结庐⑦在人境,而无车马喧。问君何能尔,心远地自偏。采菊东篱下,悠然见南山⑧。山气日夕佳⑨,飞鸟相与还。此中有真意,欲辨已忘言。

《饮酒》诗共20首,原有小序:"余闲居寡欢,兼比夜已长,偶有名酒,无夕不饮。顾影独尽,忽焉复醉。既醉之后,辄题数句自娱;纸墨遂多,辞无诠次。聊命故人书之,以为欢笑尔。"可见20首不是一时所作,大都是借饮酒以抒发感慨之作。这首诗写悠然自在的隐居生活,表现一种超然物外的精神境界。这首诗妙在情、景、理的天衣无缝地融合,做到了言有尽而意无穷。作者生活在玄言诗盛行的时代,如果从玄言诗的角度来品评,这也是很好的玄言诗。

《饮酒》第二首则着重表达自己不愿与世俗同流合污的坚决意志:

> 清晨闻叩门,倒裳⑩往自开。问子为谁欤,田父有好怀⑪。壶浆远见候⑫,疑我与时乖⑬。"繿缕茅檐下,未足为高栖。一世皆尚同⑭,愿君汨其泥⑮。""深感父老言,禀气寡所谐⑯。纡辔诚可学⑰,违己讵非迷⑱! 且共欢此饮,吾驾不可回⑲。"

以文为诗,自然平淡。这首诗还妙在用问答式表明心迹,一转一深,一深一妙。

(二)陶渊明田园诗的成就还在于,他真正写出了对劳动的赞美和自家劳动的体验。躬

---

①适俗韵:适应世俗的情调、气度。　②尘网:尘世。这里指尘世官场。　③三十年:似为十三年之笔误,他自太元十八年(393)初仕江州祭酒,到义熙元年(405)辞彭泽令归田,前后共有十三年。　④暧暧 ài ài:晦暗的样子。　⑤依依:形容轻柔飘散的样子。　⑥墟里:小村落。　⑦结庐:构造房屋。　⑧南山:南面的大山,这里似指庐山。　⑨日夕佳:傍晚更好。　⑩倒裳:颠衣倒裳。就是说匆忙迎客,来不及穿正衣服。　⑪好怀:好的情怀。就是说有好心情来邀约我喝酒。　⑫"壶浆"句:提着酒壶远道来问候。　⑬"疑我":猜疑我与世俗不合了。　⑭"繿缕"两句:穿破衣、住茅屋,不是您隐居的样子,这样很不值得。繿缕,即褴褛,《方言》:"楚人谓贫人衣服丑敝为蓝缕。"栖,栖居;高,寓敬意。　⑮"一世"两句:举世都以随波逐流为高,希望你也随波逐流一块混时光。尚同,以同于流俗为贵;汨 gǔ,同淈,搅混,汨其泥,见于《楚辞·泥父》:"世人皆浊,何不汨其泥而扬其波。"　⑯"禀气"句:本性就难和世俗苟合。禀气,天赋、气质;寡所谐,很少有谐合。　⑰"纡辔"句:回车改辙诚然可学。纡,曲折、迂回;纡辔,回车,这里是改道事奉人。　⑱"违己"句:违背自己本心,岂不是又走入了迷途。讵 jù,岂不是。　⑲"且共"两句:聊且一同欢饮吧,我的道路是不可逆转的。驾,车驾,借指人生道路。

耕陇亩并以此作为谋生的手段,这是陶渊明与一般隐逸士大夫不相同的地方,所以,在他的诗作中,那种特有的对农事的关心、劳动的喜悦、耕耘的辛苦、收获的欢乐等感情,也是一般隐逸士大夫作品中所没有的。例如《归园田居》第二首:

> 野外罕人事①,穷巷寡轮鞅②。白日掩荆扉,虚室绝尘想③。时复墟曲中,披草共来往④。相见无杂言,但道桑麻长。桑麻日已长,我土日已广。常恐霜霰⑤至,零落同草莽。

喜、忧是那么单纯、明净、淳朴,这是一种田家真情。再看《归园田居》的第三首:

> 种豆南山⑥下,草盛豆苗稀。晨兴理荒秽⑦,带月荷锄归。道狭草木长,夕露沾我衣。衣沾不足惜,但使愿无违⑧。

写出了从早到晚一天田间劳动的体会,最后落实在无违自己的凤愿上,说明思想境界的高尚和归田决心之大。陶渊明的诗作中,往往有一种自食其力的思想,例如《于西田获早稻》诗中说:"人生归有道,衣食固其端。孰是都不营,而以求自安? 开春理常业⑨。岁功聊可观⑩。晨出肆微勤⑪,日入负耒还。山中饶霜露,风气亦先寒。田家岂不苦,弗获辞此难。"靠劳动生活、不辞辛苦地耕作,是陶渊明做人的伟大处,也是陶诗的伟大处。

（三）陶渊明诗的成就还在于,他对现实有较清醒的认识,作品对现实的丑恶有一定的揭露。陶诗不仅歌唱了田园生活,而且写出了农村的贫困和农民生活的艰辛。如《归园田居》第四首写他回到离开 10 多年的山泽,看到的却是一片废墟:"徘徊丘垄间,依依昔人居⑫。井灶有遗处,桑竹残朽株⑬。借问采薪者,此人皆焉如⑭? 薪者向我言,死没无复余。"真实地写出了由于长期战乱和灾难所造成的农村现实。鲁迅在《魏晋风度及文章与药及酒之关系》一文中说陶渊明"于世事也并没有遗忘和冷淡",并不是一个浑身是静穆、成天飘飘然,与现实生活毫不相干的人物,而是一个内心隐藏着热情的诗人。他青年时就曾产生"大济苍生"的壮志,晚年在《杂诗之五》中也曾回忆,"忆我少壮时,无乐自欣豫⑮。猛志逸⑯四海,骞翮思远翥⑰。"在《拟古其八》中说:"少时壮且厉,抚剑独行游⑱。谁言行游近,张掖至幽州⑲。"说明他青少时期确实有着雄心壮志,准备随时报效社会国家的。晚年虽然归隐。

---

①人事:指俗事。 ②"穷巷"句:处于穷乡小里巷,车马也稀少。轮鞅 yāng,指马车;鞅是套在马脖子上的皮带。 ③"虚室"句:在简陋幽静的屋子里摒绝了一切尘俗观念。 ④"时复"两句:有时又在乡野里拨开荒草与农夫交往。时复,有时又;墟曲,乡野。 ⑤霰 xiàn:小雪珠。 ⑥南山:指庐山。 ⑦"晨兴"句:早起(我)去田里除杂草。理荒秽,除杂草。 ⑧愿无违:不违背自己的心愿。 ⑨常业:日常事业,指农耕。 ⑩"岁功"句:年收成聊可观。 ⑪肆微勤:微施勤劳。 ⑫"徘徊"两句:徘徊于坟墓间,依恋着故人的居处。丘垄,坟墓;依依,依恋貌。 ⑬"井灶"两句:这里有井栏、饭灶的遗迹,桑竹等枯枝残叶。 ⑭"此人"句:此处之人都到哪里去了? 焉如,何处去。 ⑮"无乐"句:没有高兴的事,也还是情绪饱满、乐乐呵呵的。 ⑯逸:是说猛志远大。 ⑰"骞翮"句:举翅思远飞。骞翮 qiān hé,举翅;骞,飞起;翮,鸟翅;翥 zhù,飞。 ⑱"少时"两句:少年时身强力壮、性情刚烈,独自带剑巡游。厉,激烈。 ⑲"谁言"两句:谁说我只在附近跑跑,我还到过千里外的张掖和北方名郡幽州。

但是社会混乱、政治黑暗的现实使他无法平静,往往陷入苦闷和感愤之中。试看《杂诗其二》：

> 白日沦西河①,素月②出东岭。遥遥万里辉,荡荡空中景③。风来入房户,夜中枕席冷,气变悟时易④,不眠知夕永⑤。欲言无予和,挥杯劝孤影。日月掷人去,有志不获骋⑥。念此怀悲悽,终晓⑦不能静。

揭示作者内心世界,先染后点、含蓄隽永。如果说这样的诗含蓄地表现作者心境的话,那些"金刚怒目⑧式"的作品就直接地坦露出作者的心胸。如《读山海经》第十首：

> 精卫衔微木,将以填沧海⑨。刑天舞干戚,猛志固常在⑩。同物⑪既无虑,化去不复悔。徒设⑫在昔心⑬,良晨讵可待⑭!

借《山海经》中精卫填海和刑天舞干戚的顽强斗争意志,以寄托作者对刘宋王朝的黑暗统治的慷慨不平之气。同样,作者在《咏荆轲》诗中歌颂了荆轲反抗暴秦的英雄气概,也反映出自己的激愤心情。清人顾炎武说陶渊明"淡然若忘世,而感愤之怀有时不能自止"(《日知录》卷九),龚自珍也说"陶潜酷似卧龙⑮豪,万古浔阳秋菊高。莫信诗人竟平淡,二分梁父⑯一分骚⑰。"(《己亥杂诗》)——真是英雄所见略同。

三、《桃花源诗并记》的理想社会

陶渊明还写有著名的散文配诗的作品《桃花源诗并记》,大约作于作者的晚年。魏晋南北朝战乱频繁,人民往往归附某一大姓,筑坞壁与世隔绝而自保。作者就此虚构出一个没有君权、没有剥削,人人劳动自给,封闭的理想社会。这个"桃花源"可以说是作者一生探索、追求的最高的社会目标,也是作者思想发展的最高成就。"记"较常见,而"诗"则罕见,现补录于次：

> 嬴氏乱天纪,贤者避其世⑱。黄绮之商山⑲,伊人亦云逝⑳。往迹浸复湮,来径

---

①西河:西面的河流。一作西阿,阿,山丘。　②素月:白净的明月。　③"遥遥"两句:高远的光辉,空阔寥落的影子。遥遥,远貌;荡荡,空阔貌;景,同影,指月光。　④时易:季节变化。　⑤夕永:夜长。　⑥骋:放开、伸展。　⑦终晓:通宵达旦。　⑧金刚怒目:亦作金刚努目,用以形容面目威猛可畏。语出《太平广记》卷147:"金刚努目所以降伏四魔。"　⑨"精卫"两句:精卫故事见"神话"部分(第一章第一节)。　⑩"刑天"两句:据《山海经·海外西经》记载:"刑天与帝至此争神,帝断其首,葬之常羊之山。乃以乳为目,以脐为口,操干戚以舞。"干,盾;戚,斧。　⑪同物:化同异物,指死去,死生变化。　⑫徒设:空有。　⑬在昔心:从前的志向,即指上文的猛志。　⑭"良晨"句:偿还愿望的时日,怎能等得到。　⑮卧龙:诸葛亮号卧龙先生。　⑯梁父:即梁甫吟,乐府楚调名,"亮躬耕南亩,好为梁父吟",梁父吟,相传为诸葛亮作,调曲悲凉慷慨。　⑰骚:《离骚》。　⑱"嬴氏"两句:秦始皇暴虐无道,扰乱了天下秩序,贤者只好逃避现实而去。嬴氏,指秦始皇;天纪,上天纲纪。　⑲"黄绮"句:夏黄公和绮里季等为避秦乱,共同到商山隐居。夏黄公、绮里季和东园公、甪(lù)里先生合称商山四皓;商山,即地肺山,在陕西商县东南。　⑳"伊人"句:桃花源之人也就离开了那时的现实世界。伊人,那些人。

遂芜废①。相命肆农耕，日入从所憩②。桑竹垂余荫，菽稷随时艺③。春蚕收长丝，秋熟靡④王税。荒路暧⑤交通，鸡犬互鸣吠。俎豆犹古法⑥，衣裳无新制。童孺纵行歌，斑白欢游诣⑦。草荣识节和⑧，木衰知风厉⑨。虽无纪历志，四时自成岁⑩。怡然有余乐，于何劳智慧⑪。奇踪隐五百⑫，一朝敞神界。淳薄既异源，旋复还幽蔽⑬。借问游方士，焉测尘嚣外⑭。愿言蹑轻风，高举寻吾契⑮。

这个世外桃源虽然有着老子小国寡民思想影响的痕迹，但主要的还是现实生活中理想因素的集中和概括。它客观上反映了在动乱年月广大人民要求摆脱压迫和剥削，自给自足、和平相处，靠劳动过美好生活的愿望。这个与世隔绝的乌托邦是与秦汉魏晋等王朝的封建社会对立的理想世界，有批判现实的意义，也有复古空想的消极成分。

《桃花源诗并记》一诗一文，相互生发，是一个艺术创造。作者以丰富的想象、记实的手法、质朴的语言描绘出了一个幽静绮丽、淳朴高尚的理想境界，对历代读者散发着极大的诱惑力。历代有不少人信以为真，真的去寻找桃花源。历代作家也纷纷以桃花源为题创作作品，例如王维写有《桃源行》、韩愈写有《桃源图》、王安石写有《桃源行》等，可见影响深远。

四、陶渊明创作的艺术成就

陶渊明是魏晋南北朝最杰出的作家。他以崭新的内容，淳朴自然的风格，开创了诗歌的新天地。他所写的田园诗屹然自立一宗，开创了田园诗派。

陶渊明作品一个最为突出特点就是诗人追求的是一种自然率真的境界。读他的作品就仿佛和一个心地透明、感情真切的人在交流思想。梁启超说过，唐以前的诗人真能把他的个性端出来和我们接触的，就是陶渊明。方东树也说："一味本色真味，直抒胸臆。"（《昭昧詹言》）封建时代读书人爱面子、好虚荣，可以一般地说说穷愁，但绝不会在作品中写向人乞讨之事。陶渊明却敢于以乞食为题赋诗，没有丝毫掩饰做作，实为诗史所罕见。试看《乞食》⑯：

①"往迹"两句：去的踪迹模糊湮没了，来的路也荒芜了。浸，湮没；芜废，荒废。　②"相命"两句：他们相互勉励，努力耕作，日落便各自休息。相命，互相呼唤；肆，致力；憩，休息。　③"菽稷"句：五谷等按季节种植。菽，豆类；稷，高粱；随时艺，按季节种植。　④靡：没有。　⑤暧 ài：昏暗。使交通不便的意思。　⑥"俎豆"句：祭祀还是古礼。俎 zǔ 豆，祭祀、崇奉。　⑦"童孺"两句：儿童任情边走边唱，白发老人高兴得随处游玩。童孺，儿童；斑白，头发花白的人；诣，到。　⑧节和：天气转暖，春来了。　⑨风厉：风霜凛烈，秋已深。　⑩"虽无"两句：虽然没有岁时志的记载，四时变换便是一年。　⑪"于何"句：哪里用得上心智。　⑫隐五百：这样隐藏了 500 多年。自秦至晋太元中共 580 年。　⑬"淳薄"两句：风俗淳厚与世情浇薄既然如此不同，所以一经暴露又立即隐蔽不见了。淳，淳厚；薄，浇薄；异源，两种世风，各有不同本源。　⑭"借问"两句：借问世俗之人焉能测知尘世以外的事情？游方士，游于方内之士，即世俗之人；尘嚣，即尘世。　⑮"愿言"两句：我是多么愿意驾轻风，高飞远去寻觅那些与我志趣相投的人们啊！言，虚词，无义；蹑，踏、驾着；高举，高飞远去；契，合，即志趣相投的人。　⑯题名：这首诗有人认为写于晚年，有人认为写于"向立年"，29 岁。

饥来趋我去，不知竟何之！行行①至斯里②，叩门拙言辞。主人解余意，遗赠岂虚来③。谈谐终④日夕，觞至则倾杯⑤。情欣新知欢，言咏遂赋诗。感子漂母惠⑥，愧我非韩才⑦。衔戢知何谢，冥报以相贻⑧。

估计这是他晚年的作品。诗写得真率自然，感人至深。妙在胸无芥蒂，语言真切，既不装腔作势，也不怨天尤人，令人自然悲感起立。苏轼曾于《书李简夫诗后》云："渊明饥则叩门而乞食，饱则鸡黍以延客，古今贤之，贵其真也。"清温汝能《陶诗汇评》云："求食得食，因饮而欣，因欣而生感，因感而思谢，俱是实情实境。"陶诗的这种风格具有独创性，给唐代诗歌很大影响，许学夷《诗源辨体》说："惟陶靖节不宗古体，不习新语，而真率自然，则自然一源也，然已兆唐体矣。"

其次，陶渊明作品的另一特点则是作者善于寓情于景，创造出情景交融的画面。他的田园诗之所以感人，固然是因为他描绘出了田园的真美，更为主要的是他寓情于景，创造出了融和着他归田意趣的山水田园风光。诗人笔下的田舍、芳草、树木、飞鸟，无一不触物寄情，谱成真实具体并寓有诗人情感的画面。元好问有云："此翁岂作诗，直写胸中天。"例如前面列举《饮酒》其五"结庐在人境"一首就是很好的例证。"采菊东篱下，悠然见南山"是名句，事中含情，情中见景，情景交融，菊是诗人超尘脱俗、凌霜傲雪品行的象征，南山是诗人超然冥邈、神逸方外的意趣的写照。这样，一幅真实的景象，就平添了若干韵致。苏轼说："采菊之次，偶然见山，初不用意，而境与意会，故可喜也。"（《书诸集改字》）

再次，陶渊明作品富有理趣，善于把情、景、理融为一体。陶渊明是一个胸怀坦荡、讲求真诚的人，因而他能大彻大悟，领悟到人生的真谛。陶诗的理趣，正是以此为前提的。陶诗中往往有一些富有哲理的警句，甚至还有一些通篇论理的哲理诗，表现出对人生、宇宙奥秘的思考。例如《挽歌诗》其一的"有生必有死，早终非命促"，《挽歌诗》其三的"亲戚或余悲，他人亦已歌。死去何所道，托体同山阿"等等。可贵的是，这些哲理与全诗的情和景融合在一起，使读者毫无牵强突兀的感觉。例如《饮酒》第五首的末句"此中有真意，欲辨已忘言"，就是充满哲理的句子，作者的主观心境与客观景物已浑然一体，达到了神形相契、物我两忘的境地。领悟真意而无需辨言，正说明作者对人生之理、造化之趣领悟之透彻，比有所辨言意蕴更为深长。

再次，陶渊明作品的语言质朴中有文采，具有浓郁的艺术魅力。他虽然是用接近口语的

---

①行行：走着走着。　②斯里：那村落。　③岂虚来：哪里能白来。　④谈谐：说说笑笑。　⑤"觞至"句：每觞必干杯。　⑥"感子"句：感谢你给我像漂母一样的恩惠。这是用韩信的典故，《史记·淮阴侯列传》记载，韩信贫贱时，在城下钓鱼，饥饿难挨，漂洗东西的老妇人就送饭给他吃。韩信十分感激地对漂母说："吾必有以重报母。"后来，韩信当了楚王，果然赏赐漂母千金。　⑦韩才：韩信那样有才能的人。　⑧"衔戢"两句：这种恩惠记在心里，永世不忘，只有冥冥之中报答了。衔戢jí，敛藏于心，表示衷心感激。戢，收敛，收藏；冥报，在冥冥之中报答。

田家语写诗,却往往能显现出不平常的诗意,达到了自然而工、言淡旨远的境界。苏轼称赞道:"渊明作诗不多,然其诗质而实绮,癯而实腴①。"(《与苏辙书》)他还说:"渊明诗初看若散缓,熟视有奇趣。如曰:'暧暧远人村,依依墟里烟。狗吠深巷中,鸡鸣桑树巅。'又曰:'采菊东篱下,悠然见南山。'大率才高意远,则所寓得其妙,造语精到之至,遂能如此,似大匠运斤,不见斧凿之痕,不知者则疲精力至死不悟。"(见惠洪《冷斋夜话》)陶作除诗外,辞赋和散文也都写得很好,能用朴素平淡的文笔描写出真切传神的意境,如《五柳先生传》、《桃花源记》、《自祭文》等。他的《归去来辞》是历来为人称道的名篇。写辞赋,作者却能洗尽铅华,不见藻饰的痕迹,可见其语言造诣之高超:

　　归去来兮,田园将芜胡不归!既自以心为形役②,奚惆怅而独悲?悟已往之不谏,知来者之可追③。实迷途其未远,觉今是而昨非。舟遥遥以轻飏④,风飘飘而吹衣,问征夫以前路,恨晨光之熹微⑤。

　　乃瞻衡宇,载欣载奔⑥。僮仆欢迎,稚子候门。三径就荒,松菊犹存⑦。携幼入室,有酒盈樽⑧。引壶觞以自酌,眄庭柯以怡颜⑨。倚南窗而寄傲,审容膝之易安⑩。园日涉以成趣⑪,门虽设而常关。策扶老以流憩,时矫首而遐观⑫。云无心以出岫⑬,鸟倦飞而知还。景翳翳以将入,抚孤松而盘桓⑭。归去来兮,请息交以绝游。世与我而相违,复驾言兮焉求!⑮悦亲戚之情话,乐琴书以消忧。农人告余以春及,将有事于西畴。或命巾车⑯,或棹孤舟。既窈窕以寻壑,亦崎岖而经丘⑰。木欣欣以向荣,泉涓涓⑱而始流。善万物之得时,感吾生之行休⑲。

---

　　①癯而实腴:看似清瘦,实际丰腴。癯 qú,瘦。　②"既自"句:既然内心不愿做官,为了生计,身不由己被迫做官。心为形役,心志为身体(形)所驱使。　③"悟已往"两句:认识到过去的一切不可挽回,可未来之事还是可以补救的。就是说我虽然出仕已错,而现在归隐还不算晚。谏,劝止、追回;追,补救。　④"舟遥遥"句:归途船行飘荡轻快。遥遥,水行轻快貌;飏 yáng 即扬字。　⑤"恨晨光"句:以晨光不明为恨。熹 xī微,天色微明。　⑥"乃瞻"两句:看见了家门,高兴极了,奔跑起来。衡宇,横木为门的房屋,简陋的屋;载,且、又。　⑦"三径"句:庭院小径已荒芜。三径,用汉蒋诩典故,隐居田园的意思。⑧樽 zūn:古代盛酒器具。　⑨"引壶"两句:拿起酒壶自饮自酌,看着庭中的树欣欣自喜。眄 miǎn,闲看。　⑩"倚南窗"两句:倚靠着南窗以寄托自己傲岸的心志,体察出这简陋的生活也足以使人平静安乐。容膝,居处狭小。　⑪"园日"句:每日在园中散步,趣味自生。　⑫"策扶老"两句:拄着手杖或行或驻,时时抬头眺望遐想。策,拄着;扶老,竹手杖;流,游;憩,休息;矫首,抬头。　⑬"云无心"句:流云是无意中才飘出山洞的。岫 xiù,山洞。⑭"景翳翳"两句:太阳渐渐西下,我仍旧手扶着孤松孤独徘徊。景,日光;翳翳 yì yì,昏暗的样子;盘桓,徘徊。　⑮"世与我"句:世俗与我相违背,我再出去做官又求到什么呢?驾,驾车做官;言,虚词。　⑯巾车:有布篷的车子。　⑰"既窈窕"两句:既在幽深曲折的山沟里巡行,又在崎岖的山路上爬山。窈窕,幽深貌;壑,山沟、山洞。　⑱涓涓:泉水细流不绝貌。　⑲"善万物"两句:羡慕万物得时而生发,感慨自己垂垂老矣,希冀无法施展才华。善,羡慕。

已矣乎①，寓形宇内复几时②！曷不委心任去留，胡为乎遑遑兮欲何之③？富贵非吾愿，帝乡不可期④。怀良辰以孤往，或植杖而耘耔⑤。登东皋以舒啸，临清流而赋诗⑥。聊乘化以归尽，乐乎天命复奚疑⑦。

《归去来兮》图卷(局部)　(明代夏芷作)

这篇辞赋是作者41岁辞去彭泽令后归家时所作，写归家时愉快心情和隐居的乐趣。辞赋要求铺张扬厉，讲求辞藻华丽和骈偶有韵。陶作可以说是达到了这些要求，也可以说它没有达到一般辞赋的那种铺张扬厉、辞藻华美的程度。它的语言清新典雅，质朴鲜明，音调铿锵，和谐悦耳，很像是一篇押韵的散文诗。北宋文坛领袖欧阳修称赞道："晋无文章，惟陶渊明《归去来兮辞》一篇而已。"(《东坡题跋》卷一引)

五、陶渊明的影响

陶渊明的作品在南北朝影响不大，刘勰的《文心雕龙》根本没提到他；锺嵘《诗品》将他列为中品，《昭明文选》也只选了他8首诗、1篇文。这是因为玄言诗盛行，陶诗还没有引起人们的足够重视。

唐代以后，新的创作时代开始，人们才越来越认识到陶诗的淳美，玄言诗的没价值。李白、高适、白居易等极力推崇其人品和气节，孟浩然、王维、柳宗元、韦应物仿效其题材和风

---

①已矣乎：算了吧！　②"寓形"句：寄托于宇内还有多长时间。寓，寄托。　③"曷不"两句：何不随心所欲任心意而行，又为什么遑遑终日地寻求，得到什么？曷不，何不；委心，随着心意；遑遑，急急忙忙心神不定。　④"富贵"两句：大富大贵本来不是我的本意，仙境我也不能企及。帝乡，天帝居处，即仙境。　⑤"怀良辰"两句：盼望有个好日子，我独自而出游，或植杖耘耔除草。怀良辰，盼望有好日子；孤往，独自出游、种地；植杖，把手杖插在田地边；耘，除田地里的草；耔 zǐ，培土；植杖耘耔用的是《论语·微子》典故"植其杖而耘"。　⑥"登东皋"两句：登上东边高地而长啸，面临着清清溪流而赋诗。皋 gāo，水边高地；清流，清溪。　⑦"聊乘化"两句：聊且顺随生命的变化而了此一生，抱定了乐天知命的理念，还有什么疑虑的呢？乘化，顺随着生命的自然变化；归尽，即大去，死亡；乐夫天命，乐天知命，用《易经·系辞》典故"乐天知命故不忧"；奚，何的意思。

格,及至宋,欧阳修、苏轼、陆游、辛弃疾等也都学陶,可以说唐朝到清代凡有成就的作家无不受到陶作的熏陶。同时,注本、评本纷纷出现,数量之多,与李白、杜甫比肩。

陶渊明创造的田园诗,以后就形成了一个流派。他的为人和品格,也被历代文人奉为典范。

第五节　南北朝诗

南北朝诗坛发生了很大的变化,最明显的就是山水诗兴起,玄言诗衰落,用刘勰的话说,"老庄告退,而山水方滋"(《文心雕龙·明诗》)谢灵运是山水诗的创始人,谢朓随后加以发展,世称大小谢;鲍照继承乐府精神,开拓了七言诗的新局面;庾信由南入北,成为北朝最著名的诗人。

一、谢灵运

谢灵运(385—433)祖籍陈郡阳夏(今河南太康县),世居会稽(今浙江绍兴),东晋车骑将军谢玄之孙,袭封康乐公,故又称谢康乐。少好学,博览群书,文章之美为江左第一。东晋时,官至相国从事中郎。入宋降为侯爵,任永嘉太守、侍中、临川内史。常不理政务,肆意遨游山水,以排遣政治上的不满。晚年兴兵反宋,兵败被擒,放逐广州后被杀。原有集20卷,已佚,明人辑有《谢康乐集》。

谢灵运生活在玄言诗风行的时代,由于特殊的生活遭遇和浙江优美秀丽山水的熏陶,他企图闯出一条描绘山水景色来阐发游仙、招隐道理的路子,没想到所归玄理并不新鲜玄远,而所描绘的山水风光由于刻画工丽和语句警新却达到"逸韵谐奇趣"(白居易语)的地步。"每有一诗至都邑,贵贱莫不竞写,宿昔之间,士庶皆遍,远近钦慕,名动京师。"(《宋书·谢灵运传》)他因而创造了山水诗派。这些山水诗多半采用述怀、写景、说理的路子写的,宛如一则游记散文,试看名作《登池上楼》:

> 潜虬媚幽姿,飞鸿响远音①。薄霄愧云浮,栖川怍渊沉②。进德③智所拙,退耕④力不任。循禄反穷海⑤,卧疴对空林⑥。衾枕昧节候⑦,褰开⑧暂窥临。倾耳

---

①"潜虬"两句:潜龙藏于水中欣赏着自己美好的身姿,鸿雁叫声嘹亮传送到远方。虬 qiú,有角小龙;媚,自我欣赏。　②"薄霄"两句:自愧不能像鸿雁那样冲上云霄;又自愧不能像虬龙那样沉潜到深渊。薄,迫近;云浮,飘浮云间;栖川,栖息水中;怍 zuò,有愧。　③进德:指进德修业,提高修养。　④退耕:指退而耕田,归隐。　⑤"循禄"句:追求拿俸禄做官,反而到了边远的海乡。循 xún,依从;穷海,边远的海乡,指永嘉郡。　⑥"卧疴"句:病中面对的是干枯无生气的树林。疴 kē,病;空林,落叶之林。　⑦"衾枕"句:卧病之中不知节候。昧,不明白。　⑧褰开:掀开帷帘。褰 qiān,掀开。

聆①波澜,举目眺岖嵚②。初景革绪风③,新阳改故阴④。池塘生春草,园柳变鸣
禽⑤。祁祁伤豳歌⑥,萋萋感楚吟⑦。索居易永久⑧,离群难处心⑨。持操岂独古⑩,
无闷徵在心⑪。

写久病初起登楼所见所感。刻画逼真而新颖,"池塘"一联为历来传颂的名句,景与情浑合
天成。

再看他的《石壁精舍还湖中作》⑫:

　　　　昏旦变气候,山水含清晖⑬。清晖能娱人,游子憺⑭忘归。出谷日尚早,入舟
阳已微。林壑敛暝色,云霞收夕霏⑮。芰荷迭映蔚⑯,蒲稗相因依⑰。披拂趋南径,
愉悦偃东扉⑱。虑澹物自轻,意惬理无违⑲。寄言摄生客⑳,试用此道推。

写自石壁精舍至湖中一日游的乐趣和所悟之理。精舍一说指佛寺,石壁精舍在今浙江上虞
县东南。一路概略地道出景色的自然秀美,淡雅宜人,"如初发芙蓉,自然可爱"(鲍照语)。

谢诗的功绩在于,它打破了"理过其辞,淡乎寡味"的玄言诗的老套套,新辟了山水题材
的途径,再加上他那"情必极貌以写物,辞必穷力而追新"(《文心雕龙·明诗》)的艺术追求,
开创了山水诗派,为齐梁的新体诗打下基础。以后,经过谢朓、何逊、阴铿等在山水描绘方面
锐意营求,直到唐代的王维、孟浩然等,终于把山水诗推上了高峰。

谢诗的缺点在于:有句无篇和玄言尾巴。

二、谢朓、沈约和永明体

齐武帝永明(483—493)年间,沈约、谢朓等人把汉字声韵学理论运用到诗歌创作上,创
造了与古诗不同的、讲究声律、对偶的诗,这种诗称为新体诗;又因为它是齐永明年间开创

---

①聆 líng:听。　②岖嵚:山势高峻貌。嵚 qīn,山高。　③"初景"句:初春的阳光驱走了凛烈的寒风。初
景,初春的阳光;绪风,余风。　④"新阳"句:冬去春回。新阳,指春天来了;故阴,指冬天去了。　⑤"池塘"两
句:池塘四周长出了嫩绿的小草,园中柳树上不同的小鸟变换着叫个不息。　⑥"祁祁"句:(看到这些景致)
想起"祁祁"诗句,不免引出思乡的伤痛。祁祁 qí qí,众多貌;豳歌,豳人诗歌,即《诗经·豳风·七月》诗句
"春日迟迟,采繁祁祁,女心伤悲,殆及公子同归。"　⑦"萋萋"句:又想起"春草生兮萋萋"的诗句就更加感
伤。萋萋,草茂盛貌;楚吟,指《楚辞·招隐士》诗句:"春草生兮萋萋,王孙游兮不归。"　⑧"索居"句:长期
离群独居觉得日子难挨。易永久,觉得岁月久长难挨。　⑨难处心:不堪寂寞。　⑩"持操"句:坚守节操岂止
古人能做到。　⑪"无闷":我今天也可做到隐居避世而无寂寞苦恼的人。无闷,指《易·乾卦》"避世无闷"
的格言;徵,验证。　⑫题目:这篇写于景平元年(公元423年)谢灵运辞去永嘉太守的职务,回故乡始宁(今浙
江上虞),石壁精舍是他经常游玩的地方。石壁精舍,有说是读书斋(李善),有说是游山寺(吕向),有说是
谢安太傅故宅(刘履),有说是佛寺(黄节)。　⑬清晖:指山光水色的亮丽。　⑭憺 dàn:安逸舒适。　⑮夕霏:
晚间飘荡的云气。　⑯"芰荷"句:水菱、荷花相互映衬繁茂多彩。芰 jì,菱。　⑰"蒲稗"句:菖蒲、稗草夹杂生
长,相互依偎。　⑱"愉悦"句:愉快地偃卧在东门边。　⑲"虑澹"两句:个人得失看得淡薄了,自然就把一切
看得很轻,内心满足也就不违忤养生之道。澹,即淡;惬 qiè,满足适意;理,至理,真理。　⑳摄生客:讲求养
生之道的人。

的，所以又叫永明体。

永明年间首先是周颙发现汉字有平上去入四种声调，接着沈约、谢朓等人又根据四声和双声叠韵来研究诗句中的声、韵、调的配合方法，提出了诗歌韵律上的具体要求，规定应避免的八种弊病，这就是所谓"四声八病"之说。所谓诗句韵律要求，如"若前有浮声，则后需切响；一简之内，音韵尽殊；两句之中，轻重悉异"。（《宋书·谢灵运传论》）所谓八病，即平头（指五言诗的出句和对句第一或第二字同声）；上尾（出句和对句末一字同声）；蜂腰（一句之中第二字和第五字同声，即两头粗，中间细似蜂腰）；鹤膝（第一句和第三句末字同声，言两头细，中间粗似鹤膝）；大韵（同一联中用了和所押的韵同韵部的字，即一联十字，前九个字中有与韵脚同韵的字）；小韵（同一句中用了同韵部的字，即五字内有同韵的字）；正纽（一联中有两字叠韵）；旁纽（一联中有两字双声）。八病之说，对于格律诗的形成是有很大影响的，但现今解释纷纭，难以统一。

这种新体诗就是通过格律，使诗歌达到平仄谐调，音节和协，词采清丽，对仗工整。这些格律，也是后来格律诗的讲究，可见，新体诗是古诗向格律诗过渡的桥梁。

但是，过分强调声律，也会使内容无法自由地表现，正如《诗品》所说"文多拘忌，伤其真美"。沈约等永明体作家的作品就是这样，他们虽然在运用声律、词藻上有新的成就，但思想内容平庸乏味，空洞无物，免不了要被历史淘汰。这时期只有谢朓，既注意运用声律入诗，又注意在山水风光内容方面的开拓，终于成为成就超过谢灵运的山水诗人。

谢朓（464—499）字玄晖，陈郡阳夏（今河南太康）人。与谢灵运同族，曾任宣城太守，世称谢宣城。后因被人诬陷，下狱致死。年仅36岁。存诗200多首，明人辑有《谢宣城集》。

他的山水诗既吸收了大谢细腻逼真的长处，又摆脱了玄言诗的影响，状物写景每每融入自己的主观感受，遣词自然而有韵味，形成了一种清新流丽的风格。试看他的名作《晚登三山还望京邑》①：

> 灞涘望长安，河阳视京县②。白日丽飞甍③，参差皆可见。余霞散成绮，澄江
> 静如练。喧鸟覆春洲，杂英满芳甸④。去矣方滞淫⑤，怀哉罢欢宴⑥。佳期怅何许，
> 泪下如流霰⑦。有情知望乡，谁能鬓不变⑧。

写登山望远所引发的乡国之思。夕阳、晚霞、澄江、喧鸟、杂花，色彩绚丽，景致优美。谢朓的描写已有唐人风格，就声律来说，一、三、四、五联对仗工整，平仄协调。

----

①题名：这首诗是作者离开建业，登上三山时所作，三山，在今南京市南，现已夷平。京邑，指建业（今南京）。 ②"灞涘"两句：就像王粲回头望长安、潘岳回头望河阳一样，我登上三山回望着京邑。灞涘 sì，灞水边，灞水，在陕西，流经长安；涘，水边；王粲《七哀诗》有云"南登灞陵岸，回首望长安"；河阳，故城在今河南孟县西；京县，指洛阳，潘岳《河阳县》诗有云："引领望京室。" ③飞甍 méng：飞耸的屋檐。甍，屋脊。④芳甸：花的郊野。 ⑤"去矣"句：我这次离乡远去，将要长久滞留他乡。滞淫，久留。 ⑥"怀哉"句：想念啊，我多么留恋那在旧馆宴饮的日子。 ⑦"佳期"两句：想到还乡，无限惆怅，泪水如流霰一样纷纷落下。何许，多少；霰 xiàn，雪珠。 ⑧"有情"两句：有情之人无不望乡生悲，有谁能不白了头发呢？鬓 zhèn，黑发。

他在宣城任太守时,写了许多脍炙人口的山水诗,如《之宣城郡出新林浦向板桥》①:

> 江路西南永,归流东北骛②。天际识归舟,云中辨江树③。旅思倦摇摇④,孤游
> 昔已屡。既欢怀禄情,复协沧洲趣⑤。嚣尘自兹隔,赏心于此遇⑥。虽无玄豹姿,
> 终隐南山雾⑦。

写于出任宣城太守的途中。诗人用清新的文笔勾画了蕴藉微远的景致,情理相融,令人玩味不尽。

谢朓诗也存在有句无篇的毛病。

唐代诗人王维、孟浩然、李白、杜甫都服膺谢朓,杜甫称"谢朓每诗堪讽颂"(《寄岑嘉州》),李白更是赞不绝口:"蓬莱文章建安骨,中间小谢又清发"(《宣城谢朓楼饯别校书叔云》);"解道澄江静如练,令人长忆谢玄晖"(《金陵城西楼月下吟》),可见谢朓影响之大。

三、鲍照

鲍照(约 414—466)字明远,东海(今江苏涟水县北)人,出身微寒,少有文学才思,曾谒临川王刘义庆,受赏识,擢国侍郎。此后做过秣陵令及中书舍人等官。临海王刘子顼镇守荆州,鲍照为前军刑狱参军,故世称鲍参军。后刘子顼反叛宋,兵败,鲍照在乱军中被杀。后人辑有《鲍参军集》。

鲍照的文学成就主要在诗歌方面。他写诗善于用乐府民歌的形式,来抒发心中的愤懑不平,所以他的诗从内容到形式都表现出与时俗不同的风貌。他存诗 200 多首,其中乐府诗就占 80 多首,乐府诗中尤以 18 首《拟行路难》最有名。现举其第三、第四两首:

> 泻水置平地,各自东西南北流。人生亦有命,安能行叹复坐愁!酌酒以自宽,
> 举杯断绝歌《路难》⑧。心非木石岂无感?吞声踯躅⑨不敢言!

> 对案⑩不能食,拔剑击柱长叹息。丈夫生世会几时,安能蹀躞⑪垂羽翼?弃置
> 罢官去,还家自休息。朝出与亲辞,暮还在亲侧。弄儿床前戏,看妇机中织。自古
> 圣贤尽贫贱,何况我辈孤且直。

---

①题名:这是一首旅途抒怀之作。宣城郡,即今安徽宣城县;新林浦,在今南京西南;板桥在新林浦南面。　②"江路"两句:江水向西南去的水路多么漫长啊,而向东北奔驰又是那样顺畅快捷。永,长;归流,归海;骛 wù,奔驰。　③"天际"两句:遥望远处,依稀可见归来的船只;我们前行,水天一色,原来的岸边的树木却又迷茫难辨了。　④摇摇:心情不定的样子。　⑤"既欢怀"两句:(此去宣城)既满足了个人贪图俸禄的愿望,又满足想归隐的意愿。怀禄,指做官,贪图俸禄;沧洲,水边,隐者所居。　⑥"嚣尘"两句:嘈杂污浊的官场从此隔绝了,赏心悦目的境界由此开始。　⑦"虽无"两句:我自己虽无南山玄豹的本领,善于避难,但终于隐遁于世了。玄豹姿,《列女传》故事,南山有玄豹,遇有雾雨便一连七日都隐而不见,避免受害。
⑧"举杯"句:举起酒杯,想要断绝愁思而歌唱《行路难》的曲子。　⑨吞声踯躅:哭不成声又驻足不进。吞声,不敢哭出声或哭不成声;踯躅 zhí zhú,驻足不进貌。　⑩案:古通碗;又作放食器的小几解。　⑪蹀躞 dié xiè:小步行进的样子。

18首《拟行路难》不是一时所作,内容也不尽相同,但艺术风格一致,气势雄肆奔放,感情强烈,语言遒劲,节奏感强。除《拟行路难》外,还有《梅花落》等。鲍照的这些诗都是杂言诗,在五言、七言之外还有九言。特别是七言诗句的形式,南朝诗人中还很少用。他写得那么光鲜流丽,不能不说这是歌行体、七言诗之滥觞。他的杂言诗确实是蹑武前人,启迪后世,齐梁诗人的拟作无此笔力,直到唐代李白、杜甫才产生出与之媲美的篇章。后人许颉评道:"明远《行路难》壮丽豪放,诗中不可比拟。"(《许彦周诗话》)丁福保说:"李、杜皆推服明远,称曰'俊逸'。明远字字炼,步步留,以涩为厚。凡太炼则伤气,明远独俊逸,又时出奇警,所以独步千秋,衣被百世。"(《八代诗菁华录笺注》)

鲍照的五言诗也写得很有特色,直接继承乐府民歌和建安风骨,深刻反映社会现实问题。如《拟古》八首之六:

> 束薪幽篁里①,刈黍寒涧阴。朔风伤我肌,号鸟惊思心②。岁暮井赋讫,程课
> 相追寻③。田租送函谷,兽藁输上林④。河渭冰未开,关陇雪正深⑤。笞击官有罚,
> 呵辱吏见侵⑥。不谓乘轩意,伏枥还至今⑦。

风格古朴刚健,反映人民所受的横征暴敛之苦和自己不为世用的愤慨。

四、庾信

庾信(513—581)字子山,南阳新野(今属河南)人。幼聪颖,博览群书,尤好《左传》。他是梁代诗人庾肩吾之子,常与其父及徐摛、徐陵父子出入宫禁,陪同太子萧纲等写作一些绮丽的诗,一时名盛称为徐庾体。侯景作乱,他任建康令,兵败逃江陵。梁元帝即位,他任右卫将军。承圣三年(554)奉命出使西魏,时值西魏灭梁,被强留北方,历仕西魏、北周,官至骠骑大将军开府仪同三司,故又有庾开府之称。隋开皇元年(581)病卒,原有集已佚,后人辑有《庾子山集》。

庾信的诗歌以羁留于北方时所作最为动人。国破家亡,自己又背井离乡,这个痛苦的现实,使他一变过去绮艳宫体诗风而为悲凉慷慨的"乡关之思"。杜甫在《戏为六绝句》中评道:"庾信文章老更成,凌云健笔意纵横。"的确,苍劲和沉郁是后期庾诗的风格。羁留北周时所

---

①"束薪"句:在幽暗的竹林里,把砍下的柴草捆起来,篁 huáng,竹林。 ②"号鸟"句:号哭之声的鸟鸣震撼着我悲愁忧虑之心。 ③"岁暮"两句:年底刚交完田租,而定期捐税又继踵而来。井赋,田赋;讫,交完;程课,定期捐税。 ④"田租"两句:田租送到函谷关以内的京师,喂兽的禾秆草料则送到上林院。函谷,关名,这里泛指到了函谷关的京师地区;兽藁,喂兽的草料,藁 gǎo,稿;上林,苑名,皇帝养禽兽之地、射猎之所。 ⑤"河渭"两句:(大伙在)河渭冰冻未开、关陇结着深雪的情况下,送去田租和兽藁。河渭,黄河和渭水;关陇,指函谷关、陇山一带。 ⑥"笞击"两句:大伙还饱受了官吏处罚毒打和辱骂欺侮。笞 chī,鞭、棍打。 ⑦"不谓"两句:本来盼望的仕途上进,不料直现到在还壮志未酬。不谓,不料;乘轩意,仕途得意;伏枥,伏卧在槽枥之下;枥 lì,马槽。

作《拟咏怀》①27 首为代表作。试看第七首：

> 榆关断音信，汉使绝经过②。胡笳落泪曲，羌笛断肠歌③。纤腰减束素，别泪损横波④。恨心终不歇，红颜无复多⑤。枯木期填海，青山望断河⑥。

写自己不能南归的绝望和痛苦。又如第十一首：

> 摇落秋为气，凄凉多怨情⑦。啼枯湘水竹，哭坏杞梁城⑧。天亡遭愤战，日蹙值愁兵⑨。直虹朝映垒，长星夜落营⑩。楚歌饶恨曲，南风多死声⑪。眼前一杯酒，谁论身后名。

追悼当年梁元帝败亡的惨象，抒发无法挽回的感慨。庾信的一些小诗语浅情深，清新隽永，开后世绝句的先声，试看：

> 玉关⑫道路远，金陵⑬信使疏。独下千行泪，开君万里书。（《寄王琳》⑭）

> 阳关⑮万里道，不见一人归。唯有河边雁，秋来南向飞。（《重别周尚书》⑯）

有人认为，庾信诗的艺术成就很高，可说是集六朝之大成，开唐诗之先声，在文学史上有承先启后的作用。这论断是有根据的，庾诗融合了南北诗风，他的五言诗注意平仄，讲究声律，善于对仗，灵活用典，开拓意境，已接近唐人五绝或五律。杨慎《升庵诗话》云："庾信之诗，为梁之冠绝，启唐之先鞭⑰。"刘熙载《艺概·诗概》也说："庾子山《燕歌行》开唐初七古，

---

①题名：这是仿阮籍《咏怀》诗的作品，阮诗有 82 首，写他生当改朝换代之际的内心痛苦。庾信的《拟咏怀》有 27 首，虽然所寄寓的身世之感有所不同，但抒发内心的痛苦是一致的。　②"榆关"两句：通往南朝音信已经断绝，信使也不见经过。榆关，战国时关名，在陕西榆林东，这里泛指边塞。汉使，代指南朝使者。③"胡笳"两句：听到胡笳声，我心中生悲，潸然泪下，听到羌笛吹奏，我一样有断肠的悲感。　④"纤腰"两句：我的腰围越来越细，身体消瘦，恐怕眼睛也哭坏了。纤腰，细腰；束素，束腰的白绢；横波，指眼睛。　⑤"恨心"两句：离恨无休无止，以致自己青春年少的面颜衰老了。恨心，指离恨；红颜，青春年少的面颜。　⑥"枯木"两句：南归的愿望就像枯木填海、青山断河一样期望着，也预感到渺茫。枯木填海即精卫填海典故；青山断河的典故用《水经注》卷四《河水注》："望断河者，仍望其合，无聊之想。"　⑦"摇落"两句：秋天草木凋零，景致凄凉，往往使人产生悲怨情绪。这是用宋玉《九辩》的典故："悲哉秋之为气也，萧瑟兮草木摇落而变衰。"⑧"啼枯"两句：就比如舜妃啼枯湘水竹，杞梁妻哭倒长城。湘妃竹典故见于张华《博物志》，传说舜南巡狩不返，葬于苍梧之野，尧二女娥皇、女英（舜之妻），追之不及，至洞庭之山，泪下染竹成斑，成斑竹。哭长城的典故见于《孟子·告子下》、《列女传》、《乐府诗集·琴曲歌辞·杞梁妻歌》。　⑨"天亡"两句：天命注定要梁灭亡，即使经历了艰难凄惨的战斗，也终于失败了。天亡，天命注定要灭亡。愤战，悲愤激烈的战斗；日蹙，日色暗淡无光。　⑩"直虹"两句：朝虹垂落地、长星投落营，梁朝江陵溃败是有征兆的。古代星象家认为虹霓头尾至地是流血兵败的凶象。　⑪"楚歌"两句：江陵被围困时，大势已去，四面楚歌，南风靡靡，梁朝注定要败亡。楚歌，代指失势之歌；饶，多；南风，南方楚地歌曲。　⑫玉关：玉门关，在今甘肃敦煌。　⑬金陵：梁故都，即今南京。　⑭王琳：庾信的好朋友。王琳，字子珩，山阴人，梁朝重臣，是平定侯景之乱的重要人物，后又打败魏立梁王。讨伐陈霸先，兵败被杀。庾信写这首诗，表达了他对故国、友人的真情。　⑮阳关：在今甘肃西南，这里代指作者所居之地。　⑯题名：这又是一首表达故国之思的小诗。周尚书，名弘正，字思行。梁元帝时为左户尚书，陈朝累官尚书左仆射，陈武帝时数次使周，庾信先有《别周尚书弘正》一诗，所以这篇题为《重别周尚书》。　⑰先鞭：先行、占先。

《乌夜啼》开唐七律。其他体为唐五绝、五律、五排所本者,尤不可胜举。"

第六节 南北朝文

南北朝时期的文分骈文和散文两类,其中骈文是风靡一时的文体,除了一部分论议奏疏、记事说明文以外,几乎都是语句骈偶、声调铿锵的骈文,《文心雕龙》是学术论著,也是用骈文写的。

一、骈文

骈文又叫骈俪文,是脱胎于汉赋,全盛于南北朝的一种新文体。它的特点是:语言上俪词偶句(文章中语句两两相对,上下两句字数相等,句法结构和词性相互配对);声韵上讲究运用平仄,音律和谐(骈文一般用四字句和六字句。所谓骈四俪六,即以四字、六字间相对偶而成文。音律上,它们的声律要求是:平平仄仄,平平仄仄平平;仄仄平平,仄仄平平仄仄。或者仄仄平平,仄仄平平仄仄;平平仄仄,平平仄仄平平。其原理与律诗相同。),修辞上注意藻饰和用典(骈文追求词藻艳丽,特别善用描写风花雪月、丽人名苑的艳丽词藻。)骈文特别讲究引用古代故事和有来历的词语。所谓"辑事比类,非对不发","全借古语,用申今情"(《南齐书·文学传论》)说的正是骈文的要求。

从上述特点可以看出,骈文是特别注意形式美的文体。由于南北朝骈文的发展,使中国古代文学语言得以向更精更美的方面发展:词采华丽、用典工隐、对偶精细、声律缜密。可以说没有南北骈文的讲究,就没有唐宋文学。唐宋以后,虽然古文复起,但直至清末骈文仍在流行,说明骈文是文学殿堂里不可缺的品类。

但是,骈文的畸形繁荣,又一度造成形式主义文风的泛滥。当时的文章几乎全部骈偶化,政府文告,私人信函,莫不骈四俪六,抽黄对白,骈偶的要求变成了桎梏。流弊所及,难免文饰苍白、语意肤泛,丧失了真美。所以,南朝骈文常常被以后的评论家视为靡弱文风的标本,一再加以反对。

南北朝时期出现了很多优秀的骈文和骈赋。鲍照的《芜城赋》就是当时抒情骈赋的代表作。芜城指广陵,即今扬州。广陵在宋文帝元嘉二十七年(450),孝武帝大明三年(459),遭受两次战祸。鲍照本意是借广陵的兴衰来劝阻临海王刘子顼[1]的政变,客观上却揭露了统治者骄奢淫佚、妄起兵端给人民以痛苦和死亡的黑暗现实。他细腻地描写了战后广陵变为

---

①顼 xū:顼顼,谨貌。

芜城的景象："白杨早落，塞草前衰。棱棱①霜气，蔌蔌②风威。孤蓬自振③，惊沙坐飞④。灌莽⑤杳而无际，丛薄⑥纷其相依。通池既已夷⑦，峻隅又已颓⑧。直视千里外，惟见起黄埃。凝思寂听，心伤已摧⑨。"何等荒凉可怖！作者的语句奇警，笔力竦动⑩，真所谓"驱迈⑪苍凉之气，惊心动魄之辞"（姚鼐语）。

孔稚珪的《北山移文》也是一篇好的骈文，文章借北山山灵的口吻，嘲讽了当时名士周颙⑫故作高蹈⑬而又醉心利禄，笔锋尖刻泼辣，嘻笑调侃，仿佛是篇讽刺杂文。它成功地塑造了假隐士真官迷的周颙："世有周子，隽俗之士⑭，既文既博，亦玄亦史⑮。……其始至也，将欲排巢父⑯，拉许由⑰，傲百氏⑱，蔑王侯⑲，风情张日，霜气横秋⑳。或叹幽人长往㉑，或怨王孙不游㉒。谈空空于释部㉓，核玄玄于道流。务光何足比㉔，涓子不能畴㉕。及其鸣驺入谷㉖，鹤书赴陇㉗，形驰魄散，志变神动㉘。尔乃㉙眉轩席次，袂耸筵上㉚，焚芰制而裂荷衣，抗尘容而走俗状㉛……"原来这是一个"虽假容于江皋，乃缨请于好爵"㉜的家伙。这正如浦二田所评："牙尖口利，骨腾肉飞，刻镂尽态矣。"（《评注昭明文选》）

江淹的《别赋》、《恨赋》也是当时优秀的骈赋。《别赋》主要描写各种不同类型人物的离愁别恨。赋中所写行子、居人的心情细腻生动："是以行子肠断，百感悽恻㉝，风萧萧而异响，

---

①棱棱 lēng lēng：严寒的样子。　②蔌蔌 sù sù：风声劲疾的样子。　③孤蓬自振：随风飘转的小草似乎独自振动作声。　④惊沙坐飞：暮地被风吹起的沙子，无缘无故飞扬旋转。　⑤灌莽：草木丛生之地。杳，深远。　⑥丛薄：草木丛杂之地。　⑦"通池"句：城壕早已夷平。通池，指护城河，城壕。　⑧"峻隅"句：高峻的角楼又已倒塌。峻隅，高峻的角楼。　⑨心伤已摧：伤心之极。　⑩竦动：惊动，震起。竦 sǒng，通悚。⑪驱迈：奔放。　⑫周颙：北齐汝南人，以隐士标榜，初隐于锺山，后应诏为海盐令。秩满入京，欲经过锺山。孔稚珪写《北山移文》以讽刺他。　⑬高蹈：高就，指隐居。　⑭隽俗之士：才智出众的人。隽，俊。　⑮亦玄亦史：既通玄学，又通史学。　⑯排巢父：排斥巢父。巢父和下文的许由皆尧时的隐士，他们拒绝了尧的禅让。⑰拉许由：折辱许由。拉，折也。　⑱傲百氏：傲蔑诸子百家。　⑲蔑王侯：蔑视王侯将相。　⑳"风情"两句：风度情致之高遮天蔽日，气概凛冽如同霜寒凌厉于深秋。　㉑幽人长往：隐者永远隐遁不返。潘岳《西征赋》："悟山潜之逸士，悼长往而不返。"　㉒怨王孙不游：埋怨王孙公子贪恋富贵不回来。　㉓"谈空空"两句：是说周颙喜欢谈佛论道。空空，佛家语，谓色即是空，空即是色；释部，佛经；核，考核；玄玄，《老子·道德经》："玄之又玄，众妙之门。"王弼注："玄者冥也，默然无有也。"道流，即道家。　㉔"务光"句：务光哪里比得上他。务光，李善注引《列仙传》："务光者，夏时人也，耳长七寸，好琴，服蒲韭根。殷汤代桀，因光而谋。光曰'非吾事也'，汤得天下，已而让光，光遂负石沈窔水而自匿。"　㉕"涓子"句：涓子都比不过他。涓子，李善注引《列仙传》："涓子者，齐人也。好饵术，隐于宕山，能风。"畴，即俦，类也，同辈。㉖"鸣驺"句：指皇帝征召车队入谷。鸣驺 zōu，皇帝征召车队；驺，古代骑马的侍从。　㉗"鹤书"句：指皇帝的征召书入山。鹤书，字体名，即鹤头书，此指皇帝的诏书。　㉘"形驰"两句：是说他就模样也变了，魂魄也散了，隐逸的意向立即动摇。　㉙尔乃：于是就。　㉚"眉轩"两句：是说他就坐不住了，眉飞袖舞，在筵席上洋洋得意。轩，高扬；袂 mèi，袖子。　㉛"焚芰制"两句：是说他焚毁撕裂以前表示清高的芰荷衣裳，表现出一副尘容俗态。芰jì，菱；抗尘容，表示出尘俗之容。　㉜"乃缨请"句：还请求赐给好的名爵禄位。缨请，即请缨，本是投军报国的意思，后演绎为请求任命。　㉝"是以"两句：外出旅行者，因而百感交集，凄凉悲伤。

云漫漫而奇色①，舟凝滞于水滨，车逶迤于山侧。櫂容与而讵前，马寒鸣而不息②。掩金觞而谁御，横玉柱而沾轼③。"这是行子上路凄凉景象；"居人愁卧，恍若有亡④。日下壁而沉彩，月上轩而飞光⑤。见红兰之受露，望青楸之离霜⑥。巡层楹而空掩，抚锦幕而虚凉⑦。知离梦之踯躅，意别魂之飞扬⑧。"竭力渲染居人凄凉冷寂。《恨赋》则是写人生短暂、屈志难伸的感慨。

丘迟的《与陈伯之书》是一篇用骈文写的劝降书，文辞优美简赅，动之以情，晓之以理，把故国之思、乡关之情，描摹得淋漓尽致。名句"暮春三月，江南草长，杂花生树，群莺乱飞"就是出自此篇。

陶弘景的《答谢中书书》、吴均的《与宋元思书》是梁代骈文名篇，是书信，也是写景散文。

庾信是南北朝骈文成就最高的作家，他的《哀江南赋》是名作。题名出自《楚辞·招魂》"魂兮归来哀江南"。赋中江南实际指梁国，全赋以回忆身世经历开始，叙述梁朝由盛而哀的历史，表达出对故国覆亡的痛悼之情。赋的序也是用骈文写的，是脍炙人口的四六佳品，试看序的第二段：

日暮途远⑨，人间何世⑩！将军一去。大树飘零⑪；壮士不还，寒风萧瑟⑫。荆璧睨柱，受连城而见欺⑬；载书横阶，捧珠盘而不定⑭。钟仪君子，入就南冠之囚⑮；

---

①"风萧萧"两句：是说行者心怀离愁，感觉那风也特别凄凉有异响，云也无边无际异乎寻常。　②"舟凝滞"四句：这四句写舟车不进的情状，表现行者临行时惜别的心情。凝滞，滞留；逶迤，弯曲缓慢行进貌；櫂，桨；容与，从容舒缓貌，这里作荡漾不进貌；讵，哪里。　③"掩金觞"两句：这两句是说分别的人对着金杯不能饮，有琴瑟无法弹奏，只得洒泪而别。觞 shāng，酒杯；御，进；横，横持；玉柱，琴瑟上用以系琴弦的小柱，这里代指乐器；沾轼，流泪沾上车子凭轼。　④"居人"两句：留在家里的人，恍然若有所失。　⑤"日下壁"两句：两句是说傍晚日落而月上，更惹人发愁。太阳从墙壁上出去了，月亮升上楼头，发散着光辉。　⑥"见红兰"两句：这两句是说红兰滴着露，青楸蒙了霜，这真是产生别恨的清秋。红兰，兰至秋，色变红，叫红兰；青楸，落叶乔木，干高叶大，多植于道旁；离，即罹，遭。　⑦"巡层楹"两句：是说由于行者已去，居者感到异常寂寞层楹空掩，锦幕虚凉。层楹，屋前柱，层一列为一楹，故有层楹之说；锦幕，有彩色花纹的帷帐；虚凉，冷而无温。　⑧"知离梦"两句：两句是写居者由自己相思之深，推想行者也是离梦踯躅，别魂飞扬。踯躅 zhí zhú，徘徊不前；意，料知；飞扬，多而乱。　⑨"日暮"句：比喻自己年纪已老，没有什么前途了。用《史记·伍子胥列传》典故。　⑩"人间"句：世间变化无常，目前又不知是个怎样的世界了。　⑪"将军"两句：将军去后，大树也凋零败落了。这是用《后汉书·冯异传》典故。　⑫"壮士"两句：就像荆轲一样，在寒风中萧瑟，无法回去。用荆轲"风萧萧兮易水寒"典故。　⑬"荆璧"两句：蔺相如出使秦国而完璧归赵，自己出使西魏受欺侮，而不得归去。荆璧，即和氏璧，因楚人和氏得之于楚山中，故称荆璧；连城，指价值连城的璧。　⑭"载书"两句：毛遂帮助平原君与楚国订立了合纵之盟，而自己出使西魏终未能订盟约而存梁。这是用《史记·平原君列传》典故。载书，盟书也(杜预注《左传》)；珠盘，诸侯盟誓所用之器。　⑮"钟仪"两句：以钟仪自比，说自己本楚人，就像南冠之囚羁留于魏、周。

季孙行人，留守西河之馆①。申包胥之顿地，碎之以首②；蔡威公泪尽，加之以血③。

钓台移柳，非玉关可望④；华亭鹤唳，岂河桥之可闻⑤！

这是作者抒发亡国的悲痛、自己被迫仕用的悔恨。文中用了大量的典故，表达自己的痛楚，华实相济，情文兼至，千回百转，哀婉动人。

二、散文

南北朝时期抬手动脚都写骈文，散文很少，但在地理、史传著作中却有清新自然的散文在，如《水经注》、《洛阳伽蓝记》。

《水经注》是北魏时期的地理著作。郦道元著。郦道元（？—527）字善长，范阳涿鹿（今河北涿州）人。历任冀州镇东府长史、东荆州刺史、鲁阳太守、御史中尉等，为官执法严猛，得罪权贵，后为雍州刺史肖宝夤杀害。

《水经注》是在旧题汉桑钦《水经》基础上扩充成书的。郦作了20倍于原书的扩展，描述以水道为纲，逐一说明各水的源头、支流、流向、经过、汇合的概况，并对每一流域内的地貌、物产、山川景色、名胜古迹、风土人情、神话传说作具体的记述。全书所记山水上千条，大都能抓住特点，写得姿态各异，行文以散体为主，不着意为文，而文采自现。试看《江水》中关于三峡的描写：

自⑥三峡七百里中，两岸连山，略⑦无阙处⑧。重岩叠嶂⑨，隐天蔽日，自非⑩亭午夜分⑪，不见曦月⑫。至于夏水襄陵⑬，沿溯阻绝⑭。或王命⑮急宣，有时朝发白帝⑯，暮到江陵⑰，其间千二百里，虽乘奔御风⑱，不以疾也⑲。春冬之时，则素湍绿

①"季孙"两句：以季孙自比，说自己出使西魏无法南归，只得留于长安。季孙，《左传·昭公十三年》，诸侯盟于平丘，季孙意如相鲁昭公与会，晋侯不准鲁与盟，并执季孙。行人，官名，掌朝觐、聘问(遣使通问)之事。　②"申包胥"两句：江陵沦陷，自己不能像申包胥一样求到救兵。申包胥事见于《左传·定公四年》吴伐楚，楚败。吴攻入郢都。楚大夫申包胥至秦请救兵。秦哀公先不肯出救兵，申"立依于庭墙而哭，日夜不绝声，勺饮不入口，七日，秦哀公为之赋《无衣》，九顿首而坐。秦师乃出。"顿地，叩头至地。这里说"碎之以首"不合史实。　③"蔡威公"两句：自己不能像蔡威公一样悲痛着梁的灭亡。蔡威公事见于刘向《说苑》，蔡威公闭门而泣，三日三夜，泪尽而继之以血，曰"吾国且亡"。　④"钓台"两句：羁留于此地的我，无法再见故国的树木了。钓台，在武昌西北；移柳，杨柳，移应作移 yí，杨树；玉关，玉门关，在今甘肃敦煌西北，这里泛指北地。　⑤"华亭"两句：故国的鸟鸣哪里是败于河桥的陆机所能听到的呢？华亭，在今上海松江县，是陆机的家乡；据《世说新语·尤悔》："陆平原河桥败，为卢志所谗，被诛。临刑叹曰：'欲闻华亭鹤唳，可复得乎？'"河桥，陆机被杀的地方，在今河南。　⑥自：从、由。　⑦略无：简直没有。　⑧阙处：空缺的地，阙通缺。⑨叠嶂：像屏障般的山峰。嶂 zhàng，像屏障般的山。　⑩自非：若不是。　⑪亭午夜分：中午、半夜。　⑫曦月：太阳月光。曦 xī，阳光。　⑬夏水襄陵：夏日水涨，漫过了附近的丘陵。襄，漫上。　⑭沿溯阻绝：上下行航道被阻断。沿，顺流而下；溯 sù，逆流而上。　⑮王命：朝廷命令。　⑯白帝：白帝城，今四川奉节东。⑰江陵：今湖北江陵县。　⑱乘奔御风：骑奔马、驾长风。　⑲不以疾也：不算得更快。以，为。

潭①，回清倒影②，绝巘③多生怪柏，悬泉瀑布，飞漱④其间，清荣峻茂⑤，良多趣味。
每至晴初霜旦⑥，林寒涧肃，常有高猿长啸，属引凄异⑦，空谷传响，哀转久绝。故
渔者歌曰：巴东⑧三峡巫峡长，猿鸣三声泪沾裳。

所以，《水经注》不仅是一部有学术价值的地理著作，而且是一部有杰出文学价值的散文游
记，影响所及，非只一代。刘熙载说："郦道元叙山水，峻洁层深，奄有《楚辞·山鬼》、《招隐
士》胜境。柳柳州游记，此其先导耶。"（《艺概》）苏轼、袁枚、姚鼐等散文大师也都曾效尤，曰
"水经注体"。

《洛阳伽蓝记》是一部地理史传著作。作者杨衒⑨之（一作羊衒之）北朝魏人，生卒年不
详。曾任朝奉请，抚军府司马等职。定武五年（547）因行役过洛阳，见城郭崩毁，寺院灰烬，
便撰此书，忆往日盛况，寄托他对北魏王朝覆亡的哀悼，同时也是对当时王公贵族耗财佞佛
"不恤众庶"行为的批评。

伽蓝，佛寺的别称。《洛阳伽蓝记》共5卷，主要记载的是洛阳的佛寺，同时也记叙了洛
阳当时的经济文化和社会情况。它记叙简洁生动，文笔清丽明快，是一部富有历史、地理和
文学价值的散文著作。试看卷四《城西》编"法云寺"条的一段：

市西有退酤、治觞二里。里内之人多酝酒⑩为业。河东⑪人刘白堕善能酿酒。
季夏⑫六月，时暑赫羲⑬，以罂⑭贮酒，曝于日中，经一旬，其酒味不动，饮之香美而
醉，经月不醒。京师朝贵，多出郡登藩⑮，远相饷馈⑯，踰于千里，以其远至，号曰
"鹤觞"，亦名"骑驴酒"。永熙⑰年中，南青州⑱刺史毛鸿宾⑲赍酒之藩，逢路贼，盗
饮之即醉，皆被擒获，因复命"擒奸酒"。游侠语曰："不畏张弓拔刀，唯畏白堕
春醪⑳。"

写洛阳市西酿酒业的兴盛，很富传奇色彩，读来饶有兴味。

第七节　南北朝文论

我国文艺批评理论源远流长，先秦就有文学批评，散见于经书、子书中，汉代的扬雄、王

---

①素湍绿潭：白色浪花、深绿潭水。　②回清倒影：回旋着清波、倒映着山影。　③绝巘 yǎn：极高的山峦。
巘，大小成两截的山。　④飞漱 shù：飞流冲刷。漱，洗刷。　⑤清荣峻茂：山清岭高，树木繁茂。　⑥霜旦：下
霜的早晨。　⑦属引凄异：凄凉怪异，连续不断。属 shǔ引，连续不断。　⑧巴东：郡名，在四川奉节、云阳一
带。　⑨衒 xián：炫耀。　⑩酝酒：酿酒。酝 yùn，酿酒。　⑪河东：郡名，在山西黄河以东。　⑫季夏：指夏末。
⑬赫羲：炎热。　⑭罂 yīng：口小肚大的瓶。　⑮出郡登藩：到外地去或到封地去做官。藩，诸侯领地。
⑯饷馈：赠送。　⑰永熙：北魏孝武帝年号，共三年，即532—534年。　⑱南青州：在山东沂水县一带。
⑲毛鸿宾：《北史·毛遐传》附传云："毛鸿宾有胆略，善骑射，倜傥不拘小节，曾为兖州刺史、南青州刺史。"
⑳醪 láo：浊酒、酒酿，这里泛指酒。

充也有一些文学见解。从建安到南北朝,我国古代文学批评理论趋于成熟并达到了很高的水平,成为我国文学自觉发展时代的重要标志。

这一时期我国古代文学批评理论的发展成就,主要表现在下列几方面:一是产生了几部对后世影响巨大的著作。如果按成就来排次序,自然首推刘勰《文心雕龙》,次推锺嵘《诗品》,不过,在这两部著作产生以前,揭开这一时代文学批评序幕的是曹丕的《典论·论文》,随后又出现了曹植的《与杨德祖书》、应玚①的《文质论》、陆机的《文赋》、挚虞的《文章流别论》、李充的《翰林论》等,它们各从一些方面发表了很好的见解,为《文心雕龙》等体大虑周、论析精微的巨著的出现打下了基础。与锺嵘、刘勰同时或以后,南北朝出现了一批理论批评家,如沈约、范晔、萧统、萧绎、颜之推等,都发表了很有价值的见解。这些共同构成了一个蓬勃发展的风貌。二是真正理解了文学的特点,人们首先真正地把文学与其他经史著作区别开来,进行了文体、文笔之辨的论析。其次对文学创作、文学内部各种体裁进行了切合规律和特点的研究。三是一些文论概念深入人心、影响后世。例如风神、神韵、风骨、境界、神似、取象等等,它们出现以后,逐渐被广泛运用,对后世产生影响。

刘勰的《文心雕龙》是我国文学批评史上的一部巨著,总结了先秦以来的文学;锺嵘的《诗品》总结了自汉到梁的五言诗,它们对我国文学批评理论作出了巨大的贡献,是两部光辉的文学理论著作。

一、刘勰的《文心雕龙》

刘勰(约 465—约 539)字彦和,东莞莒(今山东莒县)人,世居京口(今江苏镇江)。早孤,家贫,无力结婚,后依上定林寺僧佑,与之居处 10 余年,这一时期写成《文心雕龙》。入梁始为朝奉请,后为昭明太子萧统东宫舍人,深受昭明太子赏识,晚年出家为僧,改名慧地,不到一年去世。著作除《文心雕龙》外,只存文两篇。

刘勰既业于儒,又染于佛,在《文心雕龙》中,基本上是以积极入世的儒家思想为指导,来阐述文学的功用和探讨文学规律的。《文心雕龙》②名字的含义是文学思想研究的意思。

全书共 10 卷,50 篇,分上下两编,每编 25 篇。上编的《原道》、《征圣》、《宗经》、《正纬》、《辨骚》5 篇为总纲,即总论,阐发作者的基本观点;从《明诗》到《书记》的 20 篇属于文体论部分,对各种文体源流及作家作品,逐一进行研究和评价。下编从《神思》到《物色》的 20 篇是创作论,研究有关创作过程中各方面的问题;《时序》、《才略》、《知音》、《程器》4 篇主要是文学史论和批评鉴赏论;最后一篇是《序志》,叙述作者写作此书的动机、态度和原则,并介绍了全书。所以,这是一部具有丰富内容和卓越见解、自成体系的文学论著。

---

①应玚:三国魏文学家,建安七子之一,后人合辑其兄弟之作为《应德涟休涟集》。玚 yáng:即璧圭,玉器。　②《文心雕龙》:"夫为文心者,言为文之用心也"《序志》,雕龙则本雕缕龙纹,比喻善于修饰文词或刻意雕琢文字。而取战国阴阳家邹奭(shì,极、盛),别名雕龙奭之义。语出《史记·孟子荀卿列传》。

《文心雕龙》在文学理论上成就十分显著,精辟地阐述了下列一些问题:

(一) 他初步建立文学史的观念。首先他认为文学发展变化与历朝历代世风、政治的盛衰变化有密切的关系。在《时序》篇,他说:"文变染乎世情,兴废系乎时序。"①又说:"时运交移,质文代变。"②"幽厉昏而板荡怒,平王微而黍离哀,故知歌谣文理,与世推移。"③其次,他也注意到文学本身的发展规律,历代文风先后继承变革的关系。在《通变》篇,他说:"文律运周,日新其业。变则其久,通则不乏。趋时必果,乘机无怯。望今制奇,参古定法。"④他进行了文学史方面的研究,《明诗》、《诠赋》是诗史、赋史的提纲,《丽辞》、《事类》、《比兴》、《练字》等篇里也有文学语言修辞的历史发展观念。

(二) 他从各个角度阐发了质(内容)先于文(形式)、质文并重的理论。《情采》篇中主张"为情造文",反对"为文造情"⑤。在《风骨》篇里,主张文章要有风骨,"怊怅述情,必始乎风;沈吟铺辞,莫先于骨。"⑥"若丰藻克赡,风骨不飞,则振采失鲜,负声无力"⑦,说明必须先有思想,然后可以述情,先有事义然后可以铺辞。在《定势》篇,提出要"因情立体,即体成势"⑧,就是说要适应不同的内容选择形式,为适应不同文体来确定文章风格面目。在文体论的各篇中还具体指出写作时更要注意到文章的社会作用和效果。

(三) 他从文学创作的各个环节总结了创作的经验。在《神思》篇里论创作构思过程,指出构思过程中神(主观)和物(客观)之间的关系是"神居胸臆,志气统其关键;物沿耳目,辞令管其枢机"⑨。"关键"、"枢机"活跃疏通,要"虚静"⑩,更要"积学以储宝,酌理以富才,研阅以穷照,驯致以绎辞"⑪,这些是构思的重要条件。他发展了曹丕关于文气的理论,指出形成

---

①"故知"两句:文章的变化情况受到时代的影响,不同文体的兴衰和时代的兴衰有关。 ②"时运"两句:随着时代运数交替推移,崇尚文采或提倡质朴各代都有不同。 ③"幽厉昏"四句:周幽王、周厉王昏聩暴虐,所以《诗经·大雅》中《坂》、《荡》两首诗表达出了民众的愤怒之情;周平王宗室东迁国势衰微,《诗经·王风·黍离》便表达出那种悲伤哀怨的情感。所以我们知道歌谣的文采情理是随着时世推移变化而变化的。 ④"文律运周"等8句:写作的法则、变化规律,日日都有新的发展成就。适应这种变化创新才能持久,善于继承规律而去创作才不贫乏。适应时代要求必须及时果断,抓住时机不要胆怯、犹豫。面向当今,努力创造动人的作品,并参照过去制定创作原则。 ⑤"为情造文"反对"为文造情":为了抒情而创作,反对为了创作而虚构感情。 ⑥"怊怅述情"四句:深刻动人的叙述,情怀必须从有感化力量的风力开始;反复沉吟的铺叙文辞,没有比注意坚实的骨力更重要的了。怊怅 chāo chàng,悲伤、惆怅;沉吟,低声吟咏。 ⑦"若丰藻"等四句:如果文辞藻艳达到丰富的程度,而风骨柔弱,那振振的辞采是暗淡不可能是鲜明的。丰藻,辞藻丰富;赡,富足;鲜,明。 ⑧"因情"两句:依照情思来确定文章的体裁,进而形成一种文势。 ⑨"神居胸臆"四句:神奇的想象从作者内心来主宰,而意志和体制、气势是支配它们活动的关键。外物是由耳目来接触的,而语言则是掌管它们的表达机构。志气,情志、气质(情志和气质,支配着构思活动);辞令,语言或文辞;枢机,关键,即主要部分。 ⑩虚静:虚怀安静。因为虚才能排除干扰,专心一意,发挥想象释放灵感。 ⑪"积学"四句:认真学习来积储知识,明辨事理来增长自己的才学;要考查自己的生活阅历来获得对事物的彻底理解,训练自己的情志意趣来恰如其分地运用文辞。宝,指知识;研阅,研究观察;照,理解、观照。

文章风格的因素有才(艺术才能)、气(性格气质)、学(学识修养)、习(生活习染)四方面。这四方面的差别就形成了文学作品的典雅、远奥、精约、显附、繁缛、壮丽、新奇、轻靡等8种不同的风格。《比兴》里反对"日用乎比,月忘乎兴"①,只讲形容,不讲寄托的倾向;《夸饰》篇里,指出"饰穷其要,则心声并起;夸过其理,则名实两乖"②的注意之点。

(四)他初步建立了文学批评方法论。在《知音》篇中,他对文学批评的态度、修养、方法做了较全面的论述,是我国最早的文学批评问题的专论。他反对"贵古贱今"、"崇己抑人"、"信伪迷真"等错误的批评态度,提出正确的批评态度应该是"无私于轻重,不偏于憎爱"③。他特别强调广博的学识对批评家的重要,"圆照之象,务先博观"④。著名论断"操千曲而后晓声,观千剑而后识器"⑤,就是在这里提出的。关于批评标准,他提出了所谓六观,即"一观位体(思想内容和风格),二观置辞(文辞贴切与否),三观通变(继承、变革的创造),四观奇正(表现手法),五观事义(用典的巧妙)、六观宫商(音韵节奏是否和谐)。斯术既形⑥,则优劣见矣。"

在评价具体作品方面,他也发表了不少独到的见解,纠正了魏晋以来的一些偏见。当然,他受儒家观点的束缚,对屈原等也发表了一些不公允的见解,对浪漫主义作品评价不够正确,对民间文学、乐府民歌较轻视。

《文心雕龙》在我国文学理论史上有重要的意义,对唐、宋、元、明、清的重要文学家、批评家都有直接或间接的影响。

二、锺嵘的《诗品》

锺嵘(约486—约518)字仲伟,颍川长社(今河南长葛)人,齐代官至司徒行参军。入梁,历任中军临川王行参军、西中郎将、晋安王记室,卒于官。

《诗品》是锺嵘在梁武帝天监十二年(513)以后写成的品评诗歌的文学批评名著。

全书共三卷,分上、中、下三品,每品一卷,三品分别品评了汉代以下五言诗作者122人。第一卷为上品,除卷首一组无名氏外,共论列了李陵、曹植等11位作家;第二卷为中品,共论列了陶潜、鲍照等39位作家;第三卷为下品,共论列了班固、曹操等72位作家。每卷前有序言,今人把三序合而为一,称《诗品序》,《诗品序》叙述了他对于诗歌的总的看法。其中对一些作家的继承关系、评价,以及名诗名作的品评,都有精辟的见解。

---

①"日用"两句:是说辞赋中,熟悉比喻手法,抛弃了有意义的起兴手法,诗文创作就不及周代。　②"饰穷"四句:夸饰如果能够抓住事物的特点,恰到好处,那读者共鸣就会蜂拥而起;如果夸张违背了事物的常理、夸张过度,那语言和实际就两相乖违了。名实,名称和实际。　③"无私于"两句:对于文章轻重的评价没有私心,对于作品的爱憎没有什么偏见。　④"圆照"两句:全面理解作品的方法,首先需要广泛地观览。圆,周遍;照,察看、理解;象,法。　⑤"操千曲"两句:大凡演奏过千百支曲子的人,才能说他通晓了音乐;大凡观看了千百把兵器(宝剑)的人,才能说他会识别剑器。　⑥"斯术"一句:这些评论方法运用得当了。

《诗品》对诗歌的一般看法接近刘勰，他主张风力和丹采并重，强调赋和比兴相济为用。他说：

> 故诗有三义焉，一曰兴，二曰比，三曰赋①。文已尽而意有余，兴也；因物喻志，比也；直书其事，寓言写物，赋也。宏斯三义，酌而用之，干之以风力，润之以丹采，使味之者无极，闻之者动心，是诗之至也②。若专用比兴，患在意深，意深则词踬③。若但用赋体，患在意浮，意浮则文散，嬉成流移，文无止泊，有芜漫之累矣④。

《诗品》认为诗歌名句"多非补假，皆由直寻"⑤，斥责了宋末诗坛受颜延年、谢庄影响而形成的"文章殆同书抄"的用典风气。

《诗品》认为诗歌只求"口吻调利"就足够了，反对沈约等人的四声八病的主张。

《诗品》论诗颇有历史观念。他肯定了五言诗的历史地位，认为"五言居文词之要，是众作之有滋味者也"。⑥ 并对五言诗的起源及历史发展作了探讨，其中不乏精到的见解。

《诗品》论诗善于概括作家作品的风格特点。如评阮籍诗的特点是："言在耳目之内，情寄八荒之表"⑦，"自致远大，颇多感慨之词，厥旨渊放，归趣难求"⑧，比喻生动，评语精当。作者评论诗人的风格特点，还注意了诗人间的继承发展关系，例如，他认为陆机、谢灵运"其源出于陈思"⑨，颜延年"其源出于陆机"；左思诗出于刘桢，陶潜诗"又协左思风力"⑩等等。

《诗品》论诗也有失诸偏颇之处，它品评诗人往往把词采放在首位，忽略内容；它对某些诗人风格特点的概括和继承发展关系也有不尽妥当之处。例如，他特别溢美陆机，把陆放在左思之上；并列陆机、潘岳等为上品，列陶潜、鲍照为中品，列曹操为下品。在划分诗人风格源流上有牵强附会的地方。

尽管如此，《诗品》不失为第一部优秀的论诗专著，对当世诗歌起了直接推动的作用，对后世诗歌批评理论有较深的影响。

---

①"故诗有"四句：故诗有赋、比、兴三种作法。　②"宏斯三义"七句：说这三种作法的作用相当大，作诗时发扬这三种作法的功能，再以风力作为骨干，以文采来润色，使读者读起来余味无穷，听起来，心驰神往，这就是诗作的最高境界。风力，文辞的风骨笔力。　③"若专用"三句：作诗若专用比兴，就必然会产生意思深奥、文辞生硬的毛病。踬 zhì，被绊倒，比喻事情不顺。　④"若但用"六句：作诗若只用赋体，就容易显现意思肤浅、文辞松散、轻浮油滑，无所皈依，从而出现芜杂散漫的毛病。意浮，意思浮浅；嬉成，不够庄重的游戏之词；流移，文字不确凿；止泊，止息皈依；芜漫，杂乱散慢；累，出现的毛病。　⑤"多非"两句：大多不是借用成语典故，而是让人直截了当地体味出。补假，指借用成语典故。　⑥"五言"二句：五言诗在诗歌中非常重要，是各体中最具文学味道的一种。　⑦"言在"二句：言在眼前，而情致、意趣却在辽远的地方。八荒之表，八方边远无人之处；荒，边远无人处所。　⑧"厥旨"两句：其旨精深广博，最终归结，又不是那么容易找到的。厥旨，其旨；渊放，精深广博。　⑨陈思：即陈思王曹植。曹植封陈王，卒谥思，后称陈思王。　⑩"又协"一句：又收敛了左思的风骨笔力。协，收敛。

第八节　魏晋南北朝小说

魏晋南北朝时期,我国古代小说有了粗具规模的发展。古代的神话传说、寓言故事和史传杂记,虽然对我国古代小说的形成和发展提供了重要的因素,但还不能看做是小说文学。到了魏晋南北朝时期,大量的"志怪"、"志人"的小说的出现,标明我国古代的小说已经进入了独立发展的阶段,这一阶段可以看做是小说发展史上的雏型阶段。

一、魏晋南北朝志怪志人小说兴盛的原因

政治和经济的影响。在长期分裂、朝代频繁更迭、战乱与发展交替的时代里,一方面皇室、大臣、豪门、贵族等统治者享有种种政治和经济的特权,占有大量的土地和佃客,过着荒淫奢侈、恣情纵欲的生活。两晋又是一个士族制度的社会,豪门士族只是依靠门第把持高官、尸位享乐。这些统治者的升沉变化、争斗倾轧和淫靡的生活就很自然地从传说而成为文学。另一方面,人民群众生活极端贫穷困苦,他们希望摆脱自己的悲惨处境,往往曲折地通过传说、故事反映生活理想、斗争精神和悲惨的现状。

宗教的传播和清谈之风的影响。魏晋南北朝时期,宗教迷信思想十分盛行。由印度传入的佛教,此时也异常地兴盛起来,加上当时社会黑暗、生活动荡,各种各样的人都有思想苦闷,他们不免把理想和情趣寄托在宗教的想象和传说中,这样志怪的传说与日俱增,这些在宗教迷信的传播和老庄出世思想影响下,产生的谈神仙、鬼怪、隐士、异人的故事、传说,经过了文人的采辑、编写,就形成了杂谈怪异的"志怪"小说。所以,鲁迅说:"凡此,皆张皇①鬼神,称道灵异,故自晋迄隋,特多鬼神志怪之书。"(《中国小说史略》)

至于记载名人逸事小说的发展,则是当时门阀士族崇尚清谈的结果。魏晋以来,士族间又崇尚清谈,他们把儒家提倡的名教和老庄哲学结合起来,形成一种清谈的玄学。东晋以后,玄风更盛,就形成了专记人事、别具风格的轶事小说。这类志人小说在当时很受重视,一些士族子弟为了博取声名往往模仿名士的言谈和风度,小说便成了他们的"教科书"。社会上也以熟悉故事为学问,以示渊博,于是编纂小说蔚成风气。

神话、寓言和史传文学的影响。魏晋南北朝小说也明显地受它以前的神话、寓言和史传文学的影响,一方面它继承神话、寓言的传统,在汉人小说的基础上,演化出神仙鬼怪的故事。另一方面,作为史传的支流,受到先秦两汉史书和诸子散文的影响,把人物言行片断的杂录发展成为一种独特的小说体裁,即我们所说的志人小说。

---

①张皇:夸张炫耀。

二、志怪小说

魏晋南北朝志怪小说的数量很多,现在知道的就有 30 多种。如托名魏文帝撰的《列异传》、晋人张华的《博物志》、干宝的《搜神记》、祖冲之的《述异记》、托名汉东方朔的《神异记》、《十洲记》、托名郭宪的《汉武洞冥记》、托名班固的《汉武帝故事》、《汉武帝内传》、王嘉的《拾遗记》、荀氏的《灵鬼志》、托名陶潜的《搜神后记》、王琰的《冥祥记》、刘义庆的《幽冥录》、吴均的《续齐谐记》、颜之推的《冤魂志》、戴祚的《甄异传》等等。但除去《博物志》,《搜神记》、《搜神后记》三部书外,其他的都已失传。

《搜神记》:《搜神记》是志怪小说的代表,作者乃晋人干宝。干宝生卒年不详,字令升,新蔡(今河南新蔡)人,东晋元帝时以著作郎领国史,后任太守,散骑常侍等官。曾编过 20 卷《晋记》,当时公认为是一部好史书。他性好阴阳数术,迷信鬼神,他说写《搜神记》的本意是"发明神道之不诬"。《晋书》本传说《搜神记》凡 30 卷。今所见只 20 卷,可能是明代人胡元瑞从《法苑珠林》及诸类书中辑录而成的。

《搜神记》所采辑的许多神话故事和民间传说,虽然袭用了神鬼的题材,染上了怪异的色彩,但却有不少篇章反映了人民的思想愿望,这是这部书的精华所在。

《三王墓》和《韩凭妇》等篇就暴露了统治者的凶残暴虐,表现了人民群众英勇反抗的斗争精神。《三王墓》说的是干将莫邪夫妇为楚王铸剑,反被楚王杀害,他的儿子报仇的故事:

> 楚干将莫邪①为楚王作剑,三年乃成。王怒,欲杀之。剑有雌雄。其妻重身②当产,夫语妻曰:"吾为楚王作剑,三年乃成。王怒,往必杀我。汝若生子是男,大,告之曰:'出户望南山,松生石上,剑在其背。'"于是即将雌剑,往见楚王。王大怒,使相③之:"剑有二,一雄一雌,雌来,雄不来。"王怒,即杀之。莫邪子名赤比,后壮,乃问其母曰:"吾父所在?"母曰:"汝父为楚王作剑,三年乃成。王怒,杀之,去时嘱我:'语汝子:出户望南山,松生石上,剑在其背。'"于是子出户南望,不见有山,但睹堂前松柱下,石低(砥)④之上,即以斧破其背,得剑。日夜思欲报楚王。王梦见一儿,眉间广尺,言:"欲报仇。"王即购之千金⑤。儿闻之,亡去。入山行歌。客有逢者,谓:"子年少,何哭之甚悲耶?"曰:"吾干将莫邪子也。楚王杀吾父,吾欲报之!"客曰:"闻王购子头千金,将子头与剑来,为子报之。"儿曰:"幸甚!"即自刎,两手捧头及剑奉之,立僵⑥。客曰:"不负子也。"于是尸乃仆。客持头往见楚王,王大喜。客曰:"此乃勇士头也,当于汤镬煮之⑦。"王如其言。煮头三日三夕,不烂。头踔⑧

---

①干将莫邪:从小说可知,干将莫邪本为铸剑工匠名,夫为干将,妻为莫邪,后来传说的宝剑即以之命名。 ②重身:亦作身重,怀孕。 ③相:察验。 ④低(砥):石础。 ⑤购之千金:悬赏千金捉拿他。 ⑥立僵:尸身僵硬地立着。 ⑦汤镬煮之:一种酷刑,把人投入滚沸的水中煮死。汤,滚水;镬 huò,无足大鼎。 ⑧踔 chuō:跳。

出汤中,瞋目大怒。客曰:"此儿头不烂,愿王自往临视之,是必烂也。"王即临之。客以剑拟王①,王头随堕汤中。客亦自拟己头,头复堕汤中,三首俱烂,不可识别。乃分其汤肉葬之,故通曰:"三王墓"。今在汝南北宜春县界。

《韩凭妇》写的是荒淫的宋康王霸占韩凭之妻何氏,韩凭和何氏先后自杀的悲剧。但是在故事的结尾却出现了奇迹:"宿昔之间,便有大梓木②生于二冢之端,旬日而大盈抱,屈体相就,根交于下,枝错于上。又有鸳鸯,雌雄各一,恒栖树上,晨夕不去,交颈悲鸣,音声感人。"作者以这样的浪漫主义的、富有诗意的幻想,表现出了韩凭夫妇坚贞爱情的美丽和那富贵不能淫、威武不能屈的斗争精神的壮丽。

《搜神记》里还有一些赞美劳动人民善良、勤劳、聪明、勇敢的篇章,一直活在群众的口头,世代相传,《李寄》就是其中之一。

《搜神记》中宣传鬼神迷信和封建道德的内容是大量存在的,但其中个别篇章虽写鬼怪却不是宣传迷信,而是显示出破除迷信的意义。例如《宋定伯捉鬼》一则。

三、志人小说

所谓志人小说,就是魏晋南北朝时期专门采辑名士言行、轶闻遗事的小说。志人小说主要有:三国魏邯郸淳《笑林》、东晋葛洪《西京杂记》、裴启《语林》、郭澄之《郭子》、宋刘义庆《世说新语》、梁沈约《俗说》、殷芸《小说》。上述诸书,除《西京杂记》、《世说新语》外,都已散佚。鲁迅所辑录的《古小说钩沉》,我们可以看到散佚书的佚文。

《世说新语》:《世说新语》是志人小说的集大成者。原书只称《世说》,唐代称它作《世说新书》,大约宋代起称它作《世说新语》。作者刘义庆(403—444)彭城(今江苏徐州市)人。他是宋武帝刘裕的侄子,袭封临川王,官至尚书左仆射、中书令。他秉性简素、寡嗜欲,爱好文史,喜欢招聚文学之士,当时有名的文人如袁淑、陆展、鲍照等都受到过他的礼遇。有人认为,这部书"或成于众手",是有道理的。

《世说新语》分上、中、下三卷,依照内容分为德行、言语、政事、文学、方正、雅量、识鉴、赏誉、品藻、规箴、捷悟、夙惠、豪爽、容止、自新、企羡、伤逝、栖逸、贤媛、术解、巧艺、宠礼、任诞、简傲、排解、轻诋、假谲、黜免、俭啬、汰侈、忿狷、谗险、尤悔、纰漏、惑溺、仇隙 36 门。每门多者数十条,少者数条,主要记载汉末到东晋名人的轶事和言谈。

在《世说新语》中,对魏晋封建统治者的凶残丑恶,有极其生动的描绘。如《尤悔》篇有一则记曹丕毒死亲兄弟曹彰,又企图陷害亲兄弟曹植的故事:

> 魏文帝(曹丕)忌弟任城王(曹彰)骁壮,因在卞太后阁共围棋,并啖枣。文帝以毒置诸枣蒂中,自选可食者而进。王弗悟,遂杂进之。既中毒,太后索水救之,帝预

---

① 拟王:这里的意思是,砍了王头。　② 梓 zǐ 木:梓树,落叶乔木,建材,雕板之材。

《世说新语》是志人小说集大成者

敕左右毁瓶罐，太后徒跣①趋井，无以汲，须臾遂卒。复欲害东阿②（曹植）太后曰："汝已杀我任城，不得复杀我东阿！"

为了争权夺利，即便是亲兄弟也要以灭绝人性的手段来残害。《汰侈》篇集中地暴露了统治者的骄奢淫逸和残暴凶狠。石崇是晋代有名的大富豪，他在当荆州刺史时，靠劫夺客商而大发横财。以后，在生活上奢侈得惊人：他家拿蜡烛当柴烧，厕所里有穿着华丽衣饰的婢女伺候，入厕后出来就换一身新衣。石崇不仅极其奢侈，而且为富不仁、嗜杀成性：

石崇每要客燕集③，常令美人行酒，客饮酒不尽者，使黄门④交斩⑤美人。王丞相（王导）⑥与大将军（王敦）⑦尝共诣崇，丞相素不能饮，辄自勉强，至于沈醉。每至大将军，固不饮以观其变，已斩三人，颜色如故，尚不肯饮。丞相让之⑧，大将军曰："自杀伊家人，何预卿事？"

这些荒唐的权贵，视人命如草芥，灭绝人性达到骇人听闻的地步。

在《世说新语》中，对当时的"魏晋风度"、"名士风流"，也有极其生动的描绘。魏晋之际，政治迫害残酷激烈，文人学士或终日清谈，或流连于山水，或纵酒放达，醉生梦死。这样一方面借此逃避现实，一方面以此自命风雅。《德行》篇里记阮籍"至慎，每与之言，言皆玄远，未尝臧否人物"。这是借以远祸的一种方式，而刘伶则纵酒放达，令人感到滑稽：

刘伶恒纵酒放达，或脱衣裸形在屋中。人见讥之，伶曰："我以天地为栋宇，屋室为裈衣⑨，诸君何为入我裈中。（《任诞》）

滑稽之事更有葬礼学驴叫的：

王仲宣（王粲）好驴鸣，既葬，文帝（曹丕）临其丧，顾语同游曰："王好驴鸣，可各作一声以送之。"赴客皆一作驴鸣。（《伤逝》）

这类言行恰恰表现魏晋风度狂放不羁、听任自然的特征。鲁迅说："到了晋代的名士，就不敢再议论政事，而一变为专谈玄理；清议而不谈政事，这就成了所谓清谈了。但这种清谈的名士，当时在社会上却仍旧很有势力，若不能玄谈的，好似不够名士的资格，《世说》这部书，差不多就可以看做一部名士的教科书。"（《中国小说的历史的变迁》）

由于刘义庆是刘宋王朝的宗室，他的思想又是和当时的士族阶层一致的，因此他的爱憎、褒贬往往带有偏见，对某些消极颓废、荒唐腐朽的东西常常表示同情和赞赏，这些是本书的局限。

《世说新语》有较高的艺术成就。总的说来，它往往具有短小精粹，生动奇丽，即小见大，以一目尽传精神的特点。具体地说，在下列几方面尤见作者的功力。

---

①徒跣 xiǎn：赤足。跣，光着脚。　②东阿：曹植。曹植封东阿王。　③要客燕集：请客宴会。要通邀，燕通宴。　④黄门：本指宦官，这里指席旁仆役。　⑤交斩：轮流执刑处斩。　⑥王丞相（王导）：东晋元帝时著名丞相。　⑦大将军（王敦）：王导从兄，与王导共同拥护晋元帝的东晋政权。　⑧让之：责备他。　⑨裈衣：裤子。裈 kūn，古代的一种裤子。

其一是善于抓住典型事件来勾画人物的性格特征。例如《德行》篇的一则：

> 管宁、华歆①共园中锄菜，见地有片金，管挥锄与瓦石不异，华捉而掷去之。又尝同席读书，有乘轩冕②过门者，宁读如故，歆废书出看。宁割席分坐曰："子非吾友也。"

真像一幅精彩的速写画，作者寥寥数笔，就勾勒出了两个同室共处的清高士子的细微差别。

其二是注意把人物的语言和情态结合起来表现人物的性格。例如《言语》中的一则：

> 过江诸人③，每至美日④，辄相邀新亭⑤，藉卉饮宴⑥。周侯（周颛）⑦中坐而叹曰："风景不殊，正自有山河之异！"⑧皆相视流泪。惟王丞相（王导）愀然⑨变色曰："当共戮力王室，克服神州，何至作楚囚⑩相对！"

其三是语言精练，隽永传神。明人胡元瑞《少室山房笔丛》评道："读其语言，晋人面目气韵，恍然生动，而简约玄澹，真致不穷。"《世说新语》的语言准确、简洁、有较强的表现力。《容止》有一篇关于曹操的记述：

> 魏武⑪将见匈奴使，自以形陋，不足雄⑫远国，使崔季珪⑬代，帝自捉刀立床头。既毕，令间谍问⑭曰："魏王何如？"匈奴使答曰："魏王雅望非常，然床头捉刀人，此乃英雄也。"魏武闻之，追杀此使。

现在有许多广泛运用的成语正是出自此书，如"土木形骸"、"覆巢之下无完卵"、"东床快婿"、"吴牛喘月"、"扪虱而谈"。唐宋诗词中更是广泛地运用了此书的语言和典故。

《世说新语》对后世笔记小说的发展有很大影响，后世模仿者不断出现，在唐代就有王方庆的《续世说新语》，宋代有王谠⑮的《唐语林》、明代有何良俊的《何氏语林》、清代有王日卓的《今世说》等。它也为后世的戏曲、小说提供了素材，《三国演义》就吸取了其中的汉魏故事，语言描写也深受影响。

---

①管宁、华歆 xīn：三国时著名学者、贤人。管宁、华歆、邴原三人相善，曾游学四方，合称一龙。　②轩冕：古时卿大夫的车服。轩，车也；冕，服也。　③过江诸人：指西晋过江东迁的王导、王敦等王侯士大夫。　④美日：风和日丽的日子。　⑤新亭：今不存。据《景定建康志》："新亭亦曰中兴亭，去城西南十五里，近江渚。"　⑥藉卉饮宴：因花卉开放而设宴聚会。　⑦周侯（周颛）：（269—322）晋汝南人，做过丞相右长史。　⑧"风景"两句：《晋书》和《通鉴·晋纪》作："举目有山河之异"《通鉴》注："言洛都游宴多在河滨，而新亭临江渚也。"　⑨愀然：脸色变得严肃不愉快的样子。愀 qiǎo，严肃貌。　⑩楚囚：本指俘虏，这里指处境窘迫的人。　⑪魏武：即魏武帝曹操。　⑫雄：称雄或被认为威武强有力者。　⑬崔季珪：（约167—216）东汉末人。《魏志》："崔琰，字季珪，河东武城人。声姿高畅，眉目疏朗，鬓长四尺，甚有武重。"　⑭间谍：即细作，潜入对方，刺探情况的人。　⑮王谠：长安人，宋徽宗大观末前后在世，作《唐语林》八卷，所记典章故实，多与正史相发明，所采诸书，存者甚少。谠 dǎng，正直、刚正。

第九节　南北朝乐府民歌

南北朝乐府民歌是继汉乐府民歌之后的又一新的发展。由于南北朝的长期对峙，政治经济、文化风习的不同，南北朝民歌也存在着风格和情调的差异。

一、南朝民歌

南朝乐府民歌收录在宋郭茂倩编的《乐府诗集》中，近 500 首，其中绝大多数归入"清商曲辞"，仅《西洲曲》、《东飞伯劳歌》、《苏小小歌》等改入"杂曲歌辞"和"杂歌谣辞"中。"清商曲辞"中所收主要是吴歌（吴歌曲辞）和西曲（西曲歌）两大类。吴歌是长江下游以建业（今南京）为中心地区的民歌；西曲则是长江中游和汉水流域的民歌。

吴歌大都出于东晋和宋，据《古今乐录》记载有《子夜》等 19 个曲子，其中以《子夜》、《子夜四时》、《读曲》、《华山畿》为最多。

西曲大都出于南朝的宋、齐，梁三朝，较吴歌为晚，《古今乐录》云："西曲出于荆、郢、樊、邓之间，其声、节、送、和与吴歌亦异。"其中乐曲主要有《石城乐》、《乌夜啼》、《莫愁乐》、《襄阳乐》、《三洲歌》等。

吴歌、西曲的主要内容是写男女恋情，大都是以女子的口吻来演唱的，可能是歌妓、婢妾所作。格调柔曼婉转，但感情质朴健康，态度热情大胆，又不淫靡轻佻。试看：

始欲识郎时，两心望如一。理丝入残机，何悟不成匹。（《子夜歌》）

夜长不得眠，明月何灼灼①。想闻欢唤声，虚应空中诺。（《子夜歌》）

华山畿，君既为侬死，独生为谁施？欢若见怜时，棺木为侬开！（《华山畿》）

布帆百余幅，环环在江津②。执手双泪落，何时见欢③还。（《石城乐》）

闻欢下扬州，相送楚山头。探手抱腰看，江水断不流。（《莫愁乐》）

巴陵三江口④，芦荻齐如麻。执手与欢别，痛切当奈何。（《乌夜啼》）

吴歌、西曲也有几首是写生产劳动的，如：

蚕生春三月，春桑正含绿，女儿采春桑，歌吹当初曲。（《采桑度》）

采桑春阳下，绿叶何翩翩⑤。攀条上树表，牵坏紫罗裙。（《采桑度》）

除"清商曲辞"的吴歌、西曲外，在"杂曲歌辞"里还有一首抒情长诗《西洲曲》：

忆梅下西洲，折梅寄江北⑥。单衫杏子红，双鬓鸦雏色⑦。西洲在何处？两桨

---

①灼灼 zhuó zhuó：明亮鲜明的样子。　②江津：江的渡口。　③欢：古时女子对所恋男子的爱称。④巴陵三江口：南朝巴陵即今湖南岳阳、临湘等地的江口。　⑤翩翩：轻快飞舞貌。　⑥江北：这里指长江北岸。　⑦鸦雏色：形容女子双鬓像雏鸦黑油明亮。

桥头渡。日暮伯劳①飞,风吹乌白树②。树下即门前,门中露翠钿③。开门郎不至,出门采红莲。采莲南塘秋,莲花过人头。低头弄莲子④,莲子清如水。置莲怀袖中,莲心彻底红。忆郎郎不至,仰首望飞鸿⑤。鸿飞满西洲,望郎上青楼⑥。楼高望不见,尽日栏杆头。栏杆十二曲,垂手明如玉。卷帘天自高,海水⑦摇空绿。海水梦悠悠,君愁我亦愁。南风知我意,吹梦到西洲。

写一个女子的四季相思之情,笔触细腻,情真意切,语言含蓄,情韵悠长,是南朝民歌中首屈一指的佳构,估计它是经过文人加工润色的。因此,它的作者记载不一,《乐府诗集》和《古诗源》都作"古辞",《玉台新咏》作江淹,《诗镜》等又作梁武帝。

南朝乐府民歌艺术形式上的共同之处在于:(一) 篇幅较短,一般都是五言四句;(二)语言清新,情致委婉,多为女子口吻,"了无一语有丈夫气";(三)双关隐语广泛运用。南朝乐府民歌的这些特点推动了诗歌形式的发展,对齐梁宫体诗和唐人绝句都有一定的影响。

二、北朝民歌

北朝乐府民歌存 60 余首,主要收集在《乐府诗集》里的"梁鼓角横吹曲"中,也有少数收集在《乐府诗集》的"杂曲歌辞"和"杂歌谣辞"里。"鼓角横吹曲"是当时北方民族在马上演奏的军乐,作者大多是氐、羌、鲜卑等少数民族,也有汉人。"我本虏家儿,不解汉儿歌"(《折杨柳》)歌辞中直接表白了作者的身份。这些歌辞大约是在东晋到梁的一段时期内从北方传到了南方,被梁乐府官收录保存,所以叫梁鼓角横吹曲。

北朝民歌数量不及南朝,内容却广阔得多。北方因战乱频繁,民歌则反映出人民在战乱时期的生活情况,如《企喻歌》:

男儿可怜虫,出门怀死忧。尸丧狭谷中,白骨无人收。

写战争中人民的痛苦。还有《隔谷歌》:

兄在城中弟在外,弓无弦,箭无栝⑧,食粮乏尽若为活⑨? 救我来,救我来!

兄为俘虏受困辱,骨露力疲食不足。弟为官吏马食粟。何惜钱刀来我赎。

北朝民歌也有情歌,但与南朝情歌相比却另是一番景象,如《地驱乐歌》:

月明光光星欲坠,欲来不来早语我。

真实表达等待得不耐烦的心情。再看《折杨柳歌》:

腹中愁不乐,愿作郎马鞭。出入擐郎臂⑩,蹀座⑪郎膝边。

---

①伯劳:鸟名,喙短而锐利,尾长,捕食昆虫、小动物。《玉台新咏》卷九"东飞伯劳歌"有"东飞伯劳西飞燕"之句,喻朋友别离。 ②乌白树:落叶乔木,高可二丈。 ③翠钿:镶翡翠的首饰。 ④莲子:语义双关。莲子即怜子,隐指怜惜心爱男子。 ⑤飞鸿:这里是说盼望传书的飞鸿。 ⑥青楼:指女子居处。 ⑦海水:指长江水。 ⑧栝 guā:箭末扣弦处。 ⑨若为活:哪堪活。若为,如何、怎样。 ⑩擐郎臂:套郎臂。擐 huàn:套、穿。 ⑪蹀座:小步趋坐在。蹀 dié,小步趋向。

大胆爽直,与南朝缠绵柔靡的民歌大相径庭。

北朝民歌中也有北方汉族歌谣,如《李波小妹歌》:

> 李波小妹字雍容,襄裳逐马如卷蓬。左射右射必叠双。妇女尚如此,男子安
> 可逢。

这一首没有收入"梁鼓角横吹曲",而是收在《魏书·李安世传》中,它反映了居住于北方的汉人在战争中也养成了尚武风习。

最能反映北国风光和游牧民族生活的诗篇是《敕勒歌》:

> 敕勒川,阴山下。天似穹庐①,笼盖四野。天苍苍,野茫茫,风吹草低见牛羊。

此歌据《北齐书·神武帝纪》②载:"时西魏言神武中弩,神武闻之,乃勉坐见诸贵,使斛律金③作《敕勒歌》,神武自和之,哀感流涕。"又《乐府诗集》收入卷八十六,并说:"其歌本鲜卑语,易为汉语,故其句长短不齐。"这首歌酣畅豪放,浑然天成,艺术地再现了苍茫的大草原风光。金代诗人元好问评道:"中州万古英雄气,也到阴山敕勒川。"(有人认为,既然作者是斛律金,就不能算作为民歌——姑存一说。)

三、北朝民歌的杰作《木兰诗》

《木兰诗》是北朝民歌的代表作,产生于北朝后期,最早著录于陈释智匠《古今乐录》,《乐府诗集》收入"梁鼓角横吹曲"中。

这首诗塑造了一个刚强尚武的女英雄木兰,她是古代人民创造的一个现实主义和浪漫主义相结合的艺术典型。

作为叙事诗,它故事完整,首尾圆合;层次清楚,剪裁精当;叙事、抒情、渲染、勾勒,各尽其妙。

它的语言也十分丰富,句式参差错落,以五言为主,夹以七言、九言,用韵灵活、音调铿锵;句中复沓、排比、对偶、比喻、夸张都运用得很成功。

《木兰诗》流传千古,木兰已经成为人民心目中英雄的女性形象。《木兰诗》标志着我国杂言古诗的高度成熟,为唐代歌行体奠定基础。

它和《孔雀东南飞》是叙事诗的"双璧",异曲同工、相互辉映。胡应麟说:"五言之赡④,极于焦仲卿妻,杂言之赡,极于木兰。"(《诗薮》)

---

①穹庐:游牧民族居住的毡帐。穹 qióng,像天空中间隆起四面下垂的形状。 ②《北齐书·神武帝纪》:《北齐书》中的《神武帝纪》,神武帝即北齐高欢。高欢,东魏北海蓨县(今河北景县西)人,字贺六浑。儿子洋代,东魏建北齐后,追崇为献武帝。天统元年(565)改谥神武皇帝,庙号高祖。 ③斛律金:北齐朔州(今内蒙林格尔木北)人,字阿六敦,敕勒族人。最后任左丞相,贵宠无比。 ④赡 shàn:丰美、充足。

本章复习思考题

一、什么是"建安风骨",建安文学的代表作家是哪些人?

二、曹氏父子对诗歌发展的贡献。

三、阮籍、嵇康的文学成就。

四、左思咏史诗的特点和成就。

五、陶渊明田园诗的成就。

六、谢灵运山水诗的特色和功绩。

七、什么叫永明体,它在诗史上的作用。

八、谢朓山水诗的特点。

九、鲍照、庾信诗歌的艺术特色。

十、《世说新语》的主要成就。

第四章　唐五代文学

从公元 581 年到 960 年是隋唐五代时期,这一时期是我国封建社会处于上升阶段,并得到长足发展的时期,也是文学上空前繁荣兴盛的时期。隋朝(581—618)只维持了 37 年,文学上没有什么成就;五代(907—960)是一个大分裂的动乱时代,文学上以词著称,其他成就甚微。所以,这一章主要介绍唐代文学。

唐朝是我国历史上的一个辉煌的朝代,它国力强盛,政治开明,经济繁荣,思想活跃,文化灿烂,是我国封建社会发展史上的一座高峰,它的高度文明影响了日本、朝鲜等许多国家和地区。唐朝从公元 618 年建国,到 907 年灭亡,共历 290 年,22 个皇帝。

唐代历史与文学发展密切关联并产生重大影响的问题,大致有如下一些。

唐代经济繁荣、交通发达,中外文化交流活跃,加上国家统一、政治开明,这就为文学的繁荣提供了基础。

唐代文化昌盛、思想活跃,儒、释、道都得到了充分的发展。李唐王朝自称是道教始祖李耳的后代,道教的兴盛顺理成章;但唐朝对佛教也不排斥,唐太宗就派玄奘去西域取经,光大佛门;传统的儒家也得到了发展。三教并存发展,活跃了人们的思想,这对文学的繁荣发展也起了很大的促进作用。

唐代大开科举,笼络读书人,这也连带着使文学大大发展。唐代通过明经、进士等常科,以及其他种种名目的科制考试,从读书人中选取官吏。唐初还把诗赋列为进士科考试的项目,使诗人也有出路,再加上好几个皇帝对诗歌的喜好,写诗一时成了社会风气。

唐代文学的繁荣昌盛还取决于文学本身的发展规律。从先秦、秦汉、魏晋南北朝到唐,文学领域经历了一个长远的、萌芽发展的过程。上一章说过,魏晋南北朝是一个文学自觉发展的新阶段。自觉发展起来的文学,就必然为下一阶段的高峰聚集了力量,到唐代出现高潮是势所必然的。就诗歌而言,《诗经》《楚辞》的传统,乐府诗、文人诗的经验,各种题材的拓展,各种风格的形成,都为唐诗凝积了基础。诗歌的体裁由原来的四言、骚体,发展为五言、七言、杂言、乐府等种种形式。特别是近体诗(律诗、绝句)在齐梁到初唐形成,紧接着必然是蔚为大观的昌盛;古体诗(乐府诗、五言诗)也有了新的变化,七言古诗大为盛行,由此还变化为歌行体,乐府诗也有发展,后来还产生了新乐府运动。这些体裁的变革翻新正是文学繁荣发展的标志。

由上述可见,唐代文学特别是唐诗的繁荣兴盛是社会历史和文学本身的发展规律两种因素合力的结果。

唐代文学的样式较前代丰富多彩,主要有诗歌、散文、词、小说等,下面我们将分节论述。特别值得介绍的是诗歌。唐诗是唐代文学成就的代表,是"一代之文学",它标志着中国古典诗歌的高峰。唐诗篇什繁富,仅据清康熙年间所编《全唐诗》录存数就有 48 900 多首,诗人 2 200余人。据胡震亨统计,有别集者 691 家。在这名家辈出,名作如林的诗坛上,李白、杜甫、白居易、李贺等伟大诗人的出现,给时代和中华民族增添了光辉。唐诗创作的繁荣、流派风格的丰富多样、体裁的完备,显示了我国古典诗歌已进入了完全成熟的阶段。

关于唐代文学的分期,一般就依照唐诗的分期,唐诗分初、盛、中、晚四期:

初唐:高祖武德元年(618)至玄宗开元初年(713),其间约 100 年;

盛唐:玄宗开元初年(713)至代宗大历初年(766),其间约 50 年;

中唐:代宗大历元年(766)至文宗太和九年(835)其间约 70 年;

晚唐,文宗开成元年(836)至昭宗天佑三年(906)其间约 70 年。

第一节　初唐四杰和陈子昂

初唐是指从唐开国到唐玄宗即位的 100 年间,这段时间比后面的盛、中、晚要长得多,但是文学成就却比不上后三期。因为唐诗的繁荣走了一个缓慢孕育发展的道路,这中间还有一段曲折、矛盾的过程。

一、唐初是宫体诗的天下

雄才大略的唐太宗却是个宫体诗的爱好者,开国之初,他把隋朝的遗老收罗在宫廷中,陪他作齐梁宫体艳情诗。当时宰相魏征对这种浮艳诗风虽然表示过不满,但无法扭转这个趋势。唐太宗时代宫廷诗人的代表就是上官仪。他擅写五言诗,格律工整,内容多为奉命应制之作。例如《早春桂林殿应诏》①:"步辇出披香,清歌临太液②。晓树流莺满,春堤芳草积。风光翻露文③,雪华上空碧。花蝶来未已,山光暖将夕④。"除了写景,看不出有什么内容:就说写景,也看不出特色。所以,《旧唐书》本传说他"好以绮错婉媚⑤为本"。他身居高位,又得到皇帝的欣赏,他的诗时人纷纷效仿,称为"上官体"。

武则天时期最著名的宫廷诗人是沈佺期和宋之问,合称"沈宋",他们写的也是奉和应

①题名:在初春桂林殿应皇帝之命而作。桂林殿,不详,他诗也未见著录;应诏,魏晋以来称应皇帝之命而作的诗文为应诏。　②太液:太液池,唐时太液池在大明宫中含凉殿后,有太液亭。　③"风光"句:风光变得有华采了。文,华采。　④暖将夕:昏暗将晚。暖 ài,昏暗貌。　⑤绮错婉媚:形容文辞雕饰、华丽柔美。婉媚,柔美。

制、点缀升平之作。不过,在他们遭流放以后,却写出了较有感受的好作品,如宋之问的《渡汉江》①,写由贬所北归的心情:"岭外②音书断,经冬复历春。近乡情更怯,不敢问来人。"

二、负起时代使命的初唐四杰

在唐高宗至武后初年文坛上出现了"以文章齐名天下"的四个地位低下的年轻人,他们努力摆脱齐梁诗风的影响,积极开拓诗歌题材、思想内容、表达形式的新领域。闻一多认为他们开始把诗歌"从台阁移至江山塞漠,从宫廷到市井",开始了唐诗的开创时期,他们是"负起时代使命的四位作家"。这四位作家就是王勃、杨炯、卢照邻和骆宾王,合称"初唐四杰"。

王勃(649—676)字子安,绛州龙门(今山西河津)人。他少华早露,未成年即被称为神童。出仕后做过几任小官,皆因故被革职。27 岁时,去交趾③省父,落海惊悸而死。在文坛盛行上官体的情况下,他"思革其弊,用光志业",创作刚健清新的诗文,以图扭转风气。《唐才子传》说他"属文绮丽,请者甚多,金帛盈积。心织④而衣,笔耕⑤而食。然不甚精思,先磨墨数升,则酣饮,引被覆而卧,及寤,援笔成篇,不易一字,人谓之'腹稿'"。王勃存诗 80 多首,大部分是五律、五绝。《送杜少府之任蜀川》⑥一首最为有名:

> 城阙辅三秦⑦,风烟望五津⑧。与君离别意,同是宦游人⑨。海内存知己,天涯若比邻⑩。无为在歧路,儿女共沾巾⑪。

以旷达爽朗的情怀送别,境界清新壮阔,其中"海内存知己,天涯若比邻"一句,已成千古流传的名句。五绝《山中》⑫也是佳作:

> 长江悲已滞,万里念将归⑬。况属高风晚,山山黄叶飞⑭。

一派悲凉浑壮的气势。

他的骈文《滕王阁序》是难得的艺术精品。作者把豪放超逸的情致,融入了绮丽的辞采和生动的描绘之中。其中"落霞与孤鹜齐飞,秋水共长天一色"为历代文人击节赞赏。

杨炯(650—?)华阴(今属陕西)人。曾任校书郎、崇文馆学士,卒于婺州盈川县令任上。《旧唐书》本传:"炯与王勃、骆宾王、卢照邻以文词齐名,海内称为王杨卢骆,亦号曰'四杰'。

---

①题名:这首诗是作者从贬所泷 lóng 州(今广东罗定)逃回洛阳时所作。汉水,指汉水中游的襄河。②岭外:岭南,五岭之南。 ③交趾:初称岭南,后专指越南。 ④心织:卖文为生。 ⑤笔耕:谓以笔代耕维持生计。 ⑥题名:杜少府到蜀地做官,作者作诗送行。杜少府,名字不详;少府,县尉的尊称;蜀川,蜀地。⑦"城阙"句:长安以三秦为畿辅。城阙,指长安;辅三秦,即被三秦辅佐;辅,护持;三秦,雍、塞、翟三国,这是项羽灭秦后的分封。⑧"风烟"句:烟雾迷茫中瞭望着五津。五津,长江自灌县至犍为一段的五处渡口:白华、万里、江首、涉头、江南。 ⑨宦游人:仕宦在外,游历四方的人。 ⑩比邻:近邻。古代五家相邻为比。⑪"无为"两句:不要在分手处,做出小儿女的情态,一齐哭湿了手帕。歧路,分手的岔路。 ⑫题名:诗人曾于咸亨二年(671)寓居巴蜀,诗作当于此时创作。 ⑬"长江"两句:滔滔东逝的长江,似乎和我一样悲伤久滞异乡,万里以外的我,多么想念着归去的日子。⑭"况属":何况在这秋高气爽的晚上,遍山满野黄叶飘舞的时刻。况属,何况在;高风,秋高爽飒的风。

炯闻之,谓人曰:'吾愧在卢前,耻在王后'。当时议者,亦以为然。"杨炯以边塞征战诗著名,气势轩昂,风格豪放,如《从军行》①:

> 烽火照西京②,心中自不平。牙璋辞凤阙③,铁骑绕龙城。④ 雪暗凋旗画⑤,风多杂鼓声。宁为百夫长⑥,胜作一书生。

表现了闻警、从军、征战的全过程,抒发为国立功的战斗豪情。今存诗作均为五言,其中五律工致健朗。明胡应麟评道:"虽神俊输王(勃)而整肃雄浑,究其体裁,实为正始⑦。"(《诗薮》)

卢照邻(637?—680?)字升之,幽州范阳(今河北涿州)人。他身世异常悲苦,做过新都尉的小官,因染风疾辞归,卧病10余年,终因贫病投颍水而死。他的诗以七言歌行最为擅长,辞采华美,对仗工整,音律和谐,显现出初唐歌行的风貌。代表作为《长安古意》和《行路难》⑧,试看后者:

> 人生贵贱无终始,倏忽须臾难久恃。谁家能驻西山日,谁家能堰⑨东流水? 汉家陵树满秦川,行来行去尽哀怜。自昔公卿二千石⑩,咸拟荣华一万年。不见朱唇将玉貌,唯闻青棘与黄泉⑪。

泛论人生,有意针对那些穷奢极侈、富贵享乐的贵族。文笔纵横奔放,铺排流畅。

骆宾王(640—?)婺州⑫义乌(今属浙江)人。7岁便能赋,有神童之称。曾做过长安县主簿、临海县丞的小官,后弃官而去。徐敬业在扬州起兵反对武则天,他为徐艺文令,写有《讨武曌⑬檄》,斥武后罪状,传颂一时。武后读了也为之耸然动容,恨不罗致。徐敬业失败后,他不知下落。他擅长七言歌行,年轻时写的《帝京赋》,当时就被称为绝唱,这首诗五、七言转换,平仄韵交替,形成流美圆转的韵律,对后世歌行影响较深。他的五言律诗写得也很出色,名作《在狱咏蝉》⑭:

---

①题名:乐府诗题《相和歌·平调曲》　②西京:长安。　③"牙璋"句:将军辞别君王。牙璋,调兵的信符,两两牙张吻合为信;凤阙,汉武帝建章宫宫阙上雕有金凤,称凤阙,后作宫阙的泛称。　④龙城:匈奴名城,有其祭祀祖先处,这里代指敌人腹地。　⑤"雪暗"句:大雪茫茫使彩旗失色。凋,使彩旗失色。　⑥百夫长:下级军官,百名士兵头目。　⑦正始:正道。　⑧题名:乐府旧题。　⑨堰 yàn:堵水、堵水的堤坝。　⑩二千石:汉九卿俸禄二千石。　⑪青棘:绿色多刺灌木,以喻荒凉;黄泉,指死穴。　⑫婺 wù 州:唐时辖境相当今武义江、金华江各县市。　⑬武曌 zhào:即武则天。曌,义同照,是武则天自制十九字之一。　⑭题名:这首诗是骆宾王在狱中所作。高宗仪凤三年(678)骆任侍御史,屡次上书议政,触怒武则天,以犯有贪污罪入狱。原诗有小序详述了当时情境。

西陆蝉声唱，南冠客思深①。那堪玄鬓影，来对白头吟②！露重飞难进，风多响易沉③。无人信高洁，谁为表予心④。

全诗人蝉合一，借蝉寓意，表达他持身高洁不与时俗合污的决心。以物拟人，非常巧妙，语言流畅而工整，为唐咏物诗的示范之作。骆宾王还有一些小诗写得很好，如《于易水送人一绝》⑤：

此地别燕丹，壮士发冲冠。昔时人已没，今日水犹寒。

借荆轲来表达自家送别的慷慨悲凉。吴逸一《唐诗正声》评道："只就地摹写，不添一意，而气概横绝。"俞陛云《诗境浅说续编》说："此诗一气挥洒，怀古苍凉，劲气直达，高格也。"

四杰在诗歌上的成就，首先表现在题材的开拓方面，他们虽然还"时带六朝锦色"，但已突破宫体诗的狭小范围，市井、边塞生活，山川风物，离别怀乡，揭露上层的骄奢，抒发自己的苦闷和不平，等等，都从他们的笔端流出，显示了诗歌发展的正确方向，树立起清新刚健的健康诗风。其次，在形式上，他们发展了五言律诗和七言歌行体。在他们手里，五言八句的五律更成熟了，正如王世贞所说："卢骆王杨，号称四杰。词旨华靡，因沿陈隋之遗；翩翩意象，老境超然胜之。五言遂为律家正始。"（《艺苑卮言》）七言歌行体也发展起来了，胡应麟说："歌行⑥起自《大风》、《垓下》、《四愁》、《燕歌》⑦，而后六代⑧寥寥。至唐大畅，王杨四子，婉转流丽。"（《诗薮》）

继卢、骆之后，有刘希夷和张若虚进一步发展了七言歌行体。刘希夷的《代白头吟》虽然还未脱尽六朝铅华，但比卢、骆之作更宛转流畅。张若虚的《春江花月夜》⑨更是脍炙人口的名作，它完全洗去了宫体诗的浓脂艳粉，给人以澄澈空明，清丽自然的感受。且看它的开头：

①"西陆"两句：秋天那蝉鸣叫个不停，就更加引得我这个囚徒思绪缠绵。西陆，秋天，古天文学以太阳绕行大陆而成四时，"行东陆谓之春，行南陆谓之夏，行西陆谓之秋，行北陆谓之冬。"（《隋书·天文志》）南冠，楚冠，囚犯。《左传》："晋侯观于军府，见钟仪，问之曰：'南冠而絷者谁也'？有司对曰：'郑人所献楚囚也'。"后因以南冠、楚囚为囚犯。侵，渐，渐深。　②"那堪"两句：我这个白发囚徒，怎么能忍受得住秋蝉对我的倾诉？那堪，哪里能够忍受；玄鬓影，指蝉的情影；玄鬓，黑色鬓发，古代妇女把发鬓梳成蝉翼状，故玄鬓与蝉混用；吟，吟唱。　③"露重"两句：露水浓重我欲飞难进，风声大而尖利，我欲诉号被掩盖。这是以蝉比拟自己。　④"无人"两句：没有人相信我们的高洁，谁替我们表白心境？这是亦蝉亦己的说白。高洁，指蝉餐风饮露，鸣于高树。　⑤题名：用荆轲"风萧萧兮易水寒，壮士一去兮不复还"典故。　⑥歌行：即歌行体，古代诗歌的一种体裁，汉魏以来的乐府诗，题名为歌和行的颇多，二者名称不同其实并无多大差别，后遂有歌行一体。"歌行本出于乐府，然指事咏物，凡七言及长短句，不用古题者，通谓之歌行。"（清钱良择《唐音审体》）所以，一般长篇抒情叙事诗称为歌行体。其特点大致有二：一是音节、格律自由，模拟乐府风格；二是语言通俗，五、七杂言，文辞展衍。如白居易《长恨歌》、《琵琶行》，都是歌行体代表作。　⑦《大风》、《垓下》、《四愁》、《燕歌》：即刘邦《大风歌》、项羽《垓下曲》、张衡《四愁诗》、曹丕《燕歌行》。　⑧六代：即汉魏六朝。　⑨张若虚：(660—720?)扬州人，曾充兖州兵曹，其诗散佚，《全唐诗》仅存二首，即《代答闺梦还》、《春江花月夜》。

春江潮水连海平，海上明月共潮生①。滟滟②随波千万里，何处春江无月明。江流宛转绕芳甸③，月照花林皆似霰④。空里流霜不觉飞，汀⑤上白沙看不见。江天一色无纤尘，皎皎空中孤月轮。江畔何人初见月，江月何年初照人？人生代代无穷已，江月年年只相似。

全诗抒写离情别绪和富有哲理的人生感慨，韵律宛转悠扬，语言顺畅优美。甚至有人认为，这首"以孤篇压倒全唐"——恐是过爱之评。

三、陈子昂的诗文革新

继四杰之后，更自觉地树起诗文革新旗帜，并在理论和创作上推动唐诗发展的是陈子昂。

陈子昂(661—702)字伯玉，梓州射洪(今属四川)人。20岁即以豪侠闻于乡里，24岁举进士，得到了武后的赏识，擢为麟台正字，后迁为右拾遗，26岁和36岁两次从军，到过西北边塞和燕京一带，对边塞生活和景物都有深切的了解。他直言敢谏，还曾一度下狱。后一次出塞，又一次和主将武宜攸意见不合，遭受排挤打击，38岁就辞职回乡。最后，权臣武三思指使射洪县令段简罗织罪名，加以迫害，使他冤死狱中，时年42岁，有《陈拾遗集》。

陈子昂是唐代诗歌的革新者，他的革新主张集中反映在《与东方左史虬修竹篇序》一文里：

文章道弊，五百年矣⑥，汉魏风骨⑦，晋宋莫传，然而文献有可征者⑧。仆尝暇时观齐梁间诗，彩丽竞繁⑨，而兴寄都绝⑩，每以咏叹，思古人，常恐逶迤颓靡⑪，风雅不作⑫，以耿耿也⑬。……

在这里他大力提倡诗歌风雅寄兴和汉魏风骨，主张恢复《诗经》和建安诗人反映现实的优秀传统；他明确反对初唐所承袭的齐梁诗风，认为它们"彩丽竞繁，而兴寄都绝"。他的这种名为复古实为革新的理论，适应了时代的潮流，像一篇檄文，宣布了齐梁诗风的结束，展现了唐诗发展的前路。

陈子昂的诗歌创作，完全是这种进步主张的具体实践，他存诗120几首，几乎没有应制诗。他的诗作内容充实，风格刚健质朴，洗尽了齐梁铅华，被人誉为"海内文宗"。

代表作《感遇》38首，都是五言，用比兴寄托的方法，写对他所遭遇的政事的感触。每首

---

①"春江"两句：春天江潮水涨，似乎与海面相平，海上明月升起，似乎与潮水同时涨落。　②滟滟：闪烁动荡的样子。　③芳甸：长满花草的原野。甸 diàn，郊外的地方。　④霰 xiàn：雪珠。　⑤汀 tīng：水边平地。　⑥"文章"两句：文章的正道沦丧，已有500年了。从晋到初唐约500年。　⑦汉魏风骨：汉魏文学所表现出来的慷慨悲凉、朴质刚健的风格。　⑧"然而"句：而这是有资料可以得到验证的。文献，指作品的资料；可征，可以验证。　⑨彩丽竞繁：文辞相竞华丽。　⑩兴寄都绝：比兴、寄托一概没有。　⑪逶迤颓靡：曲折引进颓丧、不健康的境界。　⑫风雅不作：风雅的优良传统都失传了。　⑬以耿耿也：以此心中不安。耿耿，老是想着，忘不掉。

自成一篇,却没有单独的篇名。后来李白的《古风》59 首,就是学的这种形式。

《感遇》三十五①:

> 本为贵公子,平生实爱才。感时思报国,拔剑起蒿莱②。西驰丁零塞③,北上
> 单于台④。登山见千里,怀古心悠哉!谁言未忘祸,磨灭成尘埃⑤。

写自己的理想、壮志和不能实现的不平。直抒胸臆,慷慨沉郁。再看他的《登幽州台歌》⑥:

> 前不见古人⑦,后不见来者⑧。念天地之悠悠,独怆然而涕下⑨!

这首诗纯以气势取胜,是幽州台的苍茫寥廓的景象与诗人生不逢时、怀才不遇的感慨撞击而发生感情的悸动。全诗没写景,却景在情中。当时人就震惊于这首诗的艺术力量,现今有人认为"这不愧是齐梁以来两百多年中没有听到过的洪钟巨响"。

陈子昂除创作古诗外,还用质朴晓畅的古文写对策、奏议,这也是贯彻他的主张、反对骈体时文的,韩愈称赞了他在文章领域的首创功劳。

陈子昂以革新的旗号和质朴刚健的作品,对唐代文学的发展产生很大影响,其后,张九龄、李白、杜甫、白居易、元稹、韩愈等都在不同程度上受到启发,并沿着他开辟的道路向前拓展。

杜甫称赞他:"有才继骚雅⑩,哲匠不比肩⑪。公生扬马⑫后,名与日月悬。"(《陈拾遗故宅诗》)白居易称赞道:"杜甫陈子昂(以两人都曾授与拾遗之官而相比类),才名括天地。"(《初授拾遗》)

第二节　盛唐山水诗

诗歌至盛唐则从低谷中走出,一跃而达极度繁荣的黄金时代,50 来年中,大诗星就有十几位。现今知名度仍很高的张九龄、贺知章、孟浩然、储光羲、王维、王之涣、高适、岑参、王昌龄、崔颢、李白、杜甫等都是盛唐诗人。其繁盛景况正如李白所形容:"群才属休明⑬,乘运共

---

①题名:本篇作于武后垂拱二年(686),是随乔和之北征时作。　②蒿莱:草野。　③丁零塞:丁零人的边塞。丁零,古民族名,汉时为匈奴属国,游牧于西、北部广大地区。　④单于台:单于的楼台,故址在今蒙古呼和浩特市西。　⑤"谁言"两句:谁说未忘边患,古迹已磨灭成尘埃。　⑥题名:本篇写于万岁通天元年(696)是作者随武宜修征契丹时作。武宜修尸位而无才略,作者屡次建言而不被采纳,他"因登蓟北楼,感昔乐生、燕昭之事,赋诗数首,乃泫然而歌"。蓟北楼即幽州台,唐时属幽州,治所在今北京北郊。　⑦古 人:指前代贤人、英雄豪杰。　⑧来者:指后世贤人、英雄豪杰。　⑨"念天地"两句:顾念宇宙的悠远阔大,我孤寂地流下感伤的泪水。怆 chuàng 然,悲伤地。　⑩骚雅:指楚辞和《诗经》。　⑪"哲匠"句:高明的作家地位不能与之相等。哲匠,常指高明的作者、文士;比肩,喻地位相等。　⑫扬马:扬雄和司马相如。　⑬休明:美好清明,出于《左传·宣公三年》:"德之休明,虽小,重也。"

跃鳞,文质相炳焕①,众星罗秋旻②。"(《古风》)盛唐气象自然以李白、杜甫为标志,除此以外,高适、岑参的边塞诗和王维、孟浩然的山水诗也集中体现了盛唐诗歌的特色、反映出盛唐诗歌的繁荣景象。

一、山水田园诗兴盛的原因

盛唐时期经济繁荣,国力强盛,这给诗人提供了游历名山大川、隐居秀丽名园的物质条件;另外,社会隐逸之风的盛行,也促使了山水田园诗的繁荣。隐逸有真隐与假隐两种:文人名士厌倦官场或者是政治上受到打击,于是追求佛老、寄情田园,这是真隐;还有一些人直接求仕困难,于是吟啸山林,以求"终南捷径"③,这是假隐。但不管真假,山水田园诗都是他们表情达意的最好形式。再次,山水田园诗这种样式到了盛唐已经发展到成熟的阶段,诗人在前人基础上攀上了高峰。远的不说,就以魏晋南北朝时期来说,陶渊明的田园诗,谢朓、谢灵运的山水诗都为盛唐山水田园诗人提供了成熟的镜鉴。

山水田园诗派的主要作家是孟浩然和王维,还有储光羲、常建、祖咏、裴迪等人。

二、终生布衣的孟浩然

孟浩然(689—740)襄阳人。早年隐居鹿门山,40 岁游长安,应进士不第。曾在太学赋诗,名动公卿,一座倾服。他和王维交谊甚笃,曾在王宅邂逅玄宗皇帝,孟自诵其诗,有"不才明主弃"之句,玄宗不悦,说:"卿不求仕,而朕未尝弃卿,奈何诬我!"放归襄阳,后漫游吴越。回乡后,张九龄为荆州长史,曾招入幕府,不久又归故里。最后因疽病卒。有《孟浩然集》。

孟浩然是唐代第一个大量写山水田园诗的人,与王维齐名,合称"王孟"。他存诗 260 多首,多为五言律诗。

孟诗风格以清旷冲淡为主,《唐诗癸签》说他的诗"冲淡中有壮逸之气"。闻一多《唐诗杂论》云:"真孟浩然不是将诗紧紧的筑在一联或一句里,而是将它冲淡了,平均的分散在全篇中。淡到看不见诗了,才是真正孟浩然的诗。"试看《夏日南亭怀辛大》④:

山光忽西落,池月渐东上。散发乘夕凉,开轩卧闲敞⑤。荷风送香气,竹露滴

清响。欲取鸣琴弹,恨无知音赏。感此怀故人,中宵⑥劳梦想。

诗的最后才点出怀人。诗则是以夏夜清景开始,情由景生,景因情转,于自然舒宽之中极清澄悠远之思,看似平淡,而滋润隽永。再看他的《过故人庄》⑦:

---

①炳焕:鲜明华丽、显著。 ②秋旻 mín:天空中。旻,天空。 ③终南捷径:指谋官求职、求名利最近的门路。唐卢藏用想入朝做官,便隐居在京城的终南山,以冀征召,时人称之为随驾隐士,后果被征召。④题名:所怀念的辛大,名谔,排行老大,作者同乡,曾隐居西山,后被征辟入幕。 ⑤"开轩"句:开窗闲卧在敞亮之中。 ⑥中宵:夜半。 ⑦题名:未见有编年,亦未审故人为谁何。

孟诗清旷冲淡

　　　　故人具鸡黍①,邀我至田家。绿树村边合,清山郭外斜。开轩面场圃②,把酒
　　话桑麻。待到重阳日,还来就菊花③。

故人庄的景致,只"绿树"一联,这一联淡笔轻染极其传神。全诗是在应邀和再约中展现他与
农家的淳朴的情致,表达出一种清旷恬淡的韵味。有人觉得读孟诗如"月中闻磬,石上听
钟",信然。

　　孟浩然的山水诗数量多,而且富于变化,有的确有一种壮逸之气,如《临洞庭湖赠张丞
相》④:

　　　　八月湖水平,涵虚混太清⑤。气蒸云梦泽⑥,波撼岳阳城。欲济无舟楫,端居
　　耻圣明⑦。坐观垂钓者,徒有羡鱼情⑧。

洞庭湖气势蒸腾、浩渺激荡景象写得何等壮观。它作为诗人不平心态的兴象,下四句暗寓希
望援引之意,妙在淡淡而出,似说非说。

　　孟浩然有些小诗,也写得含蓄清丽,韵味悠长。如《春晓》:

　　　　春眠不觉晓,处处闻啼鸟。夜来风雨声,花落知多少。

醉于春而惜春,诗情浓郁。

　　孟浩然生前身后都享有盛名,死后不上10年诗集就编定,送入秘府。盛唐诗人王维、李
白、杜甫都称赞他的诗。

三、半官半隐、亦诗亦画的王维

　　王维(701—761)字摩诘,太原祁(今属山西)人。少时即有才名,通音律,善诗文,工书
画。21岁中进士,任大乐丞,因伶人舞黄狮子事受累,贬为济州司库参军。张九龄为中书令
时,他被擢为右拾遗。三年后,张九龄罢相,他也受到冷遇,曾为监察御史,出使塞上。待到
李林甫执政,他已无心仕宦,在蓝田置辋川别墅,过着半官半隐的生活。安史之乱中,为叛军
所获,受伪职。乱平,贬为太子中允,后迁中书舍人,官至尚书右丞,世称王右丞,晚年乞归田
里,一心向佛。终年61岁,有《王右丞集》。

　　王维的思想和诗作以40岁为界分为前后两期,前期积极进取,创作了一些揭露社会弊
端,抨击权要,歌颂出塞立功报国的诗歌。风格蓬勃壮劲,且看下面两首:

　　　　风劲角弓⑨鸣,将军猎渭城⑩。草枯鹰眼疾,雪尽马蹄轻。忽过新丰市,还归

---

　　①"故人"句:老朋友备办了烧鸡和黄米饭来款待我。具,备办、置办;黍,黄米,古人认为是上好的粮食。
②场圃:打谷场和菜园。　③就菊花:观赏菊花。就,就近、靠近。　④题名:本题亦作《临洞庭》是登岳阳楼所
见景象。张丞相,即名相张九龄。　⑤"涵虚"句:湖面映照着天空,天水合一。涵,包含;虚,空;太清,天。
⑥"气蒸"两句:洞庭湖雾气蒸腾,弥漫了云梦泽,湖波激荡,震撼着岳阳城。云梦泽,大约在洞庭湖北岸的
两个大泽。岳阳城,在洞庭湖东岸,是湖与长江的交汇处。　⑦"端居"句:闲居则有负于这圣明年月。端
居,平居、闲居。　⑧"坐观"两句:旁坐着看人钓鱼,空有羡鱼之情。徒,空白。　⑨角弓:用牛角装饰之硬弓。
⑩渭城:秦都咸阳故城。

细柳营①。回看射雕处，千里暮云平。

——《观猎》

写将军出猎的勇武不凡，境界开阔、壮丽精工。

　　单车欲问边②，属国过居延③。征蓬④出汉塞，归雁入胡天。大漠孤烟直，长河落日圆。萧关逢候骑⑤，都护在燕然⑥。

——《使至塞上》

叙述出使见闻，叙事虚中带实，写景由实入虚，境界空阔壮丽。"大漠"一联被王国维称为"千古壮观"之句。

王维所绘《积雪图》(藏于台湾故宫博物院)

　　后期诗作主要写他隐居终南、辋川的闲情逸致和山水风光。后期诗风趋向于清丽恬淡。他对大自然的感受似乎特别敏锐，能及时抓住自然的色彩、声音和动态，连同自己的感受一起写出，具有体物精细，色彩鲜明，生动传神的特色。他的山水田园诗既有陶诗的浑融完整的意境，又有谢诗精工细致的特色，诗情画意特别浓郁。苏轼评道："味摩诘之诗，诗中有画；观摩诘之画，画中有诗。"(《书摩诘蓝田烟雨图》)这话确为知音之言。李东阳在《怀麓堂诗话》中将他和孟浩然并论："唐诗李杜之外，孟浩然、王摩诘足称大家。王诗丰缛⑦而不华靡。孟诗专心古淡，而悠远深厚，无寒俭枯瘠之病。"王世贞将王维诗比作他所画"雪中芭蕉"，沈

①细柳营：为汉名将周亚夫扎营处，在陕西长安县境内。　②"单车"句：简装轻车准备访察、慰问边地。问边，察访边地。　③"属国"句：经过居延州。居延，关塞名，汉末设县，治所在今内蒙古，属凉州，是当时的属国。唐河西都护府有居延州，这里的属国称谓是借用汉称。　④征蓬：自己像远飞的蓬草一般。　⑤"萧关"句：在萧关恰巧遇见了担任侦察的骑兵。萧关，在今宁夏固原县东南。候骑 jì，侦察骑兵。　⑥"都护"句：才知道都护使已经驻兵于燕然山了。都护，当时都护府最高长官，这里是指河西节度使崔希逸。燕然，山名，即杭爱山，在今蒙古人民共和国境内。　⑦丰缛 rù：形容词藻丰富多彩。

王维后期诗清丽恬淡

德潜则认为王诗得陶诗之"清腴"，这些都说出了王诗在清新朴素中有润泽华采的特点。

试看他的《山居秋暝》①：

> 空山新雨后，天气晚来秋。明月松间照，清泉石上流。竹喧归浣女，莲动下渔舟。随意春芳歇，王孙自可留②。

写山村傍晚雨后的景色，以动写清幽，显现出富有诗意的画面，也表现了诗人对山中的迷恋。

再看他的《汉江临泛》③：

> 楚塞三湘接④，荆门九派通⑤。江流天地外，山色有无中。郡邑浮前浦⑥，波澜动远空。襄阳⑦好风日，留醉与山翁⑧。

写在襄阳城外汉水中泛舟的观感，画面雄浑，传神地写出了汉水的形胜与气势，透露阳刚之美。

王维的小诗艺术造诣很高，五、七言绝句或写山川田园，或写人际情谊，语言清淡，感受新颖，纯以意境动人。

> 人闲桂花落⑨，夜静春山空。月出惊山鸟，时鸣春涧中。
>
> ——《鸟鸣涧》

> 独坐幽篁⑩里，弹琴复长啸⑪。深林人不知，明月来相照。
>
> ——《竹里馆》

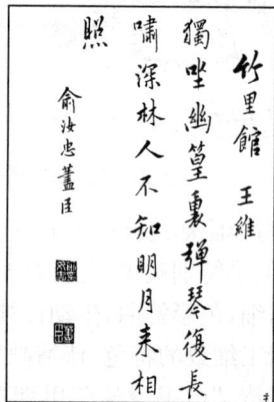

这是《唐诗画谱》的一页

①题名：山居秋晚天色渐昏的时候。 ②"随意"两句：任凭春天的花草枯歇萎败吧，秋色如此令人留连，公子王孙自然会留在山中了。歇，消歇；王孙，贵族公子；这是反用《楚辞·招隐士》："王孙游兮不归，春草生兮萋萋"，"王孙兮归来，山中兮不可以久留"典故。 ③题名：汉水临流泛舟。汉江，即汉水，汉水发源于陕西，经楚境入长江。 ④"楚塞"句：楚国地带南接三湘。楚塞，楚国地界；三湘，湘江上游的统称，即漓湘、潇湘、蒸湘，合称三湘。 ⑤"荆门"句：荆门东达九江。荆门，山名，今湖北宜都西北。九脉通，与九条支流通达；长江自浔阳起分为九道水。 ⑥浦：水边。 ⑦襄阳：今湖北襄阳。 ⑧山翁：原指晋人山简，这里有代指襄阳地方官的意思；山简，晋征南将军，镇守荆襄，有政绩，好饮常醉。 ⑨桂花落：指春桂落花。桂花有春桂、秋桂、四季桂三种。 ⑩幽篁：幽僻的竹林。 ⑪长啸：即长吟，撮口而呼。

红豆①生南国,春来发几枝。劝君多采撷②,此物最相思。

——《红豆》

渭城③朝雨浥④轻尘,客舍青青柳色新。劝君更尽一杯酒,西出阳关⑤无故人。

——《送元二使安西》⑥

独在异乡为异客,每逢佳节倍思亲。遥知兄弟登高处,遍插茱萸⑦少一人。

——《九月九日忆山东兄弟》

王维诗艺术性很高,晚年好佛,有出世思想。昔人曾誉之为"诗佛"。以后刘长卿、大历十才子、贾岛、姚合等都受其影响。清代的王士禛标举神韵,实际也以其诗为宗尚。

第三节　盛唐边塞诗

盛唐时期体现时代精神,并形成一股蔚为壮观潮流的还有边塞诗。代表作家有高适、岑参、王昌龄、王之涣、李颀、王翰等。

一、边塞诗兴盛的原因

由于唐王朝国力强盛,边境辽阔,中原与其他民族经济、文化交流的频繁,边事增多,驻军增多,加上唐王朝又喜欢炫耀国力、标榜武功,一时边事和边塞风光常成为人们关注焦点;另外,文人的积极参与边事,也促进了边塞诗的盛行。夤缘幕府本是士人的一条进身之阶,加上"功名只向马上取"的时代风气的影响,一些士人纷纷从军投幕,猎取功名。边塞风光、军旅生活为他们的诗歌创作提供了丰富的源泉,于是边塞诗便空前地兴盛起来。

二、现实主义的边塞诗人高适

高适(702—765)字达夫、北海蓨⑧(今河北景县)人。他的生平以50岁为分界,前段历尽贫困,后段青云直上。20岁到长安求仕不遇,又北游燕赵,求取边功,也无缘进取。后来便在梁宋一带过着"混迹渔樵"的贫困流浪生活。天宝八载(749)将近50岁的他才被人举荐任封丘尉。一年后便弃官,去河西节度使哥舒翰军中任记室参军。安史之乱中拜为左拾遗,转监察御史,佐哥舒翰守潼关。以后连续升迁,官至淮南、剑南节度使,最后任散骑常侍,封

---

①红豆:相思木所结子,这里系指相思树。相思树,实成荚,子大如豌豆,微扁,色鲜红,或半红半黑,古常以比喻爱情或相思。　②撷 xié:采下,取下。　③渭城:秦时咸阳城,汉时改称渭城,故址在今西安市西北。　④浥:湿润。　⑤阳关:故址在今甘肃敦煌西南。　⑥题名:元二,姓名未详;安西,指安西都护府,治所在今新疆库车附近。　⑦茱萸 zhū yú:植物名,有浓烈香味,可入药。古代风俗,农历九月九日重阳节佩戴、插植可以避恶去邪。　⑧北海蓨 tiáo:即勃海蓨。蓨,古地名,在今河北景县南。

渤海侯。《旧唐书》本传曰："有唐以来诗人之达者,唯适而已。"有《高常侍集》。

高适存诗 200 多首,题材广泛,内容丰富,主要有:边塞诗、反映民生疾苦、讽时伤乱的诗、咏怀诗,以边塞诗成就最高。

高适的边塞诗以现实主义为主,风格浑厚沉雄、苍劲古朴。《新唐书》本传说他"以气质自高,每一篇已,好事者辄传布"。殷璠《河岳英灵集》也记述他"多胸臆语,兼有骨气,故朝野通赏其文"。王士禛的《带经堂诗话》说高诗"悲壮而厚"。刘熙载《艺概》则称赞他"魄力雄毅"。

高适边塞诗中杰出的代表就是《燕歌行》,这首诗歌颂了戍边将士浴血苦战,保卫边疆的爱国激情,同时又揭露高级将领的奢侈逸乐,结尾以回忆李广,点出了全诗的主题。诗作雄厚深广、悲壮淋漓,历来被视作为边塞诗中的珍品。

再看《别董大》①:

    千里黄云白日曛②,北风吹雁雪纷纷。莫愁前路无知己,天下谁人不识君。

勉友以自勉,真情流贯,豪情健举,雄浑悲壮。

再看他的《蓟中作》③:

    策马自沙漠④,长驱登塞垣⑤。边城何萧条,白日黄云昏。一到征战处,每愁胡虏翻⑥。岂无安边书⑦? 诸将已承恩⑧。惆怅孙吴事⑨,归来独闭门。

作者半生寥落,住在蓟县客馆,思潮翻滚写下了这首抑郁悲凉的边塞诗。苍凉宏阔的景致与虑深思远的情怀融合起来,产生感人的魅力。

三、浪漫主义的边塞诗人岑参

岑参(715—770)南阳(今属河南)人。其父早死,家道衰微,幼年孤贫,能自砥砺,遍览史籍。20 岁至长安,献书求仕,后又北游河朔。30 岁举进士,授军曹参军。天宝八年,为安西四镇节度使高仙芝幕府书记,天宝十三年(754),为安西北庭节度使封常清判官。前后两次出塞,在西北边境生活 6 年。安史之乱后回朝,由杜甫推荐任右补阙。因屡次上书,指斥权佞,转为起居舍人,大历元年官至嘉州刺史,世称"岑嘉州"。不久罢官,客死成都。著有《岑嘉州集》。

岑参的边塞诗富有浪漫主义的特色,立意新,构思奇,常以新奇的想象、极度的夸张、瑰丽的语言,显现出雄奇峭丽的风格。殷璠《河岳英灵集》说:"参诗语奇体峻,意亦造奇。"胡应麟《诗薮》则曰:"嘉州清新奇逸,大是俊才,质力造诣,皆出高上。然高黯淡之内,古意犹存;

---

①题名:董大果系何人,无考,可能是当时音乐家董庭兰。 ②曛 xūn:落日时的黄光。 ③题名:诗题亦作《送兵还作》。蓟中,今河北、天津一带。 ④"策马"句:是说送兵前行后,策马自沙漠而还。 ⑤塞 垣:长城。 ⑥胡虏翻:指胡人叛变、反复。 ⑦"岂无"句:(自己)难道没有安边良策可献? ⑧"诸将"句:诸将早就承恩奉献了。 ⑨孙吴事:指孙武、吴起之事。战国时人,多以孙吴并称。

高适边塞诗浑厚沉雄苍劲古朴

岑参边塞诗雄奇峭丽

岑英发之中,唐体大著。"王世贞《艺苑卮言》则说:"岑尤陟健①,歌行磊落奇俊。"岑诗的写景是非常突出的,他善于以夸张、比喻等手法渲染气氛,寄寓情感。

岑参存诗 360 多首,其中边塞诗占多数,主要倾向是慷慨报国的英雄气概和不畏艰难的乐观精神。他的《走马川行奉送封大夫出师西征》、《轮台歌奉送封大夫出师西征》、《白雪歌送武判官归京》被称为边塞诗三杰作。且看《走马川行奉送封大夫出师西征》②:

> 君不见③走马川,雪海④边,平沙莽莽⑤黄入天。轮台⑥九月风夜吼,一川碎石大如斗,随风满地石乱走。匈奴草黄马正肥,金山⑦西见烟尘飞,汉家大将西出师。将军金甲夜不脱,半夜行军戈相拨⑧,风头如刀面如割。马毛带血汗气蒸,五花连钱旋作冰⑨,幕中草檄砚水凝。虏骑闻之应胆慑,料知短兵不敢接,车师⑩西门伫献捷⑪。

歌颂了封将军勇敢无畏的英雄气概。这首构思奇特,不言送别而送别祝愿之意暗含。其中塞外景色描绘,夸张、对比,有声有色,极富动感。诗的韵式也很奇特,句句押韵,三句一换、平仄交替,铿锵悦耳。

三杰作都是七言歌行,他还有些绝句写得语近情遥,很有风致。如《逢入京使》:"故园东望路漫漫,双袖龙锺⑫泪不干。马上相逢无纸笔,凭君传语报平安。"《西过渭川见渭水思秦川⑬》:"渭水东流去,何时到雍州⑭?凭添两行泪,寄向故园流。"久戍不归,思乡念亲之情何等真切动人。

岑诗在当时就享有盛誉,"每一篇绝笔,则人人传写,虽闾里士庶,戎夷蛮貊⑮,莫不讽诵吟习焉。"(杜确《岑嘉州诗集序》)殷璠、杜甫在他生前就称赞他的诗写得好。宋代陆游更是折服,说他"笔力追李杜"(《夜读岑嘉州诗集》)。

四、其他边塞诗人

王昌龄(698—757)字少伯,江宁(今属江苏)人。曾任江宁丞,因事贬龙标⑯尉。安史乱起弃官居江夏,被刺史所杀。世称王龙标,有《王昌龄集》。王昌龄擅写七言绝句,堪称七绝

---

①陟 zhì 健:峻拔清健。陟,高峻。 ②题名:天宝十三年(754)封常清受命为北庭都护、西伊节度使、瀚海军使,岑参为安西北庭节度使判官。冬,封常清西征播仙,岑参作此诗行送;走马川,不详,或说即左末河,距播仙五百里;行,古代诗歌的一种体裁,如长歌行、兵车行等。 ③君不见:乐府套语,有平空谈起之意。君,不确指某人。 ④雪海:在天山主峰与伊塞克湖之间,因春夏常雨雪,故称雪海。 ⑤莽莽:形容原野辽阔无边。 ⑥轮台:唐安西北庭军府所在地,今新疆库车县东。 ⑦金山:即今阿尔泰山。 ⑧戈相拨:矛戈碰击。 ⑨"五花"句:五花连钱马马毛很快结了冰。五花连钱,即五花马,连钱马,或连钱马上五花鬃。五花马,名马,毛色作五花纹,一说马鬃修剪成瓣形;连钱,良马,花纹形似相连的铜钱。 ⑩车师:安西都护府所在地,今新疆吐鲁番附近。 ⑪伫献捷:等候报捷。 ⑫龙锺:沾湿貌。 ⑬秦川:泛指陕甘秦岭以北渭水平原。这里是指作者在西安的家。 ⑭雍州:指西安一带,唐开元元年(713)改为京兆府。 ⑮貊 mò:当时对东北少数民族的蔑称。 ⑯龙标:湖南黔阳。

圣手。他的七绝前人往往与李白相提并论,王世贞《艺苑卮言》说:"七言绝句王江宁与太白争胜毫厘,俱是神品"。宋荦①《漫堂说诗》云:"三唐②七绝,并堪不朽,太白、龙标,绝伦逸群","龙标更有诗天子之号。"胡应麟《诗薮》对李白、王昌龄两家七绝作了对比研究:"李作故极自然,王亦和婉中浑成,尽谢炉锤之迹。王作故极自在,李亦飘翔中闲雅,绝无叫噪之风。"

王昌龄的边塞七绝如《出塞》:"秦时明月汉时关③,万里长征人未还,但使龙城飞将④在,不教胡马渡阴山⑤。"《从军行》其五:"大漠风尘日色昏,红旗半卷出辕门⑥。前军夜战洮河⑦北,已报生擒吐谷浑⑧。"《从军行》其四:"青海⑨长云暗雪山⑩,孤城遥望玉门关⑪。黄沙百战穿⑫金甲,不破楼兰⑬终不还。"

王昌龄还写有一些闺怨、赠别七绝,也极见功力。如《长信秋词》⑭:"奉帚平明⑮金殿开,且将团扇共徘徊⑯。玉颜不及寒鸦色,犹带昭阳日影来⑰。"《闺怨》:"闺中少妇不知愁,春日凝妆上翠楼。忽见陌头杨柳色,悔教夫婿觅封侯。"《芙蓉楼送辛渐》⑱:"寒雨连江夜入吴⑲,平明送客楚山⑳孤。洛阳亲友如相问,一片冰心在玉壶㉑。"王昌龄著有《诗格》,认为七绝结句至关重要,"每至落句,常须含蓄,不令语尽思穷"(见《文镜秘府论》)。

王之涣(688—742)字季陵,太原人,曾为文安县尉。他的墓志铭上云,"慷慨有大略,倜傥㉒有异才",所作从军、边塞诗"传乎乐章,布在人口"。现今仅存诗6首,如有名的《凉州词》㉓:"黄河远上白云间,一片孤城万仞㉔山。羌笛何须怨杨柳,春风不度玉门关㉕。"另一首

---

①宋荦 luō:清文学家。荦,明显。 ②三唐:诗家论唐人诗作,多分四期,也有分初、盛、晚三期,故谓之三唐。 ③"秦时"句:明月照关塞,从秦汉到现今都是如此。秦、汉,明月、关塞是互文见义,增加诗境的悠远寥廓感。 ④龙城飞将:指李广。李广曾任右北平郡太守,治所在卢龙县,他英勇善战被匈奴称为飞将军,从而不敢入塞。 ⑤阴山:长城外横亘于内蒙的山脉。 ⑥辕门:将帅的营门。 ⑦洮河:在甘肃西南部。开元二年唐大胜吐谷浑。 ⑧吐谷浑 tú yù hún:西域国名。 ⑨青海:指今青海湖一带。 ⑩雪山:指祁连山。 ⑪"孤城"句:遥望只见孤城玉门关。 ⑫穿:磨穿。 ⑬楼兰:汉时西域国名,在今新疆鄯善县,这里借指外族敌人。 ⑭题名:《乐府诗集》作《长信怨》。作者借汉班婕妤事写宫怨。班是汉成帝宠幸的嫔妃,后因赵飞燕姐妹而失宠,谴长信宫侍奉太后。 ⑮奉帚平明:即黎明恭敬地执着扫帚。 ⑯"且将"句:姑且拿着团扇与之一同徘徊。相传班婕妤曾作《团扇诗》,以秋扇比喻自己。 ⑰"玉颜"两句:感叹自己美貌不如飞过的寒鸦漂亮,寒鸦尚能带着昭阳殿的日影飞来,自己却永远不能再见君王一面了。赵飞燕立为皇后后,宠少衰,汉成帝又宠其妹赵合德,居昭阳宫,以金玉珠翠装饰,一时宠幸无比。日影,喻君王的光辉。 ⑱题名:芙蓉楼,旧址在今镇江市,今已不存。辛渐,诗人朋友。 ⑲入吴:指寒雨落下。 ⑳楚山:楚地之山。 ㉑"一片"句:自己仍是冰清玉洁的。这话不是无缘无故而来,《唐才子传》说王昌龄因不拘小节"谤议沸腾,两窜遐荒"这是作者对那些谤议的回答。"冰心玉壶"的典故出自鲍照《白头吟》:"有如青丝绳,清如玉壶冰"。 ㉒倜傥 tì tǎng:豪爽、大方、不拘束。 ㉓题名:唐代乐曲名。凉州,甘肃武威一带。 ㉔仞 rèn:古代七尺或八尺叫一仞。 ㉕"羌笛"两句:羌笛又何必吹出"怨杨柳"的曲子呢?春风本来就是吹不过玉门关的啊!北朝乐府有《折杨柳歌辞》,其曲调哀怨;羌笛,羌族乐器;何须,何必;度,过;玉门关,凉州西境,在敦煌西。

五绝《登鹳雀楼》①："白日依山尽,黄河入海流。欲穷千里目,更上一层楼。"也很有名。

李颀②(690?—751?),东川(今四川三台)人。曾任新乡尉。李颀边塞诗不多,但慷慨悲凉,充满"高苍浑朴之气"(毛先舒《诗辩坻》③),如《古从军行》④：

> 白日登山望烽火⑤,黄昏饮马傍交河⑥。行人刁斗风沙暗⑦,公主琵琶幽怨多⑧。野云万里无城廓,雨雪纷纷连大漠。胡雁哀鸣夜夜飞,胡儿眼泪双双落。闻道玉门犹被遮⑨,应将性命逐轻车⑩。年年战骨埋荒外,空见蒲桃入汉家⑪。

这是一首借乐府古题所写的歌行体,表现征戍者的复杂感情,苍劲悲壮。环境、气氛的烘托极见精神。

崔颢⑫(704—754)汴州(今河南开封)人。殷璠⑬《河岳英灵集》说他"年少为诗,名陷轻薄,晚节忽变常体,风骨凛然,一窥塞垣,说尽戎旅"。现今存诗42首,边塞诗确实新颖别致,如《雁门胡人歌》："山头野火寒多烧,雨里孤峰湿作烟。闻道辽西无斗战,时时醉向酒家眠"。他最著名的是一首七律《黄鹤楼》"昔人已乘黄鹤去"。

其实,盛唐时代边塞诗创作很普遍,大诗人李白、杜甫、王维等都写有边塞诗。

第四节　浪漫主义大诗人李白

李白是盛唐诗坛的代表作家,是继屈原以后的又一个伟大的浪漫主义诗人。他所生活的开元、天宝时代是盛唐繁荣的顶峰,又是由盛而衰的转折点,他以浪漫主义的诗篇,深刻地反映了那个既繁荣昌盛而又危机四伏的矛盾时代。他的诗歌彪炳千秋,光照诗史。

---

①鹳 guàn 雀楼:在蒲州(山西永济)西南城上,高三层,面中条山,下临黄河,常有鹳雀在其上,故名。鹳,似鹤的鸟。　②颀 qí:修长貌。　③《诗辩坻 chí》:明末清初诗人毛先舒的一部谈诗学的著作,凡四卷。坻,水中高地。　④题名:乐府古题,多写军中生活。　⑤烽火:报警之火,在土筑台上燃放。　⑥交河:地名,为唐安西都护府所在地,其地域是两条小河环绕的小岛,故址在新疆吐鲁番县西。　⑦"行人"句:征战将士在暗淡的风沙中休息,听到清脆的刁斗声。行人,征人,远征将士;刁斗,古代铜炊具,白天煮饭,夜间敲击巡更。　⑧"公主"句:听到琵琶的演奏声,引起我们绵绵不尽的乡思。公主琵琶,相传汉武帝与乌孙王孙和亲,以江都王刘建之女为公主远嫁西域,公主途中以琵琶为弹奏之乐,表达思乡之情。　⑨"闻道"句:听说玉门关被圣上下令关闭我们已经后退无路了。玉门,即玉门关;遮,关闭;玉门被遮的典故出自汉朝,汉武帝派李广利攻大宛,久攻未下,李广利要回军,武帝不准,并派人把玉门关关闭了,下令"军有敢入者斩。"⑩"应将"句:我们应豁出性命跟随着大将军向前。逐,追随;轻车,即轻车将军,唐时叫轻车都尉,这里泛指主帅。　⑪"空见"句:只见葡萄源源不断流了汉家。蒲桃,即葡萄,原产西域,汉时使者采葡萄种归,武帝令人遍种于"离宫馆旁"。⑫颢 hào:白而发亮的样子。　⑬殷璠 fán:唐朝进士,丹阳人,曾编《河岳英灵集》。璠,一种美玉。

一、李白的生平

李白(701—762)字太白,号青莲居士。祖籍陇西成纪(今甘肃天水),先世于隋末流徙中亚,他就降生在碎叶城,5 岁随父迁蜀中绵州彰明(今四川江油)青莲乡。

李白一生大部分时间是在漫游中度过的,大致有下列五个时期。一是蜀中时期。他出身于富商家庭,少有逸才,观百家之书,喜好剑术,志气恢宏。又喜隐居山林,求仙学道,20 岁左右周游蜀中。二是以安陆为中心的漫游时期。大约在二十五六岁,他出蜀东游,开始了交游干谒的政治活动。10 年内,他漫游了长江、黄河中下游一带,并在安陆(今属湖北)与退休宰相许圉①师的孙女结婚,因此居住安陆时期较长。后来又徙居任城(今山东济宁)。他不愿走科举而仕的道路,而是想走终南捷径,就是他自己所说"隐不绝俗"的道路,但是没有成功。三是长安时期。天宝元年,他 42 岁,由于道士吴筠的举荐,唐玄宗下诏征赴长安。初到长安,太子宾客贺知章一见而叹曰:"谪仙人",于是声名益盛,可唐玄宗只委任以供奉翰林,作为文学侍从之臣。此时李林甫又把持朝政,李白政治理想破灭,还受到了谗言的诋毁,在长安不满两年,便被迫辞官离京。四是以东鲁、梁园为中心的漫游时期。李白的政治理想破灭以后,心情苦闷,常求仙访道、纵情山水。在洛阳,他遇见了杜甫,在汴州又遇见了高适,三人便一同畅游汴州梁园、济南等地。后来李白又南游吴越,北涉燕赵,往来齐鲁间。"十载梁园"是李白创作最丰富的时期,深刻鞭笞黑暗和强烈反抗精神是此期创作的重要特色。五是安史之乱以后的暮年生活。安史之乱爆发后,李白在宣城、庐山一带隐居。次年永王李璘以抗敌平叛为由率师东下,聘李白入幕。不料李璘暗怀与其兄肃宗争帝位的野心,不久便被肃宗消灭。李白也连带获罪系于浔阳狱。后来又被判长流夜郎(今贵州桐梓)。幸而途中遇到大赦,得以东归,时已 59 岁。以后辗转于金陵、宣城间。61 岁时,听说太尉李光弼率大军讨伐安史叛军,他由当涂北上请缨杀敌,但行至金陵因病折回。次年,就在他的从叔当涂县令李阳冰的寓所病逝。初葬采石矶,后又改葬青山。著有《李太白集》。

李白像

---

①圉 yǔ:作为名字,可作抵禦、抵挡的意思讲。

李白《峨嵋山月歌》诗意（选自《唐诗画谱》）

　　李白的思想较为复杂，既有儒家积极用世的一面，又有道家自由放浪的一面，还有游侠豪横重施的一面。儒、侠、道三家思想杂糅在他的世界观中，这些都可以从他的作品中找到证明。他接受了儒家"达则兼济天下，穷则独善其身"的思想，要求济苍生、安黎元、定社稷，"申管晏之谈，谋帝王之术，奋其智能，愿为辅弼，使寰区大定，海县清一"。他又接受了道家思想积极的一面，特别是庄子的蔑视权贵、反抗束缚精神的影响，他蔑视一切，追求绝对自由，有时认为庄子的放浪形骸比屈原的为国而死要高得多。另外，他还接受了传统的游侠思想的影响，他自己也过着"击剑好任侠，轻财重施"的生活。所谓以武犯禁、不爱其躯、羞伐其德的游侠精神，在他身上反映得较明显，他敢于蔑视权贵、轻尧舜、笑孔子，平交诸侯，长揖万乘①。这三种思想集中在李白身上，便形成了他思想中的出世和入世、积极和消极的矛盾。一方面，他希望得到重用，实现他美好的政治抱负，荡涤黑暗，济困扶危；另一方面，他的人生如梦、及时行乐的思想又非常强烈。当然在这对矛盾中，积极入世的思想还是主导的一面，所以李白的诗歌积极进步的思想内容是其根本的方面。关于李白思想的复杂性，清代龚自珍早有论述："庄、屈实二，不可以并，并之以为心，自白始；儒、仙、侠实三，不可以合，合之以

---

　　①万乘：指帝王或大国。

为气，又自白始也。"(《最录李白集》)

二、李白诗歌的思想内容

李白诗歌散失不少，有记载说已"十丧其九"。流传下来的 900 多首，内容就相当丰富多彩。其中最能显示李白精神面貌和思想光辉的是他的一些抒情诗，这些诗篇集中地表现了李白的积极浪漫主义精神。

李白诗歌的浪漫主义精神首先表现在，他用豪放调子歌唱自己的政治理想和精神追求，并抒发自己怀才不遇、壮志难酬的悲愤。如《行路难》、《将进酒》、《宣城谢朓楼饯别校书叔云》等。且看《行路难》其一①：

　　　　金樽清酒斗十千②，玉盘珍羞直万钱③。停杯投箸不能食，拔剑四顾心茫然。
欲渡黄河冰塞川，将登太行雪满山。闲来垂钓碧溪上④，忽复乘舟梦日边⑤。行路
难，行路难，多歧路，今安在？长风破浪会有时，直挂云帆济沧海⑥。

此诗当是天宝三载(744)李白被排挤出京时所作。政治上的挫折和打击，使他深感世道的艰难，悲愤难禁，但他并不消沉，而是以"长风破浪会有时"的信念鼓舞自己，充满着豪迈乐观的情怀。再看他的《将进酒》⑦：

　　　　君不见黄河之水天上来，奔流到海不复回。君不见高堂明镜悲白发，朝如青丝
暮成雪。人生得意须尽欢，莫使金樽空对月。天生我材必有用，千金散尽还复来。
烹羊宰牛且为乐，会⑧须一饮三百杯。岑夫子、丹邱生⑨，将进酒，杯莫停。与君歌
一曲，请君为我侧耳听。钟鼓馔玉⑩不足贵，但愿长醉不愿醒。古来圣贤皆寂寞，
唯有饮者留其名。陈王昔时宴平乐，斗酒十千恣欢谑⑪。主人何为言少钱，径须⑫
沽取对君酌。五花马⑬，千金裘⑭，呼儿将出换美酒，与尔同销万古愁。

这首诗以奇逸的豪气抒写人生短促、及时行乐的传统题材，在强烈的自信和酣畅的豪兴中隐含着他怀才不遇的愁闷和政治失意的牢骚。全诗飞流直下，一气呵成，充满着回肠荡气的

---

①题名：《行路难》共三首此其一。《行路难》系乐府《杂曲歌辞》旧题。　②"金樽"句：金樽里的美酒，每斗价值万钱。　③"玉盘"句：白玉盘里珍贵的菜肴，也值万钱。羞，即馐；直，值。　④"闲来"句：归隐闲居在碧溪垂钓。用姜太公典故，姜太公吕尚 80 岁时在渭水磻溪垂钓，遇周文王而得重用。　⑤"忽复"句：忽然又梦到自己已在皇帝身边。用的伊尹典故，传说伊尹受商汤聘用前，梦见自己曾在日边经过。　⑥"长风"两句：自信自己总有一天能乘长风破万里浪，高挂船帆，直渡沧海。用的是南朝宗悫 què 典故，《宋书》说宗悫叔父问其志向，悫答："愿乘长风破万里浪。"悫，诚实。　⑦题名：汉乐府《鼓吹曲辞·铙歌》十八曲之一，内容表达饮酒放达的情怀。将 qiāng，请或劝的意思。　⑧会：当、该。　⑨岑夫子，丹邱生：指岑勋、元丹邱两人，均系好友。夫子，师长；生，先生。　⑩钟鼓馔 zhuàn 玉：动听的音乐、珍美如玉的饮食。馔，精美饮食。⑪"陈王"两句：当年陈思王曹植猎归，在平乐观摆酒宴，为了尽欢乐，饮美酒一杯就值万钱。曹植《名都篇》有"归来宴平乐，美酒斗十千"之名；恣，纵情；欢谑，欢乐、嬉戏。　⑫径须：直捷、毫不犹豫。　⑬五花马：名马。　⑭千金裘：价值千金的皮裘。

韵致。

李诗的浪漫主义精神还表现在对唐朝的黑暗统治和皇亲贵戚的强烈批判上。他对社会弊端的揭露,接触到了社会的某些重要矛盾。如《古风》、《答王十二寒夜独酌有怀》。且看《古风》①其二十四:

　　　　大车扬飞尘,亭午暗阡陌②。中贵多黄金,连云开甲宅③。路逢斗鸡者④,冠盖

　　何辉赫⑤!鼻息干虹蜺⑥,行人皆怵惕⑦。世无洗耳翁,谁知尧与跖⑧!

诗中刻画了宦官、"神鸡童"等特权阶层的飞扬跋扈的气焰,对他们的骄横予以揭露和斥责,其矛头间接地指向了唐玄宗生活腐化、不理政事、喜爱斗鸡的毛病。在另一些诗里,他歌颂游侠和求仙,歌颂大自然的雄伟壮丽,表现蔑视世俗和权贵,抒发了反抗封建秩序的束缚和追求自由生活的美好愿望。例如《梦游天姥吟留别》,《庐山谣》、《侠客行》等。

李诗的浪漫主义精神还表现在抒发爱国豪情和歌颂英雄主义的诗篇中。例如《塞下曲》⑨之一:

　　　　五月天山雪,无花只有寒,笛中闻折柳,春色未曾看。晓战随金鼓,宵眠抱玉

　　鞍。愿将腰下剑,直为斩楼兰⑩。

表现了杀敌报国的英雄气概。再如《古风》其十九:

　　　　西上莲花山⑪,迢迢见明星⑫。素手把芙蓉,虚步蹑太清⑬。霓裳曳广带,飘拂

　　升天行⑭。邀我登云台,高揖卫叔卿⑮。恍恍与之去,驾鸿凌紫冥⑯。俯视洛阳川,

　　茫茫走胡兵。流血涂野草,豺狼尽冠缨⑰。

这首诗借游仙表现了诗人忧国忧民的情怀。

浪漫主义精神是李诗的主要方面,但李诗现实主义精神也很强烈,特别是表现在一些直

---

①题名:古体诗名。李白集中的《古风》有 59 首,不是一时一地所作。　②"大车"两句:大车驶过尘土飞扬,虽是正午,道路也认不清。亭午,正午;阡陌,田间小路,南北为阡,东西为陌,这里泛指道路。③"中贵"两句:宦官有钱,建起了一片片高耸入云的宅第。中贵,中贵人,宦官;连云,房屋高大连成一片;甲第,优等宅第。　④斗鸡者:唐玄宗喜好斗鸡,养斗鸡者往往得到宠幸。小儿贾昌,号称神鸡童,玄宗格外宠幸。　⑤"冠盖"句:衣冠和车盖是何等的光辉显赫。　⑥"鼻息"句:(斗鸡者)趾高气昂,气焰嚣张,可以说直冲云霄。干,冲犯;虹蜺,彩虹。　⑦怵 chù 惕:恐惧。　⑧"世无"两句:世界上没有许由那样的清廉高尚的人,又怎能分得清圣人与大盗呢?洗耳翁,指许由,相传尧要让位给他,他不受,隐居起来,尧又召他为九州长,他认为这话玷污了他,他就去水边洗耳;跖,传说中的古代大盗。　⑨题名:唐乐府诗题。　⑩楼兰:西域古国名,代指敌人。　⑪莲花山:华山上的最高峰。　⑫"迢迢"句:远远地看见华山上的那位仙女。迢迢,遥远貌;明星,仙女名。　⑬"素手"两句:仙女洁白美丽的手拿着莲花,虚飘飘地走在天空中。素手,洁白如玉的手;把,拿;芙蓉,莲花;虚步,凌空而行;蹑 niè,踩;太清,高空。　⑭"霓裳"两句:霓虹做的衣衫,拖着宽广的飘带,飘拂着升向天空。霓裳,虹霓衣衫;曳,拖拽。　⑮"邀我"两句:邀请我登上云台峰,长揖仙翁卫叔卿。云台,华山东北高峰;高揖,双手抱拳高举过头作揖;卫叔卿,武帝时仙人。　⑯"恍恍"两句:恍惚间随着他一起走了,驾着鸿雁升到了高空。鸿,大雁;紫冥,高空。　⑰"流血"两句:人民在受难,遍野流血,而豺狼们却做了大官。涂,染;豺狼,指作乱的安禄山和从逆官员;冠缨,官员服饰。

接描写现实生活的诗篇中,如《丁都护歌》、《战城南》、《长干行》、《子夜吴歌》等。且看《丁都护歌》①:

> 云阳上征去,两岸饶商贾②。吴牛喘月时,拖船一何苦③。水浊不可饮。壶浆半成土④。一唱《都护歌》,心摧泪如雨⑤。万人凿盘石,无由达江浒⑥。君看石芒砀,掩泪悲千古⑦。

这首诗描写润州运河上纤夫的惨重劳役,表达了诗人对纤夫们的深切同情。再看他的《子夜吴歌》⑧:"长安一片月,万户捣衣⑨声。秋风吹不尽,总是玉关情⑩。何日平胡虏,良人⑪罢远征?"《宿五松山下荀媪家》:"我宿五松⑫下,寂寥无所欢。田家秋作苦,邻女夜春寒。跪进雕胡饭,月光明素盘⑬。令人惭漂母,三谢不能餐⑭。"从捣衣、春米等劳动的描写中,反映妇女生活的艰辛。

唐张萱《捣练图》(宋赵佶摹)

①题名:乐府旧题,属《清商曲·吴声歌曲》,其声哀切。　②"云阳"两句:从丹阳乘船北行,两岸商业繁荣。云阳,今丹阳;上征,逆水而上;饶,多。　③"吴牛"两句:天气酷热,吴牛喘月时,拉纤是多么辛苦。吴牛喘月,吴地酷热,水牛怕热,看见月亮也会喘气不止;一何,多么。　④"水浊"两句:河水混浊不堪,哪能饮用,舀入壶里,会沉淀出半壶泥土。　⑤"一唱"两句:一唱起哀伤的《丁都护歌》,就伤心得泪如雨下。心摧,心中哀伤。　⑥"万人"两句:上万人开凿的盘石,无法运抵江边。盘石,即磐石,厚重的大石;无由,无法,不易;江浒,江边。　⑦"君看"两句:您看这么多大磐石真使人掩面流泪,感慨千古。芒砀 dàng,大而多。　⑧题名:即《子夜歌》,属南朝吴声歌。　⑨捣衣:捣制寒衣,古代用麻布,必须捣软才能缝制,上图就是捣练的情景。所谓"万户捣衣声"就是家家户户为征人赶制寒衣。　⑩玉关情:思念在外的征戍人的情怀。玉关,代指边远的玉门关。　⑪良人:丈夫。　⑫五松:即五松山,在安徽铜陵南。　⑬"跪进"两句:(老妇人)跪着送上了菰米饭,月光照着盘中白生生发亮的饭。跪进,跪着奉进;雕胡,饭,菰米饭,雕胡即菰米,水生作物,果实白而滑,可作饭。　⑭"令人"两句:老妇人生活的艰辛、对我的盛情,使我感到十分惭愧,我再三称谢,难以下咽。漂母,《史记》记载汉韩信少时贫穷,"钓于城下,诸母漂,有一母见信饥,饭信,竟漂数十日"后韩信做了楚王,"召所从食漂母,赐千金"。漂母,漂洗衣服的老妇。三谢,再三感谢。

此外,李白还有许多送别赠答、抒情写景的小诗,也浸透了真挚的情感和对生活的热爱。如《赠汪伦》、《闻王昌龄左迁龙标遥有此寄》、《峨眉山月歌》、《静夜思》、《望庐山瀑布》等。且看《赠汪伦》①:"李白乘舟将欲行,忽闻岸上踏歌②声。桃花潭水深千尺,不及汪伦送我情。"《闻王昌龄左迁龙标遥有此寄》③:"杨花落尽子规啼,闻道龙标过五溪④,我寄愁心与明月,随君直到夜郎⑤西。"《望庐山瀑布》:"日照香炉⑥生紫烟,遥看瀑布挂前川。飞流直下三千尺,疑是银河落九天⑦。"《秋浦歌》⑧其十五:"白发三千丈,缘愁似个长。不知明镜里,何处得秋霜。"这些诗语短情长,从总体上反映了李白阔大深邃的胸怀。

三、李白诗歌的艺术成就

李白诗歌具有突出的个性、惊人的艺术感染力,完满地表现了他的浪漫主义精神。杜甫称赞他,"白也诗无敌,飘然思不群","落笔惊风雨,诗成泣鬼神"(《寄李十二白二十韵》),王安石称赞他,"清水出芙蓉,天然去雕饰"(见《苕溪渔隐丛话》)。这是因为李白纯熟地运用了浪漫主义的艺术手法来表现他的浪漫主义激情。李诗浪漫主义艺术的特点在于,善于运用奇特丰富的想象和大胆的夸张,强烈的主观抒情和自然景物的人格化,从而形成极其绚烂瑰丽、鲜明生动的艺术形象。

李诗的想象非常奇特丰富。这从《蜀道难》、《梦游天姥吟留别》等诗中都可以得到证明。"我寄愁心与明月,随君直到夜郎西",想象奇绝妙绝,生动地表现出对友人王昌龄的关切。"飞流直下三千尺,疑是银河落九天",真所谓"想落天外",奇情壮采。李诗丰富的想象力在他的七言歌行中表现得尤为突出,这方面明显地看出他继承了屈原的浪漫主义传统。

李诗大量采用夸张的手段和生动的比喻。"白发三千丈,缘愁似个长"夸张兼比喻,刻画了他政治上失意后的忧思。"惊波一起三山动,涛似连山喷雪来"(《横江词》)比喻中有夸张,极其生动形象地表现了波涛的汹涌、壮观。"抽刀断水水更流,举杯浇愁愁更愁"则用感觉借移法巧妙地比拟出愁思不绝的感受。

李诗还善于运用拟人化的手法,赋予自然景物以感情和性格,使诗的境界更加浓郁。且看《独坐敬亭山》⑨:"众鸟高飞绝,孤云独去闲。相看两不厌,只有敬亭山。"鸟、云、山都具有了人的感情,寓意深刻。诗作似淡实愤,仿佛"胸中无事,眼中无人",实质以山之有情,写人之无情。表现出"愿遗世独立,索知音于无情之物"的人生态度。另一首《月下独酌》仿佛是

①题名:给安徽泾县桃花潭汪伦的诗,据说汪伦是村民,李白好友。　②踏歌:一种民间歌唱方式,大家手拉着手,两脚轮流踏地为节拍,边跳边唱。　③题名:唐天宝年间王昌龄遭贬为龙标尉,李白闻讯写此诗寄托自己的同情和安慰。龙标在今湖南黔阳。　④五溪:湘西的雄、横、西、沅、辰五溪。　⑤夜郎:古夜郎县在今湖南沅陵。　⑥香炉:庐山西有香炉峰。　⑦落九天:从九天挂落。九天,天的最高层。　⑧题名:《秋浦歌》共17首,此是其十五。秋浦,唐时县名,在今安徽贵池县,是唐时产铜银之地。　⑨敬亭山:在安徽宣城县北,原为昭亭山。

拟人化的姊妹篇:"花间一壶酒,独酌无相亲。举杯邀明月,对影成三人。"人生坎坷,政治上受打击,孤独苦闷,明月成了好朋友,连同影子三人成众,哪里孤单? 实质是愈益孤单的生动表现。

李诗的一些浪漫主义艺术方法,有的是单独运用的,更多的则是几种方法结合起来运用的,这样,浪漫主义精神表达得更加奇峭生动,感染力因而更为强烈。我们从《蜀道难》、《梦游天姥吟留别》等名作中都可以体会到这样的特点。其实,这一点正与我们常说的李白浪漫主义诗风紧密联系。李白善于将历史故实、神话传说、梦境、幻觉和人物事件、自然景物组合起来,贯注以强烈的感情色彩,运用了想象、夸张、比喻、拟人等手法,从而形成神奇特异、瑰丽动人的意境。所以李白的浪漫主义诗风给人以豪迈奔放、飘逸若仙的韵致。有人把"谪仙人的梦幻曲"作为李白诗歌的一种特色。晚唐诗人皮日休称赞李白诗"言出天地外,思出鬼神表,读之则神驰八极①,测之则心怀四溟②,磊磊落落,真非世间语者,有李太白。"(《刘枣强碑文》)清代沈德潜曰:"太白想落天外,局自变生,大江无风,波浪自涌,白云卷舒,从风变灭。此殆天授,非人力也。"(《说诗晬语》)刘熙载则说:"幕天席地,友月交风,原是平常过话,非广己造大也。太白诗当以此意读之。"(《艺概》)这些品评有助于我们体会李诗的风格。李白的诗风是多样的,也是统一的,他的诗既有豪放飘逸的一面,又有清新明朗的一面。贯穿这两方面的共同点,是语言的自然无雕饰。"清水出芙蓉③,天然去雕饰",是他诗歌语言最生动的形容和概括。

李白运用的诗体很多样,但贡献最大的是七古和七绝,这类诗数量多、成就大。

四、李诗在文学史上的地位和影响

李白是我国古代文学史上继往开来的大诗人,他在浪漫主义诗歌发展史上占有极重要的地位。(一)李白发展了积极浪漫主义创作方法,成为屈原以后最伟大的积极浪漫主义诗人。在李诗中理想主义、反抗精神和英雄性格得到全面的展现,并以其天才的艺术创造,大大丰富了诗歌的艺术技巧,我国源远流长的浪漫主义诗歌传统因之更为发扬光大。(二)李白继承了陈子昂的革新精神,扫清了六朝华艳软靡的诗风,完成了诗歌的革新。正如他的从叔李阳冰所言:"至今朝诗体,尚有梁陈宫掖之风,至公大变,扫地并尽。"(三) 在发展诗歌反映现实的优良传统方面,李白的贡献也是巨大的。现存诗作有四分之一是乐府诗,他在学习乐府民歌和建安风骨方面,都取得了创造性的成绩。他还从曹植、阮籍、左思、陶潜、江淹、阴铿、庾信、鲍照等诗人那里学得有益的东西。杜甫称赞他的诗,"清新庾开府④,俊逸鲍参

---

①八极:最边远的地方。 ②四溟:最边远的海洋。也作四冥,四方之海。 ③芙蓉:荷花。 ④庾 开 府:指南北朝诗人庾信,他历任西魏、北周,官至骠骑大将军开府仪同三司,故又有庾开府之称。

军①"(《春日忆李白》),刘熙载也说:"太白诗以庄、骚②为大源,而于嗣宗③之渊放,景纯④之俊上,明远之驱迈,玄晖⑤之奇秀,亦各有所取,无遗美焉。"(《艺概》)

李白的诗歌哺育了一代又一代的诗人和作家。他的诗作,在当时就"集无定卷,家家有之"(刘全白《碣记》),以后韩愈、李贺、杜牧、宋代的苏舜钦、欧阳修、苏轼、陆游、辛弃疾,明代的高启、杨慎,清代魏源、龚自珍都曾接受他的影响。他的诗歌是我国和世界人民的共同财富,中外研究者至今不衰。

第五节　现实主义大诗人杜甫

"李杜文章在,光焰万丈长"(韩愈《调张籍》),标志着盛唐诗歌最高成就的,除李白外,还有伟大的现实主义诗人杜甫。杜甫被后世看做是一代"诗宗"、"诗圣",他给后世留下了1400多首诗歌,这些诗歌像一面镜子一样,反映出了安史之乱前后唐代社会由盛及衰的真实历史面貌,他的诗被公认为"诗史"。

一、杜甫的生平和创作道路

杜甫(712—770)字子美,他原籍襄阳(今湖北襄樊),生于河南巩县。杜审言之孙,他活了59岁,经历了开元盛世和安史之乱。是时代的矛盾和斗争,推动他走上了现实主义的道路。他一生可分为四个时期来介绍:(一) 35岁以前的读书和壮游时期。杜甫少小家贫,7岁能诗,15岁就游翰墨场,引起前辈名士的重视。20岁第一次外出漫游吴越,24岁回洛阳应进士考试,未被录取。次年,他第二次外出漫游齐赵,30岁方回洛阳。天宝三年,在洛阳与李白相遇,二人一齐畅游,寻道访友,谈诗论文,亲昵到"醉眠秋共被,携手日同行"(《与李十二同寻范十隐居》)的地步。10年壮游,使他开阔了心胸,认识了生活,培养了爱国情感。这时期的作品有浪漫色彩,数量不多。(二) 35岁至44岁的困守长安时期。天宝

杜甫像(采自杨伦《杜诗镜铨》)

四载(745),35岁的杜甫来到京城长安,次年应试,又落第了。为了维持生计,他托人举荐,也未成功。他只好充当贵人的"宾客",取得少量的资助。天宝十四年(755)他才得到了右卫

---

①鲍参军:指南北朝诗人鲍照,临海王刘子琐镇守荆州,鲍照为前军刑狱参军,世称鲍参军。　②庄、骚:指《庄子》、《离骚》。　③嗣宗:指魏晋时期的"竹林七贤"之一的阮籍,阮字嗣宗。　④景纯:指东晋文学家郭璞,郭字景纯。　⑤玄晖:指南朝诗人谢朓,谢字玄晖。

率府胄曹参军的职务。同年,安史之乱就爆发了。10年长安,他的思想发生了很大变化,他曾在儒家思想的影响下,立下了"致君尧舜上,再使风俗淳"的政治抱负,但是面对当时日益腐败的政治,他的抱负不仅没有实现,而且自己却陷入了"朝扣富儿门,暮随肥马尘"的屈辱境地。生活折磨着他,使他逐渐深入贫民百姓之中,体验到人民的痛苦,看到了统治者的罪恶。从而写出了《兵车行》、《丽人行》、《赴奉先咏怀》等光辉杰作。10年长安,确定了杜甫此后的生活道路和创作方向,使他成一个现实主义的忧国忧民的诗人。(三)44至48岁,任职左拾遗与流亡时期。安史之乱爆发时,杜甫在奉先探亲,次年,杜甫移家鄜州①,后他只身赴灵武见唐肃宗,不料中途为叛军所俘,押回了长安。再次年,他逃脱出来,在凤翔见到了肃宗,被授左拾遗。不久,房琯②罢相,他以言官身份疏救,竟触怒肃宗,遭到审讯。从此后,肃宗不信用杜甫,待到长安收复,竟外调杜甫为华州司功参军。乾元二年(759)春,杜甫往河南探视旧居,归途上亲眼目睹了官吏对百姓的残害,写成著名的"三吏"、"三别"。回到华州时,关辅大饥,国事不堪收拾,他对政治十分失望,毅然弃官,西去秦川,经同谷,辗转到了成都。这一段时间的忧患生涯,使他更清醒地认识到了上层统治者的腐朽,更深切地体验到人民的苦难,忧国忧民情怀更为强烈。此时的诗作有200多首,大部分是杜诗中的杰作,他的现实主义精神也达到了高峰。(四)48岁至59岁的漂泊西南时期。在成都,他靠友人帮助盖了一所草堂。以后友人严武镇蜀,举荐杜甫为节度参谋,后又举荐为检校工部员外郎。这就是后人称他为"杜工部"的缘由。以后,因为成都战乱,他又迁往夔州。大历三年,他离开夔州漂泊于江陵、公安、岳州、潭州、衡州一带。于大历五年冬病逝于湘江的舟中。在漂泊的11年间,他竟创作了1 000多首诗,绝大部分是近体诗,其中七言排律很有创造性。和前期不同的是,此时诗作带有更多的抒情色彩。

杜甫思想基本上是儒家思想,但有所突破和发扬。他奉守"仁政爱民"、"匡时济世"等儒家思想中进步的成分,用他自己的话说,"穷年忧黎元,济时肯杀身","致君尧舜上,再使风俗淳"。时代的突变和现实生活把他推向了民众,使他更清醒地了解了民众的苦难和上层的丑恶,使他成为我国历史上政治性最强的伟大诗人,时代的歌手。由于时代的限制,他把忠君和爱国爱民联系在一起,对皇帝存在着很大幻想。

杜甫的作品,后人编了《杜工部集》,后世注释杜集的竟达百种以上,研究越来越深入,可以说已成为一门学问。

二、杜甫诗歌的思想内容

杜甫一生是忧患的一生,经历了玄宗、肃宗、代宗三个皇帝,这是唐朝由盛而衰的转折时期。天宝十四年(755)安史之乱爆发,举国动荡,京城陷落,整个社会都处于战乱和饥饿之

---

①鄜 fū 州:在陕西中部,1913年改为鄜县,1964年改称富县。　②房琯:唐肃宗宰相,至德二年(757)罢相。琯 guǎn,古代管乐器。

中,各种矛盾都显露出来。杜甫亲身经历了这场战乱,在颠沛流离中度过了后半生。他的诗歌深刻地反映了安史之乱前后 20 年的社会全貌,举凡世上疮痍、民间疾苦,都收摄入他的笔端,无愧是诗坛的一代史笔。唐人孟棨①《本事诗·高逸》说得好:"杜甫逢禄山之难,流离陇蜀,毕陈于诗,推见至隐,殆无遗事,故当时号为诗史。"

杜诗的现实主义精神首先表现在它深刻地反映了当时的社会矛盾,并对腐败现象进行了揭露和鞭笞。例如《自京赴奉先县咏怀五百字》就深刻揭露了上层统治集团的骄奢淫逸和下层百姓的流离死亡,以诗人的敏感,展现了大乱前夕的社会矛盾,以无畏的精神,对腐败现象进行了伐挞。

杜诗的现实主义精神,还表现在热爱祖国,反映人民疾苦方面。他忧国伤时,时刻关注着国家的命运、民族的前途。《春望》写的是安史叛贼攻破长安后,杜甫"陷身贼庭",对国事的伤痛。6 年之后,叛乱平息,捷报传来,他又狂喜得涕泪横流,试看《闻官军收河南河北》:

> 剑外忽传收蓟北,初闻涕泪满衣裳②。却看妻子愁何在,漫卷诗书喜欲狂③。
> 白日放歌须纵酒,青春作伴好还乡④。即从巴峡穿巫峡,便下襄阳向洛阳⑤。

从中看出杜甫与国家共命运、同悲欢的情怀。全诗如行云流水,一气贯注,感情激越奔放,被后人评为"生平第一首快诗"。

杜甫热爱祖国和热爱人民、关心百姓的疾苦是联系在一起的。"三吏"、"三别"两组诗歌记录了战争年代人民的苦难,显示诗人心目中人民性与爱国主义的高度结合。《茅屋为秋风所破歌》由自家的屋漏,联想到普天下还有千千万万和自己同样不幸的穷苦百姓,宁愿自己饿冻而死,来换取天下"寒士"的欢颜,这是多么深厚的挚爱!《又呈吴郎》⑥则通过一件小事写出了他对贫苦百姓的体贴:

> 堂前扑枣任西邻,无食无儿一妇人。不为穷困宁有此,只缘恐惧转须亲。即防远客⑦虽多事,便插疏篱却认真。已诉征求贫到骨,正思戎马泪盈巾⑧。

措词委婉,但为老妇说情之心是何等剀切动人。唐玄宗晚年信用奸佞,穷兵黩武,给人民带来深重的灾难。他写《兵车行》⑨斥责祸国殃民的征伐:

---

①棨 qǐ:古时官吏出行时的一种前导仪仗。　②"剑外"两句:在剑门关南,忽然听到官军收复蓟北的消息,乍一听到就激动得泪水淋湿满衣裳。剑外,剑门关以南的梓州。蓟北,指河南、河北一带。　③"却看"两句:再看妻、子们早已收拾起平日的愁容;我自己更是胡乱打点行装,卷起诗稿、书本,高兴得快发狂了。④"白日"两句:白天我放声高歌,免不了还开怀畅饮;时下,春光明媚正是结伴还乡的最佳日子。纵酒,开怀畅饮;青春,春光明媚。　⑤"即从"两句:那么就从巴峡穿越巫峡,然后直下襄阳奔向洛阳——这是作者悬想的回家的最佳路线。末句作者自注:"余有田园在东京。"东京即洛阳。　⑥题名:杜甫先前曾有诗送给吴郎,这里又是一首,故称又呈;吴郎,名不详,只知他是杜甫的晚辈,借住杜宅。为了防备邻居老太婆来打枣,他插了篱笆,杜甫写此诗劝说。郎,对少年称呼。　⑦远客:生人。　⑧"正思"一句:想到战争给百姓带来的痛苦,我们便会满含热泪地同情他们。　⑨题名:杜甫自创的一个乐府题目。所谓"即事名篇",行,是古代诗歌的一种。

车辚辚，马萧萧。行人弓箭各在腰①。爷娘妻子走相送，尘埃不见咸阳桥②。牵衣顿足拦道哭，哭声直上干③云霄！道旁过者问行人，行人但云："点行频④！或从十五北防河⑤，便至四十西营田⑥。去时里正与裹头⑦，归来头白还戍边！边庭流血成海水，武皇⑧开边意未已！君不闻：汉家山东⑨二百州，千村万落生荆杞⑩。纵有健妇把锄犁，禾生陇亩无东西。况复秦兵⑪耐苦战，被驱不异犬与鸡。长者虽有问，役夫敢申恨？且如今年冬，未休关西卒⑫。县官急索租，租税从何出？信知⑬生男恶，反是生女好。生女犹得嫁比邻，生男埋没随百草！君不见：青海头⑭，古来白骨无人收。新鬼烦冤⑮旧鬼哭，天阴雨湿声啾啾⑯！"

天宝十载(751)，剑南节度使鲜于仲通发兵征讨南诏，结果在泸水南面战败，死伤 6 万人，接着唐朝继续征兵，搜括兵源。百姓听说云南多瘴疠，去了就送死，多不肯应征。于是宰相杨国忠就派遣使者分道捕人，把壮丁驱赶到前方去。这首诗就为此事而作，作者愤怒控诉了这种"拓土开疆"战争的罪恶，矛头直指唐王朝的决策者。

杜诗的题材范围很广，还善于描写日常生活和山水风景，充满了热爱生活的情怀。试看写景诗《登高》：

风急天高猿啸哀，渚⑰清沙白鸟飞回⑱，无边落木⑲萧萧⑳下，不尽长江滚滚来。万里悲秋常作客，百年多病独登台㉑。艰难苦恨繁霜鬓，潦倒新停浊酒杯㉒。

这首诗是杜甫流寓夔州重九登高所作。胡应麟称之为"古今律诗第一"(《诗薮》)，它把无边的秋色和诗人百端交集的感慨融为一体，表现出悲凉苍劲的意境。表现手法上，它大笔勾勒，景象分外雄浑；对仗工稳，句句皆律。再看他的《登岳阳楼》：

昔闻洞庭水，今上岳阳楼㉓。吴楚东南坼㉔，乾坤日夜浮㉕。亲朋无一字㉖，老

---

①"车辚辚"三句：车声辚辚，马声萧萧，战士们整肃威武，腰间佩着弓和箭。辚辚 lín lín，兵车滚动声；萧萧，战马嘶叫声；行人，从军出发的人。 ②咸阳桥：一名中渭桥，在咸阳西南渭水上，是长安通往西北的经过桥。 ③干：冲。 ④点行频：征调太频繁。 ⑤北防河：北边去防河。唐朝为防吐蕃入侵，常派兵驻屯黄河西，称防河。 ⑥西营田：西边去屯田。 ⑦里正与裹头：新兵年幼，里正帮着扎裹头发。里正，唐一百家为一里，置里正一人；裹头，男子以头巾束发，一般是黑罗纱三尺。 ⑧武皇：原指汉武帝，这里代指唐玄宗。 ⑨山东：指华山以东地区，有 217 州。 ⑩荆杞 qǐ：荆棘、杞柳。 ⑪秦兵：指关中地区的兵，他们以能吃苦耐劳著称。 ⑫关西卒：即关中兵，关西是函谷以西。 ⑬信知：真正知道。 ⑭青海头：青海边。唐时激战处。 ⑮烦冤：烦躁愤懑。 ⑯啾啾 jiū jiū：呜咽哭泣。 ⑰渚 zhǔ：水中的小洲。 ⑱回：回旋。 ⑲落木：落叶。 ⑳萧萧：这里形容风吹落叶声。 ㉑"万里"两句：经常在外作客、离家万里的我，悲秋的心情是那么凄伤，一生体弱多病，今天独自登高，就更感凄苦。百年，一生、一辈子。 ㉒"艰难"两句：漂泊异乡，时局艰难，心情悲苦愤懑加上生活拮据，近来又因病停了喝浊酒的老习惯，就更令人感伤(据考，杜曾因肺病而戒酒)。繁霜鬓，两鬓像打了重霜一样白。 ㉓岳阳楼：名楼，在今岳阳城西，下临洞庭湖。 ㉔坼：分开、裂开。这句是说浩渺的洞庭湖大得像是把吴楚两地分拆开来。 ㉕"乾坤"句：天地宇宙像是随着湖水在日夜浮荡着。乾坤，天地日月。 ㉖一字：指书信。这句是说亲朋没有音信。

病有孤舟。戎马关山北①,凭轩涕泗流②。

这首诗是大历三年(768)作者在岳州登岳阳楼时所作。可谓咏洞庭湖的绝唱,读者都为它所表现的雄浑景色所惊倒,以至有"气压百代","五言雄浑之绝"的品评。宋末方回在《瀛奎律髓》中说:"尝登岳阳楼,左序毯门壁间,大书孟诗,右书杜诗,后人不敢复题。"更为可贵的是,诗人眼观壮丽的湖山,心忧多难的时势,顾念自家潦倒的身世,三者融汇成了苍茫浑壮的意境。

杜甫的生活小诗,写得很有情韵,且看《春夜喜雨》:

好雨知时节,当春乃发生。随风潜入夜③,润物细无声。野径云俱黑④,江船火独明。晓看红湿处,花重锦官城⑤。

这首诗写于杜甫草堂建成后一个月,诗人以喜悦的心情来写这场久盼的春雨,描写细腻,情调明快,诗句中无一喜字,却句句透露出心底的愉悦。

此外,杜甫还写了一些歌咏绘画、音乐、舞蹈、建筑、日常器用、民俗方面的诗,同样表达形象,情韵深长,它们不仅有艺术价值,在文化史上还有史料价值。

总之,杜诗的现实主义精神十分强烈,它以反映现实的广阔性、揭露现实的深刻性和真挚火热的思想感情,达到了前代诗人所没有达到的高度。

三、杜甫诗歌的艺术特色

与现实主义精神相适应的现实主义创作艺术,是杜诗最大的成就和特点。杜甫遵循真实具体地反映现实题材的原则,创造性地发展了现实主义的表现艺术,取得了很大的成就。

杜诗叙事抒情真实、细致,充满现实生活的气息。杜甫一般不用幻想虚构的事件或情节来写诗,而是就当时实际发生事件进行集中概括,再加以具体细致的描绘,所以杜诗仿佛是生活的实录,具有强烈的现实感、时代感。叙事长诗更是如此,像最有名的巨制《北征》,以归途和回家的亲身见闻作题材,陈述时事,表现强烈的爱国忧民的情感。杜甫时为谏官,他实际是以诗进谏的,那开头则是"皇帝二载秋,闰八月初吉⑥。杜子将北征,苍茫问家室",年月日、事、因一丝不乱,哪里像写诗,简直是史官记事。宋叶梦得赞扬杜甫的精确记实的精神,说他"穷极笔力,如太史公记传"。

杜诗善于对现实生活作典型的艺术概括,通过个别反映一般。《兵车行》是通过某一征夫的一席话反映广大征夫的苦楚。"三吏"、"三别"更是以典型概括一般的绝好例子,就说《石壕吏》,诗人是以老妇人一家的不幸和她自己还不得不应河阳役的事例,集中概括了那个

①"戎马"句:北方战争还未熄灭。这年吐蕃在西北入侵,郭子仪在奉天(陕西乾县)驻防。　②"凭轩"句:倚靠着窗儿涕泪横流。　③"随风"句:随着风儿在夜间悄悄来临。　④"野径"句:田野小径被乌云压得漆黑一片。　⑤"花重"句:整个成都花红柳绿,都是沉甸甸的。　⑥"皇帝"二句:这是指唐肃宗至德二年闰八月的初一。

时代人民共同的悲惨遭遇；老妇人一家的不幸也不是用"从头说起"的方法，而是通过"捉人""申诉"的典型环境中的典型情节来展现的，笔墨经济，提炼、概括得非常精粹。

杜诗还注意运用"让事实说话"的方法，将自己的主观意识、思想感情隐藏在具体事件的描写之中。前面提到的《丽人行》《兵车行》两篇，作者没有发表什么议论和感慨，而议论和感慨却渗透在事件的叙述之中。再如《江南逢李龟年》①："岐王②宅里寻常见，崔九③堂前几度闻。正是江南好风景，落花时节又逢君。"李龟年是开元天宝时期音乐家，安史之乱前，杜甫常在达官贵人的府宅里听李演奏。现在劫后余生，两人又在江南落花时节见面了，出语淡淡的，韵味却能令人失声，这里面蕴含了多少世道治乱、人世沧桑的深沉感慨！

杜诗的语言极见工力。杜甫是一位现实主义的语言大师，华丽的、带有浪漫主义色彩的词句，不是他的语言材料；他是运用平易朴素的、通俗的、写实的词句来创造诗的语言的。杜甫写诗一丝不苟、千锤百炼，要求"语不惊人死不休"（《江上值水如海势聊短述》）。因此，杜诗极富表现力，"映阶碧草自春色，隔叶黄鹂空好音"（《蜀相》）、"星垂平野阔，月涌大江流"（《旅夜抒怀》）——词约义丰、具体形象；"细雨鱼儿出，微风燕子斜"（《水槛遣心》）、"众水会涪万、瞿塘争一门"（《长江》）——生动准确、精彩传神；"感时花溅泪，恨别鸟惊心"（《春望》）、"万里悲秋常作客，百年多病独登台"（《登高》）——悲凉跌宕、辞警韵长；"两个黄鹂鸣翠柳，一行白鹭上青天"（《绝句》）、"射人先射马，擒贼先擒王"（《前出塞》——接近口语，通俗自然，等等。

杜诗的主要风格是沉郁顿挫，这"沉郁顿挫"原是作者自己的品评，后来为世所公认。（杜甫在《进雕赋表》中说："臣所述作，虽不鼓吹六经，先鸣数子，至于沉郁顿挫，随时敏捷，扬雄枚皋④之徒，庶可企及也。"沉郁是指文章的深沉蕴蓄，顿挫则是指感情的抑扬曲折，语气、音节的跌宕摇曳。）杜诗的沉郁顿挫的风格是指诗人深沉蕴藉的情思，通过悲凉苍劲的境界，抑扬跌宕的笔调表现出来的特殊的意蕴。杜诗这种风格的形成，是由于时代的风云变幻、个人生活穷愁困苦、诗人思想境界的博大深厚以及表现手法的沉着蕴藉等几种因素交汇作用的结果。如同一些伟大的作家一样，杜诗的风格也不是单一的，而是呈现出多姿多彩的风貌，比如有的豪雄，有的清秀，有的瑰丽，有的质朴。风格的多样，是诗人创作才能丰富、创作个性多方面发展的表现。秦观在《韩愈论》一文中说："如杜子美之于诗，实积众家之长；……穷高妙之格，极豪迈之气，包冲淡之趣，兼峻洁之姿，备藻丽之态，而诸家之作，所不及焉。……呜呼！杜氏、韩氏亦集诗文之大成者欤？"屠隆说："及其所以擅场当时、称雄百代者，则多得之悲壮瑰丽、沉郁顿挫。"（引自仇兆鳌《杜诗详注》）方东树的《昭昧詹言》说："大约飞扬峍兀⑤之气，峥嵘飞动之势，一气喷薄，真味盎然，沉郁顿挫，苍凉悲壮，随意下笔而皆具

---

①李龟年：开元、天宝时著名的歌唱家。《明皇杂录》："唐开元中乐工李龟年、彭年、鹤年兄弟三人皆有才学盛名，彭年善舞，鹤年、龟年能歌，尤妙制渭川。" ②岐王：李范，唐玄宗之弟。 ③崔九：崔涤，官殿中监。 ④枚皋：西汉辞赋家，枚乘之子，武帝时为郎，下笔敏捷，有赋110篇，今不传。 ⑤峍 lù 兀：一作峍屼，高耸貌。峍，高深的样子。

元气,读之而无不感动心脾者,杜公也。"刘熙载在《艺概》中说:"杜诗高、大、深俱不可及。吐弃到人所不能吐弃,为高;涵茹①到人所不能涵茹,为大;曲折到人所不能曲折,为深。"又说:"杜陵五七古叙事,节次波澜,离合断续,从《史记》得来,而苍莽雄直之气,亦逼进之。"

四、杜诗的地位和影响

杜诗在中国文学史上占有特殊的位置,它继承和发展了诗歌的现实主义传统,并把它推向了自觉的成熟的阶段,它不仅是唐诗的高峰,而且是现实主义诗史上的高峰,后世现实主义诗歌大都以杜诗为宗。

诗歌的现实主义传统是从《诗经》开始的,到汉乐府民歌有很大发展,接着建安时代的叙事长诗《孔雀东南飞》把这个传统推向了新的阶段。汉末建安文人写了一些现实主义的作品,三曹七子和蔡琰的一些诗篇现实主义精神非常强烈。建安后逐渐转入低潮,直到初唐的陈子昂才打起建安旗号,强调反映现实,开辟了诗歌的现实主义道路。盛唐阶段的李白也有一些现实主义作品,但他的成就和贡献在浪漫主义。是杜甫继往开来,把现实主义诗歌推向了顶峰。杜甫的贡献是巨大的,中唐元稹就说:"至于子美,盖所谓上薄风雅,下该沈宋②,言夺苏李③,气吞曹刘④,掩颜谢⑤之孤高,杂徐庾⑥之流丽,尽得古今之体势,而兼人人之所独专。"(《唐故检校工部员外郎杜君墓系铭序》)胡应麟《诗薮》也说:"大概诗有三难:极盛难继,首创难工、遭衰⑦难挽。子建以至太白,诗家能事都尽,杜后起集其大成,一也。排律近体,前人未备,伐山道源,为百世师,二也。开元既往,大历继兴,砥柱其间,唐以复振,三也。"

杜诗对后世产生了巨大、深远的影响,他的现实主义创作精神,"即事名篇"的做法,直接开导了中唐的新乐府运动,并一直影响到清末。杜甫的现实主义精神和与之相适应的艺术技巧,对于中晚唐诗人,如韩愈、李商隐等,宋代王安石、苏轼、黄庭坚等,金代元好问、清代沈德潜、黄遵宪等,都产生了很大影响。在现实主义诗史上还没有第二个人有杜甫拥有这样多的追随者。

第六节　新乐府运动和白居易

盛唐文学的繁荣景象过后,中唐前期文坛处于低潮,主要作家有元结、顾况、戎昱、戴叔伦、刘长卿、韦应物、李益等,他们虽各有特长,但在总体上远远赶不上盛唐。中唐后期文学继盛唐而中兴,进入了一个全面发展的新的繁荣阶段,主要作家有韩愈、柳宗元、白居易、元

---

①涵茹:包容、滋润。　②沈宋:指沈佺期、宋之问。　③苏李:指苏武、李陵。　④曹刘:指曹植、刘桢。⑤颜谢:指颜延之、谢灵运。　⑥徐庾:指徐摛、徐陵父子和庾肩吾、庾信父子。　⑦遭 gòu 衰:遭受衰落。遭,遇。

積、刘禹锡、李贺等,文坛诗文并茂、姹紫嫣红、争妍斗艳,仿佛盛唐气象再现。而作为新阶段标志的则是文坛上的古文运动、诗坛上的新乐府运动。

一、新乐府运动

所谓新乐府运动是指中唐后期由元稹、白居易倡导的、以创作新题乐府诗为中心的诗歌革新运动。

新题乐府诗是指不再"沿袭古题"而是自立新题写作的乐府诗。初唐诗人写乐府诗多数袭用乐府旧题,只有少数人另立新题。这类新题乐府至杜甫而大有发展,杜甫善于因事立题写乐府诗,如《石壕吏》、《无家别》、《兵车行》、《哀江头》等等,"率皆即事名篇,无复依傍"(元稹《乐府古题序》)。中唐前期元结、顾况、韦应物、戴叔伦等也都写有新题乐府,元结还有较明确的理论,他认为诗歌创作应"极帝王理乱之道,系古人规讽之流"(《二风诗论》),以期达到"上感于上,下化于下"(《系乐府序》)。他们的创作和理论无疑是新乐府运动的先驱。

贞元、元和年间,社会转入安定,国力有所回升,一些有识之士则萌动了改革政治,缓和社会矛盾,中兴唐王朝的念头,他们需要运用诗歌来宣传政治改革的主张,新题乐府便是最好的反映民生疾苦、批评朝政弊端、揭露社会问题的形式。于是,竞写乐府新题就成了一个新兴的文学潮流,先是由张籍、王建、李绅等在创作上做出成绩,稍后又由元稹和白居易在理论上加以阐述,创作上做出样板。这样一个波澜壮阔的现实主义诗歌运动便形成了。其中白居易成就最高,是这个运动的代表人物。

"新乐府"这个名字是白居易首先提出来的。李绅等称为"新题乐府",白居易则把自己的 50 首诗总称为新乐府,从此这个名称便得到公认、传播和沿用。所谓新乐府,就是要沿袭乐府精神,创新题,写时事,创造具有批判性和通俗性,而且不必入乐的诗歌。白居易在《新乐府五十首序》里有具体的要求:"首句标其目,卒章显其志,《诗三百》之义也。其辞质而径,欲见之者易谕也;其言直而切,欲闻之者深戒也。其事核而实,使采之者传信也;其体顺而肆,可以播于乐章歌曲也。"

新乐府运动打开了诗歌领域的新局面,在中国诗歌史上留下了光辉的一页,对诗歌的发展产生了深远的影响。晚唐皮日休的《正乐府》、聂夷中的乐府诗、北宋初的现实主义诗歌、晚清甲午之战后的讽刺新乐府,都是对中唐新乐府运动的继承。

二、张籍和王建

张籍(约 766—约 830)字文昌,吴郡(今江苏苏州)人。德宗贞元间进士,后由韩愈荐为国子博士,迁水部员外郎。终仕国子司业,世称张司业或张水部,有《张司业集》。张籍出身贫寒,官位低微,生活在中唐的忧患年代,因此对现实社会认识深切,他的诗多反映人民苦难,抨击社会弊端。他的乐府诗有七八十首,袭用古题的约占一半,其内容和精神与新乐府一样,只是没有创新题。白居易很赞赏他的乐府诗,说:"张生何为者,业文三十春。尤工乐府诗,举代少其伦。为诗意为何,六义互铺陈。风雅比兴外,未尝著空文。"(《读张籍古乐府》)张戒评道:"张司业诗与元白一律,专以道得人心中事为工",他的诗"思深而语精"(《岁寒堂诗话》)张诗最出名的是《野老歌》①:

> 老农家贫在山住,耕种山田三四亩。苗疏税多不得食,输入官仓化为土。岁暮
> 锄犁傍空室,呼儿登山收橡实②。西江贾客珠百斛③,船中养犬长食肉。

写尽了山野老农的痛楚;用事实说话,对比使之更为突出,收到了大声疾呼所不易达到的沉痛效果。张籍还有一些反映战乱中人民苦难的乐府诗,如《征妇怨》:

> 九月匈奴杀边将,汉军尽没辽水上。万里无人收白骨,家家城下招魂葬④。妇
> 人依倚子与夫,同居贫贱心亦舒。夫死战场子在腹,妾身虽存如昼烛⑤。

通俗明晰,如泣如诉,结尾沉痛之至。所以王安石说他的诗"看似寻常最奇崛,成如容易却艰辛"。

王建(约766—约830)字仲初,颍川(今河南许昌)人。大历十年进士,曾任昭应县丞、陕州司马等小官,有过从军走马的生活体验。晚年卜居咸阳原上,家境清寒,有《王司马集》。王建与张籍是好朋友,两人都擅长写乐府诗,世称"张王乐府"。王建的乐府诗对当时的社会现实有多方面的反映,如《水夫谣》《海人谣》、《簇蚕词》、《织绵曲》等等,还有不少边塞诗。王诗富有民歌谣谚色彩,用笔简洁峭拔、入木三分。且看他的《水夫谣》:

> 苦哉生长当驿边⑥,官家使我牵驿船。辛苦日多乐日少,水宿沙行如海鸟。逆
> 风上水万斛重,前驿迢迢后森森⑦。半夜缘堤雪和雨,受他⑧驱遣还复去。夜寒衣
> 湿披短蓑,臆穿⑨足裂忍痛何?到明辛苦无处说,齐声腾踏⑩牵船歌。一间茅屋何
> 所值?父母之乡去不得!我愿此水作平田⑪,长使水夫不怨天。

为纤夫立言,"述情叙怨,委曲周详"(魏泰《临汉隐居诗话》)。结尾"重笔"⑫,恨极怨极。

三、元稹

元稹和白居易同为新乐府运动的倡导者,他的理论和创作的成就仅次于白居易。他们两人的关系也最为密切,时称"元白"他们的诗作称为"元和体"。(元和,唐宪宗年号)

元稹(779—831)字微之,河南(今河南洛阳)人。幼年家贫,刻苦读书。曾官监察御史,与白居易一起与宦官权贵斗争,一再遭到贬谪。以后,转而投靠权贵,一度由工部侍郎拜相,

---

①题名:题亦作《山农歌》。　②橡实:橡树果实,可充饥。　③"西江"句:西江那边的商贩富裕得珠宝多达百斛。西江,今江西九江一带,唐时属江南西道,故称西江;斛 hú,古量器,十斗为一斛。　④招魂葬:古人认为,人死了魂灵不能亡失,要招它回来。在外战死,尸体已失,也要衣冠招魂而葬。　⑤昼烛:大白天点蜡烛,虽有若无。　⑥"苦哉"句:生长在驿站边的百姓是多么的苦啊!古代水陆驿站附近的百姓是很苦的,官府强迫他们为驿站驾船、拉纤、赶车做劳役。　⑦森森 miǎo miǎo:水势辽阔。　⑧他:这里指官府。　⑨臆穿:胸口给纤绳磨破。　⑩腾踏:举步应和节拍。　⑪平田:好的平旷田地。　⑫重笔:直率有分量,措词严厉的文笔。

为时人所薄。有《元氏长庆集》。

他对新乐府运动的开展起了巨大的推动作用,理论上,他竭力推崇杜甫的"即事名篇,无复依傍"的创作经验,反对沿袭古题,还主张诗歌要"刺美见事"。创作上,他写有《乐府古题》19首、《新题乐府》12首,这些诗作真实具体地反映了中唐面貌。且看《田家词》:

> 牛吒吒①,田确确②,旱块敲牛蹄趵趵③,种得官仓珠颗谷④。六十年来兵簇
> 簇⑤,月月食粮车辘辘⑥。一日官军收海服⑦,驱牛驾车食牛肉,归来收得牛两角,
> 重铸锄犁作斤劚⑧。姑舂妇担去输官,输官不足归卖屋。愿官早胜仇早复,农死有
> 儿牛有犊,誓不遣⑨官军粮不足。

反映出横征暴敛、民不聊生的景象。句式参差,形象生动,思致微婉。

另一首名作《连昌宫词》是和白居易的《长恨歌》齐名的长篇叙事诗,诗作借宫边老翁之口,追叙安史之乱前后的政治兴衰景象,旨含讽喻。此诗元稹集中也列为乐府类。

元稹诗中还有一些艳诗和悼亡诗写得十分感人。试看他的悼亡诗《遣悲怀》三首之一:

> 昔日戏言身后意,今朝都到眼前来。衣裳已施⑩行看尽,针线犹存未忍开。尚
> 想旧情怜婢仆,也曾因梦送钱财。诚知此恨人人有,贫贱夫妻百事哀。

以浅切俗语写生活琐事,怀念亡妻,诚挚而情深,是悼亡诗中的绝唱。

新乐府运动的主将是白居易,对他应作详细介绍。

四、白居易的生平和文学主张

白居易(772—846)字乐天,晚号香山居士,原籍太原,后迁居下邽⑪(今陕西渭南)。少年时期,避乱越中,"衣食不充,冻馁并至",甚至"常索米丐衣于邻郡邑",因而对民间疾苦有深切体验。29岁举进士,32岁又"拔萃"⑫登科,35岁复应制举以第四等入选,为盩厔⑬尉。不久入翰林学士,任左拾遗。这一时期诗人表现了积极进取、奋发向上的精神面貌。仕途的道路似乎是顺当的,他立志兼济天下、为民请命。他发起新乐府运动,写出了很多名作。他生活、创作的转折点则是元和十年(815)的遭贬。宰相武元衡被人刺杀,白居易上书请急捕刺客,以雪国辱,权贵们则以"越职奏事"的罪名,将他贬为江州司马。实际上,是他写的那些讽谕诗得罪了权贵,正如他自己所说:"始得名于文章,终得罪于文章。"长庆元年(821)被召回京任主客郎中,知制诰。不久,又出为杭州刺史、苏州刺史。在任上关心民政,兴修水利,

---

①吒吒 zhà zhà:牛喘息声。 ②确确:坚硬貌。 ③趵趵 bō bō:牛蹄踏在土块上的声音。 ④"种得"句:种得那官仓里如珍珠般的米谷。 ⑤簇簇:聚集貌,指兵事多。 ⑥车辘辘:运粮忙碌,车轮滚动声。 ⑦收海服:收边。海服,指天子威德所服的海滨之地。 ⑧斤劚 zhǔ:斧和大锄。整句是说,没有了牛,锄犁都没用了,只得用来重铸其他农具。 ⑨遣:使。 ⑩施 shī:施舍。 ⑪邽 guī:地名,在陕西渭南。 ⑫"拔萃":亦称超绝。唐时选人未满限期,而能试判三条,谓之拔萃,中试者即授官。在后唐长兴元年(930)停。 ⑬盩厔 zhōu zhì:这两字仅见于地名,盩厔县在今陕西省,现作周至县。

颇得人民拥戴。后内召为太子宾客、太子少傅等职，后仕刑部侍郎。辞官后闲居洛阳，悠游10多年，病终。自贬官到死，可以说是"独善其身"的后期，这时期他写了大量的闲适诗、感伤诗，所谓"宦途自此心长别，世事从今口不言"(《重题》)正是他此时心情的写照。他著有《白氏长庆集》。

白居易是中唐成就最大的诗人，他不仅有大量创作，还提出了一整套诗歌理论。他的诗歌理论是进步的，是他所倡导的新乐府运动的理论基础，也是我国现实主义创作理论的精华。他的理论集中反映在《与元九书》、《新乐府序》、《读张籍古乐府》、《策林》、《寄唐生》等诗文中。

白居易像

首先，他认为文学是现实的反映，应该植根于现实生活。他说："大凡人之感于事，则必动于情，然后兴于嗟叹，发于吟咏，而形于歌诗矣。"他进一步论证，诗歌必须负起"补察时政"、"导泄人情"的使命，提出"文章合为时而作，歌诗合为事而作"的口号，具体而言，就是"为君为臣为民为物为事而作，不为文而作"。白居易的这种现实主义的反映论和创作原则，是唐以前进步文艺思想的总结。

其次，他特别强调诗歌的"美刺"作用。要求诗歌必须自觉揭露政治弊端，反映人民疾苦，发挥诗歌批判现实的作用。他称赞唐生"篇篇无空文，句句必尽规。……唯歌生民病，愿得天子知。"他还说："欲开壅蔽①达人情，先向诗歌求讽刺。"他深感"诗道崩坏"，自己应"风雅比兴外，未尝著空文"。他认为六朝以来的浮靡诗风"嘲风月，弄花草"于世何补，甚至认为屈原、李白在风雅比兴上还有欠缺。

再次，他认为形式应为内容服务，做到内容和形式的统一。在他的《新乐府五十首序》里形式为内容服务的观点表达得十分清楚。他以植物为喻，说："感人心者，莫先乎情，莫始乎言，莫切乎声，莫深乎义。诗者，根情、苗言、华声、实义。"强调诗以情动人，内容与形式相互配合一致，才能取得这样的效果。在语言表达上，他主张"不求宫律高，不务文字奇"为了适应内容和取得老妪能解的效果，力求通俗平易、音节和谐。

新乐府运动便是在上述理论的指导下蓬勃展开的。当然，这些理论也不见得尽善尽美，也有时代局限和偏颇之处。

五、白居易诗歌的思想内容

白居易一生留下了3 000多首诗作，是唐代诗人中传诗最多的一个。他生前曾将51岁前写的1 300多首诗分为讽谕、闲适、感伤和杂律四类。前三类是古体诗，以内容区分；后一

---

①壅蔽：隔绝、蒙蔽。

类是近体诗。

（一）讽谕诗：这是白诗的精华部分，是他兼济天下思想的艺术反映，也是他现实主义诗论的艺术实践。讽谕诗共 170 多首，以《新乐府》50 首和《秦中吟》10 首为代表作。

这里有讽刺横征暴敛的，如立意"苦宫市"的《卖炭翁》；这里有反映人民苦难生活的，如《采地黄者》、《观刈麦》；这里有同情妇女的不幸命运的，如《上阳白发人》①：

> 上阳人，红颜暗老白发新②。绿衣监使③守宫门，一闭上阳多少春。玄宗末岁初选入，入时十六今六十。同时采择百余人，零落年深残此身。忆昔吞悲别亲族，扶入车中不教哭；皆云入内便承恩，脸似芙蓉胸似玉。未容君王得见面，已被杨妃遥侧目④。妒令潜配上阳宫，一生遂向空房宿。宿空房，秋夜长，夜长无寐天不明；耿耿残灯背壁影，萧萧暗雨打窗声。春日迟⑤，日迟独坐天难暮；宫莺百啭愁厌闻，梁燕双栖老休妒。莺归燕去长悄然，春往秋来不记年。惟向深宫望明月，东西四五百回圆。今日宫中年最老，大家遥赐尚书号⑥。小头鞋履窄衣裳，青黛点眉眉细长；外人不见见应笑，天宝末年时世妆。上阳人，苦最多：少亦苦，老亦苦。少苦老苦两如何？君不见，昔时吕向《美人赋》⑦，又不见，今日上阳宫人白发歌！

这是所谓"悯怨旷"⑧之作，描写上阳人入宫 44 年的可悲一生，写得洗练简洁而又曲尽情致，自然浑成。

这里还有宣扬爱国主义、反对侵略战争的，如《新丰折臂翁》：

> 新丰⑨老翁八十八，头鬓眉须皆似雪。玄孙扶向店前行，左臂凭肩⑩右臂折。问翁折臂来几年？兼问致折何因缘？翁云贯属新丰县，生逢圣代无征战。惯听梨园歌管声，不识旗枪与弓箭。无何⑪天宝大征兵，户有三丁点一丁。点得驱将何处去？五月万里云南行。闻道云南有泸水⑫，椒花落时瘴烟起。大军徒涉水如汤，未过十人二三死。村南村北哭声哀，儿别爷娘夫别妻。皆云前后征蛮者，千万人行无一回。是时翁年二十四，兵部牒中有名字。夜深不敢使人知，偷将大石捶折臂。张弓簸旗⑬俱不堪，从兹始免征云南。骨碎筋伤非不苦，且图拣退归乡土。此臂折来

---

①题名：本篇列《新乐府》第七，自注"元和四年为左拾遗时作"。诗序云："天宝五载以后，杨贵妃专宠，后宫人无复进幸矣。六宫有美色者，辄置别所，上阳是其一也。贞元中尚存焉。"上阳宫在都皇城西南。　②"红颜"句：红嫩的青春容颜渐渐消失，白发不断增添。　③绿衣监使：绿衣太监。唐制京都诸园苑，各设监一人，从六品下；六、七品官着深绿、浅绿色公服。　④侧目：妒恨貌。　⑤春日迟：春天日长。　⑥"大家"句：皇帝从遥远的长安处赐给尚书的封号。大家，宫廷口语，称皇帝为大家。　⑦吕向《美人赋》：作者自注："天宝末有密采艳色者，当时号'花鸟使'，吕向献《美人赋》以讽之。"吕向为当时书法家，以献《美人赋》得官左拾遗。　⑧"悯怨旷"：这是这首诗序的话，悯 mǐn，哀怜；怨旷，指男女不能及时婚配。　⑨新丰：县名，在陕西临潼附近。　⑩凭肩：还在肩部。凭，原为依靠的意思。　⑪无何：无奈何。　⑫泸水：水名，一名泸江水。指今雅砻江下游和金沙江汇合后的一段。诸葛亮《出师表》"五月渡泸，深入不毛"，也指泸水。　⑬簸旗：扬旗。簸 bǒ，上下颠动。

六十年,一肢虽废一身全。至今风雨阴寒夜,直到天明痛不眠。痛不眠,终不悔,且喜老身今独在。不然当时泸水头,身死魂飞骨不收。应作云南望乡鬼,万人冢上哭呦呦①。老人言,君听取。君不闻开元宰相宋开府②,不赏边功防黩武;又不闻天宝宰相杨国忠,欲求恩幸立边功,边功未立生人怨,请问新丰折臂翁。

这是白居易有意"戒边功"之作。取材真人真事,对真实历史事件进行抨击,切中要害。全诗情节发展自然合理,人物思想面貌真实形象,生动感人。

(二)感伤诗:白居易的感伤诗,写一时感触,而往往有深沉的寄托。其中以两篇叙事长诗《长恨歌》、《琵琶行》最为有名。《长恨歌》是诗人35岁时所作,写唐明皇和杨贵妃婚姻爱情故事,情绪感伤,寄托深微。陈鸿《长恨歌传》说,白居易"深于诗,多于情",写此诗"不但感其事,亦欲惩尤物③,窒乱阶④,垂于将来者也"。

(三)闲适诗:他的闲适诗多用于表现闲情逸致,抒写对归隐田园的宁静生活的向往和洁身自好的志趣。如《观稼》、《自蜀江至洞庭湖口有感而作》等,这些诗中往往夹有佛老思想,间或有些欠疚的心情。

(四)杂律诗:指近体诗和一些杂体诗,包括"五言、七言、长句、绝句,自一百韵至两韵者"(《与元九书》),数量较多,其中有些是脍炙人口的名作。如他16岁时作并一举得名的《赋得古原草送别》⑤:

　　　　离离⑥原上草,一岁一枯荣。野火烧不尽,春风吹又生。远芳⑦侵古道,晴翠⑧
　　接荒城。又送王孙去,萋萋满别情⑨。

以古原草隐喻别情,用典、措辞自然顺畅,语句工整警策。再看七律《钱塘湖春行》⑩:

　　　　孤山寺⑪北贾亭⑫西,水面初平云脚低⑬。几处早莺争暖树⑭,谁家新燕啄春
　　泥?乱花渐欲迷人眼,浅草才能没马蹄。最爱湖东行不足,绿杨荫里白沙堤⑮。

记录了诗人信马春行陶醉于绮丽景色中的悠然心境。像电影摇镜头,一步一景,"象中有兴",情寓景中,所在充满。再看《大林寺桃花》⑯:

　　　　人间四月芳菲⑰尽,山寺桃花始盛开。长恨春归无觅处,不知转入此中来。

深山中春天的脚步来得晚,从中反映诗人寻春的情趣。

----

①呦呦 yōu yōu:哭泣声。　②宋开府:指宋璟,开元时名相,与姚崇先后秉政,人称姚宋。开元之治,两人功劳最大。　③尤物:突出的人物,一般指美貌女子。　④窒乱阶:遏止祸端。窒,堵塞;乱阶,祸端、祸根。　⑤题名:这首诗作于贞元三年(787),依照预先拟定的题目写叫赋得。　⑥离离:茂盛貌。　⑦远芳:指远处生长的春草。　⑧晴翠:指阳光下青翠耀眼的草色。　⑨"又送"两句:用《楚辞·招隐士》典故"王孙游兮不归,春草生兮萋萋",点出送别的意思。王孙,原指贵族子弟,后泛指游子;萋萋,草茂盛貌。　⑩题名:这首诗写于作者任杭州刺史时,钱塘湖即今杭州西湖。　⑪孤山寺:在西湖的里湖和外湖间的孤山上。　⑫贾亭:又名贾公亭,为唐贞元年间杭州刺史贾全所建。　⑬云脚低:云气边缘低垂。　⑭暖树:向阳之树。　⑮白沙堤:即白堤。　⑯题名:此大林寺,在江西庐山上。　⑰芳菲:本为花草的芳香,这里代指花树、花草。

六、白居易诗歌的艺术特色

白居易诗以现实主义精确描绘见长,偶或带浪漫主义色彩,是一位继承发扬《诗经》以来优秀传统的现实主义大师。白诗的基本风格就是平易浅切、明畅通俗。王若虚说:"乐天之诗,情致曲折,入人肝脾,随物赋形,所在充满,殆与元气相侔①。至长韵大篇,动数百千言,而顺适惬当,句句如一,无争张牵强之态。此岂燃断吟须悲鸣口吻者之所能至哉!而世或以浅易轻之,盖不足与言矣。"(《滹南集·诗话》)赵翼说:"中唐诗,以韩孟、元、白为最。韩孟尚奇警,务言人所不敢言;元白尚坦易,务言人所共欲言。""坦易者,多触景生情,因事起意,眼前景,口头语,自能沁人心脾,耐人咀嚼。"(《瓯北诗话》)

白诗的艺术特色,首先就表现在语言的通俗平易上,这是与他的诗风紧密联系的一个特点。白诗文字浅显,很少用典故和古奥词句,还特别喜提炼民间口语、俗语入诗。《唐音癸签》引《阅耕余录》说:"白太傅诗:'暑退衣服干,潮生船舫活',吴中以水涨船动为船活,采入诗中,便成佳句。"有人统计,白诗中的俗语有:而今、匹如、些些、耳冷、妒他、欺我、生憎、勿留、赢垂、温暾等等,看来力求做到通俗易懂是他自觉追求的艺术目标。宋洪惠的《冷斋夜话》就记载:"白乐天每作诗,令老妪解之,问曰解否?妪曰解,则录之,不解则易之。"可贵的是,白诗并不只是浅显,他善于在浅显中出警语,使诗言浅而意深。例如《卖炭翁》中写卖炭老人生活的艰辛:"可怜身上衣正单,心忧炭贱愿天寒。"写出矛盾,愈益突现老人的悲苦,平易中见奇警。正如刘熙载所说:"香山用常得奇,此境良非易到"(《艺概》)。更为可贵的是,白诗能以浅近之语,寄托讽谕之意。一般说来,政治讽谕诗,作者总要把诗写得隐晦曲折、模棱两可,而白诗用浅显平易的语言表达政治讽谏的内容,取得了怵目惊心的艺术效果,《轻肥》一诗描写了内臣、大夫、将军们赴宴会的气概和席上酒食的丰美,结句冷不丁地写道:"是岁江南旱,衢州②人食人。"径直的联想使人触目惊心。《重赋》一诗明显地揭露"无名税"的流弊,结尾作者依托输税农民的口喊道:"夺我身上暖,买尔眼前恩。"愤怒直白的语言使猾吏无地自容。所以,赵翼说:"其笔快如并剪③,锐如昆刀④,无不达之隐,无稍晦之词;工夫又锻炼至洁,看似平易,其实精纯。"(《瓯北诗话》),袁枚也说白诗"意深词浅,思苦言甘"(《续诗品》)。

其次,白诗的艺术特点还表现在刻画人物上,他能抓住人物的特征,用白描的方法勾勒出鲜明生动的人物形象。试看《卖炭翁》中卖炭老人的肖像:"满面尘灰烟火色,两鬓苍苍十指黑"——浮雕似地站在读者面前。《琵琶行》中琵琶女演奏的情态则是:"千呼万唤始出来,犹抱琵琶半遮面。转轴拨弦三两声,未成曲调先有情。弦弦掩抑⑤声声思,似诉平生不得

白诗的风格平易浅切 明畅生动

---

①侔 móu:如同、相当。　②衢州:在今浙江西部。衢 qú,四通八达的大路。　③并剪:即并州剪,太原剪刀。　④昆刀:即西戎所产昆吾刀。　⑤弦弦掩抑:弹奏中用掩抑的手法发出低回幽咽的悲音。掩,按;抑,遏。

志。低眉信手续续弹,说尽心中无限事……"一个饱经世态炎凉、自卑而略带自负的女艺人连带她所弹奏的声乐都浮现在读者眼前、耳中。这段下面还有一段对声乐的描写,真是描绘音乐的美文,千古传颂。

再次,白诗的艺术特色,还表现在题材的选择上,他的诗作往往做到了题材典型、主题鲜明突出。他的诗作大都能从社会现实中选取最有典型意义的题材,一事一咏,"首句标其目,卒章显其志",问题显豁,主旨深刻——显然他已经把他关于写新乐府诗的理论化为自觉的行动了。

七、白居易的影响

白居易最大的贡献和影响,是继承发扬了我国诗歌的现实主义传统,掀起了一个新乐府运动。

就其诗作来说,在他的影响下,形成了一个浅切的诗派,或者叫通俗诗派。晚唐现实主义诗人皮日休、聂夷中,宋代王禹偁、梅尧臣、苏轼、陆游,清代吴伟业、黄遵宪等都在不同方面、不同程度地从白诗中吸取养料。另外,元明清剧作家把白诗改编为戏剧,如白朴的《梧桐雨》、洪升的《长生殿》是由《长恨歌》改编,马致远的《青衫泪》、蒋士铨的《四弦秋》则由《琵琶行》改编。

白诗声名远播国外,当时朝鲜商人就曾求索白诗,带回卖给该国宰相。日本僧人也曾抄白集带回,至今日本还保存有当时的抄本。

第七节　古文运动和韩柳散文

在中唐文坛上,与白居易新乐府运动相呼应的是韩愈、柳宗元领导的古文运动,古文运动的成就就成了唐代散文成就的标志。

一、古文运动的由来和基本内容

唐代前期文坛,一方面沿袭南朝余风,骈文仍盛行;另一方面反对骈文的倾向同时存在,陈子昂、萧颖士、李华、元结、独孤及、柳冕等在理论和实践上为古文运动准备了条件。古文这一概念的提出,始于韩愈。韩愈主张恢复先秦和汉代散文内容充实、句式长短自由、朴质流畅的传统,称这样的散文为古文。他正式提出了古文的名称,与文坛上流行的骈文相对应。他的门人李翱、皇甫湜等都追随韩愈写作古文,摒弃骈文。到了唐宪宗元和时期,这个运动又得到了柳宗元的参与,声势更大。从贞元到元和的二三十年间,古文实绩显著,压倒了骈文,占据了文坛主导地位。这就是我国文学史上所谓的唐代古文运动。

产生古文运动的社会根源是:安史之乱以后,大唐王朝逐渐走向衰弱,国内藩镇割据、宦官专权;边境又受吐蕃、南诏的侵扰;思想领域佛、道二教兴盛,僧尼道姑已成一种特殊势力,与王朝的利益产生矛盾。一部分文人幻想由稳定社会秩序到国家统一强盛,要求进行政治改革,"遵崇儒道,攘斥佛老",同时要求文章为改革服务,屏弃华而不实、吟风弄月的骈文。古文运动便是在这样的社会政治背景下产生的。

产生古文运动的文学内在原因则是:六朝时期骈文鼎盛,散文相对衰弱,经过隋和初唐,骈文从高潮上跌落下来,逐渐走向了它的反面,那种追求声律对偶、词藻华丽的要求已经变成反映现实生活、表达新鲜活泼思想的桎梏,这样,改变文体就势在必行了。再加上促成这一改变的是韩、柳这样的大手笔,他们有理论、有实践,自然振臂一呼应者云集,蔚成风气。

韩、柳关于文体革新理论的基本内容有两方面,一是强调文道合一。韩愈提倡"学古道而欲兼通其辞;通其辞者,本志乎古道者也"(《题欧阳生哀辞后》),即所谓文以载道;柳宗元主张"文者以明道"(《答韦中立论师道书》)。韩、柳强调的文道合一,并非把它们看做是并列平行的关系,而是认为道(内容,即思想性)是主体、灵魂,文(形式,即艺术性)是手段和工具,文的作用在于载道,载了道就能行事。所以,要求"因事陈词",即文必须为道服务,形式必须为内容服务。至于什么是"道"?韩愈所指即以孔孟为正宗的儒家思想体系,"非向所谓老与佛之道"(《原道》)。柳宗元也谈儒道,但门户之见较少,说"本之《书》①以求其质,本之《诗》以求其恒,……此吾所以取道之原也"(《答韦中立论师道书》)。这种文道合一的认识,在当时是有一定积极作用的。

二是复兴古文,改革文风。古文运动是在复兴古文的旗帜下,强调革新的运动,他们主张在先秦、两汉文章的基础上,创立新的散文,反对六朝以来的骈文。韩愈主张学古文应"师其意,不师其辞"(《答刘正夫书》),要有自己的独创。在文学语言方面,他提出两个要点:(一)"惟陈言之务去"(《答李翊书》),即扬弃陈言滥调,创造表现自己个性的新鲜词语,即所谓"词必己出"(《樊绍述墓志铭》);(二)"文从字顺各识职"(同上)就是说,在文学语言的要求上,语法要合乎规范,字句要准确恰当。前者的中心点是语言的新颖;后者中心点则是文笔的顺畅;两相结合就能建立一种新颖流畅的新文体。

显而易见,韩柳的古文运动是散文的一次革命,是以复古为旗帜的文学革新,它推动了文学的前进。

二、韩愈的散文创作

韩愈(768—824)字退之,河阳(今河南孟县)人。自谓郡望昌黎②,世称韩昌黎。3岁丧父,由兄抚育。幼年刻苦好学,及长,尽通六经百家之学。25岁中进士,29岁做官,先后做过汴州观察推官、四门博士、监察御史等,因上书论天旱人饥状,请减免徭役赋税,指斥朝政,被

①《书》:这里指《尚书》。 ②郡望昌黎:昌黎地方的显贵家族。郡望,魏晋至隋唐时,每郡显贵的世族称郡望,意思就是世居某地为当地所仰望者。

贬为阳山①令。50 岁时从裴度征讨淮西吴元济有功,升迁刑部侍郎。后二年,因上书谏迎佛骨入大内,触怒宪宗,几被杀,乃贬为潮州刺史,改官袁州刺史。穆宗时,召为兵部侍郎,转京兆尹,官至吏部侍郎。卒年 57 岁。著有《昌黎先生集》。

韩愈是继司马迁以后的又一位散文大家,被列为唐宋八大家之首。一生写了 300 多篇散文,内容丰富,形式多样,语言鲜明简练,新颖生动,为古文运动树立了典范,无论是在当时,还是在后世都享有盛誉。

韩文的风格雄健奔放、曲折自如。苏洵说:"韩子之文,如长江大河,浑浩流转,鱼鼋蛟龙,万怪惶惑"(《上欧阳内翰第一书》),李耆卿说"韩如海"(《升庵诗话》卷五引),刘熙载说:"昌黎之文如水","浩乎"、"沛然";"'一波未平,一波已作,出入变化,不可纪极,而法度不乱',此'姜白石诗说'也,是境常于韩文遇之。"(《艺概》)这些都说明了韩文气势磅礴、波澜曲折、语言顺畅的特点。

韩文分论说、杂文、传记、抒情四类,各类都有传世之作。

他的论说文是以明儒道、反佛教为主要内容的,多为"因事陈辞"之作,逻辑性强、观点鲜明,锋芒毕露,较为典型地体现了他的文风。《师说》、《原毁》、《谏迎佛骨表》、《争臣论》都是代表作。

他的杂文小品也很有特色,笔锋犀利,形式活泼,辩难色彩强烈。张廉卿说:"昌黎诸短篇,遒古而波折自由,简峻而规模自宏,最有法度,而转换变化处更多"(转引自《唐宋文举要》),且看《杂说四·马说》②:

　　世有伯乐③,然后有千里马;千里马常有,而伯乐不常有。故虽有名马,祇辱于奴隶人之手④,骈死⑤于槽枥⑥之间,不以千里称也。

　　马之千里者,一食⑦或尽粟一石;食马者,不知其能千里而食也,虽有千里之能,食不饱,力不足,才美不外见;虽欲与常马等不可得,安求其能千里也?

　　策之⑧不以其道,食之不能尽其材,鸣之不能通其意,执策而临之,曰:"天下无马。"呜呼! 其真无马邪? 其真不知马也!

寓意精警,结构精巧,设问慨叹,抑扬反复,真有尺幅千里之势。

他的传记继承了《史记》的传统,叙事中刻画人物,议论、抒情妥贴入妙,《张中丞传后叙》是公认的名篇。

总起来说,韩愈的文章体裁众多,又极富于创造性,好多篇章被后人奉为典范。在语言方面,他创造了许多精辟的语句,已成为千古流传的成语,例如,"业精于勤荒于嬉,行成于思毁于随"、"细大不涓"、"摇尾乞怜"、"同工异曲"、"去故就新"、"蝇营狗苟"等等。韩文有追求

---

①阳山:这里是指四川的汉源。　②题名:本题共四篇,均为托事寓意的短论,此是其中的一篇。③伯乐:实有其人,《战国策·楚策》说他是秦国人,善相马,爱马,良马见之"俯而喷,仰而鸣,声达于天,若出金石声"。　④"祇辱于"句:只是被役使人使唤着。祇,只;奴隶人,役使者。　⑤骈死:同一般的马同死在一起。　⑥槽枥 lì:拴马之槽。枥,木名。　⑦一食 sì:一顿饭。食,喂马。　⑧策之:这里作使用讲。

新奇、艰深冷僻的缺点。

三、柳宗元的散文创作

柳宗元(773—819)字子厚,河东(今山西永济)人,世称柳河东。21 岁中进士,31 岁任监察御史里行。曾参加王叔文革新集团,被任命为礼部员外郎。革新失败后,他被贬为永州司马。10 年后,改为柳州刺史,故又称柳柳州。宪宗元和十四年,病死在柳州任上,年仅 47 岁。著有《柳河东集》。

柳宗元像

(清上官周作,采自《晚笑堂画传》)

柳宗元是古文运动的两大倡导者之一,一生写下几百篇散文,显示了古文运动的实绩。散文家中有韩、柳,犹诗家之有李、杜。韩、柳两人的散文交相辉映,不相上下,但历来却常有扬韩抑柳或抑韩扬柳的争论。其实,韩、柳主要是艺术风格的不同,大可不必分出轩轾①。韩文具有阳刚之美,雄奇刚健,自由奔放,柳文则多阴柔之美,清峻峭刻,幽深明净;在行文结撰上,韩文"猖狂恣睢",跌宕生姿,柳文"精裁密致,灿若贝珠"(《旧唐书》本传),法度谨严。韩愈评柳宗元的文章:"雄深雅健似司马子长"②(同上)吕本中说:"韩退之文浑大广远难窥测,柳子厚文分明见规模次第"(《童蒙诗训》)。刘熙载说:"柳文如奇峰异嶂,层见叠出。所以致之者,有四种笔法:突起、纡行、峭收、缦③回也。""柳州记山水、状人物、论文章,无不形容尽致,其自命为'牢笼百态'因宜。"(《艺概》)刘师培说:"子厚之文,善言事物之情,出以形容之词,而知人论世,复能探原立论,核核④刻深,名家之文也。"(《论文杂记》)这些评论可以帮助我们体味柳文的风格。

柳宗元的散文主要有论说、寓言、传记和山水游记四大类。论说文笔锋犀利,逻辑严密、语言精练。《封建论》、《断刑论》为长篇政论,《桐叶封弟辨》、《晋文公问守原议》为短篇,都是著名的议论文。特别是《封建论》,对古代社会的分封制度做了详细的分析,提出以郡县制代替分封制的历史必然性,驳斥企图以分封搞割据的倒退思想。文章立论坚实,论证严密,洋洋洒洒,具有无法阻挡的逻辑力量。林纾称为"古今至文,直与《过秦》抗席"(《韩柳文研究法》)。

柳之寓言,多用来讽刺、抨击当时的社会丑恶现象,文章短小警策,善于以物拟人,寓含深远,表现作者的讽刺才能。《三戒》即"临江之麋"、"黔之驴"、"永某氏之鼠"是著名讽刺小品,三篇写三则动物故事,隐寓当时三种人生,描写真切形象,寓含冷峻深沉。继《庄子》、《韩非子》、《吕氏春秋》之后,在柳宗元手中,寓言故事又向前发展了一步。

柳文的传记,一种是写上层的正直官员,如《段太尉逸事状》,传写了一位正直官吏段秀

①轩轾 xuān zhì:比喻高低优劣。前高后低曰轩,而前低后高曰轾。 ②司马子长:即司马迁,迁字子长。 ③缦 màn:通慢,舒缓。 ④核核:这里原为核覈二字,覈 hé,仔细对照考察,现简化为核。

实的几则关心人民疾苦与豪强斗争的事迹,人物虎虎有生气,文章丰富饱满,向来与韩愈的《张中丞传后序》并称。另一种则是传写下层小人物的辛酸和业绩,如《捕蛇者说》、《童区寄传》、《种树郭橐驼①传》、《宋清传》等。柳宗元的传记大都以真人真事为基础,略带夸张和虚构,有的还有寓言的意味,清桐城派文家对此颇有微词,认为有"小说气"。其实,这些手法可以看做是文学传记的特色。

柳文中的山水游记,是最为脍炙人口的,它们在散文史上具有里程碑的地位,柳宗元也因而被称为"游记之祖"。著名的如"永州八记",即《始得西山宴游记》、《钴鉧潭记》、《钴鉧潭西小丘记》、《至小丘西小石潭记》、《袁家渴记》、《石渠记》、《石涧记》、《小石城山记》,这八记均写于贬谪永州以后,它们模山范水,牢笼百态,同时托意遥深,往往抒写胸中不平之气。且看《钴鉧潭西小丘记》②:

> 得③西山后八日,寻山口西北道二百步,又得钴鉧潭。潭西二十五步,当湍而浚者,为鱼梁④。梁之上有丘焉,生竹树。其石之突怒偃蹇⑤,负土而出,争为奇状者,殆不可数。其嵚然⑥相累⑦而下者,若牛马之饮于溪;其冲然角列而上者,若熊罴⑧之登于山。

> 丘之小不能一亩,可以笼⑨而有之。问其主,曰:"唐氏之弃地,货而不售⑩。"问其价,曰:"止四百。"余怜而售之。李深源、元克己⑪时同游,皆大喜,出自意外。即更取器用,铲刈秽草,伐去恶木,烈火而焚之。嘉木立,美竹露,奇石显,由其中以望,则山之高,云之浮,溪之流,鸟兽之遨游,举熙熙然⑫回巧献技⑬,以效⑭兹丘之下。枕席而卧,则清泠之状与目谋⑮,潺潺之声⑯与耳谋,悠然而虚者与神谋,渊然而静者与心谋。不匝旬⑰而得异地者二,虽古好事之士,或未能至焉。

> 噫!以兹丘之胜,致之沣、镐、鄠、杜⑱,则贵游之士争买者,日增千金而愈不可得。今弃是州也,农夫渔父过而陋之,贾四百,连岁不能售。而我与深源、克己独喜得之,是其果有遭乎!书于石,所以贺兹丘之遭⑲也。

---

①橐 tuó 驼:驼背的人。　②题名:涉及钴鉧潭的柳文有两篇,一篇是《钴鉧潭记》,另一篇就是《钴鉧潭西小丘记》。钴鉧 gǔ mǔ 潭,在今湖南零陵县西;钴鉧,熨斗。　③得:这里作发现、寻访讲。　④鱼梁:堵水的石堰。中间有空缺,可以安放捕鱼器。　⑤突怒偃蹇:山石奇崛的形状。突怒,高高突起;偃蹇 yǎn jiǎn,屈曲宛转貌。　⑥嵚然:山势耸立的样子。嵚 qīn,小而高的样子。　⑦相累:层层相垒。　⑧罴:人熊、马熊。　⑨笼:包罗、全部占有。　⑩货而不售:已估价但久未售出。　⑪李深源、元克己:与作者同时贬永州的两个友人,李原为太府卿,元原为侍御史。　⑫举熙熙然:全部和乐地。举,全部;熙熙然,和乐的样子。　⑬回巧献技:这更是拟人化的说法,即山、云、溪流、鸟兽都运用各自的巧慧,献出技艺。　⑭效:呈献的意思。　⑮"则清泠"句:那清凉明净的泉,眼睛观赏起来觉得十分和谐惬意。泠 líng,寂静;谋,相合、相得。　⑯潺潺 yíng yíng:泉水流动声。　⑰不匝旬:不满十天。旬,十天。　⑱沣、镐、鄠、杜:四处都是都城近郊豪贵游乐名胜地。沣,在今陕西户县东;镐,在西安市西南;鄠,在陕西户县;杜,在西安市东南,即杜陵。　⑲遭:被赏识,即今说有缘。

着力摹写小丘群石的奇状异态和游丘的佳趣,感伤小丘久未遇识主的命运,寓含自身久贬不迁的感叹。柳文的山水游记大多具有这样一些特色:在摹写自然风光中,寄托了自己深厚的思想感情;描绘山水形神兼备,使山水具有人的性格;造语新颖、比喻生动,精练优美而不露雕琢痕迹。

我国山水游记散文不如山水诗发达,齐陶弘景《答谢中书书》、梁吴均《与宋元思书》是较早的山水名篇,以后郦道元的《水经注》对景物描绘细致逼真,语言隽美,发展了山水游记。柳文则在此基础上,更把自己的身世遭遇、思想感情融合于栩栩如生的自然景物的描绘中,使山水游记成为独立的文学散文体裁——一种文学精品。柳宗元的功绩是巨大的,宋代苏轼、明代徐宏祖、清代的姚鼐都受到他的影响。

四、古文运动的趋向和衰落

中唐古文运动有力地打击了骈文的长期统治,开创了我国文学史上新的散文传统,北宋欧阳修等的诗文革新运动,明代唐顺之、茅坤、归有光以及清代桐城派文家都曾受到它的启发和影响。

就中唐当时情况而言,文学性散文完全占领了文坛,应用散文使用也非常普及,韩门弟子李翱、李汉、皇甫湜、樊宗师等积极从事散文写作,古文运动的支持者刘禹锡、白居易等也创作了大量的散文。

不过,中唐散文作家作品的数量虽多,却没有赶上韩、柳的作品;另外,韩、柳以后,古文运动却趋向于歧途,形成消歇的态势。韩、柳的继承者李翱、皇甫湜、孙樵等片面地发展了韩愈的创新的主张,追求奇异怪僻,以致路子越走越窄,成就也就越来越小。

晚唐时期,散文衰落,骈文复兴。杜牧的《阿房宫赋》是一个标志。只有晚唐讽刺小品不随流俗,继承古文传统放射出异样的光彩。

第八节　中唐其他诗人

造成中唐诗歌繁荣景象的,除了新乐府运动诸诗人以外,还有刘长卿、韦应物、韩愈、孟郊、贾岛、刘禹锡、大历十才子①、李益、柳宗元、李贺等等,他们各有擅长,艺术风格迥异,真所谓名家荟萃,争奇斗艳,显现出唐诗的第二次高潮。

---

①大历十才子:活跃于大历年间的十位才子,他们是卢纶、吉中孚、韩翃、钱起、司空曙、苗发、崔峒、耿沣、夏侯审、李端。

一、韩孟诗派

韩愈在提倡古文运动的同时,也努力于诗歌的革新、创造。他和孟郊过往甚密,交谊深厚,又常在一起联句唱和,工力匹敌,又都追求奇险,因此人们论诗,常相并举,称韩孟诗派。这个诗派除韩孟外,还有贾岛、卢仝等。

韩愈存诗300多首,他诗歌的特点在于:一是奇崛险怪,想象奇特,追求新颖的意境;在遣词造句上用奇字、造拗句、押险韵;二是以文为诗,把散文的气势和句式带到诗作中。这种诗风对扭转大历以来平庸靡荡的诗作起了冲击、矫正的作用,对于宋诗特点的形成也有一定的影响。当然,过分求新求奇、议论过多的倾向,也产生了流弊。

韩愈的写景诗就别具一格。例如《山石》:

　　　　山石荦确①行径微②,黄昏到寺蝙蝠飞,升堂坐阶新雨足,芭蕉叶大栀子③肥。僧言古壁佛画④好,以火来照所见稀。铺床拂席置羹饭,疏粝⑤亦足饱我饥。夜深静卧百虫绝⑥,清月出岭光入扉⑦。天明独去无道路,出入高下穷烟霏⑧,山红涧碧纷烂漫⑨,时见松枥皆十围⑩。当流赤足踏涧石,水声激激⑪风吹衣。人生如此自可乐,岂必局束⑫为人靰⑬? 嗟哉吾党二三子⑭,安得至老不更归⑮。

这是一首融会散文笔法的记游诗,即景抒怀,笔力遒劲。方东树称赞:“虽是顺叙,却一句一样境界,如展画图,触目通层在眼,何等笔力! ……从昨日追叙,夹叙夹写,情景如见,句法高古,只是一篇游记,而叙写简妙,犹是古文手笔。”(《昭昧詹言》)再看他的写景绝句《早春呈水部张十八助教》二首之一⑯:

　　　　天街⑰小雨润如酥⑱,草色遥看近却无。最是一年春好处,绝胜⑲烟柳满皇都。

早春微雨,诗情画意,平淡中见浓郁。

韩诗题材广泛,除写景诗外,政治诗也有佳作,如《左迁至蓝关示侄孙湘》⑳:

---

①荦确:崎岖不平。荦luò,山多大石貌。　②微:狭小。　③栀子:即栀子树,常绿灌木,夏季开花,白色很香,果实可入药。　④佛画:有佛教故事、佛像的画。　⑤疏粝:简单的菜饭。粝lì,糙米。　⑥百虫绝:指听不到任何虫叫。　⑦扉:门户。　⑧穷烟霏:过尽了烟雾云团。　⑨“山红”句:山花红、涧水碧,纷繁照映,色彩鲜明美丽。　⑩松枥皆十围:松树、枥树都有十围粗。枥lì,即栎树、柞树,树叶可养蚕;十围,形容树粗壮,围,量词,两手手指合拢的长度为一围。　⑪激激:水流腾涌、飞溅的样子。　⑫局束:犹局促。　⑬为人靰:为人摆布,不自由。靰jī,马络头。　⑭吾党二三子:指跟随自己的志同道合的几个朋友。　⑮不更归:即更不归,还不归隐的意思。　⑯题名:这首诗写于长庆三年(823),原作两首,此其一。水部张十八助教,即张籍,张时任水部通政令员外郎;张排行十八,助教,学官名,协助国子监博士传授儒家经学。　⑰天街:皇城中的街道。　⑱润如酥:滋润如酥油。　⑲绝胜:远远超过。　⑳题名:这是元和十四年(819)韩愈赴潮州途中所作。韩因上《谏迎佛骨表》触怒唐宪宗,由刑部侍郎贬为潮州刺史。左迁,贬官;蓝关,即蓝田关,在陕西蓝田县东南;侄孙湘,他的侄儿老成的长子,即传说中的韩湘子。

一封朝奏①九重天②,夕贬潮阳路八千③。欲为圣明④除弊事⑤,肯将衰朽惜残年⑥。云横秦岭⑦家何在？雪拥蓝关马不前。知汝⑧远来应有意,好收吾骨瘴江边⑨。

这首诗写于元和十四年(819)南贬潮州路经蓝关途中。无辜放逐,悲愤交织,沉郁顿挫,意境浑厚。

孟郊(751—814)字东野,潮州武康(今浙江武康)人。屡试不第,46岁才中进士,50岁作溧阳尉,后愤然辞归,一生清寒,有《孟东野集》。由于他一生穷愁潦倒,广泛地接触到了社会现实矛盾,对劳动人民的苦难体会真切,反映在诗作中就十分感人。如《寒地百姓吟》⑩:

无火炙地眠⑪,半夜皆立号⑫。冷箭⑬何处来,棘针⑭风骚劳⑮。霜吹⑯破四壁,苦痛不可逃。高堂捶钟饮,到晓闻烹炮⑰。寒者愿为蛾,烧死彼华膏⑱。华膏隔仙罗⑲,虚绕⑳千万遭。到头落地死,踏地为游遨㉑。游遨者谁子㉒,君子为郁陶㉓。

以极大的悲痛描绘人民寒夜的痛苦,声泪俱下,由于对照,悲愤更为深广。

他自述贫困窘境的诗也写得十分悲苦感人,如《秋怀》之一:

秋月颜色冰㉔,老客志气单㉕。冷露滴梦破,峭风梳骨寒㉖。席上印病纹,肠中走愁盘㉗。疑怀无所凭㉘,虚听多无端。梧桐枯峥嵘㉙,声响如哀弹㉚。

晚年寄居洛阳时作,当时贫病交加、愁苦不堪,诗作就秋月落笔,色调冷峻,措词苦涩凝重。孟诗擅长描绘穷态苦况,如"食荠肠亦苦,强歌声无欢。出门如有碍,谁谓天地宽"？(《赠崔纯亮》)"吹霞弄日㉛光不定,暖得曲身成直身"(《答友人赠炭》)等。

他不仅吟苦而且苦吟,作诗苦思锤炼,出语瘦硬奇警、入木三分,形成了一种古朴险僻的诗风。《夜感自遣》一诗就说明他的创作态度的严肃:"夜学晓不休,苦吟鬼神愁。如何不自闲,心与身为仇。"他的诗风和创作态度受到韩愈的称赞:"横空盘硬语,妥贴力排奡㉜"(《荐

①一封朝奏:指他的《谏迎佛骨表》。 ②九重天:代指皇帝。 ③路八千:潮州距长安八千里。 ④圣明:即圣主明君,圣上。 ⑤"除弊事"句:指打消迎佛骨一事。 ⑥"肯将"句:岂肯顾惜老命。 ⑦秦岭:在蓝田东南。 ⑧汝:指韩湘。 ⑨"好收"句:潮州当时是荒僻之地韩愈自以为必死,所以嘱托侄孙去瘴疠江边去收他的尸骨。 ⑩题名:此诗写于元和元年(806),孟郊当时为河南尹郑余庆幕僚。 ⑪"无火"句:没炉火,只好烤地而眠。 ⑫"半夜"句:半夜冻醒都站着号哭。 ⑬冷箭:刺骨的寒风。 ⑭棘针:也喻刺骨的寒风。 ⑮骚劳:即骚骚,风声 ⑯霜吹:即霜风。 ⑰"高堂"两句:高贵人家饮宴时敲钟奏乐,烹炒美食的香气,一夜到天亮。高堂,指高贵人家。 ⑱华膏:华灯。 ⑲仙罗:罗幔。 ⑳虚绕:白白地在幔外飞绕。 ㉑"踏地"句:被游遨者践踏而死。 ㉒谁子:是什么人。 ㉓"君子"句:君子当为此愤郁悲思。郁陶 yáo,悲愤积聚。见《孟子·万章》:"郁陶思君尔。" ㉔"秋月"句:秋夜月亮惨淡而生寒。 ㉕"老客"句:久客在外的人气单而怯。 ㉖梳骨寒:即彻骨生寒。 ㉗走愁盘:即愁肠九转。 ㉘"疑怀"句:精神恍惚无所依靠。 ㉙"梧桐"句:枯槁的梧桐树突兀树立着。 ㉚"声响"句:风吹声响如同哀乐一般。 ㉛吹霞弄日:指炭火闪烁。 ㉜力排奡:矫健有力。奡 ào,矫健。

士》),两人有所谓"孟诗韩笔"的合称。苏轼《读孟郊诗》云:"诗从肺腑出,出辄愁肺腑。"他的诗也有写得平易近人的,如写母爱的《游子吟》。

与孟郊一样以苦吟著称的还有一人,那就是贾岛。后人有"郊寒岛瘦"之称。贾岛(779—843)字阆仙,范阳(今河北涿州)人。早年出家为僧。后到长安青龙寺。得韩愈赏识而还俗,曾官长江主簿,人称范长江,有《长江集》。

贾岛作诗苦吟程度较孟郊更甚,走路、吃饭、睡觉都要作诗,有时弄得面容枯槁、如痴如狂的地步。他在《送无可上人》的"独行潭底影,数息树边声"两句下面,自注"两句三年得,一吟双泪流",足见用心之苦。"推敲"的典故就出自于他。

贾诗反映现实程度不深,大多抒写自家凄凉寂寞的生活境遇和自然景物,具有清奇僻苦的风格。他擅长于五律,诗中时有警句,传颂一时,如"秋风吹渭水,落叶满长安"、"长江人钓月,旷野火烧风"、"怪禽啼旷野,落日恐行人"等等。司空图《与李生论诗书》曰:"贾阆仙时有警句,视其全篇,意思殊馁。"意境完整、诗味浓郁的大多是绝句,如《渡桑乾①》:"客舍并州已十霜,归心日夜忆咸阳。无端更渡桑乾水,却望并州②是故乡。"《刺客》:"十年磨一剑,霜刃未曾试。今日把试君,谁有不平事?"《寻隐者不遇》:"松下问童子,言师采药去。只在此山中,云深不知处。"等。

贾诗的清奇僻苦对后世产生影响:晚唐李洞尊贾为佛,南唐孙晟③画贾岛像于屋壁,朝夕膜拜;南宋的永嘉四灵和江湖派,明代的竟陵派和清代同光体都学他的诗。

二、刘禹锡和柳宗元

刘禹锡和柳宗元诗风不同,不是一个流派,但他们是有着相同政治遭遇的好友,柳死后,文集是由刘编集行世的,人称"刘柳"。

刘禹锡(772—842)字梦得,洛阳(今属河南)人,贞元九年(793)进士,曾参加王叔文政治革新集团,失败后贬为朗州司马,以后在外地任职20多年,晚年迁太子宾客。有《刘宾客集》。

刘禹锡又与白居易齐名,世称"刘白"。白居易说:"刘梦得诗豪者也,其锋森然,少敢当者。"(《刘白唱和集解》)胡应麟说:"梦得骨力豪劲。"(《诗薮》)刘禹锡的诗确实有一种豪劲稳练、雄健爽朗的风格。这种风格在他的咏史诗和政治讽刺诗中表现得最为明显。试看他的《西塞山怀古》④:

---

①桑乾:即桑乾河,为永定河上游,源出山西桑乾山。 ②并州:指山西太原一带。 ③孙晟:南唐文学家。晟 shèng,光明旺盛。 ④题名:西塞山在今湖北黄石市,地势险要。长庆四年(824)刘禹锡沿江东下,经过西塞山,便写下这首诗。

王濬楼船下益州①，金陵王气黯然收②。千寻铁锁沉江底③，一片降幡出石头④。人事几回伤往事⑤，山形依旧枕江流⑥。今逢四海为家日，故垒⑦萧萧芦荻秋。

全诗立意高远，融怀古、慨今、垂诫于一体，具有高度概括力。全诗胜意叠出，意境雄浑，具有悠远广漠的时空感。相传这首诗是他和元稹、白居易等论南朝兴废，相约赋诗，刘先成，白居易览诗曰："四人探骊龙⑧，子先获珠，所余鳞爪何用耶?"于是罢唱（见《唐诗纪事》）。他的《金陵五题》一向被推为怀古五绝唱，后世诗词依意仿作者极多。试看《乌衣巷》⑨："朱雀桥边野草花，乌衣巷口夕阳斜。旧时王谢堂前燕，飞入寻常百姓家。"《石头城》："山围故国周遭在，潮打空城寂寞回。淮水⑩东边旧时月，夜深还过女墙来。"浑厚沉练，寄意悠远，令人回味无穷。

刘禹锡具有进步的政治改革思想，经长期贬谪并没有使他改变。他的政治讽刺诗往往采用寓言托物的手法把镇压革新的权臣、宦官比作"利嘴迎人"的蚊子、"争腐鼠"的飞鸢、"笙簧百转"的百舌鸟，针对性强，形象逼真。有名的桃花公案诗也属于这一类。他被贬10年后回京，写了《戏赠看花诸君子》："紫陌红尘拂面来，无人不道看花回。玄都观⑪里桃千树，尽是刘郎去后栽。"权贵起而攻之，说他"语涉讥刺"，再贬播州⑫，后改连州⑬。14年后又回京师，他写了《再游玄都观》："百亩庭中半是苔，桃花净尽菜花开。种桃道士归何处?前度刘郎又重来。"嘲蔑之意溢于言表，据说又遭贬出。与咏史诗、政治诗相联系，他的一些寄托身世感慨的诗也写得流利飘逸、意象深远，如《酬乐天扬州初逢席上见赠》⑭：

巴山楚水⑮凄凉地，二十三年弃置身⑯。怀旧空吟闻笛赋⑰，到乡翻似烂柯人⑱。沉舟侧畔千帆过，病树前头万木春⑲。今日听君歌一曲⑳，暂凭杯酒长精神。

---

①"王濬"句：当年王濬的楼船从益州出发，追波逐浪顺流而下。王濬，西晋大将军，太康元年（280）伐吴，时任益州刺史，"作大船连舫，方百二十步，受二千余人，以木为城"（《晋书·本传》）。濬，即浚，挖深、疏通。　②"金陵王气"句：吴国灭亡的气象立即显现。黯然，昏暗、不光明。　③"千寻"句：指吴王孙皓以大铁锁沉江底沿充江防的事。后来王濬以麻油烧毁了铁锁。　④"一片"句：指孙皓还是举白旗投了降的事。降幡，降旗；石头，金陵又名石头城。　⑤"人事"句：建都金陵，雄踞江东，终于败而灭亡的事，不仅是东吴，还有其他。　⑥"山形"：指西塞山依旧枕江东流。　⑦故垒：指西塞山的旧垒。　⑧骊龙：黑色的龙，传说骊龙颔下有宝贵的骊珠。　⑨题名：乌衣巷，三国孙吴乌衣营驻地，在今南京秦淮河南，与朱雀桥靠近，东晋时期王、谢等权贵豪门聚居于此。　⑩淮水：指秦淮河。　⑪玄都观：在洛阳崇业坊。　⑫播州：即郎州，今湖南常德。　⑬连州：今广东连县。　⑭题名：这是一首赠答诗，诗人回顾了23年在巴山楚水的转徙生活，盛慨个人的遭遇和岁月蹉跎。　⑮巴山楚水：代指刘禹锡被贬谪的地区。巴山代指现今重庆市一带的山峦；楚水指今长江中游的水域。　⑯弃置身：指被排斥被贬谪的人。　⑰闻笛赋：指西晋向秀的《思旧赋》。向秀好友嵇康、吕安被司马昭杀害后，一次经过他们的旧居，听到邻居吹笛，怀念故人，写下了《思旧赋》。　⑱"到乡"句：用《述异记》典故，表示自己世事乖违的感慨。《述异记》载，王质入山砍柴，观看两童子下棋，一局终了，身旁的斧柄已经腐烂，回家发现已过百年。　⑲"沉舟"两句：两句原意有世事浮沉、宵小得势的慨叹。　⑳歌一曲：指白居易的赠诗《醉赠刘二十八使君》。

刘禹锡诗豪劲稳练·雄健爽朗

宝历二年(826)冬刘由和州刺史奉召回洛阳,与白相遇于扬州,写了这首和作。被贬外放20多年,旧友相继去世,怎不油然而生世道沧桑的感慨?但诗在悲处见振起,凄凉转豪劲。"沉舟"一联尤为历来所激赏,白居易称为"神妙之笔"。

刘禹锡的山水诗词藻瑰丽,取境优美,如《望洞庭》:"湖光秋月两相和,潭面无风镜未磨。遥望洞庭山水翠,白银盘里一青螺。"

值得注意的是,刘禹锡还在学习民歌的基础上,创造出一批新风格的民歌。他在朗州(今湖南常德)时,就发现"吃谣俚音①,可俪风什②",注意学习民歌。以后,经长期收集探索,终于取得成就。他创作的《竹枝词》、《浪淘沙词》、《踏歌词》等题材广泛,清新活泼,含思婉转。如《竹枝词》二首:"杨柳青青江水平,闻郎江上踏歌声,东边日出西边雨,道是无晴却有晴。""山桃红花满上头,蜀江春水拍山流。红花易衰似郎意,水流无限似侬③愁。"巧妙地运用比喻和双关,使诗充满生活情趣。(《竹枝词》本巴渝一带民间歌曲,每首七言四句,形同七绝,可歌唱。唐代刘禹锡、白居易等仿作者甚多,大多写风土人情。)

柳宗元是个散文家,他的诗歌也自成一格。现存诗140多首,都是贬谪以后所作,多数是直接抒写离乡去国的悲哀和愤懑不平的心情。柳诗明净简峭,一如其散文。沈德潜说:"柳州诗长于哀怨,得骚之余意"(《唐诗别裁》)。姚莹有云:"《史》洁《骚》幽并有神,柳州高咏绝嶙峋。"(《论诗绝句》卷九)后人评柳诗大多认为他是继承了陶渊明、韦应物等"峻洁"的传统,把他和王维、孟浩然、韦应物并称为"王孟韦柳"。且看他的《登柳州城楼寄漳汀封连四州》④:

　　　　城上高楼接大荒⑤,海天愁思正茫茫。惊风乱飐芙蓉水⑥,密雨斜侵薜荔墙⑦。

　　岭树重遮⑧千里目,江流曲似九回肠。共来百越⑨文身地⑩,犹自音书滞⑪一乡。

这是他贬官柳州后,寄给同贬的刘禹锡等四位朋友的,登楼触目伤怀,赋比交融,寄意不尽。再看他抒情写景的小诗《江雪》:

　　　　千山鸟飞绝⑫,万径人踪灭。孤舟蓑笠翁,独钓寒江⑬雪。

在幽旷澄洁冰雪中的钓翁不正是诗人高洁情怀的写照么?

竖排侧栏:刘禹锡和竹枝词　柳诗明净简峭

----

①吃谣俚音:民谣俗曲。吃 méng 谣,民间歌谣;俚音,俗曲。　②可俪风什:可以附丽诗章。俪,附丽、附着;风什,诗篇、诗章。　③侬:吴语,你。这里指我。　④题名:这是元和十年(815)所作。柳宗元和漳州(今福建漳州)刺史韩泰、汀州(今福建长汀)刺史韩晔、封州(今广东封开)刺史刘禹锡同为王叔文集团重要人物,革新运动失败后,都遭贬谪。柳在诗中怀念朋友,抒发愤郁不平的感慨。　⑤接大荒:看去尽是荒僻之地。接,目接;大荒,边荒之地。　⑥"惊风"句:疾风吹动着荷塘水面。惊风,疾风,飐 zhǎn,吹动;芙蓉水,荷塘水面。　⑦斜侵薜荔墙:斜打着爬满薜荔的高墙。侵,拍打;薜荔 bì lì,即木莲,蔓生香草。　⑧重遮:重重叠叠遮挡着。　⑨百越:古时对南方少数民族的泛称,也称百粤。　⑩文身地:身上刺花绣。这是古时南方少数民族的一种习俗。　⑪滞:阻滞。这里是音信不通畅的意思。　⑫飞绝:飞尽。　⑬寒江:指雪中的湘江。

三、"鬼才"李贺

在中唐诗坛上还有一个被称为"鬼才"的浪漫主义诗人李贺,他异军突起、独树一帜,震惊当时,也给晚唐诗坛以很大影响。

李贺(790—816)字长吉,福昌(今河南宜阳)人。他是没落的唐宗室后裔,自幼聪颖,童年即能词章。因得韩愈赏识,名声大扬。但在仕途上却很不得意,由于要避"家讳"(父名晋肃)竟不能参加进士考试。以后做了一个奉礼郎的小官,3年后辞去,心情抑郁,27岁就去世了。著有《昌谷集》。

李贺作诗勤奋刻苦。"恒从小奚奴①,骑距驴②,背一古破锦囊,遇有所得,则书投囊中。及暮归。太夫人使婢受囊出之,见所书多,辄曰:'是儿要当呕出心乃已尔。'上灯,与食。长吉从婢取书,研墨叠纸足成之,投他囊中。非大醉及吊丧日,率如此。"(李商隐《李长吉小传》)他自己也说:"长歌破衣襟,短歌断白发。"(《长歌续短歌》)足见他写诗的艰苦。

李贺诗奇崛冷艳

李贺像

李贺存诗240余首,其内容大致有下列四方面:揭露、讽刺黑暗政治和不良社会现实、抒发自己的失意和愤懑、描绘鬼魅和神仙、描写闺怨或景物。

李贺诗继承了我国屈原、李白的浪漫主义传统,又受韩孟诗派奇崛险怪的影响,锐意创造,字锻句炼,形成了自己浪漫主义奇崛冷艳的诗风。杜牧《李长吉歌诗序》云:"云烟联锦,不足以为其态也;水之迢迢,不足为其情也;春之盎盎,不足为其和也;秋之明洁,不足以为其格也;风樯阵马,不足以为其勇也;瓦棺篆鼎,不足以为其古也;时花美女,不足以为其色也;荒国陊殿③、梗莽秋垄,不足为其怨恨悲愁也;鲸吸鳌掷、牛鬼蛇神,不足以为其虚荒诞幻也。盖骚之苗裔,理虽不及,辞或过之。"王思任《昌谷诗解序》云:"以其哀激之思,变为晦涩之调,喜用鬼字,泣字、死字、血字"毛先舒《诗辩坻》云:"大历以后,解乐府遗法者,唯李贺一人。设色称妙,而词旨多寓篇外,刻于撰语,浑于用意。"这些评语各从一方面说明了李贺诗风。李诗想象力非常丰富,构思奇特,古往今来神话传说、梦境幻觉都可以融进诗的形象、意境中,且看《梦天》④:

> 老兔寒蟾泣天色⑤,云楼半开壁斜白⑥。玉轮轧露湿团光⑦,鸾珮相逢桂香

---

①小奚奴:小奴仆。奚奴,本指女奴,后泛指奴仆,奚童。 ②距驴:本应作"距驉",野兽,驴骡之属,因亦以称驴。 ③陊殿:颓坏的宫殿。陊 duò,破败、坠落。 ④题名:这是一首梦游太空的诗作。 ⑤"老兔"句:老兔、寒蟾为天色晦暗而发愁。古代神话传说,月中有兔、蟾蜍、嫦娥。 ⑥"云楼"句:空中楼阁半开着,月光斜照着白色的山墙。 ⑦"玉轮"句:明月如玉轮辗着露珠放出润湿的光环。

陌①。黄尘清水三山下,更变千年如走马②。遥望齐州九点烟③,一泓海水杯中泻④。

这是一首游仙诗。诗中描绘出一个空幻迷离、神奇美丽的天国,寄寓了诗人对人事沧桑的感慨。想象之丰富,穷极变化之妙。再看《金铜仙人辞汉歌》⑤:

> 茂陵刘郎秋风客⑥,夜闻马嘶晓无迹⑦,画栏桂树悬秋香,三十六宫土花碧⑧。
> 魏宫牵车指千里⑨,关东酸风射眸子⑩。空将汉月出宫门⑪,忆君清泪如铅水⑫。
> 衰兰送客咸阳道⑬,天若有情天亦老。携盘独出月荒凉,渭城⑭已远波声小。

诗大约写于元和八年(813)诗人离京赴洛时,以金铜仙人迁离汉宫的悲伤,寄托诗人自己的情思。诗中物与人、历史与现实融为一体,想象之丰富、语言的奇峭,使全篇充满了强烈的浪漫主义色彩。

有时,他直接描写鬼神,这就更增加了诗作幽冷奇诡的色彩,试看《苏小小墓》⑮:

> 幽兰露,如啼眼。无物结同心⑯,烟花不堪剪⑰。草如茵,松如盖,风为裳,水为珮⑱。油壁车,夕相待⑲。冷翠烛,劳光彩⑳。西陵下㉑,风吹雨。

此诗借描绘苏小小的精灵表达自己空幻孤寂的幽思。全诗亦鬼亦人,阴森幽寂,空灵缥缈,与楚辞《山鬼》异曲同工。

李诗的语言秾辞丽藻,也增加了诗作的瑰丽奇诡。正如钱锺书所说:“长吉词诡调激,色浓藻密。”(《谈艺录》)试看《雁门太守行》㉒:

---

①“鸾珮”句:与嫦娥相逢在桂子飘香的路上。鸾珮,雕着鸾鸟的玉饰,代指女子,这里代指嫦娥。②“黄尘”两句:在三座神山下面,陆地黄尘和汪洋的海水,变来变去,这千年的沧桑变化如同走马灯一般。三山,指古神话中的蓬莱、方丈、瀛洲三座山。　③“遥望”句:从天上俯瞰中国九州宛如九点烟尘。齐州,中州,即中国;九点烟,那九州,小得如同烟尘一般。　④“一泓”句:那大海就如同杯中倾倒出来的一杯水。泓hóng,水深而广,这里作量词,清水一汪叫一泓。　⑤题名:原诗有序:“魏明帝青龙九年八月,诏宫官牵车西取汉孝武捧露盘仙人,欲立置前殿。宫官既拆盘,仙人临载乃潸然泪下。唐诸王孙李长吉遂作《金铜仙人辞汉歌》。”　⑥“茂陵”句:指汉武帝刘彻。茂陵,汉武帝陵墓,在今陕西兴平县;秋风客,指汉武帝,他曾写过《秋风辞》。　⑦“夜闻”句:夜里听到马声嘶鸣,早晨起来却无迹可寻。　⑧“画栏”两句:两句均写汉宫的荒废凄凉;桂树空悬香、三十六宫只剩下青苔碧绿。三十六宫,汉代上林苑有离宫别馆三十六所;土花碧,青苔碧绿。　⑨指千里:前往千里之遥的洛阳。　⑩“关东”句:东边城门那尖利的风吹得铜人都落泪。关东,东边城门;酸风,催人眼酸落泪的风;眸子,眼珠,代指眼。　⑪“空将”句:只有汉月相随出了宫门。空,只;将,与、和;汉月,汉时的明月。　⑫“忆君”句:铜人怀念汉武帝的泪水像铅水一样流淌下来。　⑬“衰兰”句:铜人离京凄凉冷落,行于长安城外道路上。衰兰,形容衰败凄凉;咸阳道,代指长安道。　⑭渭城:秦都城咸阳汉称渭城,这里借指长安。　⑮题名:苏小小是南齐时钱塘名妓,李贺就墓摹写苏小小的鬼魂。　⑯“无物”句:空无一物却能结出同心结来。　⑰“烟花”句:烟焰从来不需剪。　⑱“草如茵”四句:草地作为垫子,松针作铺盖,风动的衣衫,水光却是玉珮。　⑲“油壁车”两句:油壁车日夕在等待。　⑳“冷翠烛”两句:燐火在放出光彩。冷翠烛,估计是指燐火;冷翠,给人以清凉感的翠绿色;劳,费烦。　㉑西陵下:在杭州西泠。　㉒题名:乐府《相和歌·瑟调曲》三十八曲之一,后人多用以写边塞争战之事。雁门,在今山西大同市东北。

黑云压城城欲摧①,甲光向日金鳞开②。角声满天秋色里,塞上胭脂凝夜紫③。
半卷红旗临易水④,霜重鼓寒声不起⑤。报君黄金台上意⑥,提携玉龙⑦为君死。

《雁门太守行》系乐府旧题,李贺此作写战士英勇赴敌,可能是有感于当时战乱将士牺牲而作。特色在于,诗作以浓艳奇丽的色彩来写悲壮惨烈的战斗,显得别具一格。

李诗也有缺点,由于生活狭窄和过分追求新奇险怪,流于晦涩、怪诞,理不胜辞。这缺点也影响了后世诗坛。

第九节　晚唐诗歌

晚唐时期是从文宗太和、开成之后到唐亡的 70 年。这一时期唐王朝中央政权显得特别虚弱,宦官专权、朋党交争,藩镇割据,人民生活困苦不堪,终于在 874 年爆发了黄巢农民大起义。

与盛、中唐诗坛相比,晚唐诗坛显得萧条冷寂。但是,正如有人所形容,没有皓月的夜空,星星的闪烁就愈益分明。"晚唐虽到了唐代文学的衰落的时期,却依然有许多诗人撑持着这一代诗坛最后的场面。其主要的倾向在浓丽宏敞,如小杜、温、李是。他如皮、陆之僻涩奥俏,于韩、孟为近;韦、罗之爽秀条畅,于元、白为近,亦各有其特点。"(陈子展《唐宋文学史》)晚唐诗歌也曾受后世偏爱而产生影响的,如宋初西昆诗人、宋末江湖诗人,清初冯舒、冯班等。

晚唐诗坛最突出的诗人是杜牧和李商隐,亦如盛唐之有李白、杜甫,因以称"小李杜"。

一、杜牧

杜牧(803—853)字牧之。京兆万年(今陕西西安)人。宰相杜佑之孙,26 岁中进士。曾在江西、淮南、宣歙诸使任幕僚 10 年,后出为黄、池、睦州刺史,官至中书舍人。著有《樊川文集》。

杜牧为人刚直,不喜逢迎,常遭排斥,从而对当时的社会政治保持清醒的批判态度。他有经邦济世的抱负和忧国忧民的情怀;也有纵情诗酒、颓放声色的"风流艳事"。

杜牧的文学成就是多方面的,诗、赋、古文都有传世之作,以诗歌为最突出。他推崇"杜诗韩笔",主张"凡为文以意为主,以气为辅,以辞采章句之为兵卫"(《答李充书》)。杜牧的散

---

①摧:毁。　②"甲光"句:阳光照跃在铠甲上,就像有金色的鳞片在闪光。甲光,铠甲闪出的光亮;金鳞,金色鱼鳞。　③"塞上"句:夜色中塞上泥土犹如胭脂凝成,紫色多么浓艳! 夜紫,夜色中紫色的塞泥,长城附近泥土发紫,所以又称紫塞。　④易水:在河北易县境内。　⑤声不起:打不响。　⑥"报君"句:报答君王对自己的重用。黄金台,相传战国燕昭王在易水东南筑台,上置千金以延揽人才。　⑦玉龙:剑的别称。

文,以《阿房宫赋》和《李长吉歌诗叙》为代表作。

杜牧诗歌有伤时感事、爱国忧民的情感。例如《早雁》描写大雁提早南飞,揭示北方战乱给边境地区人民带来的苦难:

金河①秋半②虏弦开,云外惊飞四散哀。仙掌③月明孤影过,长门④灯暗数声来。须知胡骑纷纷在,岂逐春风一一回。莫厌潇湘⑤少人处,水多菰米⑥岸莓苔⑦。

诗以托物寄情、婉转讽喻见长。

杜牧的咏史诗很有名。所谓咏史诗就是借历史上兴亡成败的问题用诗来发表议论,使之带明显的史论的特色。他的论史绝句具体形象而议论精警,后来颇为许多文人所仿效。且看:

长安回望绣成堆,山顶千门次第开。一骑红尘妃子笑,无人知是荔枝来。

——《过华清宫三绝句》之一⑧

折戟沉沙铁未消,自将磨洗认前朝。东风不与周郎便,铜雀⑨春深锁二乔⑩。

——《赤壁》

杜牧的抒情写景七言绝句,笔致轻灵,意境优美,颇为后世文人称道,有云"七绝可与李白、王昌龄鼎足而三",且看:

千里莺啼绿映红,水村山郭酒旗风。南朝四百八十寺⑪,多少楼台烟雨中。

——《江南春》

远上寒山⑫石径斜,白云深处有人家。停车坐爱枫林晚,霜叶红于二月花。

——《山行》

青山隐隐水迢迢,秋尽江南草木凋。二十四桥⑬明月夜,玉人⑭何处教吹箫。

——《寄扬州韩绰判官》⑮

落魄⑯江南载酒行,楚腰纤细掌中轻⑰。十年一觉扬州梦,赢得青楼薄倖名。

——《遣怀》⑱

杜牧诗流丽俊逸,爽朗豪宕,在晚唐诗坛上独树一帜。胡应麟称为"俊爽"(《诗薮》),刘熙载称为"雄姿英发"(《艺概》)。

①金河:又叫大黑河,在今内蒙呼和浩特境内。 ②秋半:指金秋八月。 ③仙掌:指汉武帝所置承露盘,在长安建章宫内。 ④长门:指长门宫。 ⑤潇湘:指潇水和湘水,在今湖南境内。 ⑥菰米:菰的果实。菰是浅水中多年生草本植物,嫩茎叫茭白。 ⑦莓苔:蔷薇科植物,子红味酸甜。 ⑧题名:这里的华清宫,在陕西临潼骊山上。 ⑨铜雀:即铜雀台,在陕西临漳县。 ⑩二乔:即传说中的大乔与小乔。 ⑪"南朝"句:传说金陵有寺院四百八十座。 ⑫寒山:秋山。 ⑬二十四桥:指扬州城西门外桥。有说即一座,有说确有二十四座。 ⑭玉人:指韩绰判官。古代称美貌男子为玉人。 ⑮题名:韩绰判官,其人未详。 ⑯落魄:这里作漂泊讲。 ⑰"楚腰"句:这是形容妓女的美丽、风姿隽秀。楚腰,典出楚灵王好细腰;掌中轻,典出汉成帝赵飞燕能作掌上舞。 ⑱题名:这是作者追忆在扬州任淮南节度使掌书记的风流生活,表现出一种才人不见重用的落寞感。

二、李商隐

李商隐（813—858）字义山，号玉溪生，怀州河内（今河南沁阳）人。青年时便受天平军节度使令狐楚的赏识，引为幕府巡官。后又由令狐楚的儿子令狐绚①推荐，中进士。令狐楚死后，李入了泾元节度使王茂元幕。王爱其才招为女婿。李本无门户之见，而令狐和王茂元却分属于对立的牛李二党，因此，他就在党争夹缝中受气。曾任校书郎、弘农尉、秘书省正字等职，牛党执政，他只好去远方幕府安身。最后客死于荥阳。有《玉溪生诗》。

李商隐像

李商隐诗继承、发展了我国古典诗歌的艺术技巧，成就很高。就内容而言，有政治诗、咏史诗、写景咏物诗和爱情诗几方面。

李商隐遭际坎坷，却十分关心民生疾苦、国家治乱。25岁时写的《行次西郊作一百韵》，是一首政治诗，规模宏大，与杜甫《北征》相类。再看26岁时写的七律《安定城楼》②：

> 迢递③高城百尺楼，绿杨枝外尽汀洲④。贾生年少虚⑤垂涕，王粲春来更远游⑥。永忆⑦江湖归白发，欲回天地入扁舟⑧。不知腐鼠成滋味，猜意鹓雏竟未休⑨。

心情抑郁，感慨登楼，运用典故表达自己忧伤国事奋发进取的精神。诗风平易流畅，寄托遥深。

李诗中咏史诗也很有特色。他的咏史诗是政治诗的一种特殊形式，往往着眼于借鉴历史的经验教训来讥评时事，指陈政治。且看《贾生》⑩：

> 宣室求贤访逐臣⑪，贾生才调⑫更无伦。可怜夜半虚⑬前席。不问苍生⑭问鬼神。

---

①令狐绚：喜爱文学，性懦缓，累官同平章事。绚 táo，绳索。 ②题名：这首诗写于唐文宗开成三年（838），当时他应试落第，仍寄居在岳父王茂元幕中。安定，在甘肃泾川县，这里是泾原节度使驻地。 ③迢递：高耸貌。 ④汀洲：水边沙地。 ⑤虚：徒然。用贾谊典故。 ⑥"王粲"句：用王粲写《登楼赋》典故，以喻自家心情。 ⑦永忆：长想着，始终向往。 ⑧"欲回"句：自己干出一番回天转地的事业以后，再归隐江湖。回天地，回天转地；入扁舟，乘小船，归隐江湖。 ⑨"不知"两句：用庄子典故说自己的情趣意志和那些醉心于功名利禄的人绝不相同。腐鼠，腐臭的老鼠；成滋味，当成美味；鹓 yuān 雏，凤凰。《庄子·秋水》上说，鸱鸟得到一只腐鼠，当高贵的凤凰飞过时，以为是来抢夺腐鼠的，便大叫："吓！" ⑩题名：未详写作年代，贾生，指贾谊。贾谊之事见汉代文学。 ⑪"宣室"句：汉孝文帝坐在宣室访问贾谊。宣室，未央殿前正室；逐臣，被放逐之臣，指贾谊。 ⑫才调：才情学问。 ⑬虚：这里虚是空的意思。 ⑭苍生：老百姓。

借贾谊感叹用才不当。再看《隋宫》①：

　　　　乘兴南游不戒严②，九重谁省谏书函③。春风举国裁宫锦④，半作障泥⑤半

作帆。

借隋炀帝裁宫锦之事，讽刺帝王奢侈害民。李商隐的咏史诗一般都具有构思新巧、措词委婉，意蕴深长的特点，与杜牧咏史诗可称双绝。

　　李商隐的咏物写景诗也有惊人之笔。例如：《登乐游原》⑥：

　　　　向晚⑦意不适⑧，驱车登古原。夕阳无限好，只是近黄昏。

境界苍凉悲壮，意蕴含蓄。

　　李商隐的爱情诗往往以"无题"为题，这一部分诗作最能体现李诗的艺术特色。所谓"无题诗"，是唐以来的诗人，凡对不愿标出题意的诗作，就标以"无题"。李商隐的无题诗绝大部分是写恋情的，所以后人就把无题诗作为爱情诗的别称。其实李商隐的无题诗有两种情况：一是隐晦朦胧的爱情诗，诗人在爱情上确有许多周折和烦恼，对象有时是宫人、歌女、女道士、贵人的姬妾，这种恋情不能公开，写相思又无法直说，所以，他的诗冠以无题，并写得迷离恍惚，人们难于了解。另一则是借恋情而别有寄托的诗，李一生遭际坎坷，常常受党争的夹板气，因此他只能把政治生活的感受融进爱情诗中，借恋情以寄托激愤，抒发感慨，他自己也说"为芳草以怨王孙，借美人以喻君子"（《谢河东公和诗启》）。这两种情况都造成了李诗的含意朦胧，隐晦难解，所以，李诗有"诗谜"之称。

　　最有名的《无题》诗如"相见时难别亦难"，试看另一首《无题》：

　　　　昨夜星辰昨夜风，画楼西畔桂堂东。身无彩凤双飞翼，心有灵犀一点通⑨。隔

座送钩⑩春酒暖。分曹射覆⑪蜡灯红。嗟余听鼓应官去⑫，走马兰台类转蓬⑬。

抒写对昨夜一度相逢，旋成间隔的意中人的怀念。据考意中人可能是一位贵族女子。细节的回想，仿佛意识流，使诗情变幻恍惚，难以捉摸。

---

　　①题名：指隋炀帝游历时所建的江都、临福、临江等行宫。炀帝迷恋游乐，不理政事，经常不回长安。大业十四年(618)被宇文化及杀死于扬州。李商隐有感于此，写了几首隋宫的诗，以古鉴今。　②"乘兴"句：指炀帝在扬州恣情游乐，一点都不约束。　③"九重"句：皇宫里还有谁敢规谏。九重，指皇宫，君门九重。省 xǐng，察；谏书函《资治通鉴》上记载隋大业十二年"建节尉任宗上书，极谏，即日于朝堂杖杀之。奉信郎崔民象以盗贼充斥，于建国门上表谏。帝大怒，先解其颐，然后斩之"。以后无人敢谏。　④宫锦：为宫廷特制的锦缎。　⑤障泥：披在马身上的防尘套衫。　⑥题名：乐游原，在长安南，为当时游乐胜地。　⑦向晚：傍晚。　⑧意不适：心境不佳。　⑨"心有"句：表示两心相通。灵犀，旧说犀牛角中有纹直通两头，感应灵敏。⑩送钩：古代有藏钩之戏。分两队，一队用一钩藏在手中，隔座送钩，使另一队猜钩所在，以猜中为胜。⑪射覆：也是一种游戏。把东西放在覆盖的器皿中让人猜。射，即猜。　⑫"嗟余"句：嗟叹我听到更鼓去应付官家的差事。古官府卯刻击鼓，召集僚属，午刻击鼓下班。　⑬"走马"句：去兰台做官象飞转的蓬草。兰台，唐高宗时一度改秘书省为兰台，作者在秘书省任校书郎。转蓬，飞转的蓬草。

在爱情诗中也有写得清新如话、韵味深长的,如《夜雨寄北》①:

> 君问归期未有期,巴山②夜雨涨秋池。何当共剪西窗烛,却话巴山夜雨时。

李是晚唐诗坛的杰出诗人,艺术成就很高。他诗歌的特色,善于运用象征的手法,神话传说和历史典故,通过联想,构成丰富多彩的艺术形象,从而形成强烈的浪漫主义色彩和象征主义倾向的诗风。他诗歌成就的取得与他多方学习屈原、杜甫、李贺、韩愈等前辈诗法有密切的关系。李诗也有缺点,有时用典生僻,语言过分浓艳,意境过分朦胧。

李诗的风格,一般谓之"深婉",或者叫深情绵邈、典丽精工。这种风格对后世产生很大影响,晚唐韩偓③、吴融,宋初西昆,乃至清代钱谦益、吴伟业、龚自珍等都有师承。这种风格还流行词坛,影响婉约词家。

三、晚唐现实主义诗人

晚唐二三流诗人特别多,如温庭筠、韦庄、陆龟蒙、罗隐、司空图等,各有特色,成就不小。其中有一派诗人继承新乐府运动的优秀传统,发扬"唯歌生民病"的现实主义精神,写出了不少动人的诗篇,他们就是皮日休、聂夷中和杜荀鹤等现实主义诗人。

皮日休(834—883)襄阳(今属湖北)人,曾入黄巢起义军,被任命为翰林学士,有《皮子文薮》十卷。他和陆龟蒙的小品被鲁迅称为"一塌胡涂泥塘里露出的光彩和锋芒"(《小品文危机》)。他写了《正乐府十篇并序》,发表了和白居易新乐府运动的精神相一致的意见;《正乐府》中的《卒妻怨》、《贪官怨》、《农夫谣》等从不同角度揭露官府的贪暴和人民的疾苦,以《橡媪叹》④一诗最突出:

> 秋深橡子熟,散落榛芜岗⑤。伛伛⑥黄发媪,拾之践晨霜。移时始盈掬,尽日方满筐。几曝复几蒸,用作三冬⑦粮。山前有熟稻,紫穗袭人香⑧。细获又精舂,粒粒如玉珰⑨。持之纳于官,私室无仓箱⑩。如何一石余,只作五斗量。狡吏不畏刑⑪,贪官不避赃⑫,农时作私债⑬,农毕归官仓。自冬及于春,橡实诳饥肠。吾闻田成子⑭,诈仁犹自王⑮。吁嗟逢橡媪,不觉泪沾裳。

橡媪的境遇是广大农民悲惨生活的缩影。语言质朴而情深。篇末典故,屈曲中见锋颖。

---

①题名:这是作者在梓州时写给妻子的一首情诗。寄北,寄向北方。 ②巴山:即大巴山、巴岭。 ③韩偓:晚唐诗人。偓 wò,即偓佺,传说中仙人。 ④题名:皮日休有《正乐府》十首,这是第二首。这首是为拾橡子的老妇人嗟叹。橡树是栎属树种的统称,果实橡栗,可食。 ⑤榛芜岗:荆棘丛生的岗子。 ⑥伛伛 yǔ yǔ:驼背貌。 ⑦三冬:冬天三个月:孟冬、仲冬、季冬。 ⑧"紫穗"句:紫色的谷穗(成熟貌)发出诱人的香气。 ⑨玉珰 dāng:玉耳坠。这里是用以形容米粒的晶莹圆润。 ⑩"私室"句:家里从未有存粮,所以也没有仓室存放。 ⑪"狡吏"句:狡猾的吏役心里有底不怕刑罚。 ⑫"贪官"句:贪官公然贪赃纳贿,毫无避忌。 ⑬"农时"句:农时借下的私人债务。 ⑭田成子:春秋时齐相田常,他为了收买人心,收租用小斗,放粮用大斗,从而得到百姓的拥戴,他的后人做了齐王。 ⑮"诈仁"句:田成子虽然假仁假义,但只要对百姓有好处,还是成就了自家的王霸之业。

聂夷中(837—?)河东(今山西永济)人。他出身贫寒,曾"奋身草泽,备尝辛楚",最后才做了华阴县尉。他写了许多感叹贫富对立和农民生活疾苦的作品,如《田家》、《咏田家》。且看:

　　二月卖新丝①,五月粜新谷②,医得眼前疮,剜却③心头肉。我愿君王心,化作光明烛,不照绮罗筵④,只照逃亡屋。　　　　　　　　　　　——《咏田家》

　　父耕原上田。子劚⑤山下荒。六月禾未秀⑥,官家已修仓。

　　　　　　　　　　　　　　　　　　　　　　　　　　——《田家》

杜荀鹤(846—907)池州石埭(今属安徽)人。出身微寒,46岁才中进士,此后,由于时局动乱,又回故乡。他的一生大部分时间居家或四处漂泊,对下层人民的生活有所了解、体验。杜荀鹤的诗歌真实地反映了黄巢起义后的社会面貌、人民的苦难生活。且看《山中寡妇》:

　　夫因兵死守蓬茅⑦,麻苎衣衫鬓发焦⑧。桑柘废来犹纳税⑨,田园荒后尚征苗⑩。时挑野菜和根煮,旋斫⑪生柴带叶烧,任是深山更深处,也应无计避征徭⑫。

再看《再经胡城县》⑬:

　　去岁曾经此县城,县民无口不冤声。今年县宰加朱绂⑭,便是生灵血染成。

他的诗是封建社会的真实写照,具有强烈的批判精神;语言通俗流畅,绝少用典或藻饰,与白居易新乐府诗相近,他是晚唐现实主义诗人中成就最大的一个。

晚唐现实主义诗人并未形成一个运动,艺术上也未达到高峰,因此随着唐亡,也就逐渐消歇了。

第十节　唐人传奇

我国古代小说的成熟,是以唐人传奇的出现为标志的。

在小说史上,通常把唐代的文言短篇小说称为唐人传奇,或唐代传奇。但是,传奇的名称,在不同时代有不同的含义,中晚唐至北宋,称文言短篇小说为传奇,南宋和金朝称诸宫调为传奇,元朝人称杂剧为传奇,明清则称南戏为传奇。

---

①"二月"句:二月就预先典卖了新丝。　②"五月"句:五月谷未登场,就典卖了新谷。粜 tiào,卖粮。　③剜 wān 却:挖掉。剜,用刀挖。　④绮罗筵:穿绫罗绸缎的富人的筵席。绮罗,有花纹图案的丝织品。　⑤劚 zhǔ:同斸,大锄,转意为掘。　⑥秀:植物抽穗开花。　⑦蓬茅:用蓬蒿茅草搭成的屋子。　⑧"麻苎"句:苎麻破衣,头发焦黄。麻苎 zhù,织布的苎麻。　⑨"桑柘"句:桑柘园已荒废还要纳税。柘 zhè,柘树,叶子可以养蚕。　⑩征苗:还要缴田租。　⑪斫 zhuó:砍。　⑫征徭:赋税和劳役。　⑬胡县城:在今安徽阜阳西北。　⑭朱绂 fú:朱红色官服。绂,系官印的红丝绳。

一、唐人传奇兴起的原因

传奇小说在唐代之所以能够兴起、蓬勃发展,是由以下三方面的因素促成的。

首先,社会政治安定、经济繁荣并促进了传奇创作的发展。随着城市经济的发展,中下层市民思想十分活跃,并要求在文学中得到反映,传奇小说则比传统的诗文更适合这种需要。

其次,"行卷"风气的盛行,刺激了传奇小说的创作。传奇兴起的特殊原因是唐代科举中的"行卷"风。唐代以科举考试选取官吏,当时考试分进士、明经、明算、明书、明法等科,其中以考进士的人特别多,每次多则 2 000 人,少则千把人。应试的文人为了获得考官或文坛领袖的赏识,往往把自己得意的作品抄成卷子送上,第一次送上叫"行卷",以后再送则叫"温卷"。这种行卷,大概原先是用诗,到了开元、天宝以后,"渐渐对于诗,有些厌气了,于是就有人把小说也放在进卷里去,而且竟也可以得名。所以从前不满意小说的,到此时也多做起小说来,因之传奇小说,就极盛一时了"(鲁迅《中国小说的历史变迁》)。

再次,唐代其他文学样式的繁荣,也促进了传奇的发展。唐代是文学艺术的普遍繁荣的时期。唐诗和唐代散文的高度成就,就促进了传奇的兴盛。许多优秀的传奇中诗歌占有很大比重,从而显现出文情并茂、诗文相映生辉的特色。唐代的民间文学,如变文、说话等讲唱文学也为传奇的发展提供了自己的原料。魏晋南北朝以来盛行写志怪、志人小说的风气在唐代得以延续,这也促进了传奇的发展。

二、三个发展阶段

唐人传奇的发展,经历了三个阶段。

(一)初盛唐时期:这是唐人传奇的萌芽期,这一时期的作品数量很少,内容大多和南北朝志怪小说相仿,艺术上虽还不够成熟,但情节多变化、结构较完整,描写也渐趋细致。

《古镜记》是现存唐人传奇中最早的一篇。其他还有《补江总白猿传》、《游仙窟》等。

(二)中唐时期:这是唐人传奇的繁盛期。作家辈出,佳作如林,现今流传的名篇,大都是这一时期的作品,真可以说是传奇的黄金时代。代表作品有沈既济的《枕中记》、李公佐的《南柯太守传》、李朝威的《柳毅传》、白行简的《李娃传》、元稹的《莺莺传》、蒋防的《霍小玉传》、陈鸿的《长恨歌传》等。

(三)晚唐时期:这是唐人传奇的衰微、演化期。这一时期的传奇,尽管数量很多,但质量明显下降。总的看来,搜奇猎异,言神志怪,六朝遗风复炽,现实主义内容大大削弱。艺术上,篇幅短小,文字粗糙,人物形象模糊,远不如前期作品。要说这一时期的新鲜题材,就是出现了不少写豪士侠客的作品。例杜光庭的《虬髯客传》、袁郊的《红线传》、裴铏①的《聂隐娘》等。

三、唐人传奇的影响

唐人传奇对后世文学,特别是小说所产生的影响是非常突出的。宋代传奇是唐人传奇的延续。宋代以后,古代小说分成文言和白话两支流脉,宋元明清的文言小说、笔记小说就与唐人传奇有一脉相承的关系。

唐人传奇对元明清三代戏曲的影响也很大,一些著名的戏曲是取材于唐人传奇的。

四、唐人传奇的思想内容

今存唐人传奇数量不少,其中广为流传的有几十篇。优秀传奇的思想内容,大致有如下几个方面。

婚姻恋爱故事:唐人传奇中最精彩动人的作品,多数是以婚姻恋爱为题材的作品,《霍小玉传》、《李娃传》、《任氏传》,《莺莺传》等都是脍炙人口的名篇。

仕途官场的故事:唐人传奇中也有一些涉及仕途和官场生活的故事,虽然谈神话怪,但具有社会现实生活内容和深刻的讽刺意义。这方面以《枕中记》和《南柯太守传》为代表。

豪侠故事:晚唐时期传奇中出现了新的题材,就是描写豪侠剑客的故事,《虬髯客传》、《红线传》、《聂隐娘》为其代表。

斩妖除怪的故事:唐代佛、道盛行,佛仙神怪的故事泛滥,唐人传奇中有大量这类故事。但就中也有一些写斩妖除怪,显示出积极意义的篇章。如牛僧孺的《郭元振》、皇甫氏的《京都儒士》等。

五、唐人传奇的艺术成就

唐人传奇丰富的思想内容,是通过渐趋成熟的艺术形式表现出来的。优秀的传奇都具有鲜明生动的人物形象、丰富奇特的想象、完整曲折的情节结构和凝练生动的语言。这些与前此的魏晋南北朝小说相比较,确实是"演进之迹甚明。"

唐人传奇的艺术成就,表现在好些方面,主要有下列几点。

塑造了栩栩如生的人物形象,唐人传奇优秀篇章中的人物形象大都是鲜明生动、栩栩如生的。《虬髯客传》里的"风尘三侠"——红拂、李靖、虬髯客都是极具个性光彩的人物。红拂虽然出身低微,却独具慧眼、胆识超群,对腐朽的权贵投以轻蔑的目光,对有才华的布衣敢于委以终生。她没有一般女孩子的温文柔弱,而机智大方,豪爽泼辣,确实是女中英杰。李靖

---

①裴铏:唐文学家。乾符五年(878)以御史大夫为成都节度副使。作《题文翁石室诗》,有传奇三卷,多记神仙诡谲之事。铏 xíng,古代盛菜羹的器皿。

虽地位低下,但英见卓识。他作为豪杰,却又不类通常的莽大汉,办事审慎沉着,性情内向,深谋远虑,是难得的"奇特之才"。虬髯客的性格,与他那满脸络腮胡须是一致的,他性格爽朗,不拘细节,嫉恶如仇。他胸怀壮志,慷慨大方,善于审时度势。这三个人个性鲜明,生气勃勃。唐人传奇的生动形象的细节描写,不仅使小说有别于抽象地叙述人物事迹的纪事,而且也是使小说在艺术上脱离"粗陈梗概"的萌芽状态的重要因素。

唐人传奇的主要人物性格往往和人物所处的环境是有机地联系在一起的。《莺莺传》里崔莺莺是相府的千金小姐,受较多的封建礼教的熏陶,有着大家小姐的矜持和娇羞。母亲叫她出来和张生相会,她"久之,乃出","张生以词导之,不对"。《霍小玉传》里的霍小玉是沦落风尘的妓女,爱李益之才,所以她与李益初次会面时"低鬟微笑",并直率地说出了自己的印象。她的情态和话语,莺莺就做不出。《任氏传》里的任氏是由狐变化的女子,带有几分野性,她与情人郑六初会时,敢于流露自己的感情,敢于调笑:"郑子见之惊悦,策其驴,忽先之,忽后之,将挑而未敢。白衣(任氏)时时盼睐,意有所受。郑子戏之曰:'美艳若此,而徒行,何也?'白衣笑曰:'有乘不解相假,不徒行何为?'"任氏的性格爽朗、坦率,没有游移、忸怩之态。

传写出丰富奇特的想象。唐人传奇里驰骋着丰富奇特的艺术想象,从而使它的人物和情节焕发出引人入胜的光彩。陈玄祐的《离魂记》的中心情节是倩娘魂离开躯体私奔王宙,用虚幻的外衣表现了真实的感情,把青年男女在现实中不能结合而幻想结合的梦境升华为真实的境界,因而更强烈、更深沉、更感人。"倩女离魂"的典故千古传颂,后代的戏曲、小说深受其影响,这就可见"离魂"奇想的魅力。

《柳毅传》运用了浪漫主义的手法和丰富的艺术想象,把现实和超现实性完美地结合在一起。

结构严谨完整、生动曲折的故事。唐人传奇一般都有完整的结构,优秀篇章更有首尾完整、脉络分明、故事变化多端、情节波澜起伏的特点。《李娃传》的故事情节丰富复杂、波澜起伏,富于戏剧性。《枕中记》、《南柯太守传》等梦幻传奇,自然是以首尾圆合见精神的。《枕中记》以旅店黄粱未熟作为卢生做梦的背景,这种构思就新巧动人。黄粱未熟更把人生一梦的短暂匆促具体化、形象化了。《南柯太守传》的构思也很精巧,它在总体上以蚁聚和争斗来比喻人世间扰攘纷争,比喻得形象深刻,发人深省。

运用了精警华艳的艺术语言。唐人传奇是用文言写的,它继承了我国古代散文精练雅洁、表现力强的特点,又吸收了一些生动活泼的口语,形成了一种精警华艳、优美动人的艺术语言。《任氏传》里,任氏死后,郑六埋葬了她,"回睹其马,啮草于路隅,衣服悉委于鞍上,履袜犹悬于镫间,若蝉蜕然,唯首坠地,余无所见"——物在人亡,怎不令人凄伤。凄惨情境的描绘,气氛浓烈,真挚感人。这些描绘都体现出唐人传奇词藻华美,描写细腻传神的特点。

第十一节 唐五代词

词是隋唐以来新兴的一种文学样式,晚唐五代时逐渐走上文坛。与蓬勃兴盛的诗歌相比,它此时还显得十分稚弱,但已显现出旺盛的生命力。

一、词的起源

词是隋唐以来民间新兴的音乐与诗相合的一种体裁。张炎《词源》记载:"自隋唐以来声诗间为长短句。"玉灼《碧鸡漫志》:"盖隋唐以来,今之所谓曲子者渐兴。"敦煌曲子词的发现也证实词起于隋唐时期。

二、词体常识

词原来称曲子词,即配合音乐的一种诗歌。词又名乐府、诗余、长短句、语业、乐章、琴趣、歌曲等。

每首词都有一定的乐谱,可以按谱歌唱。这乐谱的名称就是词牌,或称词调。一般情况下,调有定格,所以写词叫填词。 词牌

词牌的数量,除了旧调外,各时期都有一些词人创制新调,或依旧调加以变化另成一体。清万树《词律》收 660 种,1 180 体;王奕清《钦定词谱》收 826 种,2 306 体。

词牌名称由来,可考证出的只占少数,多数已无法弄清。

词牌与内容是有联系的,在词与音乐分离以前,是根据内容选调的。

词牌常有一些名称,如小令、中调、长调,令、引、近、慢等,经词学家考证,从音乐节拍角度来区分有所谓令、引、近、慢、序、歌头、促柏等;从字数来区分有所谓小令、中调、长调。 令引近慢

词的分段是从音乐着眼的,有单调、双调、三叠、四叠。阕、过片、换头、歇拍等是与分段相联系的名称。

词为长短句,句式变化极多,一般从 1～9 个字的句式都有。与句式相联系,有领字、叠韵等方式。

词调不同声情不同。词的演唱除了节拍、旋律以外,还要考虑定音。以确定声乐高下。宋词一般只有七宫十二调,即黄钟宫、仙宫、正宫、高宫、南吕宫、中吕调、道宫;大石调、小石调、般涉调、歇指调、越调、仙吕调、中吕调、正平调、高平调、双调、道宫调、商调。 词牌与声情

词的押韵,比诗韵更宽。词韵脚却因词牌而异,有的每句韵、有的隔句韵、有的几句韵,还有福唐体①。从韵脚平仄方面说,有平声韵、仄声韵、平仄互换等;从韵部方面说,有一韵 用韵

①福唐体:全词只押一个字韵的词。

到底、换韵、交错韵等,有的中间有藏韵。词句要求平仄协调,每句词的平仄一般都要合律。

三、中唐以后文人开始仿作词

词早期流行于民间,敦煌曲子词大部分是民间作品,内容大多是男女情歌,风格清新明朗、自然流畅,很有民间俚曲的特点。收集较全者为任二北《敦煌歌辞集》。

中唐以后陆续出现了文人模仿的词作,一般都是小令,内容健康、单一,语言清新活泼,称之为诗客曲子词。相传张志和写有五首〔渔歌子〕①,现录其一:

　　西塞山②前白鹭飞,桃花流水鳜鱼③肥。青箬笠④,绿蓑衣⑤,斜风细雨不须归。

相传李白写有两首。这两首写得壮阔雄浑,被黄升称为"百代词曲之祖",也有人不相信是李白作品。

　　〔菩萨蛮〕平林⑥漠漠⑦烟如直,寒山一带伤心碧⑧。暝色⑨入高楼,有人楼上愁。　　玉阶空伫立,宿鸟归飞急。何处是归程,长亭更短亭⑩。

李白词〔菩萨蛮〕《闺情》插图　选自明代万历四十年刻本《诗余画谱》

---

①题名:这首词约写于唐代宗大历八年(773),原有5首,颜真卿、陆羽等人的和作25首,已佚。这首词描写的是一幅烟波桃源的景象。　②西塞山:山名,在今浙江吴兴县西南。　③鳜 guì 鱼:又名桂花鱼,是淡水名鱼。　④箬 ruò 笠:竹叶编成的笠帽。　⑤蓑 suō 衣:用草或棕编成的雨衣。　⑥平林:远看平展的树林。　⑦漠漠:迷濛貌。　⑧伤心碧:让人看了伤感的绿色。　⑨暝色:暮色。　⑩"长亭"句:长亭连着短亭。庾信《哀江南赋》:"五里十里,长亭短亭。"

〔忆秦娥〕箫声咽①,秦娥②梦断秦楼月③。秦楼月,年年柳色,霸陵④伤别。乐游原⑤上清秋节,咸阳古道⑥音尘绝。音尘绝,西风残照,汉家陵阙⑦。

其他如韦应物、刘禹锡、白居易、戴叔伦、王建等都有词作流传,以白居易〔忆江南〕(三首)最有名,现举其一:

江南好,风景旧曾谙⑧。日出江花红胜火,春来江水绿如蓝⑨,能不忆江南?

四、温庭筠和花间派词人

中唐以后,文人填词逐渐普遍,其中以温庭筠写词最多,影响最大。

温庭筠(812?—870?)本名歧,字飞卿,太原祁(今山西祁县)人。宰相温彦博后裔,家道已衰败。温庭筠自小聪颖,才思敏捷,每入试作赋,凡八叉手而成,人称温八叉。长期出入歌楼妓馆,"能逐弦吹之音,为侧艳之词"(《旧唐书》本传),为士大夫所不齿,潦倒终生,晚年才任方城县尉和国子监助教。后人辑有《金奁词》和《温飞卿诗集》。

温庭筠能诗善词,诗与李商隐齐名;词的成就在晚唐其他词人之上。他的词内容多描写妇女的服饰、体态和闺情,词藻华丽,音律和谐,具有浓厚的脂粉气。孙光宪《北梦琐言》说,其词"香而软",道着温词的特点。词史上一般用浓艳来概括其词风。试看他的〔菩萨蛮〕:

小山重叠金明灭⑩,鬓云欲度香腮雪⑪;懒起画蛾眉,弄妆⑫梳洗迟⑬。　　照花前后镜,花面交相映⑭;新贴绣罗襦⑮,双双金鹧鸪。

写妇女晨妆的艳丽,隐约透露被恋情困扰,语言华赡。集中写闺情的有〔梦江南〕:

梳洗罢,独倚望江楼。过尽千帆皆不是,斜晖脉脉水悠悠⑯,肠断白蘋洲⑰。

情致悠远,是所谓等待绝唱。

温词影响很大,从他开始,文人大量写词;他的浓艳词风流播晚唐五代,形成了一个把他尊为鼻祖的花间词派。

花间派的由来:大约距温庭筠半个世纪以后,五代后蜀出现了一批词人继承了温庭筠的词风,在天府之乡里过剪红刻翠的生活,写浓艳香软的词,后由赵崇祚选录了温庭筠、皇甫松、韦庄、薛昭蕴、牛峤、毛文锡等18人的词作编成一集,名曰《花间集》,花间派由此而得名。

花间派词人除了温庭筠以外,最有代表性的就是韦庄,向来温韦齐名。韦庄,京兆杜陵

①箫声咽:箫声呜咽,使人感伤。　②秦娥:秦地美女。　③秦楼月:秦楼月夜景色。　④霸陵:长安西汉文帝陵墓。这里往往是朋友们折柳分别的地方。　⑤乐游原:长安东南旅游胜地。　⑥咸阳古道:汉朝皇帝的陵墓大都在长安咸阳之间,亦称咸阳古道。　⑦陵阙:帝王陵墓。　⑧谙:熟悉。　⑨蓝:蓝草,蓼科植物,色蓝,可作染料。　⑩"小山"句:阳光映照在金色的画屏上,闪动着、忽明忽灭。小山,指屏风上画的小山;金明灭,指阳光闪烁。　⑪"鬓云"句:鬓发飞动似乎要飞过粉白而香滑的面颊。　⑫弄妆:化妆。　⑬迟:晚了。　⑭"照花"句:梳妆时,两面铜镜对照,插戴的花儿和与花一样艳丽的脸交相辉映。　⑮"新贴"句:新贴金的绣罗袄上。贴,亦作帖,贴金是唐人的一种刺绣工艺,即用金线绣出花样,再贴绣在衣服上。　⑯"斜晖"句:夕阳的余辉脉脉含情地照在悠悠荡荡的水面上。　⑰白蘋洲:长满白色蘋花的小洲。

（今陕西西安）人,66 岁入蜀,后任王建的宰相。他的词较有内容,感情真挚,词风清雅。如〔女冠子〕:

> 四月十七,正是去年今日,别君时。忍泪佯低面,含羞半敛眉。　　不知魂已断,空有梦相随,除却天边月,没人知。

再如,他的代表作〔菩萨蛮〕:

> 人人尽说江南好,游人只合①江南老。春水碧于天,画船听雨眠。　　垆边人似月②,皓腕凝霜雪。未老莫还乡,还乡须断肠。

自然素淡的语言刻画出明丽如画的景象。

花间派是词史上的第一个词派,开北宋婉约词之先河,影响所及一直到晚清。

五、李煜和南唐词人

五代时除西蜀花间派词人外,另一个词家群落则是在南唐,南唐词人有李璟、冯延巳、李煜等,以李煜成就最高。

南唐至中主李璟(916—961),国势渐衰,而词风炽盛。今所存李璟词只 4 首,其中〔摊破浣溪纱〕③堪称绝唱:

> 菡萏④香消翠叶残,西风愁起绿波间。还与韶光⑤共憔悴,不堪看。　　细雨梦回鸡塞⑥远,小楼吹彻⑦夜笙寒,多少泪珠何限恨,倚阑干。

悲秋怀人,意境阔大,为王安石等激赏。王国维认为大有"众芳芜秽,美人迟暮"(《人间词话》)之感。

冯延巳(904—960)广陵(今江苏扬州)人,曾做过中主的宰相。所写词虽也不脱闺情、相思,但词风清丽多彩、委婉情深,境界特大。且看代表作〔鹊踏枝〕和〔谒金门〕:

> 谁道闲情⑧抛掷久? 每到春来,惆怅还依旧。日日花前常病酒,不辞镜里朱颜⑨瘦。　　河畔青芜⑩堤上柳,为问新愁,何事年年有? 独立小桥风满袖,平林⑪新月人归后。
>
> ——〔鹊踏枝〕
>
> 风乍起,吹绉一池春水。闲引鸳鸯香径里⑫,手挼⑬红杏蕊。　　斗鸭阑干⑭独倚,碧玉搔头斜坠⑮。终日望君君不至,举头闻鹊喜。　　——〔谒金门〕

---

①合:应、该。　②"垆边"句:酒垆边卖酒的妇女象月亮一样明洁美丽。垆,酒店里置酒坛的台子。③题名:这是〔浣溪纱〕词的另一体。所谓摊破,即把后阕最后一句的 7 字,增为七、三,共 10 字,此词又名〔山花子〕。　④菡萏 hàn dàn:荷花。　⑤韶光:春光、美好的时光。　⑥鸡塞:即鸡鹿塞,为匈奴出境处,在陕西横山县西。　⑦吹彻:即吹完。大曲中的最后一遍曰彻。吹彻,吹到最后一曲。　⑧闲情:闲适的心情,这里是别情。　⑨朱颜:青春红润的面庞。　⑩清芜:茂盛的青草。　⑪平林:远处一抹树林。　⑫"闲引"句:无聊地逗弄着鸳鸯在花间小路上。　⑬挼 ruó:搓揉。　⑭斗鸭阑干:古有斗鸭习俗,即用栏干圈养鸭,并使之相斗。　⑮"碧玉"句:碧玉琢成的簪歪斜了。

王国维《人间词话》说："冯正中词虽不失五代风格，而堂庑①特大，开北宋一代风气，与中后二主词皆在花间范围之外，宜《花间集》中不登其只字也。"

李煜（937—978）字重光，号钟山隐士、钟峰隐居、钟峰白莲居士等，徐州人。他即位时南唐国势大大衰弱，赵匡胤曾令其投降，他没有接受，宁愿纳贡称臣。在委曲求全的十几年中他又没有修武备以自强，而是利用暂时偷安，更加逐歌征舞。他会写诗、画画，通晓音律，喜爱佛事。陆游《南唐书》云："嗣位初，专以爱民为急，蠲赋息役，以裕民力。"以后酷好佛事，"颇废政事"。有云，他是风流才子误作人主。开宝七年（974）宋兵毫不费力打下金陵，他尚在静居寺听经，肉袒出降。时年40岁，在汴京被封违命侯。3年后被宋太宗用牵机药将其毒死。词作与其父李璟合刻为《南唐二主词》。

李词以国破身俘为界，分前后两期，前期写宫廷生活和闲愁，后期抒发亡国之痛。后期词作成就极大，在词史上有开拓的功劳。王国维说得好："词至李后主眼界始大，感慨遂深，遂变伶工之词而为士大夫之词。"（《人间词话》）

李词的艺术性，首先表现在他用直接抒情的方法，抒写自己的痛苦和不幸，使词作显得自然而率真。例如〔破阵子〕：

> 四十年来家国②，三千里地山河③。凤阁龙楼连霄汉④，玉树琼枝作烟萝⑤，几曾识干戈。　　一旦归为臣虏，沈腰潘鬓消磨⑥。最是仓皇辞庙日，教坊⑦犹奏别离歌，垂泪对宫娥。

这是失国君王的感叹、悲诉。李煜把词作为发抒个人真实感情的工具，不掩饰、不造作，给人以诚挚、自然的感受。

再次，李词还有善于点染景色，有以景写情的特点。例如，他被掳后写的〔浪淘沙〕：

> 往事只堪哀，对景难排⑧。秋风庭院藓侵阶⑨。一桁⑩珠帘闲不卷，终日谁来！金锁已沉埋⑪，壮气蒿莱⑫。晚凉天净月华开。想得玉楼瑶殿影，空照秦淮。

上片写景正衬凄凉清冷之情；下片写景更以反衬点染寂寞悲凉。

再次，李词的语言既明白如话，又含蓄深沉。他摆脱了花间词缕金刻翠的习气，以白描为主，自然、明净、优美。且看他的两首代表作，其一是〔浪淘沙〕：

> 帘外雨潺潺⑬，春意阑珊⑭，罗衾⑮不耐五更寒。梦里不知身是客⑯，一饷⑰贪

---

①堂庑 wǔ：殿堂。庑，堂下周围的廊屋。　②"四十"句：南唐立国四十年。　③"三千"句：南唐地域纵横三千里。　④"凤阁"句：巍峨的宫殿与云霄相接。霄汉，云霄。　⑤"玉树"句：珍贵的树木在这里只作为不值钱的云烟蒿草。萝，蒿草。　⑥"沈腰"句：用感伤的文学作品消磨时光。沈腰，即南朝文学家沈约，他"带常移孔"，腰围减损。潘鬓，即南朝文学家潘岳，他写的《秋兴赋序》中有"余春秋三十二，始见二毛"——鬓发斑白。　⑦教坊：乐司。　⑧难排：难以排遣。　⑨藓侵阶：无人行走，苔藓逐渐长满台阶。　⑩桁 háng：架子。　⑪"金锁"句：江防已放弃。金锁，用《晋书》典故吴王曾在长江险要处，用铁链连接，封锁江面，并作大铁锥置于江心。　⑫壮气蒿莱：壮气已消耗在草丛中。蒿莱，野草。　⑬潺潺 chán chán：流水声、雨声。　⑭阑珊：衰残。　⑮罗衾 qīn：绸被子。　⑯身是客：指被俘虏。　⑰一饷：即一晌、一会儿。

欢。　　　　独自莫凭栏,无限江山。别时容易见时难,流水落花春去也,天上人间。

全词文字浅显通俗,似乎可以一目了然,但细细体味又觉蕴含丰富,不是一两句话可以尽意的。例如"天上人间"句词意看似浅近,细究又难说尽。再看〔虞美人〕:

春花秋月何时了,往事知多少? 小楼昨夜又东风,故国不堪回首月明中。

雕阑玉砌①应犹在,只是朱颜改。问君②能有几多愁? 恰似一江春水向东流。

据陆游说这是李煜的绝命词。这首词明白如话,不加藻饰,不用典故,直接抒写出愁思难禁的巨大痛苦。"一江春水"的比喻通俗形象,备受赞赏;全词虚字又婉转传神。

李词深沉优美,一直吸引着古往今来的读者。王国维称之为"神秀"(《人间词话》),王鹏运称赞:"超逸绝伦,虚灵在骨"(《半塘老人遗稿》)。

本章复习思考题

一、初唐诗歌概貌。

二、陈子昂文学革新的主张。

三、盛唐山水诗兴盛的原因,王维山水诗的风格。

四、盛唐边塞诗兴盛的原因,高适和岑参边塞诗的不同。

五、李白诗歌浪漫主义特色。

六、杜甫诗歌现实主义特色。

七、白居易诗歌的艺术特色。

八、什么是新乐府运动?

九、唐代古文运动的由来和基本内容。

十、韩柳散文的异同。

十一、韩孟诗的特点。

十二、对李贺诗的品评。

十三、李商隐无题诗的艺术特色。

十四、唐人传奇的艺术特色。

十五、花间词和南唐词的不同。

---

①雕阑玉砌:即凤阁龙楼(当年的南唐宫殿)。　②问君:这里是自问。

第五章　宋代文学

从公元 960 年到 1279 年是宋朝，宋朝又分北宋和南宋两个时期。从赵匡胤陈桥兵变取后周建都汴梁，北宋开始，历太祖、太宗、真宗、仁宗、英宗、神宗、哲宗、徽宗、钦宗九个皇帝。1126 年也就是钦宗靖康元年，金兵攻入汴京，北宋亡。1127 年宋高宗在南京（今河南商丘）称帝，后建都临安，是为南宋。南宋历高宗、孝宗、光宗、宁宗、理宗、度宗、恭宗、端宗、赵昺九个皇帝。1279 年为元所灭，南宋亡。两宋共历十八帝，319 年。

宋代历史对文学产生重大影响的有下列几方面的问题：

（一）民族矛盾尖锐，民众爱国主义情绪高涨。宋代民族矛盾贯穿其全过程，北宋是与辽和西夏对峙，南宋则与金、元对峙。由于外族的入侵，民族矛盾加剧，人民群众爱国主义情绪高涨；而宋朝的外交，一贯奉行屈辱忍让、割地纳币以求和的政策，可以说是历史上最怯弱的一代。在宋朝内部也存在着主战派和主和派的争论，而一般的都是主和派占上风。这样的现实激发了文学的发展，为文学提供了广阔的内容和感人的力量。

（二）经济的繁荣促进了文化、文学的繁荣。宋代结束了五代十国长期分裂的局面，大兴水利，发展农业，手工业也得到了发展。工商发达，促进了都市繁荣。在此基础上，文化、艺术活动日益繁荣昌盛。

随着都市的繁荣，娱乐活动兴盛，说唱艺术、宋话本大大发展。

随着印刷业的进步，传统和新创的文化艺术成果得以流传和发展。大型类书《太平御览》、《文苑英华》、《册府元龟》、《太平广记》的编纂，标志文化的高涨。

（三）思想统治加强，并渗入文学领域。宋朝继承唐朝的学校和科举制度，并加以发展，科举内容由偏重诗赋转而侧重策论，录取人数也往往 10 倍于唐朝。在官吏制度上抑武尊文，文官高于武官，文学家做高官的也特别多。

宋代理学盛行，提倡儒、佛、道三教合一。于是三教合一的理学应运而生，理学家先后有周敦颐、邵雍、张载、程颢、程颐，到朱熹集大成。理学对文学的影响很大，正面影响了宋诗，宋诗以说理为特色；反面则影响了宋词，理学家的道学面孔一律不把抒情之作入诗而诉之于词，这一定程度上促进了词的发展。至于文，"文以明道"的口号强调得过了头，所谓明道，就是要载道、说理、明心、见性。

至于宋代文学发展的情况，文学体裁比之前代品种明显增多，不但有诗、词、散文，而且还出现了戏剧和话本小说。诗文仍居主导地位，但较唐则有所发展和创新。词则作出了杰出的贡献,成为"一代之文学"。

宋诗:一般认为八代(东汉、魏、晋、宋、齐、梁、陈、隋)唐、宋是五、七言诗的三个主要发展时期。宋诗在数量上赶上唐,而有自己的特点。宋诗的特点主要有下列几点:(一)"取材广泛而命意新"。(二)爱说道理,发议论,具有理趣。(三)句法变化,声律谐调,用典巧妙。至于它的分期与流变,一般分为六期,即西昆、欧苏、黄庭坚、南宋四家、江湖四灵、遗民诗。具体变化,全祖望《宋诗纪事序》①的一段话说得较为简明:"宋诗之始也,刘杨诸公②最著,所谓西昆体者也。庆历以后,欧苏、梅、王数公出,而宋诗一变。涪翁③以奇崛之调,力追草堂④所谓江西诗派者,而宋诗又一变。建炎以后,东夫⑤之瘦劲,诚斋⑥之生涩,放翁⑦之轻圆,石湖⑧之精致,四壁俱开。乃永嘉徐、赵诸公⑨清虚便利之调行之,则四灵派也,而宋诗又一变。嘉定⑩以降,江湖小集盛行,多四灵之徒也,而宋亡,方、谢之徒⑪,相率为追苦之音,而宋诗又一变。"

宋代散文的繁荣开始于宋初的诗文革新运动。它成就突出,人数众多,所谓唐宋八大家,宋占其六。北宋诗文革新运动是唐代古文运动的继承与发展,由于理学的兴起,从一个方面促进了革新。宋代散文的特点,可以归结为下列三点:(一)和当时政治斗争的关系十分密切,是当时政治斗争的产物;(二)平易自然,流畅婉转;(三)写景、说理融为一体。宋代还出现了文赋,这是赋的最后发展的阶段,文赋是宋代散文与赋相结合的产物。

宋词是宋代文学的光荣和骄傲,词在以后发展近千年,功劳可以完全归于宋人,是他们把民间的小词发展成为具有高度表现力的辉煌的艺术,成为一代文学之胜。宋代出现了一大批优秀的词家,现存《全宋词》、《全宋词补辑》,有名姓可考者 1 430 余人,作品 20 000 余首。词中小令、慢词都发展到了登峰造极的地步;婉约、豪放的不同风格也先后发展到了极致;至于题材,宋人也都多方尝试,爱国词、咏物词都曾风行一时。以后的元、明、清诸代词业无有超过宋者。

宋代的戏剧和话本是在说唱表演和歌舞杂耍的基础上产生的,与传统的诗文相比,显得稚弱,但却具有强大的生命力,元、明、清蔚为大观的戏曲、小说正是从这里发源。据记载,宋杂剧、金院本和南宋戏文都很活跃,它们为元杂剧的产生准备了条件。宋话本是我国的白话小说滥觞,它是在说话伎艺基础上发展的,在我国小说发展史上具有划时代的意义。

---

①全祖望《宋诗纪事序》:是全祖望为《宋诗纪事》一书所写的序言。全祖望,清雍正、乾隆朝学者。《宋诗纪事》清厉鹗撰,一百卷,收罗抄撮宋人的诗,凡 3812 家。 ②刘杨诸公:指西昆派杨亿、刘筠等作家。 ③涪翁:指黄庭坚,号涪翁。 ④草堂:指杜甫。 ⑤东夫:指萧德藻,字东夫。 ⑥诚斋:指杨万里,号诚斋。 ⑦放翁:指陆游,号放翁。 ⑧石湖:指范成大,号石湖居士。 ⑨永嘉徐、赵诸公:指永嘉四灵(徐玑、徐照、翁卷、赵师秀)等作家。 ⑩嘉定:宋宁宗年号(1208—1224)。 ⑪方、谢之徒:指方凤、谢翱等作家。

第一节　北宋诗文革新运动

北宋初年的诗文革新运动,开拓了宋代诗文发展的新阶段,进入了文学史上的新的兴盛时期。

一、西昆体和宋初浮艳文风

北宋初年的浮艳文风源于唐末,唐末温庭筠、李商隐等讲究词藻华丽,形成浓纤艳丽的文风,宋初竞相摹仿,变本加厉。当时的馆阁重臣杨亿、刘筠、钱惟演等十多人聚于秘阁(帝王藏书处)相互唱和,靡然成风。他们诗作的内容都是些流连光景的无病呻吟,个别有讽谏意义或反映了宋真宗的私生活。他们的艺术主张是,学习李商隐专作近体诗,内容悲秋伤春,迷离惝恍,词采浮艳华丽,讲究用典,追求音调铿锵。后来由杨亿于真宗景德年间,将他们的唱和之作284首编成一集,名曰《西昆酬唱集》,所以这一流派叫西昆派,他们作品的风格叫西昆体。西昆体柔靡浮艳的文风统治文坛达40余年,造成十分恶劣的影响,其流弊正如欧阳修所说:"盖自刘、杨唱和,西昆集行,后进学者争效之,风雅一变,谓西昆体,由是唐贤诸诗集几废而不行。"(《六一诗话》)

二、宋初诗文革新运动的领袖欧阳修

宋初揭竿而起向西昆文风冲击的是石介、柳开、王禹偁①、尹洙②、穆修等,他们反对西昆体,提倡"革弊复古",文承韩、柳,他们自己也创作了一些优秀的作品,成为北宋诗文革新运动的先声。

由于石介等地位不高、号召力不强,也由于西昆体的强大,革新运动还不成气候。仁宗天圣九年(1031)刚中进士的欧阳修和当时颇有诗名的梅尧臣以及尹洙等会聚洛阳,探讨文法、切磋诗艺,相互唱和,为诗文革新运动的再次冲击作了准备。宋仁宗时期政治上推行"庆历新政",政治上的革新,在文学上要求切于时用、反映现实,于是乎反对西昆浮靡文风,主张痛陈民生疾苦、复古致用的诗文革新运动便声势浩大地开展起来。这是一场比唐代韩、柳古文运动更为广泛持久的转变文风的运动,这个运动的领袖是欧阳修,主要骨干是梅尧臣、苏舜钦、王安石、三苏、曾巩等,积极支持推动的还有范仲淹,最后蔚成风气,取得成功的则是苏轼时代。

范仲淹(989—1052)字希文,吴县(今属苏州市)人,政治家、文学家。他是欧阳修的前

---

①偁 chēn:称扬、称谓之称的本字。　②洙 zhū:古水名。

宋初诗文革新运动

辈,但积极支持诗文革新运动,主张文学为社会风俗教化服务,散文《岳阳楼记》是历代传诵的名篇。他的词流传仅5首,但描绘边塞风光,成为开豪放词先河的作品。如〔渔家傲〕"塞下秋来风景异",表现出沉雄开阔的意境和苍凉悲壮的气概,这在北宋初期极为少见。

欧阳修(1007—1072)字永叔,自号醉翁,又号六一居士。庐陵(今江西吉安)人。4岁丧父,家境清寒。24岁中进士,官至枢密副使、参知政事。"居三朝数十年间,以文章道德为一世宗师"(吴充《欧阳修行状》)。他是北宋重要的政治家、文学家和文坛领袖。政治上,他支持范仲淹改革时弊的主张,文学上,他提倡诗文革新运动,反对浮艳晦涩文风,生平又喜奖掖后进。三苏、王安石、曾巩都曾得到他的称誉和举荐。有《欧阳文忠公集》。

欧的主张

欧阳修的诗文革新主张,具体地说,有下列三点:(一)强调文学作品应表达某种思想,不能只求形式忽视内容。他说"道胜者,文不难而自至也"(《答吴充秀才书》),"道纯则充于中者实,中充实则发为文者辉光"(《答祖择之书》),这是强调内容对形式的决定作用。(二)主张创作内容主要不在于伦理纲常,而在于关心百事。他认为学道不能至是因为"弃百事不关于心"(《答吴充秀才书》),反对"务高言而鲜事实"(《与张秀才第二书》),主张"言以载事而文以饰言"(《代人上王枢密求先集序》)。(三)在语言方面,他发展了韩愈的"文从字顺"的主张,提倡简而有法,平易顺舒,力戒古奥险涩。

欧阳修在议论文方面有卓越的成就。他的议论文是直接为当时的政治斗争服务的,写得思致绵密、说理透辟、逻辑性强。例如《五代史伶官传序》、《与高司谏书》、《朋党论》等。

欧阳修的抒情散文成就更加显著,他发展韩愈文章"易"的一面,建立了平易畅达、委婉曲折的文风,叙事、抒情、写景融为一体,生动真切,代表作如《醉翁亭记》、《泷冈阡表》、《祭石曼卿文》、《秋声赋》等。

欧诗通畅自然、清新刚健

欧诗也是学韩的,他以文为诗,通畅自然,风格清新而不流于柔靡,可以说宋诗的一些基本特点是由他奠定的。他的诗有直接反映民生疾苦的,如《食糟民》、《边户》。他还有一些抒情写景的小诗,写得平淡秀丽,很有情致。试看《戏答元珍》①:

> 春风疑不到天涯,二月山城未见花。残雪压枝犹有桔,冻雷②惊笋欲抽芽。夜闻归雁生乡思,病入新年感物华③。曾是洛阳花下客④,野芳虽晚不须嗟⑤。

这是他被贬峡州时所作,环境萧条,心情寂寥,他却泰然处之,表现出战胜客观、战胜自我的达观精神。

欧阳修还是历史学家、金石学家,他的《六一诗话》是诗评论著,开创了文学批评中"诗

---

①题名:这首诗是景祐四年(1037)春天所作。欧因论事忤权贵,被贬峡州夷陵县令。戏,是随意、信笔的意思。夷陵县在今湖北宜昌市东。元珍是作者好友丁宝臣的字,他当时任峡州判官。 ②冻雷:即春雷。 ③物华:景物繁华美好。 ④"曾是"句:曾经都是洛阳的赏花客。欧曾于天圣年间任洛阳留守推官,洛阳以牡丹花繁盛著称。 ⑤"野芳"句:野花开得虽迟,不必焦急、嗟叹。野芳,即野外小花;嗟,叹。这里的嗟叹,遥与首句相呼应。

话"的新体裁。

欧阳修领导的诗文革新运动,支持追随者很多,三苏、王安石、曾巩、王令、黄庭坚都是。这些人已经跨进了北宋中叶,即仁宗至徽宗的 50 多年间。北宋中叶是宋代诗文的繁盛期,所谓宋诗四大家——王安石、苏轼、黄庭坚、陆游,有三家成名于此时。

三、王安石

王安石(1021—1086)抚州临川(今江西临川)人,字介甫,号半山。北宋著名的政治家、思想家、文学家。庆历二年(1042)进士,授签书淮南判官,历任州县地方长官 10 多年。曾上书建议兴利除弊、变法革新。与神宗意合,于熙宁二年(1069)年参知政事,推行新法。但是由于守旧势力的反对和用人不当,变法失败,被罢相。熙宁九年(1076)退居江宁半山园。元丰二年(1079)封荆国公,世称王荆公。元丰八年(1085)旧党司马光为宰相,尽废新法,王安石忧愤成疾,次年病卒。有《王文公文集》《临川先生文集》两种。

王安石是一位深谋远虑、有巨大魄力的政治活动家,他赋性崛强、博闻强记、思路敏捷,又是一位文章高手,是唐宋八大家之一。他的议论散文大多针对时弊,深刻解析,并提出明确的主张,具有雄辩的说服力。例如,《本朝百年无事札子》《答司马谏议书》等。试读另一篇《读孟尝君传》①:

> 世皆称孟尝君能得士,士以故归之,而卒赖其力以脱于虎豹之秦。嗟乎②! 孟尝君特③鸡鸣狗盗之雄耳,岂足以言得士? 不然,擅齐之强④,得一士焉。宜可以南面而制秦⑤,尚何取鸡鸣狗盗之力哉? 夫鸡鸣狗盗出其门,此士之所以不至也。

就史发论,别具慧眼,表现出改革家的胆识和魄力。

王安石的诗以风格雄健峭拔、修辞精练著称。他的诗学杜甫,写了好些关心民众疾苦和国事前途的诗,如《河北民》《白沟行》《阴山画虎图》等;他的怀古诗思想新颖、议论精警也很有特色,最著名的是《明妃曲》⑥二首,现举其一:

> 明妃初出汉宫时,泪湿春风鬓脚垂⑦。低徊顾影无颜色⑧,尚得君王不自持⑨。归来却怪丹青手⑩,入眼平生未曾有。意态⑪由来画不成,当时枉杀毛延寿。一去

---

①题名:即《读〈史记·孟尝君列传〉》,孟尝君,战国时齐国公子。当时有名的四公子(平原君、春申君、信陵君、孟尝君)之一。 ②嗟乎:叹词。 ③特:只不过是。 ④擅齐之强:据有齐国的强大力量。擅,据有、拥有。 ⑤"南面"句:南面称王,制服秦国。南面,王者之位。 ⑥题名:这首诗作于宋仁宗嘉祐四年。明妃,即王嫱,字昭君,称归人。汉元帝时被选入宫,因不愿赂画工毛延寿,而未中选入侍元帝。后来汉与匈奴和亲,就决定将昭君嫁给匈奴呼韩单于。临行时,汉元帝才发现昭君为绝色,但此时想留下她已经来不及了。一怒之下,便杀掉了毛延寿。这首诗说的就是这件事。 ⑦"泪湿"句:春风,指脸,杜甫《咏怀古迹》其三"图画省识春风面";鬓脚,两鬓下垂的头发。 ⑧"低徊":顾影自怜,徘徊不前,面色惨淡。 ⑨不自持:把持不住自己。 ⑩"归来"句:汉元帝回宫后怨怪的却是画工毛延寿。丹青手,画师。 ⑪意态:风度神态。

心知更不归①,可怜著尽汉宫衣②。寄声欲问塞南事③,只有年年鸿雁飞。家人万

里传消息,好在毡城④莫相忆。君不见,咫尺长门闭阿娇⑤,人生失意无南北⑥。

此诗写于仁宗嘉祐四年(1059)他任江东刑狱时,命意新警,造语、句法、用韵都使人耳目一新,在当时诗坛就引起强烈反响,欧阳修、曾巩、梅尧臣、刘敞等都有和作,却无一出其右者。晚年隐居江宁,描写湖光山色、抒发个人心绪的小诗也写得妥贴自然、新颖别致,颇受推崇,试看《江上》、《泊船瓜舟》二首:

江北秋阴一半开,晓云含雨却低回。青山缭绕疑无路,忽见千帆隐映来。

京口瓜洲一水间⑦,锺山只隔数重山。春风又绿江南岸,明月何时照我还。

王诗有独特的风格,推动了宋诗的发展,但也有一部分诗作喜造硬语、押险韵,影响后来的江西诗派。

第二节 苏 轼

苏轼是继欧阳修之后北宋中期的文坛领袖,他的作品代表了北宋诗文革新运动的最高成就,也表现了宋代文学的最高成就。

一、苏轼的生平和思想

苏轼(1037—1101)字子瞻,号东坡居士,眉山(今属四川)人。父苏洵、弟苏辙,都是著名的文学家,三人同在唐宋八大家之列,合称三苏。苏轼 22 岁中进士,曾任大理评事、签书凤阳府判官。神宗时,王安石变法,他持反对意见,自请外任,先后通判杭州、知密州、徐州、湖州。元丰二年(1079)被变法派告发讪谤朝政,捕入御史台狱。这就是有名的"乌台诗案",变法派罗织罪名,必欲置他于死地。他自己也估计活不成了,写了两首绝命诗。这时元老重臣都为他说情,甚至变法派中也有人出来说情。最后还是退了职的王安石说:"岂有盛世而杀才士者乎?"这样一场轰动全国的案子才以"一言而决",从轻发落。他出狱后,贬为黄州团练副使,不得参与公事,实际近于流放。那时,他生活相当拮据,常常是每月的初一取 4 500 钱分成 30 份挂在屋梁上,日取一份用度,这样以免超支不敷。宋哲宗元祐元年(1086)哲宗即位,祖母高太后临朝听政。太后是保守派,旧党上台,苏轼被召回汴京,这时他又突然红了起

---

①更不归:不能再回来。 ②"着尽"句:是说昭君久居匈奴,思念故国,常穿带去的汉家衣裳,穿得都没有了。 ③塞南事:指汉廷家乡事。 ④毡城:指塞北。 ⑤"咫尺"句:长门宫虽近在咫尺,被关闭的阿娇还是不能见面。这是用汉武帝与陈皇后的典故来说事。陈皇后名阿娇,原先受宠幸,后失宠,关闭在长门宫。咫 zhǐ,古代八寸为咫。 ⑥"人生"句:人生失意,不分南北远近。 ⑦"京口"句:京口与瓜洲一水之隔。京口,即今江苏镇江市,在长江南岸。瓜洲,在江苏扬州市南面,与镇江隔江相望。

来,一月之内连升三级,做到翰林学士、侍读、龙图阁学士。司马光从旧党的顽固立场出发,熙宁新政一律被废除。可苏轼此时却不插顺风旗,偏要"参用所长",为变法派说好话。有时还与司马光顶撞,骂"司马牛,司马牛"!这样,京城自然容身不得,又请外调,出知杭州、颖州、扬州。在杭州他疏浚河流、治理西湖,做了不少好事。元祐八年(1093)高太后死,哲宗亲政,新党抬头,对元祐党人大肆迫害,对苏轼也是一贬再贬,最后贬到惠州、儋州,在"天涯海角"一住三年。哲宗死后,徽宗即位,向太后临朝。向太后又是旧党,苏轼于是遇赦北归。第二年便病重,死于常州,终年66岁。有《东坡先生全集》。

苏轼的思想比较复杂,儒、佛、道都对他有一定的影响,但他哪一家都不是。他一生又是在激烈动荡的政治斗争中度过的,曾做过皇帝的老师,也一度沦为死囚,宦海沉浮,大起大落,这又加深了他的出世思想。所以,苏轼思想有儒家仁政思想,主张积极用世、富国强兵、济世救民。当他在政治上受挫折的时候,又表现出老庄的处世哲学,用超然物外的旷达态度来求得心理平衡。他鄙夷理学,不为礼法所拘。做人光明坦荡,刚正不阿,敢作敢为。他的这种复杂思想和高尚人格,在他的作品中有明显的反映。

二、苏轼的文艺观

苏轼对文学创作倾注了毕生的精力,他积累了丰富的创作经验,但他没有专门的理论著作,他的文艺观散见于众多的书信、题跋、笔记中。

他重视文学的社会功能,反对"浮巧轻媚"的西昆体,也反对"迂"而"怪癖"的新弊,强调文章要"有为而作","言必中当世之过"。他辩证地阐述了道与文的关系,他认为道与文是紧密联系的,但也并非从属关系,主张有道有艺,道艺并重,"有道而不艺,则物虽行于心,不形于手"。这就纠正了诗文革新运动文道合一、重道轻文的倾向。在诗文风格方面,他崇尚自然、个性化,反对雕琢、强求。他说:"文理自然,姿态横生。"绝不能"屈折拳曲,以合规绳"。他认为自己的文章好在自然而随物赋形:"吾文如万斛泉源,不择地而出,在平地滔滔汩汩,虽一日千里无难;及其与山石曲折,随物赋形,而不可知也。所可知者,常行于所当行,常止于不可不止。"在文学技巧方面,他强调独创,强调反复揣摩以求"神似"。他认为文学就是要"出新意于法度之中,寄妙理于豪放之外"。他十分重视文艺技巧的探讨,他用"求物之妙如系风捕影,能使物了然于心",然后"了然于口于手","是之谓辞达",说明文学表现的妙悟过程。他还认为文艺不仅要"形似"还要"神似"。

苏轼的文学创作,充分体现了他的文艺观。

苏轼是一位多才多艺的文艺巨匠,诗、文、词、书、画成就都高,有"五绝"之称。文学作品,有诗2700多首,词300多首,文约60卷,广阔地展现了他的艺术世界。

三、苏轼的散文

苏轼的散文气势磅礴,奔放雄辩,明晰透辟,挥洒自如。人们向来以韩、柳、欧、苏四大家并称,认为"韩如潮,柳如泉,欧如澜,苏如海"(《文章精义》)苏轼散文可分为读史议政、叙事记游两大类,前一类包括奏议、进策、史论等,大都是同苏轼政治生活密切联系的,如《上神宗皇帝书》、《贾谊论》、《平王论》等。

苏轼叙事记游的散文更是体现了他散文的风格,其中有不少广为传诵的名作,如《喜雨亭记》、《超然台记》、《放鹤亭记》,而以前、后《赤壁赋》艺术成就最高,最负盛名。且看《前赤壁赋》①:

壬戌②之秋,七月既望③,苏子与客泛舟游于赤壁之下。清风徐来,水波不兴。举杯属客④,诵明月之诗⑤,歌窈窕之章⑥。少焉,月出于东山之上,徘徊于斗牛之间⑦。白露横江⑧,水光接天。纵一苇⑨之所如,凌万顷之茫然⑩。浩浩乎如冯虚御风⑪,而不知其所止;飘飘乎如遗世独立⑫,羽化而登仙⑬。

于是饮酒乐甚,扣舷⑭而歌之。歌曰:"桂棹兮兰桨⑮,击空明兮溯流光⑯。渺渺⑰兮余怀,望美人⑱兮天一方⑲。"客有吹洞箫⑳者,倚歌而和之㉑。其声呜呜然,如怨如慕,如泣如诉,余音袅袅㉒,不绝如缕㉓,舞幽壑之潜蛟㉔,泣孤舟之嫠妇㉕。

苏子愀然㉖,正襟危坐㉗,而问客曰:"何为其然也?"客曰:"月明星稀,乌鹊南飞㉘,此非曹孟德之诗乎?西望夏口㉙,东望武昌㉚,山川相缪㉛,郁乎苍苍㉜,此非孟德之困于周郎者乎㉝?方其破荆州,下江陵㉞,顺流而东也,舳舻千里㉟,旌旗蔽

---

①题名:写于宋神宗元丰五年(1082)七月,原题《赤壁赋》,后因同年十月又写有《后赤壁赋》,故后人多标此篇为《前赤壁赋》。赤壁,指黄州的赤鼻矶。　②壬戌:宋神宗元丰五年(1082)。　③既望:农历十五称为望,十六日为既望。　④属客:斟酒敬客。属 zhǔ,倾注。　⑤明月之诗:大约是指《诗经·陈风·月出》:"月出皎兮,佼(美好)人僚(好貌)兮。"亦说指曹操《短歌行》"明明如月,何时可掇。"　⑥窈窕之章:指《诗经·周南·关睢》"窈窕淑女,君子好逑"之句。　⑦斗牛之间:斗宿和牛宿两星宿之间。　⑧白露横江:白茫茫雾气横亘江上。　⑨一苇:像一片苇叶的小船。苇 wěi,芦苇。　⑩凌万顷之茫然:驾越宽阔渺茫的江面。凌,凌驾、越过。　⑪冯虚御风:凌空乘风遨游。冯,同凭;御风,驾风飞行。　⑫遗世独立:离开人世无牵挂。⑬羽化而登仙:成了仙人,进入仙境。道教称成仙为羽化。　⑭扣舷:敲击着船舷。　⑮桂棹兮兰桨:名贵的长桨、短桨。桂棹,丹桂做的长桨;兰桨,兰木做的短桨;两者都是名贵的划船工具。　⑯"击空明"句:形容在水月交映的江面上航行的感受。空明,水天一色,清澈空澄,溯,逆流而行;流光,江面上波光粼粼。⑰渺渺:心绪悠远貌。　⑱美人:崇拜思慕的人。　⑲天一方:遥远的天边。　⑳洞箫:即箫。这里吹箫的"客",据苏轼另外诗文透露,是绵竹道士杨世昌,字子京,善吹箫。　㉑"倚歌"句:按曲调、节拍伴奏。㉒袅袅 niǎo niǎo:声音婉转悠扬。　㉓缕:丝缕,形容声音细微而绵长。　㉔"舞幽壑"句:(箫声)能使潜伏在深水里的蛟龙起舞。㉕"泣孤舟"句:(箫声)能使小船上的寡妇痛哭。嫠 lí妇,寡妇。　㉖愀然:忧愁貌。愀qiǎo,脸色变得严肃而不愉快的样子。　㉗"正襟"句:端正衣襟,严肃地端坐着。危坐,端正地坐着。　㉘"月明"两句:曹操《短歌行》两句。　㉙夏口:即今湖北武汉市。　㉚武昌:即今湖北鄂城县。　㉛缪:通缭,盘绕的意思。㉜"郁乎"句:茂密苍翠。㉝"此非"句:这不就是曹操受困于周郎的地方吗?㉞"方其"两句:当他破荆州下江陵的时候,方,当;荆州,湖北襄樊;江陵,今江陵县。　㉟"舳舻"句:曹军战船千里,首尾相连。舳 zhú,船尾持舵处,舻 lú,船头置櫂处。

空，酾酒临江①，横槊②赋诗，固一世之雄也，而今安在哉！况吾与子渔樵于江渚③之上，侣鱼虾而友麋鹿④，驾一叶之扁舟⑤，举匏樽⑥以相属。寄蜉蝣于天地⑦，渺沧海之一粟⑧。哀吾生之须臾⑨，羡长江之无穷。挟飞仙以遨游⑩，抱明月而长终⑪。知不可乎骤得，托遗响于悲风⑫。”

苏子曰：“客亦知夫水与月乎？逝者如斯，而未尝往也⑬；盈虚者如彼，而卒莫消长也⑭。盖将自其变者而观之，则天地曾不能以一瞬⑮；自其不变者而观之，则物与我皆无尽也⑯，而又何羡乎⑰？且夫天地之间，物各有主，苟非吾之所有，虽一毫而莫取。惟江上之清风，与山间之明月，耳得之而为声，目遇之而成色，取之无禁⑱，用之不竭，是造物者⑲之无尽藏⑳也。而吾与子之所共适㉑。”

客喜而笑，洗盏更酌㉒。肴核㉓既尽，杯盘狼藉㉔。相与枕藉㉕乎舟中，不知东方之既白㉖。

苏轼自书的《前赤壁赋》

这篇写于神宗元丰五年(1082)，时作者谪居黄州，这里的赤壁系黄州的赤鼻矶。作者通过泛舟月下，主客对答，阐述失意中对人生的见解。这里写景、抒情、说理融为一体，达到了诗情画意和理趣的和谐统一。

苏轼的一些书信、随笔、题跋、杂录写得也很好，做到朴素自然、笔致凝练、文情并茂，臻至"百炼钢化作绕指柔"的境地。

---

①"酾酒"句：临江把酒。酾 shī，原义为滤酒，这里是斟、饮的意思。　②槊 shuò：长矛。横，是横握之意。　③江渚：江边小洲。渚 zhǔ，江中沙洲。　④"侣鱼虾"两句：与鱼虾、麋鹿相伴为友。　⑤扁舟：小舟。扁 piān，小貌。　⑥匏樽：用葫芦做的酒器。匏 páo，瓢葫芦，葫芦的一种。　⑦"寄蜉蝣"句：人世短暂，犹如蜉蝣一样寄生于天地之间。蜉蝣 fú yóu，水边小飞虫。　⑧"渺沧海"句：人生在世就象大海中的一粒小米那么渺小。　⑨须臾：片刻、一会儿。　⑩"挟飞仙"句：挟带着飞仙在太空漫游。　⑪"抱明月"句：拥抱着明月在太空永存。　⑫"知不可"两句：知道上述是无法轻易得到的，只好把悲伤的心情寄托在箫声之中。遗响，余音；悲风，秋风。　⑬"逝者"两句：岁月像流水那样逝去，日复一日，好像没有逝去一样。用《论语·子罕》典故："子在川上曰，逝者如斯夫，不舍昼夜。"　⑭"盈虚"两句：月亮时圆时缺，变化不定，但实际上却没有变化，没有增减。盈虚，指月亮的圆缺；卒，最终。　⑮"盖将"两句：从客观世界永恒变化的观点来看，天地万物一眨眼工夫都不能静止不变。一瞬 shùn，一眨眼。　⑯"自其不变"两句：如果从客观世界永恒不灭的观点去观察，天地万物和我们人类都没有穷尽和消失的时候。　⑰"而又"句：那么又何必去羡慕"长江之无穷"呢？　⑱取之无禁：取之也没有谁去禁止。　⑲造物者：指天、大自然。　⑳无尽藏：这里是无穷无尽宝藏的意思。原为佛家语，指信、戒、惭、愧、闻、施、慧、念、持、辩十法含摄无尽的法海。　㉑共适：共享。　㉒更 酌：重新斟饮。　㉓肴核：荤菜与果品。肴 yáo，熟鱼肉；核，果品。　㉔狼藉：乱七八糟。　㉕相与枕藉：互相依靠着，枕垫着(睡觉)。　㉖既白：已白，天亮。

且看《记承天寺夜游》①：

> 元丰六年②十月十二日，夜。解衣欲睡，月色入户，欣然起行。念无与为乐者，遂至承天寺，寻张怀民③。
>
> 怀民亦未寝，相与步于中庭。
>
> 庭下如积水空明，水中藻、荇④交横，盖松柏影也。
>
> 何夜无月？何处无竹柏？但少闲人如吾两人耳！

仅84个字，就写出了月夜妙景和被贬时苦中寻乐的心情。作者似乎随手而记，毫不经意，但却蕴藉深沉，意趣横生。这样的一些随笔小品，深为晚明袁宏道、张岱等赞赏。晚明小品文受苏轼影响是很自然的。

四、苏轼的诗

苏轼的诗数量最多，质量也很高，各体皆工，尤为擅长的是七言。他是当时诗坛的领袖，代表了诗文革新运动中的一代诗风。他的诗题材广泛、内容丰富、风格多样，宗韩、学杜、慕李、追陶，较为全面地继承了前代的成果，又发挥了自己的创造性，成为我国诗史上承前启后的一代宗师。

苏诗中有一些是同情人民疾苦、抨击社会弊端的篇章。他长期做地方官，了解民情，反映在诗中确有一种"悲歌为黎元"的为民请命的精神。他关心国运，有与变法派、守旧派都不相同的看法，反映在诗中往往能切中时弊，有较强的批判现实的意义。这类诗歌如《李氏园》、《寄刘孝叔》、《石炭》、《吴中田妇叹》等，最典型的则数《荔枝叹》⑤：

> 十里一置⑥飞尘灰，五里一堠⑦兵火催。颠坑仆谷相枕藉⑧，知是荔枝龙眼⑨来。飞车跨山鹘横海⑩，风枝露叶如新采⑪；宫中美人一破颜⑫，惊尘溅血流千

苏诗想象丰富，气势雄浑，富有浪漫主义色彩

---

①题名：一题作《月夜寻张怀民》，是苏轼贬居黄州时的作品。承天寺，在今湖北黄冈县南，离临皋亭不远。　②元丰六年：即宋神宗元丰六年(1083)。　③张怀民：名梦得，一字偓佺，河北清和县人。他于元丰六年贬谪到黄州，初到时寓居于承天寺，后筑快哉亭于住所之处。亭名是因苏轼所赠[水调歌头]"一点浩然气，千里快哉风"句而得名。可见张怀民与苏轼是有相同情怀的人。也可见这则小品的蕴含。　④藻荇：两种水草名。荇 xìng，水生多年草本植物。　⑤题名：这首诗写于宋哲宗绍圣二年(1095)，是作者贬谪到惠州，即今广东惠阳，所作。荔枝即荔支。　⑥置：古时的驿站。　⑦堠 hòu：古时路旁计里程的土堡，这里也指驿站。　⑧"颠坑"句：赶运荔支的人马倒毙于途路上，有的跌倒入土坑，有的仆跌入山谷，尸体纵横，相枕叠着。颠，倒；仆，前倒。　⑨龙眼：桂元。　⑩"飞车"句：用快车运，用海船装，过山越海，急速传递。飞车，快速驿车；鹘 hú，鹰类猛禽，古代船头常刻上鹘，以示快捷凶猛。有时直接称快船为鹘。　⑪"风枝"句：枝叶犹带风露，就好像是刚采的一般。　⑫"宫中"句：杨贵妃笑了。宫中美人指杨贵妃，破颜，笑。《新唐书·杨贵妃传》："妃，嗜荔枝，必欲生致之。乃置邮传送走数千里。味未变，已至京师。"

载①。永元荔枝来交州，天宝岁贡取之涪；至今欲食林甫肉，无人举觞酹伯游②。我愿天公怜赤子③，莫生尤物④为疮痏⑤；雨顺风调百谷登，民不饥寒为上瑞⑥。君不见，武夷溪边粟粒芽，前丁后蔡相笼加⑦，争新买宠各出意，今年斗品充官茶⑧。吾君所乏岂此物，致养口体⑨何陋耶？洛阳相君忠孝家，可怜亦进姚黄花⑩。

绍圣二年(1095)60岁的苏轼被流放到惠州，写了这首《荔枝叹》，诗中描绘了荔枝给人民带来的灾难，大声疾呼"我愿天公怜赤子，莫生尤物为疮痏"，为民请命之情跃然纸上。以后，拓展题意，由荔枝而茶、花，由往昔而现实，直指本朝相君，讽谏之意是很深刻的。这正如汪师韩所言："其胸中勃郁有不可已者，惟不可以已而言，斯至言致⑪也。"(《苏诗选评笺释》卷六)

苏诗中最能代表其特色和成就的，则是那些描写自然风光和抒发个人心情的作品。苏诗想象丰富，气势雄浑，富有浪漫主义色彩，例如《有美堂暴雨》⑫：

---

①"惊尘"句：因运送荔枝而死伤很多，这事流传千载。流，流传。　②"永元"四句：汉朝永元年间的荔枝来自广东广西一带，到了唐朝天宝年间则由四川涪陵进贡。至今人们还十分痛恨李林甫，更无人纪念唐伯游。这里作者曾自注："汉永元中，交州进荔枝、龙眼，十里一置，五里一堠，奔腾死亡，罹猛兽毒虫之害者无数。唐羌，字伯游，为临武(按，在湖南)长，上书言状，和帝罢之。唐天宝中，盖取涪州荔枝，自子午谷路进入。"永元，汉和帝年号(89—104)；交州，汉朝地名，今广东、广西南部；天宝，唐玄宗年号(742—756)；岁贡，地方每年向皇上献贡的物品；涪 fú，涪州，今四川涪陵市，盛产荔枝；林甫，唐玄宗时有名的奸臣李林甫，他以"口蜜腹剑"著称，勾结宦官、嫔妃，探听玄宗动静，以争宠固权，又主张重用番将，以致安禄山得宠，他的所作所为使人恨之入骨；举觞 shāng，古代盛酒器；酹 lèi，洒酒祭奠，这里暗含着至今无人敢像伯游那样进谏的意思。　③赤子：指老百姓。　④尤物：珍奇物品，也指美貌的女子。这里指杨贵妃。　⑤疮痏：疮伤，这里是灾祸的意思。痏 wěi，有瘢痕的疮。　⑥上瑞：上上吉利。瑞，吉祥征兆。　⑦"君不见"两句：作者自注："大小龙茶，始于丁晋公，而成于蔡君谟。欧阳永叔闻君谟进小龙团，惊叹曰：'君谟士人也，何至作此事耶！'"丁指宋真宗时宰相丁谓，曾封晋国公。蔡指蔡襄，字君谟，仁宗初年进士，北宋著名书法家，官至知制诰，又在开封、杭州等地任地方官，且精通茶事，著有《茶录》。武夷，即福建武夷山，以产茶著名。庆历年间，蔡襄任福建转运使，开始制作小片龙茶进贡，龙茶为茶之极品，又名团茶。粟粒芽，茶芽嫩如粟粒是武夷山茶极品。笼加，笼封固封。这两句的意思是固封武夷名茶献贡的，前有丁谓，后有蔡襄。　⑧"今年"句：作者自注："今年闽中监司(转运使)乞进新茶，许之。"今年指绍圣二年(1095)；斗品，宋代有斗茶风气，各以名品相比，参加比赛的名茶为斗品；官茶，贡茶。　⑨致养口体：奉养皇帝的口腹之欲。这是用《孟子·离娄上》典故：论事父母应重养志(精神上得到满足)轻养"口体"(口腹之欲的满足)　⑩"洛阳"两句：作者自注："洛阳贡花自钱惟演始。"钱惟演，字希圣，吴越王钱俶之子，随父降宋，晚年以使相(枢密使兼中书门下平章事)留宋西京(北宋称洛阳为西京)故诗中称他为相君。又因为宋太宗曾经称赞钱家"以忠孝而保社稷"钱俶死后谥号"忠懿"，所以苏轼说他家为忠孝传家；可怜，可惜之意；姚黄花，牡丹花中的最佳品种，姚黄，是牡丹佳品，最初由洛阳姚姓培养出，是一种黄色大花，故名。这两句是说以忠孝传家的钱惟演，也进牡丹献媚邀宠，诚为可惜。　⑪致：达到。　⑫题意：这篇文章是熙宁六年(1073)作者任杭州通判时写的。有美堂在杭州西湖东南面的吴山上。其堂为杭州知府吴挚于嘉祐二年(1057)所建，取名有美是因为宋仁宗曾赐梅挚诗，有云"地有吴山美，东南第一州"。这篇通篇描绘暴雨骤至的景象，写得有声有色，令人眩目震耳。诗中比喻奇特，想象丰富，洋溢着浪漫主义气息。

游人脚底一声雷，满座顽云①拨不开。天外黑风吹海立②，浙东③飞雨过江来。
十分潋滟④金樽⑤凸，千杖敲铿羯鼓催⑥。唤起谪仙泉洒面⑦，倒倾鲛室泻琼瑰⑧。

写钱塘江附近暴雨骤至的景象，诗人以幻喻真，显得奇气磅礴，情景宛然在目。

苏诗写景能抓住景象特征，注意表现景物的神韵，因而显得清新隽美，情致盎然。且看《饮湖上初晴后雨》⑨：

水光潋滟晴⑩方好，山色空濛⑪雨亦奇。欲把西湖比西子⑫，淡妆浓抹总相宜。

写西湖初晴后雨的两种美，再以西子的妙比，突现了西湖的风姿韵态，令人叫绝。

苏诗擅用比喻，并注意用比喻显现出对象的神韵，做到不仅形似而且神似。且看《百步洪》⑬：

长洪斗落⑭生跳波，轻舟南下如投梭。水师绝叫凫雁起⑮，乱石一线争磋磨⑯。有如兔走鹰隼落，骏马下注千丈坡，断弦离柱箭脱手，飞电过隙珠翻荷。四山眩转风掠耳，但见流沫生千涡。崄⑰中得乐虽一快，何异水伯夸秋河⑱。我生乘化日夜逝⑲，坐觉一念逾新罗⑳。纷纷争夺醉梦里，岂信荆棘埋铜驼㉑。觉来俯仰失千劫㉒，回视此水殊委蛇㉓。君看岸边苍石上，古来篙眼如蜂窠。但应此心无所住㉔，

①顽云：浓重厚密的云。　②"天外"句：狂风乱吹，天昏地暗，似乎海水都翻倒了。黑风，狂风、暴风；海立，海水翻倒过来；吹海立，用杜甫《朝献太清宫赋》典故："九天之云下垂，四海之水皆立。"　③浙东：钱塘江古称浙江，浙东乃指钱塘江以东的地区。　④潋滟 liàn yàn：水满的样子，泛指盈溢。　⑤金樽：酒樽的美称，亦称金尊。这句是形容雨中西湖像一樽酒满凸溢的金盏。　⑥"千杖"句：骤雨急来如千杖敲击着羯鼓那样的急促骤密。敲铿，敲击；铿，撞击；羯鼓，是一种西域乐器"其声焦杀鸣烈，尤宜促曲急破"（南卓《羯鼓录》）。　⑦"唤起"句：这大约是天帝欲造新词，便倾水洒面以唤起"谪仙人"李白。用《旧唐书·李白传》典故："玄宗度曲，欲造乐府新词，亟召白，白已卧于酒肆矣。召入，以水洒面，急令秉笔，顷之成十余章。"　⑧"倒倾"句：珍珠琼玉般的仙泉洒落人间，便化作了满天大雨。这是用《博物志》的典故："南海外有鲛人，水居如鱼，不废织绩，其眼能泣珠。"鲛室，鲛人水中居室；琼瑰 qióng guī，美玉，又作美好的诗文讲，苏诗这里是一语双关。　⑨题名：此诗为熙宁六年（1073）作，原诗有两首，这是第二首。　⑩潋滟：见注④，这里作水波动荡的样子讲。　⑪空濛：细雨迷茫的样子。　⑫西子：西施。由于苏轼把西湖比作西施，后来杭州西湖也被称作了西子湖。　⑬题名：原诗有两首，今选其一。原诗有小序，说这一首赠参寥，参寥子是位和尚，浙江於潜（今昌化）人，好友。　⑭斗落：陡落。陡与斗通，突然。　⑮"水师"句：船工狂叫野鸭飞。水师，船工；绝叫，狂叫；凫雁，野鸭。　⑯磋磨：磨转打光。磋 cuō，磨光。　⑰崄：同险。　⑱"何异"句：险中得乐，就像是河神那样狭小的眼光自我夸耀。用《庄子·秋水》典故。"秋水时，百川灌河，泾流之大，两涘（sì，河岸）渚崖之间不辨牛马，于是焉河伯欣欣自喜，以天下之美尽在矣。"　⑲"我生"句：我任随生命跟着自然的变化而逐渐逝去。乘化，用陶潜典故《归去来兮辞》："聊乘化以归尽。"　⑳"坐觉"句：坐在这里神志飞扬意念可以达到海外。这是用《传灯录》卷二十三"新罗在海外，一念已逾"典故。　㉑"岂信"句：哪里知晓社会将经历极大的变化。用《晋书·索靖传》典故，晋时索靖预言天下将变，指着洛阳宫门边的铜驼说："会见汝在荆棘中耳。"　㉒千劫：佛家语，指久远的时间与无数生灭成败。唐太宗《圣教序》："天灭无生历千劫。"　㉓委蛇：迂迴舒缓的样子。蛇读 yí。　㉔无所住：佛家语，谓不被任何意志所拘执。《金刚经》："菩萨与法应无所住。"

造物①虽驶②如吾何。回船上马各归去,多言哓哓师所呵③。

此诗是元丰元年(1078)苏轼知徐州时作,百步洪又名徐州洪,是泗水流经徐州的一处地名,其悬流迅疾,乱石激涛,凡数里始静。这首诗的开头连用了七个形象的比喻,来表现奔腾的激流。这是一种"博喻",一般认为是苏轼的创格。

苏诗具有理趣,这是苏诗的特点,也体现了宋诗的特点。所谓理趣,就是诗中通过艺术形象说理,蕴含丰厚,新鲜而有趣。试看《题西林壁》④:

　　横看成岭侧成峰,远近高低各不同。不识庐山真面目,只缘身在此山中。

写庐山,也透露了一种生活哲理。

总起来说,苏诗才思四溢,奔放灵动,意态横生,触境生春,艺术上别开生面,成为一代之大观。缺点在于,有一部分诗歌,表现了"以文为诗,以才学为诗,以议论为诗"的倾向,过分平白、堆砌典故,说理而无趣,从而削弱了诗歌形象化的特点。

五、苏轼的词

比起诗来,苏词有更大的创造性,他转变了词风,创立了与传统的婉约词相对举的豪放派。这就给词的发展开辟了广阔的途径,南宋蔚为大观的英雄词、爱国词正是在他的基础上发展的。具体地说,苏词的贡献大致有下列几方面:(一)风格的创新。苏轼以前的词坛是婉约词的天下,苏词异军突起独树一帜,以豪迈奔放的激情、坦率开朗的胸怀、通达的哲理和浪漫主义的奇思幻想融入词中,使词作呈现出恢弘阔大、豪迈奔放的风格。正如胡寅在《题酒边词》中所说:"及眉山苏氏,一洗绮罗香泽之态,摆脱绸缪宛转之度,使人登高望远,举首高歌,而逸怀浩气,超乎尘垢之外。"后人就把这种具有豪放风格的词称为豪放词,并使之与传统的婉约词对立并举。苏词〔念奴娇〕(赤壁怀古)、〔水调歌头〕(丙辰⑤中秋,欢饮达旦,大醉作此篇,兼怀子由⑥)都是典型的千古传唱的豪放词。且看后者:

　　明月几时有?把酒问青天⑦。不知天上宫阙,今夕是何年。我欲乘风归去,惟恐琼楼玉宇⑧,高处不胜⑨寒。起舞弄清影,何似在人间!　　转朱阁⑩,低绮户⑪,照无眠。不应有恨,何事长向别时圆?人有悲欢离合,月有阴晴圆缺,此事古难全。但愿人长久,千里共婵娟⑫。

---

①造物:指天、自然。　②驶:运转变化。　③"多言"句:我再唠叨禅师就会责备。哓哓(náo náo),多言唠叨貌;呵,责备。　④题名:此诗是宋神宗元丰七年(1084)苏轼游庐山时所作,诗表现了庐山千姿万态的景色。　⑤丙辰:宋神宗熙宁九年(1076),这一年苏轼在密州任知州。密州,今山东诸城。　⑥子由:苏轼之弟苏辙的字,这一年苏辙在济南任掌书记。　⑦"明月"两句:这是化用李白《把酒问月》的诗句:"青天有月来几时,我欲停杯一问之。"把酒,端起酒杯。　⑧琼楼玉宇:华美的玉石砌成的楼宇。　⑨不胜:经受不起。胜,读 shēng。　⑩朱阁:富丽堂皇的朱红色楼阁。　⑪低绮户:月儿低垂照进雕饰华美的门窗。绮 qǐ 户,雕花的门窗。　⑫婵娟:指月亮。婵 chán,美好貌。"千里共婵娟"句,化用谢庄《月赋》"隔千里兮共明月"的句子。

这是熙宁九年(1076)苏轼在密州任上所写。通过中秋赏月所产生的种种奇思异想,作者抒发了关于政治、人生和手足友情的慨叹,表达了他复杂而旷达乐观的胸怀。艺术上,这首词通过浪漫主义的奇思幻想,创造了一个超凡脱俗的神仙境界;这首词还表达了宇宙、人生的哲理,具有理趣。

(二)内容上的解放。词在五代、北宋初年内容比较狭窄,十有八九是表现男女恋情。苏词则突破了"艳科"的藩篱,怀古、登临、说理、谈玄、咏史、杂议都可以成为词的内容,达到了"无意不可入,无事不可言"的地步。这样,词就从樽前、花间走向了更为广阔的社会人生。苏轼的第一首豪放词是写打猎,〔江城子〕(密州出猎)①:

> 老夫聊发少年狂,左牵黄②,右擎苍③,锦帽貂裘④,千骑卷平冈。为报倾城随太守⑤,亲射虎,看孙郎⑥。　　酒酣胸胆尚开张⑦,鬓微霜,又何妨!持节云中,何日遣冯唐⑧? 会⑨挽雕弓⑩如满月,西北望,射天狼⑪。

作于熙宁八年(1075)知密州时,词人通过记述出城冬猎的盛况和心情,抒发渴望受重用,从而抗敌御侮的豪情壮志。作者在给友人的信中说:"近却颇作小词,虽无柳七郎风味,亦自是一家。呵呵! 数日前,猎于郊外,所获颇多。作得一阕,令东州壮士抵掌顿足而歌之,吹笛击鼓以为节,颇壮观也。"(《与鲜于子骏》)从这可看出苏轼是有意写颇为壮观的词作的,他的尝试非常成功。

(三)形式上的创新。北宋初期词坛,讲究"诗庄词媚","以清切婉丽为宗",苏轼则以诗为词。他不仅以诗的内容、题材入词,而且以诗的形式、语言入词。这样,苏词就明显地诗化,甚至散文化。胡适把词的发展史分为歌者之词,诗人之词、词匠之词三阶段。苏词无疑是诗人之词的代表。在这方面,比如旧词格有所谓"上片提出词意,过片另起"的规定,苏词有好些是打破这一规定,一气呵成的。再有,苏轼普遍以诗序入词,他有时化诗为词,把前人或自己的诗改写成词。在语言方面,苏词不仅诗化,有时甚至散文化。如〔临江仙〕:

> 夜饮东坡醒复醉,归来仿佛三更。家童鼻息已雷鸣。敲门都不应,倚杖听江

---

①题名:这首词据傅藻《东坡纪年录》记载应是"乙卯冬(1075)祭常山回,与同官习射放鹰作。"　②左牵黄:左手牵着黄狗。　③右擎苍:右臂架着苍鹰。擎 qíng,举,向上托。　④锦帽貂裘:戴着锦蒙帽,穿着貂皮裘。　⑤"为报"句:为了感谢全城人跟随我这个太守观看打猎的盛意。　⑥"亲射虎"两句:我要亲手射杀老虎,效仿当年孙权的英姿。《三国志·孙权传》记载:建安二十三年十月孙权曾骑马射虎。　⑦"酒酣"句:酒意正浓、胸怀更加开阔,胆气豪壮。尚,更加;胆,同祖,袒 tǎn,袒露。　⑧"持节"两句:这两句用汉朝魏尚的典故,希望自己早日得到朝廷的信用。《史记·冯唐传》记载:汉文帝时魏尚为云中郡太守,他爱惜士卒,优待军吏,匈奴不敢侵犯。一次匈奴入侵,魏尚亲率车骑狙击,杀敌甚众,后因报功多报了六颗首级,被汉文帝削职判刑,冯唐上书,陈述魏尚的战功,指出文帝不善用将,赏罚不当。汉文帝采纳了冯唐的意见,派冯唐持节去赦免魏,仍复魏尚为云中太守,任冯唐为车骑都尉;节,皇帝使者所持的信符。云中,汉时郡名,在今内蒙托克托县一带。　⑨会:将。　⑩雕弓:弓背雕刻有花纹的宝弓。　⑪天狼:星名,亦名犬星。旧时说它是主侵略的,它的出现是要有外来侵犯的征兆。这里喻指当时的辽和西夏。

声。　　　长恨此身非我有，何时忘却营营①。夜阑风静縠纹平②。小舟从此逝，江海寄余生。

该词写于被贬黄州时，写词人夜饮归来听江潮的情景。此时他心情很痛苦，不满意他现在受监管的处境，要求摆脱，希望离开这里，在大自然中寻找精神寄托。语言朴素自然，明白如话，几乎没有什么诗的跳跃，直是一则叙事小品。

（四）音律上的突破。苏词有"豪不就律"的特点，他认为词以意为主，音乐性为辅。所以，他的一些词突破了词谱的规范。例如〔念奴娇〕（赤壁怀古）里："故垒西边，人道是，三国周郎赤壁"一句，按词谱应作"故垒西边人道是，三国周郎赤壁"。这首词里诸如此类的改动有好几处，由此也引来了许多讽刺和责难。李清照就说苏词只不过是"句读不葺③之诗"（《词论》）。其实，从文人词来说，这是有革新意义的。"横放杰出，自是曲中缚不住者"（晁无咎语）。"公非不能歌，但豪放，不喜剪裁以就声律耳。试取东坡诸词歌之，曲终，觉天风海雨逼人"（晁以道《历代诗余引》）。

苏词风格多样化，他虽以豪放名家，但婉约清丽之作在数量上还是居多数。他的婉约词写得也很出色，宛然一婉约大家。著名的如〔江城子〕（乙卯④正月二十日记梦）：

十年生死⑤两茫茫。不思量，自难忘。千里孤坟⑥，无处话凄凉。纵使相逢应不识，尘满面，鬓如霜。　　　夜来幽梦忽还乡。小轩⑦窗，正梳妆。相顾无言，惟有泪千行。料得年年肠断处：明月夜，短松冈⑧。

这是一首有名的悼亡词。追悼亡妻王弗。此时苏轼知密州，这里离家乡很远，仕途又十分不得意，寂寞中自然想起亡妻，便以记梦的形式写下这首悼词。艺术表达上的特点，一是运用反常描写渲染出婉曲深挚的怀念之情，二是暗写身世之感，使词情更觉凄苦悲凉。

另一首婉约名作则是〔水龙吟〕（次韵⑨章质夫杨花词⑩）：

似花还似飞花⑪，也无人惜从教坠⑫。抛家傍路，思量却是，无情有思⑬。萦损

---

①营营：困扰、忙碌。　②縠纹平：像绉纱一样平展、细密。縠 hú，有皱纹的纱。　③葺 qì：泛指修理房屋。这里作修补讲。　④乙卯：宋神宗八年（1075）。　⑤十年生死：十年的生死别离。苏轼妻王弗死于宋英宗治平（1065）。　⑥千里孤坟：远隔千里的孤坟。据作者《亡妻王氏墓志铭》记载，王氏先葬于汴京西郊，次年迁四川彭山县安镇乡可龙里。　⑦小轩：小屋。　⑧短松冈：长着低矮松树的山冈。这是化用孟棨《本事诗·征异》："欲知断肠处，明月照松冈。"　⑨次韵：和诗、和词按照原作的韵写。　⑩章质夫杨花词：苏轼的好友章质夫写了一首《杨花词》，很有创意，苏轼依原韵和了这首词。章质夫名楶 jié，建州蒲城（今福建蒲城）人，他当时任吏部郎中。他的〔水龙吟·杨花词〕是这样："燕忙莺懒芳残，正是堤上柳花飘坠、轻飞乱舞，点画青林，全无才思。闲趁游丝，静临深院；日长门闭。傍珠帘散漫，垂垂欲下，依前被风扶起。　　　兰帐玉人睡觉，怪青衣，雪沾琼缀。绣床渐满，香球无数，才圆却碎。时见蜂儿，仰黏轻粉，鱼吞池水。望章台路杳，金鞍游荡，有盈盈泪。"　⑪"似花"句：这柳絮像花又不像花。　⑫从教坠：任凭它自飘自坠。从，听凭；教，使。　⑬无情有思 sì：（柳絮）东飘西坠，看似无情，实际自有愁思。

柔肠①,困酣娇眼②,欲开还闭。梦随风万里,寻郎去处,又还被莺呼起③。　　不恨此花飞尽,恨西园、落红难缀④。晓来雨过,遗纵何在,一池萍碎⑤。春色三分;二分尘土,一分流水⑥。细看来,不是杨花,点点是离人泪⑦。

据考,这首词作于哲宗元祐二年(1087),苏轼在汴京任翰林学士。好友吏部郎中章质夫写了〔水龙吟〕(杨花词),盛传一时,苏轼和了这首,词通过咏叹杨花飘泊的命运和最后归宿,以物拟人,展现了思妇幽怨缠绵的情思和悲惨可怜的结局。全词刻画细腻,想象丰富,情致缠绵,被张炎推崇为"压倒古今"(《词源》)之作。王国维认为:"咏物之作,自以东坡〔水龙吟〕为最工。"(《人间词话》)它的写作特点在于:(一)咏物拟人,浑然一体,达到了形神兼备的地步;(二)以幽怨缠绵的闺情,寄寓自己沉沦叹世之感。

六、苏轼的影响

苏轼是继欧阳修后,宋文坛上的一代宗师,当时就有很多文人向他学习,在文学史上的影响则广泛而深远。

他注意培养后进,吸引了当时的名流在他周围,形成了作家群,如"苏门四学士":黄庭坚、秦观、张耒、晁补之;"苏门六君子":黄庭坚、秦观、张耒、晁补之、陈师道、李廌⑧。这些作家得到他的培养和熏陶,成就可观。

苏轼的诗、词、散文对宋以后的历代文人都有影响,特别喜好他的作品,着意追摹他的大家有南宋的陆游、辛弃疾,金代的元好问、明代的袁宏道、钟惺,清代的陈维崧、查慎行、袁枚等。

第三节　北宋初期词坛

表面上看,北宋初期词坛,基本延续了晚唐五代的词风,不外是春恨秋悲、伤离念远,没有多大创造。实际上,北宋初期词坛成就不小,它是令词的极盛时代,又是慢词的创始时期;内容上的创新不大,但是艺术表现的创造却十分惊人,一些优美深沉的词作彪炳于词史,使人无法遗忘。重要的作家有王禹偁、潘阆⑨、林逋⑩宋祁、范仲淹等,而以晏殊、欧阳修、张

---

①萦损柔肠:缠绵牵绕的愁思使它柔肠寸断。萦 yíng,缠绕;损,伤。　②困酣娇眼:娇美的柳眼(柳枝上的嫩芽),困倦极了,才想睁开,又闭上了。　③"梦随风"三句:化用唐金昌绪《春怨》诗意:"打起黄莺儿,莫教枝上啼。啼时惊妾梦,不得到辽西。"　④落红难缀:春事衰残,花落难续。落红,落花;难缀,难以连缀。
⑤一池萍碎:满池点点碎萍。苏轼自注:"杨花落水为浮萍,验之信然。"其实这种说法没有科学根据。
⑥"春色三分"三句:如若杨花所反映的春色有三分的话,则有两分飘落于泥土中,一分付之于流水。
⑦"点点"句:星星点点俱是离别人的眼泪。曾季狸《艇斋诗话》说,这是化用了唐人诗句:"君看陌上梅花红,尽是离人眼中血。"　⑧李廌:宋文学家。廌 zhì,解廌,神兽。　⑨潘阆:宋文学家。阆 làng,门高貌。
⑩林逋:宋文学家。逋 bū,隐遁者。

先、晏几道最为出名,被称为北宋四大开祖。柳永更是北宋初期词坛上的专业大家,把宋词的发展推上了一个新的阶段。

一、晏殊——宋词的揭幕人

晏殊(991—1055)字同叔,临川(今江西临川)人。他天资聪颖,14 岁就以神童荐于朝廷。真宗皇帝赐同进士出身,擢①秘书省正字。仁宗即位,对他更为信任,拜集贤殿学士,同中书门下平章事。享年 65 岁。有词集《珠玉词》。

晏殊词承晚唐五代之余绪,下开欧阳修、柳永之先河,被冯煦誉为"北宋倚声家初祖"(《宋六十家词选例言》)。

晏殊词的风格清雅含蓄,说它清雅,因为它明朗而不晦暗,通俗而不庸俗;说它含蓄,因为它言浅而情深,韵短而味长。〔浣溪纱〕一词正体现了这种风格:

> 一曲新词酒一杯,去年天气旧亭台,夕阳西下几时回?　　无可奈何花落去,似曾相识燕归来。小园香径②独徘徊。

流连光景,感叹时光易逝、花落春归虽不是新鲜的主题,但作者自己有深切的体会,表达又很艺术,所以成为千古传颂的名篇。这首词的艺术特色在于:(一) 它给人以蕴藉空灵、气象浑成的感受;(二) 语言清新流畅、自然天成。"无可奈何"的对句是词中名句。

再看他的〔蝶恋花〕:

> 槛菊愁烟兰泣露③,罗幕轻寒④,燕子双飞去。明月不谙⑤离恨苦,斜光到晓穿朱户。　　昨夜西风凋碧树⑥,独上高楼,望尽天涯路。欲寄彩笺兼尺素,山长水阔知何处⑦?

这是一首有名的闺情词,在表现手法方面,他运用寓情于景、情景交融的方法,使无知之物、无情之景都饱含了主人公浓重的感情,形成强烈的艺术境界。这种方法给以后词人以深切的影响。

二、张先——多花月艳冶之词

张先(990—1078)字子野,湖州乌程(今浙江吴兴)人。初为宿州掾,历吴江令、嘉禾通判,后以屯田员外郎知渝州、虢州⑧。晚年优游于湖杭间,有《安陆词》。

他是小令向慢词发展的过渡作家,早年小令与晏、欧齐名,晚年慢词与柳永并称。其词

---

①擢 zhuó:提拔。　②香径:充满花香的小路。　③"槛菊"句:栏杆外的被烟雾笼罩的菊花和含着露水的兰花,好像都有着浓重的哀愁。槛 kǎn,门限、栏杆。　④罗幕轻寒:寒意透过罗幕。　⑤谙 ān:熟悉、了解。　⑥"昨夜"句:昨夜凄凉的西风使绿树凋残。　⑦"欲寄"两句:想寄书信给思恋的人,奈何山长水阔,路途遥远,无处可寄。彩笺和尺素,都是书信的代称。　⑧虢州:宋时虢州辖境在今河南卢氏、灵宝、栾川等市县地。虢 guó,周诸侯国名。

作内容大多花月之景、男女离情，浓艳工巧。艺术上非常注意雕琢字句，以善于刻画"影"字的美学情趣著称。他的词以〔天仙子〕(时嘉禾小倅①，以病不赴府会)一首最为有名：

> 水调②数声持酒听，午醉醒来愁未醒。送春春去几时回？临晚镜，伤流景③。往事后期④空记省⑤。　　沙上并禽⑥池上暝⑦，云破月来⑧花弄影。重重帘幕密遮灯，风不定。人初静，明日落红应满径。

写于作者任秀州通判时，时年53岁。这是一首表达临老伤春情怀的词作。表现方法，就全词而言，它寓情于景、寓感慨于情境之中；就名句"云破月来花弄影"而言，它化虚为实、化静为动，用拟人化的方法，把自然美上升到艺术美。

三、欧阳修——诗庄词媚的代表人物

欧词在词史上也很有名，词风清新明快，对苏、秦颇有影响，冯煦说："即以词言，亦疏隽开子瞻，深婉开少游"(《宋六十家词选例言》)。他是北宋诗庄词媚的代表人物，以词来写恋情，一脱诗中那种儒者的庄重面孔，表现出文坛领袖风流蕴藉的生活侧面。例如〔生查子〕：

> 花似伊，柳似伊。花柳青春人别离，低头双泪垂。　　长江东，长江西。两岸鸳鸯两处飞，相逢知几时。

轻快香艳，悱恻缠绵，几乎与冯延巳词相似。他的〔踏莎行〕颇负盛名：

> 候馆⑨梅残，溪桥柳细，草薰风暖⑩摇征辔⑪。离愁渐远渐无穷，迢迢⑫不断如春水。　　寸寸柔肠⑬，盈盈粉泪⑭。楼高莫近危栏⑮倚。平芜⑯尽处是春山，行人更在春山外。

这是一首抒情词，分别从行人、思妇两个角度深婉细致地表现出春天的离愁别恨，语句顺畅、节奏感强，使人百读不厌。

四、晏几道——抒发失意伤痛的贵族公子

晏几道(1030？—1106)字叔原，号小山，是晏殊的幼子。父子俱以词著名，合称大小晏、二晏。晏几道十四五岁时便得到神宗皇帝的赏识，但仕途很不顺达，只做过许田镇监之类的小官。由于他出身于贵族公子，天真傲放，不肯依附权贵，又有一股不谙世故的傻气，晚年贫

---

①嘉禾小倅：即秀州通判，嘉禾，秀州的别称，治所在今浙江嘉兴。倅(cuì)，副职，张先当时任秀州判官，给知州佐理文书。　②水调：曲调名，相传为隋炀帝所制，声韵悲切。　③流景：如水流逝的年华。这是用唐杜牧《代吴兴妓春初寄薛军事》"自悲临晓镜，谁与惜流年"诗意。　④后期：后来的约会。　⑤记省：记得清清楚楚。省xǐng，觉悟、明白。　⑥并禽：并宿的禽鸟，似指鸳鸯。　⑦暝：眠。　⑧云破月来：云开月出。　⑨候馆：旅舍。　⑩草薰风暖：春天草香风暖。薰，即蕙草、佩兰，是一种香草，后引申作草香芬芳。江淹《别赋》有"闺中风暖，陌上草薰"。　⑪摇征辔：骑马远行。辔(pèi)，缰绳。　⑫迢迢：遥远的样子，这里作悠长讲。　⑬寸寸柔肠：极言伤心之甚，有如肠子寸寸裂断。　⑭盈盈粉泪：泪水充溢和着脂粉流淌。盈盈，泪水充溢貌。　⑮危栏：高处的栏杆。　⑯平芜：平旷的草地。

困落魄,甚至成为流浪汉。有《小山词》。

晏几道写词却很认真,多半是抒写人生聚散和爱情离合的伤痛。由于他是由华胄之家而坠入困顿的,对人世的悲凉有特殊的体验,因而他的词作一洗乃父那种雍容华贵的气息,而形成一种凄楚哀怨的情调。有人就把他比之以李后主。且看他的〔临江仙〕:

> 梦后楼台高锁,酒醒帘幕低垂。去年春恨却来时①。落花人独立,微雨燕双飞②。　　记得小蘋初见③,两重心字罗衣④。琵琶弦上说相思⑤。当时明月在,曾照彩云归⑥。

这是一首怀旧词,眷怀往日的欢乐和与小蘋的恋情,并在其中渗透出身世的感慨。特色在于:从上下片的对照中,抒发眷怀的情思;独白的语言使词情更觉深沉委婉。冯煦说,晏几道"古之伤心人也,其淡语皆有味,浅语皆有致"(《宋六十家词选例言》)。再看他的〔鹧鸪天〕:

> 彩袖⑦殷勤捧玉锺⑧,当年拚却⑨醉颜红。舞低杨柳楼心月⑩,歌尽桃花扇⑪底风。　　从别后,忆相逢。几回魂梦与君同。今宵剩把⑫银缸⑬照,犹恐相逢是梦中。

这首词写一个歌女与恋人重逢的惊喜,从而表现别后相思的执著和凄苦。特色在于:它构思奇崛,角度新妙,不从久别中写离愁,而从重逢中写别情;从聚散悲欢中暗写歌女身世的悲苦。

五、范仲淹、王安石开豪放词的先河

在北宋初期词坛的花间南唐风中,有两首例外,开豪放词的先河,一首就是范仲淹的〔渔家傲〕,另一首就是王安石的〔桂枝香〕(金陵怀古):

> 登临送目,正故国⑭晚秋,天气初肃⑮。千里澄江似练⑯,翠峰如簇⑰。征帆去

---

①"去年"句:去年春日感伤离别的情怀又涌上了心头。春恨,春日伤离别的恨憾。却来,又来了。②"落花"两句:这是引用前人的诗句,表现眼前的孤寂。五代翁宏《春残》诗:"又是春残也,如何出翠帏。落花人独立,微雨燕双飞。"　③小蘋:歌女名。《小山词》自跋有云:"始时沈十二廉叔、陈十君宠家,有莲、蘋、鸿、云品清讴娱客,每得一解,即以草授诸儿,吾三人持酒听之,为一笑乐。"以后两家败落,"歌儿酒使俱流转人间",可见这首词是写对歌女的眷怀之情。　④"两重"句:衣领是绣有重叠心字图案的罗衣(以喻心心相印之意)。　⑤"琵琶"句:是说小蘋在弹奏琵琶乐曲中表达了相思之情。　⑥"当时"两句:当年映照小蘋归去的明月依旧,可是小蘋和欢乐的往事如飞去的彩云,风流云散,无处寻觅。这是化用李白《宫中行乐词》:"只愁歌舞散,化作彩云飞。"彩云,通常代指美女。　⑦彩袖:代指劝酒的女子。　⑧捧玉锺:指劝酒。玉锺,酒杯美称。　⑨拚pàn却:毫不顾惜。却,语助词。　⑩楼心月:当头月。　⑪桃花扇:歌女道具,即绘有桃花的扇子。　⑫剩把:尽把,一次又一次拿着。　⑬银缸:指灯。　⑭故国:旧都,代指六朝都城金陵。　⑮肃:肃爽。　⑯澄江似练:长江水色清澄,像一条白色的绸带。化用谢朓诗"澄江静如练"。　⑰簇cù:箭头。形容山峰如箭头簇聚。

棹①残阳里,背西风,酒旗②斜矗③。彩舟④云淡,星河⑤鹭起⑥,画图难足⑦。

念往昔,繁华竞逐⑧,叹门外楼头⑨,悲恨相续⑩。千古凭高,对此漫嗟荣辱⑪。六

朝旧事随流水,但⑫寒烟⑬芳草凝绿⑭。至今商女⑮,时时犹唱后庭遗曲⑯。

这是一首著名的登临怀古词,大约写于作者再次罢相退居金陵时。词中通过对金陵晚秋壮丽景象的描写,表现了金陵古都的江天胜概,抒发了历史教训记忆犹新的深沉感慨。杨湜《古今词话》记载:"金陵怀古,诸公寄调〔桂枝香〕者,三十余家,以王介甫为绝唱,东坡记之,叹曰:'此老乃野狐精⑰也。'"这首词的特色在于:怀古与讽今的天然融合;用典隐曲,寓意深远。

由于这首词把赞叹雄浑壮丽的河山景色和感叹历史兴亡结合得好、怀古和伤今结合得好,给后世登临怀古词以很好的借鉴,苏东坡的《赤壁怀古》、周邦彦的《西河》、萨都剌的两首金陵怀古词等等都是沿着王安石的套路发展的。

六、柳永——创制慢词的专家

柳永在北宋词坛是一个带有标志性的作家,他在扩大词境、发展慢词和丰富词作表现手法方面都有杰出的贡献。

柳永(987?—1053)初名三变,字耆卿,崇安(今属福建)人。原为贵族子弟,过着"暮宴朝欢"的生活。虽有才气,仕途上却很不得意。有人在仁宗皇帝面前举荐他,可仁宗皇帝批了"且去填词"四字,放榜时被除了名。从此,他更以玩世不恭的态度,流浪在汴京、杭州等地,自称"奉旨填词柳三变","无复检约"。在他长期的浪游生活中,应乐工和歌妓之邀,创作了大量的慢词。"一时动听,传播四方",所以有"凡有井水饮处,皆能歌柳词"的佳话。直到仁宗景祐元年(1034)才改名柳永考中进士,曾任睢州推官、定海盐官。晚年任屯田员外郎,世称柳屯田。以后穷愁潦倒,死于润州,由结识他的妓女"合金葬之"。有词集《乐章集》。

柳词的内容,大致有下列三类:(一)描写都市风光的。柳永写过汴京、苏州、杭州,生动

---

①征帆去棹:往来船只。 ②酒旗:酒帘。 ③斜矗:斜插着。矗 chù,竖立。 ④彩舟:船的美称。 ⑤星河:指银河,这里代指长江。 ⑥鹭起:白帆行驶江中就像白鹭在天河上飞起。 ⑦难足:难以完全表达。 ⑧"繁华"句:相互比赛追攀着豪侈的生活。 ⑨门外楼头:指隋灭陈的事,门,指金陵朱雀门;楼,指陈后主宠妃居住的结绮阁。隋开皇九年(589)大将韩擒虎率军经朱雀门攻陷金陵,在结绮阁俘获了陈后主,后主此时正和张丽华赋诗作乐。唐杜牧《台城曲》诗云:"门外韩擒虎,楼头张丽华。"即是针砭陈后主纵情声色、荒淫误国的事,王安石在此化用。 ⑩悲恨相续:亡国的悲伤和愤恨相继而来。 ⑪漫嗟荣辱:空自感叹兴盛和衰亡。 ⑫但:只有,惟见。 ⑬寒烟:寒气、云烟。 ⑭凝绿:毫无生气的暗绿色。 ⑮商女:歌女。 ⑯后庭遗曲:指陈后主所作《玉树后庭花》歌曲。《隋书·五行志》记载:"祯明初,后主作新歌,词甚哀怨,令后宫美人习而歌之。其辞曰:'玉树后庭花,花开不复久'。时人以歌谶,此其不久兆也。"唐杜牧《泊秦淮》诗:"商女不知亡国恨,隔江犹唱后庭花。"王安石化用了这句杜诗。 ⑰野狐精:指虽非正宗,但又十分精灵机巧的人。

地反映了宋代封建经济的繁荣和都市人民的生活风尚。以描写杭州的〔望海潮〕最为有名：

> 东南形胜①，三吴都会②，钱塘③自古繁华。烟柳画桥，风帘翠幕④，参差⑤十万人家。云树绕堤⑥沙，怒涛卷霜雪，天堑⑦无涯。市列珠玑⑧，户盈罗绮，竞豪奢。
>
> 重湖⑨叠巘⑩清嘉⑪，有三秋桂子⑫，十里荷花。羌管弄晴⑬，菱歌泛夜⑭，嬉嬉钓叟莲娃⑮。千骑⑯拥高牙⑰，乘醉听箫鼓，吟赏烟霞⑱。异日⑲图将⑳好景，归去凤池㉑夸。

这是一首描绘湖山秀美和都市风光的词作，具体而形象地描绘出了钱塘的秀美景色和繁华富庶。这是一首最早出现的、由文人创制的长调慢词，共107个字。宋翔凤在《乐府余论》中说："慢词当始于耆卿，盖起宋仁宗朝。"这首就是例证。这首慢词的艺术特色在于：其一，把写景状物的赋体铺张扬厉的手法运用到词作中，使词作显得华赡而丰美。郑振铎认为，从柳永开始，宋词进入了第二个时期，"五代及北宋初期的词，其特点都在含蓄二字，其词不得不短隽。北宋第二期的词，其特点全在奔放铺叙四字，其词不得不繁辞展衍，成为长篇大作。这个端乃开自耆卿。""花间的好处，在于不尽，在于有余韵。耆卿的好处，却在于尽，在于铺叙展衍，备足无余。"（《插图本中国文学史》）其二，用词妥贴，对仗工稳，言简意赅。

（二）描写羁旅行役的。柳永是写这方面词作的好手，他的词有一半是这方面内容。大家熟知的《雨霖铃》即是。再看《八声甘州》：

> 对潇潇暮雨㉒洒江天，一番㉓洗清秋。渐霜风凄惨㉔，关河㉕冷落，残照㉖当楼。是处㉗红衰翠减㉘，苒苒㉙物华㉚休。唯有长江水，无语东流。　　不忍登高临远，望故乡渺邈㉛，归思难收。叹年来踪迹，何事苦淹留㉜？想佳人，妆楼颙望㉝，误几

①形胜：地势险要，景观优美，物产丰饶。《荀子·强国》："其因塞险，形势便，山林谷川美，天材之利多，是形胜也。"　②三吴都会：三吴之地的都会。三吴，吴郡、吴兴、会稽。　③钱塘：即今杭州市。　④风帘翠幕：挡风的帘子和翠绿色的帷幕。这是描绘钱塘的富庶繁华。　⑤参差：形容楼阁层层叠叠，高高低低。　⑥堤：这里指钱塘大堤。　⑦天堑 qiàn：天然的壕沟，古称长江为天堑，这里代指钱塘江。　⑧珠玑：珍珠宝贝。玑 jī，不圆的珠子。　⑨重湖：杭州西湖以白堤为界分里湖和外湖，故有重 chóng 湖之称。　⑩叠巘：山峦重叠。巘 yǎn，大小成两截的山。　⑪清嘉：实在秀美佳丽。　⑫三秋桂子：九月桂花。秋季的第三个月叫三秋，即农历九月。《滕王阁序》有"时惟九月，序属三秋"之句。　⑬羌管弄晴：晴天笛韵悠扬。笛出自羌族，故有羌管、羌笛之说。　⑭菱歌泛夜：夜晚菱歌飘荡。泛，漂浮。　⑮莲娃：采莲的女孩子。　⑯千骑 jì：形容兵马骑从众多。　⑰高牙：高大的牙旗。牙旗为将帅旗帜。宋代州郡长官兼知州军事，所以柳永捧州长官为将军。　⑱烟霞：烟水云霞，即山光水色。　⑲异日：他日。　⑳图将：画图出。　㉑凤池：凤凰池的简称，禁苑中的池沼。南北朝时就设中书省于禁苑中，掌管机要，因以凤池代指中书省，也用以代指中书省中的机要官职。　㉒潇潇暮雨：傍晚的疾风暴雨。《集韵》："潇，潇潇，风雨暴疾。"　㉓一番：一场、一遍。　㉔凄惨：一作凄紧，寒风疾厉、寒气逼人。　㉕关河：一般指山河险要之地。　㉖残照：夕阳、落日。　㉗是处：处处、到处。是，作所有、凡讲。　㉘红衰翠减：红花败残、绿叶凋零。　㉙苒苒 rán rán：同冉冉，时间渐渐流转、消逝。　㉚物华：天地万物之精华。这里作美好景物讲。　㉛渺邈 miǎo：遥远杳远。鲍溶《归雁诗》："渺邈天外影，支离塞中莺。"　㉜淹留：滞留。　㉝颙望：盼望。颙 yóng，景仰、仰慕。

回，天际识归舟①。争②知我，倚阑干处，正恁③凝愁④。

这是一首表达羁旅愁情的名作，它通过词人在秋晚雨后登楼所见、所思，抒发了思乡恋人的情怀。它的特点在于：写景、抒情、叙事融为一体。上片着重写景，下片着重抒情，但景中有情，情中有景，情景交融。陈廷焯说："情景兼到，骨韵俱高，无起伏之痕，有生动之趣，古今杰构，耆卿集中仅见之作。"（《词则》）另外，全词语言清新自然，领字准确而传神。苏轼说："人皆言柳耆卿词俗，然如'渐霜风凄紧，关河冷落，残照当楼'，唐人佳处，不过如此。"（《侯鲭集》⑤）

（三）描写男女情爱的。柳永还善于描写歌儿舞女以及与这些人厮混的情景，显然这类作品是他出入秦楼楚馆、偎红依翠生活的记录。有些作品被当时的一些文人看做是俗而格调不高的东西。例如，晏殊就曾指责他〔定风波〕里"镇相随，莫抛躲，彩线闲拈伴伊坐"的话。这类作品其实也不乏具有积极意义的东西，如表现下层人民的不幸，以及作者对他们的深切同情。〔少年游〕："一生赢得是凄凉。追前事，暗心伤"，写的就是妓女的悲苦和她们对轻薄公子的怨恨。〔迷仙引〕："何妨携手同归去，永弃却烟花伴侣"则是写妓女渴望自由、渴望真正的爱情生活。

所以，柳词的贡献是较大的，它使词作的内容呈现出广阔的画面和较为深挚的情感。

柳永是大量创制慢词的专家，他是使慢词取得与小令双峰并峙地位的第一人。在《全宋词》所收录的他的 212 首词中，长调占 103 首，其中有好些词牌是他首创。

柳永还一反词中多用比兴的传统，而将赋的铺张扬厉的手法来摹情写景，为以后慢词的大发展打下基础。以后这种开阖自如，铺叙展衍的手法，就被奉为"屯田家法"。柳永还在白描、语言的直白通俗等方面取得独到的成就。况周颐的《蕙风词话》就说："柳屯田《乐章集》为词家正体之一，又为金元以还乐府（指元曲）所自出。"这是说柳词在词曲发展史上有特殊的意义。

第四节　北宋后期诗词

北宋诗文革新运动到苏轼已经达到了顶峰，北宋后期的诗人和词人大都受苏轼影响，有的就是苏门弟子。但是，苏门却没有形成一种单一风格的文学派别，苏门弟子有学习苏轼的一面，也有独自发展的一面，比如黄庭坚、陈师道就开创了宋代影响最大的江西诗派，秦观、

---

①"天际"句：从天边来的船只中辨识出游子的归舟。谢朓《之宣城郡出新林浦向板桥诗》："天际识归舟，云中辨江树。"　②争：怎。　③恁 nèn：这样、如此这般。　④凝愁：郁结不解的忧愁。　⑤侯鲭集：集名叫侯鲭集，即杂事（包括诗、词）精选的意思。侯鲭，鱼和肉同烧的杂烩。鲭 zhēng，生活在海洋中侧扁棱形鱼。

贺铸等着意发展婉约词并把它推向高峰。北宋末"大晟词人"①周邦彦以圆融美艳的文人词影响了南宋及后世的词坛。

一、黄庭坚和江西诗派

黄庭坚（1045—1105）字鲁直，号山谷道人，又号涪翁，洪州分宁（今江西修水）人。熙宁初任国子监教授，后改知太和县。元祐初，旧党得势，召为校书郎、《神宗实录》检讨官、迁著作佐郎、国史馆编修官。绍圣初，新党谓其修史"多诬"，贬涪州别驾，后一再遭贬，卒于宜州（广西宜山）任所。著有《山谷集》。

黄庭坚在当时名声很大，诗与苏轼齐名，并称"苏黄"，词与秦观同列，称"秦七黄九"，他又是北宋四大书法家（苏、黄、米、蔡）之一。贬谪所至，士人从学者甚众。在文学史上，他的功绩在于，学习杜诗，刻意追求做诗的艺术技巧，他的主张和艺术实践得到了很多人的承认和追随，逐渐形成了一个派别——江西诗派。这个派别影响所及从北宋一直到晚清。

黄庭坚的理论和主张，主要有下列几点：（一）提出了作诗的脱胎换骨、点铁成金的手法。所谓脱胎换骨就是"不易其意而造其语，谓之换骨法，规模其意而形容之，谓之脱胎法。"（《野老记闻》）就是说承袭前人的诗意，用自己的话去阐述，谓之换骨；借用前人诗句的意思，重新加以发挥，谓之脱胎。那么什么叫点铁成金呢？他说："老杜作诗，退之作文，无一字无来处；盖后人读书少，故谓韩杜自作此语耳。古之能为文章者，真能陶冶万物，虽取古人之陈言入于翰墨，如灵丹一粒，点铁成金也。"（《答洪驹父书》）也就是说，根据前人的文章变化形容，推陈出新。他认为这样脱胎换骨、点铁成金，就可以达到"化腐朽为神奇"，"以俗为雅，以故为新"的地步。（二）好用拗律、押险韵。他追求格韵高绝的境界，以显示诗法的标新立异。如一般七言诗句法是上四下三，而他却常喜作上三下四或上二下五。《戏呈孔毅父》中有硬句："管城子②无食肉相，孔方兄③有绝交书。"险韵，就是难押的韵，用以显示自己作诗的本领。（三）好用奇字僻典，刻意苦吟。他也反对因袭模仿，主张在字句方面力避熟滥，喜欢在佛经、语录、笔记小说里找冷僻的典故、稀见的字面。

可以看出，黄庭坚的理论和主张，都是形式技巧方面的问题，并未涉及杜甫现实主义的诗歌内容和创作方法。所以，黄庭坚走的是一条强调形式技巧的路子。按照这种路子，他形成一种反世俗、尚风骨的生新瘦硬的诗风。他的诗作有不少是既体现他风格，又清新流畅很有情致的作品，如《登快阁》：

痴儿④了却公家事⑤，快阁东西倚⑥晚晴。落木千山天远大，澄江一道月分明。朱弦已

①大晟词人：宋徽宗崇宁中立大晟府，以周邦彦为提举，召集词人、乐师议论古音古调、创制新乐，名大晟，周邦彦等词人被称为大晟词人。晟 shèng，光明、旺盛。　②管城子：笔。　③孔方兄：钱。　④痴儿：指自己。魏晋风度称做官者为痴儿。　⑤了却公家事：指公事处理完毕。　⑥倚：凭倚远眺。

为佳人绝①,青眼聊因美酒横②。万里归船弄长笛,此心吾与白鸥盟③。

这首诗黄庭坚作于任太和县(今江西泰和)知县时。全诗章法严谨,字锤句炼,写出了秋江晚景和对仕途人生的思考。从写作上来说,确实体现出他的生新瘦硬风格。另外,他还把七言歌行的手法运用到律诗中来,正如姚鼐所评"豪而有韵,此移太白歌行于七律内者"。方东树也说:"此所谓寓单行之气于排偶之中者。"(均见方东树《续昭昧詹言》)

再看他的《寄黄几复》:

我居北海君南海④,寄雁传书谢不能⑤。春风桃李一杯酒⑥,江湖夜雨十年灯⑦。持家但有四立壁⑧,治病不蕲三折肱⑨。想见读书头已白⑩,隔溪猿哭瘴溪藤⑪。

这是元丰八年(1085)作者给少年时代好友黄几复的诗,表达他对相隔万里、音信难通的友人的赞美和思念之情。此诗多用典故,"无一字无来处",以故为新,拗折波峭,很能表现黄诗的特色。

在黄庭坚的影响下,江西诗派逐渐形成,因为黄是江西人,所以叫江西诗派,并非所有的追随者都是江西人。江西诗派兴起的原因,主要是黄庭坚诗论偏重于形式技巧,在书本中讨生活,适合一般读书人企图通过苦吟创作诗歌的心理。另外,就苦吟的效果来说确实能使诗人提高艺术技巧和语言表达能力。江西诗派的形成还有社会原因,就是北宋后期党争激烈,政治黑暗,不少人借研究诗法而远祸。

黄庭坚生前并未打出江西诗派的旗号。最早提出江西诗派名称的是南宋理学家吕本中,他编《江西宗派诗集》,并作《江西诗社宗派图》,首列黄庭坚,下有 25 人作为成员。宋末元初的方回在《瀛奎律髓》⑫中又提出了江西诗派"一祖三宗"的说法,一祖即杜甫,三宗是黄庭坚、陈师道、陈与义。

江西诗派的影响

---

①"朱弦"句:怀才不遇、没有知己,朱红色的琴弦早已断绝。佳人,美人、知遇者;这里用的是《吕氏春秋·本味》典故,伯牙为钟子期死,破琴绝弦,不复弹奏。　②"青眼"句:对人有好感的眼色,又因美酒陈列才聊且显露。用《晋书·阮籍传》典故。阮籍能为青白眼,看见讨厌者就翻白眼,接待知己就露青眼。③"万里"两句:吹着长笛归隐江湖,我心只与飞翔的白鸥结盟。　④"我居"句:我现居北海而你却远在南海。原诗有注:"乙丑年德平镇作",德平镇在山东德州。黄几复是他儿时的朋友,当时在广东四会县任知县,一北一南相隔很远。　⑤"寄雁"句:相距遥远,书信不通。寄,托付;谢,辞谢,婉言不行。　⑥"桃李"句:当年交往深厚,竭尽欢快。　⑦"江湖"句:十年来,我们飘零江湖,天各一方,孤灯夜雨怀念得很。　⑧"持家":是说黄家贫穷家徒四壁。　⑨"治病"句:是说黄几复聪明能干,不需多历练,已有好政绩。反用"三折肱知为良医"的典故,蕲 qí,求;肱 gōng,胳膊。　⑩"想见"句:想见你读书更多、更勤,头白而知识丰富。　⑪"隔溪"句:想你在四会县条件艰苦,处境艰难,老而弥坚。隔溪,泛指黄的官署外;猿哭,猿啼凄厉;瘴溪藤,过去岭南一带多瘴气,弥漫于藤树林。　⑫《瀛奎律髓》:书名,方回编,四十九卷。自序谓取十八学士登瀛洲,五星聚奎之义,故称瀛奎;所选皆唐宋五七言近体诗,故名律髓。论诗主江西诗派,创"一主三宗"说,宋代诸集不尽传于今者多赖此以存。注中所记遗闻旧事成为清厉鹗作《宋诗纪事》的重要资料。

这一诗派不仅在当时而且对后世也有很大影响,南宋陆游、姜夔等都是江西诗派出身。

二、婉约"正宗"秦观

秦观(1049—1100)字少游,亦字太虚,号淮海居士。扬州高邮(今属江苏)人。元祐年间由苏轼举荐任太学博士,秘书省正字、国史院编修官。绍圣初年,新党执政,打击元祐党人,秦观出为杭州通判,以后贬处、郴、横、雷等州。徽宗立,放还,瘁死于广西藤县境内。有词集《淮海居士长短句》。

秦观是北宋后期重要词人,存词 77 首,这些词的内容并不复杂,大多写男女情爱、离别相思、春恨秋悲、念旧叹老之类。他写恋情,感情十分真挚,充满了对被侮辱、被损害者的同情,有些作品还能"将身世之感,打并入艳情"。他写离情别绪更是蕴含丰富、寄意深远,个人政治上的失意、生活道路的不幸都融合在一起,极易引起读者的共鸣。且看〔千秋岁〕:

> 水边沙外,城廓春寒退。花影乱,莺声碎①。飘零疏酒盏,离别宽衣带②。人不见,碧云暮合空相对③。　　忆昔西池会,鹓鹭同飞盖④。携手处,今谁在?日边⑤清梦断,镜里朱颜⑥改。春去也!飞红万点愁如海。

这是他贬谪处州时所作。《词品》记载,后人曾建莺花亭纪念。在这首词里春愁、恋情、别情、怀旧、叹老以及政治上遭受打击的绝望心情都融合在一起了。特别是最后一句,给读者以极其凄凉悲苦的感受。刘熙载说:"秦少游词得花间、尊前遗韵,却能自出清新。东坡雄姿逸气,高轶古人,且称少游为词手。山谷倾倒于少游〔千秋岁〕词'落红万点愁如海'之句,至不敢和。要其他词之妙,似此者岂少哉!"(《艺概·词曲概》)

秦观词在艺术上成就很高,他特别善于发挥词作的抒情特性,深挚缠绵地抒写出胸中的种种情怀。论词的深挚缠绵,在词史上该数他第一。他似乎是一个天生的情痴愁人,随时随地都可触发伤感。加上身世的坎坷、遭贬的不幸那就格外不胜其悲了。王国维说:"少游词境最凄惋,至'可堪孤馆闭春寒,杜鹃声里斜阳暮'则变而为凄厉矣。"(《人间词话》)且看这首〔踏莎行〕:

> 雾失楼台,月迷津渡⑦。桃源⑧望断无寻处。可堪⑨孤馆闭春寒,杜鹃声里斜

---

①"花影乱"两句:用唐杜荀鹤《春宫怨》诗:"风暖鸟声碎,日高花影重"之意。　②"飘零"两句:极言他离别飘零之凄苦。宽衣带说法见于柳永〔凤栖梧〕词:"衣带渐宽终不悔。"　③"人不见"两句:这是用江淹《休上人怨别》诗意:"日暮碧云合,佳人殊未来。"　④"忆昔"两句:这里回忆当年师友欢聚的情谊。西池,指汴京西郊的金明池。鹓鹭,两种鸟;鹓 yuān,指凤凰一类;鹭,指白鹭、苍鹭之类;飞盖,车行如飞貌;秦观有《上巳游金明池》诗记当年胜况,他们师友同僚,共赴西池,驱车如飞或纵论时事,或品评诗文,豪情胜概,使秦观此时神往感叹。　⑤日边:指在京城皇帝身边。　⑥朱颜:指青春年华。　⑦津渡:渡口。　⑧桃源:指桃花源,即陶渊明《桃花源记》中的理想境界。　⑨可堪:哪堪。

秦观词平易含蓄、清丽凄婉

阳暮。　　　驿寄梅花①，鱼传尺素②。砌成此恨无重数。郴江③幸自④绕郴山，为谁流下潇湘去⑤。

这首词是秦观远谪郴州时的作品。通过馆舍的所见、所闻、所思来抒发自己又被贬谪的苦闷、悲伤，孤馆春寒、杜鹃斜阳都寓含了词人凄伤的情怀，王国维称之为"有我之境"。另外，这首词还有比兴寄托的特点。苏东坡激赏其结句，并把它写在扇面上，叹息道："少游已矣，虽万人何续？"（洪惠《冷斋夜话》）——比兴寄托引起苏东坡的共鸣。

感伤情调的创造，除了内容以外，主要的是因为他善于捕捉迷茫凄清的景色，加以渲染，同时融入主观感受，从而形成一种凄凉感喟的意境。〔满庭芳〕一首就是典型的例子：

山抹微云，天连衰草，画角⑥声断⑦谯门⑧。暂停征棹⑨，聊共引离尊⑩。多少蓬莱旧事⑪，空回首，烟霭纷纷⑫。斜阳外，寒鸦万点，流水绕孤村⑬。　　消魂⑭，当此际，香囊⑮暗解，罗带⑯轻分。谩赢得，青楼薄倖名存⑰。此去何时见也，襟袖⑱上，空惹啼痕。伤情处，高城望断，灯火已黄昏⑲。

词大约写于神宗元丰二年（1079）岁暮，通过一个分别的场面来抒发离情别感。词人善于描绘荒凉黯淡的景色，并把它和伤离恨别的主观感情融合起来，创造出一种凄迷感伤的意境。作者还善于运用虚字，加强婉曲细腻的感情色彩使词作显得含蓄深细。这首的"空"、"聊"、"且"、"暂"等虚字都有特殊的蕴含。

秦观词的语言典雅而平易。加上音韵和谐、节奏鲜明，使读者一上口就产生一种语言的美、韵律的美。试读〔江城子〕三首之一：

西城⑳杨柳弄春柔，动离忧，泪难收。犹记多情，曾为系归舟。碧野朱桥当日事，人不见，水空流。　　韶华㉑不为少年留，恨悠悠，几时休？飞絮落花时候一登

---

①驿寄梅花：泛指亲友的寄赠。用陆凯寄赠梅花的典故，《荆州记》载：刘宋时诗人陆凯自江南寄梅花给范晔，诗云："折梅逢驿使，寄与陇头人。江南无所有，聊赠一枝春。"　②鱼传尺素：泛指亲朋的书信。用蔡邕典故。《玉台新咏》蔡邕诗："客从远方来，遗我双鲤鱼。呼儿烹鲤鱼，中有尺素书。"尺素即书信；古代的书信是写在一尺见方的绸帛上，叫尺素。　③郴江：水名，发源自郴山东面的黄岭山，向北流入湘江。郴读 chēn。　④幸自：本自。　⑤潇湘：潇水与湘水，湖南南部的两条江，在零陵合流，合称潇湘。　⑥画角：军中彩绘的号角。这首词描绘的是晚景，古代有吹号角报晚的习俗。　⑦声断：声音停息。　⑧谯门：指城楼。《汉书·陈胜传》颜师古注："谯门，谓门上为高楼以望远者耳。"　⑨征棹：远行的船。　⑩引离尊：喝贱别的酒。引，持；尊，同樽，酒器。　⑪蓬莱旧事：这里是指欢乐的往事。蓬莱，传说中的海上仙山。　⑫烟霭纷纷：烟云迷漫，模糊不清。　⑬"斜阳外"：这是化用杨广诗："寒鸦千万点，流水绕孤村。"　⑭消魂：指离别时的痛苦忧伤。江淹《别赋》中有："黯然消魂者，唯别而已矣。"　⑮香囊：装有香料的小袋子。古代男子有佩香囊的习惯。　⑯罗带：丝织的带子，妇女饰物。　⑰"谩赢得"三句：这是化用杜牧《遣怀》："十年一觉扬州梦，赢得青楼薄倖名。"谩，徒自；青楼，妓院。　⑱襟袖：衣袖。　⑲"伤情处"三句：这是化用欧阳詹《初发太原途中寄太原所思》诗句："高城已不见，况复城中人。"　⑳西城：指汴京金明池一带。明李濂《汴京遗迹志》卷八："金明池在城西郑门外西北。"宋孟元老《东京梦华录》卷七金明池"池之东岸，临水近墙，皆垂杨"。这与词的描写相合。　㉑韶华：美好的时代，也指青年时代。

楼,便做春江都是泪,流不尽,许多愁。

这是他在绍圣元年(1094)坐党籍出为杭州通判时写的。时局的风云变幻、个人道路的挫折,自然使人产生种种忧恨和愁思。作者写来如泣如诉、如怨如恨,加上自然平易、节奏感强的语言,自然使人产生一种摇荡心魄的力量。

秦词的风格可归结为清丽凄惋、平易含蓄八个字。这典型地体现了婉约词风,因此被人们称为"婉约正宗"。

三、艳冶派贺铸

贺铸(1052—1125)字方回,号庆湖野老,卫州(今河南汲县)人。贵族出身,早年任过武职。40岁后转为文官,任泗州、太平州通判,晚年退居苏州。他禀性耿介,挥金如土,豪侠尚气。他不事谄媚,小不如意,就破口大骂。所以他始终沉沦下僚,晚年贫困,几乎不能自给,有词集《东山寓声乐府》,现只存残本。

他学问丰富,诗文并佳,词更以美艳著称。他的一些小词,组织工丽,清婉流畅,情致缠绵,风格似晏几道、秦观。且看悼亡词〔鹧鸪天〕:

> 重过阊门①万事非,同来何事不同归! 梧桐半死②清霜后,头白鸳鸯失伴飞。
>
> 原上草,露初晞③,旧栖新垄④两依依。空床卧听南窗雨,谁复挑灯夜补衣?

妻子死于苏州,现在旧地重游,自然勾起无限伤痛。凄清凋零的景色,愈益补托出词人的哀伤。"方回熔景入情故秾丽"(周济《介存斋论词杂著》)。再看著名作品〔青玉案〕:

> 凌波⑤不过横塘⑥路,但目送,芳尘⑦去。锦瑟华年⑧谁与度? 月桥花院⑨,琐窗朱户⑩。只有春知处。　　碧云冉冉⑪蘅皋⑫暮,彩笔⑬新题断肠句。试问闲愁都几许? 一川⑭烟草,满城风絮,梅子黄时雨⑮。

这首词一出世就受到人们赞赏,贺铸也因而被称为贺梅子,黄庭坚诗云:"解道江南断肠句,只今惟有贺方回。"词表面是写失恋的痛苦,实际是抒发理想得不到实现的惆怅情怀。艺术上,它比兴寄托十分巧妙,博喻贴切新颖,更有熔情入景的特色。

---

①阊门:苏州城西门。　②梧桐半死:比喻失偶。　③"原上草"两句:露干比喻死亡。古乐府《薤露歌》有云:"薤上露,何易晞? 露晞明朝更复落,人死一去何时归?"薤 xiè,也叫藠(jiào)头,多年生草本植物。薤露,是比喻人命短促;晞 xī,干掉了。　④新垄:坟墓。　⑤凌波:形容美女步履轻盈的样子。出于曹植《洛神赋》:"凌波微步,罗袜生尘。"原意是水上行走轻盈。　⑥横塘:地名,在苏州。龚明之《中吴纪闻》记载:贺铸"有小筑在盘门之南十余里,地名横塘,方回往来其间。"　⑦芳尘:香尘。这里代指美人。　⑧锦瑟华年:美好的青春年华。出自李商隐《锦瑟》诗:"锦瑟无端五十弦,一弦一柱思华年。"　⑨月桥花院:观月的平台,花树繁茂的庭院。　⑩琐窗朱户:刻有连琐花纹的窗格、红漆的门户。琐,通锁,连环雕花。《碎金词谱》上作"绮"。　⑪碧云冉冉:彩云缓缓游动。　⑫蘅皋:长满香草的岸边。蘅,一种香草;皋,水边高地。　⑬彩笔:文采华美的文笔。　⑭一川:满川、满地。　⑮梅子黄时雨:即梅雨。陈岩肖《康溪诗话》:"江南五月梅熟日,霖雨连旬,谓之黄梅雨。"

因为他为人刚直而有侠气，也写有一些奇思壮采、气度豪迈的词，如〔行路难〕、〔六州歌头〕等。

这是清《碎金词谱》的一页，从中可以了解填词用韵、倚声的情况

贺铸词语言清丽流畅，脍炙人口，如〔忆秦娥〕：

晓朦胧，前溪百鸟啼匆匆，啼匆匆，凌波①人去，拜月楼②空。　　旧年今日东门东，鲜妆辉映桃花红，桃花红，吹开吹落，一任东风。

四、负一代词名之周邦彦

周邦彦被张炎称为"负一代词名"婉约大家，周济则称之为"集大成者"。他是北宋词人殿军，对后世影响深远，历南宋、元、明、清 800 年而未尝少替。尤以南宋姜夔、史达祖、王沂孙、吴文英等为最。

周邦彦（1056—1121）字美成，自号清真居士，钱塘（今浙江杭州）人。从小落魄不羁，聪

①凌波：形容美女步履轻盈的样子。　②拜月楼：拜月是妇女习俗，拜月楼可能是当地妇女活动场所。

明俊俏,琴棋书画、吹弹歌舞无一不会。元丰初为太学生,以献《汴京赋》受到神宗赏识,命为太学正。哲宗时出任庐州教授、溧水县令。徽宗时因"妙解音律",被任为大晟府提举,专事谱制词曲。不久知顺昌府,晚年提举南京(今河南商丘)鸿庆宫,不久死去。有《清真词》。

周邦彦词的内容和秦观相似,以艳情和羁旅为基调,但在艺术表现技巧上有独到之处。他吸取了北宋诸大家的长处,加以发展创造,形成了一种圆融美艳的文人词。这种文人词给后世词人很大影响。

具体说来,周词有下列几个特点:

(一)格律精严,音乐性强。他的词音律精严,声韵和谐,一阕之中,不但严格区分平仄,而且,上、去、清、浊也不容混淆。王国维说:"读先生之词,于文字之外,须更味其音律。今其声虽亡,读其词者,犹觉拗怒之中,自饶和婉,曼者促节,繁会相宜,清浊抑扬,辘轳交往,两宋之间,一人而已。"(《清真先生遗事》)徽宗年间,周邦彦任大晟府提举时,与制撰官万俟咏、田为、晁端礼等共同商讨古音,审订旧乐,整理了84调,"又复增演慢曲、引、近,移宫换羽,为三犯四犯之曲",使词曲更加繁富。同时,大晟词人研究音律,也促进了词的规范化。

(二)工于描写景物。强焕《片玉集序》称周邦彦词"抚写物态,曲尽其妙"。王国维在《人间词话》中说,周词"惟言情体物,穷极工巧,故不失为第一流之作者"。且看他的〔苏幕遮〕:

> 燎沉香①,消溽暑②。鸟雀呼晴,侵晓③窥檐语。叶上初阳干宿雨④,水面清圆⑤,一一风荷举。　　故乡遥,何日去?家住吴门⑥,久作长安旅⑦。五月渔郎相忆否?小楫⑧轻舟,乱入芙蓉浦⑨。

这是一首即景思归的小词。因为它取景镜头美,描绘细腻传神,抒情真挚深沉,历来颇受称赞。王国维说:"'叶上初阳干宿雨,水面清圆,一一风荷举',此真能得荷之神理者。"(《人间词话》)

(三)善于采融前人诗句。周词特别注意采融前人诗句入词。〔西河〕一首就隐括了前人的三首诗。〔满庭芳〕的开头"风老莺雏,雨肥梅子,午阴佳树清圆"就化用了杜牧诗"风蒲燕雏老"和杜甫诗"红绽雨肥梅"两句。

(四)语言典雅艳丽。周邦彦十分重视字句的锤炼、雕饰,他是一位雕琢而工的能手,所以他的词深受文人的癖爱。试看〔六丑〕中的两句:"愿春暂留,春归如过翼,一去无迹","长条故惹行客。似牵衣待话,别情无极",深沉而雅致,给人以丰富的想象。再看他的〔兰陵王〕(柳):

---

①燎沉香:焚烧起沉香。燎liáo,烧;沉香,沉香木做的薰香料。　②溽暑:闷热、潮湿的夏天。溽rù,湿。③侵晓:破晓,天刚亮。　④宿雨:隔夜雨珠。　⑤清圆:荷叶舒展的圆形。　⑥吴门:苏杭一带的别称。⑦长安:代指京城。　⑧小楫jí:短桨。　⑨芙蓉浦:荷花塘。

> 柳阴直①，烟里②丝丝弄碧。隋堤③上，曾见几番，拂水飘绵④送行色⑤。登临望故国⑥。谁识，京华倦客⑦。长亭路⑧，年去岁来，应折柔条⑨过千尺。　　闲寻旧踪迹⑩。又酒趁⑪哀弦⑫，灯照离席⑬。梨花榆火催寒食⑭。愁一箭风快，半篙波暖⑮，回头迢递⑯便数驿。望人在天北⑰。　　凄恻⑱，恨堆积。渐别浦⑲萦回，津堠⑳岑寂㉑。斜阳冉冉春无极。念月榭㉒携手，露桥㉓闻笛。沉思前事，似梦里，泪暗滴。

这是一首借柳赋别的词作，在宋代就广为传唱。它全方位、多侧面地铺叙别情，使别情纤徐委婉缠绵悱恻。另外就是它炼句工巧、典雅，使词情深挚缠绵。"弄碧"、"酒趁哀弦"、"催寒食"、"斜阳冉冉春无极"等等，用词醇雅，文学意味浓，令人玩味不尽。

周邦彦词的主要成就，在艺术技巧方面。至于词的内容的狭窄，追求合律不惜因律害意，则是周词的缺点。王国维在赞赏他的同时，也曾有"惟创调之才多，创意之才少"（《人间词话》）的微词。

第五节　南宋前期诗词

1126 年的"靖康之难"，打破了北宋表面的承平和统一，也拉开了偏安江南的南宋历史的序幕。这时，国家残破，中原沦陷，朝廷里的党争终于让位于和战之争，广大人民群众爱国主义情绪高涨。悲愤出诗人，反映在文学上，爱国主义成为许多作家共同的倾向。一部分作家就是战斗者，他们目睹国势的陵替、权奸当道，积极从事抗战斗争，诗词不过是战斗的余事；一部分作家手中无兵无权，只能或激昂或低沉地反映时代的呼声；一部分作家眼看朝政日非，复国无望，他们"摇首出红尘"，遁迹江湖，写些似乎与世无涉的诗文。南宋前期文学就是这三部分作家的文学。当然一、二部分是主流。

---

①柳阴直：堤岸垂柳行列齐整，柳阴连成一条直线。　②烟里：浓密如烟的柳丛里。　③隋堤：即通济渠堤。隋炀帝开浚，为引黄入汴，引汴入淮水道。沿渠筑御道，植杨柳，后即称此堤为隋堤。　④飘绵：柳絮飘飞。　⑤行色：征人出行时依依惜别的神色。　⑥故国：这里指旧游之地。　⑦京华倦客：久居京城已感疲倦的人。　⑧长亭路：送别之路，古代路上十里置一亭，称长亭。　⑨折柔条：古习俗折柳送别。　⑩旧踪迹：旧日游玩处所。　⑪趁：伴和、利用机会。　⑫哀弦：悲伤的乐曲。　⑬离席：饯别的筵席。　⑭梨花榆火催寒食：梨花凋谢，寒食节和取榆火的日子就相继来临。古时寒食节禁火，节后取榆柳为柴，另换新火。唐宋时朝廷于清明日取榆柳之火赐给近臣。寒食节在农历清明前一或二日，禁火做饭、吃冷食。传说晋文公为悼念介子推而规定。　⑮半篙波暖：撑船的竹篙在水中一半感到春水已变暖。　⑯迢递：远貌。　⑰"望人"句：转眼送行的人已远在天边。天北，天边。　⑱凄恻：悲伤。　⑲别浦：送别的水边。　⑳津堠：码头上休息、瞭望的处所。堠 hòu，土堡。　㉑岑寂：僻静、寂寞。　㉒月榭：观月的亭台。　㉓露桥：露水打湿的桥头。

一、低唱时代悲歌的女词人李清照

李清照(1084—?)号易安居士,济南人。少年时代便有诗名,18岁和太学生赵明诚结婚。婚后,夫妻感情和洽,志趣相投,除了相互诗词唱和以外,还收藏金石图书,进行研究。赵明诚几次外出做官,暂时的分别给李清照带来一些离愁别苦,她诉之于诗词,写出了一些当时就广为传颂的名作。靖康二年(1127)金人灭亡了北宋,也打破了他们学术、文艺的好梦,夫妻不得不相继弃家南逃,珍藏的金石图书也丧失大半。建炎三年(1129)赵明诚在移知湖州的途中得病,继而死于建康。李清照也得了一场病,接二连三的灾祸,使她备尝了国破家亡之苦。绍兴二年(1132)再嫁张汝舟,婚后百日便离了婚。李清照没有子女,晚年漂泊于杭州、金华等地,在凄凉困苦中终了一生。逝世的年代不可考,估计不少于73岁。有《李清照集》的辑本。

李清照像

李清照是一个天资聪明、性情开朗、感情丰富的女子,诗文写得很好,词更为著名。

李清照词以南渡为界,分为前后两期。前期写她青年时代的欢乐和离愁别苦,后期写中年以后国破家亡、流离失所的哀伤。两个时期都是精彩传世之作。

李清照词风格婉约,是公认的婉约派正宗词人、集大成者。清代王士禛说:"婉约以易安为宗,豪放惟幼安称首。"(《花草蒙拾》)具体而言,李词的艺术特征表现在下列几方面:

善于抒情造境。就是说,她善于把强烈的感情熔铸在艺术形象里,造成一种情景交融的艺术境界。且看〔永遇乐〕:

落日熔金①,暮云合璧②,人在何处?染柳烟浓,吹梅笛怨③,春意知几许④?

元宵佳节,融和天气,次第⑤岂无风雨。来相召,香车宝马⑥,谢他酒朋诗侣。

中州⑦盛日,闺门多暇,记得偏重三五⑧。铺翠冠儿⑨,捻金雪柳⑩,簇带⑪争济

---

①熔金:熔化了的金子。这是形容落日的灿烂夺目。廖世美〔好事近〕中的"落日水熔金"、辛弃疾〔西江月〕中的"一川落日熔金"与这里的熔金是一个意思。　②合璧:圆合如璧玉。这里是用江淹《拟僧惠休怨别》"日暮璧云合"的意思。　③吹梅笛怨:笛子吹奏出〔梅花落〕的哀怨曲子。这是一种亦情亦景的描述方法。　④几许:多少。　⑤次第:转眼、顷刻。　⑥香车宝马:装饰华美的车马。　⑦中州:河南古称中州,这里代指北宋都城汴京。　⑧三五:十五日,这里特指正月十五元宵节。　⑨铺翠冠儿:用翠羽装饰的帽子。⑩捻金雪柳:用金线捻丝扎制的雪柳。雪柳,用绢花装簇的花枝。这是宋时妇女元宵节的头饰。　⑪簇带:装扮、插戴起来。

楚①。如今憔悴，风鬟霜鬓②，怕见③夜间出去。不如向，帘儿底下④，听人笑语。

这首词的写作时间是在南渡以后。作者运用对比的方法，上今下昔，分别描绘今昔元宵的不同景象，抒发昔盛今衰的感慨，寄寓思乡悲国的伤痛。全词几乎没有直接抒情的句子，而只是具体描写今昔情况和心情，自然形成对照。全词景中有情，事中有情，寄托遥深。南宋辛弃疾、刘辰翁都深受感染，都曾填过仿作的〔永遇乐〕。

在抒情造境方面，李清照更有自己独特的本领。她善于抓住具体的、有特征的情态加以描绘，给人以明确、逼真的印象。比如〔武陵春〕中的"物是人非事事休，欲语泪先流"一句就非常确切地描绘出在那苦难年月，孤老无靠、事事不遂心的妇人的情态。李清照还善于把强烈的感情与景物联系起来，或者移情于物，借景物表达自己的情愫。比如〔凤凰台上忆吹箫〕的结尾："惟有门前流水，应念我，终日凝眸。凝眸处，重新又添，一段新愁。"门前流水是她痴情等待的见证，对她的执著痴情也产生了怜惜。这样，借流水写出了她深重的相思。李清照还善于从描绘一段情节、一个思想曲折中，显示出感人的意境来，〔如梦令〕就是从一段对答中来表现伤春情怀的。〔武陵春〕则是从自己打算去双溪游春遣怀，后来又终于不去的思想曲折中抒情造境，表达自己极深极重的愁苦。

造语浅显而新奇。李清照是一位语言大师，她词作的语言独具一格，既浅显自然，又新奇瑰丽，富有表现力。她的词用典不多，却善于运用口语、市井俗语，使词写得明白而家常。"新来瘦，非干病酒，不是悲秋"（〔凤凰台上忆吹箫〕），"只恐双溪⑤舴艋舟⑥，载不动，许多愁"（〔武陵春〕），"不如向、帘儿底下，听人笑语"（〔永遇乐〕），这些话都是家常口语，运用在词里，显得自然妥贴而有深意。她写词又善于自铸新词，给人以新鲜隽永的感受。比如〔如梦令〕中的"应是绿肥红瘦"，〔念奴娇〕中的"宠柳娇花寒食近"，都新奇而俊巧，备受后世词论家的赞赏。这正如彭孙遹《金粟词话》所言："皆用浅显之语，发清新之思。"

音节和谐圆融。李词音节和谐，流转如珠，富有音乐美。且读〔一剪梅〕：

红藕香残玉簟⑦秋，轻解罗裳，独上兰舟⑧。云中谁寄锦书⑨来，雁字回时，月满西楼。　　花自飘零水自流，一种相思，两处闲愁。此情无计可消除，才下眉头，却上心头。

读起来顺溜悦耳，既有文辞美，又有音律美。李词还常用叠词、叠句，韵律节奏强烈，增强词作的音乐感，比如〔行香子〕中的"甚霎儿晴，霎儿雨，霎儿凉"，〔行香子〕中的"渐一番风，一番雨，一番凉"等。

全面体现她词作艺术特征的是历来被人称赞的〔声声慢〕：

---

①济楚：漂亮、靓丽。　②风鬟霜鬓：头发蓬乱、两鬓如霜。　③怕见：怕得、懒得。　④底下：里面。　⑤双溪：水名，在浙江金华城南。　⑥舴艋舟：一种小船，舴艋 zé měng，小船。　⑦玉簟：竹席的美称。簟 diàn，竹席。　⑧兰舟：船的美称。兰，木兰，木兰树是造船的好木料。　⑨锦书：代指书信。

　　寻寻觅觅，冷冷清清，凄凄惨惨戚戚。乍暖还寒时候①，最难将息②。三杯两盏淡酒，怎敌他晚来风急！雁过也，正伤心，却是旧时相识。　　满地黄花堆积，憔悴损③，如今有谁堪摘？守着窗儿，独自怎生得黑④！梧桐更兼细雨，到黄昏、点点滴滴。这次第⑤，怎一个愁字了得⑥！

全词只97个字，写一个秋雨黄昏的景象，反映她的心境和全部生活、生命。金人南下，她从济南逃到江宁，又从江宁逃向临安、金华。在颠沛流离中她家破人亡，丈夫、家庭、心爱的金石收藏、青春和欢乐，一切的一切都失去了，永远地失去了。苦难动乱的生活已经把她变成了一个没有希望、无所等待的木偶人。〔声声慢〕正是她此时的境遇和凄楚以至绝望心情的写照。大而言之，这首词反映了南宋残破危亡的现实景象，时代的凄风苦雨、国恨民愁从这首词里殷殷映透出来。在艺术表现方面，这首词有几点值得注意：（一）开头连下14个叠字，新奇警策，构成了全词的基调。（二）作者善于移情于物，对所描写的事物赋于浓重的感情色彩。（三）全词是入声韵，戚、息、急、识等入声字短促幽咽，增加了词作饮咽抽泣的韵味。

　　李清照还写有一篇《词论》，这篇《词论》是采用史论结合、夹叙夹议的方式写的。她在概述词的发展、评价前人词作的同时，阐述了她对词的特点的认识和创作见解。她的看法有两点，一是强调"尊体"，强调"词别是一家"，从而推崇婉约词，排斥豪放词。另一则是强调词的抒情性和音乐性。

二、英雄词人张元干、张孝祥、岳飞

　　南宋前期出现了一批一边从事爱国御侮的战斗，一边用词来表达抗战心胸的作家。这批人就是当时的抗战派人士、民族英雄李纲、宗泽、岳飞、张元干、张孝祥等，文学史上称这批人为英雄词人。英雄词人的作品，一般都是豪放之作，直接反映现实斗争，直抒胸臆，上承苏轼豪放词风，下开辛派爱国词之先河。可以这么说，是南宋初期的社会现实斗争，激发了豪放词的发展，并使之大放异彩。

　　张元干（1091—约1170）字仲宗，号芦川居士、真隐山人，永福（今属福建）人。靖康元年，李纲任亲征行营使抗金，张元干为其僚属。他反对议和，还曾参加过汴京的保卫战。后来，钦宗听信谗言，罢免李纲，张元干也被罪放出京。南渡后，宋高宗任用权奸秦桧为相，张元干不愿与之同朝，隐居了20多年。这期间因作词赠送主战派人士胡铨，触怒秦桧，一度被削籍除名。秦桧死后，他才出山，后老死异乡。据记载，张元干身材矮小，但行为从容大度，诗、散文、词都写得很好。他的诗早年受江西诗派影响，以后诗风倾向于杜甫。张元干的作品以词最为出色，有《芦川词》，收词180多首。

---

　　①"乍暖"句：忽冷忽热，气候变化不定的时候。　②将息：调养、保养。　③憔悴损：枯萎、凋谢残损之意。④怎生得黑：如何挨到天黑。　⑤次第：光景情形。　⑥了得：了结、了却。

他的词以慷慨悲凉，气节凛然著称。毛晋说他"长于悲愤"(《芦川词跋》)，蔡戡说他的词有"忧国爱君之心，愤世嫉邪之气"(《芦川居士词序》)。最为典型的就是两首〔贺新郎〕，一首是给李纲的，一首就是给胡铨①的。且看后者：

> 梦绕神州路②。怅秋风、连营画角③，故宫离黍④。底事昆仑倾砥柱⑤，九地黄流乱注⑥? 聚万落千村狐兔⑦。天意从来高难问，况人情老易悲如许⑧。更南浦⑨，送君去。　　凉生岸柳催残暑。耿斜河⑩，疏星淡月，断云微度。万里江山知何处? 回首对床夜语⑪。雁不到，书成谁与⑫? 目尽青天怀今古，肯儿曹恩怨相尔汝⑬! 举大白⑭，听金缕⑮。

绍兴八年(1138)枢密院编修官胡铨激于义愤上书宋高宗，请求将秦桧斩首、拒绝和议，因而触怒宋高宗，遭到贬谪。四年以后，胡铨又被编管⑯新州，路过福州时，张元干写了这首〔贺新郎〕给胡铨送行，秦桧因此将他削籍除名。这首词流传千古，正如《四库全书总目提要》所说："其词慷慨悲凉，数百年后，尚想其抑塞磊落之气。"这首词不是一般的抒发个人离愁别恨的送别词，而是在国难当头、卖国投降集团甚嚣尘上，主战有罪的情况下，共同倾诉悲愤情怀的送别词。在取材上，全词用了一半的篇幅来铺叙背景材料，使郁愤情怀弥漫全篇。下片抒发离别情怀，凄凉的景色、悲壮的别语，完全是一阕"易水"悲歌。

岳飞(1103—1141)字鹏举，相州汤阴(今属河南)人。南宋初抗金名将，历史上著名的民族英雄。后被秦桧等以"莫须有"的罪名杀害。岳飞文武兼备，好左氏春秋、孙吴兵法，其著作后人编有《岳忠武王文集》。存词仅3首，最著名的是〔满江红〕：

> 怒发冲冠⑰，凭栏处⑱，潇潇雨歇⑲。抬望眼，仰天长啸⑳，壮怀激烈。三十功

---

①胡铨：这首词有小序"送胡邦衡待制赴新州"。胡邦衡名铨，号澹庵，庐陵(今江西吉安)人。待制，官名，皇帝顾问，这可能是张元干对胡的美称，因为胡当时还未任此职。新州，今广东新会。　②神州路：中国古称赤县神州，这里指沦陷的广大中原国土。　③画角：军营号角，因为号角多用彩绘，故名。　④故宫离黍：汴京的宫殿业已荒废。离黍即黍离。诗经有《黍离》篇哀悼周王室的衰落，后人用以表达国势衰亡的感慨。　⑤"底事"句：为什么昆仑山的天柱倾倒了？这是喻指国势衰微，用的是共工怒触不周山，天柱倾折的典故。　⑥"九地"句：九州之地黄水四处泛滥。喻指金兵入侵，国土沦丧。　⑦"聚万落"句：千村万落成了狐兔聚居之地。这是金兵占领的形象化说法。　⑧"天意"两句：化用杜甫诗"天意高难问，人情老易悲"(《暮春江陵送马大卿公恩命追赴阙下》)联系当时的具体情况，这两句有下面的意思：高宗皇帝对金人屈辱求和的态度使人难以理解，南渡以来朝臣们老大衰朽，抗金意志日渐消沉，更使人悲愤难诉。　⑨南浦：送别的水边。屈原《九歌·河伯》有"送美人兮南浦"。　⑩耿斜河：明亮的星河斜转了，表明夜已深。耿，明亮。　⑪对床夜语：深夜同宿对话。　⑫"雁不到"两句：你被贬到大雁飞不到的蛮荒之地，书信难通。　⑬"肯儿曹"句：化用韩愈《听颖师弹琴》"昵昵儿女语，恩怨相尔汝"意思。肯，岂肯；儿曹，小儿女们；恩怨，恩恩爱爱；相尔汝，你我相称，亲密无间。　⑭大白：酒杯。　⑮金缕：即〔金缕曲〕(〔贺新郎〕)。　⑯编管：官员触犯皇上被贬，送指定地区予以管制。　⑰怒发冲冠：盛怒头发挺竖顶掉帽子。这是用《史记》蔺相如"怒发上冲冠"典故。⑱潇潇：风雨暴急。　⑲抬望眼：即抬眼望。　⑳长啸：大声呼喊。啸，撮口发出清越之声。

名尘与土①，八千里路云和月②。莫等闲③，白了少年头，空悲切。　　靖康耻④，
犹未雪；臣子恨，何时灭！驾长车⑤，踏破贺兰山⑥缺。壮志饥餐胡虏⑦肉，笑淡渴
饮匈奴⑧血。待从头，收拾旧山河，朝天阙⑨。

这是一首千古传唱的爱国词。它以质朴明快的语言、火一样的激情，表达了岳飞在挽救民族
危亡、浴血苦战的时刻，那种义愤填胸的壮烈情怀和光复河山、再造社稷的雄心壮志。这是
一首典型的豪放词，构成这种豪放词风的因素很多，从内容方面来说，它既反映出了那个悲
壮的抵抗侵略、要求还我河山的时代精神，又反映出了正在从事着英勇战斗的爱国英雄的壮
烈情怀。从艺术表现方面来说，它成功地运用了直接抒情的方法和感情色彩强烈、夸张的文
学语言。从近代到 20 世纪 80 年代，关于这首词的真伪曾有过激烈的争论。

张孝祥(1132—1169)字安国，号于湖居士，历阳乌江(今安徽和县)人。23 岁就廷试第
一。积极主张北伐抗金，屡次遭诬陷，有两次被免去官职。后来他担任荆南知州、湖北路安
抚使，曾筑守金堤，防止荆州水患，做了有益于人民的事。可惜的是，他"多才不寿"死得很
早，《宋史》本传："以疾卒，孝宗惜之，有用才不尽之叹。"时年才 37 岁。张墓在建康钟山，今
已湮没。

张孝祥性格豪爽，而精于翰墨，有《于湖词》。他的词作意境开阔，想象丰富。他是南宋
词人中，词风最接近苏轼的一个。例如〔念奴娇〕(过洞庭)⑩：

洞庭青草⑪，近中秋，更无一点风色。玉界琼田⑫三万顷，着我扁舟一叶。素月分
辉，明河⑬共影，表里⑭俱澄澈。悠然心会，妙处难与君说。　　应念岭海经年⑮，
孤光自照，肝胆皆冰雪。短发萧骚⑯襟袖冷，稳泛沧浪空阔⑰。尽挹西江⑱，细斟北
斗⑲，万象⑳为宾客。扣舷独啸㉑，不知今夕何夕㉒。

这是他在孝宗乾道二年(1166)从桂林落职北归，路过洞庭湖时写的。上片写湖上秋夜空明，

---

①"三十"句：年过三十所建立的功业微乎其微。尘与土，即和尘土一般。　②"八千"句：今后的途程
还很遥远，千里转战、披星戴月。云和月，长途行军，相伴云和月。　③等闲：轻易、随便。　④靖康耻：靖康年
的国耻，指靖康二年(1127)金兵攻陷汴京，掳走徽、钦二帝，北宋就此沦亡的事。　⑤长车：战车。　⑥贺兰
山：山名，在河北磁县，为岳飞抗金之地。　⑦胡虏：古代对胡人的蔑称。　⑧匈奴：北方的一个少数民族，这
里代称入侵的金兵。　⑨朝天阙：进京朝见皇上。天阙 què，皇帝接受朝拜的宫殿。　⑩题名：这首词写于乾
道二年(1166)，张曾任广南西路经略安抚使，被谗落职，从桂林北归，"以八月之望过洞庭，天无纤云，月白
如昼"心有所感，写了此词。　⑪洞庭青草：洞庭湖在岳阳之西，青草湖在岳阳西南，两湖相连，总称洞庭湖。
⑫玉界琼田：月下洞庭空明澄澈，有如玉田一般。琼，美玉。　⑬明河：银河。　⑭表里：里里外外，即湖面上
下。　⑮"应念"句：因而想起在岭南的一年。岭海，岭南；两广倚岭临海故称岭海。　⑯短发萧骚：头发稀疏。
⑰"稳泛"句：安稳地漂流在空明苍茫的湖面上。沧浪，水色。　⑱尽挹西江：吸尽长江。挹 yì，舀取；西江，西
来之江，即指长江。　⑲细斟北斗：用北斗星作酒杯细细斟酌。北斗，星座，有七颗，形状如酒勺。　⑳万象：宇
宙万物，这句是说邀请宇宙万物来做宾客。　㉑扣舷独啸：击打船舷独自长啸。有的本子作"笑"。
㉒"不知"句：赞美今夜是个美好的夜晚。用《诗经·绸缪》之"今夕何夕，见此良人"典故。

张孝祥词意境开阔、想象丰富

下片写词人胸怀高旷坦荡。特色在于景色描绘的明丽清澈和词人浪漫主义想象的雄奇，做到景中见情、蕴含哲理。词人完全陶醉在这水天一色的境界中了，达到了物我两忘的境界。这情境、这心胸，酷似苏轼《赤壁赋》。另一首名作则是〔六州歌头〕：

> 长淮①望断②，关塞莽然③平。征尘暗，霜风劲，悄边声。黯销凝④。追想当年事⑤，殆⑥天数，非人力。洙泗上⑦，弦歌地⑧，亦膻腥⑨。隔水毡乡⑩，落日牛羊下⑪，区脱⑫纵横。看名王⑬宵猎⑭，骑火⑮一川明。笳鼓⑯悲鸣，遣人惊。
>
> 念腰间箭，匣中剑，空埃蠹⑰，竟何成！时易失，心徒壮，岁将零。渺神京⑱。干羽方怀远⑲，静烽燧⑳，且休兵。冠盖使㉑，纷驰骛㉒，若为情㉓？闻道中原遗老，常南望，翠葆霓旌㉔。使行人到此，忠愤气填膺㉕，有泪如倾。

这首词写于宋孝宗隆兴元年(1163)，这一年主战派张浚在符离被金人战败，朝廷内主和派又甚嚣尘上。第二年隆兴和议结成，张浚被罢相，张孝祥被免职，更加残酷的现实，似乎又加深了这首词慷慨悲凉的意蕴。这首词实际是当时爱国志士激于义愤的慷慨陈词，这里有对祖国受侵略、遭侮辱的悲痛，也有屈志难伸，报国无门的慨叹，也有对媚敌求和者的讽刺、针砭。词的艺术特色在于：运用对比，据事直陈，使词情慷慨淋漓；全词三字句居多，句式短促而有变化，节奏鲜明，音调铿锵。

三、中兴诗人杨万里、范成大

南宋初期的重要诗人大都是江西诗派，他们是陈与义、吕本中、曾几、刘子翚㉖等。这些人曾经历了靖康之变，写了不少抒发爱国情怀的诗篇，形成了一股爱国主义的诗潮。就中以陈与义成就较大。他是江西诗派的后期代表作家，所谓"三宗"之一。南渡以后，他广泛地接触了社会现实，对杜诗的精神实质也有了深切的体会，诗风转向沉郁悲壮，感时抚事，多所寄托。且看《伤春》：

---

①长淮：漫长的淮河。南宋高宗十一年(1141)宋金签订"绍兴和议"，双方疆界东以淮水，西以大散关。②望断：极目远望。 ③莽然：草木茂盛貌。 ④黯销凝：黯然伤神。销，即消。 ⑤当年事：即靖康之变。⑥殆：大约，表示推测之意。 ⑦洙泗上：洙水和泗水流域。二水流经山东曲阜，代表孔学圣地。⑧弦歌地：礼乐弦歌之地。 ⑨膻腥：牛羊腥臊地。膻 shān，羊肉气味。 ⑩隔水毡乡：金兵统治区。毡乡，游牧民族居所。 ⑪"落日"句：傍晚羊群成群归来。意思是原来中原人民的家园已经变成了北方的牧区。⑫区 ōu 脱：匈奴守边的土堡，土室，这里指金兵岗哨。 ⑬名王：本指匈奴中有大名的王爷，这里借指金将帅。⑭宵猎：夜间打猎，即夜间的军事行动。 ⑮骑 jì 火：骑兵的火把。 ⑯笳鼓：胡笳、鼙鼓等军乐。 ⑰埃蠹 dù：尘蒙虫蛀，蠹，蛀虫。 ⑱渺神京：汴京遥远渺茫。 ⑲"干羽"句：朝廷正对金人实行礼乐感化政策。干羽，古代乐者所持盾牌、雉羽等舞具；怀远，怀柔远人。 ⑳静烽燧：熄灭烽火。静，止息；烽燧，古代边境报警的烽火。 ㉑冠盖使：指派去求和的使者。冠盖，指官服和车乘的篷盖。 ㉒驰骛 wù：往来奔走。骛，乱跑。㉓若为情：难以为情。 ㉔翠葆霓旌：指帝王仪仗。翠葆，翠羽装饰的车盖；霓旌，彩旗。 ㉕"忠愤"句：忠愤之气填满胸膛。 ㉖翚 huī：飞。

庙堂①无策可平戎②,坐使甘泉照夕烽③。初怪上都④闻战马,岂知穷海⑤看飞龙⑥!孤臣霜发三千丈,每岁烟花一万重⑦。稍喜长沙向延阁⑧,疲兵敢犯犬羊锋⑨。

此诗与杜诗《伤春》同题,感慨和句式都有相似之处,可谓有意学杜之作。诗写于建炎四年(1130),前此金兵大举南下,宋高宗丢弃建康航海逃亡。诗人就此事抒发了自己忧国伤时的痛楚与感伤。全诗时事和典故并用,讽刺与抒怀兼有,抚事感时,沉痛激越。

绍兴三十二年(1162)宋高宗退位,宋孝宗登基。孝宗本想励精图治,中兴宋室,光复国家。但是由于种种原因,中兴的口号还是落了空。这一时期的诗人以陆游、杨万里、范成大、尤袤成就最大,被称为"中兴四大诗人"。其中,尤袤的作品流传很少,陆游将专门介绍,这里,只介绍杨与范。

杨万里(1127—1206)字廷秀,号诚斋,吉州吉水(今属江西)。历太常博士、东宫侍读、宝谟阁学士等。他一生力主抗金,关心国运、正直敢言。宁宗时,奸相韩侂胄⑩专权,遂辞官家居15年不出,最后还是忧愤而死,绝笔有云:"奸臣专权,谋危社稷,吾头颅如许,报国无路,惟有孤愤别妻子。"著有《诚斋集》。

他早年诗学江西诗派,后来又学陈师道、王安石和晚唐诗,约在51岁以后,才有所悟,师法自然,用"活法"表现,自创一格。人称"杨诚斋体",或者叫"诚斋体"。

诚斋体的一个显著的特点在于幽默诙谐,情趣盎然。杨万里个性乐观幽默,眼光敏锐。这反映在他的诗作上,读者往往可读到一些风趣幽默、谐谑盎然的诗句。例如《戏笔》:

野菊荒苔各铸钱,金黄铜绿两争妍。天公支与穷诗客,只买清愁不买田。

花与钱、买愁与买田相联系,诗人自我解嘲得十分新巧,令人发笑。他还写有嘲蜂、嘲蜻蜓、嘲稚子、嘲星月等诗,涉笔成趣,诙谐幽默,以至姜夔有"处处山川怕见君"的戏语。清人吕留良也说:"不笑不足以为诚斋之诗。"杨万里写时事与陆游风格迥异,也表现出一种谐趣,或者说是一种苦笑,且看《初入淮河四绝句》:

船离洪泽⑪岸头沙⑫,人到淮河意不佳。何必桑乾⑬方是远,中流以北即天涯⑭。

---

①庙堂:朝廷。 ②平戎:平定异族侵略者。 ③"坐使"句:因此使得金兵长驱直入。这是用《史记》典故:汉文帝时匈奴大举入侵,边境烽火直照甘泉宫。 ④上都:京城。 ⑤穷海:僻远的海边、大海。 ⑥飞龙:比喻帝王。 ⑦"孤臣"两句:这是用李白诗"白发三千丈,缘愁似个长"和"关塞三千里,烟花一万重"两句表现臣子的心境。孤臣,失君之臣;烟花,祷祝之花。 ⑧向延阁:指抗金将领向子谦,向做过直秘阁学士,故称向延阁。他在长沙率领军民巷战,并死于长沙。 ⑨犬羊锋:指金兵锋芒。犬羊,对外敌的蔑称。 ⑩韩 侂胄:(1152—1207),韩琦的曾孙,以策立宁宗有功,累迁少师,封平原郡王,除平章军国事,执政13年,势焰熏灼,序班丞相之上,排斥大臣、斥理学。主战后又主和。后被杀死,函首送金廷乞和。侂 tuō,寄托、依托。 ⑪洪泽:即洪泽湖。为我国第三大淡水湖,在江苏北部,与淮河相通。 ⑫岸头沙:岸边的沙滩。 ⑬桑乾:即永定河,发源于山西,流经河北、北京,至天津入海。 ⑭"中流"句:意思是到水道中分线以北就是国外了。

刘、岳、张、韩①宣国威,赵、张②二相筑皇基③。长淮咫尺分南北,润湿秋风却怨谁?

两岸舟船各背驰,波痕④交涉亦难为。只余鸥鹭无拘管,北去南来自在飞。

中原父老莫空谈,逢着王人⑤诉不堪。却是归鸿不能语,一年一度到江南。

淳熙十六年(1189)杨万里奉命去淮河"接伴"金国使臣。此时宋、金以淮河为界,也就是说他这是到边境上迎接金国使臣,感慨良多,心情痛苦,但反映在诗中却以幽默出之:淮水、秋风、鸥鹭、归鸿这些自然景物的轻松自在、无拘束,似乎是对复杂人事的一种嘲谐。所以,杨万里的国事诗都有这样的特点:"寓痛苦于幽默诙谐之中,写悲愤而显得轻巧自然。"

赋予景物以生命,这是诚斋体的另一个特点。杨万里善于巧妙地摄取景物的特征和动态,并赋予它们以生命,让它们似乎具有人的思想感情。且看《小池》:

泉眼无声惜细流,树阴照水爱晴柔。小荷才露尖尖角,早有蜻蜓立上头。

初夏小池景色迷人,似乎景色本身自迷了——由于这些景物都具有意识活动才显出美感。再看《过宝应县新开湖》:

天上云烟压水来,湖中波浪打云回。中间不是平林树⑥,水色天容拆不开。

景色活、意趣活,写得活灵活现。

语言浅近自然是诚斋体的又一特点。他擅长运用民歌腔调,运用白话口语、俗谚俚语入诗,晚清陈衍称杨诗为白话诗,胡适编《白话文学史》把杨放在开头。我们且看他在淳熙六年(1179)在囊州看农民插秧时,所写的《插秧歌》:

田夫抛秧田妇接,小儿拔秧大儿插。笠是兜鍪⑦蓑是甲,雨从头上湿到胛⑧。

唤渠朝餐歇半霎,低头折腰只不答。秧根未牢莳⑨未匝,照管鹅儿与雏鸭。

通俗质朴,几乎全是口语,使诗充满农家生活气息。

范成大(1126—1193)字致能,号石湖居士,吴郡(今江苏苏州)人。父母早亡,家境贫寒。高宗绍兴二十四年(1154)进士,任徽州司户参军。后迁吏部员外郎,出知处州,曾减轻赋税、兴修水利,颇有政声。孝宗乾道六年(1170)出使金国,修订隆兴和议,向金索取河南陵寝地,气节凛然,不辱使命而归。回国后历任静江、成都、建康等地方官,并曾任参知政事,因与孝宗意见不合,仅两月就去职。晚年隐居故乡石湖。有《石湖大全集》。

范成大是一位有爱国思想的诗人。他是当时的主战派,45 岁时出使金国,写成了 72 首七绝,集中地表达了他的爱国思想。例如《州桥》(南望朱雀门,北望宣德门,皆旧御路也)

州桥南北是天街,父老年年等驾回。忍泪失声询使者:"几时真有六军⑩来?"

---

①刘、岳、张、韩:指当时的抗金将领刘锜、岳飞、张浚、韩世忠。 ②赵、张:指赵鼎、张浚两丞相。 ③皇基:皇家的基业。 ④"波痕"句:宋金交界线在淮水中央,交通断绝,连水波交流好像都受到了阻隔。 ⑤王人:王臣,帝王的使者。 ⑥平林树:平滩上的树林。 ⑦兜鍪 dōu móu:头盔,古称胄。 ⑧胛 jiǎ:肩胛。 ⑨莳 shì:莳秧即插秧;匝,遍,全。 ⑩六军:王师。周制,天子有六军,每军 12 500 人。

真是悲痛凄怆，声泪俱下。再看《会同馆》①：

> 万里孤臣致命秋，此身何止一沤浮②。提携汉节③同生死，休问羝羊解乳不④！

他下榻于驿馆，当时传出消息要把他扣留。他便挥毫写下了这首矢志不屈的诗章，诗中以苏武自比，豪壮激越，可以说是他的正气歌。

范成大更是一位杰出的田园诗人。田园诗、农村诗是他独特的成就。早年对农村生活的艰辛就有较深的了解，写下了一些反映农村景象的诗。归隐石湖后的 12 年，更是大量创作田园诗和农村诗。《四时田园杂兴》和《腊月村田乐府》则是他的代表作。《四时田园杂兴》是由 60 首七绝组成的组诗，分别描绘春日、晚春、夏日、秋日、冬日五组不同的田园情景，生动地反映了江南农村的耕织收获、风土民俗和农民的苦辛和欢乐。可贵的是，诗人把对农村风光的描绘，对农村劳动生活、农人淳朴品质的歌颂，和对封建剥削残酷的揭露结合起来，这就扩大了田园诗的题材，赋予了田园诗以新的生命。例如：

> 昼出耘田夜绩麻⑤，村庄儿女各当家。童孙⑥未解供耕织，也傍桑阴学种瓜。
> 新筑场泥镜面平，家家打稻趁霜晴。笑歌声里轻雷动，一夜连枷⑦响到明。
> 租船满载候开仓，粒粒如珠白似霜。不惜两锺输一斛⑧，尚赢糠核饱儿郎。
> 采菱辛苦废犁锄，血指流丹⑨鬼质枯⑩。无力买田聊种水⑪，近来湖面亦收租。

思想精粹，笔力深刻，高出于以前写同类题材的诗人。

范成大写诗有过曲折，早年学习江西诗派作诗，以后才摆脱其束缚，转而向中晚唐诗人白居易、张籍、王建学习，继承新乐府的现实主义传统。范诗朴素自然，轻巧平易，语言浅近明白，是田园诗的新发展、新成就。中国最早的田园诗应数《诗经·豳风·七月》，后来就向两个方面发展，一是陶渊明的闲适为主的田园诗，一是聂夷中、杜荀鹤等晚唐悯农诗。范成大把《诗经》传统和上述两方面结合起来，刻画农村生活全貌，有劳动的欢乐，也有受剥削压迫的痛苦，既有泥土味，又有血汗气，因而形成田园诗集大成的局面。

范成大田园诗影响深远。清代小说《红楼梦》中还有"非范石湖田家之咏不足以尽其妙"的话。

---

①题名：会同馆，元、明、清三朝接待藩属贡使的机构，一般作为外交机关，范成大时还没有这个称谓，这诗题可能是后人误加。 ②沤浮：水泡。亦作浮沤。沤 ōu，水泡。 ③汉节 汉天子所赐予的符节。后泛指持节的使臣。 ④"休问"句：这里反用苏武牧羊的典故。《汉书·苏武传》苏武作为使者，被困匈奴，"乃徙武北海上无人处，使牧羝，羝乳乃得归"。注："羝，牡羊也。不当产乳，故设此言。"以表示绝无其事。羝 dī，公羊。 ⑤绩麻：析麻成线。 ⑥童孙：幼小的孙子。 ⑦连枷：一种手工击禾脱粒工具，亦作连枷。 ⑧"不惜"句：不惜多交十斗米，才算是了两锺米的租。宋朝规定：每缴一石要多交六斗的"耗"，两锺是十二石八斗才算一斛租。斛 hú，十斗。 ⑨血指流丹：采菱人的手被菱角刺破而鲜血淋漓。 ⑩鬼质枯：人瘦黑憔悴如鬼。 ⑪种水：在水面养菱种藕。

第六节 陆 游

南宋中期形成了宋诗的第二个高峰,它以广泛的题材和爱国主义思想的强烈为主要特色彪炳于诗史,代表作家是中兴四大诗人,而陆游则是其中的最强音。

一、陆游的生平

陆游(1125—1210)字务观,号放翁,越州山阴(今浙江绍兴)人。生当北宋灭亡,金人入侵之际,祖、父辈是有文化教养的爱国官吏,陆游少年时便常听父辈们议论国事,深受熏陶。绍兴二十三年(1153)应进士试,名列第一。次年礼部复试,"因喜论恢复",被秦桧除名。直至秦桧死后3年,始出任福州宁德主簿。孝宗继位初,主战派受到重视,被赐进士出身,任枢密院编修兼类圣政所检讨。可是由于北伐失利,皇帝动摇,主和派得势,便将陆游以"交结台谏,鼓唱是非,力说张浚用兵"的罪名黜落。此后他在家乡镜湖闲居5年。乾道六年(1170)被起用为夔州通判,后两年又为四川宣抚使王炎幕僚,从军至南郑。这儿是前线,他身着戎装,生活在军中,戍守在大散关,还曾在雪中刺杀猛虎。这是他创作的转折点,逐渐形成宏丽悲壮的诗风。不到一年,王炎去职,范成大帅蜀,陆游改除成都安抚使参议官,遍游蜀中胜地。此时他时常借酒浇愁,排遣报国无路的苦闷,加上他与范成大是文字交,"不拘礼法,恃酒颓放",从而引起同僚的不满,于是,他索性自号放翁。也就

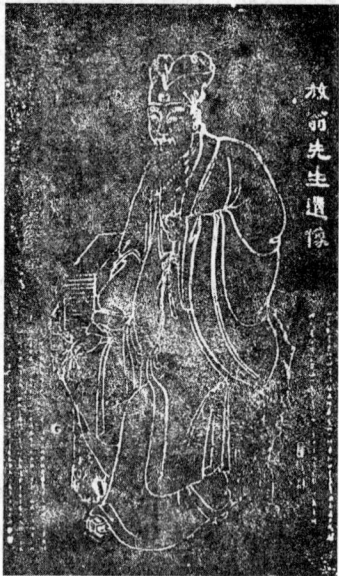

陆游像

在这段时期,他的创作达到了高峰。为了纪念和珍视这一段有意义的生活,他把诗作题名为《剑南诗稿》,文章题名为《渭南文集》。淳熙五年(1178)离蜀东归在江西任地方官,因开仓赈灾,被罢官。此后在家闲居6年,再被起用为严州知州。严州任满,赴临安任军器少监,后改朝议大夫礼部郎中。又因主张抗金复国,形诸歌咏,被"嘲咏风月"的罪名罢官。此后的20年(65岁至85岁),除了有两年去临安修国史以外,都在故乡隐居。他的晚年生活相当贫困。谢绝权贵,与农民为友,有时还参加农事劳动。他优游于野店荒村,有时与山僧漫话、有时与挚友品茗,写了大量反映农村的田园诗、闲适诗。嘉定二年(1210)爱国老人带着遗恨与世长辞。临终写下了《示儿》的绝笔:"死去元知万事空,但悲不见九州同。王师北定中原日,家祭无忘告乃翁。"

二、陆游作品的思想内容

陆游是一位创作特别丰富的诗人。1976 年中华书局将他的作品汇编为《陆游集》,除此,还有《南唐书》十八卷、《老学庵笔记》十卷,别行于世。陆游诗、词、文俱佳,以诗的数量最多,成就最高。诗有 9300 多首、词有 130 阕。

陆游的创作一般分为三个阶段:第一阶段是少年时期到 46 岁入蜀,第二阶段是入蜀后到 54 岁罢官东归,第三阶段是归居山阴直到逝世。清人赵翼《瓯北诗话》评陆游诗凡三变:即少工藻绘,中务宏大,晚造平淡。这种评论与他自己的评价大体相符。

陆游诗的内容丰富,题材广泛,所涉及的方面非常广博,可以说是一部南宋中期社会的百科全书。在他近万首的诗作中,最为鲜明的特色是洋溢着强烈的爱国主义精神。他一生为抗金复国奔走呼喊,表现了南宋人民坚决反抗侵略的意志和要求,具有强烈的战斗性。

在他的爱国诗中,有一些是表达他自己为国战斗的气概和牺牲精神的。陆游早年就有"平生万里心,执戈王前驱"(《夜读兵书》)的志向;入蜀以后,戎装戍守,此心更为强烈,"常恐埋山丘,不得委锋镝①"(《书愤》),始终以为国立功、战死沙场为己任。64 岁时,还说"长缨果有请②,上马不踌躇"(《夜读兵书》);甚至在 82 岁时,还说:"一闻战鼓意气生,犹能为国平燕赵。"(《老马行》)较为集中反映的篇章如《金错刀行》③:

> 黄金错刀白玉装④,夜穿窗扉出光芒。丈夫五十⑤功未立,提刀独立顾八荒⑥。京华⑦结交尽奇士⑧,意气相期⑨共生死。千年史策耻无名⑩,一片丹心报天子。尔来⑪从军天汉滨⑫,南山⑬晓雪玉嶙峋⑭。呜呼,楚虽三户能亡秦⑮,岂有堂堂中国空无人!

托物寄兴,借咏宝刀来抒发报国壮志和矢志不渝的战斗精神。62 岁时,罢官退居,他追怀壮岁意气,痛惜自己壮志未酬,还写有《书愤》一诗,以剖白自己的心事和抱负:

> 早岁那知世事艰,中原北望气如山⑯。楼船夜雪瓜洲渡⑰,铁马秋风大散关⑱。

---

①委锋镝:从军,投入战斗。锋,刀口;镝 dí,箭头;两者泛指兵器。 ②"长缨"句:如果抗敌需要。长缨,长绳子,比喻克敌武器,《汉书·终军传》有"愿受长缨,必羁南越王而致之阙下"的话。 ③题名:此诗写于乾道九年嘉州(四川乐山)任上。 ④"黄金"句:用黄金镶嵌纹饰的刀身、白玉装饰的刀柄。错,用金涂饰。 ⑤五十:作者时年四十九,整称五十。 ⑥八荒:八方荒远之地。 ⑦京华:指京都。 ⑧奇士:才能出众的人士。 ⑨意气相期:豪侠气概互相劝勉、期望。 ⑩"千年"句:千载流传的史书,以没能留下名字而觉羞耻。 ⑪尔来:近来。 ⑫天汉滨:汉水之滨。 ⑬南山:终南山。 ⑭玉嶙峋:像玉石般参差矗立。 ⑮"楚虽"句:用《史记·项羽本纪》的典故表达自己志向。楚南公说:"楚虽三户,亡秦必楚。" ⑯气如山:豪气如山坚不可摧。 ⑰"楼船"句:这是指隆兴二年(1164)陆任镇江通判参与当时主帅张浚对金的军事行动。瓜洲,镇江对面的瓜洲渡。 ⑱"铁马"句:是指乾道八年(1172)陆在南郑幕中,参与王炎召兵筹备,披甲骑马,涉过渭河,与金兵在大散关发生遭遇战的事。铁马,披铁甲的战马;大散关,当时军事重镇,在今宝鸡市西南。

塞上长城空自许①，镜中衰鬓②已先斑③。出师一表④真名世⑤，千载谁堪伯仲间⑥。

诗写得沉雄顿挫，声情激越，虽全篇不着一愤字，而愤情横溢。清李慈铭评道："全首浑成，风格高健，置之老杜集中，直无愧色。"（《越缦堂诗话》）

在陆游的爱国诗中，有一些则是对主和派的妥协投降行径的揭露与讽刺。例如淳熙四年（1177）春在成都写的《关山月》：

和戎诏下十五年⑦，将军不战空临边。朱门⑧沉沉按歌舞⑨，厩马肥死弓断弦。

戍楼刁斗催落月⑩，三十从军今白发。笛里谁知壮士心，沙头空照征人骨。中原干戈古亦闻，岂有逆胡传子孙⑪？遗民忍死望恢复，几处今宵垂泪痕。

这首诗以月夜戍守将士的身份和口吻，集中批判和戎政策的恶果，也揭示这个政策给人民和士兵带来的苦难。感情强烈，格调沉郁苍凉。中原父老揽辔向使者哭诉，盼望王师能把他们从水深火热之中解救出来，可是他们哪里知道南宋朝廷是无法依赖的，陆游写道："公卿⑫有党排宗泽⑬，帷幄⑭无人用岳飞，遗老不应知此恨，亦逢汉节解沾衣。"（《夜读范至能〈揽辔录〉⑮言中原父老见使者多挥涕感其事作绝句》）沉痛之至，悲愤之至。

在陆游的爱国诗中，同时也表现了人民群众渴望恢复故土、统一祖国的意愿。在《追忆征西幕中旧事》一诗中表现中原遗民不顾残酷的虏法冒死为宋军报信：

关辅遗民意可伤，蜡封三寸绢书黄⑯。亦知虏法如秦酷，列圣恩深不忍忘。

在另一首《昔日》诗也对这件事大加赞叹："至今悲义士，书帛报番情。"上面说到南宋朝廷却辜负了人民的企望，干尽了卖国投降的勾当。晚年陆游仍以悲痛而欠疚的心情念叨着中原遗民，且看《秋夜将晓出篱门迎凉有感》⑰：

三万里河⑱东入海，五千仞岳⑲上摩天。遗民泪尽胡尘里，南望王师又一年。

---

①"塞上"句：我也曾以塞上长城自我期许，看来这期许业已落空。用南朝刘宋檀道济自称"万里长城"的典故，后人用长城比喻能抗敌的英雄人物，空，白白地，许，自我期许。　②衰鬓：年老而花白的鬓发，指暮年。　③斑：斑白。　④出师一表：即诸葛亮的《出师表》，蜀后主建兴五年（227）诸葛亮由汉中出师讨魏所上的奏章。　⑤名世：扬名于世。　⑥"千载"句：千载以来有谁能与之相比。伯仲，兄弟间长幼的次序，借用来衡量人物，说大致不相上下的意思。　⑦"和戎"句：自从隆兴元年（1163）孝宗诏议和戎到现在已经整整 15 年了。隆兴元年宋孝宗下诏：以与金人讲和、派遣使者为题，交朝臣议论，次年派使者赴金议和，签订《隆兴和议》。　⑧朱门：贵族豪门宅第里。　⑨沉沉按歌舞：深邃宅第里按着乐曲节奏，既歌且舞。　⑩"戍楼"句：戍守瞭望的楼台就这样以戍守的刁斗声一夜又一夜地过去。　⑪"岂有"句：哪里有逆胡在这里繁衍生息的荒唐事。逆胡，这里指入侵的金人。　⑫公卿：原指三公九卿，后泛指朝廷中的高级官员。　⑬宗泽：南宋抗战将领（1060—1128）曾招募义军抗金，联络河北诸路人马，拔岳飞为将，屡败金兵，先后上书 20 余封，奏请还都以图恢复，均为黄潜善等所抑，后忧愤成疾而死。　⑭帷幄：帐幕，多指军帐。　⑮范至能《揽辔录》：范至能即范成大，字致能。《揽辔录》是他出使金国的笔记。　⑯帛书黄：帛书发黄。　⑰题名：这首诗写于宋光宗绍熙三年（1192），当时作者家居山阴。　⑱三万里河：这是极言黄河漫长。河，指黄河。　⑲五千仞岳：这是极言中华大地诸山的耸高。这两句作者以高山长河代指中原的壮丽河山。仞，长度单位，八尺为一仞。

面对如此壮阔的江山，遗民如此殷切的企望，联系如此窝囊的国事，愤恨油然而生。

除了大量的爱国诗以外，陆游还写了不少同情民生疾苦、揭露统治者横征暴敛的诗篇。如《农家叹》《秋获歌》《秋赛》等，且看《农家叹》：

> 有山皆种麦，有水皆种粳；牛领疮见骨，叱叱①犹夜耕。竭力事本业，所愿乐太平。门前谁剥啄②？县吏征租声。一身入县庭，日夜穷笞搒③。人孰不惮死，自计无由生。还家欲具说，恐伤父母情。老人傥得食，妻子鸿毛轻④。

通过深刻细腻的刻画，一幅"苛政猛于虎"的景象突现在眼前。

陆游诗题材极其广泛，农村风光、自然景色、风俗民情、读史感事都可以写成诗，真所谓"村村有画本，处处有诗材"。且看《游山西村》⑤：

> 莫笑农家腊酒⑥浑，丰年留客足鸡豚⑦。山重水复疑无路，柳暗花明又一村。
> 箫鼓追随春社近⑧，衣冠简朴古风存。从今若许闲乘月，拄杖无时夜扣门⑨。

以清新爽朗的情调和摇曳多姿的韵致，描绘出一幅意趣盎然的风景画、风情画。

陆游虽专力写诗，也擅长填词，词作内容与诗相类，比如晚年所写〔诉衷情〕⑩：

> 当年万里觅封侯⑪，匹马戍梁州⑫。关河⑬梦断⑭何处？尘暗⑮旧貂裘⑯。
> 胡⑰未灭，鬓先秋，泪空流。此生谁料，心在天山⑱，身老沧洲⑲。

这是一首爱国英雄的血泪之歌，既洋溢着英雄主义战斗激情，又饱含了他屈志难伸的悲愤。加大反差，从对比中取得震撼人心的艺术效果，是词作的艺术表现方面的特点。陆游词兼擅豪放与婉约两种风格，有人说他"超爽处似稼轩"（毛晋《放翁词跋》）因此把他列为辛派词人。也有人说他"其纤丽处似淮海，雄快处似东坡"（杨慎《词品》）。他确实有纤丽委婉之作，如写他和表妹唐婉恋爱婚姻悲剧的〔钗头凤〕：

> 红酥手⑳，黄縢酒㉑，满城春色宫墙柳㉒。东风恶，欢情薄。一怀㉓愁绪，几年

①叱叱 chì chì：呼唤、吆喝声。　②剥啄：敲门声。　③笞搒 chī péng：鞭打杖击。　④"妻子"句：意思是相比较而言妻子就不是最重要，顾不上的了。　⑤山西村：在绍兴鉴湖附近。　⑥腊酒：年关酿造的酒。　⑦足鸡豚：菜肴丰足。豚，小猪。　⑧"箫鼓"句：箫鼓声在耳边响个不停，春社迎神日子眼看到了。春社，古代以立春后第五个戊日为春社日，祭祀土地神，祈求风调雨顺。　⑨"从今"两句：今后如若允许我闲来乘着月色拜访乡亲们，那我就说不定哪个夜晚拄着拐棍来敲各位的门。闲乘月，乘着月色闲游。　⑩题名：这首词的写作年已不可考，从词意推知是词人晚年隐居绍兴镜湖边的作品。　⑪万里觅封侯：奔赴疆场寻觅建功立业的机会。《后汉书·班超传》：班超少有大志，说大丈夫应"立志异域，以取封侯，安能久视笔砚间乎"？后来班超投笔从戎，立大功，封定远侯。　⑫梁州：在今陕西南郑一带。词人48岁时，曾在南郑军中供职。　⑬关河：关塞河防。可能是指大散关、渭河一带。　⑭梦断：梦醒。　⑮尘暗：尘封、积满灰尘。　⑯貂裘：貂皮大衣。　⑰胡：古代汉人对北方民族的统称，这里指金兵。　⑱天山：即今新疆天山山脉，这里代指西北宋金前线。　⑲沧洲：滨水的地方，古称隐者所居。陆游晚年隐居于绍兴镜湖三山。　⑳红酥手：指女子红润、细软的手。　㉑黄縢 téng 酒：《耆旧续闻》上说即黄封酒，一种官家酿造的酒。　㉒宫墙柳：绍兴原为古越国都城，南宋又为陪都，春天高远的宫墙和墙内绿丝飘拂的柳树是很有特色的景致。　㉓一怀：满怀。

离索①。错,错,错!　　春如旧,人空瘦,泪痕红浥鲛绡透②。桃花落,闲池阁③,山盟④虽在,锦书⑤难托。莫,莫,莫⑥。

这是宋词中的言情名作,悱恻缠绵,充满了血泪深情。作者运用平易自然,富有节奏感的语言和典型情境来叙事抒情,使词情委婉缠绵、语切情深。

陆游的散文写得很好,被人称为南宋宗匠、一代作手。他写的政论、史传、游记、书信、序跋大都语言洗练,结构整饬。日记体《入蜀记》笔致简洁宛然如绘。《老学庵笔记》所记多佚事故实,很有价值。单篇常为人们传颂的文章有《静镇堂记》、《烟艇记》、《书通鉴后》等。

三、陆游诗歌的艺术成就

陆游的诗歌除了具有充实的时代内容以外,还具有精湛的艺术形式。他显然从多方面继承我国古典诗歌的优良传统,特别对屈原、陶渊明、李白、杜甫、岑参等几位大诗人推崇备至,从这些名家身上吸取养料,当时他就有“小太白”的雅号。但是,陆游在博取众长的基础上,又非常注意自己的锤炼创造。他在创作技巧上是下过苦功,走过弯路的,早年他是黄庭坚的再传弟子曾几的学生,又曾私淑⑦江西诗派第二代诗人吕本中,入川以后,卓越创作实践,使他认识到了江西诗派的积弊。“我昔学诗未有得,残余未免从人乞”(《九月一日夜读诗稿有感走笔作歌》)。以后,他注意摆脱江西诗派雕琢奇险的一面,发展自己流走激荡的一面,从而显示出自己的风格。

陆游诗的风格的主要方面是雄浑奔放、气象开阔,同时又有清新明朗、平易近人的特色。方回评曰:“豪荡丰腴。”(《桐江续集》)毛晋说:“篇什富以万计,古今无双。或评‘如怒猊抉石,渴骥奔泉’⑧;或评‘如翠岭明霞,碧溪初月’,何足尽其胜概耶?”(《陆放翁全集》附录)赵翼评道:“才气豪迈,议论开辟,引用书卷,皆驱使出之,而非徒以数典为能事。意在笔先,力透纸背。有丽语而无险语,有艳词而无淫词。看似华藻,实则雅洁,看似奔放,实则谨严。”(《瓯北诗话》)刘熙载说:“放翁诗明白如话,然浅中有深,平中有奇,故是令人咀味。”(《艺概》)这些评论,从不同角度评价了陆诗,给我们以启发。

在创作方法上,陆诗继承发扬了我国古代诗歌的现实主义传统,同时又表现出浓厚的浪

①离索:离群索居,这里是恋人离散之意。　②“泪痕”句:流淌下来的带有红胭脂的泪水湿透了手帕。浥 yì,沾湿;鲛绡 jiāo xiāo,手帕,《述异记》中说鲛是生活在海中的人鱼,善于织绡,后鲛绡即指手帕。③闲池阁:池台亭阁荒闲,无人来游玩了。　④山盟:坚贞相爱的盟约,古人盟约多指山水为誓,叫山盟海誓。⑤锦书:即书信。《晋书·列女传》:晋窦滔为秦州刺史,后被徙流沙,其妻苏蕙织绵为回文寄赠,后即以锦书代指情书。　⑥莫,莫,莫:莫再提起,或莫再为旧情牵挂之意。另外,也可作暮字解,即晚了的意思,莫字也可作罢了讲。纵观全词几种解释均可通。　⑦私淑:对敬仰而不得从学的前辈,常自称为私淑弟子。淑 shū,善、美好。　⑧“如怒猊”两句:就如同愤怒的狮子刨剜石头,干渴的良马奔向泉水一样,这是形容笔势和文风的遒劲。语出《新唐书·徐浩传》:“尝书二十四幅屏,八体皆备,草隶尤工。世状其法曰:‘怒猊抉石,渴骥奔泉’云。”怒猊 ní,凶猛野兽;抉 jué,刨剜;骥 jì,千里马,好马。

漫主义特色。说陆诗现实主义基础深厚,是因为陆诗有着丰富具体的现实内容,并从中反映了真实的社会生活和强烈的时代精神。一般说来,陆诗的现实主义精神可与杜诗相比,清褚人获就说过:"剑南集可称诗史。"(《坚瓠集》)但是陆诗的现实主义也有自己的特色,与作为诗史的杜诗相比显现出不同的风致,那就是浓于概括抒情,淡于叙事抒情,陆诗一般很少对现实生活作具体细致的铺叙描写,而是喜欢浓缩、概略地表现现实生活,从中抒发个人强烈感受。例如上面例举的"公卿有党排宗泽,帷幄①无人用岳飞"两句概略地写出了南宋朝廷排斥忠良,扼杀抗战将领的罪行,至于宗泽如何被黄潜善②等排斥,岳飞等抗战将领如何被秦桧等杀害,却没有具体描写。再如,南宋朝廷文恬武嬉③的情况,陆诗《关山月》有两句深刻的概括:"朱门沉沉按歌舞,厩马肥死弓断弦。"没有再就具体事件进行描写。所以,在陆诗中,我们看不到类似杜甫"三吏"、"三别",或者类似白居易《新丰折臂翁》、《琵琶行》这样一些叙事作品。形成上述特点的原因,主要是时代黑暗,说具体了就要受迫害;另外,也与宋诗风尚和个人创作习惯有关。

陆诗的浪漫主义,主要表现在它以瑰丽的想象和奇特的夸张来表达诗人火一样的激情和飞动的气势。例如宋军北伐的阵势,诗人想象为"三军甲马不知数,但见动地银山来"!(《出塞曲》)诗人笔下的天地宇宙则是"手把白玉船,身游水晶宫。方我吸酒时,江山入胸中"(《醉歌》),"天为碧罗幕,月作白玉歌,织女织庆云,裁成五色裘。披裘对酒难为客,长揖北辰④相献酬"(《江楼水笛饮酒大醉中作》)。想象瑰丽,境界壮阔。由于现实的黑暗、窝囊,诗人难以找到驰骋想象的土地,所以他常常借醉歌和梦境来表达胸中的豪气、激情,陆诗中记梦诗、醉歌很多,据赵翼统计这方面的诗有 99 首。他幻想得最多的是抗金战争,"三更抚枕更大叫,梦中夺得松亭关⑤"(《楼上醉书》),可见他是借梦来抒写现实无法实现的理想的。陆诗夸张奇特而有气势,写河山的壮阔:"三万里河东入海,五千仞岳上摩天。"写壮志未酬的愤慨:"国仇未报壮士老,匣中宝剑夜有声"(《长歌行》);"逆胡未灭心未平,孤剑在床铿有声"(《三月十七日夜醉中作》)。

陆诗的语言简朴自然、平易流畅。有人认为陆诗语言达到了清空一气明白如话、无一语不天成的地步。他自己也说过"功夫深处却平夷"(《追怀曾文清公呈赵教授》)、"炼句未安姑弃置"(《枕上》)、"转枕重思未稳诗"(《初夜暂就枕》)等话,可见他诗作的自然流畅是因为他下工夫炼字锻句的结果。赵翼的《瓯北诗话》说得真切:"放翁功夫精到,出语自然老洁,他人数言不能了者,只用一二语了之。此其炼在句前,不在句下,观者并不见其炼之迹,乃真炼之至矣。"

---

①帷幄 wéi wò:帐幕,多指军帐。 ②黄潜善:(? —1130)宋邵武(今福建)人,有名奸臣,高宗时,拜中书侍郎,逐李纲、张所,杀上书言事的太学生陈东,及欧阳澈,因循误国,人人切齿。 ③文恬武嬉:谓文武官僚安于逸乐,不重国事。恬 tián,毫不动心;嬉 xī,游戏。 ④北辰:即北极星,《尔雅·释天》:"北极谓之北辰。" ⑤松亭关:在今河北迁安西北,当时是辽金重要戍守处。

陆游是诗歌领域的全才,无体不备,各体皆工。古体诗写得很好,"才气豪健、议论开辟"等语是刘熙载对他古体诗的赞语。近体诗中绝句、律诗都有传世之作,潘德舆称赞他的绝句为"诗之正声"(《养一斋诗话》)。但是最为人们所推重的却是七律,沈德潜说:"放翁七言律,对仗工整,使事熨贴,当时无与比埒①。"(《说诗晬语》)舒位和洪亮吉等甚至认为陆诗专工此体而集成。

从艺术上说,陆诗的缺点在于,有时气势有余而蕴含不足,所谓"苍黯蕴蓄之风盖微"(姚范《援鹑堂笔记》)。诗作多,有时语意雷同,有些失之粗疏。

四、陆游的影响

陆游是文学史上有数的几大家之一。他以强烈的爱国主义精神和卓越的诗歌艺术成就光照诗史。他对江湖派诗人和宋末爱国诗家有直接的影响,对后代爱国志士和诗人,特别是清代诗人都产生了较大影响。梁启超赞曰:"诗界千年靡靡风②,兵魂销尽国魂空。集中十九从军乐,亘古③男儿一放翁。"(《读〈陆放翁集〉》诗末自注:"古国诗家无不言军苦者,惟放翁则慕为国殇,至老不衰。")

第七节　辛弃疾

和陆游同时的大词家则是辛弃疾。辛弃疾首先是一位活跃于当时政治舞台的政治家、军事家、民族英雄,其次才是一位文学家。他文学上的成就,可与李、杜、陆游等比肩。他在豪放词方面的杰出贡献,更与苏轼并称。

一、辛弃疾的生平

辛弃疾(1140—1207)字幼安,号稼轩,历城(今山东济南)人。他是南宋著名的抗金英雄,出生在当时已是金朝统治区的济南。青年时期就有极其英雄豪壮的经历,22岁时自发组织了2 000多人的起义队伍,投奔耿京农民起义军,接着他又策划这支农民起义军投奔南宋。就在他奉表南宋的时候,叛徒张安国杀掉了耿京投降金朝。辛弃疾回来后无比愤怒,亲自率手

辛弃疾像

---

①埒 liè:相等。《史记·平准书》有"富埒天子"的话。　②靡靡风:柔弱、颓靡的风气。　③亘 gèn 古:自古至今、整个古代。

下 30 骑士,直闯拥有 5 万之众的金兵营寨,活捉了张安国,带领起义余部归顺了南宋。他的豪壮行动使南宋朝野大为震动。同时代人洪迈在他的《稼轩记》里这样记载:"壮声英概,懦士为之兴起,圣天子一见三叹息。"这年辛弃疾不过 23 岁,此后一直到 42 岁,可以说是他南归报国的 20 年。可是这 20 年却不是在疆场战斗,而是在后方被怀疑、遭排斥,朝廷只委派他在江淮、两湖一带做地方官,而且调动频繁,20 年就调动了 11 次,最后还是被削职为民。削职以后,他隐居在江西上饶一带,作诗填词,念念不忘北伐抗金。这样又度过了被迫隐居的 20 年。64 岁时,朝廷准备北伐,就起用他,还曾一度调他到当时是抗战前线的镇江去做知府。但是好景不长,只做了一年便被罢免。开禧三年(1207),也就是他 68 岁的那一年,战云又起,朝廷打算再度起用他,这时他已病重,不久便死去了。据说,临死时还大呼"杀贼"。

辛弃疾是一位素有雄才壮志、文采武勇兼备的英雄豪杰。据记载,他体格魁梧、膂力过人,红颊青眼,目光有棱。被称为"青兕"。他天分高,诗文俱佳,以词为著,有《稼轩长短句》的宋人刻本。今人邓广铭《稼轩词编年笺注》有笺有校有编年,体例完善,收罗较全。

二、辛词的思想内容

辛弃疾存词 620 余首,是宋代作家存词较多者。他的词无论在思想内容方面,还是艺术表现方面,都足以代表宋词的最高水平。他的词无论是长调,还是小令,都写得放恣自由、痛快淋漓,都有传世之作。

辛弃疾是以词为主要创作形式的作家,他的词题材广泛,内容丰富,密切联系着那个时代的风风雨雨。在词里,他抒发恢复中原的雄心壮志,他倾诉屈志难伸的愤慨,他歌颂祖国河山的壮丽,他描绘人民生活的艰辛,他抒发流连山水的情致意趣,等等。且看〔水龙吟〕(登建康赏心亭①):

　　　　楚天②千里清秋③,水随天去秋无际。遥岑远目④,献愁供恨,玉簪螺髻⑤。落
　　日楼头,断鸿⑥声里,江南游子⑦,把吴钩⑧看了,栏杆拍遍,无人会,登临意。

---

①建康赏心亭:南京名胜,现已湮没。《景定建康志》:"赏心亭在(城西)下水门城上,下临秦淮,尽观览之胜,丁晋公渭建。"　②楚天:指江南一带。　③清秋:凄清冷寂的秋天。　④遥岑 cén 远目:遥望远山。岑,山。　⑤玉簪螺髻:远山的形状有的像妇女头上的碧玉簪,有的像妇女螺形发髻。这是唐宋人常用的描写山的写法,如韩愈《送桂州严大夫》:"江作青罗带,山如碧玉簪。"皮日休《缥缈峰》:"似将青螺髻,撒在明月中。"　⑥断鸿:失群的孤雁。　⑦江南游子:流寓江南的人,宋时建康属江南东路。　⑧吴钩:兵器名,原指吴国所造的弯形宝刀,后泛指锋利刀剑。

休说鲈鱼堪脍，尽西风，季鹰归未①？求田问舍，怕应羞见，刘郎才气②。可堪流年③忧愁风雨④，树犹如此⑤！倩⑥何人，唤取⑦红巾翠袖⑧，揾⑨英雄泪！

这首词的写作时间有两种估计：一是写于孝宗乾道五年（1169），辛任建康通判时；一是写于淳熙元年（1174），辛重到建康任江东安抚使时。后一说更贴合词情，辛南归已12年，这次又来建康，江山依旧而世事沧桑，他登上赏心亭，写景抒情，借典述志，强烈地表达了他报国无门、屈志难伸的悲愤。这首词的特色在于即景抒情和借典述志相配合的巧妙，两者一暗一明，在复沓、照应中表现了主题。另外，句法灵活多变也是这首词的一个特色。

辛弃疾擅长写怀古词，老年更是以山川名胜来发怀古之幽愤，浇自己心中的块垒，例如〔永遇乐〕（京口北固亭怀古）、〔南乡子〕（登京口北固亭有怀）等。这且举一首〔汉宫春〕（会稽秋风亭⑩观雨⑪）：

亭上秋风，记去年袅袅⑫，曾到吾庐⑬。山河举目虽异，风景非殊⑭。功成者去⑮，觉团扇⑯，便与人疏。吹不断，斜阳依旧，茫茫禹迹⑰都无。　　千古茂陵

①"休说"三句：这里化用了《世说新语·识鉴》的典故："张季鹰（翰）辟齐王东曹掾，在洛，见秋风起，因思吴中菰（gū）菜、莼羹、鲈鱼脍，曰：'人生贵得适意尔，何能羁宦数千里以要名爵？'遂命驾便归。俄而齐王败，时人皆谓为见机。"菰菜，茭白；莼羹，水葵羹；鲈鱼脍，切细的鲈鱼肉。　②"求田"等三句：这是化用《三国志·魏书·陈登传》的典故："许汜与刘备在荆州牧刘表坐，表与备共论天下人。汜曰：'陈元龙湖海之士，豪气不除'……备问汜：'君言豪，宁有事耶？'汜曰：'昔遭乱过下邳，见元龙。元龙无客主之意，久不相与语。自上大床卧，使客卧下床。'备曰：'君有国士之名，今天下大乱，帝王失所，望君忧国忘家，有救世之意，而君求田问舍，言无可采，是元龙所讳也。何缘当与君语。如小人欲卧百尺楼上，卧君于地，何但上下床之间邪？'"求田问舍，指购买田产、房屋；刘郎，指刘备。　③可堪流年：哪堪年华如流水逝去。　④忧愁风雨：国势艰危、忧风愁雨。　⑤树犹如此：化用《世说新语·言语》的典故"桓公（桓温，东晋大司马）北征，经金城，见前为琅玡时种柳皆已十围，慨然曰：'木犹如此，人何以堪！'攀枝折条，泫然流泪。"作者用这个典故感慨自己岁月虚度、年岁渐长，而壮志未酬。　⑥倩 qiàn：央、请。　⑦唤取：唤来、找来。　⑧红巾翠袖：代指歌女、侍女。　⑨揾 wèn：揩拭。　⑩会稽秋风亭：在今浙江绍兴市，传说是辛所造。友人张镃在和词的小序中说："稼轩帅浙东，作秋风亭成，以长短句寄余。"　⑪观雨：这条小序可能有误，因为全篇只写了秋风，没有一句写雨景。作者同时写的另一首〔汉宫春〕（会稽蓬莱阁怀古）写的却是雨景，而这一首却作"怀古"，如若互换，则却帖合。所以观雨许是笔误。　⑫袅袅 niǎo niǎo：微风吹拂貌。　⑬吾庐：指作者江西住所。　⑭"山河"两句：暗用《世说新语·言语》典故：东晋初，南渡士大夫文人常到新亭聚饮，周𫖮在席上叹息："风景不殊，正自有河山之异。"大家相视流泪，这里作者深切地抒发亡国之痛。　⑮功成者去：暗用《战国策·秦策》典故：蔡泽对范睢说："四时之序，功成者去。"意思是一年四季按次序运行，每一季完成了自己的使命就自动退去。　⑯团扇：白色细绢做的圆扇。　⑰禹迹：大禹治水遗迹。

词①在,甚风流章句,解拟相如②。只今③木落江冷④,眇眇愁余⑤。故人书报⑥:"莫因循⑦,忘却莼鲈⑧。"谁念我,新凉灯火,一编⑨《太史公书》⑩。

这首词写于宋宁宗嘉泰三年(1203),作者 64 岁。这一年朝廷准备北伐,起用他为浙江东路安抚使。他的出任却有着复杂而痛苦的情怀:一方面感到朝廷决心北伐,实在机会难得,自己正可以借以实现抗金复国的夙愿;另一方面则又感到国步艰难,前途渺茫,无法立即投入,自己并无兵权,一举一动都要受到种种牵制。再加上他已被迫隐居了 20 年,岁月蹉跎,英雄已老,想干却又力不从心了。诸如此类的因素压迫着他,使他豪壮的情怀里又交织着悲愤苍凉的感慨。在这样的心境下,他写了这首词。这首词的特色在于:巧妙地运用典故来表现心境,使词情婉曲深沉;以秋风作为贯穿全词的线索,全词显得脉络分明、结构紧凑。

辛弃疾的一些描写山川风光和民间生活的小词,也写得清新自然,意蕴深长。比如〔青玉案〕(元夕)⑪、〔鹧鸪天〕(代人赋)等,试看前者:

东风夜放花千树⑫。更吹落,星如雨⑬。宝马雕车⑭香满路。凤箫声动⑮,玉壶光转⑯,一夜鱼龙舞⑰。 蛾儿雪柳黄金缕⑱。笑语盈盈⑲暗香⑳去。众里寻他千百度。蓦然㉑回首,那人却在,灯火阑珊㉒处。

词写正月十五元宵节闹花灯的情景,上片写灯火辉煌,不着灯火二字,全用比喻,比喻的形象,千古传颂。下片描绘一个在节夜孤高、淡泊,自甘寂寞的女子。这女子何尝不是作者人格的写照,所以,梁启超评道:"自怜幽独,伤心人别有怀抱。"(《艺蘅馆词选》)

辛词也有不足之处,他写过一些敌视农民起义和流连诗酒,表达与世相忘的消极思想的作品。

三、辛词的艺术成就

辛词继承并发展了北宋苏轼所开创的豪放词风,以强烈的爱国激情,豪迈奔放的英雄本

①茂陵词:指汉武帝写的《秋风辞》,茂陵,汉武帝陵墓,这里代指汉武帝。《秋风辞》:"秋风起兮白云飞,草木黄落兮雁南归。兰有秀兮菊有芳,怀佳人兮不能忘。泛楼船兮济汾河,横中流兮扬素波,箫鼓鸣兮发棹歌。欢乐极兮哀情多,少壮几时兮奈老何。" ②解拟相如:比得上司马相如。解,到达;相如,西汉赋家司马相如。 ③只今:如今,现在。 ④木落江冷:树叶凋落,江水寒冷。 ⑤眇眇愁余:向远处眺望,更引起我满腹惆怅。化用《楚辞·九歌·湘夫人》典故:"帝子降兮北渚,目眇眇兮愁余。" ⑥故人书报:老朋友来信说。 ⑦因循:耽误、迟延。 ⑧莼鲈:莼菜羹和鲈鱼脍。这是用《世说新语》典故,详见《水龙吟》(登建康赏心亭)注释。 ⑨一编:一部。 ⑩《太史公书》:即《史记》。司马迁曾任太史令,尊称太史公。 ⑪题名:元夕、元宵夜,农历正月十五,唐以来就有元宵节放灯的习俗。 ⑫花千树:灯火灿烂,如千树花开。当时有彩灯挂于树梢的习俗。万俟咏〔醉蓬莱〕有"绛树银灯,若繁星连缀。" ⑬星如雨:仿佛天空繁星雨般落下。《梦粱录·元宵》:"诸营班院于法不得与夜游,各以竹竿出灯毬于半空,远睹若飞星。" ⑭宝马雕车:指豪华精致的马车。 ⑮凤箫声动:悠扬美妙的乐曲演奏起来。 ⑯玉壶光转:月亮渐渐落下了。玉壶,喻明月。 ⑰鱼龙:鱼灯、龙灯。 ⑱"蛾儿"句:蛾儿、雪柳、黄金缕,三样都是妇女的头饰。 ⑲盈盈:美好貌。 ⑳暗香:幽香,这里代指美女。 ㉑蓦 mò 然:突然、忽然。 ㉒阑珊:零落。

色,大胆的革新精神和统一而多样的艺术风格,将南宋词推上了顶峰。辛词的艺术成就和风格,前人评说较多,兹录几则有代表性的看法。刘克庄说:"公所作大声鞺鞳①,小声铿鍧②,横绝六合③,扫空万古,自有苍生以来所无。其秾纤绵密者亦不在小晏、秦郎④之下"(《后村大全集》卷九十八)。纪昀说:"弃疾词慷慨纵横,有不可一世之概;于倚声家⑤为变调,而异军特起,能于剪翠刻红⑥之外,屹然别立一宗,迄今不废。"(《四库全书总目提要》)王国维说:"南宋词人,白石⑦有格而无情,剑南⑧有气而乏韵。其堪与北宋词人颉颃⑨者,唯一幼安耳。""幼安之佳处,在有性情,有境界。即以气象论,亦有横素波⑩,干青云⑪之概。""东坡之词旷,稼轩之词豪。无二人之胸襟而学其词,犹东施之捧心⑫也。"(《人间词话》)辛词以豪放为主导,显现出一种豪壮而苍凉、雄奇而沉郁的特有风格。

　　辛词的艺术成就,首先表现在雄奇阔大的意境的创造上。他善于运用比喻、夸张、想象等手法创造壮大雄伟的艺术境界,表达豪壮深邃的情思。为了表现抗金部队的气势,他写道:"汉家组练十万,列舰耸层楼。"(〔水调歌头〕)他写手中长剑是"倚天万里",写长桥是"千丈晴虹"(〔沁园春〕),写自己抗金报国的壮志则大胆想象"要挽银河细浪,西北洗胡沙"(〔水调歌头〕)。且看〔破阵子〕(为陈同甫赋壮词以寄之)⑬的梦境的描写:

　　　　醉里挑灯看剑,梦回⑭吹角连营⑮。八百里⑯分麾下炙⑰,五十弦⑱翻⑲塞外声。沙场秋点兵⑳。　　马作的卢㉑飞快,弓如霹雳㉒弦惊。了却㉓君王天下事,赢得生前身后名。可怜㉔白发生。

这首词估计是他免职退居上饶时期的作品。辛弃疾把这首壮词送给志同道合的好友陈亮,既有共同抒发壮志难酬的悲愤的意思,又有从中相互勉励、安慰的意思。这里写了一个由醉而梦、由梦而醒的过程,特色在于,现实与梦境相对照,抒发了既壮且悲的情怀,结句陡转的方法,使词情更为深沉。这里要说的是,梦境中战士出征的场面写得何等豪雄、何等壮观,这是辛弃疾、陈亮等主战派人士郁结于心、梦寐以求的理想之歌,作者纯以浪漫主义的手法写出了浪漫主义的境界。正是这些浪漫主义的艺术形象,使他的词作呈现出雄奇壮阔、凌驾一切的气势。

---

　　①鞺鞳 tāng tà:钟鼓声。　②铿鍧 kēng hōng:形容声音响亮或出语有力。　③六合:指天地和东南西北四方。　④小晏、秦郎:指晏几道、秦观。　⑤倚声家:词家、按谱填词的人。　⑥剪翠刻红:又作刻翠裁红,比喻极力修饰词藻,这里是创作词作的意思。　⑦白石:指姜白石。　⑧剑南:指陆游。　⑨颉颃 xié háng:鸟飞上下的样子,引申为不相上下或相抗衡的意思。　⑩横素波:渡越江海。　⑪干青云:上太空、涉青云。　⑫东施之捧心:东施效颦。　⑬题名:这首标明是抒写壮烈情怀的词,自然是我们现在理解的豪放词。陈同甫,即陈亮,南宋著名的哲学家、文学家,主战派代表人物。　⑭梦回:梦醒,但此处作"睡梦中又回到了疆场"解释较为帖切。　⑮吹角连营:号角声回荡在连绵不绝的军营里。　⑯八百里:牛的代称。《世说新语·汰侈》记载,晋王恺有牛名八百里駮 bó。　⑰分麾下炙:分给部下烧烤。麾下,部下;炙,烧烤。　⑱五十弦:指瑟,古时瑟有五十弦,这里泛指乐器。　⑲翻:演奏,演唱。　⑳点兵:检阅军队。　㉑的卢:一种烈性好马,三国刘备、晋庾亮皆有名马的卢。　㉒霹雳:疾雷声。　㉓了却:解决、了结。　㉔可怜:可惜。

　　其次，辛词善于运用比兴寄托的手法。由于辛弃疾是所谓"归正"军人，又是与掌权者不合拍的主战派，政治上常处于孤危、被怀疑的境地，很多词作不能直接披露自己的真实感受，不得不采用曲折的比兴寄托的手法。他有时借儿女之情写君臣之事，在芬芳悱恻之中，寄托家国的激愤。最为典型的要算〔摸鱼儿〕(淳熙己亥，自湖北漕移湖南，同官王正之置酒小山亭为赋)①这一首：

　　　　更能消②，几番风雨，匆匆春又归去。惜春长怕花开早，何况落红无数。春且住！见说道③，天涯芳草无归路。怨春不语。算只有殷勤，画檐④蛛网，尽日惹飞絮。　　　　长门事⑤，准拟佳期又误。蛾眉⑥曾有人妒。千金纵买相如赋⑦，脉脉⑧此情谁诉？君莫舞，君不见玉环飞燕⑨皆尘土。闲愁⑩最苦。休去倚危栏⑪，斜阳正在，烟柳断肠处。

小序是说，1179年他从湖北转运副使的任上调湖南转运副使，同僚王正之在小山亭为他设酒宴送行。按理说，这是赋别的词作，应赋别情，可全词却没有一句别情。它以一个失宠美人的口吻抒发痛惜春光消逝和被冷落弃置的苦恼，从而隐喻国事和个人的坎坷遭遇，寄托忧国伤时、忧谗畏嫉的愤懑。

　　这首词用惜春和宫怨寄托作者忧国伤时的愤慨，却无一语直说，表达得那么婉转深沉。使人有情致缠绵、低回不尽的感受。梁启超说："回肠荡气，至于此极，前无古人，后无来者。"(《艺蘅馆词选》)陈廷焯说："词意殊怨，然姿态飞动，极沉郁顿挫之致。""怨而怒矣！然沉郁顿宕，笔势飞舞，千古所无！"(《白雨斋词话》)从品评中可看出，作者的怨极愤极之情，却是以沉郁顿挫、回肠荡气的方式来表达的。这可以说是一种特殊的风格，是一种貌似哀怨悱恻，实质慷慨激愤的，融豪放、婉约为一炉的艺术风格。夏承焘说："我们可以用肝肠似火、色笑如花八个字来表达〔摸鱼儿〕词的评语。"(《唐宋词欣赏》)从艺术表现方面来说，造成这种风格的因素主要是表情达意的委婉曲折和比兴寄托的巧妙两个方面。这里的比兴寄托非常巧

①题名：淳熙己亥为宋孝宗淳熙六年(1179)，这年辛弃疾40岁。自湖北漕移湖南，由湖北转运副使调任湖南转运副使；漕 cáo，即漕司，转运使司的简称，管税赋、出纳钱粮等事；移，迁官、调任；同官，官职相同的同事；王正之，崒县人，名特起，好学工词赋，他当时也是湖北漕官；小山亭，湖北漕署官衙内的一个亭子，《舆地记胜》："小山亭在东漕衙之乖崖堂。"为赋，因而填了这首词。　②更能消：哪里还能经得起。　③见说道：听人说。　④画檐：绘有彩画的屋檐。　⑤"长门事"两句：这里用的是《昭明文选·长门赋序》的典故：汉武帝时陈皇后(即阿娇)失宠，住在长门宫，内心非常苦闷，她听说司马相如文章写得很好，就送黄金百斤，请司马相如写一篇《长门赋》，用来感动汉武帝。这样果然有效，陈皇后复得宠幸。按：这篇《长门赋》并非司马相如所作；史传上也没有陈皇后复得宠幸的记载。辛弃疾也知此事非信史，所以下文"准拟佳期又误"，是说《长门赋》并没有产生预期的效果，约好的佳期又被耽误。　⑥蛾眉：本指女子细长如蛾触须的眉毛，这里代指美女。　⑦"千金"句：指陈皇后买赋一事。　⑧脉脉：含情而视貌。　⑨玉环飞燕：杨玉环和赵飞燕，杨为唐明皇所宠幸，安史之乱后，被迫自缢于马嵬坡；赵为汉成帝所宠幸，成帝死后被废而自杀，她们两人都既善舞又善妒。　⑩闲愁：被闲置而产生的无聊和忧愁。　⑪危栏：高楼上的栏杆。

妙,寓意很鲜明,但又无法一一坐实,真正做到了"有寄托入,无寄托出"。

再次,辛弃疾善于以文为词。苏轼善于以诗为词,辛弃疾则更进一步,以文为词。所谓以文为词,就是词作的散文化,把口语、典籍、诗赋的句式运用到词作中,使词呈现出自由放恣的特色。在辛弃疾笔下,凡是可以写成文章的都可以写成词,甚至可以在词中写对答、发议论。毛晋在《稼轩词跋》一文中说:"宋人以东坡为词诗,稼轩为词论,善评也。"从辛词中,我们可以体会出,辛的以文为词,确实不仅仅运用散文词句的问题,而是把散文的放恣自由、淋漓痛快的气势带入词作中。试看〔西江月〕(遣兴):

　　醉里且贪欢笑,要愁那得工夫?近来始觉古人书,信着全无是处。　　昨夜松边醉倒,问松:我醉何如?只疑松动要来扶,以手推松曰:去!

简直是一则散文小品,全词自然流畅,明白如话,具有散文的情趣和意境:不信古书,问松、疑松、推松,是写自家的狂态、醉态,从而塑造出一个粗豪倔强、不满现实、以酒浇愁的硬汉子的形象。

再次,辛词善于用典。豪放词到辛弃疾达到了高峰,而词的用典,到辛手中也达到了高峰。辛词中使用了大量的典故,有的明用,有的暗用、有的正用、有的反用、有的用词、有的用句、有的用事。有时一首中多达七八个典故。有人认为,这是缺点,掉书袋。这要具体分析,在多数词作中,辛词的用典是借古喻今,寄托深曲的感慨,并非滥用书本材料以炫耀自己。刘熙载说:"稼轩词龙腾虎掷,任古书中理语、瘦语①,一经运用,便得风流,天姿是何夐异②?"(《艺概·词曲概》)在这方面〔水龙吟〕、〔永遇乐〕便是例证。

辛弃疾也和苏轼一样,虽然以豪放名家,但也有婉约之作,而且写得缠绵妩媚,宛然一婉约大家。且看〔祝英台近〕(晚春)③:

　　宝钗分,桃叶渡,烟柳暗南浦④。怕上层楼⑤,十日九风雨。断肠片片飞红,都无人管,更谁劝,啼莺声住?　　鬓边觑⑥,试把花卜⑦归期,才簪⑧又重数。罗帐灯昏,哽咽梦中语:是他春带愁来,春归何处?却不解带将愁去。

这首词写暮春时节闺中女子寂寞惆怅的情思。景色凄迷,令人消魂;闺中女子的情思更是缠绵悱恻,如泣如诉。沈谦在《填词杂说》中评道:"稼轩词以激扬奋厉为工,至'宝钗分,桃叶

---

①瘦语:不常用的话、语意偏狭的话。　②夐 xiòng 异:大不相同、远不同于一般。宋张淏《云谷杂记》卷三:"太宗天资超绝,识见夐异。"夐,远,营求。　③题名:这是一首晚春伤别的闺情词,形象地展现出闺中思妇在晚春离愁别恨的折磨下的心理和情态。邓广铭的《稼轩词编年笺注》列入未编年的作品,写作年代待考。　④"宝钗分"三句:追忆当年在柳枝浓密的岸边,分钗话别的情景。宝钗分,古代情人分别常以分钗留别。宝钗是妇女簪发的首饰,由两股合成,情人分别时,常分钗赠别;桃叶渡,代指恋人分别处。桃叶渡在南京秦淮河与青溪合流处;相传此名出于晋"王献之爱妾名桃叶,尝渡此,献之作歌送之曰:'桃叶复桃叶,渡江不用楫。但渡无所苦,我自迎接汝。'"南浦,泛指送别的渡口,典出江淹《别赋》:"送君南浦,伤如之何?"　⑤层楼:高楼。　⑥鬓边觑 qù:实际意思是:取下鬓边的花来看,或者是对着镜子数鬓边的花。觑,看。　⑦卜:占卜。　⑧簪 zān:这里插戴的意思。

渡'一曲,昵狎①温柔,魂消意尽。才人伎俩,真不可测。"所以,辛词虽以豪放为主导,却又兼有清丽飘逸、缠绵妩媚等多种风格,是一位词路极宽的大家。

四、辛弃疾的影响

辛弃疾一面积极从事抗金斗争,一面把词作为宣扬时代精神的武器。他本人和词作都是战斗的旗帜和号角,在当时就产生了很大影响。以后,每当民族危机深重的时候,人们往往想念这位英雄词人,以他的词作来激励自己。

豪放词创于苏而盛于辛。在辛弃疾手中,豪放词已发展到了顶峰,他在词史上地位是很突出的。南宋中后期词坛上受辛影响与辛呼应的作家形成一个专门的流派叫"辛派"。辛词以后一直影响到清代词人陈维崧。

五、辛派词人

辛派是南宋中后期坛词上的一个声势浩大的豪放词派。成员先后不下数十人,主要词人有陈亮、刘过、刘克庄、刘辰翁。辛派的共同点大致有以下一些:这些人大都是主战派、爱国者,所以词作内容充实,富有爱国精神;创作上受辛弃疾影响,沿着苏、辛的路子走,多用长调慢词,更加散文化、议论化,往往"不作一妖语、媚语"。

陈亮(1143—1194)字同甫,号龙川,婺②州永康(今浙江金华)人。他比辛弃疾小3岁,是辛志同道合的好朋友,他是主战派,为了抗金北伐,四处奔走,也曾多次上书,议论救国大计。因此遭到主和派的忌恨,3次被捕入狱。他一生从未做过官,直到临死前一年才考取进士。据《宋史》记载,他是一个很有个性的思想家、文学家,眼睛很有神采,似乎放射着光芒,喜欢谈论兵事,谈论起来热烈而雄辩;写文章下笔数千言,一挥而就。他的词充分反映他质朴明达,激越奔放的性格。明人毛晋说,陈亮词"读至卷终,不作一妖语、媚语"(《龙川词跋》)。词集名《龙川词》。试读他的代表作〔水调歌头〕(送章德茂大卿使虏)③:

> 不见南师④久,漫说北群空⑤。当场只手⑥,毕竟还我万夫雄⑦。自笑堂堂⑧汉使,得似⑨洋洋⑩河水,依旧只流东。且复⑪穹庐⑫拜,会向⑬薰街⑭逢。　　尧之

---

①昵狎 nì xiá:也作狎昵,过分亲近而态度轻佻。　②婺 wù:州名。　③题名:宋孝宗淳熙十三年(1186)南宋派章德茂等人为使臣,去金为金世宗完颜雍生日祝寿,这是屈辱性的使命。章,名森,当时任大理寺少卿,以"试户部尚书"头衔出使金朝。大卿,是对各部尚书的敬称;使虏,使金。　④南师:南方军队,特指南宋北伐之师。　⑤"漫说"句:莫说宋朝已无人才了。漫说,莫说,休说;北群空,冀北良马都被搜罗尽了,用的是韩愈《送温处士赴河阳军序》:"伯乐一过冀北之野,而马群遂空。""非无马也,无良马也。"　⑥当场只手:只身一人负起重任。　⑦万夫雄:力敌万夫的气概。　⑧堂堂:庄严壮大貌。　⑨得似:哪能像、岂得似。　⑩洋洋:盛大貌。　⑪且复:姑且再一次。　⑫穹庐:毡帐,这里指金国朝廷。　⑬会向:犹言终向。会,将必、将能。　⑭薰 gǎo 街:汉代长安城里外来使臣居住的一条街。

都，舜之壤，禹之封①。于中应有，一个半个②耻臣戎③！万里腥膻如许④，千古英灵⑤安在？磅礴⑥几时通⑦！胡运⑧何须问，赫日⑨自当中。

章德茂即章森，他出使金国在《宋史》中有记载。他去金国贺年拜寿，是一种屈辱性的使命，陈亮为老朋友执行这一使命写了这首〔水调歌头〕，词中对章加以激励，并寄以希望，希望他在屈辱中保持民族尊严，对抗金充满信心。同时，对南宋统治者屈膝称臣、毫无羞耻的行径进行抨击。词情慷慨激愤、横眉怒目，一气贯注，很有感染力。陈廷焯评道："同甫〔水调歌头〕云：'尧之都，舜之壤，禹之封，于中应有，一个半个耻臣戎'精警奇肆，几于握拳透爪⑩，可作中兴露布⑪读。"（《白雨斋词话》）这首词的艺术特点在于：用语直率，大声疾呼，无所顾忌，达到了辞情俱壮的地步；辩论色彩也非常强烈。总起来说，陈亮词明指直陈，豪气有余，而深沉蕴藉不足。

刘过（1154—1206）字改之，号龙洲道人，吉州太和（今属江西）人。平生以功业自许，究心古今治乱之略。他以布衣之士，力主抗金，屡次上书朝廷，陈述方略。四次应举不中，流落江湖，以诗侠知名于世。曾为辛弃疾、陆游所赏识，亦与陈亮为友。著作有《龙洲集》、《龙洲词》。

刘过词多写立志恢复的豪情和壮志难伸的悲愤。他是辛弃疾的崇拜者，《龙洲集》中效稼轩体者甚多。词亦以豪壮著称，"狂逸之中，自饶俊致，虽沉着不及稼轩，足以自成一家"（刘熙载《艺概·词曲概》）。

他的压卷作如〔沁园春〕（寄稼轩承旨）⑫：

斗酒彘肩，风雨渡江，岂不快哉⑬？被香山居士⑭，约林和靖⑮，与东坡老⑯，驾勒吾回⑰。坡谓："西湖，正如西子，浓抹淡妆临镜台。"⑱二公者⑲，皆掉头不顾，只管衔杯。　　白云："天竺飞来！图画里、峥嵘楼观开。爱东西双涧，纵横水绕；两

---

①"尧之都"三句：三句一个意思，即中原地区皆我中华民族古代圣贤尧、舜、禹的故土。都，都城；壤，土地；封，疆域。　②一个半个：总有一些人。　③耻臣戎：以向金称臣为可耻。　④"万里"句：在金人统治下的大片土地被糟蹋得如此地步。腥膻，牛羊肉的腥臊气味；如许，如此这般。　⑤千古英灵：千古英豪的精魂。　⑥磅礴：广大充盈的浩然正气。　⑦通：贯通。　⑧胡运：指金人的国运、气数。　⑨赫日：灿烂、盛大的太阳。　⑩握拳透爪：形容愤怒已极、誓死抵抗。　⑪露布：檄文。　⑫题名："寄稼轩承旨"的小序，可能是后人误加。承旨，官名，《宋史》本传说，辛进枢密院都承旨在宁宗开禧三年，可他"未受命而卒"。当时刘过早在一年前去世。《宋六十名家词·龙洲词》题作"风雪中欲诣稼轩，久寓湖上，未能一往，因赋此词以自解"此题较妥帖。　⑬"斗酒"三句：我将应浙东安抚使的邀约，冒着风雨渡钱塘江，岂不是件痛快的事情吗？斗酒彘肩（猪肘子），借指辛的邀约，用鸿门宴项王赐樊哙典故。　⑭香山居士：白居易曾号香山居士。　⑮林和靖：诗人林逋死谥和靖先生，他曾隐居孤山20年。　⑯东坡老：苏轼曾号东坡居士。　⑰"驾勒"句：即勒吾驾回，就是硬把我拉回来了的意思。　⑱"坡谓"四句：模拟苏东坡说话，用《饮湖上初晴后雨》诗意。　⑲二公者：指白居易和林逋。

峰南北，高下云堆。①"遄曰："不然，暗香浮动，争似孤山先探梅！②""须晴去，访稼
轩未晚，且此徘徊。"③

　　这首可谓荒诞词，宁宗嘉泰三年（1203）刘过在杭州，接到任浙东安抚使的辛弃疾约他去绍兴
的邀请，他没有去，寄此词以作答。词中将已作古的白居易、杜甫、苏轼三人引入，作者与之
盘桓，从而回答了自己不赴约的因由。词显得想象奇特，意气豪纵，还妙在点化了三位古人
的诗句作为对答，新颖别致，活泼风趣。据岳珂说，这首学辛而有创新的词，深受辛的赞赏。

　　刘克庄（1187—1269）原名灼，字潜夫，自号后村居士，蒲田（今属福建）人。嘉定年间为
真州录事参军、潮州通判。因写《落梅》诗，有"东风谬掌花权柄，却忌孤高不主张"两句，被当
权者诬为讪谤，废置10年。端平初起复，历枢密院编修官、江东提刑等。后为宋理宗所赏
识，赐同进士出身，除秘书少监兼中书舍人。再后屡被贬官。景定初，迁工部尚书兼侍讲，以
焕章阁学士致仕。他在朝廷中是一个关心恢复和民生疾苦、敢于直说的人，他对朝廷的妥协
苟安，深表不满。

　　刘克庄诗学晚唐，为江湖派最大诗人。词受辛弃疾影响，雄迈犷放、豪气淋漓，多感慨时
事之作，被张炎称为"负一代词名"（《词源》）的作家，"与放翁、稼轩犹鼎三足"（冯煦《宋六十
家词选例言》）。但有时议论过多，缺少韵味，不及稼轩词精警、深沉。有《后村先生大全集》。

　　词的代表作是〔贺新郎〕（送陈真州子华）④：

　　　　北望神州路，试平章⑤，这场公事，怎生吩咐⑥？记得太行山百万⑦，曾入宗
　　爷⑧驾驭。今把作握蛇骑虎⑨。君去京东⑩豪杰喜，想投戈下拜真吾父⑪。谈笑

----

①"白云"八句：这是模似白居易发言。用白诗："湖上春来似画图"（《春题湖上》）、"楼阁参差倚夕阳"
（《西湖晚归回望孤山寺赠诸客》）、"东涧水流西涧水，南山云起北山云"（《寄韬先禅师》）诸诗意。天竺，山
名在西湖林隐、飞来峰之南，山上有天竺寺；峥嵘，高峻的样子，这是形容寺观楼阁的高耸；东西双涧，指西
湖林隐的东西双涧；两峰南北，指西湖林隐的南高峰、北高峰。　②"遄曰"等四句：这是林和靖发言。用林
逋诗《山园小梅》之"疏影横斜水清浅，暗香浮动月黄昏"诗意。暗香浮动，指梅花的幽香荡漾飘忽的样子；
孤山，在西湖里湖、外湖之间，孤峰耸立，称孤山；争似，怎似、不若。　③"须晴去"三句：这是苏东坡、白居
易、林逋三人共说的话："等到晴天拜会辛弃疾也不晚，今天就在这里盘桓、徘徊吧。"这也间接地回答了辛
弃疾，目下不去绍兴的理由。须，待、等到；徘徊，流连玩赏。　④题名：陈真州子华，即陈子华，名铧wěi，宁
宗开禧元年（1205）年进士，嘉定中曾定策调遣诸军，击败金兵。真州，南宋时属淮南东路，为抗金前哨要
地。　⑤平章：评论、筹划。　⑥怎生吩咐：怎样处理、发落。　⑦"记得"句：指活动于太行山的百万人民义军。
熊克《中兴小记》卷十九："自靖康以来，中原人民，不从金者，于太行山相保聚。"　⑧宗爷：指宗泽（1056—
1128）字汝霖，义乌人。南宋初为东京留守，力主抗金。陆游《老学庵笔记》卷一："建炎初，宗汝霖留守东
京，群盗降附者百万，皆谓汝霖曰宗爷爷。"《后村先生大全集》卷九十八《宗忠简公遗事序》："两河群盗百
万，号公宗爷，愿效死力，山寨豪杰，皆自备粮械，听公调发。"　⑨握蛇骑虎：比喻处于危险境地。这是指南
宋朝廷对人民义勇军的不信任、害怕，觉得用这些人有危险。典出《魏书·彭城王勰传》："彦和握蛇骑虎，
不觉艰难。"　⑩京东：京东路，当时辖山东南部、河南东部和江苏北部。　⑪"想投戈"句：义军放下武器，真
心归顺。典出《旧唐书·郭子仪传》："回纥（hé）皆舍兵下马齐拜曰：'果吾父也。'"

里，定齐鲁①。　　两河②萧瑟惟狐兔③，问当年祖生④去后，有人来否？多少新亭挥泪客⑤，谁梦⑥中原块土？算事业须由人做。应笑书生心胆怯，向车中闭置如新妇⑦。空目送，塞鸿⑧去。

这首词写于宋理宗宝庆三年(1227)陈子华受命知真州兼淮南东路提典刑狱，刘克庄写了这首词为他送行。词情慷慨激昂，沉痛之极，又壮烈之极，读之使人悲痛、使人感奋，杨慎说："其送陈子华帅真州词，壮语以立懦。"(《词品》)在艺术表现方面，他学张元干〔贺新郎〕词，大处落墨，结尾点题。另外，全词议论色彩强烈。

刘辰翁(1232—1297)字会孟，号须溪，庐陵(今江西吉安)人。少投陆象山门下，补太学生。宋理宗景定三年(1262)廷试对策，有"忠良戕害可伤，风节不竟可撼"的话，触犯贾似道，被置丙第。后以亲老请为濂溪书院山长。宋亡后，隐居。刘辰翁是宋末有代表性的豪放词人，其词清灵豪健，兼苏、辛之长，而无矫揉造作之失。写有大量伤春、悲秋词，从而抒发亡国之痛，感情极为凄楚怆凉。词集名《须溪词》。试看他的〔柳梢春〕(春感)：

铁马蒙毡⑨，银花洒泪⑩，春入愁城⑪。笛里番腔⑫，街头戏鼓⑬，不是歌声。

那堪独坐青灯，想故国⑭，高台⑮月明，辇下⑯风光，山中岁月⑰，海上心情⑱。

这首词题为"春感"，具体地说，是写南宋覆亡后元宵节的感怀。词情沉痛苍凉，怀念故国，景仰在海上从事抗元斗争的君臣。全词直接抒写，主观感情色彩强烈。

第八节　南宋后期文学

南宋后期，金国内部发生了政变，无力南侵；南宋内部也借机苟安，无心北伐，于是较为稳定的南北对峙的局面形成。文坛上，爱国主义的呼喊显得微弱，而风雅词派、格律词派风靡一时，诗歌则是四灵诗派、江湖诗人的天下。这些词派、诗派，讲究曲折隐晦地反映现实，

---

①齐鲁：指山东一带。　②两河：指黄河两岸。　③狐兔：这里指金兵。　④祖生：指祖逖。全句意思：自从宗泽、岳飞等名将去后，宋朝长期无人抗击金兵了。(晋名将祖逖破石勒、收豫州)。　⑤新亭挥泪客：代指南宋爱国人士。用《世说新语·言语》周顗典故。　⑥梦：此处作怀想、怀念讲。　⑦"应笑"两句：自己不能亲赴前线而滞留后方，如闭置于车中的新娘一样。"新妇"语出自《梁书·曹景宗传》："景宗谓所亲曰：'今来扬州作贵人，动转不得。路行开车幔，小人辄言不可，闭车中如三月新妇。遭此邑邑，使人无气。'"⑧塞鸿：生长在北方边塞地区的鸿雁。这里代指陈子华。　⑨铁马蒙毡：指元朝骑兵。铁马，战马；蒙毡，天气寒冷，给战马蒙上毡子。　⑩银花洒泪：花灯烛泪流淌。银花，花灯。　⑪愁城：指被元军攻破的南宋都城临安。　⑫番腔：指蒙古人的乐曲。　⑬戏鼓：指蒙古人的鼓吹杂戏。　⑭故国：故都，即指南宋都城临安。⑮高台：楼台。　⑯辇下：辇毂之下，即皇帝车驾下，京城。　⑰山中岁月：指自己隐居在山中的岁月、生活。⑱海上心情：指自己对辗转于海上从事抗元斗争的关心和怀念。临安失陷后，陆秀夫、张世杰等人在福建、广东一带海上拥立帝昺继续抗元。昺 bǐng，明亮、光明。

艺术技巧上则刻意求工。待到南宋危亡并进而覆国的时候,爱国主义精神又重放光彩,但里面更多地伴和了凄凉呜咽的亡国之音。

一、风雅派、格律派词家

南宋后期的婉约派词人,一般称之为风雅派或格律派,他们沿着周邦彦的路子走,特别在声律技巧上下工夫,代表作家是姜夔、史达祖、吴文英、高观国、蒋捷、王沂孙、周密、张炎等。

姜夔(约1155—约1221)字尧章,号白石道人,鄱阳(今属江西)人。幼年家贫,依靠姐姐居住在汉阳,成长以后流寓在江浙一带。他一生从未做过官,只是与当时名流萧德藻、杨万里、范成大、张鉴交往密切。他与这些名重一时的人士结下了翰墨情谊,接受他们周济,不断往来于苏州、杭州、金陵、合肥等地。他是一个多才多艺的文学家、艺术家,除诗词以外,还精通书法、音律、印章。有《白石道人诗集》、《白石道人歌曲》等。

姜夔的词自成一家,有鲜明的特色。张炎以"清空"二字来概括姜词的风格,他说:"白石之词,清气盘空,如野云孤飞,去留无迹。"(《词源》)也有人以"清妙秀远"、"古雅峭拔"、"高远峭拔"、"清刚"、"清劲"、"清绮"、"清冷"、"冷香"等来概括姜词的风格。

在具体艺术表现手法方面,姜词善于描绘清幽冷寞的情境,并把它与悲凉的心情结合起来,给人以悲凉凄惋的感受。〔扬州慢〕就是一例,再如〔点绛唇〕(丁未冬过吴松作)①:

> 燕雁无心,太湖西畔随云去。数峰清苦②。商略③黄昏雨。　　第四桥④边,拟共天随⑤住,今何许⑥。凭栏怀古。残柳参差舞。

全词大部写景,刻画出一个凄凉冷寂的境界,强烈地表达出词人凄凉感喟、不胜沧桑的感受。正如陈廷焯所评"无穷哀感,都在虚处。令读者吊古伤今,不能自止"(《白雨斋词话》)。

姜词还善于运用暗喻和联想的手法表达隐曲的思想。〔疏影〕一首就很典型:

> 苔枝缀玉⑦,有翠禽小小⑧,枝上同宿。客里相逢,篱角黄昏,无言自倚修竹⑨。昭君⑩不惯胡沙远,但暗忆江南江北。想佩环⑪、月夜归来,化作此花幽独。

---

①题名:这是丁未(宋孝宗淳熙十四年1187)冬作者自吴兴往苏州谒见范成大时所作;吴松,即江苏吴江。　②清苦:拟人化说法,即山峰感到清寂寥落。　③商略:商议、讨论。　④第四桥:吴江城外的甘泉桥。⑤天随:晚唐诗人陆龟蒙,自号天随子,隐居吴县甫里(今角直镇)放浪江湖。　⑥何许:何处。　⑦苔枝缀玉:长满苔藓的梅枝上连缀着玉石一般的花。苔枝梅是名贵的梅树。　⑧翠禽小小:翠绿色羽毛的小鸟。暗用梅仙翠鸟的典故:隋开皇中,赵师雄游罗浮,见一美人,言谈清丽,两人投机,共饮酒,有一绿衣童子在傍歌舞。"师雄醉卧,久之,东方既白,起视,乃在大梅花树下,上有翠羽啾嘈。月落参横,但惆怅而已。"(宋王铚《龙城录》)铚(zhì),小镰刀。　⑨"无言"句:化用杜甫《佳人》中"天寒翠袖薄,日暮倚修竹"句子。　⑩昭君:王嫱,汉元帝宫女,出为匈奴单于妻。　⑪佩环:古代女子所带的玉饰,这里代指王昭君。杜甫《咏怀古迹》五之三是写王昭君的:"一去紫台连朔漠,独留青塚向黄昏,画图省识春风面,环佩空归月夜魂。"环佩,即佩环。

姜夔词清空淡远

犹记①深宫旧事，那人正睡里，飞近蛾绿②。莫似春风，不管盈盈③，早与安排金屋④。还教一片随波去，又却怨玉龙哀曲⑤。等恁时⑥，重觅幽香⑦，已入小窗横幅。

这首词是在南宋光宗绍熙二年(1191)的冬天，他到范成大家里做客时创作的，全词所写是因梅花的姿态所引发的感叹和联想。词的特点在于将梅花人格化，把它当做一个孤芳高洁、凄楚哀怨的女子来描写，它像是传说中的花神，又像是杜甫笔下的佳人，更像是抱恨终生的王昭君，它有着痛苦的过去，现在又经历着花落香消的惨痛。从全词凄惋哀怨的情境来体味，这一艺术形象表面上说的是梅花，骨子里却绾合人事，表现的正是那个时代的怨恨和痛楚。后人认为这首词"寄意题外"、"托喻遥深"，使人想起徽、钦二帝幽禁胡沙的痛恨。但是，我们如果从字句上去一一坐实，则又得不到肯定的答案，它给读者的是一种似是而非、似非而是、"譬如雾里看花"的形象。这个印象是含糊、朦胧的，显现出水中月、雾里花的风致。

另外，姜词善于用典。有的词竟一句一个典故，特别是在咏物词里，用得更多，也极为工巧。可以说，是姜夔开创了南宋后期词人竞相创作咏物词的风气，"用典咏物"的手法，也是由他开始普遍使用。上面例举的〔疏影〕里就用了好多典故。

在语言方面，姜夔填词字斟句酌，造句力求圆美，给人以清新峭拔的感受。比如〔暗香〕回忆当年西湖梅林盛开，他和情人携手赏梅的韵事："翠尊易泣⑧，红萼无言耿相忆⑨。长记曾携手处，千树压西湖寒碧。"这两句清新挺拔，圆美醇雅。其中"压"字格外传神，把梅花、湖水和恋情都写活了，给人以意蕴风雅、美不胜收的印象。〔踏莎行〕一首是怀念情人之作，结尾以凄苦无人的月下千山，点染出词人清苦孤寂的心情："淮南皓月冷千山⑩，冥冥归去无人管⑪。"〔惜红衣〕一首，写湖州弁山夏日的清幽，其中"高树晚蝉，说西风消息"一句写尽了清幽的境况，典雅而新颖。姜夔早年曾学习江西诗派作诗，后又转而学习晚唐陆龟蒙。在他的词里既有江西诗派生新瘦硬的特点，又有晚唐诗生新委婉的特点。

①犹记：还记得。 ②蛾绿：女子青黛色的细眉。暗用南朝宋寿阳公主典故："宋武帝女寿阳公主人日卧于含章殿下，梅花落公主额上，成五出花，拂之不去，皇后留之，看得几时，经三日，洗之乃落，宫女奇其异，竞效之，今梅花妆是也。"(《太平御览》卷三十《时序部》引《杂五行书》) ③盈盈：仪态美好的样子。这里拟人化，以盈盈代指梅花。 ④金屋：用《汉武故事》典故：汉武帝刘彻的表妹叫阿娇，刘彻小时对姑母说："若得阿娇作妇，当作金屋贮之也。" ⑤玉龙哀曲：羌笛吹奏出《梅花落》的乐曲。玉龙，笛的美称；哀曲，指笛曲《梅花落》，《乐府杂录》："笛者，羌乐也，古有《梅花落》曲也。" ⑥恁时：那时。 ⑦幽香：指梅花。 ⑧"翠尊"句：对着这翠绿宝石的酒杯，我就怀想起她感慨饮泣。翠尊，绿宝石酒杯。 ⑨"红萼"句：对着红梅，我又会默默无言地陷入深沉的思念之中。红萼è，代指梅花。 ⑩"淮南"句：明亮的月亮向淮南重重迢迢的山峰上投下了清冷的光。淮南，指合肥，宋属淮南路。 ⑪"冥冥"句：我将在幽暗中归去，有谁来照管我呢？冥冥，幽暗中。

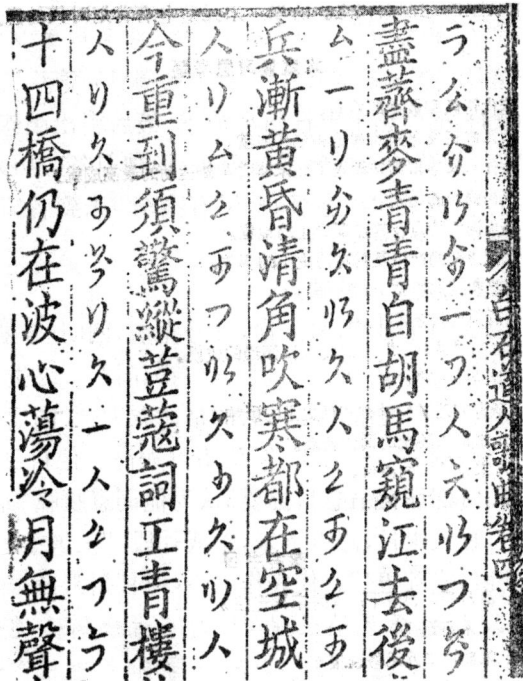

这是宋谱《白后道人歌曲》中〔扬州慢〕词的一部分,此书是极其珍贵的音乐文献

　　姜夔的词集叫《白石道人歌曲》,存词 80 多首。值得注意的是,在其中〔扬州慢〕、〔暗香〕、〔疏影〕等 17 首词旁注有古代工尺谱,这是极其珍贵的音乐文献,现已被破译出来。

　　姜夔在词史上地位很高、影响很大,宋末词人史达祖、王沂孙、张炎等都受其影响而被称为"姜派词人"。到了清代朱彝尊的浙西词派更是推崇、赞誉姜夔,称他为"词中杜甫"、"词圣"。

　　史达祖(生卒年月不详)字邦卿,号梅溪,汴(今河南开封)人。少举进士不第,只好托足权门。韩侂胄为宰相时,史为堂吏。凡奉行文字、拟帖撰旨皆出其手。后韩侂胄失败被诛,史也遭黥刑①,落拓终生,死于贬所。

　　史达祖词的特点在于婉秀。姜夔评道:"奇秀清逸,有李长吉之韵,盖能融情景于一家,合句意于两得。"(《词品引》)史词长于咏物,他的咏物词"妥帖轻圆,辞情俱到"(张镒《梅溪词序》),达到了尽态极妍、穷形尽相的地步。且看〔双双燕〕(咏燕):

　　　　过春社②了,度③帘幕中间,去年尘冷。差池④欲住,试入旧巢相并。还相⑤雕

---

　　①黥刑:古代在犯人脸上刺字的刑罚,也叫墨刑。　②春社:春天祭祀土地神的日子。一般在立春之后,清明之前,祈求粱谷丰收。　③度:越过、飞穿。　④差 cī 池:不齐。　⑤相 xiàng:端详。

梁藻井①，又软语②商量不定。飘然③快拂花梢，翠尾分开红影④。　　芳径⑤，芹泥⑥雨润。爱贴地争飞，竞夸轻俊。红楼⑦归晚，看足柳昏花暝⑧。应自栖香正稳⑨，便忘了天涯芳信⑩。愁损翠黛双蛾⑪，日日画阑⑫独凭。

这是一首久负盛名的咏物词，描写燕子春日归来情景，最后引出闺怨。词的特色在于，通过活灵活现、细致传神的描写，使燕子的形象尽态极妍、形神兼备。历来都称赞这首词的维妙维肖，王士禛在《花草蒙拾》中赞叹："尽态极妍，反有秦李⑬未到者！"卓人月在《词统》中说："不写形而写神，不取事而取意，白描高手！"

史词有用笔纤巧而缺乏阔大意境的缺点。

吴文英（约1200—约1260）字君特，号梦窗，又号觉翁，四明（今浙江宁波）人。曾为苏州仓台幕僚，后入浙江安抚使吴潜幕中，晚年为荣王赵与芮门客。终生布衣，但平生所交，皆一时显贵。他的词在当时极负盛名，是继姜夔以后的格律派大师、词坛领袖。他对词作的主张是：音律欲其协、下字欲其雅、用字不可太露、发意不可太高。他自己的词字句工丽、音律和谐，喜用典故，但旨意隐晦。《四库全书总目提要》认为他词意朦胧"如诗家之有李商隐"。张炎评道："梦窗如七宝楼台，眩人眼目，碎拆下来，不成片段。"王国维也说："梦窗之词，余取其词中一语以评之曰：'映梦窗，凌乱碧'"。代表作为〔八声甘州〕（灵岩陪庾幕诸公游）⑭：

渺空烟四远⑮，是何年，青天坠长星⑯？幻苍崖云树⑰，名娃金屋⑱，残霸宫城⑲。箭径酸风射眼⑳，腻水染花腥㉑。时靸双鸳响，廊叶秋声㉒。　　宫里吴王

---

①藻井：绘有水草彩画的天花板。古时天花板是井字格，所以叫藻井。　②软语：轻柔的话语，这里指呢喃燕语。　③飘然：轻快地。　④红影：花影。　⑤芳径：花园中的小路。　⑥芹泥：带有芹草的湿泥土。燕子一般衔芹泥筑巢。杜甫《徐步》诗有"芹泥随燕嘴"的句子。　⑦红楼：富贵人家的楼宇。　⑧柳昏花暝：春日黄昏时分，花柳昏濛的秀美景色。　⑨栖香正稳：安稳地栖息在香巢里。　⑩天涯芳信：给闺中的远方情书。　⑪翠黛双蛾：用青黑色眉笔画过的柔美双眉。　⑫画阑：彩绘的栏杆。　⑬秦李：指秦观、李清照。　⑭题名：灵岩，山名，在今江苏吴县木渎镇附近，山上有吴王夫差所建馆娃宫的遗址，还有吴王和西施的种种遗迹，如吴王井、智积井、玩花池、响屧廊、琴台、梳妆台等。半山有西施洞、采香径、划船坞、脂粉塘等。李白诗云："只今惟有西江月，曾照吴王宫里人。"即指此处。灵岩寺系唐代所建，庾幕，指苏州仓台幕府。　⑮"渺空"句：长空渺茫伸展到远方。　⑯"青天"句：传说灵岩是天上坠落下来的大星。　⑰苍崖云树：青山丛树。　⑱"名娃"句：金屋里藏着有名的美女。名娃即指西施；娃，美女；金屋，即金屋藏娇之意，这里系指吴王所建馆娃宫。　⑲残霸宫城：称霸不长的城池宫殿。残霸，霸业残败，吴王夫差曾破越败齐，一度和晋并驾称霸中原，不久就被越国所灭。　⑳"箭径"句：采香径里的冷风使人眼睛发酸。箭径，即箭泾，灵岩山的采香径，范成大《吴郡志》："采香径在香山之旁，小溪也。吴王种香花于香山，使美人泛舟于溪以采香，今灵岩望之，一水直如矢，故又名箭泾。"酸风，冷风，刺人的寒风。李贺《金铜仙人辞汉歌》有"东关酸风射眸子"的句子。　㉑"腻水"句：花朵上染有腻粉水的腥气；腻水，即腻粉水，语出杜牧《阿房宫赋》："渭流涨腻，弃脂水也。"　㉒"时靸"两句：听落叶廊上的秋声，仿佛正是当年西施的木屐声。靸 sǎ，拖鞋，这里作动词，穿拖鞋走之意；双鸳，鸳鸯履，绣有双鸳的花鞋；廊，指响屧（xiè）廊。《吴郡志》："响屧廊在灵岩山寺，相传吴王令西施辇步屧（木屐）廊虚而响，故名。"

沉醉,倩五湖倦客①,独钓醒醒②。问苍天无语,华发奈山青③。水涵空④,阑干高处,送乱鸦斜日落渔汀⑤。连呼酒,上琴台⑥去,秋与云平⑦。

这是一首怀古词,作者借灵岩的实地景致和吴王盛衰的史实,抒发感慨,隐约喻指北宋失国的伤痛和南宋偏安享乐的危险。词的感慨深沉,气魄壮阔,被誉为"奇情壮采"之作。它似乎有所喻指,但表达隐晦。词的特色在于,夹叙夹议,亦虚亦实,用字典雅精练。

王沂孙(约 1230—1291)字圣与,号碧山,绍兴人。宋亡,出为庆元路学正,未几归隐。他与周密、张炎等往来密切,结成词社。著有《碧山乐府》,今传其下卷。

王沂孙生当宋元易代之际,词作多借咏物以抒发兴亡之感和身世飘零的悲痛,词旨隐晦,词调凄婉。他琢语峭拔,"有白石⑧意度"(张炎语)代表作如〔齐天乐〕(蝉):

　　一襟余恨宫魂断⑨,年年翠阴庭树。乍咽凉柯⑩,还移暗叶,重把离愁深诉。西窗过雨。怪瑶珮流空⑪,玉筝调柱⑫。镜暗妆残⑬,为谁娇鬓⑭尚如许!　　铜仙铅泪⑮似洗,叹移盘去远,难贮零露⑯。病翼惊秋⑰,枯形阅世⑱,消得斜阳几度?余音更苦!甚⑲独抱清高,顿成凄楚?谩⑳想薰风㉑,柳丝千万缕。

这是一首为人们激赏的咏物词,句句写秋蝉,句句绾合人事,把个人身世的憾恨、亡国的伤痛都打成了一片。词对蝉的描绘生动逼真、维妙维肖,用典又极贴切。

蒋捷(生卒年不详)字胜欲,号竹山,阳羡(今江苏宜兴)人。宋度宗咸淳十年(1274)进士,5 年后宋亡。隐居太湖竹山。他一生处于改朝换代的动乱年代,他的词从多方面反映了

---

①"倩五湖"句:指范蠡。倩,古时男子的美称;五湖倦客,即范蠡;五湖,即太湖。赵晔《吴越春秋》卷十记范蠡辅佐越王勾践灭吴后,"乘扁舟出三江入五湖,人莫知其所适"。　②"独钓":指范蠡功成身退,垂钓湖上,十分清醒。　③"华发"句:山色长青,无奈自己却鬓发花白,老之将至。与"白发其奈青山何"意思相同。　④水涵空:远水连空。取温庭筠《春江花月夜》"千里涵空春水魂"之意。　⑤渔汀:水边捕鱼场所。⑥琴台:灵岩山顶吴王游乐遗迹。　⑦"秋与"句:置身山顶,觉秋云与眼界相平,取王维"千里暮云平"之意。　⑧白石:姜白石。　⑨"一襟"句:这句运用典故,说蝉本齐后宫魂所化,深恨难消。晋崔豹《古今注》下"问答释义":"牛亨问曰:'蝉名齐女者何?'答曰:'齐王后忿而死,尸变为蝉,登庭树,嘒唳 huì lì 而鸣。王悔恨,故世名蝉曰齐女也。'"一襟,满胸怀;宫魂,齐王后之魂魄;断,怨极、恨然。　⑩"乍咽"句:刚刚在秋凉的树枝上鸣咽。　⑪"瑶珮"句:玉珮之声在空中流播。瑶,美玉。　⑫"玉筝"句:美妙的筝在弹奏。筝,乐器名,古有弹筝、挡 chōu 筝,今均失传;调柱,整理筝的丝弦,实际就是弹奏的意思。　⑬"镜暗"句:妆扮的镜子蒙上了灰尘而显得晦暗,或者说是妆奁残缺了,一说女子青春已去,容颜衰老。这些说法都用以比况秋蝉。　⑭娇鬓:本指女子鬓发娇美薄如蝉翼。这是倒过来形容蝉翼的娇美。据崔豹《古今注》载,魏文帝宫人莫琼树制蝉鬓缥缈如蝉故曰蝉鬓。　⑮铜仙铅泪:指魏明帝拆毁托承露盘的铜人而铜人流泪一事。汉武帝好神仙在长安铸铜人捧托承露盘以承甘露。以为服食甘露可以延年益寿,后魏明帝拆往洛阳;铅泪,指铜人泻泪如铅水流淌。　⑯难贮零露:难以积贮露水了。联系前几句的意思是:可悲叹的是,承露盘已被远移而去,露水无法积贮,秋蝉无以得食。古代传说蝉是餐风饮露的。　⑰病翼惊秋:病弱之薄翼惊触于秋风。　⑱枯形阅世:枯朽的形骸(蝉蜕)经历着世事的沧桑变化。　⑲甚:什么、怎么。　⑳谩:徒然、白白地。　㉑薰风:和暖的风,指初夏东南风。

国破家亡的困苦和哀愁,表达又清新流畅、质朴自然。《四库全书总目提要》云:"捷词炼字精深,音词谐畅,为倚声家之矩矱①。"刘熙载称他为"长短句之长城"(《艺概》)。著有《竹山词》。且看他的〔声声慢〕(秋声):

> 黄花深巷,红叶低窗,凄凉一片秋声。豆雨②声来,中间夹带风声。疏疏③二十五点④,丽谯门⑤,不锁更声。故人远,问谁摇玉佩⑥,檐底铃声。　　彩角⑦声吹月堕,渐连营马动,四起笳声⑧。闪烁邻灯,灯前尚有砧声⑨。知他诉愁到晓,碎哝哝⑩,多少蛩声⑪!诉未了,把一半分与雁声。

这首韵脚只押一个"声"字,这是词中的一种特殊的押韵方法。这种只押同一字韵的体式叫独木桥体,或福唐体。黄庭坚、方岳、辛弃疾、刘克庄等都曾用此体式填过词。这首通过铺陈秋天的各种声响,以声写景,以声写情,传达忧伤、怀人的情思。

独木桥体

张炎(1248—1320)字叔夏,号玉田,临安(浙江杭州)人。他是张俊的六世孙,幼承家学,宋亡流落不偶。晚年在浙东、苏州一带漫游作客,境况凄苦。有词集《山中白云词》和论词专著《词源》。

他的词清丽流畅,自成一格,是宋末元初词坛上的重要作家。所作多追忆昔日游踪以及家国、身世之感。《四库全书总目提要》说他的词"往往苍凉激楚,即景抒情,备写其身世盛衰之感"。他擅长写咏物词,注重音律和用词典雅,后世把他与姜夔并称。且看代表作〔解连环〕(孤雁):

> 楚江⑫空晚,怅离群万里,恍然⑬惊散。自顾影⑭、欲下寒塘⑮,正沙净草枯,水平天远。写不成书⑯,只寄得,相思一点⑰。料因循⑱误了,残毡拥雪⑲,故人心眼。　　谁怜旅愁荏苒⑳。谩长门㉑夜悄,锦筝㉒弹怨㉓。想伴侣、犹宿芦花,也曾念春

---

①矩矱 jǔ huò:规矩、法度。　②豆雨:即俗称豆花雨,"俚俗以八月雨为豆花雨"。(《荆楚岁时记》)③疏疏:稀疏。　④二十五点:指二十五更点。旧时一夜分为五更,每更分为五点,共二十五点。　⑤丽谯门:更鼓楼。丽谯,壮丽的高楼。　⑥玉佩:古代人身上佩戴的玉饰。　⑦彩角:彩绘的号角。　⑧笳声:吹胡笳的乐声。胡笳,西域管乐器。　⑨砧声:砧杵声,即捣衣声。这是给亲人赶制寒衣的代词。　⑩碎哝哝:小声唠叨。哝哝,小声交谈。　⑪蛩声:蟋蟀的鸣叫声。　⑫楚江:古楚地之江。湖南衡阳回雁峰即楚地。　⑬恍 huǎng 然:突然。　⑭自顾影:(孤雁)顾影自怜。　⑮寒塘:秋后冷寂的池塘。"暮雨相呼食,寒塘欲下迟"。(崔涂《孤雁》)　⑯写不成书:孤雁无法排成一或人字。　⑰"只寄得"两句:暗用苏武雁足传书典故。《汉书·苏武传》:"天子射林中得雁,足系有帛书,言苏等在某泽中。"　⑱因循:耽搁拖延。　⑲残毡拥雪:喻指困于北方的故人。《汉书·苏武传》:匈奴"幽武置大窖中,绝不饮食,天雨雪,武卧啮雪,与毡毛并咽之,数日不死。"　⑳荏苒 rěn rǎn:蹉跎苟且的光阴。　㉑长门:汉宫名,是汉武帝弃置陈皇后场所。杜牧《早雁》有"仙掌月明孤雁过,长门灯暗数声来"的句子。　㉒锦筝:筝的美称。筝,弦乐器,有五、十二、十三弦几种,因其柱斜列如雁行,亦称雁筝。李商隐《昨日》诗有"十三弦柱雁行斜"的句子。　㉓弹怨:筝奏出凄凉哀怨的曲子。

前,去程应转①。暮雨相呼②,怕蓦地③,玉关④重见。未羞他。双燕归来,画帘
半卷⑤。

描写离群失伴的孤雁,抒发自己羁旅行役、漂泊潦倒的愁思,也隐约表达了家国痛苦。在艺术表现方面,词咏雁咏人,亦雁亦人浑化无迹。全词用了许多孤雁的典故,贴合而有深意。张炎因写了这首词而被人们称为"张孤雁"。

二、四灵诗派和江湖诗派

南宋后期反对江西诗派而能独立成派的有四灵诗派和江湖诗派。

所谓四灵诗派,是指生长于永嘉(今浙江温州)的四位诗人,他们的字或号都有个灵字,因此叫四灵诗派,或者叫永嘉四灵。这四人是:徐玑,号灵渊;徐照,字灵晖;翁卷,字灵舒;赵师秀,号灵秀。四灵中徐玑和赵师秀做过小官,另两人是布衣。与北宋高官文坛相反,他们可以说是下层诗人。他们的诗歌倾向是,专学中晚唐诗人贾岛、姚合,以清新刻露之诗写野逸之趣,专工近体,尤精于五律、七绝,还注重炼字、琢句的功夫。如赵师秀的《薛氏瓜庐》⑥:

> 不作封侯念⑦,悠然⑧远世纷。惟应种瓜事,犹被读书分⑨。野水多于地,春山
> 半是云。吾生嫌已老,学圃⑩未如君。

就薛氏(薛师石)所筑瓜庐,赞叹隐逸。颈联系从姚合《送宋慎言》诗句"驿路多连水,州城半在云",及白居易仄韵古诗"人家半在船,野水多于地"化出,境界清新,饶有隐逸意趣。再看翁卷的《乡村四月》:

> 绿遍山原白满川,子规⑪声里雨如烟。乡村四月闲人少,才了蚕桑又插田⑫。

描绘了江南四月农村风光,真切如画。

四灵诗派的成就和影响,当然无法与江西诗派相抗衡,但他们由于注意纠正了江西诗派的偏颇,再加上叶适的吹捧,在当时的诗坛上却得到了广泛的反应。

江湖诗派是在四灵诗派之后,受四灵影响并扩而大之的一个派别。江湖诗派得名于陈起刻印的《江湖集》、《续集》、《后集》,后人就把集中诗人称之为江湖诗人。江湖派诗人大多数是生活在下层的落第文人,浪迹江湖,相互唱和,或以文字游食,他们的创作思想和艺术风格和成就并不一致,所以流品较杂,成就不大。其中较出色的诗人是戴复古和刘克庄。

---

①"也曾念"两句:失散的伴侣也会想到春前应回转北方。杜牧《早雁》有"岂遂春风一一回"的句子。
②"暮雨相呼"句:这是用崔涂《孤雁》之"暮雨相呼失"诗句。 ③怕蓦地:倘若忽然间。 ④玉关:玉门关。泛指北方。 ⑤"未羞他"三句:当画帘半卷,春燕归来的时候,自己也早已旧侣重逢,不会自惭孤单而显得孤寂羞惭了。 ⑥题名:薛氏指好友薛师石,薛字景石,永嘉人,卓荦有大志,尝筑室于会昌湖西,命其室为瓜庐,有《瓜庐诗》一卷。 ⑦"不作"句:暗用《史记·萧相国世家》中召平典故。召平,秦时做过东陵侯,秦亡不仕,种瓜于长安青门外,世称青门瓜。 ⑧悠然:超远貌。 ⑨"惟应"两句:每日只顾应付种瓜的事,还要被读书分出一部分时间。 ⑩圃 pǔ:种植蔬菜、树苗的园地。 ⑪子规:杜鹃。 ⑫"乡村"两句:写农忙。这两句是从王维《新晴野望》之"农月无闲人,倾家事南亩"中化出。

　　戴复古(1167—?)字式之,天台黄岩(今属浙江)人。一生从未做过官,游浪江湖,足迹几遍南中国。著有《石屏诗集》、《石屏词》。他诗学陆游,推崇杜甫和陈子昂,不满于当时诗人的流连光景,刻意追求文字技巧的倾向。他高出于一般江湖诗人的地方还在于,他的诗敢于评骘①朝政,反映民生疾苦,抒发爱国情思。且看《庚子荐饥》②之一:

　　　　饿走抛家舍,纵横死路歧。有天不雨粟,无地可埋尸。劫数③惨如此,吾曹④忍见之? 官司行赈恤⑤,不过是文移⑥。

庚子是宋理宗嘉熙四年(1240),浙东连续发生饥荒故曰荐饥。饥荒惨不忍睹,而官吏却只作表面文章,作者的愤慨之情跃然纸上。再看《江阴浮远堂》⑦:

　　　　横冈下瞰⑧大江流,浮远堂前万里愁。最苦无山遮望眼,淮南⑨极目⑩尽神州⑪。

登高远眺,山河破碎,愁长万里,诗作的感情极为沉重。

　　刘克庄是辛派词人,也是继承陆游爱国主义传统的重要诗人。早年曾在军队中生活,足迹几遍江淮、两湖、岭南,生活经历较丰富。他早年与四灵诗人交往,并受其影响,后来与江湖派诗人交往,也受江湖派影响,他的诗稿也被收入《江湖诗集》。最后,终于认清了四灵、江湖之病,独辟蹊径,以诗讴歌现实。这时,他对陆游、杨万里诗很推崇,从陆、杨那里继承了现实主义诗风。他写了不少反映民间疾苦、讥弹时政的诗作,且看《军中乐》:

　　　　行营面面设刁斗⑫,帐门⑬深深万人守。将军贵重不据鞍⑭,夜夜发兵防隘口⑮。自言虏畏不敢犯,射麋捕鹿来行酒。更阑⑯酒醒山月落,彩缣⑰百段支⑱女乐⑲。谁知营中血战人⑳,无钱合得㉑金疮药㉒。

这是揭露南宋将领奢靡腐败,不顾士卒死活的诗章。行文用字如似中唐新乐府。再看七绝《戊辰即事》㉓:

---

　　①评骘 zhì:评定。　②题名:这是一组诗。庚子,宋理宗嘉熙四年(1240);荐,重复、接二连三。　③劫数:佛教名词,借用作天灾、人祸等厄运。　④吾曹:我辈。　⑤赈恤 zhèn xù:救济。　⑥文移:文书、公文。　⑦题名:江阴在长江南岸,浮远堂,无考。　⑧瞰 kàn:从高处往下看。　⑨淮南:宋有淮南路,治所在扬州,包括今江苏、安徽、河南之间的地方。　⑩极目:远望。　⑪尽神州:尽收中国大好河山在眼底。　⑫刁斗:古代军中饮食、巡更两用器具,铜质有柄,能容一斗,白天用来烧饭,夜晚击以巡更。　⑬帐门:指将军所住军帐。　⑭不据鞍:指将军不亲自骑马巡防。　⑮隘 ài 口:险要关口。　⑯更阑:更深夜尽。　⑰彩缣 jiān:彩色绢帛。缣,细绢。　⑱支:赏赐。　⑲女乐:歌舞妓。　⑳血战人:与敌人浴血奋战的兵士。　㉑合得:配制得。　㉒金疮药:医治刀剑伤的药品。　㉓题名:指戊辰年(宋宁宗嘉定元年 1208)与金人和议所发的感慨。此前两年宋宁宗采纳权相韩侂胄的意见,与金开战。结果因谋划不周指挥不力打了败仗。于是归罪于韩侂胄,将其斩首,首级函封送给金人以乞和。戊辰年和议告成。从此,宋每年向金人增纳白银 30 万两,细绢 30 万匹。这可算是隆兴和议以后的又一次屈辱性和约。

　　诗人安得有青衫①?　今岁和戎百万缣。从此西湖休插柳,剩栽桑树养吴蚕②。

从一个侧面讽刺了嘉定和议。刘克庄诗也有一些应酬唱和、滥发议论之作,疏于辞采,缺乏性情。后来"晚节颓唐,诗亦渐趋潦倒"(《四库全书总目提要》)。

三、南宋末爱国诗人

　　南宋覆亡前后,爱国主义情绪再次高涨,出现了民族英雄文天祥和谢枋得、谢翱、汪元量、林景熙、郑思肖等一大批爱国诗人。他们的诗作就像是一阕悲壮的大合唱结束了宋代文学。

　　文天祥(1236—1282)字履善,又字宋瑞,自号文山,庐陵(今江西吉安)人。21岁就举进士第一。元兵东下,他组织义军勤王,后除右丞相兼枢密使,奉命往敌营议和,被拘解往北方。至镇江而得以逃脱,后转战南方。帝昺祥兴元年(1278)加封少保兴国公,同年十二月在潮州兵败被俘。后押送到燕京,被囚禁4年,终以不屈服而被害。著有《文山随笔》数十册,今有《文山先生全集》。文天祥的诗以勤王时的德祐二年为分界,分前后两期,前期受江湖派影响,诗风平庸;后期受现实斗争的激发,学习杜甫的现实主义诗风,写了不少动人的诗篇。他后期的主要作品都收集在《指南录》、《指南后录》和《吟啸集》中。内容多记述自己的战斗经历,表现爱国主义精神和民族气节。如《过零丁洋》、《正气歌》。

　　汪元量(生卒年不详)字大有,号水云,钱塘(今浙江杭州)人。原为南宋宫廷琴师,元军陷临安,三宫被掳北去,他随行,因而久留燕京。他常往监中探视文天祥,与之成为莫逆之交,以诗唱和。后来他当了道士,漫游各地,不知所终。著有《湖山类稿》、《水云集》。他的诗受江湖派影响,绝句学晚唐。诗歌内容多写沦陷区的见闻感受,抒发黍离之悲,著名的有《醉歌》、《湖州歌》、《越州歌》等。特别是98首《湖州歌》,写后宫被掳北上的见闻,被刘克庄等称作是宋亡的诗史。兹录其五、六两首:

　　　　一掬吴山在眼中,楼台叠叠间青红。锦帆后夜烟江上,手抱琵琶忆故宫。

　　　　北望燕云不尽头,大江东去水悠悠。夕阳一片寒鸦外,目断东南四百州。

诗是以七绝联章的形式,依次记述从杭州到幽州的所见所闻和所历所感,"于事得景"、"于情得景",景真情挚。

　　林景熙(1242—1310)字德旸,号霁山,平阳(今属浙江)人。太学生出身,曾任泉州教授和从政郎。宋亡不仕,稳居故里以教塾为生。现存《霁山集》。他的诗多写亡国之痛,情调沉郁悲凉,表达委婉曲折。且看他的《题陆放翁诗卷后》:

---

　　①青衫:即青衿,学子所穿衣衫。　②"从此"两句:从此以后不必在西湖莳花插柳,所有空地都必须栽上桑树去养蚕,这样一来百万匹缣,才能有着落。吴蚕,吴地种蚕。

　　天宝诗人诗有史，杜鹃再拜泪如水①。龟堂一老旗鼓雄，劲气往往摩其垒②。轻裘骏马成都花③，冰瓯雪碗建溪茶④。承平麾节半海宇⑤，归来镜曲盟鸥沙⑥。诗墨淋漓不负酒，但恨未饮月氏首⑦。床头孤剑空有声，坐看中原落人手。青山一发愁濛濛，干戈已满天南东⑧。来孙却见九州同，家祭如何告乃翁⑨。

诗写陆游，实际就此抒发亡国之悲。

　　谢翱（1249—1295）字皋羽，号晞发⑩子，长溪（今福建霞浦）人。元兵南侵，他随文天祥从事抗元，被任命为咨事参军。宋亡后，不仕，并组织爱国文社，有《晞发集》。谢翱写有许多抒发家国之痛的诗歌，沉郁悲凉，都是血泪文字。且看《过杭州故宫二首》：

　　禾黍何人为守阍？落花台殿黯消魂⑪，朝元阁下归来燕，不见前头鹦鹉言⑫。
　　紫云楼阁燕流霞，今日凄凉佛子家⑬。残照下山花雾散，万年枝上挂袈裟⑭。

---

①"天宝"两句：这两句称赞杜诗，实际是称赞陆诗。杜甫经历了唐代最为严重的天宝之乱，其现实时事——现于诗，史称杜甫的这种直陈时事，律切精深的诗为诗史。陆和杜一样也经历了历史的劫难，他的诗也是诗史。杜鹃啼血是悲痛忧国的典故，杜诗有"杜鹃暮春至，哀哀叫其间。我见常再拜，重是古帝魂"。这些都为陆游其人和陆游的诗卷渲染出了浓重的悲剧气息。　②"龟堂"两句：称赞陆游诗歌的成就，他才力雄健，直追杜甫，与杜诗旗鼓相当，切磋而至堂奥。龟堂，是陆游在绍兴所建堂名；一老，指陆游；旗鼓雄，旗鼓相当，力量不相上下；劲气，刚强正直的气概；摩其垒，迫近敌垒，旗鼓相当。　③"轻裘"：写陆游剑南从军的英姿。　④"冰瓯"句：这是歌咏陆游宦游福建的景象。建溪，产茶，在福建；冰瓯、雪碗，均指洁净的杯子。　⑤"承平"句：这句是说陆游游历、仕宦几乎走遍大半个中国。麾节，指挥旗和符节，即做官为宦之意；海宇，海内、宇内，国境内。　⑥"归来"：是说陆游归来，在绍兴鉴湖与沙鸥为盟友。镜曲，即绍兴鉴湖，在绍兴市南，据记载陆游终老于此；鸥沙，即沙鸥，栖于沙洲，飞翔于水上的一种鸟。　⑦"诗墨"两句：是说陆游诗、画、字俱佳，好酒，也很有酒量，平生的缺憾就是未能杀敌立功。月氏，我国古代族名，曾于西域建月氏国，其族先人游牧于敦煌、祁连间，汉文帝时遭匈奴攻击，西迁新疆。月氏首的典故出自《汉书·匈奴传》，老上单于杀月氏王，以其头为饮器。这里借用以发抒杀伐侵略者的痛快心情。　⑧"青山"两句：远处青山微茫，似愁雾濛濛，战火早已遍布东南大地。青山一发，形容远处青山微茫貌，用苏轼《澄迈驿通潮阁》"杳杳天低鹘没处，青山一发是中原"典故；濛濛，模糊的样子。　⑨"来孙"句：本于陆游《示儿》诗"王师北定中原日，家祭毋忘告乃翁"这里就此话题说下去，其孙现已看到"九州同"，但不是陆游所云的汉家天下，而是蒙古人的大一统，宋朝已经亡了国，家祭之时，又如何禀告呢？　⑩晞 xī 发：把洗净的头发晒干。出自《九歌·少司命》："晞女（汝）发兮阳之阿。"　⑪"禾黍"两句：原来的王室宫殿又有谁来守卫呢？台荒殿冷、满地落花是何等凄凉，令人不胜悲伤。禾黍，原指黍稷等粮食作物，《诗经·黍离》篇引申为故国破败的哀伤，守阍 hūn，看守宫门；阍，宫门。　⑫"朝元阁"两句：临安故宫依旧，燕子归来，却看不见先前学舌弄巧的鹦鹉了。朝元阁，唐代阁名，在陕西临潼县骊山，是唐玄宗经常活动的处所。谢翱这里用朝元阁代指临安故宫胜迹，燕子归来找不到从前宫中喂养的鹦鹉，从而显现宫廷的寥落。　⑬这是一首作者过杭州故宫有感于故宫楼阁业已荒凉破败沦为佛寺的诗作。"紫云"两句是说：过去那摆着金樽美酒宴席的楼阁，如今已是凄凉的佛寺了。紫云楼阁，代指杭州宫廷楼宇。紫云，紫色云霞，古为祥瑞之色；燕，同醼，即宴席；流霞，仙酒，代指美酒；佛子家，即佛寺，佛子，僧人、和尚。　⑭"残照"两句：残照里我下山去，山花上的雾气都已散尽，只见冬青树上还挂着几件僧衣。万年枝即冬青树。

触景伤情,凄凉之极。

第九节　宋元话本

宋元两代,我国古代小说出现了新的重大的变革:被称为"话本"的白话小说,一下子取代了传奇而成为小说领域的主宰。此后,这种白话小说随着印刷术的发展而愈益兴盛,终于发展成我国古代小说的主要形式。宋元话本这一崭新的体裁,在我国古代小说史上确有承前启后、继往开来的作用,鲁迅称之为"小说史上的一大变迁"(《中国小说的历史的变迁》)。

一、话本的产生

"话本"就是说话人讲唱故事的底本。"说话"就是讲故事,相当于现代的说书。它作为表演伎艺的专用名称,早在隋唐时代就运用了。元稹诗"光阴听话移",则说明唐代文人非常喜欢听说话,还请艺人到宅子里来讲唱。所说"一枝花话"的明代修改本,至今还存留着。唐代话本至今存留的不多,有《庐山远公话》、《韩擒虎话本》、《叶净能话》等几篇。

宋元说话艺术的兴盛带来了话本的繁荣,说话艺术到了宋元时期特别地兴盛起来,这是有一定的社会原因的。宋代手工业、商业大大发展,随之而来的是城市的繁荣、市民阶层的不断扩大。于是,城市市民阶层对于文化娱乐的要求也就不断提高,各种娱乐伎艺空前活跃。当时,一些大都市里出现了比较集中的公共娱乐场所。这种场所叫瓦舍,又叫瓦肆、瓦子。每个瓦舍中往往又有若干座勾栏,分别演出说话、杂剧、傀儡戏、诸宫调等。

那么,说话究竟有哪些门类?一般认为,说话分小说、说经、讲史、合生四家;小说,又名银字儿,专门讲述短篇故事,有说有唱,有伴奏;说经,包括说参请、说浑经,讲有关佛经的故事;讲史,讲历史兴亡成败的故事,只说不唱;合生,类似现今相声的滑稽对话,一个指物为题,一个应命成咏,有时伴以歌舞。也有一些人认为,说话四家应是小说、说经、讲史、说铁骑儿四家。"说铁骑儿"是专讲战争故事的说话。

这四家中更以小说和讲史两家最有影响和最受欢迎。最初的话本,只是记录故事梗概,文字粗疏,是说话人讲唱的提纲。说话人讲唱时是要据以增饰细节,临场发挥的。以后,随着说话的发展,艺人的不断加工,还有书会才人的润色,话本便逐渐成为具有文学意味的短篇小说。

二、现今存留的话本可分为两类

从有关资料看,宋元话本本来数量很多,大部分都散失了,现今存留的不多,存留下来的话本可分为长篇和短篇两类,长篇是讲史话本和说经话本;短篇是小说话本。

讲史话本,是说话中讲史的底本,这种话本自元代开始叫做平话。平话是只说不夹吟唱的话本。现存的有《全相平话五种》（即：《武王伐纣平话》、《七国春秋平话》、《秦并六国平话》、《前汉书平话》、《三国志平话》。其中《七国春秋平话》只存后集，《前汉书平话》只存续集）、《新编五代史平话》和《大宋宣和遗事》。另外，《永乐大典》原有平话26卷，至今一卷无存。另在5244卷辽字韵尚有《薛仁贵征辽事略》平话一种。

说经话本，是说话中说经的底本，现仅存《大唐三藏取经诗话》一种。所谓诗话，即话中夹诗的话本。至于词话，是指带唱词的话本。

小说话本，又称短书，是在说话基础上发展起来的白话短篇。

《京本通俗小说》是现存最早的宋元话本，刊印于明代，原书已散佚，近代缪荃荪发现残本加以刊印。

《清平山堂话本》，明嘉靖间洪楩①编辑。全书未发现，现只存日本内阁文库藏残本15篇，宁波天一阁藏残本12篇，共计27篇。这本书保存了我国最早的一批话本。

明代冯梦龙编辑出版了当时流行的话本、拟话本总集《三言》（《警世通言》、《醒世恒言》、《喻世明言》）收有很多宋元话本。

小说话本内容丰富，就存留话本而言，以"烟粉"——爱情婚姻故事、"公案"——断狱判案故事成就最高，这些故事大多直接取材于现实生活，往往以市民为主角，有着鲜明的市民观点。

三、婚姻恋爱的故事

小说话本中以婚姻恋爱为题材的作品，通过女主人公的不幸遭遇，表现了她们为争取婚姻自主而反抗封建礼教的斗争精神，揭露了封建势力对人民的深重迫害。较好的有《碾玉观音》、《闹樊楼多情周胜仙》、《快嘴李翠莲记》、《志诚张主管》等。

《碾玉观音》写女奴璩②秀秀和工匠崔宁的恋爱悲剧。情节奇诡、安排巧妙是这篇话本重要的艺术特点。

《闹樊楼多情周胜仙》也是一则爱情的悲剧，写富商周大郎的女儿周胜仙爱上开酒店的青年范二郎的故事。它在描写人物语言动作的同时，描写人物心理的交锋，有助于刻画人物性格，增强场景的戏剧性。这种描摹心理的手法是很高明的。

《快嘴李翠莲记》是一篇具有传奇色彩的反封建礼教的话本。李翠莲性情豪爽、心直口快，看到不顺心的人和事，便要评论短长，一切礼俗规矩都使她难于忍受，她是一个封建礼教的叛逆者。李翠莲的语言全部采用韵文来表达，很像现今的"快板书"，它生动活泼、明快泼辣，既与李翠莲的个性相一致，又便于艺人顺畅流利地讲唱——这在小说话本艺术方面也是别具一格的创造。试看她在被公婆休弃时所说的一番语言："公休怨，婆休怨，伯伯姆姆都休

①楩 pián：南方大木名，即今黄楩木。　②璩 qú：姓氏，汉代有璩光岳。

劝。丈夫不必苦留恋,大家各自寻方便。快将纸墨和笔砚,写了休书随我便。不曾殴公婆,不曾骂亲眷,不曾欺丈夫,不曾打良善,不曾走东家,不曾西邻串,不曾偷人财,不曾被人骗,不曾说张三,不与李四乱,不盗不妒与不淫,身无恶疾能书算,亲操井臼与庖厨,纺织桑麻拈针线。今朝随你写休书,搬去妆奁莫要怨,手印缝中七个字,永不相逢不见面!恩爱绝,情意断,多写几个弘誓愿。鬼门关上若相逢,别转了脸儿不厮见。"书中像这样的唱词有 30 多则,《清平山堂话本》在卷尾标上"新编小说"的字样是有道理的。

四、讼狱断案的故事

小说话本中以讼狱断案为题材的优秀作品,通过离奇复杂的案情,反映当时社会的复杂矛盾斗争,揭露和鞭挞了封建吏治的腐败。较好的有《错斩崔宁》和《宋四公大闹禁魂张》。

《错斩崔宁》写无辜百姓陈二姐和崔宁由于昏官胡断被冤杀的故事。真实细致的细节描写是这则话本艺术特点之一,例如刘贵从岳父家借得钱,酒醉回家对陈二姐戏言的情景。

这一段的描写细腻真切,入情入理,不但表现了丰富的社会生活内容,而且表现了刘贵和陈二姐特定情况下的思想性格。另外,安排关目的奇巧和富有戏剧性也是这则话本的艺术特色。

《宋四公大闹禁魂张》是写侠盗捉弄官府的故事。在艺术上这篇情节曲折离奇,细节具体生动,很有吸引力。

总的说来,宋元话本大多取材于现实生活,主人公大多是市民阶层,表达的是市民的理想和愿望。这是宋元话本的思想精华。但是,宋元话本也有宣扬迷信和因果报应的思想糟粕。在艺术表现方面,宋元小说话本似乎比讲史话本更见精神,优秀的小说话本简直是一篇优秀的短篇小说,看不到白话短篇草创时期稚嫩的痕迹。它情节曲折,结构完整,塑造了个性鲜明的人物形象,十分注意运用伏笔、悬念的方法增强故事性,也十分注意运用环境、心理和细节描写以增强形象性,从而取得了娓娓生动、引人入胜的艺术效果,特别值得一提的是,宋元小说话本是我国最早的用白话叙事状物的短篇小说,它采用通俗的口语,并且直接从民间吸取了不少谚语、俗语,用以反映现实生活。这种与当时口语一致的语言,大大丰富和扩展了小说语言的表现力。

五、小说话本的体制

小说话本的体制实际就是宋元时期说话的格式。宋元说话的体制,除标题外,分入话、正话和结诗三个部分。

入话,又叫得胜头回,笑要头回。通常以序诗开头,加以解释,引入话题。入话的主体往往是一则或几则小故事,与正话有意思上的联系,起肃静听众、等候听众,引入正题的作用。其形式和作用有点相当于戏曲里的开场锣鼓。例如《错斩崔宁》入话的开头:

聪明伶俐自天生,懵懂痴呆未必真。嫉妒每因眉睫浅;戈矛时起笑谈深。九曲黄河心较险,十重铁甲面堪憎。时因酒色亡家国,几见诗书误好人。

这首诗单表为人难处。只因世路窄狭,人心叵测;大道既远,人情万端。熙熙攘攘,都为利来,蚩蚩蠢蠢,皆纳祸去。持身保家,千万反复。所以古人云:"颦有为颦,笑有为笑。颦笑之间,最宜谨慎。"

这回书单说一个官人,只因酒后一时戏笑之言,遂至杀身破家,陷了几条性命。

且先引下一个故事来,权做个得胜头回。我朝元丰年间……

下面叙述了魏鹏举与妻子开玩笑而被降职的故事,再下面才说到刘二姐、崔宁的故事。

正话,即故事正文,是话本的主要部分。正话文字韵散结合,散文用来讲述故事,韵文用来诵唱。诗词骈赋等韵文有描摹物态、品评事件、疏通文气的作用。例如《错斩崔宁》里崔宁遇见刘二姐的情景:

到了小娘子面前,看了一看,虽然没有十二分颜色,却也明眸皓齿,莲脸生春,秋波送媚,好生动人。正是:

野花偏艳目,村酒醉人多。

这里韵散结合描摹了刘二姐的肖像。虽与主题关系不大,但也是说话时需要交代的内容。正话里还有打砌、套话,插话等名目。所谓打砌就是插科打诨。在说话当中说上几句笑话使说话分外生动。例如《宋四公大闹禁魂张》里写张富:"这员外有件毛病,要去那:虱子背上抽筋,鹭鸶腿上割股,古佛脸上剥金,黑豆皮上刮漆。痰唾留着点灯,拈松将来炒菜。这个员外平日发下四条大愿:一愿衣裳不破,二愿吃食不消,三愿拾得物事,四愿夜梦鬼交。"运用民间的漫画夸张的技巧描摹出了一个吝啬刻薄的财主。所谓套话,就是话文中常有的:话说、却说、且说、花开两朵各表一枝、话分两头,等等,在说话中起领起、分段的作用。所谓插话,就是说话人在讲故事时的插话、按语。例如,《错斩崔宁》话本里,刘贵借得钱撞着一个相识的,两人喝得酒意朦胧地分别:

那人又送刘官人至路口,作别回家,不在话下。若是说话的同年生,并肩长,拦腰抱住,把臂拖回,也不见得受这般灾晦,却教刘官人死得不如:《五代史》李存孝①、《汉书》中彭越②。

这"若是说话的"云云就是插话,起到了引出波澜、提起精神的作用。这样的套话插话也都被明代小说所吸收。

结诗,即煞尾,一般用四句或八句诗句为全篇作结,起画龙点睛、宣扬鉴戒的作用。例如《碾玉观音》的结诗是四句:咸安王捺不下烈火性,郭排军禁不住闲磕牙。璩秀娘舍不得生眷

---

①李存孝:(?—894)唐末飞狐(今河北涞源)人,李克用养子,善骑射,常披重铠,舞铁挝,出入阵中,战酣则易马更战,一时勇将无二。景福元年(892),以赏功不如所愿,又为人所谮,依附朱温反。后被围,粮尽而降,遭车裂。 ②彭越:(?—前196)汉初诸侯王,昌邑(今山东巨野东南)人,秦末聚众起兵,楚汉战争,将兵3万余归刘邦,略定梁地,屡断项羽粮道,后封梁王。汉朝建立后,因被告谋反,为刘邦所杀。

属,崔待诏撇不脱鬼冤家。除诗外,有的话本以词作结,如《简帖和尚》以一首〔南乡子〕词作结。有的话本还有"话本说彻,权作散场"的话。

小说话本一般一次说完。但是也有分成几回的。回即次,一次讲不完,下次再讲叫"下回分解"。《碾玉观音》分上下两篇,《西山一窟鬼》就明说:"自家今日也说一个士人,因来行在临安取选,变做十数回跷蹊作怪的小说。"可见一本小说可以分成十数回说。

宋元说话在讲述前每次有回目贴出,以广招徕,以后则成了目录。宋元话本回目并不整齐,三、四、五、六、七个字的都有;明代中期以后才出现了大都是七字的对仗回目。

宋元话本的体制是在说话的发展中逐步完整、定型的,它反映了我国古代人民的欣赏习惯,构成了古代小说的民族形式,给明清白话小说以深刻的影响。

六、宋元话本的影响

宋元话本在我国小说史上的意义是巨大的、影响是深远的。从总体内容方面说,它具体生动地反映了市民的生活和思想,扩大了小说反映生活的领域,标志着我国古代现实主义文学的成熟。从形式上说,它继承了宋以前讲唱文学的成果,确立了以白话为主体的小说,开辟了中国古代小说的新纪元,为明清时期小说进入繁盛阶段奠定了基础。

宋元话本影响了明清短篇小说的创作,相继出现了一大批出自文人之手的拟话本,这样,短篇创作的繁荣局面得以形成;白话短篇也为后世的小说、戏曲提供了素材,很多戏曲都是根据白话短篇改编的。明末朱㿥①的《十五贯》传奇,至今活跃在戏剧舞台上,它就是根据话本《错斩崔宁》改编的。明清长篇小说的创作与宋元讲史话本、说经话本也有一脉相承的关系。话本往往是明清长篇的胚胎、雏型。如《三国志平话》之对于《三国演义》、《大宋宣和遗事》之对于《水浒传》、《武王伐纣平话》之对于《封神演义》、《七国春秋平话》之对于《列国志传》、《新列国志》、《大唐三藏取经诗话》之对于《西游记》,影响非常直接。

宋元话本也标志着整个文学领域新时期的来临。封建社会出现的新因素、新成分,主要是依靠这种新产生的话本小说和戏曲来反映的。明清时期这种反映发展得更强烈、更充分。在整个文学领域也发生了重大的变化,原来占统治地位的是诗和散文,现在话本小说闯进了文坛,先是要求一席地位,继而分庭抗礼,后来竟取霸主的地位而代之。所以,宋元话本有着划时代的意义。

---

①朱㿥 hú:清初戏曲作家,名㿥,字素臣,吴县人,作有传奇 20 种左右,今存《十五贯》、《秦楼月》等 8 种。㿥,洁白貌。

本章复习思考题

一、宋代诗歌和散文的特点。

二、欧阳修诗文革新的理论和创作成就。

三、为什么说苏轼创作代表了北宋诗文革新运动的最高成就？

四、宋初词坛的特点。

五、柳永词的特点及其在词史上的地位。

六、江西诗派的产生及其在诗史上的影响。

七、周邦彦词的特点。

八、李清照词的艺术特点。

九、什么叫"诚斋体"？范成大田园诗的成就。

十、陆游诗的艺术成就。

十一、辛词的艺术成就和在词史上的影响。

十二、风雅词人姜夔的词作特点。

十三、对宋末诗坛的评价。

十四、宋元小说话本的体制。

第六章　元代文学

我国北方的蒙古族在 1279 年灭宋以前有一个合并、发展的过程：先是蒙古孛儿只斤部落贵族铁木真结束了各部落分立的局面，创建了蒙古汗国，被尊称为成吉思汗。以后，成吉思汗的第三个儿子窝阔台灭金，统治了黄河流域的广大地区，与南宋对峙了 45 年。再后，成吉思汗孙忽必烈（元世祖）改国号为大元，经过 8 年的征战消灭南宋，统一中国。元朝从元世祖定国号起凡十一帝，98 年。

元朝是我国继秦汉隋唐以后的又一个大统一的朝代，它结束了唐以后的分裂割据和几个政权并立的局面，奠定了明清长期统一的基础，对国内各民族之间经济、文化的交流和中外交通的发展起了决定的作用。

元代历史与文学发展紧密相关，产生影响的问题有下列几个：（一）沉重的剥削和民族压迫。元统治者对汉人实行高压政策，把中国境内的人分成蒙古人、色目人（西域、欧洲各藩属人）、汉人（原在辽金统治区的汉人）、南人（南宋统治区的汉人）。在统治机构中掌权的官吏主要是蒙古人和色目人。法令规定：蒙古人殴打汉人，汉人不得还手，蒙古人打死汉人，只流放充军。汉人、南人不许收藏武器、不许习武、不许打猎、不许集会，甚至不许点灯，不许闭门。在征敛方面，例如向民间征收马匹，蒙古人不取，色目人只收三分之一，汉人、南人则全取。总之，元统治者从政治、法律、经济等方面来固定民族等级，进行民族剥削和压迫。（二）元代的官吏是非常贪酷的。有介绍说一般官吏没有俸银，收受贿赂就是官吏的收入。审案、不问是非曲直，但看贿赂多少，没有贿赂就要横施拷掠。《元史·成宗纪》记载，在大德七年就发现贪官 18 473 人，赃银 45 865 锭，冤狱 5 176 起。甚至在灾荒之年，人民饿得吃草根树皮时，贪官却借救荒之机，中饱私囊。（三）对知识分子的轻视。元统治者对上层知识分子采取笼络手段，予以优待，而对广大知识分子则非常轻视。据郑思肖《大义略序》记载元统治者把人民分为十等："鞑法：一官二吏、三僧、四道、五医、六工、七猎、八民、九儒、十丐，各有所统辖。"儒者只列于乞丐之上，可见地位低下。作为儒者进身之阶的科举制度，被废除了近 80 年，直到元仁宗延祐二年才重开科举。

元代文学中成就最大的就是元曲，元曲是文学史上与唐诗、宋词并称的"一代之文学"，是元代文学的标志和灵魂。元曲包括散曲和剧曲两个部分，散曲是合乐的诗歌，而剧曲则是活跃在舞台上的综合艺术——戏剧。剧曲又分为杂剧和南戏两大类别。杂剧是我国正式戏剧文学开始和发展的标志。由于杂剧的影响很大，习惯上把元曲作为杂剧的同义语，明代臧晋叔所编《元曲选》，实际就是杂剧选。南戏就是南曲戏文，它是在温州杂剧的基础上兴盛起来的一种戏剧，影响也很深远，是明清传奇的滥觞。至于元代诗文一般只在形式上摹仿唐宋，成就不高。话本小说在元代也取得了一定的成就，宋元话本为明清时期小说的高潮奠定了基础。

第一节　杂　剧

杂剧一词，通常就是指元杂剧，元杂剧是元代以北曲演唱的戏剧形式，它是一种有对话、歌唱、舞蹈，表现完整故事情节的综合性的艺术。

一、现存元人杂剧的情况

元杂剧盛况空前，堪称中国戏剧史上的第一个高峰。它究竟有多少作家作品，从现存的资料中，已经无法作出精确的统计。元人钟嗣成《录鬼簿》记载作家"名誉昭然者"152 人，贾仲明的《录鬼簿续编》又续录了元明之际的杂剧作家 71 人，明初朱权的《太和正音谱》录元代"群英"作家 187 人。把这些记载综合起来，可以得出元杂剧作家起码有 200 人的结论。至于作品，今人傅惜华《元杂剧全目》著录元代姓名可考的杂剧作家的作品 500 本，无名氏杂剧 50 本，元明之际无名氏作品 187 本（其中有些不是元代杂剧）。这三类综合起来，数目就达 600 本左右。这 600 本杂剧流传至今的只四分之一强。明代臧晋叔的《元曲选》收 100 种，今人隋树森编《元曲选外编》，收录新发现的一些本子，共 62 种。元杂剧的演出情况也十分热闹，元代前期集中在大都，后期集中在杭州，其他山西、河北等地的演出活动也十分兴盛。演出的场所称为勾栏，著名的演员有朱帘秀、天然秀、平阳奴、李娇儿等。有的记载还说，杂剧演出时，家家户户争着去看，就连商店也关门停业，甚至发生过因罢市而遭政府禁演的事。

二、元杂剧兴盛的原因

比起诗歌和散文来，戏剧可以说是一种晚出的样式，那么，为什么戏剧在元代成熟，而且一下子就出现了高峰？这要从这种样式本身发展和社会条件两方面来考察。

元杂剧的兴盛不是偶然的，它是我国古代戏曲艺术长期孕育、发展的结果。我国戏曲艺术源远流长，魏晋南北朝以前是萌芽阶段，歌舞、滑稽表演、杂耍都具有戏曲的因素，南北朝时期出现的"代面"、"拨头"、"踏摇娘"、"参军戏"具有一定的故事内容和表演形式，正是戏曲萌芽形态的代表。唐、宋、金则为戏曲的形成时期。宋杂剧、金院本和温州杂剧（南戏的前身）都已是戏曲的雏型，它们的脚本都已失传，演出情况只宋杂剧尚有记载。宋杂剧分艳段、正杂剧和杂扮三部分演出，艳段是引戏，先演一段"寻常熟事"；正杂剧则演出完整的故事；杂扮又叫散段，多为滑稽调笑的段子。宋杂剧的角色一般由末泥、引戏、副末和副净四人组成，或添一人叫装孤。这些情况确实孕育了我国融唱、念、做、打为一体的戏曲形式。另外，民间的说唱艺术"诸宫调"、"鼓子词"，对元杂剧体制的形成也起着重要的作用。特别是诸宫调，已经十分接近戏曲形式，董解元的《西厢记诸宫调》从内容和形式方面直接孕育了杂剧《西厢记》。可以说，元杂剧是继承和发展了以前的戏曲形式而形成的一种新的戏曲。

　　元杂剧兴盛还是元代特定的社会环境造就的。元代城市经济的发展为元杂剧的兴盛准备了必要的条件。元朝是大统一的朝代，商业发达，南北大城市星罗棋布，除大都、临安外、宁波、温州、广州、济南、太原等地也极为繁荣。在这些城市里聚集了许多达官贵人、商旅外侨，以及工商市民，他们要交际要娱乐，看戏正是他们的一种娱乐活动。城市里还建造了许多勾栏瓦舍，这样有观众，有演出场所，戏剧艺术的发展就很方便。其次，元代科举废止了近80年，读书人找不到出路，地位低下，只得混迹优伶，为他们编戏写唱本，这也为元杂剧的繁荣提供了重要的条件。当时人们称这些为杂剧写作的读书人为才人，而才人的行会组织则称为书会、雄辩社。这些才人、书会先生来自社会的最底层，对社会的弊端、人民的苦难有深切的体验，当他们用笔反映的时候，最能表达底层人民的激愤之情，也最充满了震撼心魄的反抗精神。所谓"愤怒的元杂剧"，正是在这种情况下产生的。再次，元杂剧作家如林，却没有一个因文字罹祸的，元代思想统治较为宽松，作家顾忌较少，也为创作的繁荣提供了条件。再次，元朝统治者的爱好和提倡，更刺激了杂剧的发展。元统治者十分喜好歌舞娱乐，连战争中都带乐伎随军。《元史·百官志》曾将教坊司置正三品的高位。帝王在元旦、节令朝会后总要听伎人唱曲演戏，这自然影响贵族臣僚和民众效尤。元杂剧正是因为有这些特殊条件而芒硝火焰般地兴盛起来。

三、元杂剧的体制

　　元杂剧有特别的体制。（一）结构：每本杂剧四折为通例，大致按戏剧的开端、发展、高潮和结局布局。个别也有五折、六折或多本连演的。折，即一幕，它既是情节发展段落，也是音乐的组成单位。每折限用同一宫调的曲牌组成一套曲子。演出时一本四折都由一个角色独唱到底，其他角色只有对白。独唱都由剧中的主角"末"或"旦"唱，故有"末本"、"旦本"之称。元杂剧为了交代剧情，有时在四折之外，加上序幕或过场，叫做楔子。元杂剧剧本的最后，也有固定的格式，即在末尾用二或四、八的七言对句把全剧的内容加以概括，用以结束情节，并以末句作为杂剧的名称。这种格式叫"题目正名"。（二）宾白：元杂剧宾白的形式多

元杂剧演出图
（山西洪洞县广胜寺明应王殿壁画摹本，从中可以了解元杂剧的舞台、角色、服装、道具等情况）

种多样,有定场诗、独白、旁白(即剧本中"背云")、唱中带白(即剧本中所谓"带云")。(三)角色称谓:元杂剧角色分工细密、名目较多,主要分末、旦两大类,末有正末、副末、外末、小末;旦有正旦、外旦、小旦、老旦、花旦、贴旦、搽旦。正末、正旦是剧中男女主角,其他都是配角。除末旦外,还有一些杂角:净、孤、卜儿、孛老、徕儿、帮老、曳刺、细酸等。据王国维考证,元曲还没有丑的角色。(四)表演提示、道具化装:剧本中提示表演动作,叫做科范,简称科,如张驴儿扯正旦科、做饮酒科、做叹科等等,演出时舞台效果也叫科,如做起风科、雁叫科等。元杂剧的道具叫"砌末",衣服化装叫"穿关",从山西洪洞县广胜寺明应王殿元泰定年画的戏剧壁画"尧都见爱大行散乐忠都秀在此作场",可以看出化装的情况。

化装

元杂剧的演出形式已经失传,特别是北曲的失传,我们现在已无法按剧本在舞台上再现。

四、元杂剧的分期

元人杂剧的剧坛,有前后期的不同,前期从蒙古立国至元成宗大德年间(1234—1307),后期则是从大德至元朝灭亡(1308—1368)。

前期以大都为中心,成就非常可观,涌现了一大批著名的作家和作品,可以说是元杂剧的黄金时代。关汉卿就是这一时期的杰出代表。他的名作《窦娥冤》、《救风尘》、《拜月亭》、《蝴蝶梦》等是最能代表杂剧思想艺术成就的作品。其他还有王实甫《西厢记》、康进之《李逵负荆》、高文秀《双献功》、纪君祥《赵氏孤儿》、石君宝《秋胡戏妻》、白朴《梧桐雨》、《墙头马上》、马致远《汉宫秋》、尚仲贤《柳毅传书》、李好古《张生煮海》等都是流传千古的名作,它们争妍斗艳,共同反映出了元杂剧高峰时期的辉煌面貌。

后期创作中心南移至杭州,创作也由高峰上跌落下来,除少数作品外,大部分作品无论在反映时代的深刻性、对社会黑暗的批判性还是在作品的艺术性方面,都赶不上前期。后期最优秀的作品有郑光祖《倩女离魂》、宫天挺《范张鸡黍》等。在内容上宣扬山林隐逸、神仙道化的作品增多,形式上讲求典丽工巧,铺陈词藻。这种情况一直向明初延续。

前期　后期

五、"杂剧之祖"关汉卿

关汉卿是我国戏曲史上最早、最伟大的戏曲家。他是前期剧坛领袖,元杂剧的奠基人,被朱权称为"杂剧之祖"。1958年他被定为世界文化名人。

关汉卿,号己斋,大都(北京市)人。生卒年不详(约生活在1210—1280或1220—1300年间)关于他的生平没有留下完整的材料,只有一些点滴的情况。元熊自得《析津志》说他"生而倜傥,博学能文,滑稽多智,蕴藉风流,为一时之冠"。他多才多艺,不仅会写剧本,而且精通音律,亲自演出。明臧懋循《元曲选序》说他"躬践排场,面敷粉墨,以为我家生活,偶倡优而不辞"。在他自己的《不伏老》套数中可以知道他是长期生活在歌馆舞社中,和优伶妓女生活在一起的。另外,在南宋灭亡后,他曾南下漫游,到过杭州、扬州,写过《杭州景》的套曲。

他一生只做过太医院尹的小官,大部分精力都献给了杂剧艺术,据《录鬼簿》记载,他创作的杂剧有 62 部,现仅存 18 部。这 18 部是:《感天动地窦娥冤》、《望江亭中秋切脍旦》、《赵盼儿风月救风尘》、《包待制智斩鲁斋郎》、《包待制三勘蝴蝶梦》、《杜蕊娘智赏金线池》、《钱大尹智宠谢天香》、《温太真玉镜台》、《尉迟恭单鞭夺槊》、《关大王独赴单刀会》、《王闰香夜月四春园》、《刘夫人庆赏五侯宴》、《邓夫人苦痛哭存孝》、《山神庙裴度还带》、《状元堂陈母教子》、《闺怨佳人拜月亭》、《诈妮子调风月》、《关张双赴西蜀梦》。其中《山神庙裴度还带》、《刘夫人庆赏五侯宴》、《包待制智斩鲁斋郎》三部是否是关作,存疑。

关汉卿像(李斛作)

关汉卿剧作的题材十分广泛,剧作品种比较齐全,有悲剧:揭露社会矛盾、鞭笞残暴的统治者,歌颂人民的抗争,如《窦娥冤》;喜剧:嘲弄恶棍,表现下层妇女的生活和斗争,表现她们的机智、勇敢,如《救风尘》、《拜月亭》、《金线池》;公案剧:表现人民的苦难,突出包拯为民做主、公正断案的刚直品性,如《鲁斋郎》、《蝴蝶梦》;英雄剧:敷衍传说故事,歌颂历史英雄,如《西蜀梦》、《单刀会》、《哭存孝》等。从思想内容方面来说,这些杂剧的共同特色在于:作者对压迫者深恶痛绝,对被迫害者深切同情,并且通过两方面的矛盾斗争,突出了正面人物的机智坚强和战斗精神。另外,关剧还有一个突出的特点,就是着力描绘下层妇女,歌颂她们的勇敢机智,这以《救风尘》中的妓女赵盼儿最为典型。

关剧的艺术成就:关汉卿杂剧是我国古典戏曲艺术的一个高峰,体现了深刻的思想内容和完美的艺术形式的统一。总的说来,关剧基于现实主义而又有浪漫主义色彩,是两结合成功的典范。关剧中的现实主义精神是充分的,作者立足于现实,着意反映现实,元代社会的黑暗,统治者的残暴腐朽,人民生活艰辛悲惨在剧中都有真切的反映,而且达到了细节的具体和真实。这样,从总体上说,关剧是元代社会生活的一面镜子。但是,关汉卿又不是一个纯粹的现实主义作家,在他的剧作里闪耀着理想的光彩,具有强烈的浪漫主义精神。他热烈地歌颂那些敢于、善于斗争的人物,通过一系列的艺术形象,告诉观众如何面向人生,积极战斗,如何采取行之有效的手段,打击恶势力,取得胜利。在具体表现手法上,他运用夸张、想象,甚至鬼神出现等方法,来取得所谓"诗的公道"。所以,在他的剧作里,对现实的暴露、对丑恶现象的鞭笞总是和正面人物的战斗精神、乐观主义并存的,现实主义总是和浪漫主义结合在一起的。

具体的杂剧艺术成就有下列几方面:

(一)塑造了众多而鲜明的人物形象。关汉卿娴熟地运用杂剧的艺术形式,塑造了众多的、性格鲜明的人物形象,特别是塑造了一大批生活在社会底层的年轻妇女,如《窦娥冤》里

的童养媳窦娥,《救风尘》里的妓女赵盼儿,《望江亭》里的寡妇谭记儿,等等,这些人生活经历不相同,性格特征各异,给人以探刻的印象。其他如历史英雄关羽(《单刀会》)、花花公子周舍(《救风尘》)、草莽英雄尉迟敬德(《单鞭夺槊》)都给人以强烈的印象。在中国戏曲史上,还没有一个戏剧家像关汉卿那样塑造出如此众多而个性各异的人物形象。

在塑造人物方面,作者善于把人物放在强烈的戏剧冲突中去揭示他们的性格特征。

(二)善于组织安排符合舞台演出的矛盾冲突。关汉卿是一个有舞台演出经验、精通演出规律的大师,他的剧作矛盾冲突紧凑集中、富于典型性;矛盾发展自然顺畅,而无勉强捏合的痕迹;过场戏简洁生动,注意为高潮铺垫。这样,剧作就会产生矛盾冲突尖锐激烈,剧情生动活泼、摇曳多姿,变幻莫测,处处在观众意想之外,发展又在情理之中的艺术效果。

(三)提炼出自然纯净的戏剧语言。关汉卿是一位杰出的语言大师,他成功吸取书面语言和群众口头语言的精华,创造出一种生动流畅、本色当行①的戏剧语言。他是元杂剧中本色派的杰出代表,王国维称赞道:"以唐诗喻之,则关汉卿似白乐天","以宋词喻之,则关汉卿似柳耆卿","汉卿一空傍依,自铸伟词,而其曲尽人情,字字本色,故当为元人第一。"(《宋元戏曲史》)

关汉卿的代表作《窦娥冤》:这是元杂剧中最著名的悲剧,现实主义和浪漫主义高度结合的作品。剧作写于元朝设置肃政廉访使的至元二十八年(1291)之后,可以断定它是关汉卿晚年的作品。剧作的题材来源,是《汉书·于定国传》和干宝《搜神记》中"东海孝妇"的故事。但关汉卿借这个故事情节,表现的却是元代的风貌。剧本结构是四折加一折楔子。剧作的思想内容是,通过窦娥含冤负屈遭杀害的悲剧,深刻揭露元代的滥刑虐政和冤狱,暴露当时社会的黑暗和混乱,表达了被迫害人民对恶势力的英勇不屈的斗争。有人认为,从社会学的角度看,悲剧的起因是高利贷、童养媳、冤狱、贪官这四者的结合,而这四者真实具体地反映了那个社会的全貌。

这部戏剧的最大的成就在于塑造了窦娥这个悲剧典型。她是正直、善良,又有坚强反抗性格的下层妇女。悲惨的身世、冤屈的遭遇和反抗的性格是这一形象最简括的表述。有人认为窦娥只是封建节妇和孝顺媳妇的典型。不错,窦娥有贞节、孝顺的思想,说过"好马不鞴②双鞍,烈妇不更二夫"的话,但她不甘凌辱,反抗恶势力的精神却是主导的一面。

《窦娥冤》的戏剧艺术:这是一部两结合的剧作,它基于现实又闪耀着浪漫主义的光彩,第三折窦娥三桩誓愿的感天动地,第四折窦娥鬼魂上场,昭雪冤案都是浪漫主义笔法,它表现了人民要求申冤复仇的愿望和正义终将战胜邪恶的畅想。王国维说:"关汉卿《窦娥冤》杂剧即列之于世界大悲剧中亦无愧色也。"(《宋元戏曲史》)在艺术表现方面,有几点值得注意:

(一)巧妙的戏剧结构。全剧四折加上开场的楔子。四折体现了矛盾的开端、发展、高

---

①本色当行:古代戏剧评论中常用的术语,意思是内行的、戏剧的。 ②鞴 bèi:装备车马,这里是"驾"的意思。

潮、结局四个阶段。楔子也很重要,它交代了窦娥的来历,并为第四折窦天章来楚州刷卷①作了铺垫。楔子和第一折间的一些过场,如结婚、夫死等都省略了,也显得十分精练。第三折是全剧的高潮,作者能抓住戏眼,尽情地渲染,表达得十分强烈。法场一节,窦娥的唱词,科白都佳,正所谓色彩斑斓、音调铿锵,一字一泪。

(二)在冲突中塑造人物。这在表现窦娥的性格方面,最为显著。试看第二折:

> (赛卢医②上,诗云)小子太医③出身,也不知道医死多人,何尝怕人告发,关了一日店门? 在城有个蔡家婆子,刚少他二十两花银,屡屡亲来索取,争些④撅断脊筋。也是我一时智短,将他赚到荒村,撞见两个不识姓名的男子,一声嚷道:"浪荡乾坤⑤,怎敢行凶撒泼,擅自勒死平民!"吓得我丢了绳索,放开脚步飞奔。虽然一夜无事,终觉失精落魂;方知人命关天关地,如何看做壁上灰尘。从今改过行业,要得灭罪修因,将以前医死的性命,一个个都与他一卷超度的经文⑥。小子赛卢医的便是。只为要赖蔡婆婆二十两银子,赚他到荒僻去处,正待勒死他,谁想遇见两个汉子,救了他去。若是再来讨债时节,教我怎生见他? 常言道的好:"三十六计,走为上计。"喜得我是孤身,又无家小连累;不若收拾了细软行李,打个包儿,悄悄的躲到别处,另做营生,岂不干净? (张驴儿上,云)自家张驴儿,可奈那窦娥百般的不肯随顺我;如今那老婆子害病,我讨服毒药,与他吃了,药死那老婆子,这小妮子好歹做我的老婆。(做行科,云)且住,城里人耳目广,口舌多,倘见我讨毒药,可不攘出事来? 我前日看见南门外有个药铺,此处冷静,正好讨药。(做到科,叫云)太医哥哥,我来讨药的。(赛卢医云)你讨甚么药? (张驴儿云)我讨服毒药。(赛卢医云)谁敢合毒药与你? 这厮好大胆也! (张驴儿云)你真个不肯与我药么? (赛卢医云)我不与你,你就怎地我⑦? (张驴儿做拖卢,云)好呀,前日谋死蔡婆婆的,不是你来? 你说我不认得你哩! 我拖你见官去。(赛卢医做慌科,云)大哥,你放我,有药有药。(做与药科,张驴儿云)既然有了药,且饶你罢。正是:"得放手时须放手,得饶人处且饶人。"(下)(赛卢医云)可不悔气⑧! 刚刚讨药的这人,就是救那婆子的。我今日与了他这服毒药去了,以后事发,越越⑨要连累我;趁早儿关上药铺,到涿州⑩卖老鼠药去也。(下)

> (卜儿上,做病伏几科)(孛老同张驴儿上,云)老汉自到蔡婆婆家来,本望做个接脚⑪,却被他媳妇坚执不从。那婆婆一向收留俺爷儿两个在家同住,只说好事不

---

①刷卷:元朝制度:肃政廉访使负责清查所属各衙门处理狱讼案有无拖延、枉曲的情况,这一活动叫刷卷。　②赛卢医:本折的凶犯之一。　③太医:御医,宫廷医官。后来用作对一般医生的敬称。　④争些:险些、差点儿。　⑤浪荡乾坤:清平世界。浪荡一作朗朗、明亮貌。　⑥一卷超度的经文:即烧一卷超度的经文。超度,佛家语,脱离苦难。　⑦怎地我:把我怎么样。　⑧悔气:晦气。　⑨越越:轻易地。　⑩涿州:今河北涿州市。　⑪接脚:寡妇招入门的后夫叫接脚婿,省称接脚。

在忙。等慢慢里劝转他媳妇;谁想他婆婆又害起病来。孩儿,你可曾算我两个八字,红鸾天喜①几时到命哩?(张驴儿云)要看什么天喜到命!只赌本事②,做得去,自去做。(孛老云)孩儿也,蔡婆婆害病好几日了,我与你去问病波。(做见卜儿问科,云)婆婆,你今日病体如何?(卜儿云)我身子十分不快哩。(孛老云)你可想些甚吃?(卜儿云)我思量些羊肚儿汤吃。(孛老云)孩儿,你对窦娥说,做些羊肚儿汤与婆婆吃。(张驴儿向古门道③云)窦娥,婆婆想羊肚儿汤吃,快安排将④来。(正旦持汤上,云)妾身窦娥是也。有俺婆婆不快,想羊肚汤吃,我亲自安排了与婆婆吃去。婆婆也,我这寡妇人家,凡事也要避些嫌疑,怎好收留那张驴儿父子两个?非亲非眷的,一家儿同住,岂不落外人谈议?婆婆也,你莫要背地里许了他亲事,连我也累做不清不洁的。我想这妇人心好难保也呵!(唱)

[南吕一枝花]他则待一生鸳帐眠,那里肯半夜空房睡;他本是张郎妇,又做了李郎妻。有一等妇女每⑤相随,并不说家克计⑥,则打听些闲是非;说一会不明白打凤的机关⑦,使些调虚嚣捞龙的见识⑧。

[梁州第七]这一个似卓氏般当垆涤器⑨,这一个似孟光般举案齐眉⑩,说的来藏头盖脚多伶俐⑪!道着难晓,做出才知。旧恩忘却,新爱偏宜;坟头上土脉犹湿,架几上又换新衣。那里有奔丧处哭倒长城⑫?那里有浣纱时甘投大水⑬?那里有上山来便化顽石⑭?可悲,可耻!妇人家直恁的⑮无仁义,多淫奔,少志气;亏杀前人在那里,更休说本性难移。

(云)婆婆,羊肚儿汤做成了,你吃些儿波。(张驴儿云)等我拿去。(做接尝科,云)这里面少些盐醋,你去取来。(正旦下)(张驴儿放药科)(正旦上,云)这不是盐醋?(张驴儿云)你倾下些。(正旦唱)

[隔尾]你说道少盐欠醋无滋味,加料添椒才脆美。但愿娘亲早痊济,饮羹汤

①红鸾天喜:指结婚的喜庆。古代迷信说法,红鸾星是主婚姻的,遇到了红鸾星,就可成就婚姻。天喜是吉日。 ②只赌本事:只凭本事。 ③古门道:戏剧术语,舞台上的上下场门叫古门道,也叫鬼门道。 ④将:拿。 ⑤每:们。 ⑥克计:持的方法。 ⑦打凤的机关:安排圈套。打凤,宋元语言"打凤捞龙"指安排圈套;机关,计策。 ⑧调虚嚣捞龙的见识:安排奸诈的主意。虚嚣,虚假、伪诈;捞龙,圈套。 ⑨卓氏般当垆涤器:像卓文君那样卖酒。用卓文君当垆卖酒,司马相如涤酒器的典故。 ⑩孟光般举案齐眉:像孟光那样相互尊敬举案齐眉。相传东汉孟光与丈夫梁鸿相敬如宾,吃饭时孟光总是先将食案高举到眉毛处,以示敬意。 ⑪藏头盖脚多伶俐:遮盖得干净利索。 ⑫奔丧处哭倒长城:相传秦时杞梁修筑长城,其妻孟姜女千里送寒衣。到时杞梁已死在长城下,孟姜女痛哭不止,哭倒一段长城,露出杞梁的尸骸。 ⑬浣纱时甘投大水:用春秋伍子胥的典故。当年伍子胥逃难到江边,一个浣纱女对他很同情并给他饭吃。伍子胥嘱她不要透露行踪。浣纱女认为自己已与陌生男子交往,失去忠贞,为表示救伍的诚心,便投水而死。 ⑭上山来便化顽石:民间传说,古代有个妇女,因丈夫外出久不归,便每天站在山头盼望,后竟化为石头,称望夫石。 ⑮直恁的:竟如此的。

一杯,胜甘露①灌体,得一个身子平安倒大来喜②。

(孛老云)孩儿,羊肚汤有了不曾?(张驴儿云)汤有了,你拿过去。(孛老将汤云)婆婆,你吃些汤儿。(卜儿云)有累你。(做呕科,云)我如今打呕,不要这汤吃了,你老人家吃罢。(孛老云)这汤特做来与你吃的,便不要吃,也吃一口儿。(卜儿云)我不吃了,你老人家请吃。(孛老吃科)(正旦唱)

[贺新郎]一个道你请吃,一个道婆先吃,这言语听也难听,我可是气也不气!想他家与咱家有甚的亲和戚?怎不记旧日夫妻情意,也曾有百纵千随③?婆婆也,你莫不为黄金浮世宝④,白发故人稀⑤,因此上把旧恩情,全不比新知契⑥?则待要百年同墓穴,那里肯千里送寒衣。

(孛老云)我吃下这汤去,怎觉昏昏沉沉的起来?(做倒科)(卜儿慌科,云)你老人家放精神着,你挣扎着些儿。(做哭科,云)兀的不是死了也!(正旦唱)

[斗虾蟆]空悲戚,没理会⑦,人生死,是轮回⑧。感着这般病疾,值着⑨这般时势,可是风寒暑湿,或是饥饱劳役,各人证侯⑩自知。人命关天关地,别人怎生替得?寿数非干今世。相守三朝五夕,说甚一家一计⑪。又无羊酒段匹,又无花红财礼⑫,把手为活过日,撒手如同休弃。不是窦娥忤逆,生怕旁人论议。不如听咱劝你,认个自家悔气,割舍的一具棺材停置,几件布帛收拾,出了咱家门里,送入他家坟地。这不是你那从小儿年纪指脚的夫妻⑬,我其实不关亲无半点恓惶泪。休得要心如醉,意似痴,便这等嗟嗟怨怨,哭哭啼啼。

(张驴儿云)好也罗!你把我老子药死了,更待乾罢⑭!(卜儿云)孩儿,这事怎了也?(正旦云)我有什么药在那里?都是他要盐醋时,自家倾在汤儿里的。(唱)

[隔尾]这厮搬调⑮咱老母收留你,自药死亲爷,待要唬吓谁?

(张驴儿云)我家的老子,倒说是我做儿子的药死了,人也不信。(做叫科,云)四邻八舍听着:窦娥药杀我家老子哩。(卜儿云)罢么,你不要大惊小怪的,吓杀我也。(张驴儿云)你可怕么?(卜儿云)可知怕哩⑯。(张驴儿云)你教窦娥随顺了我,叫我三声的的亲亲⑰的丈夫,我便饶了他。(卜儿云)孩儿也,你随顺了他罢。

(正旦云)婆婆,你怎说这般言语!(唱)

①甘露:古人认为承平年代天降甘露,人喝了可以长生。 ②倒大来喜:十分可喜。来,助词。 ③百纵千随:千依百顺。 ④黄金浮世宝:黄金是世俗所宝贵的。 ⑤白发故人稀:从小相交,白发时情谊仍深厚的故人是很少的。 ⑥新知契:新的知心人。 ⑦理会:理解、明白。 ⑧轮回:佛教说法人死后会再生,生死相续,一直在天、人、阿修罗、地狱、饿鬼、畜生这六道中轮转,称六道轮回。 ⑨值着:遭逢着。 ⑩证侯:症侯、病情。 ⑪一家一计:一家人、一夫一妻的家室。 ⑫"又无羊酒"两句:羊酒缎匹、花红财礼是宋元时定亲的礼物,这里是说,他们不合礼数。段,同缎;花红,喜庆之事皆插金花、披红绸,称花红。 ⑬指脚的夫妻:结发夫妻、原配夫妻。 ⑭更待乾罢:等待了断的意思。乾罢,了事,罢休。乾,即干。 ⑮搬调:搬弄、挑拨、调唆。 ⑯可知怕哩:当然怕啦。可知,自然、当然。 ⑰的的亲亲:即嫡嫡亲亲。

我一马难将两鞍鞴①。想男儿在日，曾两年匹配，却教我改嫁别人，其实做不得！

（张驴儿云）窦娥，你药杀俺老子，你要官休②？要私休？（正旦云）怎生是官休？怎生是私休？（张驴儿云）你要官休呵，拖你到官司，把你三推六问，你这等瘦弱身子，当不过拷打，怕你不招认药死我老子的罪犯！你要私休呵，你早些与我做了老婆，倒也便宜了你。（正旦云）我又不曾药死你老子，情愿和你见官去来。（张驴儿拖正旦、卜儿下）

（净扮孤③引祇侯④上，诗云）我做官人胜别人，告状来的要金银；若是上司当刷卷，在家推病不出门。下官楚州太守桃杌⑤是也。今早升厅坐衙，左右，喝撺厢⑥。（祇侯吆喝科）（张驴儿拖正旦、卜儿上，云）告状，告状！（祇侯云）拿过来！（做跪见。孤亦跪科，云）请起。（祇侯云）相公⑦，他是告状的，怎生跪着他？（孤云）你不知道，但来告状的，就是我衣食父母。（祇侯吆喝科。孤云）那个是原告？那个是被告？从实说来。（张驴儿云）小人是原告张驴儿，告这媳妇儿，唤做窦娥，合毒药下在羊肚儿汤里，药死了俺的老子。这个唤着蔡婆婆，就是俺的后母。望大人与小人做主咱。（孤云）是哪一个下的毒药？（正旦云）不干小妇人事。（卜儿云）也不干老妇人事。（张驴儿云）也不干我事。（孤云）都不是，敢是我下的毒药来？（正旦云）我婆婆也不是他后母，他自姓张，我家姓蔡。我婆婆因为与赛卢医索钱，被他赚到郊外勒死，我婆婆却得他爷儿两个救了性命。因此我婆婆收留他爷儿两个在家，养膳终身，报他的恩德。谁知他两个倒起不良之心，冒认婆婆做了接脚，要逼勒小妇人做他媳妇。小妇人原来是有丈夫的，服孝未满，坚执不从。适值我婆婆患病，着小妇人安排羊肚儿汤吃。不知张驴儿那里讨得毒药在身，接过汤来，只说少些盐醋，支转小妇人，暗地倾下毒药。也是天幸，我婆婆忽然呕吐，不要汤吃，让与他老子吃，才吃几口，便死了。与小妇人并无干涉⑧。只望大人高抬明镜⑨，替小妇人做主咱。（唱）

［牧羊关］大人你如明镜，清如水，照妾身肝胆虚实。那羹本五味俱全⑩，除了此百事不知。他推道尝滋味，吃下去便昏迷。不是妾讼庭上胡支对⑪，大人也，却教我平白说甚的？

---

①一马难将两鞍鞴 bèi：比喻一女不能嫁二夫。鞍鞴，马鞍和马车上饰物。鞴，装备马车。 ②官休：去官府了结。 ③孤：元杂剧中扮演官员的角色。 ④祇侯：本是宋代武官名，后又用以称呼高级衙役。 ⑤桃杌 wù：原为古代四凶之一，这里用作楚州太守名。杌，杌子，凳子。 ⑥喝撺厢：即喊堂威。古时官吏升堂审案，衙役分立两旁大声吆喝，以威慑罪犯。 ⑦相公：这里是对官员的尊称。 ⑧干涉：关系。 ⑨高抬明镜：即明镜高悬，比喻官员审案公正。 ⑩五味俱全：即调味很好。 ⑪胡支对：胡乱搪塞。

（张驴儿云）大人详情①：他自姓蔡，我自姓张，他婆婆不招俺父亲接脚，他养我父子两个在家做甚么？这媳妇年纪虽小，极是个赖骨顽皮②，不怕打的。（孤云）人是贱虫，不打不招。左右，与我选大棍子打着。（祗候打正旦，三次喷水科③）（正旦唱）：

[骂玉郎]这无情棍棒教我捱不的。婆婆也，须是你自做下，怨他谁！劝普天下前婚后嫁婆娘每，都看取我这般傍州例④。

[感皇恩]呀！是谁人唱叫扬疾⑤，不由我魄散魂飞。恰消停⑥，才苏醒，又昏迷。捱千般打拷，万种凌逼，一杖下，一道血，一层皮。

[采茶歌]打的我肉都飞，血淋漓，腹中冤枉有谁知！则我这小妇人毒药来从何处也？天那！怎么的覆盆不照太阳晖⑦！

（孤云）你招也不招？（正旦云）委的不是小妇人下毒药来。（孤云）既然不是你，与我打那婆子。（正旦忙云）住住住，休打我婆婆，情愿我招了罢。是我药死公公来。（孤云）既然招了，着他画伏状⑧，将枷来枷上，下在死囚牢里去。到来日判个斩字，押付市曹典刑⑨。（卜儿哭科，云）窦娥孩儿，这都是我送了你性命，兀的不痛杀我也！（正旦唱）

[黄钟尾]我做了个衔冤负屈没头鬼，怎肯便放了你好色荒淫漏面贼⑩！想人心不可欺，冤枉事天地知，争到头，竞到底，到如今待怎的？情愿认药杀公公，与了招罪。婆婆也，我若是不死呵，如何救得你？（随祗候押下）

（张驴儿做叩头科，云）谢青天老爷做主！明日杀了窦娥，才与小人的老子报的冤。（卜儿哭科，云）明日市曹中杀窦娥孩儿也，兀的不痛杀我也！（孤云）张驴儿，蔡婆婆，都取保状，着随衙听候⑪，左右，打散堂鼓⑫，将马来，回私宅去也。（同下）

这里窦娥的正直、坚强和善良，张驴儿的凶狠无赖，蔡婆婆的懦弱，桃杌的糊涂贪婪，赛卢医的狠心奸诈全都反映出来。

（三）自然流畅的戏剧语言。《窦娥冤》的语言充分反映了关汉卿本色当行的语言特色。第三折〔滚绣球〕的曲子句调铿锵，把剧情推向高潮，也使窦娥的反抗性格得到了惊心动魄的展现。

[滚绣球]有日月朝暮悬，有鬼神掌着生死权。天地也，只合把清浊分辨，可怎

①详情：推详案情。　②赖骨顽皮：贱骨头、顽劣不逊。　③喷水科：做喷水的动作。喷水，被审犯受刑后如昏迷，则向他喷水，醒来再审。　④傍州例：邻近州县判案、案例。　⑤唱叫扬疾：吵嚷喧闹。　⑥消停：停顿。　⑦覆盆不照太阳晖：翻覆的盆里照不到太阳的光辉。这是比喻官府的暗无天日。晖 huī，日光、辉。　⑧伏状：认罪书。　⑨市曹典刑：在商市聚集处正法。典刑，依法行刑。　⑩漏面贼：坏蛋、恶棍。古代罪犯面部刺字叫漏面，以后则用来骂歹恶之徒。　⑪随衙听候：听候传讯。　⑫散堂鼓：击鼓散堂，这是官吏审案完毕，退堂的信号。

生糊突了盗跖颜渊①：为善的受贫穷更命短，造恶的享富贵又寿延。天地也，做得个怕硬欺软，却原来也这般顺水推船。地也，你不分好歹何为地？天也，你错勘贤愚枉做天！哎，只落得两泪涟涟。

六、王实甫和《西厢记》

元前期另一位重要作家则是王实甫。他的剧作《西厢记》是戏剧史上的杰作。

王实甫生平资料很少，《录鬼簿》说他"名信德，大都人"。他可能是个失意的读书人，有几首散曲表达出了他宦海升沉的感慨。今人考索，王实甫乃易州定兴人，约生于 1255—1260，曾作过县官，性情耿介，声誉很好，后升陕西行台监察御史。40 岁弃官冶游，作《西厢》，60 岁用散曲描写他的退隐生活，生活优裕，笑傲林泉。约卒于 1336—1337 年。（见冯沅君《王实甫的生平探索》）

《窦娥冤》插图
（选自明代崇祯刻本《酹江集》）

王实甫的著作，《录鬼簿》说有 14 种。现存完整的有 3 种：《崔莺莺待月西厢记》、《吕蒙正风雪破窑记》、《四丞相歌舞丽春堂》。另有两种存有残曲佚文：《苏小卿月夜贩茶船》、《韩彩云丝竹芙蓉亭》。王还写有一些散曲。

王的剧作在当时就很有名声，明初贾仲明用〔凌波仙〕一词赞美他："作词章风韵美，士林中等辈伏低。新杂剧，旧传奇，《西厢记》天下夺魁。"

西厢故事的演变、发展：西厢故事原出于唐元稹的《莺莺传》传奇。宋金时期出现了赵令畤②的〔商调·蝶恋花〕鼓子词和董解元的《西厢记诸宫调》。特别是《西厢记诸宫调》改变了《莺莺传》原来的人物性格，创造出了一些新的人物，主题升华到了反封建礼教的高度，这些都为王实甫《西厢记》提供了较好的基础。王实甫又作了加工和提高，把西厢故事由说唱体改编成了杂剧。

《西厢记》的主题和人物：《西厢记》通过张生和莺莺的爱情故事，揭露了封建礼教对青年的禁锢，热情地歌颂了青年男女对爱情的强烈追求，以及他们的斗争和胜利，把斗争的锋芒指向封建婚姻制度和封建礼教。作品触及了当时社会的重大问题，特别是批判宋元理学的弊病，大胆提出了"愿天下有情的终成眷属"的主张，因而动人心弦、影响深远。

《西厢记》的这一主题是通过张生、莺莺、红娘、老夫人等主要人物形象和他们之间的戏剧冲突来体现的。莺莺是我国古典文学作品中塑造得较成功的贵族小姐的形象。她出身于

---

①糊突了盗跖颜渊：看错了好人、坏人。糊突，糊涂；盗跖，春秋时一个著名的大盗，跖 zhí，传说中春秋战国时的强盗；颜渊，孔子的学生，贫而好学，是当时著名的贤人。　②畤 zhì：古代祭天地和五帝的固定处所。

西厢故事的演变

主题和人物

宰相家庭,早由父母作主许配给郑尚书之子郑恒。在扶亡父灵柩回籍安葬的路上,投宿普救寺,与赴京应考的穷书生张珙①相遇。张生炽热的追求,促使她青春的觉醒,产生了对爱情、幸福的强烈的追求。但是相国小姐的身份、家庭教育使她的内心充满了矛盾,精神十分痛苦。这就决定了她的爱情只能通过曲折隐蔽的方法来表达。作者紧紧抓住这一点,通过她和张生、红娘之间的一连串的戏剧冲突,真实而具体地刻画出了一个在情与理的斗争中终于克服了犹豫、动摇而站立起来了的贵族少女形象。莺莺的形象是十分动人的,她不仅外表美丽、温柔,而且内心也很崇高,在危难时刻她宁愿牺牲自己退贼兵;在和张生的关系确定以后,视爱情高于一切,并不看重所谓功名富贵。

张生是一个淳厚诚恳、有真挚爱情的穷书生。在他身上,作者改变了董解元《西厢记诸宫调》里轻狂、庸俗的表现,而突出了他爱情的执著和傻气。另外,他迂腐、软弱,缺乏应付实际事务的能力,这,在与红娘的对照下,显得愈益突出。

红娘是剧中三个主要人物之一,她虽是崔莺莺的婢女,却是全剧中不可或缺的最为活跃的角色。她聪慧、机敏、热情、泼辣,富有正义感和同情心。开始,她看不起张生,对莺莺行监坐守。普救寺解围后,则同情张生,竭力帮助张生,反对莺莺的装模作样。"拷红"中,她面对相国夫人的威严,不顾忌自己的安危,据理反驳,逼使老夫人承认了莺莺和张生的关系。最后也是她痛斥郑恒,为张生辩护。红娘在张生和莺莺的爱情中起了关键的作用,是促成张生和莺莺反礼教结合的支柱。

老夫人则是具有浓厚封建思想的贵族夫人,是封建家长的典型。她封建礼教思想浓厚,连黄莺儿成对、粉蝶儿成双也怕女儿看。她门第观念浓重,动不动搬出相国家谱自夸。她虚伪、自私、冷酷,为了门第可以说了的话不算,可以牺牲女儿的幸福。在生米煮成熟饭的情况下,还要强逼张生进京赶考。

《西厢记》的艺术成就:《西厢记》是现实主义的戏剧杰作,无论在体裁结构,人物刻画、戏剧语言方面,都有自己的特色。

首先,在体裁结构方面,它有较大的创新。杂剧一般是一本四折,由一个演员独唱到底,而它却是五本二十一折,主唱的演员则有红娘、莺莺、张生等。全剧 21 套曲子,红娘唱得最多,有八套。全剧虽然篇幅很长,但结构严谨,重点突出,脉络清晰。戏剧冲突一个紧接一个,尖

明代万历金陵乔山堂
刻本《西厢记》插图

《西厢记》的艺术成就

①珙 gǒng:大璧。

锐复杂、紧张激烈。

其次,在人物塑造方面,作者善于根据人物性格展开戏剧冲突,在复杂的戏剧冲突中完成人物的塑造。全剧以莺莺、张生、红娘为一方,老夫人、郑恒为另一方,组成了基本的戏剧冲突和戏剧情节。而莺莺、红娘、张生之间又由于各自的身份、教养、性格的差异,造成了一系列次要的误会和矛盾,这次要的矛盾冲突的进展又补充或加深了主要的矛盾冲突。这样,戏剧情节波澜迭出,摇曳多姿。例如,孙飞虎事件以后,莺莺、张生,因祸得福,欣喜若狂,自以为两人的结合不成问题,谁知老夫人突然赖婚,把两人一下子打入了冰窟之中。以后,张生央红娘递简,红娘自以为是促成两人的相思,谁知却出现了莺莺闹简的意外。再后,"拷红"一折使矛盾暂时解决,可老夫人却平添出逼张生上京赶考的事件。这样,矛盾冲突一个接着一个,一波未平,一波又起,而莺莺、张生、红娘、老夫人的性格特征就在这迭出的冲突中展现出来。

善于委曲细致地表现人物的心理变化,并以此表现人物性格的发展,也是《西厢记》人物塑造方面的一个成就。《赖婚》①一折就是以老夫人突然赖婚一事,细致地描绘出莺莺、张生由满怀希望而突然失望痛苦,以至愤懑怨怼②的心理发展过程。试看这折戏:

> （夫人排桌子上云）红娘去请张生,如何不见来?（红见夫人云）张生着红娘先行,随后便来也。（末上见夫人施礼科）（夫人云）前日若非先生,焉得有今日;我一家之命,皆先生所活也。聊备小酌,非为报礼,勿嫌轻意。（末云）"一人有庆,兆民赖之。"③此贼之败,皆夫人之福。万一杜将军不至,我辈皆无免死之术。此皆往事,不必挂齿。（夫人云）将酒来,先生满饮此杯。（末云）"长者赐,少者不敢辞。"④（末做饮酒科）（末把夫人酒了）（夫人云）先生请坐。（末云）小子侍立座下,尚然越礼,焉敢与夫人对坐。（夫人云）道不得个⑤"恭敬不如从命。"⑥（末谢了,坐）（夫人云）红娘去唤小姐来,与先生行礼者!（红朝鬼门道⑦唤云）老夫人后堂待客,请小姐出来哩!（旦应云）我身子有些不停当⑧,来不得。（红云）你道请谁哩!（旦云）请谁?（红云）请张生哩!（旦云）若请张生,扶病也索走一遭。（红发科了⑨）（旦上）免除崔氏全家祸,尽在张生半纸书。

> ［双调］［五供养］若不是张解元识人多,别一个怎退干戈。排着酒果,列着笙歌。篆烟微⑩,花香细,散满东风帘幕。救了咱全家祸,殷勤呵正礼,钦敬呵当合⑪。

---

①《赖婚》:这一折为《西厢记》第二本第三折。 ②怨怼 duì:怨恨。怼,怨恨。 ③"一人有庆,兆民赖之":一人做了好事,众百姓都得到好处。此语出自《尚书·吕刑》,《尚书》里的一人,指天子;兆民,百万百姓;赖,利。 ④"长者赐,少者不敢辞":此语出自《礼记·曲礼》:"长者赐,幼者贱者不敢辞。" ⑤道不得个:岂不有这话,可人道。 ⑥"恭敬不如从命":俗语,最早出现于宋赞宁《笋谱》。 ⑦鬼门道:舞台的上下场门。 ⑧不停当:不舒服。 ⑨发科了:元杂剧术语,指演员做了一种使人发笑的动作或表情。 ⑩篆烟微:盘香烟细微。篆烟,即盘香。 ⑪当合:即合当,这是为协韵而调换次序。

[新水令]恰才向碧纱窗下画了双蛾,拂拭了罗衣上粉香浮污,只将指尖儿轻轻的贴了钿窝①。若不是惊觉人呵,犹压着绣衾卧。

(红云)觑俺姐姐这个脸儿吹弹得破,张生有福也呵!

(旦唱)

[幺篇]没查没利谎偻㑩②,你道我宜梳妆的脸儿吹弹得破。(红云)俺姐姐天生一个夫人样儿。(旦唱)你那里休聒③,不当一个信口开合④。知他命福是如何?我做一个夫人也做得过。

(红云)往常两个都害⑤,今日早则喜也!

(旦唱)

[乔木查]我相思为他,他相思为我,从今后两下里相思都较可⑥。酬贺间礼当酬贺,俺母亲也好心多。

(红云)敢着⑦小姐和张生结亲呵!怎生不做大筵席,会亲戚朋友,安排小酌为何?

(旦唱)红娘,你不知夫人意。

[搅筝琶]他怕我是赔钱货⑧,两当一便成合⑨。据着他举将除贼,也消得家缘⑩过活。费了甚?一股那⑪便待要结丝萝⑫。休波⑬,省人情的奶奶忒虑过⑭,恐怕张罗⑮。

(末云)小子更衣咱⑯。(做撞见旦科)(旦唱)

[庆宣和]门儿外,帘儿前,将小脚儿那⑰。我恰待目转秋波,谁想那识空便的⑱灵心儿早瞧破。唬得我倒趄⑲倒趄。

(末见旦科)(夫人云)小姐近前拜了哥哥者!(末背云)呀,声息⑳不好了也!(旦云)呀,俺娘变卦了也!(红云)这相思又索害也。(旦唱)

[雁儿落]荆棘剌㉑怎动那!死没腾无回豁㉒!措支剌㉓不对答!软兀剌难存坐㉔!

---

①钿窝:即钿窠,衣服上的饰品。 ②没查没利谎偻㑩:卖弄口舌说谎的家伙。没查没利,言笑不实;偻㑩,能干伶俐,这里作名词用。 ③休聒 guō:不要啰唆。 ④信口开合:即信口开河。 ⑤害:是害相思病的意思。 ⑥较可:较好。 ⑦敢着:敢则,必定是。 ⑧赔钱货:女孩子(旧社会说法)。 ⑨"两当"句:两个当一个成交(便宜出手)。 ⑩家缘:家产、家业。 ⑪一股那:一共、一股脑儿。 ⑫结丝萝:结婚,用兔丝和女萝缠绕不分,比喻男女婚配。 ⑬休波:算了吧。波,语助词。 ⑭"省人情"句:懂世故的奶奶考虑得太多。省 xǐng,懂得;忒,太。 ⑮张罗:筹划、办理。 ⑯更衣咱:上洗手间。咱,语尾助词。 ⑰那:即挪,移动。 ⑱识空便的:机灵聪慧。空 kòng,间隙。 ⑲倒趄:倒退躲避。趄,即躲。 ⑳声息:口气。 ㉑荆棘剌那:神情惊慌。荆,即惊;棘剌,语助词。 ㉒"死没"句:呆呆地无反应。死没腾,发呆、发楞貌;无回豁,无反应,豁,语助词。 ㉓措支剌:惊慌失措。 ㉔"软兀剌"句:软瘫无力难坐稳。兀剌,助词。

[得胜令] 谁承望这即即世世①老婆婆，着莺莺做妹妹拜哥哥。白茫茫溢起蓝桥水②，扑邓邓点着袄庙火③。碧澄澄清波，扑剌剌④将比目鱼分破⑤；急攘攘⑥因何，扢搭地把双眉锁纳合⑦。

（夫人云）红娘看热酒，小姐与哥哥把盏者！（旦唱）

[甜水令] 我这里粉颈低垂，蛾眉频蹙，芳心无那⑧，俺可甚"相见话偏多"⑨？星眼朦胧，檀口嗟咨⑩，迭窨⑪不过，这席面畅好是乌合⑫！

（旦把酒科）（夫人央科）（末云）小生量窄。（旦云）红娘接了台盏⑬者！

[折桂令] 他其实咽不下玉液金波⑭。谁承望月底西厢，变做了梦里南柯⑮。泪眼偷淹，酪子里揾湿香罗⑯。他那里眼倦开软瘫做一垛⑰，我这里手难抬称不起⑱肩窝。病染沈疴⑲，断然难活。则被你送了人呵，当甚么偻㑩⑳。

（夫人云）再把一盏者！（红递盏了）（红背与旦云）姐姐这烦闹怎生是了！（旦唱）：

[月上海棠] 而今烦恼犹闲可㉑，久后思量怎奈何？有意诉衷肠，争奈母亲侧坐，成抛躲㉒，咫尺间如间阔㉓。

[幺篇] 一杯闷酒尊前过，低首无言自摧挫㉔。不甚醉颜酡㉕，却早嫌玻璃盏大。从因我，酒上心来较可㉖。

（夫人云）红娘送小姐卧房里去者！（旦辞末出科）（旦云）俺娘好口不应心也呵！

[乔牌儿] 老夫人转关儿㉗没定夺，哑谜儿怎猜破；黑阁落㉘甜话儿将人和㉙，请将来着人不快活。

---

①即即世世：即积世，阅世深而世故。　②"白茫茫"句：这是用《战国策》和《汉书·东方朔传》典故以喻情变：尾生和恋人约定蓝桥会面，恋人未来而河水涨溢，尾生守信不肯挪移而淹死。　③"扑邓邓"句：这是用《渊鉴类函》所引《蜀志》陈生典故以喻气愤。蜀帝公主与乳母陈氏之子青梅竹马，分离六载，约定袄庙相见，公主来时见陈生熟睡，留下玉环走了。陈生醒来见玉环怨火中烧，把庙宇和自己烧死。扑邓邓，形容火势凶猛。袄庙，拜火教庙宇；袄 xiān，拜火神教名。　④扑剌剌，形容火势猛烈。剌剌，语助词。　⑤将比目鱼分破：将一对情人硬行拆开。比目鱼，即鲽 dié，双眼在一边，结合才能游。　⑥急攘攘：心意慌乱。　⑦"扢搭"句：很快地双眉紧锁。扢搭地，象声词，动作快速；纳合，上锁。　⑧无那 nuò：无奈。　⑨"俺可甚"句：我那里有什么话说？　⑩檀口嗟咨：涂红的嘴唇叹息。檀口，檀呈浅绛色，用以形容红艳的嘴唇；嗟咨，叹息。　⑪迭窨 dié yìn：顿足忍气愤恨。　⑫畅好是乌合：正好是杂乱地凑合。乌合，比喻像鸦群纷乱凑合。　⑬台盏：酒具。　⑭玉液金波：指美酒。　⑮梦里南柯：梦里繁华。用唐李公佐《南柯太守传》典故。　⑯"酪子"句：暗地里拭湿了手帕。酪子里，暗地里；酩 mǐng，通瞑，揾 wèn，揩拭；香罗，手帕。　⑰一垛 duò：一堆。垛，堆积成堆。　⑱称不起：支撑不起。　⑲沈疴 kē：久治不愈的病。沈通沉，疴，病。　⑳偻㑩 lóu luó：聪明、伶俐。　㉑犹闲可：犹是小事。　㉒抛躲：即抛躲。　㉓间阔：远离别。　㉔摧挫：伤心。　㉕醉颜酡 tuó：因喝酒而脸红。酡，脸红。　㉖较可：较好。这句的意思张生因我不胜酒力，如真是因酒而醉，我心里还好受一点。　㉗转关儿：玩弄权术，玩花样。　㉘黑阁落：暗地里。　㉙和 huò：哄骗。

[江水儿]佳人自来多命薄，秀才每从来懦。闷杀没头鹅①，撇下陪钱货；下场头②那答儿发付我！

[殿前欢]恰才个笑呵呵，都做了江州司马泪痕多③。若不是一封书将半万贼兵破，俺一家儿怎得存活。他不想结姻缘想甚么？到如今难着莫④。老夫人谎到天来大：当日成也是你个母亲，今日败也是你个萧何⑤。

[离亭宴带歇指煞]从今后玉容寂寞梨花朵⑥，胭脂浅淡樱桃颗⑦，这相思何时是可？昏邓邓⑧黑海来深，白茫茫陆地来厚，碧悠悠青天来阔；太行山般高仰望，东洋海般深思渴⑨。毒害的怎么。俺娘呵，将颤巍巍双头花蕊搓，香馥馥同心缕带割，长挽挽连理琼枝挫⑩。白头娘不负荷⑪，青春女成担搁，将俺那锦片也似前程蹬脱⑫。俺娘把甜句儿落空了他，虚名儿误赚了我。（下）

（末云）小生醉也，告退。夫人根前，欲一言以尽意，未知可否？前者贼寇相迫，夫人所言："能退贼者，以莺莺妻之。"小生挺身而出，作书与杜将军，庶几得免夫人之祸。今日命小生赴宴，将谓有喜庆之期；不知夫人何见，以兄妹之礼相待？小生非图哺啜⑬而来，此事果若不谐，小生当即告退。（夫人云）先生纵有活我之恩，奈小姐先相国在日，曾许下老身侄儿郑恒。即日有书赴京唤去了，未见来。如若此子至，其事将如之何？莫若多以金帛相酬，先生拣豪门贵宅之女，别为之求。先生台意⑭若何？（末云）既然夫人不与，小生何慕金帛之色？却不道"书中有女颜如玉"⑮。只今日便索⑯告辞。（夫人云）你且住者，今日有酒也，红娘扶将哥哥去书房中歇息，到明日咱别有话说。（下）（红扶末科）（末念）有分只熬萧寺夜⑰，无缘难遇洞房春。（红云）张生，少吃一盏却不好。（末云）我吃什么来？（末跪红科）小生为小姐昼夜忘餐废寝，魂劳梦断，常忽忽如有所失。自寺中一见，隔墙酬和，迎风待月，受无限之苦楚。甫得⑱成就婚姻，夫人变了卦，使小生智竭思穷，此事几时是了？小娘子怎生可怜见小生，将此意申与小姐，知小生之心。就小娘子前解下腰间之带，寻个自尽。（末念）可怜刺股悬梁志⑲，险作离乡背井魂。（红）街上好贱柴，

---

①没头鹅：指张生莫明其妙、没头没脑。　②下场头：到头来、结局。　③江州司马泪痕多：悲伤不已。用白居易《琵琶行》之"座中泣下谁最多，江州司马青衫湿"句意。　④着莫：捉摸。　⑤"当日成"两句：意思是成也母亲，败也母亲。也就是成语"成也萧何，败也萧何"的意思。　⑥玉容寂寞梨花朵：寂寞流泪。用白居易《长恨歌》中"玉容寂寞泪阑干，梨花一枝春带雨"之意。　⑦"胭脂"句：喻指美人眼泪。　⑧昏邓邓：昏暗得很。　⑨"太行山"两句：望之如太行山般高，思之如东海般深。　⑩"将颤巍"三句：意思是将双蕊花、同心带、连理枝摧残。这是元曲中鼎足对的写法，取得反复取喻，加深印象的效果。　⑪不负荷：不负责任。　⑫蹬脱：踢开、拆散。　⑬哺啜 bǔ chuò：吃喝。　⑭台意：尊意。台，是对人的敬称。　⑮"书中有女颜如玉"：此语出自宋真宗《劝学诗》。　⑯索：应、须。　⑰萧寺夜：佛寺寂寞之夜。萧寺，佛寺，梁武帝信佛，多建佛寺，武帝姓萧，后世因称佛寺为萧寺。　⑱甫得：方能。　⑲刺股悬梁志：发愤读书的志向。刺股，见《战国策》，苏秦发愤苦读，瞌睡时就用锥子刺大腿；悬梁，见《楚国先贤传》汉孔敬用绳系住头发，以免打瞌睡。

烧你个傻角[1]！你休谎，妾当与君谋之。（末云）计将安出，小生当筑坛拜将[2]。（红云）妾见先生有囊琴[3]一张，必善予此。俺小姐深慕于琴。今昔妾与小姐同至花园内烧夜香。但听咳嗽为令，先生动操[4]，看小姐听得时，说什么言语，却将先生之言达知。若有话说，明日妾来回报；这早晚怕夫人寻找，回去也。（下）

这折戏里几个人物的嗔容笑貌，心理、感情的起伏变化非常清楚，而人物形象也由此而鲜明突出。

再次，《西厢记》文词秾丽华美，抒情色彩强烈。王实甫是杂剧文采派代表作家，曲词如"花间美人"（朱权语），辞采分披，绚丽多彩，富有音韵美，直是长篇抒情剧诗。"西厢开锦绣，水浒藏雷电"（袁宏道语），诚然。第四本第三折《长亭》是最典型的一折：

人物：夫人 长老 末：张生 旦：莺莺

（夫人、长老[5]上云）今日送张生赴京，十里长亭[6]，安排下筵席；我和长老先行，不见小姐来到。（旦、末、红同上）（旦云）今日送张生上朝取应[7]，早是离人伤感，况值那暮秋天气，好烦恼人也呵！"悲欢聚散一杯酒，南北东西万里程。"

［正宫端正好］碧云天，黄花地，西风紧，北雁南飞。晓来谁染霜林醉？总是离人泪。

［滚绣球］恨相见得迟，怨归去得疾。柳丝长玉骢[8]难系，恨不倩[9]疏林挂住斜晖。马儿迍迍的[10]行，车儿快快的随，却告了相思回避，破题儿[11]又早别离。听得道一声"去也"，松了金钏；遥望见十里长亭，减了玉肌：此恨谁知？

（红云）姐姐今日怎么不打扮？（旦云）你那知我的心里呵？

［叨叨令］见安排着车儿、马儿，不由人熬熬煎煎的气；有甚么心情花儿、靥儿[12]，打扮得娇娇滴滴的媚；准备着被儿、枕儿，只索昏昏沉沉的睡；从今后衫儿、袖儿，都揾[13]做重重叠叠的泪。兀的[14]不闷杀人也么哥[15]？兀的不闷杀人也么哥？久已后书儿、信儿，索[16]与我凄凄惶惶[17]的寄。

（做到）（见夫人科）（夫人云）张生和长老坐，小姐这壁坐，红娘将酒来。张生，你向前来，是自家亲眷，不要回避。俺今日将莺莺与你，到京师休辱末[18]了俺孩儿，挣揣[19]一个状元回来者。（末云）小生托夫人余荫，凭着胸中之才，视官如拾芥耳[20]。（洁[21]云）夫人主见不差，张生不是落后的人。（把酒了，坐）（旦长吁科）

---

①"街上"两句：这是嘲笑张生迂阔的话，意思是街上柴禾很便宜，你要自杀，烧掉你这傻蛋很容易。②筑坛拜将：郑重邀请之意。③囊琴：囊袋中之琴，即琴。④动操：开始弹琴。⑤长老：这是指普救寺的法本长老。⑥十里长亭：古代路旁往往建亭，以供行人送别或休息。⑦上朝取应：赴京应考。⑧玉骢：毛色青白的马，后作马的美称。⑨倩：央求。⑩迍迍 tún tún：行动缓慢的样子。⑪破题儿：开始。唐宋时诗赋的开头叫破题。⑫靥儿：面颊上的酒窝，这里是指面部饰物。靥 yè，脸上酒窝。⑬揾 wèn：揩拭。⑭兀的：指示代词，这，这个。⑮也么哥：语尾助词，无意义。⑯索：须。⑰凄凄惶惶：凄凉悲伤地，这里还含有及时、勤快地的意思。⑱辱末：辱没、玷污。⑲挣揣：奋力夺取。⑳如拾芥耳：如同拾取小草一样，形容毫不费力。㉑洁：元代称和尚为洁郎，简称洁，这里指长老。

〔脱布衫〕下西风黄叶纷飞,染寒烟衰草萋迷①。酒席上斜签着坐的②,蹙愁眉死临侵地③。

〔小梁州〕我见他阁泪汪汪不敢垂④,恐怕人知;猛然见了把头低,长吁气,推整素罗衣。

〔幺篇〕虽然久后成佳配,奈时间⑤怎不悲啼。意似痴,心如醉,昨宵今日,清减⑥了小腰围。

(夫人云)小姐把盏者!(红递酒,旦把盏长吁科,云)请吃酒!

〔上小楼〕合欢未已,离愁相继,想着俺前暮私情,昨夜成亲,今日别离。我谂知⑦这几日相思滋味,却原来比别离情更增十倍。

〔幺篇〕年少呵轻远别,情薄呵易弃掷。全不想腿儿相挨,脸儿相偎,手儿相携。你与俺崔相国做女婿,妻荣夫贵,但得一个并头莲⑧,煞强如⑨状元及第。

(夫人云)红娘把盏者!(红把酒科)(旦唱)

〔满庭芳〕供食太急,须臾对面,顷刻别离。若不是酒席间子母们当回避,有心待与他举案齐眉。虽然是厮守得一时半刻,也合着俺夫妻们共桌而食。眼底空留意⑩,寻思起就里⑪,险化做望夫石⑫。

(红云)姐姐不曾吃早饭,饮一口儿汤水。(旦云)红娘,甚么汤水咽得下!

〔快活三〕将来的酒共食,尝着似土和泥。假若便是土和泥,也有些土气息,泥滋味。

〔朝天子〕暖溶溶玉醅⑬,白泠泠似水⑭,多半是相思泪。眼面前茶饭怕不待⑮要吃,恨塞满愁肠胃。"蜗角虚名,蝇头微利⑯",拆鸳鸯在两下里。一个这壁,一个那壁,一递一声长吁气⑰。

(夫人云)辆起车儿⑱,俺先回去,小姐随后和红娘来。(下)(末辞洁科)(洁云)此一行别无话儿。贫僧准备买登科录⑲看,做的茶饭少不得贫僧的。先生在意,

①"染寒烟"句:寒冷的烟雾笼罩着枯草,显得景象飒杀。萋,通凄。 ②斜签着坐的:斜侧着身子坐着的。这坐法是晚辈礼貌坐姿。 ③死临侵地:呆呆的,死气一片。 ④阁泪汪汪不敢垂:意思是强忍着泪水。阁同搁。 ⑤奈时间:怎奈眼前这时间。 ⑥清减:消减、瘦了。 ⑦谂 shěn 知:深知、熟知。谂,知道。 ⑧并头莲:并蒂莲,比喻男女情爱。 ⑨煞强如:远远胜过。 ⑩"眼底"句:眼里空自传情。 ⑪"寻思"句:寻思起就中的情理。 ⑫"险化做"句:差点儿化做了传说中的望夫石。古代传说中有妻子盼望丈夫归来而变成石头的传说。 ⑬"暖溶溶"句:暖和和的美酒。溶溶,暖和貌;玉醅 pēi,美酒。 ⑭"白泠泠"句:像清冷的冰水。白泠泠,清凉、清淡;泠 líng,清凉。 ⑮怕不待:难道不、何尝不。 ⑯"蜗角"两句:这两句出自苏轼〔满庭芳〕词。蜗角虚名,比喻极微小的名利,用《庄子·阳则》中触氏、蛮氏争地而战的典故。蝇头微利,像苍蝇头那么小的财利。 ⑰"一递"句:你一声我一声接续地长吁短叹。 ⑱辆起车儿:套起车儿。 ⑲登科录:科考被录取者名录。

鞍马上保重者！"从今经忏无心礼，专听春雷第一声"①(下)(旦唱)

[四边静]霎时间杯盘狼藉，车儿投东，马儿向西。两意徘徊，落日山横翠。知他今宵宿在哪里？有梦也难寻觅。

张生，此一行得官不得官，疾便回来。(末云)小生这一去，白夺一个状元，正是"青霄有路终须到，金榜无名誓不归。"(旦云)君行别无所赠，口占一绝，为君送行："弃掷今何在，当时且自亲。还将旧来意，怜取眼前人②。"(末云)小姐之意差矣，张珙更敢怜谁？谨赓③一绝，以剖寸心④；"人生长远别，孰与最关亲？不遇知音者，谁怜长叹人。"(旦唱)

[耍孩儿]淋漓襟袖啼红泪⑤，比司马青衫更湿⑥。伯劳东去燕西飞⑦，未登程先问归期。虽然眼底人千里，且尽生前酒一杯。未饮心先醉，眼中流血，心内成灰。

[五煞]到京师服水土，趁程途⑧节饮食，顺时自保揣身体⑨。荒村雨露宜眠早，野店风霜要起迟。鞍马秋风里，最难调护，最要扶持。

[四煞]这忧愁诉与谁？相思只自知，老天不管人憔悴。泪添九曲黄河溢，恨压三峰华岳低⑩。到晚来闷把西楼倚，见了些夕阳古道，衰柳长堤。

[三煞]笑吟吟一处来，哭啼啼独自归。归家若到罗帏里，昨宵个绣衾香暖留春住，今夜个翠被生寒有梦知。留恋你别无意，见据鞍上马，阁不住⑪泪眼愁眉。

(末云)有甚言语嘱咐小生咱？(旦唱)

[二煞]你休忧"文齐福不齐"⑫，我只怕你"停妻再娶妻"⑬。休要"一春鱼雁无消息⑭"！我这里青鸾⑮有信频须寄。你却休"金榜无名誓不归"。此一节君须记，若见了那异乡花草，再休似此处栖迟。

(末云)再谁似小姐？小生又生此念。小姐放心，小生就此拜辞。

[一煞]青山隔送行，疏林不做美，淡烟暮霭相遮蔽。夕阳古道无人语，禾黍秋风听马嘶。我为甚么懒上车儿内，来时甚急，去后何迟？

---

①"从今"两句：这是祝福士子高中的客气话，即从今无心诵经忏，专心听你高中状元的捷报。礼，敬神颂经。　②"弃掷今何在"四句：这四句诗原是元稹《莺莺传》里莺莺谢绝已婚的张生想要与她会面时写的，这里借来提醒张生中状元后千万不要移情别恋。　③赓 gēng：继续。　④以剖寸心：以表白内心。　⑤红泪：极为伤心的眼泪。用《拾遗记》典故，魏文帝时薛灵芸被选入宫，一路悲伤，用壶承泪，壶呈红色，后凝为血。⑥"比司马"句：用白居易《琵琶行》典故："座中泣下谁最多，江州司马青衫湿。"　⑦"伯劳东去"句：喻情人别离。用乐府诗《东飞伯劳歌》"东飞伯劳西飞燕"典故。　⑧趁程途：赶路程。　⑨"顺时"句：顺应时节变化，自己保重身体。揣，估量、忖度。　⑩"泪添九曲"两句：夸张说法，泪多恨极。九曲黄河，指黄河；华岳，指华山；华山上有莲花、朝阳、落雁三峰，被誉为天外三峰。　⑪阁不住：禁不住。阁，通搁，停止的意思。　⑫"文齐"句：当时成语，安慰落榜者的话。意思是文才已具但时运未到。　⑬"停妻再娶妻"：当时成语，意思是弃妻再娶。⑭"一春鱼雁无消息"：这是秦观〔鹧鸪天〕词的句子，意思是一去音信全无。鱼雁，古有鱼腹藏书、鸿雁传信的说法。　⑮青鸾：古代神话传说中凤凰一类神鸟，能传递书信。

（红云）夫人去好一会，姐姐，咱家去！（旦唱）

　　[收尾]四围山色中，一鞭残照里①。遍人间烦恼填胸臆，量这些大小车儿②如何载得起？

　　（旦、红下）（末云）仆童赶早行一程儿，早寻个宿处。泪随流水急，愁逐野云飞。

　　（下）

王实甫是个描摹环境、刻画意境的高手，《长亭》一折就充分反映了他的本领。《长亭》的语言词藻缤纷、光彩旖旎，读了令人余香满口。元本题评："此折叙离合情绪，客路景物，可称辞曲中赋。"

　　《西厢记》的文学语言成就很高，它做到了融古典诗词和口语于一炉，平易浅近，又华美流畅。它创造了好多积极修辞技巧，据统计就有 34 种。更为可贵的是，主要人物的语言都有个性色彩，并反映当时的情绪和境况。

　　《西厢记》自诞生以来就广为流传，被改编成各种本子上演，甚至还流传到国外。明清优秀小说、戏曲里，都可找到受它影响的痕迹。

第二节　南　戏

什么叫南戏

　　南戏一词，通常是指宋元南戏，它是宋元时期流行于南方用南曲演唱的舞台艺术。历史上、民间习俗上称之为戏文、南曲戏文，或者叫温州杂剧、永嘉杂剧。经过宋元时期的发展，南戏获得了巨大的成功，明清传奇正是在它的基础上发展而成的。

一、宋元南戏的源流

　　南戏最初流行于浙江温州一带，大约宋徽宗宣和年间开始流行，到南宋则更为兴盛。关于南戏发源的具体时间，历来有两种说法：一是明代祝允明在《猥谈》中说："南戏出于宣和之后，南渡之际，谓之温州杂剧。"二是明代徐渭在《南词叙录》中说："南戏始于宋光宗朝，永嘉人所作。"

　　南戏最初只是一种民间的地方小戏，采用的是农村中人们熟悉的流行曲调。以后又从传统的音乐，如唐宋大曲、诸宫调、唱赚、转踏等吸取了不少曲调，从而形成一种包含多种声腔的戏剧。在元代，北方的杂剧传到了南方，南戏也传到了北方，南北交流，南戏从中得以吸收北杂剧的成就丰富发展自己。在声腔方面，南戏就采用了北杂剧的若干曲调，形成南北合套，使南戏的音乐和唱腔更加富有表现力。过去认为，北曲产生于南曲之前，先有元杂剧后

四大声腔

①"四围"两句：即马致远[寿阳曲]"四围山一竿残照里，锦屏风又添铺翠"的意思。　②大小车儿：大大小小的车儿。

才有南戏。这不符合事实,南戏是在南方与元杂剧同时并存的剧种。到了元末,南戏已不限于它的产生地,而传入江苏、安徽、江西等地,与当地的一些民间艺术相融合,这就是后来的四大声腔:弋阳腔流行于湘、赣、闽、广等地,余姚腔、海盐腔流行于江浙,昆山腔流行于吴中。

南戏的剧目,据今人钱南扬搜辑,有 168 种,其中有传本的有 16 本,有零星曲子流传的有 119 本,全佚的有 33 本。流传的 16 本,即《永乐大典戏文三种》《牧羊记》《荆钗记》《白兔记》《拜月亭》《杀狗记》《琵琶记》等。这里面以《永乐大典戏文三种》时间最早,也最可靠,其他大多经明人修改过。

《永乐大典戏文三种》即《张协状元》《宦门子弟错立身》《小孙屠》。《张协状元》,题为南宋温州九山书会编撰,写书生张协赴考途中遇盗,受贫女照顾,结为夫妻。但他中了状元后,嫌妻微贱而杀妻。妻不得死,为枢密相王德用收养,又嫁给了张协。《宦门子弟错立身》,题为宋古杭才人新编,写宦门子弟延寿马同江湖戏子王金榜相爱,遭父反对,遂流浪江湖,演戏为生,最后父子和好。《小孙屠》题为元武林书会萧德祥编撰,写孙必达因妻与人私通被害入狱,其弟以屠为业的孙必贵又被奸人杀害于荒郊。必贵被东岳神救活。最后包拯审案,奸情才大白。可以看出,早期的南戏情节已经较为复杂,人物形象也较鲜明生动。

大约是在元明之际,南戏产生了成熟的作品,著名的有《琵琶记》《荆钗记》《白兔记》《拜月亭》《杀狗记》,合称为五大传奇。以《琵琶记》成就最高,其他四本,也还有荆、刘、拜、杀四大传奇的美誉。

我们注意到,明人称南戏的这些作品为传奇,表明南戏与明清传奇是一脉相承的。

二、南戏的形式

总的来说,南戏的形式比较自由灵活,有利于反映复杂的社会生活,有利于剧情内容和剧中人物思想感情的表达。

南戏与杂剧的不同之处在于:

(一)剧本结构:杂剧每本四折,每折一人独唱,唱一套曲;南戏不受限制,长短自由,各角色都可唱,可独唱、对唱、合唱。

(二)角色行当:杂剧归为末、旦、杂三类,无丑角;南戏生、旦、净、末、丑、外、贴七个角色俱全。

(三)音韵:杂剧每折限用一个宫调,一韵到底;南戏比较自由,可以用不同宫调的曲牌,可以换韵。

(四)开场:杂剧无开场,题目正名放在剧本末尾;南戏有开场(或叫家门、开宗),由副末开场,题目正名放在前面。

(五)场、白:杂剧一场叫一折,人物上场有定场诗;南戏一场叫一出,人物下场有下场诗。

(六)声腔韵味:正如徐渭《南词叙录》所说:"听北曲则神气鹰扬,有杀伐之气";"听南曲则流丽婉转,有柔媚之情"。

南戏五大传奇

南戏与杂剧的不同

三、高明和《琵琶记》

《琵琶记》是南戏中影响最大的作品,其艺术成就雄冠一时,有"南戏之祖"的美誉。

作者高明(约 1307—1371)字则诚,号菜根道人,后人称他为东嘉先生,浙江瑞安人。他出生在书香门第,从小就以博学著称。元顺帝至正五年(1345)考中进士,在处州、杭州做过几任小官。至正八年(1348)被任命为"平乱"都帅府都事,因与主帅意见不合辞官。后来隐居在宁波栎社沈氏楼,闭门谢客,以词曲自娱。《琵琶记》当于此时写成。明兴,朱元璋曾征召他去修元史,他托辞不就,不久病故。著作除《琵琶记》外,还有传奇《闵子骞单衣记》、诗文《柔克斋集》,惜多散佚,仅残存诗文 50 余篇。

《琵琶记》描写的是读书人蔡伯喈之妻赵五娘的悲剧。蔡伯喈去京城应考,中状元,被牛丞相招赘,过着荣华富贵的生活。而赵五娘却在家乡艰难地侍奉着公婆。适值荒年,她变卖钗裙,买来粮米,孝敬公婆,自己却咽糠充饥。公婆死后,她卖发埋葬。以后又背着琵琶沿途乞讨上京寻夫。幸赖牛小姐善良贤德,使赵五娘与蔡伯喈重聚,最后以一门旌表全忠全孝全义结束。这个故事是在南戏早期剧目《赵贞女蔡二郎》故事的基础上改编的,原来的故事里蔡伯喈背亲弃妇,结果产生了雷击蔡伯喈,马踩赵五娘的悲剧。高明则把蔡伯喈改编成一个正面人物,他在所谓"三不从"的情况下酿成大错。即:他不肯赶考,父亲不从;他要辞官,皇帝不从;他要辞婚,牛府不从。这样,原来的负义行为归咎为形势所逼,蔡伯喈仍不失为全忠全孝、有情有义的完人。这样的故事和主题自然是虚假的、没有典型意义的。

糟糠自厌(选自明代万历二十五年玩虎轩刻本《琵琶记》插图)

但是,瑕不掩瑜,《琵琶记》由于赵五娘形象塑造得成功,反映社会生活全面广泛和艺术表达的圆美,使剧作大大超过前辈的南戏作品,而成为戏剧史上的里程碑。

造成赵五娘悲剧的原因是多方面的,有偶然性,也有必然性,有天灾,也有人祸。除了自然灾害以外,更有坏人趁火打劫,下层官吏贪污中饱。剧作对元代社会的真实情况的揭露是相当充分的。

赵五娘是剧作的第一号人物,被李卓吾评为"圣妇"。她体现了在当时境遇中,在极端艰难困苦的情况下,中国劳动妇女的自我牺牲,舍己为亲,勤劳善良,坚韧尽责的美好品质。对于这个人物,虽然还有"孝妇典型"的批评意见,但是很多研究者认为,他的行为不是封建思

赵五娘的形象

想所能含概的，在她身上体现了民族精神和传统的美德。《糟糠自厌》①一出正充分体现了赵五娘的自我牺牲的美好品德：

（旦上，唱）

［山坡羊］乱荒荒不丰稔②的年岁，远迢迢不回来的夫婿。急煎煎③不耐烦的二亲，软怯怯④不济事的孤身己⑤。衣典尽、寸丝不挂体。几番要卖了奴身己，争奈没主公婆教谁看取？（合）⑥思之，虚飘飘命怎期？难捱，实丕丕⑦灾共危。

［前腔］滴溜溜难穷尽的珠泪，乱纷纷难宽解的愁绪。骨崖崖⑧难扶持的病体，战钦钦⑨难捱过的时和岁。这糠呵！我待不吃你，教奴怎忍饥？我得吃呵，怎吃得！（介）苦！思量起来不如奴先死，图得不知他亲死时。（合前）⑩

（白）奴家早上安排些饭与公婆，非不欲买些鲑菜⑪，争奈无钱可买。不想婆婆抵死埋冤⑫，只道奴家背地吃了甚么。不知奴家吃的却是细米皮糠，吃时不敢教他知道，只得回避。便埋冤杀了⑬，也不敢分说。苦，真实这糠怎的吃得。（吃介）（唱）：

［孝顺歌］呕得我肝肠痛，珠泪垂，喉咙尚兀自牢嗄⑭住。糠！遭砻⑮被舂杵，筛你簸扬你，吃尽控持⑯。悄似⑰奴家身狼狈，千辛万苦皆经历。苦人吃着苦味，两苦相逢，可知道⑱欲吞不去。（吃吐介）（唱）

［前腔］糠和米，本是两倚依，谁人簸扬你作两处飞？一贱与一贵，好似奴家共夫婿，终无见期。丈夫，你便是米么，米在他方没寻处。奴便是糠么，怎的把糠救得人饥馁？好似儿夫出去，怎的教奴，供给得公婆甘旨⑲？（不吃放碗介）（唱）

［前腔］思量我生无益，死又值甚的！不如忍饥为怨鬼。公婆年纪老，靠着奴家相依倚，只得苟活片时。片时苟活虽容易，到底日久也难相聚。谩⑳把糠来相比，这糠尚自有人吃，奴家骨头，知他埋在何处？

（外、净上探白）媳妇，你在这里说甚么？（旦遮糠介）（净搜出打旦介）（白）公公，你看么？真个背后自逼逻㉑东西吃，这贱人好打！（外白）你把他吃了，看是什么物事？（净荒吃介）（吐介）（对白）媳妇，你逼逻的甚么东西？（旦介）（唱）

［前腔］这是谷中膜，米上皮，将来逼逻堪疗饥。（外净白）这是糠，你却怎的吃

---

①题名：这出是《琵琶记》的第二十一出，厌，通餍，饱、满足的意思。　②稔 rěn：庄稼成熟。　③急煎煎：焦急、烦躁。　④软怯怯：柔弱、软弱。　⑤身己：身子。　⑥（合）：即合头，戏曲术语，南曲曲牌的最后几句往往由数人合唱，称合头或合。　⑦实丕丕：实实在在地。　⑧骨崖崖：瘦骨嶙峋的样子。　⑨战钦钦：战战兢兢地。　⑩（合前）：即合头同前，意思是此段合唱部分与前段相同。　⑪鲑 xié 菜：鱼类菜肴，这里有荤菜的意思。鲑，鱼类通称。　⑫抵死埋冤：拼命埋怨。　⑬杀了：死了，表示非常的意思。　⑭牢嗄 shā：紧紧地卡住。嗄，声音嘶哑。　⑮砻 lóng：磨、碾。　⑯控持：折磨、苦头。　⑰悄似：恰似、好似。　⑱可知道：难怪。　⑲甘旨：美好的饮食。　⑳谩 màn：随便。　㉑逼逻 luó：安排、张罗。逻，巡察。

得？（旦唱）尝闻古贤书，狗彘食人食①，公公，婆婆，须强如草根树皮。（外净白）这的不嘎杀②了你？（旦唱）嚼雪餐毡苏卿犹健③，餐松食柏到做得神仙侣，纵然吃些何虑？（白）公公，婆婆，别人吃不得，奴家须是吃得。（外、净白）胡说！偏你如何吃得？（旦唱）爹妈休疑，奴须是你孩儿的糟糠妻室④！

（外、净哭介，白）原来错埋冤了人，兀自不痛杀了我！（倒介）（旦叫介，唱）

[雁过沙]他沉沉向迷途，空教我耳边呼。公公，婆婆我不能尽心相奉事，番⑤教你为我归黄土。公公，婆婆，人道你死缘何故？公公，婆婆，你怎生割舍抛弃了奴？

（白）公公，婆婆。（外醒介，唱）

[前腔]媳妇，你耽饥⑥事公姑。媳妇，你耽饥怎生度？错埋冤你也不肯辞⑦，我如今始信有糟糠妇。媳妇，我料应不久归阴府。媳妇，你休便为我，死的把生的受苦。（旦叫婆婆介，唱）

[前腔]婆婆，你还死教奴家怎支吾⑧，你若死教奴家怎生度？我千辛万苦回护丈夫，如今到此难回护⑨。我只愁母死难留父，况衣衫尽解，囊箧⑩又无。（外叫净介，唱）

[前腔]婆婆，我当初不寻思，教孩儿往皇都。把媳妇闪得苦又孤，把婆婆送入黄泉路，只怨是我相耽误。我骨头未知埋在何处所？

（旦白）婆婆都不省人事了，且扶入里面去，正是：青龙共白虎同行⑪，吉凶事全然未保。（并下）（末上白）福无双至犹难信，祸不单行却是真。自家为甚说这两句？为邻家蔡伯喈妻房，名唤做赵氏五娘子，嫁得伯喈秀才，方才两月，丈夫便出去赴选、自去之后，连年饥荒，家里只有公婆两口，年纪八十之上，甘旨之奉，亏杀这赵五娘子，把些衣服首饰之类尽皆典卖，籴⑫些粮米做饭与公婆吃，他却背地里把些细米皮糠逼逻充饥。唧唧⑬，这般荒年饥岁，少什么⑭有三五个孩儿的人家，供膳⑮不得爹娘、这个小娘子，真个今人中少有，古人中难得。那公婆不知道，颠倒⑯把他埋怨；今来⑰听得他公婆知道，却又痛心都害了病。俺如今去他家里探取消息则个。（看介）这个来的却是蔡小娘子，怎生恁地走得慌？（旦慌走上介，白）天有不测风云，人有旦夕祸福。（见末介）公公，我的婆婆死了。（末介）我却⑱要来。（旦白）

①"狗彘"句：人吃猪狗吃的东西。原来的意思是猪狗吃人的食物。出于《孟子·梁惠王》："狗彘食人食而不知俭。"　②嘎 gā 杀：卡死。嘎，象声词。　③"嚼雪餐毡"句：这是用西汉苏武的典故：苏武被匈奴囚禁，他吃雪吞毡得以不死。　④糟糠妻室：贫贱时艰难共度的妻室。　⑤番：反而。　⑥耽饥：忍饥。　⑦辞：推辞，这里含有辩白的意思。　⑧支吾：应付。　⑨回护：曲意顾护。　⑩囊箧：口袋和小箱子，转意为家中的钱财。　⑪"青龙"句：宋元俗语，是吉凶未卜的意思。古代星命家认为，青龙是吉星，白虎是凶星，两者同行，实在吉凶难料。　⑫籴 dí：买进粮食。　⑬唧唧：即"啧啧"赞叹声。　⑭少什么：不少。　⑮供膳：赡养。　⑯颠倒：倒过来反而。　⑰今来：现今。　⑱却：副词，正的意思。

公公,我衣衫首饰尽行典卖,今日婆婆又死,教我如何区处?公公可怜见,相济则个。(末白)不妨,婆婆衣衾棺椁①之费皆出于我,你但尽心承值②公公便了。(旦哭介,唱)

[玉包肚]千般生受③,教奴家如何措手?终不然④把他骸骨,没棺椁送在荒丘?(合)相看到此,不由人不珠泪流,正是不是冤家不聚头⑤。(末唱)

[前腔]不须多忧,送婆婆是我身上有。你但小心承直⑥公公,莫教又成不救。(合前)(旦白)如此,谢得公公!只为无钱送老娘。(末白)娘子放心,须知此事有商量。(合)正是:归家不敢高声哭,只恐人闻也断肠。(并下)

这出戏里,赵五娘的悲惨境况和她自我牺牲、吃苦为人的品德都得到了很好的展现。曲词质朴本色,切合人物的情境、性格,取得了生动感人的艺术效果。比如赵五娘唱的〔孝顺歌〕,不用典故,只取譬于眼前事物,朴素而深沉地表现了下层妇女的本色。

《琵琶记》的艺术成就

《琵琶记》的艺术成就是举世公认的,吕天成《曲品》称之为"神品",汤显祖说,读《琵琶记》胜读一部《离骚》。《南词叙录》说,高明写《琵琶记》专心致志,手写曲词,脚为按拍,"板皆为穿"。唯其如此,剧作才能摹写世态、刻画人物穷形尽相,赵五娘就是很好的例证。剧作的双线对比结构也收到了对比强烈、相互映衬的艺术效果。剧情依蔡伯喈和赵五娘在两地的境况,分成两条线索在交错递进,一边是蔡伯喈在京城一步步陷入荣华富贵的漩涡,金榜题名、洞房花烛、饮酒赏月;一边是赵五娘在陈留郡一步步在苦难中挣扎,被劫轻生、糟糠自厌、祝发⑦葬亲、背着琵琶上京城。这样,戏剧冲突很尖锐强烈。另外,细腻深曲的心理描写也是剧作的重要艺术成就。

第三节 散 曲

什么叫散曲

散曲是金元时期产生于北方的一种新体诗,由于它通俗生动、新颖别致,一时传遍全国,还影响到明清两代,成为别立一宗的文学样式。

散曲又称清曲、乐府,有别于剧曲,可以独立存在,但也与诗和剧诗的关系一样,它又是杂剧唱词的构成部分。

一、散曲的产生

散曲的产生是两种音乐文化撞击的结果。一方面,在中原,词退出了歌坛,俗谣俚曲逐

①衣衾 qīn 棺椁:殓尸的衣服棺材。衾,尸体入殓时盖的被单;椁,古代棺外的套棺。 ②承值:照料、侍候。 ③生受:为难、辛苦。 ④终不然:难道。 ⑤不是冤家不聚头:意思是不是前世的冤家(仇人)也不会聚会在一起,谓冤家总会相聚。 ⑥承直:即承值。照应、侍候。 ⑦祝发:断发。祝:断绝。

渐繁盛。北宋词曾经风靡一时,唱彻大江南北,南宋以后词则逐渐雅化,与曲调脱离并脱离歌坛,而歌坛则为俗谣俚曲、由词变化而来的曲子所占据。另一方面,随着北方少数民族的强盛,"胡乐番曲"也大量流入中原。宋金时期我国北方少数民族是非常活跃和强盛的,他们大都能歌善舞,他们的胡乐番曲自然也就随着政治势力不断扩展而传入中原。这些胡乐番曲不仅歌词、曲调的风格与旧曲不同,就连乐器也迥异,给人以耳目一新的感受。散曲正是金元时期俗谣俚曲和外族音乐交汇、融和,再加上文人的加工创造,而形成的一种与诗、词截然不同的新体韵文。徐渭在《南词叙录》中说:"今之北曲,盖辽金北鄙杀伐之声,壮伟狠戾,武夫马上之歌,流入中原,遂为民间之日用,宋词既不可被之管弦,南人亦遂尚此,上下风靡。"这说明北曲南渐的情况。金末,散曲在民间流行的基础上,著名诗人元好问开始创作散曲。到了元代,更有马致远、关汉卿等著名作家的参与创造,散曲就进入了全盛时代。

二、散曲的体裁

散曲分小令、带过曲、套数三种,大约先有小令,以后逐渐发展出带过曲、套数。

小令又名叶儿,即单支曲子。王骥德说:"所谓小令,盖市井所唱小曲也。"(《曲律》)它们是按照不同曲调创作的,每个曲调都有自己的名称,如〔天净沙〕、〔山坡羊〕、〔粉蝶儿〕、〔落梅风〕等。每个曲牌都有一定的宫调、句式、字数和韵脚。如〔天净沙〕是越调,句式为六六六四六,没有衬字,共五韵。

带过曲,也叫合调,是由同一宫调里习惯连唱的两支或三支曲调组成。这种带过曲往往是作者一调填毕,意犹未尽,需要填他一调或两调续成之。带过曲是把宫调相同而音律不能衔接的曲调连接起来填写,这种连接有固定的形式,不能随意搭配。例如:双调〔雁儿落〕带〔得胜令〕、中吕宫〔十二月〕带〔尧民歌〕、中吕宫〔醉高歌〕带〔红绣鞋〕、南吕宫〔骂王郎带感皇恩带采茶歌〕。带过曲曲牌的写法有两种,一种是第一、二、三例的写法,另一种则是第四例的写法。

套数,也叫套曲、散套,是由两支以上属于同一宫调的曲子联合而成的组曲。套数组成有一定的规律:(一)联缀的曲子必须属于同一宫调,(二)各调必须同韵,(三)联缀有固定的顺序,一般先用一两支小曲开端,以"煞调"、"尾声"结束。例如关汉卿南吕〔一枝花〕(不伏老)套曲则是由四支曲子组成:南吕〔一枝花〕、〔梁州〕、〔隔尾〕、〔黄钟煞〕。马致远〔秋思〕套曲则是由七支曲子组成:双调〔夜行船〕、〔乔木查〕、〔庆宣和〕、〔落梅花〕、〔风入松〕、〔拔不断〕、〔离亭宴煞〕。关于套曲曲牌的写法有三种:以第一例为例,关汉卿〔南吕一枝花〕(不伏老)套曲,可写成关汉卿〔南吕一枝花〕套曲,也可写成关汉卿《不伏老》套曲。

散曲与词同是能歌唱的长短句,但两者却有很多不同:(一)散曲比词更为参差不齐。词中长句一般不超过 9 个字,散曲从一到四五十字的句子都有。(二)散曲比词用韵更密、更宽。散曲有时每句一韵,诗词中平仄不能通押,曲则不同,曲中无人声,平、上、去三声通押。(三)散曲在规定字数外,还可以加衬字。所以,从形式方面说,散曲和词同为散言的倚声韵文,而散曲似乎更灵活多样。

三、散曲的思想倾向

元代散曲题材广泛,较全面地反映了当时的社会生活。任讷《散曲概论》有云:"我国一切韵文之内容,其驳杂广大,殆无逾于曲者。"它们的内容较为突出的有下列几方面:

(一)暴露封建社会争名夺利的现实,嘲讽统治者。这类作品的数量虽然不多,但很有认识意义。例如马致远《秋思》套曲的[离亭宴煞]①一曲对当时争名夺利的丑恶现象,表示了极大的鄙视和否定。

> [离亭宴煞]蛩②吟罢一觉才宁贴③,鸡鸣时万事无休歇。争名利,何年是彻④?密匝匝⑤蚁排兵,乱纷纷蜂酿蜜,闹攘攘⑥蝇争血。裴公绿野堂⑦,陶令白莲社⑧。爱秋来那些:和露摘黄花,带霜烹紫蟹,煮酒烧黄叶。人生有限杯,浑几个登高节⑨?嘱咐俺顽童记者⑩:便是北海探吾来⑪,道东篱⑫醉了也。

睢景臣的《高祖还乡》套曲里则对历史上威加海内、富贵还乡的汉高祖进行了淋漓尽致的嘲讽。宫天挺的[范张鸡黍]曲子中对当时"不读书有权,不识字有钱,不晓事却有人夸荐"的怪现象,表示愤恨,进行嘲讽。

(二)反映人民的苦难生活。张养浩[山坡羊](潼关怀古)喟叹历代王朝的兴亡,一针见血地点明封建政治与人民的对立:"兴,百姓苦;亡,百姓苦。"张可久〔卖花声〕《怀古》与之则有异曲同工之妙:

> 美人自刎乌江岸⑬,战火曾烧赤壁山⑭,将军空老玉门关⑮。伤心秦汉,生民涂炭⑯,读书人一声长叹。

刘时中《上高监司》套数形象地描绘了旱灾以后灾区人民的悲惨遭遇,斥责了官绅奸商趁火打劫的罪恶行径,揭露出元代的政治腐败和社会黑暗,抒发了对贫苦人民艰难处境的深切同情。前六支曲子着重描写旱灾的由来和灾情的严重,田野不收,物价高涨,灾民们挖尽野菜,剥光树皮,最后只得填街卧巷挣扎在死亡的边缘。他们不仅卖掉了家业田庄,而且卖掉了亲

---

①[离亭宴煞]:原曲为[双调·夜行船]《秋曲》,其中有[夜行船]、[乔木查]、[庆宣和]、[落梅花]、[风入松]、[拔不断]、[离亭宴煞]七支曲子,此是第七支。 ②蛩 qióng:蟋蟀。 ③宁贴:睡稳。 ④彻:到尽头、完结。 ⑤密匝匝:严实、稠密的样子。 ⑥闹攘攘:喧闹的样子。 ⑦"裴公"句:用唐人裴度隐逸的典故。裴度平淮蔡有功,封晋国公,主朝政30年,后因宦官专权退隐,在洛阳筑绿野堂,不问世事。 ⑧"陶令"句:用陶渊明参加白莲社的典故。晋高僧慧远在庐山建白莲社,研讨佛理,邀陶渊明参加。陶做过彭泽县令,故称陶令。 ⑨"浑几个"句:还有几个登高节。 ⑩记者:记着。 ⑪"便是"句:便是孔融来看我,就说我醉了不能见客。孔融,东汉名士性好客,常招客宴饮。曾作过北海相,故称北海。 ⑫东篱:指马致远,马号东篱。 ⑬"美人"句:指虞姬乌江自刎的事。 ⑭"战火"句:指赤壁大战。 ⑮"将军"句:指汉班超在西域镇守三十一年,年老上书"但愿生入玉门关"的事。班超通西域,封定远侯。 ⑯涂炭:比喻环境极端艰苦。涂,泥淖;炭,炭火。

生儿女,没人要的乳哺儿就活活撇入长江。这就把那个时代贫苦人民在灾荒年月的种种惨相真实地再现在读者面前。仅以第六支[滚绣球]和第十一支[叨叨令]为例,就可领略到作者同情人民的深沉的悲歌。

> [滚绣球]偷宰了些阔角牛①,盗斫②了些大叶桑。遭时疫无棺活葬,贱卖了些家业田庄。嫡亲儿共女,等闲参与商③。痛分离是何等情况,乳哺儿没人要撇入长江。那里取厨中剩饭杯中酒,看了些河里孩儿岸上娘,不由我不哽咽悲伤。

> [叨叨令]有钱的,贩米谷、置田庄,无钱的,少过活、分骨肉,无承望;有钱的,纳宠妾、买人口、偏兴旺,无钱的,受饥馁、填沟壑、遭灾障④。小民好苦也么哥⑤,小民好苦也么哥,便秋收鬻妻卖子家私丧。

(三)表现读书人渴望自由,逃避黑暗现实的心情。元代读书人地位低下,"介乎娼之下,丐之上者,今之儒也!"(谢枋得《送方伯载归三山序》)他们普遍感到生活没出路,叹世、骂世之余,便悲观绝望,追求隐逸闲适的生活。例如白朴[沉醉东风](渔父):

> 黄芦岸白蘋⑥渡口,绿杨堤红蓼⑦滩头。虽无刎颈交⑧,却有忘机友⑨,点秋江白鹭沙鸥。傲煞人间万户侯⑩,不识字烟波钓叟。

马致远[拨不断](布衣中):

> 布衣中,问英雄,王图霸业成何用?禾黍高低⑪六代宫⑫,揪梧⑬远近千官冢,一场恶梦。

张养浩的[水仙子](休官)就把弃官归隐的思想说得十分明白:

> 中年才过便休官,合共神仙一样看。出门来山水相留恋,倒大来耳根清眼界宽,细寻思这的是真欢。黄金带缠着忧患,紫罗襕⑭裹着祸端,怎如俺藜杖⑮藤冠⑯。

(四)表达一种怀古伤今、黍离之悲的情怀。这方面自然是以被誉为怀古绝唱的张养浩[山坡羊](潼关怀古)最为典型。被誉为"秋思之祖"的马致远[天净沙](秋思)也很典型:

> 枯藤老树昏鸦,小桥流水人家,古道西风瘦马。夕阳西下,断肠人⑰在天涯。

---

①阔角牛:角阔大的牛,壮健的牛。 ②斫 zhuó:砍。 ③"嫡亲"两句:亲生的儿女,轻易离散了(指卖儿卖女)。参 shēn 与商,指二十八宿中的参宿与商宿,两星出没无有共时。 ④灾障:灾难。障,阻挡。 ⑤也么哥:元曲中常用的语尾助词,无意义。 ⑥白蘋 píng:白色蘋草。蘋,生于浅滩的水草。 ⑦红蓼 liǎo:红色的蓼花。蓼,草本植物。 ⑧刎颈交:同生死的挚友。典出《史记·廉颇蔺相如列传》:"卒相与欢,为刎颈之交"。 ⑨忘机友:心地淳朴忘却机心、宁静淡泊的好朋友。 ⑩万户侯:食邑万户的侯爷。汉制列侯食邑,大者万户,小者五六百户。 ⑪禾黍高低:故国破败的喻指。典出《诗经·黍离》:"周大夫行役,至宗周,过故宗庙宫室,尽为禾黍。" ⑫六朝宫:即六朝宫殿。 ⑬揪梧:即楸梧,楸树和梧桐。楸 qiū,落叶乔木,木质细腻耐湿,是建筑、造船的上选木材。 ⑭紫罗襕 lán:紫色丝制公服。紫襕,为官品较高者。襕,古代的一种上下相连的服装。 ⑮藜 lí杖:藜茎所制的手杖。藜,草本植物,藜茎轻而直,是制杖的好材料。 ⑯藤冠:藤缠的冠。 ⑰断肠人:极其伤心的人。

前三句平列九种景物。后两句一联串描绘出了一幅暮秋行旅图。景中句句有情,情中句句有景,伤今怀旧、游子思乡的主题自然涌出。王国维说"绝是天籁①",是有道理的。

总的说来,元代散曲大多数是歌唱山林隐逸和描写男女风情的作品,而以前者尤为突出。元散曲的主要倾向就在于鄙薄功名利禄的消极退隐思想。一般说来,这种思想倾向,有积极反抗的一面,也有消极颓废的一面。但对于元散曲就似乎不应这样四平八稳地分析。造成这股强烈文艺思潮的背景是非常特殊的,一是民族压迫的深重,二是社会的黑暗,三是读书人地位低下,没有前途,这些促使读书人对争名夺利的现实感到激愤,对现实生活感到失望,对传统生活道路感到怀疑,于是力图进行新的探索,故意和传统对着干,他们对社会、人生、宇宙进行了大胆的思索,对皇帝、圣人和皇权表现了前所未有的叛逆。所以,有人认为,元散曲主要思想倾向是进步的,那就是浪子风流、隐逸情调和斗士精神融合而成的反抗意识,这种反抗意识是明清民主进步思想的先导。

当然,对于今天的读者,消极避世思想和庸俗低级的东西,还是应扬弃的。

四、散曲的艺术特色

作为一代之文学,元散曲确有鲜明的艺术特色,一般说来,自然直率是其总的特点。王国维说:"元曲之佳处何在?一言以蔽之曰:自然而已矣!"(《宋元戏曲史》)具体可从下列四方面来反映:

(一)语言通俗明快,带有浓厚的地方色彩。元散曲语言多用生活中的新鲜词语,清水出芙蓉,天然去雕饰,不堆砌、不造作,也很少用典。由于它是在俗谣俚曲的基础上发展起来的,就必然带有浓厚的乡土气息,口语多、土语多,而且以避文就俗,土里土气为好。在宋词中如果用"春景"、"夏景"、"闺情"、"送别"为题就浅俗了。而曲中这些标题满眼都是,至于"王大姐浴房中吃打"、"长毛小狗"、"大桌上睡觉"等俗语,在文学中恐怕是绝无仅有的。至于土语,张相《诗词曲语辞例释》等书收集的元曲方言有数百个,比如畅好是、赤紧、紧受、兀的,王留、沙三、葫芦提、惨可可,等等。

(二)形式多样化,充分发挥散言韵文的节奏美。散曲句子的字数自由灵活,再加上它还创造出各种句式和语言的对仗,显得语调铿锵,节奏强烈。在对仗方面,最为突出的是它创造了鼎足对的形式。所谓鼎足对,又叫扇对、散对,即曲中三句成对。试看徐再思的两支曲子:

[双调·水仙子](夜雨):一叶梧叶一声秋,一点芭蕉一点愁,三更归梦三更后。落灯花②棋未收,叹新丰孤馆人留③。枕上十年事④,江南二老忧,都到心头。

---

①天籁 lài:诗歌中不雕琢而得自然之趣者。籁,一般的声响。 ②落灯花:指熄了灯。灯花,油灯上灯草燃烧后结成的骨朵。 ③"叹新丰"句:感慨自己滞留他乡。用马周被困新丰的典故,《旧唐书·马周传》马周不得意,困于新丰,主人不顾待周,他只得自酌。 ④"枕上"句:枕上(躺着)回忆近十年的经历。

　　[双调·水仙子](春情):九分恩爱九分忧,两处相思两处愁,十年迤逗①十年
受。几遍成几遍休,半点事半点惭羞。三秋肠三秋感旧,三春怨三春病酒,一世害②
一世风流。

这两支曲子的第一句和第二支曲子的末句都是鼎足对。

　　(三)意境大众化,宜庄宜谐,诙谐泼辣。诗词中谐谑之作不多,散曲则雅俗兼备,谐谑
之作较多,而且它长于幽默、讽刺挖苦。睢景臣的[般涉调·哨遍](高祖还乡)便是很好的例
子。高祖还乡的旷世盛典,在一个土里土气、呆头呆脑的乡巴佬面前完全变了形,乡巴佬妙
趣横生的呆活,成了对俨然在上的刘邦的入骨的讽刺。全篇诙谐而锋利,幽默而深刻,是中
国诗史上有数的诙谐泼辣之作。即使对悲苦的题材,散曲作者也往往以幽默出之,并不一本
正经地悲吟。寄征衣是传统的悲伤题材,《诗经》中有《七月》,李白有《子夜吴歌》。玉兰的
《寄外征衣诗》写得最为悲伤:"夫戍边关妾在吴,西风吹妾妾忧夫。一行书信千行泪,寒到君
边衣到无?"可是在散曲作家姚燧的笔下却又是另一番情趣:

　　[越调·凭栏人](寄征衣):欲寄征衣君不还,不寄征衣君又寒。寄与不寄间,
　　妾身千万难。

颇为幽默地写出思妇心里的矛盾和深情。商挺的[双调·潘妃曲]也是同样韵味:

　　带月披星担惊怕,久立纱窗下,等候他。蓦听得门外地皮儿踏。则道是冤家,
　　原来是风动荼蘼架。

有人认为散曲与严肃无缘,曲本来是一种民间小调,是茶余酒后以资笑乐的文字游戏。如果
要区别诗、词、曲风格的不同,那可以用下面六个字来表示:诗直、词婉、曲滑。

　　(四)在尖新俚俗、说穿说尽中曲折地表现激愤。这也是元散曲特有的审美情趣,它往
往不求含蓄有余韵,而求痛快淋漓说过头;说它粗俗,它竟不避粗俗,以求在粗俗中显出风
致;说它浅露,累赘重复,它竟不避浅露、累赘重复,以求在浅露、重复中显出意味。试看关汉
卿《不伏老》套曲:

　　[一枝花]攀出墙朵朵花③,折临路枝枝柳④。花攀红蕊嫩,柳折翠条柔。浪子
　　风流,凭着我折柳攀花手,直煞得花残柳败休。半生来折柳攀花,一世里眠花卧柳。
　　[梁州]我是个普天下郎君领袖⑤,盖世浪子班头。⑥愿朱颜不改常依旧:花中
　　消遣,酒内忘忧;分茶攧竹⑦,打马藏阄⑧;通五音六律滑熟⑨,甚闲愁到我心头!伴

———————————

①迤逗 yí dòu:曲折、蹉跎。　②害:祸患。　③"攀出墙"句:结交众多妓女。本以出墙花喻美色,宋叶绍
翁诗《游园不值》有"春色满园关不住,一枝红杏出墙来"句,后人多以出墙花喻妓女。　④"折临路"句:结交
众多妓女。唐李白有诗"章台折杨柳,春日路旁情"显然指妓女。　⑤郎君:指爱冶游的花花公子。　⑥浪子:
也指花花公子。　⑦分茶攧竹:分茶,宋元时泡茶的一种艺术;攧竹,博戏名,攧动竹筒,使某枝竹签跌出,视
签标志以分胜负。攧 diān,跌。　⑧打马藏阄 jiū:打马,古代的一种博戏;阄,即藏钩,是猜别人暗藏物件的
游戏。　⑨"通五音"句:我通晓音律而且十分熟悉。五音即宫、商、角、徵、羽五音,六律指黄锺、太簇、姑洗、
蕤宾、夷则、无射六律。这里泛指音律。

的是银筝①女银台前理银筝倚银屏,伴的是玉天仙携玉手并玉肩同登玉楼,伴的是金钗客②歌《金缕》③捧金樽满金瓯④。你道我老也,暂休。占排场⑤风月功名首⑥,更玲珑又剔透。我是个锦阵花营都帅头⑦,曾玩府游州。

[隔尾]子弟每是个茅草岗沙土窝初生的兔羔儿乍向围场上走⑧,我是个经笼罩受索网苍翎毛老野鸡蹅踏的阵马儿熟⑨。经了些窝弓⑩冷箭蜡枪头⑪,不曾落人后。恰不道人到中年万事休,我怎肯虚度了春秋。

[尾]我是个蒸不烂煮不熟锤不匾炒不爆响珰珰一粒铜豌豆,恁⑫子弟每谁教你钻入他锄不断斫不下解不开顿不脱慢腾腾千层锦套头⑬。我玩的是梁园月⑭,饮的是东京酒⑮,赏的是洛阳花⑯,攀的是章台柳⑰。我也会围棋,会蹴鞠⑱,会打围⑲、会插科⑳、会歌舞、会吹弹、会咽作㉑、会吟诗、会双陆㉒。你便是落了我牙、歪了我嘴、瘸了我腿、折了我手,天赐与我这几般歹症候,尚兀自㉓不肯休。则除是阎王亲自唤,神鬼自来勾,三魂归地府㉔,七魄丧冥幽㉕,天哪!那其间才不向烟花路儿㉖上走。

这是一篇风流浪子,书会才人的自白,也是了解关汉卿生平、性格的重要资料。从中我们可以了解到关汉卿流连勾肆,倜傥放达,多才多艺的情况。他的任诞不拘、滑稽放达、说穿说尽的话语显然不是夸耀自己,而是发泄时代的苦闷和激愤,表达他的反抗情绪和倔强性格。清代刘熙载看出了其中的奥妙,说:"没要紧正是极要紧语,极乱道正是极不乱道语。"(《艺概》)

五、散曲的主要作家和作品

元散曲的作家和作品,据隋树森《全元散曲》的辑录,作家有 220 多人,作品中小令 3 800 多首,套数 450 多套,此外还有一些残篇。

在元代的 98 年中,散曲作品风格的演变,大致可分成前后两期,界限约在元成宗大德四年(1300)左右。

前期创作中心在大都,作品大都带直朴浑厚的民间色彩,意境清新自然,语言通俗明快。

---

①银筝 zhēng:用银装饰的筝,筝是中国拨弦乐器。 ②金钗客:发髻上插金钗的妓女。 ③金缕:词曲[金缕曲]。 ④金瓯:金杯。 ⑤占排场:独占舞台。 ⑥风月功名首:指风流韵事第一。 ⑦"我是"句:我是花柳丛中总头领。 ⑧"子弟每"句:年青的风流子弟初上风流场还十分稚嫩。 ⑨"我是个"句:我是久经沙场的老将。蹅 chǎ 踏:践踏;阵马儿,战阵、围场。 ⑩窝弓:猎户暗放的弓。 ⑪蜡枪头:即镴枪头,意指中看不中用的家伙。 ⑫恁:你们。 ⑬锦套头:美丽的网套。 ⑭梁园月:名园之月。梁园,开封附近梁孝王所建之园。 ⑮东京酒:京城名酒。宋代东京指汴京。 ⑯洛阳花:洛阳牡丹。 ⑰章台柳:代指名妓。章台是汉长安娼妓聚居街名。 ⑱蹴鞠 cù jū:古代踢球游戏。 ⑲打围:打猎。 ⑳插科:指插科打诨。 ㉑咽作:未详何种伎艺。 ㉒双陆:古代的一种类似下棋的游戏。 ㉓尚兀自:尚且、仍旧。 ㉔地府:道教称阴间为地府。 ㉕冥幽:阴间。 ㉖烟花路儿:指妓馆、勾栏。

代表作家有关汉卿、白朴、马致远、张养浩、王和卿、卢挚等。

后期创作中心移到了杭州,作品开始雅化,直率爽朗的民间气息逐渐消失,注意了意境含蓄隽永和语言典雅锤炼。代表作家有张可久、乔吉、贯云石、睢景臣等。

关汉卿的主要成就在杂剧,但散曲的造诣也不小。他有小令57首,套数14套,大都保存在《阳春白雪》和《太平乐府》中。他的散曲抒情真切直率,风格豪放,语言浅显生动,代表了元前期散曲的特色。

马致远是散曲中首屈一指的大家,现存散曲集《东篱乐府》一卷,有小令104首,套数17套。他的散曲内容广泛、气魄雄浑、词采优美,在散曲发展史上占有重要的地位。

白朴是散曲重要作家,所著《天籁集》中有小令37首,套数4套。他的散曲主要描写自然景色和男女情爱,风格典雅清丽。

张养浩也是散曲中可数的重要作家,他有《云庄休居自适小乐府》一卷。他的散曲多讴歌田园隐逸生活和抨击官场现实黑暗、同情民间疾苦的作品,风格兼豪放和清逸。

张可久是后期代表作家被称为"词林宗匠",著有《今乐府》、《苏堤渔唱》、《吴盐》、《新乐府》四种,任讷辑为《小山乐府》六卷。《全元散曲》辑其小令855首,套数9套,数量据散曲作家之首。他的散曲有"清而且丽,华而不艳,有不食人间烟火味"(涵虚子)的品评,在表现方法上,力求雕词琢句,以骚雅蕴藉为最高境界,颇受明清文人推崇。

乔吉是后期代表作家,散曲作品今人辑有《梦符散曲》,《全元散曲》辑其小令为209首,套数11套。散曲多写纵情诗酒、啸傲山林,抒发颓放自适的情怀,风格以婉丽见长,语言雅俗兼赅,爽朗活泼。后人把他和张可久并称为雅正的典范。

第四节 诗文词

元代传统的诗文词成就较小,远不能和唐宋相比,就与同时代的杂剧、散曲相比较,其成就也小得多。著名的作家,前期有刘因、赵孟頫和延祐四大家(虞集、杨载、范梈、揭傒斯),后期作家有王冕、萨都剌、杨维桢等。

元代诗文词因袭模仿之作较多,前期受元好问及江湖诗人影响较深,大多宗宋,后期大多宗唐。元代诗文的发展与元曲有些不同:元曲繁荣在前期,诗文繁荣却在后期,元曲是市民文学,作家多为下层市民,诗文多为文人文学,作家多为上层官吏,两栖的很少。倒是文学家兼画家、书法家的居多。

一、前期作家

刘因(1249—1293)字梦吉,号静修,雄州容城(今河北容城)人。元世祖至元十九年(1282)征召为赞善大夫,不久以母老多病辞归。至元二十八年(1291)再征为集贤学士,坚辞不就,卒于家。有《静修集》。

他的诗雄豪沉郁,多怀念故国,感慨时事之作。《四库全书总目提要》称其诗文:"风格高迈,比兴深微。"代表作《白沟》①:

> 宝符藏山自可攻②,儿孙谁是出群雄?幽燕不照中天月③,丰沛空歌海内风④。
>
> 赵普元无四方志⑤,澶渊堪笑百年功⑥。白沟移向江淮去⑦,止罪宣和⑧恐未公。

指出北宋一贯软弱才导致靖康之变,论述深刻,是宋代诗人不敢发的议论。

赵孟頫(1254—1322)字子昂,号松雪道人,水晶宫道人,湖州(今浙江吴兴)人。宋宗室,宋亡家居,后被荐入朝,官至翰林学士承旨。卒,封魏国公,有《松雪斋文集》。

他对宋亡感慨特别深,《岳鄂王墓》就是一首抒发悲愤心情的诗作:

> 鄂王⑨坟上草离离⑩,秋日荒凉石兽危。南渡君臣轻社稷⑪,中原父老望旌旗⑫。英雄已死嗟何及,天下中分遂不支⑬。莫向西湖歌此曲,水光山色不胜悲。

沉挚悲痛,深为时人击赏。

他又是画家、书法家,他的景物诗清新秀丽,很有画意。

到了延祐年间,元代诗歌进入繁盛期,诗人如云,著名的有虞集、杨载、范梈⑭、揭傒斯⑮四大家,当时虽说"声名满天下",但传世之作却不多。虞集的《挽文山丞相》⑯写得较好:

> 徒把金戈挽落晖⑰,南冠⑱无奈北风吹。子房本为韩仇出⑲,诸葛宁知汉祚

---

①题名:白沟,即巨马河,宋辽以此为界。　②"宝符"句:这句隐指宋太祖曾图谋收取幽燕,终于未能收复的故事。宝符用《史记·赵世家》故事,赵简子告"诸子曰:'吾藏宝符于常山上,先得者赏。'诸子驰之常山上,无所得。毋恤还曰:'已得符矣。'简子曰:'奏之。'毋恤曰:'从常山上临代,代可取也。'简子于是知毋恤果贤"遂以毋恤为太子。恤,恤的异体字。　③"幽燕"句:幽燕始终未被北宋所征服。幽燕,今河北北部和辽宁一带;中天月,喻指中央王朝的统治。　④"丰沛"句:汉高祖空自歌唱统一海内的功绩。汉高祖起自丰沛,统一全国后宴请家乡父老,作《大风歌》"威加海内兮归故乡"。这里有隐指宋太祖之意。　⑤"赵普"句:北宋宰相赵普未能经营四方。元无即原无。赵普是宋两朝宰相,曾有名言"半部《论语》治天下"。　⑥"澶渊"句:澶渊之盟反而有百年太平的功劳。宋真宗与辽国萧太后激战,宋军小胜就与辽议和,订澶渊之盟,每年输银10万两,绢100万匹。相对和平的局面维持了100年。　⑦"白沟"句:(北宋灭亡后)现今国界已移向江淮。　⑧宣和:宋徽宗年号,这里代指宋徽宗。　⑨鄂王:岳飞。他是在绍兴十一年十二月(1141年1月)被害,宋宁宗时被封为鄂王。　⑩离离:繁茂的样子。　⑪"南渡"句:南渡君臣只图乞降苟安,早把恢复大业忘却了。　⑫"中原"句:中原父老却一直盼望着王师归来。旌旆,即旌旗。　⑬"天下"句:岳飞死后,南北对峙天下中分的局面就不复存在了。　⑭范梈 pēng:清江人,元文学家,有《德机诗》七卷。梈,木弩。　⑮揭傒斯:富州人,姓揭,名傒斯,元文学家,有《揭文安公全集》。　⑯题名:挽文天祥丞相。　⑰"徒把"句:文丞相曾努力辅宋,现在看来只是徒劳了一阵。金戈挽落晖典故见于《淮南子》,鲁阳公与韩构难"战酣,日暮,以戈挥之,日为之三反舍"。　⑱南冠:囚徒。文天祥两次被俘。　⑲"子房"句:张良出来本为报韩国之仇。子房名张良,先人是韩,秦灭韩,张良悉以家财求客刺秦王,得力士狙击秦王于博浪沙。良改变姓名至下邳,受太公兵法于圯上老人,后辅佐汉高祖,灭项羽,成伟业。

移①。云暗鼎湖龙去远②，月明华表鹤归迟③。不须更上新亭望④，大不如前洒
泪时。

出语沉痛，表现了对民族英雄的崇敬和回天乏术的感慨。

二、后期作家

王冕(1287—1359)字元章，号煮石山农，诸暨人。本为农家子，好读书，曾就塾听书，晚依僧寺，坐佛膝下映长明灯自学。以后从韩性学习，遂成。屡试不第，于是焚所为文，绝意仕途。下东吴，入淮楚，游大都。曾受荐举，不就。见天下将乱，遂南归，隐居于会稽九里山。据说朱元璋曾授以咨议参军，而他已死。有《竹斋集》。

他的诗古朴飘逸，一如其人，与同时纤细柔弱诗风不同。如《伤亭户》：

> 清晨度东关⑤，薄暮曹娥⑥宿。草床未成眠，忽起西邻哭。敲门问野老，谓是盐亭族⑦。大儿去采薪，投身归虎腹。小儿出起土，冲恶入鬼录⑧。课额⑨日以增，官吏日以酷。不为公所干，惟务私所欲。田关⑩供给尽，醝数⑪屡不足。前夜总催⑫骂，昨日场胥⑬督。今朝分运⑭来，鞭笞更残毒。灶下无尺草，瓮中无粒粟。旦夕不可度，久世亦何福。夜永声语冷，幽咽向古木。天明风启门，僵尸挂荒屋。

叙述亭户一家在课税催逼下的悲剧，句句辛酸，语语自然。王冕诗着意学李、杜，这首也可见一斑。

王冕还是画家、篆刻家，尤擅长墨梅、没骨梅，他的题画诗，寄兴遥深，很有韵致。如《应教题梅》：

> 猎猎⑮西风吹倒人，乾坤无处不生尘。胡儿冰死长城下，始信江南别有春。

作于至正十九年(1359)，王冕被朱元璋召见时。明是咏梅，实写时事，歌颂朱元璋。

元代崛起一批马弓诗人，如耶律楚材、马祖常、萨都剌等，声调豪雄，笔力遒俊，对元诗的发展起了积极的作用。萨都剌是代表作家。

萨都剌(1300—1364)字天锡，号直斋，本答失蛮氏，蒙古人。祖父以功留代郡，遂定居雁门。他是泰定四年(1327)进士，官至河北廉访经历，有《雁门集》。他的诗清新俊逸，亦有豪迈奔放之作。词作不多，但两首金陵怀古词却很有名，凌驾其诗作之上。试看：

---

①"诸葛"句：诸葛辅佐刘备哪里知道汉朝的国统已经转移了呢？祚 zuò，皇位、国统。　②"云暗"：鼎湖云暗，真龙天子早已去远。鼎湖，古代传说皇帝乘龙飞升之处，后亦指帝王之死；龙，指帝王。　③"月明"：月明之夜，仙鹤迟迟未归。华表，古代宫殿前柱形装饰物。华表归鹤见于《搜神后记》，辽东丁令威学道，化鹤归家，立于华表上。　④"不须"句：不须要再上新亭眺望，大家就会潸然泪下，那境况也大不如前了。新亭流泪的典故见于《世说新语》。　⑤东关：今浙江绍兴市。　⑥曹娥：曹娥江边。　⑦盐亭族：宋元时期煮盐之地称亭场，煮盐民户称亭户，煮盐之人称盐丁。　⑧"冲恶"句：冲犯邪恶之气而死去。鬼录，阴间死人名册为鬼录。　⑨课额：赋税的数目。　⑩田关：田赋。　⑪醝 cuó 数：盐税数目。醝，盐。　⑫总催：盐务官名。　⑬场胥：盐场官吏。　⑭分运：盐场官吏。　⑮猎猎：风声。

[满江红](金陵怀古):六代①豪华、春去也,更无消息。空怅望,山川形胜,已非畴昔②。王谢③堂前双燕子,乌衣巷④口曾相识。听夜深、寂寞打孤城,春潮急。

思往事,愁如织,怀故国,空陈迹。但荒烟衰草,乱鸦斜日。玉树歌残⑤秋露冷,胭脂井坏⑥寒螿泣⑦。到如今,只有蒋山⑧青,秦淮⑨碧。

[念奴娇](登石头城):石头城上,望天低吴楚⑩,眼空无物。指点六朝形胜地,唯有青山如壁。蔽日旌旗,连云樯橹,白骨纷如雪⑪。一江南北,消磨多少豪杰。 寂寞避暑离宫⑫,东风辇路⑬,芳草年年发。落日无人松径里,鬼火高低明灭。歌舞尊前⑭,繁华镜里⑮,暗换青青发。伤心千古,秦淮一片明月。

古石头城在今南京市城西北清凉山后,高 17 米,红色水成岩酷似丑脸,俗称鬼脸城。因江流北移,城头不再临江。城前尚余一湾塘水,俗称鬼脸照镜子

这两首词将登临怀古、自伤身世结合在一起,豪迈苍凉,笔调酣畅。

杨维桢(1296—1370)字廉夫,号铁崖,别号铁笛道人,会稽(今浙江绍兴)人。泰定四年进士,官至江西等处儒学提举。有《铁崖古乐府》、《东维子集》。

他是元末诗坛领袖,诗作别具一格,号为"铁崖体"。他有不少诗作蓄意学李贺,驰骋异想奇辞,诡谲晦涩。例如《小游仙》:

麻姑⑯今夜过青丘⑰,玉醴⑱催斟白玉舟。莫向外人矜指爪,酒酣为我擘箜篌⑲。

他的乐府诗里有一部分是描写盐工的痛苦生活,抨击官僚、盐商盘剥罪行的,如《海乡竹枝词》、《盐商行》,很有现实意义。

---

①六代:指六朝。 ②畴昔:过去。 ③王谢:晋时王导、谢安两家居金陵,称大族。 ④乌衣巷:金陵繁华去处。 ⑤玉树歌残:《玉树后庭花》的曲子已快唱完了。《玉树后庭花》曲调名,陈后主所作,一般视为亡国之音。 ⑥胭脂井坏:胭脂井也早残破。胭脂井,在金陵台城内,隋兵攻破金陵入城时,陈后主与张丽华、孔贵嫔躲入井内,终而被俘。 ⑦寒螿泣:秋蝉也在哀鸣。寒螿,秋蝉。螿 jiān,蝉。 ⑧蒋山:钟山,因汉蒋子文葬于此山,称蒋山。 ⑨秦淮:指金陵秦淮河。 ⑩吴楚:金陵东为吴地,北面、西面为旧楚地。 ⑪"蔽日"三句:这里曾发生过多次战争,一时旌旗蔽日,战船连云,终于留下了遍野的白骨。樯橹 qiáng lǔ,战船。 ⑫离宫:行宫。 ⑬辇路:宫中道路。辇 niǎn,帝王所乘车。 ⑭歌舞尊前:酒筵之间。中国古代宫中酒筵之前总伴有歌舞。尊,即樽。 ⑮繁华镜里:即镜里的美丽容貌。繁华,这里比喻容貌美丽。 ⑯麻姑:传说中仙女,手爪似鸟,能为人搔背,见于《太平广记》。 ⑰青丘:神仙住处,也称长洲,见于东方朔《十洲记》。 ⑱玉醴 lǐ:好的甜酒。醴,甜酒。 ⑲擘 bò 箜篌:弹箜篌。王建《宫词》有"十三初学擘空篌"之句。擘,用大指掰划。箜篌,古代弹乐器。

本章复习思考题

一、元杂剧兴盛的原因。

二、元杂剧的体制。

三、为什么说关汉卿剧作是两结合成功的典范？

四、杂剧《窦娥冤》的悲剧意义。

五、《西厢记》的艺术成就。为什么说莺莺是封建礼教的叛逆者？

六、什么叫南戏，它与元杂剧的主要区别。

七、对《琵琶记》中赵五娘的评价。

八、散曲的体裁，散曲的艺术特色。

杂剧陶俑(金)1963 年河南焦作出土

第七章　明代文学

从公元 1368 年明太祖建都南京到公元 1644 年李自成攻破北京，崇祯皇帝吊死煤山的 277 年是明朝。明朝是我国历史上一个强盛的王朝，也是当时世界上的一个富强大国。它国力强盛，经济繁荣，海外贸易发达。郑和七次下西洋，堪称世界航海史上的壮举。明朝十六帝，他们是洪武、建文、永乐、洪熙、宣德、正统、景泰、成化、弘治、正德、嘉靖、隆庆、万历、泰昌、天启、崇祯。

明代历史与文学发展密切关联并产生影响的问题，大致有如下一些：

明代商品经济发展，手工业生产工具和生产技术有了显著的提高，而且出现了业主和雇工。商人增多，商业城市兴起，外贸也很发达。这些资本主义的萌芽成为文学的新的题材、新的主题。

明代竭力巩固皇权统治，一切军政大权由皇帝独揽。皇帝还通过特务机构——锦衣卫，加强对官吏和人民的控制。

与政治集权相适应，明代的思想统治也达到了空前严酷的地步。明太祖等国君大力提倡程朱理学，实行以八股取士的制度，又大兴文字狱，铲除异端。这样，就在文化、思想方面形成了一个无形的桎梏，也助长了文学上拟古主义的泛滥。

明代文学是小说、戏曲的天下，尤其以小说的成就最为显赫。优秀的长篇小说《三国演义》、《水浒传》、《西游记》、《金瓶梅》相继问世，而且都掀起了仿作的热潮，各自形成 了一个类别，即历史演义、英雄传奇、神魔小说、世情小说四大类。短篇小说方面，《三言》、《二拍》继承发展了宋元话本的体制而显现出新的思想内容和艺术手法，对明以后的小说、戏曲产生重大影响。

戏曲方面，明前期成就不显著，中后期随着昆曲的成熟，明代传奇把中国戏曲推上了第二个高峰，产生了杰出的戏剧家汤显祖。汤显祖的《牡丹亭》是我国戏曲史上最优秀的剧作之一。

诗文方面的成就与小说戏曲相比、与唐宋相比显得微弱。在拟古和反拟古的斗争中曲折发展，是明代诗文重要特色。这也影响了清代诗文的发展。

明代文学概述

第一节　《三国演义》和明代的历史演义

元末明初产生的《三国演义》是我国章回小说的开山之作,也是我国古代历史演义成就最高、影响最大的一部小说。

《三国演义》,全名《三国志通俗演义》,又名《三国志演义》。它与《水浒传》、《西游记》、《金瓶梅》,合称为明代小说界的"四大奇书"。

一、三国故事的流传

《三国演义》取材于东汉末年和魏、蜀、吴三国的历史,即从东汉灵帝中平元年(184)至西晋武帝太康元年(280),叙事近一个世纪。这一时代是一个动荡混乱的时代,是一个"需要巨人而且产生着巨人"的时代。晋朝史学家陈寿曾把三国鼎立的这段历史编成史书《三国志》。南朝宋人裴松之为《三国志》作注,根据野史杂记增补了很多资料。隋朝就有杂戏表演,剧目是,曹操谯水击蛟、刘备檀溪越马。唐朝流传更广,民间有"死诸葛能走生仲达"(刘知己《史通·采撰》)的故事,杜牧《赤壁》诗有"东风不与周郎便,铜雀①春深锁二乔②"的评论,李商隐《骄儿诗》有"或谑张飞胡,或笑邓艾吃"的童孩情状的描写。说书之风,到了宋朝大为兴盛,据孟元老《东京梦华录》记载,当时的说书人中有专门"说三分"的专家霍四究。

到了元代,戏曲勃兴,三国故事自然成了戏曲的良好题材。据记载杂剧剧目中三国故事有近50种。现今还存留一本《全相三国志平话》,是元至治年间(1321—1323)建安虞氏刻本。它是民间传说中三国故事的写定本,约8万字。

《三国演义》的作者罗贯中就是在《全相三国志平话》的基础上,运用民间传说、戏曲故事和裴松之注《三国志》,并结合自己的生活体验,写成了《三国志通俗演义》。

二、作者和版本

关于作者罗贯中的生平材料,我们所知者甚少。主要的有三条:一是贾仲明《录鬼簿续编》的记载:"罗贯中,号湖海散人,与人寡合,乐府隐语,极为清新。与余为忘年交,遭时多故,天各一方,至正甲辰复会。别来又六十余年,竟不知其所终。"二是王圻③《稗史汇编》中的记载:"文至院本说书,其变极矣。然非绝世轶才④,自不妄作。如宗秀、罗贯中,国初葛可久,皆有志图王者。乃遇真主,而葛寄神医工,罗传写稗史。"三是清徐渭仁、徐钶所绘《水浒

---

①铜雀:即铜雀台,三国时曹操所建。遗址在今河北临漳县,传说曹操曾将他的妾伎集中于此台上。
②二乔:指东吴乔国老乔玄的两个女儿大乔和小乔,两人均为当时美女,大乔嫁孙策,小乔嫁周瑜,这些都是《三国演义》杜撰,无史可稽。　③圻 qí:地界。　④轶才:超绝之才。轶 yì,超绝。

罗贯中生平资料仅三条

三国志通俗演义卷之一

晋平阳侯陈寿史传

后学罗本贯中编次

祭天地桃园结义

後漢桓帝崩靈帝即位。時年十二歲朝廷有
大將軍竇武太傅陳蕃司徒胡廣，共相輔佐
至秋九月中涓曹節王甫弄權竇武陳蕃預
謀誅之機謀不密反被曹節王甫所害中涓
自此得權建寧二年四月十五日帝會群臣

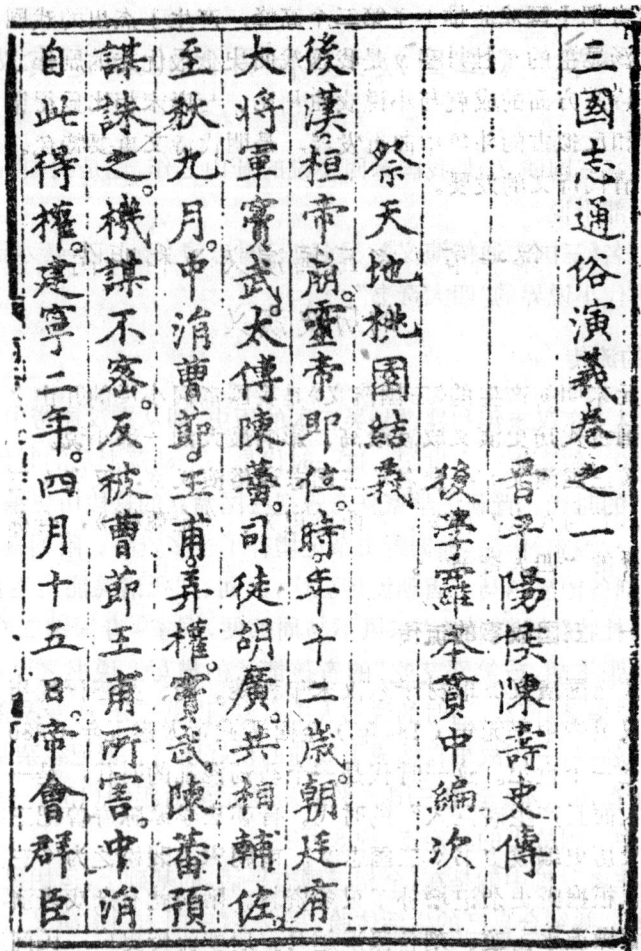

现存最早的《三国演义》刻本嘉靖本第一页，全书 24 卷，
不标目次，是后来的"李卓吾先生评批本"把 240 则合并为 120 回

一百单八人图跋》中的话："罗贯中客伪吴①。"从这三条材料中，我们可以推测出罗贯中的一些情况，他的生卒年大约在 1310—1385 年之间。

《三国演义》的最初版本今已不见。现在见到的最早版本是明朝弘治甲寅（1494）作序，嘉靖壬午（1522）刊印的《三国志通俗演义》。全书 24 卷，分为 240 则，共 75 万字。署名为"晋平阳侯陈寿史传，后学②罗本贯中编次"。这时距罗贯中去世已经 100 多年了。

---

①伪吴：明朝人称元末吴王张士诚的统治为伪吴。 ②后学：这是对前辈学者（陈寿）的尊崇，即我后辈学生。

清康熙年间,毛伦、毛宗岗父子(苏州吴县人)仿效金圣叹评改《水浒传》和《西厢记》的办法,假托"古本"逐回评点。这就是现在通行的120回本。这个版本,流行300年未有改变。

三、《三国演义》进步的思想意义

《三国演义》这部作品进步的思想意义首先表现在,它通过汉末动乱、军阀混战,三国鼎立的历史,反映当时社会的腐朽、黑暗,统治者的残暴、丑恶和人民的灾难、痛苦。

《三国演义》通过封建统治者内部的各种斗争,进一步暴露了他们阴险狡诈、唯利是图的本质。

其次,《三国演义》中拥刘反曹的倾向,集中地反映了人民的愿望和选择。历史上的曹操和刘备本来就是不同类型的封建统治阶级政治家的代表,一个以"机权干略"见长,一个以"宽厚""待士"著称。《三国演义》在历史真实的基础上,进行艺术创造,赋予了两个人物更加鲜明的性格特征,塑造出两个不朽的艺术典型。

曹操:曹操是封建统治者中杰出的政治家、军事家,"是一个很有本事的人",同时又是一个欺诈残暴的"暴君"。曹操形象的特点就在奸雄二字,即既奸而且雄。所谓"雄",就是他雄才大略,善于用人,远见卓识,善于审时度势,而且永不屈服于逆境。

《三国演义》在表现曹操雄才大略的同时,更渲染了他欺诈残暴、诡计多端的性格。他确是一个巨奸大恶,有时极端残暴,不作一点伪装。

《三国演义》塑造曹操形象的成功之处,更在于作者让"奸"和"雄"两个方面在曹操身上达到了奇妙的统一,雄中有奸,奸中有雄,从而焕发出个性的光彩。

曹操的形象是有其深刻的典型意义的,他是封建统治者恶行恶德的代表,又是一个很有个性的血肉丰满的反面典型。

刘备:小说中的刘备与曹操虽然同样是封建时代杰出的政治家,却有着截然不同的政治品质、道德观念和处世哲学。正如刘备自己所说:"今与吾水火不相敌者,曹操也。操以急,吾以宽;操以暴,吾以仁;操以谲,吾以忠;每与操相反,事乃可成。"纵观全书,两人确实显示了这样一种性质的对立。他一开始就以宽和仁慈的面目出现在书中,而且还是忠义的典范。

《三国演义》里的曹操和刘备,是表现作者反对和歌颂、憎恶和喜爱的两个艺术典型。拥刘反曹的倾向,虽有封建正统观念的因素,但主要的方面,还是表现作者尊崇仁爱,贬斥残暴,尊崇忠义,贬斥奸诈的思想。这无论是在当时还是今天,都是一种具有进步意义的思想倾向。

再次,《三国演义》所宣扬的"忠义"思想,曾经在人民群众中产生很大影响。《三国演义》所塑造的诸葛亮、关羽、张飞、赵云等人物形象从各个不同的角度体现了这种道德规范,给后世以深远的影响。

诸葛亮:历史上的诸葛亮只是个杰出的政治家。《三国演义》把他描写成为政治、经济、外交乃至阴阳八卦无所不能的全才,使他成为那个时代的理想人物的化身。诸葛亮的突出特点,其一在于他的足智多谋,其二是对刘备的蜀汉政权的无限忠贞。而第二个特点更为突出。诸葛亮就是这样一个集忠贞和智慧于一身的艺术形象,是封建时代人民心目中的"贤相"的典型,是我们民族精神生活中产生广泛和深刻影响的人物。

关羽:《三国演义》里的关羽是一个勇武刚强、义重如山的英雄形象。这个人物有如下一些特点:(一) 神勇,(二) 儒雅,(三) 刚而自矜,(四) 忠义。历来认为《三国演义》有所谓"三绝":曹操奸绝、诸葛亮智绝、关羽义绝。作者确实把他描写成了一个"志在春秋"、"万古忠义"的典型。

《三国演义》也有明显的思想局限和封建糟粕。

《三国演义》是我国古典小说发展史上的一个重要的里程碑,它的艺术成就是多方面的,其中较为突出的则是在史实与虚构、战争描写、人物刻划和语言四个方面。

四、历史真实和艺术真实的高度统一

《三国演义》是历史小说,它的内容有和史书相符合的地方,也有和史实不符而虚构的地方。究竟有几成史实,几成虚构? 清代史学家章学诚概括为"七分事实,三分虚构"(《丙辰札记》)。

《三国演义》的虚构,大致可分为如下几种情况:

(一) 根据历史生发、演化的。

(二) 移花接木,张冠李戴。

(三) 根据生活的逻辑想象、虚构的。

《三国演义》就是根据上述一些原则和方法,正确处理了史实和虚构之间的关系,创造性地、艺术地再现了三国的历史,为历史小说的创作提供了成功的范例。

五、波澜壮阔的全景战争画卷

《三国演义》擅长于描写战争,从头到尾写了几十次大的战役,几百次小的战斗,而且多数是从正面、全局的角度来反映的,可以说是"全景战争的小说"。这是其他古今战争小说远不能望其项背的。

《三国演义》善于把握各次战争的联系与区别,写出各次战争的独特性,做到同中见异,特色鲜明。全书重点描绘的三大战——官渡之战、赤壁之战、彝陵之战,战战不同。

《三国演义》还注意从战争中写人,让人物性格、神态通过战争充分地反映出来。有时为了充分写人,却把战争的拼斗推到幕后去,例如第五回关羽斩华雄一节。

《三国演义》十分注意利用错综复杂的矛盾冲突来展示战争的紧张激烈、波涛汹涌。作者的经验就在于利用各种矛盾来制造高潮,以显示战斗的惊险紧急。

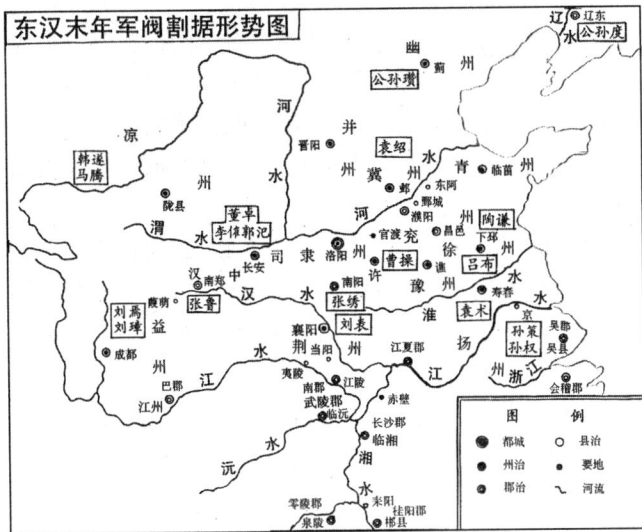

东汉末年军阀割据形势图

桃园结义
（选自明代崇祯刻本《英雄谱》）

　　《三国演义》还着力表现情节和细节的戏剧因素，使战争更加腾挪跌宕，生动有趣。所谓挖掘戏剧因素就是充分运用偶然性的奇险的情节、细节，安排巧合的问题。例如，赤壁战败以后，曹操终于摆脱了诸葛亮的围追堵截回到了南郡。作者却身手不凡，奇峰突起地创造出"三笑三惊"的情节来，曹操在这里就像一个喜剧演员一样，一次次自作聪明地大笑，又一次次当场出丑。这样，原来的一场不起眼的正剧，变成了一场讽刺喜剧。这则喜剧放在惊心动魄的大战之后显得生动活泼、意趣盎然。

　　动中有静，静中有动，一张一弛，张弛结合，也是《三国演义》用以描写战争的艺术方法。作者笔下的一些战役基调是紧张激烈的，但在紧急的气氛中有时出现静谧安闲的描绘，收到了很好的艺术效果。例如赤壁大战中的庞统挑灯夜读，空城计中诸葛亮弹琴，等等，这些描绘宛如在高昂的乐曲中夹上了一些低回的章句，欲扬先抑，高潮能够得以盘旋曲折地推上去。

　　六、粗线条勾画人物的范例

　　《三国演义》出场人物有 400 多个，除了诸葛亮、曹操、关羽、刘备等主要人物形象鲜明突出以外，其他如勇猛无畏、爽直粗豪的张飞，胆识过人，忠诚无比的赵云，血气方刚、头脑简单的马超，艺盖天下、见利忘义的吕布，赤膊上阵的虎痴许褚，力大无比的巨人典韦，老当益壮的黄忠，聪明过人的杨修，气量狭小的周瑜等几十个人物都给读者留下很深的印象。它笔墨容量大的一个重要原因，就是善于运用粗线条的勾勒来叙事状物，刻画人物。所谓粗线条勾勒,就是指不借助于细致的细节描写、工笔刻画来叙述事件、刻画人物。这是它与《水浒传》、《红楼梦》等长篇小说的不相同之处。这是继承了传记文学的叙事力求简洁,主要以典型情节来刻画人物的传统。《三国演义》的叙述描写大都以粗线条的勾勒见长,它往往通过寥寥数笔的典型情节勾画,作出一幅人物精神面貌的速写,收到极其传神的艺术效果。

与情节叙描相适应,《三国演义》也十分注意人物语言的典型化,做到简笔写意而且传神。

《三国演义》还十分注意运用概括精警的语言来介绍人物、评论人物,做到精彩而传神。

《三国演义》注意运用对比的方法来刻画人物,使人物性格更加鲜明,笔墨也更为经济。

《三国演义》还注意运用衬托的方法来刻画人物,使主要人物的性格更加凸现出来。在"三顾茅庐"的情节中,关羽、张飞的情态是衬托刘备的绝好例证。

《三国演义》还注意运用明暗交织的写法来刻画人物。一般说来,适当地运用暗写可以减少头绪,表达简洁,《三国演义》则进一步用以刻画人物。例如第五回"关羽斩华雄"一节:

忽探子来报:"华雄引铁骑下关,用长竿挑着孙太守赤帻来寨前大骂搦战。"绍曰:"谁敢去战?"袁术背后转出骁将俞涉曰:"小将愿往。"绍喜,便着俞涉出马。即时报来:"俞涉与华雄战不三合,被华雄斩了。"众大惊。太守韩馥曰:"吾有上将潘凤,可斩华雄。"绍急令出战。潘凤手提大斧上马。去不多时,飞马来报:"潘凤又被华雄斩了。"众皆失色。绍曰:"可惜吾上将颜良、文丑未至! 得一人在此,何惧华雄!"言未毕,阶下一人大呼出曰:"小将愿往,斩华雄头献于帐下!"众视之,见其人身长九尺,髯长二尺,丹凤眼,卧蚕眉,面如重枣,声如巨钟,立于帐前。绍问何人。公孙瓒曰:"此刘玄德之弟关羽也。"绍问现居何职。瓒曰:"跟随刘玄德充马弓手。"帐上袁术大喝曰:"汝欺吾众诸侯无大将耶? 量一弓手,安敢乱言! 与我打出!"曹操急止之曰:"公路息怒。此人既出大言,必有勇略;试教出马,如其不胜,责之未迟。"袁绍曰:"使一弓手出战,必被华雄所笑。"操曰:"此人仪表不俗,华雄安知他是弓手?"关公曰:"如不胜,请斩某头。"操教酾①热酒一杯,与公饮了上马。关公曰:"酒且斟下,某去便来。"出帐提刀,飞身上马。众诸侯听得关外鼓声大振,喊声大举,如天摧地塌,岳撼山崩,众皆失惊。正欲探听,鸾铃②响处,马到中军,云长提华雄之头,掷于地上。——其酒尚温。……

《三国演义》刻画人物也有不足之处,正因为它是粗线条的刻画,细节的描绘较少,有些人物有类型化的毛病,同类人物性格的差异没有反映出来。另外,在运用想象夸张的手法上有时过度,因而"欲显刘备之长厚而似伪,状诸葛之多智而近妖"(鲁迅《中国小说史略》)。

---

①酾 shī:斟酒。 ②鸾铃:即銮铃,马铃。

七、简练精粹、生动浅显的文学语言

《三国演义》的语言是很有特色的。它吸取了我国史传文学文言文的成就，并加以通俗化，形成了一种较文言浅显的半文半白的文学语言。这种雅俗共赏的语言的优点在于：它既具有文言文的简练精粹，又具有白话文的生动浅显。试看第六十回，曹操与张松的一段对答。其时曹操方破了马超，傲睨得志，正准备一鼓作气扫靖中原，压根儿就没把益州的刘彰放在眼里，更不用说这位形象丑陋猥琐的刘彰使节张松了：

> 操点虎卫雄兵五万，布于教场中。果然盔甲鲜明，布袍灿烂；金鼓震天，戈矛耀日；四面八方，各分队伍；旌旗飏彩，人马腾空。松斜目视之。良久，操唤松指而示曰："汝川中曾见此英雄人物否？"松曰："吾蜀中不曾见此兵革，但以仁义治人。"操变色视之。松全无惧意。杨修频以目视松。操谓松曰："吾视天下鼠辈犹草芥耳。大军到处，战无不胜，攻无不取，顺吾者生，逆吾者死。汝知之乎？"松曰："丞相驱兵到处，战必胜，攻必取，松亦素知。昔日濮阳攻吕布之时，宛城战张绣之日；赤壁遇周郎，华容逢关羽；割须弃袍于潼关，夺船避箭于渭水：此皆无敌于天下也？"操大怒曰："竖儒①怎敢揭吾短处？"喝令左右推出斩之。

这一段的语言，通俗流畅，毫无文言文深奥板滞的感觉。它叙述生动传神，特别是人物语言精练警策，充分地反映出他们此时唇枪舌战和各自的性格特征。

这种半文半白的语言，在叙述事件方面尤其见长，它笔墨含蓄，概括性强，容易启发读者更多的联想。例如"曹操杀杨修"。

在环境描写方面，也讲究简笔写意，而且传神。

《三国演义》还采用收集谣谚和诗词的方法来增强语言的表现力。

在小说中插入诗、词、论赞是我国古典小说的一大特色。《三国演义》的特点在于，大量收集唐宋诗人的名篇，组织到小说中，从而诗文交错，诗意盎然。

八、影响和传播

《三国演义》的社会影响非常深远。首先一点，自它出现以后，群起仿效，各朝各代的历史都改编成了演义小说，无一缺漏。

其次，移植、改编作品之多，汗牛充栋，不可数计。

再次，500年来读者常常拿它当做历史的教科书和生活的教科书。明清两代农民起义军将领张献忠、李自成、洪秀全等从中吸取战争知识，学习攻城略地、伏险设防的经验，入关前后满州大吏用它来做政典和兵略。从思想内容来说，它所宣扬的忠义思想、历史分合观、拥刘反曹的倾向，都已深入人心，牢不可拔。

---

①竖儒：见识短浅、不识时务的读书人。

《三国演义》在国际文坛上也有广泛的影响，国外的评价也很高。

《三国演义》原书在世界最早流传的国家是日本、朝鲜和越南，三国故事在这些国家几乎家喻户晓，翻译本也较西方早得多。

明代自嘉靖、万历以后，在《三国演义》的影响下，出现了历史小说创作的热潮。吴门可观道人在《新列国志序》中说：

> 自罗贯中《三国演义》一书，以国史演为通俗演义百余回，为世所尚，嗣是效颦日众，因而有《夏书》、《商书》、《列国》、《残唐》、《南北宋》诸刻，其浩瀚与正史分签并架……。

这就可以想见当时这类小说繁荣的盛况了。

什么叫历史演义

我们把《三国演义》以及明中叶以后陆续出现的，以一朝一代兴亡为线索，依据正史，采撷野史、杂记、民间传说，敷演成章回体的历史小说叫历史演义。

这时期的历史演义有周游编的《开辟演绎通俗志传》、钟惺编辑、冯梦龙鉴定的《盘古至唐虞传》、《有夏志传》、《有商志传》、余邵鱼编《列国志传》以及冯梦龙改编的《新列国志》、甄伟编《西汉通俗演义》、谢诏编《东汉通俗演义》等。其中写得较好、影响较大的有《列国志传》、《新列国志》、《西汉通俗演义》。

第二节 《水浒传》和明代的英雄传奇

《水浒传》又称《水浒》，是在元末明初和《三国演义》同时出现的一部伟大的作品，它是我国英雄传奇的小说发展的高峰。

也和《三国演义》一样，这部作品是人民群众集体创作和作家个人创作相结合的产物。

一、关于宋江三十六人起义

北宋徽宗宣和年间发生的宋江三十六人起义，是水浒故事的历史根据。

关于宋江起义，历史著作里有下列四条记载：

《宋史·徽宗本纪》："淮南盗宋江等犯淮阳军，遣将讨捕；又犯东京、江北，入楚海州界，命知州张叔夜招降之。"

《宋史·张叔夜传》："宋江起河朔，转略十郡，官兵莫敢撄其锋。"后"擒其副将，江乃降。"

《东都事略·侯蒙传》："江以三十六人，横行河朔，官军数万无敢抗者，其才必过人。"

《宋故武功大夫河东第二将折公墓志铭》：宣和初年，折可存擒方腊后"奉御笔：'捕草寇宋江'。不逾月，继获。"（范圭作，1939年在陕西省谷府县出土）

从上述材料中可以推断出这次起义的一些情况：（一）起义军以宋江为首，规模可能在36人左右。（二）起义曾一度所向披靡、锐不可当，官军数万都不敢碰他们。（三）起义的地

历史书上的宋江

点,原在淮南,后进军河朔。(四)起义的结局,有的说被张叔夜招降,有的说被折可存平定。

二、水浒故事的流传

宋江等三十六人起义虽然最终失败了,但是他们英雄的形象和光辉的事迹却一直铭记在人民的心里,在南宋和元朝的两三百年里,宋江等英雄人物的故事在民间广泛地流传着,他们的事迹被染上了浓厚的传奇色彩。

宋末元初,画家龚开作《宋江三十六人赞》记载了 36 人的姓名、绰号。

在宋元说话和杂剧艺术中,水浒故事更为流行。南宋罗烨《醉翁谈录》记载,说话的名目已有“公案类石头孙立”、“朴刀类青面兽”、“杆棒类花和尚、武行者”等,可惜这些话本只有名目,内容却未被保存下来。今天所能见到的《水浒传》成书以前最完整的水浒故事,是保存在讲史话本《大宋宣和遗事》中的“梁山泊聚义本末”一节。这一节有 4 000 多字,内容包括杨志卖刀、劫取生辰纲、私放晁盖、宋江杀惜、玄女庙受天书、张叔夜招降等故事。虽然叙事粗略,故事不很连贯,但情节已与后来的《水浒传》大体一致了。

元代是水浒故事大发展的时代,这从现存的元杂剧剧目中就可得到证明。元杂剧中水浒故事的剧目有 33 种,其中写李逵的有 11 种。剧本大都散佚。

施耐庵正是在水浒故事大发展的基础上,进行提炼、加工、艺术地再创造,才完成了这部伟大的作品。

三、作者施耐庵

《水浒》的作者是谁,不同版本的署名并不一致:百十五回本署为:东都罗贯中编纂;百回本:钱塘施耐庵的本,罗贯中编次;李卓吾百回本:施耐庵集撰,罗贯中纂修;百二十回本:施耐庵集撰,罗贯中纂修;七十回本:东都施耐庵集撰。这些署名说明自明朝以来,《水浒》的作者就有施耐庵、罗贯中两说,一般认为罗作《三国演义》,施作《水浒》。

施耐庵的生平经历,至今人们知之甚少。20 世纪 50 年代,江苏兴化的白驹镇(今属大丰县)发现了施耐庵的墓志,经过进一步的发掘和研究,不少研究者认为,这里的施耐庵(名彦端)即《水浒》的作者施耐庵。

近人吴梅认为,施耐庵即钱塘说书人施惠。所谓“施耐庵的本”即指施惠的说书底本。罗尔纲认为,《水浒》中有不少赞词是《三遂平妖传》中的,所以作者应为罗贯中,明王圻、徐复祚的记载亦可得到证实。也有人认为,施耐庵是明正德、嘉靖刻书家郭勋的化名。

这是金圣叹所批《水浒传》的一页

火烧草料场(选自明代崇祯袁无涯刻本《水浒全传》插图)

四、《水浒》的版本

《水浒》的版本较复杂,大体可分为繁本和简本两个系统。

繁本系统,有所谓文繁事简的特点,即文字细腻,篇幅较长,而故事情节比简本少,一般都没有征田虎、王庆的事。主要有百回本、百二十回本和七十回本三种本子。

简本系统,有所谓文简事繁的特点,即文字简略,篇幅较短而故事情节较多,一般都有征田虎、王庆的事。

五、关于《水浒》思想主题的研究

解放以来的文学史上,关于《水浒》的思想主题大都这样概括:《水浒》是我国历史上第一部以农民起义为题材的长篇小说,它艺术地再现了我国历史上农民起义的发生、发展直至失败的全过程,深刻地揭示了起义失败的内在历史原因,塑造了起义英雄的群像。它的思想内容大致可以概括为下列几个方面:其一,着重揭露了封建统治的罪恶,挖掘了农民起义的社会根源;其二,成功地塑造了许多起义英雄的光辉形象;其三,小说细致而生动地描写了农民起义如何由零碎的复仇星火发展到燎原之势的过程;其四,写出了起义的悲剧结局,揭示出起义失败的内在原因。这个观点在学术界至今还是占主导地位的,但是那种众口一词、毫无疑问的状况却有所改变,近年来,有些人向上述观点提出挑战。争鸣的关键问题是:《水浒》

所反映的起义是什么性质的起义,能不能看作是农民起义?

因此,许多人对这个问题提出了自己的看法:一种看法是,《水浒》所描绘的起义是市民起义;另一种看法是,《水浒》所描写的起义是人民起义、贫民起义,是人民群众反奸抗暴的斗争;第三种:是统治阶级内部的进步力量与腐朽力量的斗争;第四种:是地主阶级革新派和农民组成的统一战线与地主阶级腐朽势力的斗争。

六、反抗英雄的形象

《水浒》塑造了许多真实、具体的反抗英雄的形象,它通过人物和事件的描写,深刻地揭示了主题。

宋江:宋江是《水浒》着力塑造的一个人民理想的忠义之士,起义军中最有威望的领袖。

第一,他是忠义的化身。宋江的绰号是"呼保义"、"及时雨",这集中反映了宋江的品质,他能仗义疏财、呼群保义,"如常散施棺材药饵,济人贫苦、周人之急,扶人之困,以此山东、河北闻名,都称他做及时雨,都把他比做天上下的及时雨一般,能救万物"。他比晁盖、王伦等更有政治头脑,能提出符合一般人民群众利益与愿望的政治口号和主张。他打出的"替天行道"的旗号,提出"劫富济贫、保境安民"的行动方针、宣称"忠于大宋皇帝"改"聚义厅"为"忠义堂"等都是深得人心的口号和措施。

其次,他最能团结兄弟、网罗人才。宋江比仗义疏财、招贤纳客的柴进更能团结兄弟,网罗人才。征讨梁山的将领被他打败后,他总设法劝降,甚至下跪求他们归顺。

再次,他多谋善断,有军事、组织的才能。三打祝家庄、踏平曾头市、两赢童贯、三败高俅,都显示他的领导才能。

作为起义军的领袖,宋江的形象是写得很成功的,他既使起义兴旺发达,后来又导致了起义变质与覆灭。这两种相互矛盾的作用正是他双重性格的反映。

宋江的性格既有反抗性,又有妥协性。他出身于地主阶级家庭,"自幼学儒","曾攻经史",本人作吏,是郓城县的押司,"刀笔精通,吏道纯熟"。家教和阅历,使他头脑里"忠君孝亲"的封建道德观念根深蒂固。他口口声声说:"今皇上至圣至明,只被奸臣闭塞,暂时昏昧。"他奉行的九天玄女娘娘的"天启",也是以忠义为本的。宋江又被称为"孝义黑三郎",他恪守孝道。大闹清风寨以后,他伙同花荣、秦明向梁山进发,一封父亲病故的假书信,就使他抛下了大批人马飞也似的回家奔丧。在他身上封建思想特别浓厚。

小说就是这样,写宋江一边造反,一边又反对造反;一边吟反诗:"他年若得报冤仇,血染浔阳江口","他年若遂凌云志,敢笑黄巢不丈夫",一边又口口声声说:造反上逆天理,下违父教,是"灭九族的勾当","于法度上却饶不得";一边描写他具备了义军领袖的好品质,使义军兴旺发达,一边又描写他表现出极大的妥协性、动摇性,造反势力越强大,他要求招安的心理也就越强烈,甚至他走妓女李师师的门路,来打通枕头上的关节。作者所描绘的是一个矛盾的时代悲剧人物的典型,在那个时代这种人物是有代表性的,而他所走的招安的道路也是宋代一些义军常走的曲线做官的道路。谣谚云:"要做官,杀人、放火、受招安。"宋元时期,民族矛盾居于首位,社会上普遍的呼声是,各色人等为国效力,抗击入侵,反对卖国投降。宋江接受招安,为国东征西讨正是当时时代要求的反映。

但从最后义军的结局看,作品对受招安的道路似乎又有所批判。这不仅表现在李逵、鲁智深等反对招安的言行上,而且更主要的是表现在一百零八将的悲惨遭遇上。战死的战死、药死的药死、自杀的自杀,少数几个逃往异国他乡,在极其悲凉的气氛中结束了如火如荼的大起义。这个悲剧的结局,在客观上又向人们昭示:此路不通。

鲁达:鲁达是人民理想中的鲁直无畏、见义勇为的豪侠的典型。他的性格特征就在豪侠二字。

林冲:林冲是书中写得较好的一个转变人物。转变以前,他是大宋朝廷的一个顺民,即使在飞来横祸、刺配充军的情况下,仍然忍辱负重、委曲求全。转变以后,他变得精明果敢,凶狠泼辣。所谓"逼上梁山"的逼字,在他身上体现得最突出、最充分,因而,这个人物也是表达主题的典型形象。

武松:《水浒》里武松是力、勇和正义的象征,被金圣叹称为"天神"的人物形象。这个人物形象有如下三个特点:其一,他是勇士的典型。其二,他又是一个复仇的使者。其三,他又是一个刚正不阿的义士。

李逵:李逵是一个淳朴、粗鲁、富有反抗性和同情心,生活在社会底层的游民的典型。鲁莽、耿直是他的性格的最为突出的特征。李逵并不完全是一个杀人不眨眼的魔王,他还有感情真挚、富有同情心的一面。

除此以外,《水浒》还塑造了吴用、杨志、晁盖、阮氏三兄弟、燕青、雷横、朱同、张顺等性格鲜明、栩栩如生的英雄人物以及高俅、童贯、蔡京、王婆等奸邪人物。

《水浒传》是我国第一部白话长篇小说,也是第一部以精雕细刻的描绘为主的现实主义小说。书中虽有一些夸张、想象的浪漫主义情节,比如洪太尉误走妖魔、九天玄女娘娘显圣、花荣的神箭、戴宗的神行、武松的神力等等,这些只是浪漫主义色彩,改变不了全书的现实主义基调。它现实主义艺术成就,表现在下列方面。

七、人物塑造得非常成功

人物塑造得非常成功,这一点是一致公认的艺术成就。据统计,全书出场人物有 685 人,其中有名有姓的是 577 人,有姓无名的是 99 人,有名无姓的是 9 人。写的人物非常多,特别是主要人物非常多。前人曾有所谓一百单八人面目各个不同的说法,这话未免言之过甚,不过全书至少有三四十个个性鲜明的人物形象。它塑造人物的方法,主要有下列几点:

(一)用人物的行动来表现人物的性格,作者不置一词。鲁达的嫉恶如仇、见义勇为是通过拳打镇关西,帮助林冲救娘子等一系列行动来表现的,石秀的精细凶狠是通过所谓的十分"瞧见科"和杀海阇黎、潘巧云等一系列的行动来表现的。

（二）紧扣人物的身份、遭遇和社会关系刻画人物性格。宋江犹豫、胆小，已经参加了起义队伍还中途退出，发配路上就怕惹事，动辄叫唤"上苍，救一救"，这是由于他的地主家教、刀笔吏出身和优越的生活条件造成的。阮氏三雄"不怕天、不怕地、不怕官司"的反抗性格，是在极端贫困、无路可走的环境中培养出来的。李逵好杀人，动不动抡起双斧"排头砍去"，这与他本人是小牢子有关。作者在塑造人物的时候，总是把人物置身于真实的历史环境中，紧扣人物的身份、遭遇和社会关系来描写，使其既具有鲜明的社会特征、职业特征，又具有鲜明的个性特征。

（三）运用对比和陪衬的方法来刻画人物。对比和陪衬是刻画人物性格的好方法，《水浒》常常把性格迥不相同的人物放在一起，让他们发生一定的联系，面对同样的事件表现出不同的态度、动作和表情，从而更加鲜明地揭示出各自的个性特征。武松和武大郎是嫡亲兄弟，但两人的外貌、性格却天差地别：武松是个魁伟英武的豪杰、顶天立地的汉子，"平生只要打天下硬汉，不明道德的人"；而武大郎则是个外号叫"三寸丁谷树皮"的可怜虫，猥琐不堪、懦弱本分。他们的说话、表情动作都有很大差异，从而形成对比，英武者更英武，可怜虫更可怜。

《水浒》还善于从前后几个相同的事件的相互辉映中显示出人物性格的差异。就发配一事来说，前有林冲发配，后有宋江发配、杨志发配、卢俊义发配；打虎之事，有武松打虎、李逵杀四虎、二解杀虎；偷情之事，有潘金莲偷情、阎婆惜偷情、潘巧云偷情、卢俊义娘子偷情，等等。作者从这些看起来似乎雷同事件中，显示事件的特殊性，塑造不同性格的人物，做到同中见异，特色鲜明。

（四）运用反常的方法来刻画人物。反常描写文艺写作中有所谓反常的艺术方法，就是让人物在特定的情况下作出一反常情常理的举动，从而揭示人物独特的内心世界、显示更为深刻的思想内容。鲁达是一个嗜酒如命的人，头七回他干了好几件惊天动地的大事，而这几件事都与喝酒有关：拳打镇关西起源于茶坊喝酒，大闹五台山更是喝酒闯下的祸事，销金帐痛打小霸王边喝酒边等待，大相国寺倒拔垂杨柳纯粹是酒后豪兴。凡此种种，没有一件离得开酒，鲁达自称："洒家一分酒，只有一分本事，十分酒，便有十分的气力。"可是到了第五十七回，义弟史进蒙难时，他却一反常态涓滴不饮了。他忧心如焚、坐卧不宁，甚至铤而走险、白昼行刺。这样一写，愈益突出了鲁达义重如山、嫉恶如仇的火热肝胆。

（五）用浪漫主义方法来刻画人物。书中的英雄，不仅植根于现实生活的土壤之中，而且又是被高度理想化了的，这就表现在他们的英雄行为的渲染和夸张上。如吴用的超人的智慧、公孙胜的神奇法术、花荣的神箭、戴宗的神行等。由于这些浪漫主义的描写，水浒英雄就显得个性十分突出，英雄气息特别强烈。

八、叙事翔实而精彩

叙事翔实而精彩，也是《水浒》的重要的艺术特征。如果说，《三国演义》的叙事以简笔传神而取胜，那么，《水浒》的叙事则以工细准确、生动逼真而取胜。大家公认的精彩章节"武松打虎"、"智取生辰纲"、"鲁智深大闹五台山"、"林教头风雪山神庙"、"王婆贪贿说风情"等正是叙事翔实而精彩的例证。

事件、场面写得精彩，以"武松打虎"最为典型。

《水浒》不仅写场面壮阔精彩，叙述事件过程也极委婉生动。有名的"智取生辰纲"的片断，就是叙述杨志押送生辰纲上路到莫明其妙丢失了的过程。这过程尽管是单线叙述，但叙事曲折细致，矛盾错综交织，情节纵横开合，扑朔迷离，巧妙地展现了这一幕紧张而有趣的争夺。

九、语言通俗而生动

语言通俗而生动，也是《水浒》的重要的艺术特色。《水浒》是从"说话"发展而来的，说话的语言本来就有通俗、生动、明快、色彩强烈的特点，现在经过作者的加工，就格外精彩。

《水浒》的人物语言充分个性化，而且前后一贯，没有"一道汤"的毛病。李逵就是一个话到人到、闻其声而见其人的人物形象，他的出场在宋江刺配江州的章节中，一出场以后，这个人物就以其独特的个性、鲜明独特的话语活跃在全书中，他的一颦一笑都反映出他那野性十足、粗鲁憨直的个性。试看：

"我那爷，你何不早说些个，也教铁牛喜欢？"（第38回）——李逵高兴。

"吟了反诗，打什么鸟紧？千万谋反的倒做了大官，你自放心东京去。牢里谁敢奈何他。我好便好，不好，我使老大斧头砍他娘。"（第40回）——李逵气愤。

"干鸟气么！这个也去取爷，那个也去望娘，偏铁牛是土掘坑里钻出来的。"（第42回）——李逵想娘而哭诉。

"那鸟祝太公老贼，你出来，黑旋风爷爷在这里！"（第47回）——李逵骂阵。

"那老仙先生说甚么？……便是不省得这般鸟则声。"（第53回）——李逵诘问。

"教你咬我鸟！晁宋二位哥哥将令，干我屁事！"（第52回）——李逵吵嘴。

"今朝都没事了，哥哥便做皇帝，教卢员外做丞相，我们都做大官，杀去东京，夺了鸟位子，却不强似在这里鸟乱！"（第67回）——李逵发表政见。

无论是喜笑怒骂，还是舒急倨敬，都淋漓尽致地反映出这个特定人物的个性。总起来说，不知道委婉含蓄，说话粗直无文，骂粗话、说大话是这个人物口吻上的特点。所以，不管他在哪里出现，只要一开口，读者就可以根据他的个性特征、口吻特点分辨出来，并推想他此时的神情状态。

《水浒》的叙述语言精彩传神。第七回中林冲的妻子被高衙内调戏，林冲赶到扳过高衙内就要打，但是，"却认得是本管高衙内，先自手软"，只得"一双眼睁着瞅那高衙内"。这两句人物动作的叙描蕴含了多少"潜台词"，林冲愤怒之极，但又必须强忍："睁着瞅"是愤怒、仇恨、痛苦、无可奈何。作者这两句叙描完全反映了林冲的个性和此时的心情。《水浒》的人物动作的叙描，用字精练，往往在一两个字、一两句话中见神采。写鲁达万般无奈在五台山出家，"不觉搅了四五个月"，一个"搅"字连带出了他不守清规的无数事。

《水浒》的人物动作叙描往往与人物的语言紧密配合,做到桴鼓相应,相得益彰。鲁达自野猪林救了林冲,一路护送到沧州,在离沧州 70 里与林冲分手时,取了些银子与林冲、两个差人,警告差人:

> "你两个撮鸟①,本是路上砍了你两个头,兄弟面上,饶你两个鸟命。如今没多路了,休生歹心。"两个道:"再怎敢。皆是太尉差遣。"接了银子,却待分手。鲁智深看着两个公人道:"你两个撮鸟的头,硬似这松树么?"二人答道:"小人头是父母皮肉,包着些骨头。"智深抢起禅杖,把松树只一下,打的树有二寸深痕,齐齐折了,喝一声道:"你两个撮鸟,但有歹心,教你头也与这树一般。"摆着手,拖了禅杖,叫声:"兄弟保重。"自回去了。董超、薛霸都吐出舌头来,半晌缩不入去。

鲁达鲁直、洒脱的话和他那豪强、骠悍的行动完全一致,有声有色地表现了他的神勇和潇洒。

在景色描写方面,《水浒》点染景色的手段是很高明的。作者能够寥寥几笔就勾勒出一幅风景画、风俗画,语言又极有神韵。林冲风雪山神庙一节中雪的点染,智取生辰纲一节中酷热天气的点染,都是极具神韵的语言。

《水浒》的语言具有文笔情趣,读者百读不厌。它对人物和事件描绘活灵活现、奕奕传神,"王婆贪贿说风情"一节是一篇神情毕肖、妙趣横生的文字。

十、结构完整,各个片段自成局面,但又前后勾连

通行的 120 回本《水浒》由六大部分组成:

第一部分(1—71 回)写众英雄被逼上梁山;

第二部分(72—82 回)写梁山英雄与官兵作战,继而被招安;

第三部分(83—90 回)写梁山英雄征辽;

第四部分(91—100 回)写梁山英雄征田虎;

第五部分(101—110 回)写梁山英雄征王庆;

第六部分(111—120 回)写梁山英雄征方腊,以至全部败亡。

从这 120 回而言,故事段落清晰,结构完整。

全书 70 回以前,故事精彩、结构严密,很有特点。金圣叹腰斩《水浒》是有一定道理的。粗看,它似乎是由若干各自独立的短篇拼接起来的。例如,鲁达六回、林冲六回、宋江十回、武松十回、柴进三回等等。这些有相对独立性的短篇,又一环紧扣一环,环环勾连,逐步发展到大聚义。它们参差错落、此穿彼接、摇曳多姿。

十一、《水浒》的影响

《水浒》对后世的影响是巨大的、多方面的。

---

①撮鸟:詈词。鸟借作屌。

《水浒》是一部形象的英雄传奇，它在人民群众中的思想影响，是无法估量的。它所宣扬的忠义思想和侠义精神、英雄气息对整个中华民族的心态和气质都有影响。人民群众反抗运动的领袖，往往从《水浒》中学得斗争经验和方法，并把它当做一种学习资料。

《水浒》对后世文学创作的影响也很大，《说唐》、《说岳》、《杨家将》、《后水浒传》、《水浒后传》等英雄传奇小说的大量涌现就是最为直接的影响。戏曲方面明清有关水浒故事的剧目大多是根据《水浒》改编的。

《水浒》一书也早风靡世界，它已被译成英、法、俄、德、意、捷、匈、波、朝、越、日、拉丁等12种文字，在世界各地发行。法国大百科全书认为在世界范围内"《水浒传》堪称传奇作品的伟大典型"。

明代中后期，在《水浒》的影响下，出现了英雄传奇小说创作繁荣的局面。我们把《水浒》和在其影响下产生的以演述历史人物英雄业迹为题材的小说，称之为英雄传奇小说。它比起历史演义来，人物集中，传奇性强，较多地吸取了民间的口头传说，虚构的成分大，因而深受人民群众的喜爱。明代中后期，较有影响的英雄传奇小说有《北宋志传》、《隋史遗文》和《大宋中兴通俗演义》等。

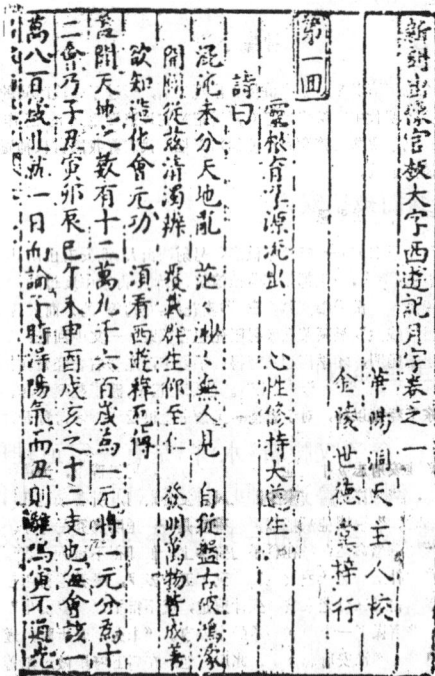

这是《西游记》最早的刻本明金陵世德堂本的第一页，这里未署明是吴承恩著，因而引出了几百年的争论

古本《西游记》插图

第三节　《西游记》和明代的神魔小说

　　《三国演义》、《水浒传》出现以后,经过了一段时间的沉寂,到了明代中叶又出现了《西游记》,它以浪漫主义的创作方法,开创了我国长篇章回小说的新天地,代表着我国古代神魔小说的最高成就。

一、作者吴承恩

　　吴承恩(1510—1582)字汝忠,号射阳山人,淮安府山阳县(今江苏淮安县)人,一生都是在落拓潦倒、郁郁不得意中度过的。他父亲吴锐是一个做采缕文縠生意(即卖花线、花边等)的小商人。据他的"通家晚生"吴国荣在《射阳先生存稿跋》一文中回忆:吴承恩从小就聪明,才学高超又写得一手好字,左邻右舍经常向他求文求字,被乡里誉为"小学士"。他酷爱读书,涉猎范围又非常广泛,除了经籍以外,对于志怪一类杂书也很爱好,常常背着师长偷偷买一些神怪小说来看。

这是根据淮安出土的头盖骨
复原的吴承恩像

　　《淮安府志》中说他:"性慧而多敏,博极群书,为诗文下笔立成,清雅流丽,有秦少游①之风。复善谐剧,所著杂记几种,名震一时。"说明他长成以后,确实是一名聪明隽秀的才子。可是,"文章憎命达",在科举的阶梯上,他却很不得意,直到 33 岁才补上一名"岁贡生"。到了 50 多岁,眼看着科举已没有指望,自己又母老家贫,生计煎迫,就不得不以"岁贡生"的资格,进京谋了一个长兴县丞的小差事。"未久,耻折腰,遂拂袖而归"(《淮安府志》)。此后,他还在荆王府里做过纪善②。晚年"放浪诗酒",因为他写得一手好文章,大家都请他捉刀代笔③,"凡一时金石碑版祝嘏④赠送之词,多出其手"(吴玉搢《山阳遗志》),《西游记》大约成书于他阅尽人世沧桑的晚年。

----

　　①秦少游:即北宋词人秦观。　②纪善:明代亲王属官名,掌讲授之职。　③捉刀代笔:即代笔。捉刀,代人作文或顶替人做事,典故出自《世说新语》曹操让崔季珪代他接见匈奴使者,"自捉刀立床头"。　④祝嘏 gǔ:祝寿。嘏,福。

二、八百年流传演变的历史

《西游记》是群众创造和作家创作相结合的产物。西游故事从唐代流传到明代中叶才完全成熟，吴承恩就是在此基础上，再创造而完成的。这800年流传、演变的过程大致可分为四个阶段：

第一阶段是真人真事传说阶段。

第二阶段是宋元话本的讲述阶段。《大唐三藏取经诗话》是南宋说话艺术中"说经"的一种。西行主角已经从唐僧移到猴行者身上，沿途过"狮子林"、"树人国"、"王母池"、"长坑大蛇岭"、"鬼母子国"等处，格局与《西游记》相近。书中还出现了深沙神——沙和尚的前身。

第三阶段是金元戏曲搬演阶段。取经故事在以后的戏剧舞台上也很流行，金院本剧目中有《唐三藏》，宋元南戏有《陈光蕊江流和尚》，元杂剧剧目有《唐三藏西天取经》。现今所能见到的完整的剧目，就数杨讷的《西游记杂剧》。

第四阶段是元明小说描述阶段。在元末明初，估计有一种平话《西游记》，现已散佚。只是在《永乐大典》13139卷"送"字韵"梦"字条还存留一个片断"梦斩泾河龙"。

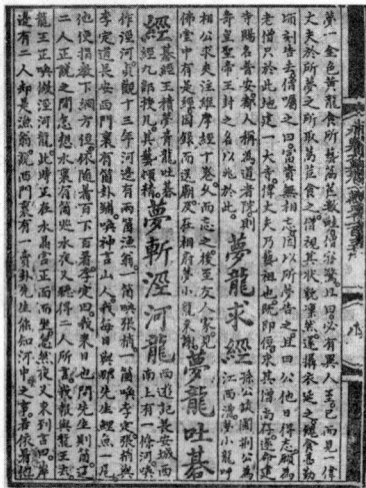

这是《永乐大典》"梦斩泾河龙条"，可以看出明初平话《西游记》与吴著是不相同的

清代顺治刻本《西游证道书》插图

以后，朝鲜汉语教科书《朴通事谚解》的发现，则更加证实了在吴著《西游记》以前确实流传着一种平话《西游记》。

三、《西游记》的版本

《西游记》的版本很多，明代刊本就有金陵世德堂刻本、闽南清白堂本、唐僧西游记本、李卓吾评本、闲斋堂本、朱鼎臣唐三藏西游释厄传本和杨致和西游记传本等。清代刊本有清初汪澹漪评本、西游真诠本、新说西游记本、西游原旨本和四大奇书本等。

在版本方面,有两个问题至今未见分晓。一个是,清刻本第九回不见于明刻本的问题。另一个是,诸本的源流关系。

四、《西游记》的内容和其现实性

《西游记》全书100回,分三大部分:第一部分(一至七回)写孙悟空大闹天宫的故事,是序幕;第二部分(八至十二回)交代取经的缘由和唐僧的来历,是故事的另一个头绪;第三部分(十三至一百回)写西行取经经历的种种磨难,最后东返成正果,是全书的主体。

就思想内容而言,这三部分有相联系之处,但也有不一致的地方。

《西游记》是一部现实意义很强的神话小说,但它的现实意义还不能等同它的主题思想。它的主题思想是历来分歧最大,争论最多的一个问题。

如果从一般的文学作品都是现实斗争、政治斗争的反映观点考察,它的现实意义即主题思想。但这样归结与作品实际不完全吻合,而且前后矛盾。孙悟空在前7回大闹天宫、战天斗地,像是无畏的革命者,可到了后面88回,他却皈依佛门,悔悟前非,再也不提造反的要求了。孙悟空形象这方面的变化和矛盾,给《西游记》的主题思想的研究带来了困难和分歧,出现了长期争论的僵局。

从艺术上来说,《西游记》的成就是杰出的,也是多方面的。总的来说,作者运用积极的浪漫主义的创作方法,构想了一个神奇美妙的神话世界,塑造了一系列光彩夺目的神魔形象,成为我国浪漫主义艺术创作的优秀作品。

五、《西游记》创造出一个神奇瑰丽的幻想世界

《西游记》写出了一系列引人入胜的神话故事,创造出一个神奇瑰丽的幻想世界。什么花果山洞天福地,流沙河浑波涌浪,五庄观偷吃人参果,平顶山葫芦装天;智擒红孩儿,三打白骨精;七十二变,换斗移星,等等,真是千奇百怪,变幻莫测。作者还根据流行的混合宗教的说法,想象出天宫神怪的种种组织系统,什么天神地仙、各路神佛、妖魔鬼怪各有其出身、习性、生活情态,各有其地位、因果。它们分属于不同的系统,但又相互制约、依存。玉皇大帝的天宫宝殿,太上老君的离恨天兜率宫,如来的雷音宝刹、观世音的紫竹林,以及各色各样的神仙鬼怪洞府,构想得多么神奇而美妙,仿佛是一个庞大复杂而又秩序井然的外星世界。在这个世界里众多妖魔鬼怪、天神地仙的各种神通更令人咋舌惊叹。就是对具体事物情景的描绘,《西游记》也充满了奇丽的幻化色彩。

总之,无论是环境、人物、行动,还是具体事物、情境,作者都凭着丰富的想象,无拘无束地驰骋翱翔,创造出一系列光怪陆离、神奇瑰丽的事物,令读者惊奇神往、赞叹不置。

六、神魔形象的塑造做到神、人和动物的三者统一

在人物塑造方面,《西游记》创造性地运用了神话形象的艺术创造方法,成功地写出了一系列浪漫主义的神魔形象。它所塑造的神魔形象的特点在于,它们都具有独立、完整的个性,都是神、人和动物的三者统一体。在西行取经的小集体中,孙悟空和猪八戒两个人物塑造得最为成功,神、人和动物三者融合、统一的塑造方法,因而也显得特别突出。

孙悟空是取经小集体中的中枢人物。他是猴,同时又是神猴和人猴,三者缺一就不成其为孙悟空。作为猴,他毛脸雷公嘴,火眼金睛,罗圈腿,拐子步,性急好动,坐立不安,红屁股。爱吃山桃野果,喜爱耍闹。这些是孙悟空形象的动物成分。这些动物成分与孙悟空的其他习性和整个故事情节巧妙地结合在一起,有着一般猴子所没有的艺术情趣。比如,他的红眼睛,即所谓"火眼金睛",却不是生来如此,而是在太上老君的八卦炉里被风与烟熏出来的,由于经历了特殊的锻炼,因而就十分敏锐。再如,他的红屁股,这是自然长相,奇怪的是,他别的能变掉,这却变不掉。猪八戒常常由此将他认出来或戳他的蹩脚。这样,孙悟空的猴性,既有形象的质感,又散发着艺术魅力。孙悟空又是神猴,他会七十二般变化,能翻十万八千里的筋斗云,使得动十三万五千斤的如意金箍棒。并且,他能使这棒随意变化,大到顶天,小到如同绣花针。那脑后的一撮毫毛也非同小可,一吹就变作一群"小悟空"。作者奇特的想象使孙悟空具有了超凡出圣的神奇力量。这力量使他具有极强的生命力和非凡的惩治妖魔的能力。他是理想的神话英雄,有着特别的魅力和光彩。孙悟空更是一个人猴,他正直无私,机智勇敢,好侠行义,无所畏惧。他嫉恶如仇,见妖就打,热心而且好事。和现实生活中丰富、复杂的人物性格一样,孙悟空也有性格上的缺点,他好名好胜,好戴高帽子,好顽皮惹事、捉弄人,特别爱戏谑、捉弄猪八戒。他还有点封建意识,说什么"男不跟女斗"。凡此种种,他的好名、顽皮和爱捉弄人,正如他的正直、机智、勇敢一样,烙有人的印记,富有人情味。

猪八戒在取经小集体中是孙悟空的同伴战友,又是孙悟空的陪衬和对立面。他也是猪、神猪和人猪三者的统一体。

《西游记》里的唐僧是一个虔诚的佛教徒的典型。这个人物的前生和后世都是神,但在整个取经过程中,还是以肉体凡胎的现实中人的面貌出现的。他没有任何神奇的本领,只有一颗一心取经的心。对于他,可以用八个字来概括:心诚志坚、无智无能。在取经活动中,他的作用又可说很大,也可以说是累赘,是负数。他是取经小分队的头,孙悟空等都是他的徒儿,一举一动得听他的。他崇信佛法,严守戒律,对于取经有信心、有决心、有恒心。他的这些品德、实际上就成了取经活动的精神力量。没有他和他的精神力量,取经不可能成功,小分队也早散了伙。

但他又是取经事业的累赘,他是肉体凡胎,作不得法,离了白马寸步难行——这且不去说。他性格上的弱点,就曾使取经路上出现过几次周折。他懦弱无能,胆小如鼠,一举一动都得孙悟空等保护;他听信谗言,是非不分,耳朵根子又十分"罢软",爱听猪八戒的小报告,

冤枉孙悟空；他有时见事不明，人妖不分，却十分刚愎自信，以致误事。第二十七回，尸魔能够三次骗过他，正是利用了他性格上的这一弱点。

沙僧是取经集体中不可或缺的群众角色。

此外，《西游记》还塑造了许多很有特色的神魔形象，他们也都达到了动物、神和人的和谐统一。

七、滑稽诙谐

《西游记》是一部神话小说，同时又是一部滑稽诙谐之作。滑稽诙谐既是它在思想内容方面的特点，又是艺术表现方面的一个特色。

《西游记》的滑稽诙谐、幽默讽刺，并不只表现在个别的章节里——是所谓"碎琼片玉"，而是体现在整个作品的内容和形式的诸因素中，使之成为弥漫全书的气息。书中的一些主要情节，如大闹天宫、太宗入冥、激战尸魔、三借芭蕉扇、雷音寺取经等，乃至一些细节，如变化、借宝、被吊打之类，都具有某种程度的滑稽诙谐的意味，令人发笑。就以第十回唐太宗魂游地府一节来说，这位人世间的"圣明天子"，到了阴曹地府却狼狈不堪：先兄建成、故弟元吉等冤家债主一个个高叫"李世民还我命来"，这哪里像"受命于天"的"真龙天子"？ 以后，只是靠了崔判官的循情枉法，篡改了生死簿，才逃回人间，其间又何曾有一点"皇家威仪"？ 连他住的金碧辉煌的皇宫，到了平民百姓（刘全之妻李翠莲）的嘴里，就变成了"害黄病的房子，花狸狐哨门扇"，幽默调侃之意溢于言表。

陕西西安兴教寺石刻线图"玄奘负籍图"

除了情节和细节的滑稽诙谐之外，《西游记》还把滑稽诙谐作为塑造人物形象的主要艺术手段。孙悟空和猪八戒就是塑造得相当成功的喜剧人物。如果失去了滑稽诙谐，孙悟空和猪八戒也就失去了光彩，西游故事也因此失去了光彩。

猪八戒更是一个喜剧性的形象，作者以滑稽的笔墨描写了他贪吃、贪睡、好色、自私等丑陋习性，并利用一些喜剧性的情节来揭发他的缺点，有点像否定性的喜剧典型。

可贵的是，《西游记》的滑稽诙谐，并不是无聊的世俗调笑，而是一种喜剧的批判手段，它往往寓含着针砭现实，蔑视神权的积极意义。也就是说，《西游记》的滑稽诙谐，往往是寓庄于谐、意味隽永的。

《西游记》的寓庄于谐还有一个明显的倾向，那就是它往往将世俗认为神圣的东西——加以嘲弄，甚至揶揄、嘲讽到皇帝与佛祖。第九十八回，唐僧师徒经历了了千难万险终于到达西方极乐世界,接受佛祖如来的济世消灾的宝经。那场面是极其庄严神圣的:八菩萨、四金刚、五百阿罗、三千揭谛、十一大曜、十八伽蓝、两行排列。"如来方开怜悯之口,大发慈悲之心",对三藏说:"你那东土南赡部洲,只因天高地厚,物广人稠,多贪多杀,多淫多诳,多欺多诈……不忠不孝,不仁不义,瞒心昧己,罪盈恶满,致有地狱之灾……我今有经三藏,可以超脱苦恼,解释灾愆……"他说得何等冠冕堂皇、何等恳切动听,令人肃然起敬。可是事态的发展却使读者对如来产生怀疑。后来,阿傩、伽叶①竟向唐僧索要人事,索要不着,以无字经诓骗。孙悟空等闹到如来面前,如来不仅不责备,却继续纵使阿傩、伽叶索要去金钵,还以一副商人的嘴脸说:"经不可以轻传,亦不可以空取……忒贱卖了,教后代儿孙没钱使用。"他的这番话等于在自己脸上抹了把黑。这样纵使手下揩财作弊的人,如何能为众生解释灾愆、摆脱苦海? 这段描写是作者对世俗索要人事的揶揄,更是对如来佛祖和西方极乐世界开的一个小玩笑。一般善男信女把如来看作是圣洁的象征,西方极乐世界是人类社会的极致,岂不是滑天下之大稽吗? 正如胡适所评:"这种诙谐的里面含有一种尖刻的玩世主义。"(《西游记考证》)

八、语言通俗生动而有文采

《西游记》的语言通俗、细腻、流畅、明快、表现力强。作者述叙故事,生动形象;描写人物,精确传神;用词造句,干净利落,准确生动,给读者以如临其境、如见其人的感受。

《西游记》里方言、土语运用得十分自如,使这部巨著显现出通俗生动、文采斐然的景象。

九、传播和影响

《西游记》具有大众化的特点,能适应多种层次读者的胃口,儿童固然爱看,大人也爱读。所以,它一直深得群众喜爱,流传很广。

模拟的作品,续书也大量涌现。明末清初之际,董说的《西游补》,借西游故事的人物,以讽刺时弊。续书有《续西游记》(100回)和《后西游记》(40回)两种。

《西游记》也早走向世界,除《朴通事谚解》外,日本在1831年就有了《通俗西游记》的译本。它先后被译为英、法、俄、意、日、西、捷、罗、波、朝、越、世界语等10多种文字。

《西游记》的译名五花八门,表现翻译家对西游记故事的不同理解。译名如《猴》、《中国的仙境》、《猴子历险记》、《猴王》、《猴王取经记》、《猴与猪:神魔历险记》等等。

明代佛、道两教兴盛,在《西游记》出现以后,一些用宗教传说和民间鬼神故事敷演的神话小说纷纷出笼。我们把《西游记》和明代中后期出现的这样一些小说,统称之为神魔小说。直接和《西游记》有关的有《四游记》、《西游补》,写得较好,影响较大的则是《封神演义》。

---

①阿傩、伽叶:《西游记》里佛祖如来身边的两个神。傩 nuó,行步有姿态;伽 qié,梵语译音用字。

什么叫神魔小说

十、《封神演义》

《封神演义》又名《封神传》、《封神榜》，共 100 回，大约产生于明代隆庆、成化年间。今存最早刻本是日本内阁文库所藏的《新刻钟敬伯先生批评封神演义》（明万历金阊舒载阳本）。作者有两说：一是钟山逸叟许仲琳。舒载阳万历初刻本卷二的首页上题有"锺山逸叟许仲琳编辑"的字样。其他卷无此题，许仲琳生平不详。另一是明代道士陆西星。《曲海总目提要》第五十九卷"顺天时条"："《封神传》系元时陆长庚所作，未知确否？"（按：元时系明时之误，陆长庚即陆西星）。

这是一本有一定的认识和教育意义、娱乐性很强的小说。在思想内容方面，它的成就在于：（一）小说发展了《武王伐纣平话》的主题，表现了古代朴素的民主思想。（二）小说从教派的法术斗争中，反映我国人民神奇的想象力，鼓舞人民发挥创造性，与大自然斗争。

《封神演义》的糟粕也十分明显。首先，它宣扬天命和定数，认为一切历史和人物的命运都是天数早就安排好的。

其次，《封神演义》也有相当多的封建性的糟粕，有些章节宣扬了属于封建思想范畴的忠、孝、节、义，对纣王朝中的愚忠、愚孝的人物比如比干，箕子，微子等大唱赞歌。

在艺术上，《封神演义》的突出成就在于：想象丰富，创造了一系列很有诱惑力的人物和故事。

第四节　《金瓶梅》和明代的世情小说

诞生于 16 世纪末 17 世纪初，即我国明代后期的《金瓶梅》，当它刚一问世，便震动了文坛，文人学士竞相传阅，议论纷纷，毁誉不一。袁宏道、沈德符等曾给予很高的评价，称之为"外典"、"逸典"。后来，人们还把它和《水浒传》、《西游记》合称为"三大奇书"，又和《三国演义》、《水浒传》、《西游记》合称为"明代四大奇书"。甚至，它还有"第一奇书"的美誉，可以说是推崇备至了。但是，长期以来，也有不少人因其有较多的淫乱情节的描写，而斥之为"淫书"，对它采取一笔抹煞的态度。那么，它究竟是一部什么样的书？改革开放以来，很多学者对它进行研究，发表看法，猜测它的作者，探求它的寓意，索隐它的真事，兴味之浓，不亚于其他古典名著。

一、《金瓶梅》的版本

《金瓶梅》原先是以抄本流传，明万历三十八年（1610）始有刻本。国内和日本所藏的明清刊刻的本子约有 30 余种，其中以万历词话本、明天启崇祯绣像本和清康熙张竹坡评本最为重要，最具研究价值。

二、《金瓶梅》成书的时间和作者

关于这部书的成书时间,主要有两种意见:一是嘉靖说,二是万历说。

与成书时间紧密联系的是作者问题,作者不详。据《金瓶梅词话》本中欣欣子序中说作者为"兰陵笑笑生",兰陵为今山东峄县,书中又有大量的山东方言,所写生活多以山东地区为背景,所以,一般都认为作者为山东人。但也有人认为,兰陵即江苏武进,武进古称兰陵。但兰陵笑笑生究竟系谁的化名,这是《金瓶梅》研究中的热门话题,聚讼纷纭 400 年,至今未有定论。

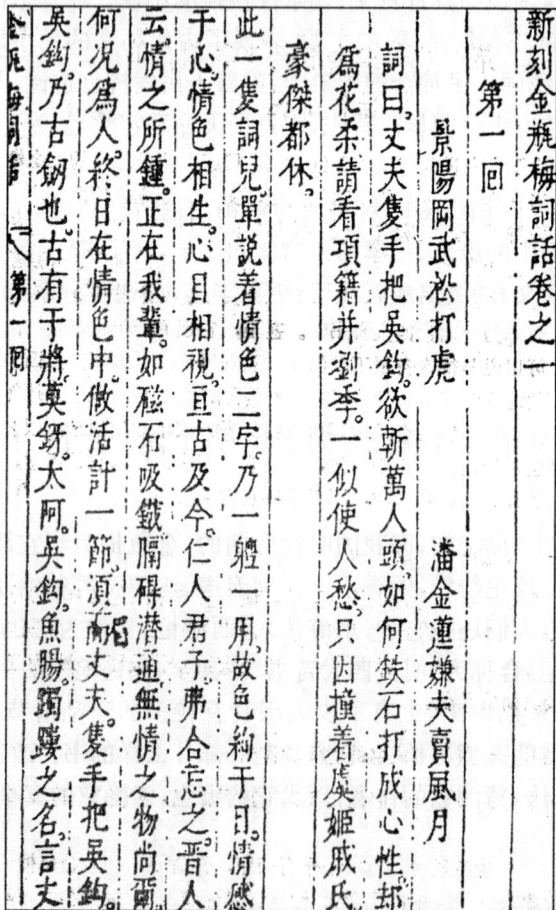

明万历刻本《金瓶梅词话》第一页

说法众多不下二三十种,可分为两类:第一类是早期的传说:"嘉靖间大名士"、"金吾戚里门客"、"为陆炳诬奏者"、"绍兴老儒"、"世庙一巨公"。第二类是后期的推测、考证。这里有王世贞说、王世贞门人说、王世贞和其门人共同创作说、李笠翁说、卢楠说、薛应旗说、赵南星说、某孝廉说、李贽说、徐渭说、艺人集体创作说、李开先说、欣欣子说、浙江兰溪一带吴人说、沈德符父子说、贾三近说、屠隆说、李开先的崇信者说、刘九说、冯惟敏说、冯梦龙说、汤显祖说、李先芳说、王樨登说，等等。

《金瓶梅》100 回。书名《金瓶梅》，金指潘金莲，瓶指李瓶儿，梅指春梅。三人均为西门庆之妾。书中的开头假《水浒传》中西门庆和潘金莲的奸情故事，以后拓展为西门庆的全部生活道路的描写和其妻妾的故事。

《金瓶梅》是一部具有深刻思想内容的现实主义小说，它以真实而细腻的笔触，描绘了我国明朝后期的一个商人家庭，通过主人公西门庆以及其家庭的兴衰变化，反映了社会的腐朽与黑暗，暴露出当时的官僚制度、奴婢制度、家庭婚姻制度的种种罪恶。又由于它描写得特别工细、具体、广阔地展示出了那个特定时代的社会风貌，可以说是一部明代后期的风俗史、众生相、世情图，为后世留下了宝贵的资料。但是，书中的一部分自然主义的性生活的描写，又使这部书带有黄色的色彩，一定程度上冲淡了它的现实主义意义。

三、一部暴露明代后期社会黑暗的小说

《金瓶梅》表面上写的是北宋末年的故事，实际上反映的却是当时的社会生活，描摹的都是明代后期市井生活的图景。《金瓶梅》写于嘉靖、隆庆、万历时期。这一时期正是明王朝急剧地走向衰落、社会风气日渐浸薄的时期。从书中可以看出当时社会政治的腐败和黑暗已经达到了极点。

贪赃枉法、循情卖放更成了当时国家官僚机构普遍的弊端。

在这样的国家官僚机构统治下的社会自然罪恶迭出、暗无天日，平民百姓沉冤莫辩。

在西门庆家庭内部更是反映出黑暗社会的丑恶。主奴之间、妻妾之间、妾与妾之间、妾与奴婢之间，到处有压迫、欺诈与明争暗斗。全书就是这样触及到明代后期的社会生活的众多方面，从政治到经济，从道德风尚到伦理关系，从家庭婚姻制度到奴婢制度，对社会的黑暗、统治者的腐败、寄生虫的肮脏做了全面的暴露，勾勒出了一幅鬼蜮世界的图画。

四、一部描写真实现实人生的小说

《金瓶梅》没有什么神话的情节，它所描写的人物都是现实人生中普通的人、真实的人。这和历史演义、英雄传奇、神魔小说中带有夸张、传奇色彩相比，无疑反映了现实主义创作的深化。

西门庆是一个商人、恶霸和官僚三位一体的典型。西门庆这样的人物，无疑是明代后期特定时代的一个典型，那时商品经济发展，资本主义因素在许多地区开始萌芽，都市繁荣、商业发达、商业观念、商人地位空前提高；但是封建经济、封建势力还较强大，特别是，在政治上，封建统治还比较牢固。商人中有一部分人与封建势力进行勾结、依附封建政治而发展自

已。他们交结官府、巧取豪夺、欺压人民,成为亦官亦商的特权人物。西门庆就是这样一个兼有官僚、恶霸特征的商人的典型。

潘金莲形象的刻画已经超过了《水浒》的描写,成为古代小说的淫妇、妒妇、悍妇的典型。

五、《金瓶梅》的缺陷

一部分低级的色情描写,是《金瓶梅》的一个严重的缺陷。这类描写的出现,在当时是有其复杂的历史背景的。一是与明代后期封建统治者特别荒淫无耻有关。正如鲁迅所说,成化、嘉靖时皇帝喜好这一套。方士往往以献房中术骤贵,"瞬息显荣,世俗所企羡,侥幸者多竭智力以求奇方,世间乃渐不以纵谈闺帏方药之事为耻。风气既变,并及文林,故自方士进用以来,方药盛、妖心兴,而小说亦多神魔之谈,且每叙床笫之事也"(《中国小说史略》)。二是与当时以李贽为代表的,把"好色好货"作为人类的自然要求而加以充分肯定的进步思潮有关。在这样的思潮下,作者肆无忌惮地以大量的笔墨描写男女主人公们堕落的性生活。人民文学出版社从《金瓶梅词话》中删节的 19 000 多字的秽亵描写都是这方面的糟粕。可以说,这种现象是那个进步思潮本身带来的历史局限。其实,作者并未真正接受当时的进步思潮的合理的内核,他津津乐道地描写这些,有欣赏、卖弄的成分,另外就是将"淫荡"作为区别人物,特别是妇女善恶的首要标准,潘金莲、李瓶儿、春梅等无一例外地都是变态的色情狂、天生的淫妇而不得好报。以这种标准来区别人物,仍然是封建思想的反映。

《金瓶梅》的另一个缺陷就是宣扬了"女人是祸水"的封建落后的思想。

《金瓶梅》是我国现实主义小说的优秀篇章,它上承《水浒》,下开《红楼》,艺术成就是多方面的。

六、结构宏大而浑成

《金瓶梅》共 100 回,出场人物有 200 多个,主要人物有西门庆、潘金莲、李瓶儿、春梅、陈经济、应伯爵、吴月娘等,以西门庆为贯照全书的最主要的人物。这样,全书的主干就是西门庆的兴亡史。全家上下几十口人,生活现象错综复杂。各人历史、情状又千差万别,但作者却能以这一主干、主脉统御全书,丝毫不乱。全书牵涉的事件很多,如潘金莲毒死武大郎的事件;李瓶儿丧夫,以后又逐出医生蒋竹山的事件;宋惠莲被奸骗又被逼而自杀的事件;苗青谋杀主人苗员外的案件;孙雪娥被迫害受凌辱事件;武松最终得以报仇的事件;陈经济、春梅终以淫纵丧生的事件……事件繁复,波澜迭起,但作者笔锋撒得开收得拢,紧紧围绕西门庆兴亡的主干,使之成为表现主干的一个组成部分。这样,全书就形成了一个树形的完整结构,虽有若干人物、章节作为枝杈,但这些也只作为全书的组成部分,丰富、装点着"全树"。

七、日常生活的描绘细腻而逼真

《金瓶梅》取材于现实的日常生活,作者通过一个商人的日常生活和买卖活动的描写,展现那个时代的社会风貌,几乎是一部形象的社会史、经济史。

　　小说对西门庆一家的描写是极其细腻而逼真的,举凡生活起居、社交游乐、酒宴筵席、衣着穿戴以及婚丧嫁娶,算命卜卦、嫖妓宿娼等都有细致而具体的描绘。至于家庭内部的妻妾争宠,主奴的欺诈、摩擦,以及朋友的往还、争夺,更是描摹得形象而逼真。正如张竹坡所评的:"似有一人曾亲执笔在清河县前,西门庆家里,大大小小,前前后后,碟儿碗儿,一一记之,似真有其事,不敢谓操笔伸纸做出来的。"

这是崇祯本"金瓶梅"第十五回的一幅插图,原题"狎客帮嫖丽春院",从中可以看出当时房舍陈设和蹴鞠的情况

俗谚"潘金莲的叉竿,惹祸的根子"。
(选自明代崇祯刻本《金瓶梅》插图)

　　而这种细腻逼真的描绘,又不是无意义的纯粹的自然主义的描绘,而是琐细之中见神韵、见深刻,正如鲁迅所说的,"描写世情,尽其情伪"(《中国小说史略》)。鲁迅还说:"作者之于世情,盖诚极洞达,凡所形容,或条畅,或曲折,或刻露而尽相,或幽伏而含讥,或一时并写两面,使之相形,变幻之情,随在显见,同时说部,无以上之。"(同上)这就可见鲁迅对这部书描写的评价之高了。书的第三十回"西门庆生子喜加官"是他家庭兴盛的顶点,小说先写西门庆家中与诸妾饮酒弹唱。次写李瓶儿肚痛而临产,再写请接生的老娘。此时,潘金莲却醋劲十足,闲言秽语,说什么"一个后婚老婆,汉子不知见过了多少,也一两个月才生胎,就认做是咱家的孩子。我说,差了!若是八月里孩儿,还有咱家些影儿。若是六月的,踩小板凳儿糊险道神,还差着一帽子哩"如此等等。下面:

　　　　良久,只听房里呱的一声,养下来了。蔡老娘道:"对当家的老爹说,讨喜银,分娩了一位哥儿。"吴月娘报与西门庆。西门庆慌的连忙洗手,天地祖先位下满炉降香,告许一百二十分清醮,要祈子母平安,临盆有庆,坐草无虞。这潘金莲听见生下孩子来了,合家欢喜,乱成一团,越发怒气生,走去了房里,自闭门户,向床上哭去了。时宣和四年戊申六月廿三日也。正是:不如意处常八九,可与人言无二三。

　　这蔡老娘收拾孩儿，咬去脐带，埋毕衣胞，熬了些定心汤，打发李瓶儿吃了，安顿孩儿停当。月娘让老娘后边管待酒饭。临去，西门庆与了他五两一绽银子，许洗三朝来，还与他一匹段子。这蔡老娘千恩万谢出门。

　　当日西门庆进房去，见一个满抱的孩子，生的甚是白净，心中十分欢喜。合家无不欣悦，晚夕就在李瓶儿床房中歇了，不住来看孩儿。次日巴天不明，早起来拿十副方盒，使小厮各亲戚邻友处，分投送喜面。应伯爵，谢希大听见西门庆生子，送喜面来，慌的两步做一步来贺喜。西门庆留他卷棚内吃面，刚打发去了，正在厅上乱着，使小厮叫媒人来，寻养娘看奶孩儿，忽有薛嫂儿领了个奶子来，原是小人家媳妇儿，年三十岁，新近丢了孩儿，不上一个月。男子汉当军，过不的，恐出征去无人养赡，只要六两银子，要卖他，月娘见他生的干净，对西门庆说，兑了六两银子留下，起名如意儿，教他早晚看奶哥儿。又把老冯叫来暗房中使唤，每月与他五两银子，管顾他衣服。

再下面，来保与吴主官从东京回来，报告了西门庆得了金吾卫副千户之职，他更是"不觉欢从额角眉尖出，喜向腮边笑脸生"。

　　到次日，洗三毕，众亲邻朋友，一概都知西门庆第六个娘子，新添了娃儿。未过三日，就有如此美事。官禄临门，平地做了千户之职，谁人不来趋附？送礼庆贺，人来人去，一日不断头。常言：时来谁不来？时不来谁来？正是：时来顽铁有光辉，运退真金无艳色。

　　只此一小节就可见《金瓶梅》描绘细致而逼真的景象。富商家的排场、亲朋的趋附、妻妾的争斗都跃然纸上。真有"刻露而尽相"，"幽伏而含讥"的妙处。

八、人物性格刻画得鲜明而活跳

　　《金瓶梅》人物形象的个性化，达到相当高的程度。书中不仅主要人物西门庆、潘金莲等形象生动，一些次要人物也形象鲜明、活跳纸上。帮闲应伯爵浑名应花子，整天陪西门庆吃喝玩乐、嫖妓宿娼，竭尽溜须拍马、逢迎凑趣之能事。他说："如今的年，尚个奉承。""养儿不要屙金溺银，但要见景生情。"西门庆娶李瓶儿作妾，他在席上闹着要见新嫂子，及至见了，那情态真令人恶心。

　　又见应伯爵、谢希大这伙人，见李瓶儿出来上拜，恨不的生出几个口来夸奖奉承，说道："我这嫂子，端的寰中少有，盖世无双。休说德性温良，举止沉重，自这一表人物，普天之下，也寻不出来。那里有哥这样大福！俺每今日得见嫂子一面，明日死也得好处。"因唤玳安儿："快请你娘回房里，只怕劳动着，倒值了多的。"

这个应伯爵惯于说奉承话、插科打诨，讨西门庆欢喜，混吃混喝。

　　《金瓶梅》里的人物各各面貌不同，同是帮闲无赖，应伯爵与谢希大不同，同是西门庆的妻妾，孟玉楼和孙雪娥不同，正如张竹坡的《〈金瓶梅〉读法》所说：

　　《金瓶梅》妙在善于用犯笔而不犯也,如写一伯爵,更写一希大,然毕竟伯爵是伯爵,希大是希大,各人的身份,各人的谈吐,一丝不紊。写一金莲,更写一瓶儿,可谓犯矣,然又始终聚散,其言语举动,又各各不乱一丝,写一王六儿,偏又写一贲四嫂;写一李桂姐,偏又写一吴银姐、郑月儿;写一王婆,偏又写一薛媒婆,一冯妈妈,一文嫂儿,一陶媒婆;写一薛姑子,偏又写一王姑子、刘姑子。诸如此类,皆妙在特特犯手,却又各各一款,绝不相同也。

　　《金瓶梅》描绘人物最基本的方法,就是运用白描的手法。白描,本来是绘画术语。我国古代有一种纯用墨线勾勒物象,不加渲染和色彩的画叫做"白画",这种绘画的技法就叫做"白描"。小说写作上的白描手法就是由此引申而来的,它的概念一般是指抓住对象的主要特征,以简练的笔墨,不加烘托、渲染地勾勒出事物形象的一种描写方法。《金瓶梅》的人物描绘充分显示着白描手法的丰富表现力,它往往只是通过人物的语言和行动,寥寥数笔,勾勒出一幅人物形象的速写画。

　　因为白描手法是用简练的笔墨勾勒出事物的形象,舍弃那些陪衬和拖带,所以在进行描绘的时候、要求掌握对象的特点,要求传神。《金瓶梅》中有些描绘就达到神情毕肖、出神入化的地步。

九、文学语言生动而泼辣

　　全书语言生动、酣畅、泼辣,突出地表现在人物语言的生动传神和方言俗语运用得贴切巧妙上。它的人物对话个性鲜明、生动酣畅,充分表现出人物的性格和此情此境的神情状态。西门庆奸骗了奴才来旺儿的老婆宋惠莲,还把来旺儿投入牢狱。宋惠莲为来旺求情,西门庆答应放来旺出来,为他另寻老婆。还准备买下三间房子给宋惠莲住。潘金莲得知这一消息后,忌恨无比,她用刀子一般的语言,为西门庆出谋划策:

　　你空耽着汉子的名子,原来是个随风倒舵,顺水推船的行货子!我那等对你说的话儿,你不依,倒听那贼奴才淫妇话儿。随你怎的逐日沙糖拌蜜与他吃,他还只疼他的汉子。依你如今把那奴才放出来,你也不好要他这老婆的了,教他奴才好藉口。你放在家里不荤不素,当着什么人儿看成?待要把他做成你小老婆,奴才又见在;待要说是奴才老婆,你见把他逞的恁没张置的,在人跟前上头上脸,有些样儿!就算另替那奴才娶一个着,你要了他这老婆,往后倘忽你两个坐在一答里,那奴才或走来跟前回话做甚么,见了有个不气的?老婆见了他,站起来是,不站起来是?先不先只这个就不雅相。传出去休说六邻亲戚笑话,只家中大小把你也不着在意里。正是上梁不正下梁歪,你既要干这营生,誓做了泥鳅怕污了眼睛,不如一狠二狠,把奴才结果了,你就搂着他老婆也放心。"

果然,这一席话儿把西门庆的念头"翻转"了。西门庆伤天害理地让官府解押来旺儿去徐州,宋惠莲因而被逼自杀。潘金莲的这段话反映出她是一个心思细密、善于言辞的妒妇,她抓住西门庆此时的心理,处处为西门庆想着,使西门庆改变主意,以达到除掉宋惠莲的目的。

《金瓶梅》中语汇、词汇是古典小说中最为丰富的,它大量地使用了口语、成语、方言土语、谚语、歇后语、村话、骂人话,这样就大大增强和丰富了语言的表现力,比如,"没脚蟹"、"乌眼鸡"、"花丽胡哨"、"苍蝇不钻没缝儿蛋"、"灯草拐根做不得主"、"千里搭长棚,没个不散的筵席"、"隔墙掠筛箕,不知是仰着合着"、"老鼠尾巴生疮儿,有脓也不多"、"婆儿烧香,当不着老子念,各自要尽各自的心"、"提傀偏儿上场还少一口气儿哩"等等,非常形象、生动、富于表现力。由于小说所写的大都是一些市井俗人和下层社会的女子,他们运用这些土语、谚语显得非常贴切,因而也增强了他们语言的粗俗泼悍的韵味。

十、《金瓶梅》的影响

《金瓶梅》是我国第一部以现实日常生活为题材,描写世俗人情的长篇小说。它在取材和立意上,与历史演义、英雄传奇、神魔小说等完全不同,它是以具体丰富的生活细节和细致生动的笔触来表现日常的社会和家庭的。在创作方式方面,则是由文人独力创作一次完成的。这种创作方式、取材和立意,给后世小说开辟了一条新路。以后的世情小说、言情小说明显地受了它很大的影响。伟大的现实主义巨著《儒林外史》、《红楼梦》也有受其影响的痕迹。比如,秦可卿大出丧有点像李瓶儿的大出丧;宝玉、薛蟠等饮酒行令有点像西门庆等的饮酒行令;对家庭琐事,吵嘴斗气,打情骂俏等两书也有相似之处。无怪乎脂砚斋在第十三回的贾珍为秦可卿要了薛蟠的樯木作棺材一节,批道:"写个个皆知,全无安逸之笔,深得金瓶壶奥。"壶奥,本指室内深处,这里是说,《红楼梦》学得了《金瓶梅》的深微隐奥的艺术方法。这就可见《金瓶梅》的深刻的影响。

《金瓶梅》也早走向世界,它的外文译本有英、法、德、意、拉丁、瑞典、芬兰、俄、匈、捷、日、朝、越、蒙等文种。《日本大百科事典》介绍:"作者对各种人物完全用写实手段,排除了中国小说传统的写法,为《红楼梦》、《醒世姻缘传》等描写现实的小说开辟了道路。"

明代后期到清代初期,在《金瓶梅》影响下,类似的作品应运而生,风靡一时。

我们把《金瓶梅》和明代后期陆续出现的、以描叙世俗日常生活为主,表现人情世态、家庭兴衰际遇、男女悲欢离合,间杂因果报应,借以规过劝善的小说,称之为世情小说。《玉娇李》、《续金瓶梅》、《醒世姻缘传》等都是表达上述题材和内容的世情小说。

第五节 明代拟话本

我国最早的白话短篇小说宋元话本,到了明代又进入了一个新的阶段。它逐渐脱离了讲唱文学的形式,而成为作家的书写文学。当时的文人,开始只是加工话本,以后逐渐发展到模拟话本而进行创造。这种由文人创作,专供案头阅读的作品,为有别于宋元话本,而被鲁迅称之为"拟话本"。

话本在宋元至明代初期，都是以单篇的形式流传的。明代中叶以后陆续出现了合刻的集子，其中有话本、也有拟话本。如嘉靖年间钱塘人洪楩①辑印的《清平山堂话本》；原以单篇印行，辑印时代存在争议的《京本通俗小说》；万历年间熊龙峰刊印的《小说四种》；天启年间冯梦龙搜集整理的《三言》；崇祯年间凌濛初编写的《二拍》；以后还出现了天然痴叟著的《石点头》、东鲁古狂生编辑的《醉醒石》、周楫编写的《西湖二集》，等等。其中以冯梦龙的《三言》和凌濛初的《二拍》最为著名。

《三言》是冯梦龙陆续编辑出版的《喻世明言》、《警世通言》、《醒世恒言》三部白话短篇小说集的合称。书名的意思就是劝喻世人、唤醒世人、警戒世人的意思。因为这三部书都有个言字，后人便简称为《三言》。《三言》总共 120 篇，每部各 40 篇。其中宋元话本约占三分之一，明代的拟话本约占三分之二。拟话本中少数是冯梦龙自己创作的，多数是他根据流传的故事改写的，或是搜集的。

一、《三言》编撰者冯梦龙

冯梦龙（1574—1646），字犹龙，亦字子龙、耳犹，别号龙子犹、姑苏奴客、顾曲散人、詹詹外史、平平阁主人，墨憨斋主人等。苏州人。《苏州府志》卷八十"人物"中介绍："冯梦龙，字犹龙，才情跌宕，诗文丽藻，尤明经学。崇祯时，以贡选寿宁知县。"他曾做过丹徒县的训导，还到麻城去讲过《春秋》。可是，在科场中他的命运却不大顺利，直到 57 岁，才考取贡生，61 岁做福建寿宁县的知县。四年任满仍回苏州。70 岁时，李自成攻破北京，唐王朱聿键在福州建立流亡的小朝廷，冯梦龙也参加了这个政权。他还编印了记载反清历史的《中兴伟略》等书，鼓吹抗清斗争。73 岁时，唐王政权被清兵扑灭，他也在这一年死去。

冯梦龙与公安派文人有相同的文学主张，他提倡通俗文学与民间文学。他的著作很多，被称为"全能通俗文学家"，现在基本考查清楚的有：话本小说：《三言》；长篇历史演义：《新列国志》、《平妖传》、《盘古至唐虞志传》、《有夏志传》、《两汉志传》、《古今列女演义》；民歌：《桂枝儿》、《山歌》；笔记小品：《智囊》、《古今谈概》、《情史》、《笑府》、《燕居笔记》等，总共有 50 余种。

《三言》是明代白话短篇小说繁荣的标志，它以显著的思想和艺术成就成为明代白话短篇小说的高峰，为我国古代小说开辟了一个新天地。就其主导方面而言，它是我国明代市民生活的百科全书，真实地反映出了这个阶层的理想、愿望和要求。

二、市民发迹变泰的真实写照

我国明代出现了资本主义的萌芽，商业更趋繁荣，商品流通也更加扩大，商人的社会地

---

①洪楩：嘉靖钱塘人，辑有《清平山堂话本》。楩 pián 又叫黄楩树，南方大乔木。

位也就日益提高。《三言》中反映市民阶层由贫贱而变为富贵,即所谓商人发迹变泰的作品,与其他类别的作品相比,数量虽不是很多,却很有代表性,极具时代特色。《宋小官团圆破毡笠》(《警世通言》),叙述的是宋小官由破落的世家子弟而冒险发迹起家的事。全篇商人的形象和商人的意识表现得还是很明显的。宋小官就经历了一个由世家转变成精明干练的商人的过程。

《三言》中的这类作品,有的着重表现外在机遇的偶然性,有的则强调掌握内在商业规律,市场信息和勤备经营,还有的更强调重义甚于重利的道德观念。《汪信之一死救全家》(《喻世明言》)中的汪革以烧木炭、起铁冶、办沽坊等工商活动发家,靠的是市场信息灵通和经营的得法。

《施润泽滩阙遇友》(《醒世恒言》)反映了市民阶层的价值尺度和道德观念。这篇作品同时反映了明万历年间江南丝织工业的情况,是我国小说史上首先触及资本主义萌芽这一崭新生活课题的作品。

三、描写了市民的爱情理想和生活愿望

《三言》中最精彩的篇章,往往是关于青年男女婚姻恋爱题材的作品,这类作品数量上也最多,约占全部作品的三分之一。《三言》中最成功的艺术形象,也往往是这类作品中女主人公,比如杜十娘、金玉奴、玉堂春等,她们的故事在中国几乎家喻户晓。

值得注意的是,这类作品的正面主人公,往往不再是王孙公子、侯门闺秀,而是充满生命活力的新兴市民,什么小商人,手工业者、乞丐头的女儿、妓女,等等,这些在过去的作品里充其量只能当个配角,现在却占据了作品的中心舞台。作者让他们的爱情、他们的生活愿望放射出强烈的光彩,这在小说史上是具有特别重要意义的。

《杜十娘怒沉百宝箱》(《警世通言》)是其中最为优秀的一篇,也是明代拟话本中成就较高的作品。杜十娘以整个生命谴责了纨裤子弟和市侩势力,向那个社会、那个时代提出了最强烈的抗议。

《卖油郎独占花魁》(《醒世恒言》)讲的是一对小市民的婚姻恋爱故事。平等真挚的感情,赢得了爱情和幸福,就是这篇作品的主题。

《蒋兴哥重会珍珠衫》(《喻世明言》)更是一篇典型的反映市民生活的作品,它突破了封建道德的规范,反映市民的精神面貌和爱情婚姻的标准。

四、暴露封建官僚、地主恶霸的丑恶面貌

《三言》中约有五分之一的作品是反映封建社会黑暗的,上自皇亲国戚、达官显宦,下至流氓恶棍、猾吏豪绅,作品都有反映,都给予了程度不等的揭露和鞭挞。《灌园叟晚逢仙女》(《醒世恒言》)是一篇反映封建社会中善和恶的斗争,寄托人们对于善良美好事物的赞美,对于强暴邪恶势力憎恨的浪漫主义的小说。

《沈小霞相会出师表》(《喻世明言》)通过沈炼一家的遭遇,反映当代统治阶级内部的忠奸斗争。

除了上述几方面的内容之外,《三言》中还有歌颂任侠精神的作品,歌颂友谊、斥责背信弃义行为的作品,反映民族斗争的作品,反映士子生活的作品,等等。总之,《三言》内容丰富多彩,当时社会生活的各个角落,几乎都有触及。

《三言》中也有不少封建落后的思想。有的宣扬了荒诞迷信、因果轮回的思想;有的露骨地宣传封建思想,赞扬"义夫节妇",有的充满了露骨的色情描写,等等。

《三言》是我国古代白话短篇小说成熟的标志,它在艺术上的成就是巨大的。主要有下列几点。

五、话本的形式

明代的拟话本是由宋元话本发展而来的,它在形式上仍然保留着话本小说的基本特征。每篇开头往往有一段"入话",又称"得胜头回"。入话的内容大都是一个独立的小故事,或者与本题的意思相同,或者与本题的意思相反。不论相同或是相反,都能与后面的主要故事互相映衬,起烘托主题的作用。

故事的叙述则采用韵散结合的方式,散文叙述事件的发展经过、人物的行动、对话;韵文(诗、词、散曲、骈词、对话)描写重要的场景、人物肖像、或是发表作者对事件的评赞。这种韵散结合的方式,起到调剂读者的兴趣、渲染故事气氛的作用。

结尾也和话本一样,有一则韵文,卒章点题,归结全文。

六、故事情节曲折生动

拟话本也继承了话本重视情节的传统,注意情节的安排,做到曲折而新奇。

《三言》的故事情节充满了戏剧性,十分引人入胜。《乔太守乱点鸳鸯谱》(《醒世恒言》)就是具有代表性的一篇。这篇是写三对青年男女的爱情婚姻的纠葛。整个故事情节充满了戏剧性,计中计、错中错、巧争妙斗,令读者眼花缭乱,应接不暇。

《三言》组织故事的技巧还在于善于运用"小道具"上面,例如《蒋兴奇重会珍珠衫》中的珍珠衫,《宋小官团圆破毡笠》中的破毡笠,《陈御史巧勘金钗钿》中的金钗钿,《沈小霞相会出师表》中的出师表,等等。这些"小道具"起着结构故事情节、推动事态发展,造成误会与巧合的作用。

七、善于运用理想化的方法改造人物故事

《三言》中的大部分作品是在民间传说、现实的真实事件和前人笔记的基础上加工创作而成。素材有的很简单,只是一个故事套子;有的人物形象丑陋,行为不合逻辑;有的头尾不全,结构紊乱;冯梦龙根据审美需要,对它们进行了艺术加工,使之成为人物形象鲜明,独立完整、有现实意义的故事。加工、改造得较好的要数《白娘子永镇雷峰塔》(《警世通言》)和

《众名姬春风吊柳七》(《喻世明言》)两篇。

八、发展了心理描写和细节描写

《三言》是我国古代白话小说的宝库,塑造了一大批性格鲜明、形象生动的人物形象,比如,宁为玉碎不为瓦全的杜十娘、看透世情甘心嫁给卖油郎的莘瑶琴、遭际悲苦热情勇敢的玉堂春、出身低微心灵高洁的金玉奴、拾金不昧济人于危难的施润泽,等等。在人物塑造方面,《三言》比起唐人小说、宋元话本、明初长篇小说来,以深刻的心理刻画和生动丰富的细节描写见长,这些方面是它对中国小说艺术的发展。

《三言》继承了我国古代小说注意在尖锐的戏剧冲突中揭示人物内心世界和性格的方法,使人物形象生动、光彩夺目。人物性格推动了矛盾冲突的发展,矛盾冲突的发展又进一步展示了人物性格。矛盾冲突激化、解决的过程正是人物性格发展的历史。

《三言》除了继承我国古代小说在尖锐的冲突中刻画人物的方法以外,还注意运用深刻的心理描写来刻画人物。我国古代小说很少离开情节来进入人物内心世界进行剖析,但在《卖油郎独占花魁》一篇中,却用了很多文字来进行人物的心理描写。

二拍

《二拍》是继《三言》之后,成就最高的明代白话代表作。对于《三言》历来评价较高,而对《二拍》则贬抑较大。其实,《二拍》所反映的社会内容和达到的思想高度,与《三言》大体相同。所不同的,只是糟粕略多,人物略为逊色而已。

《二拍》是凌濛初编写的《拍案惊奇》(又名《初刻拍案惊奇》,成书于天启七年)和《二刻拍案惊奇》(成书于崇祯五年)的合称。两书各为40篇,由于第二十三篇《大姊魂游完宿愿,小妹病起续前缘》两书重收,《二刻》四十卷《宋公明闹元宵》为杂剧,所以,《二拍》实有78篇。

九、《二拍》的作者凌濛初

《二拍》还有一点和《三言》不同,《三言》中的篇章,少数是冯梦龙个人创作,多数是他收集整理而成的;《二拍》的篇章,几乎全是凌濛初的个人创作,这在我国古代白话短篇小说发展史上是罕见的。所以,凌濛初可以称得上是杰出的短篇小说作家。

凌濛初(1580—1644),字玄房,号初成,又名凌波,别号即空观主人。浙江乌程人。他出身于官僚家庭,18岁补廪膳生,55岁做上海县丞。做官以前,曾在南京、苏州等地游历,过着风流才士、浪荡文人的生活。63岁任徐州通判并分署房村。第二年吐血而死。

十、反映了市民生活和市民的思想意识

《二拍》的故事内容多半是反映市民的生活和市民的思想意识的。其中描写商人的作品最具有特色。

最能反映商人生活和思想的作品,莫过于《转运汉巧遇洞庭红,波斯胡指破鼍龙壳》(《初

刻》)和《叠居奇程客得助,三救厄海神显灵》(《二刻》)两篇。

《二拍》里描写商人的作品,已经摆脱了封建社会轻视商业活动,把商人都看做是"奸商"的观念,宣扬"经商亦是善业,不是贱流",有的甚至还说:"以商贾为第一等生业,科第反在次着。"它们通过艺术形象向读者表明,将本求利是极其正当的谋生与发展的手段,经商而发财是美好的理想和愿望。在这一点上,《二拍》比《三言》反映得充分。

十一、歌颂青年男女自由平等的恋爱婚姻

爱情是《二拍》中令人瞩目的题材,其中确有不少佳作。

与青年男女的婚姻恋爱相联系在一起的,还有一个妇女的地位问题。《满少卿饥附饱飏,焦文姬生仇死报》(《二刻》)一篇就提出男女在爱情生活上的平等问题,这是新的平等的观念。作者斥责忘恩负义的满少卿时,写道:

> 天下事有好些不平的所在,假如男人死了,女人再嫁,便道是失了节,玷了名,污了身子,是个行不得的事,万口訾议;至及男人家丧了妻子,却又凭他续弦再娶,置妾买婢,做出若干的勾当,把死的丢在脑后,不提起了,并没有人道他薄幸负心,做一场说话。就是生前房室之中,女人少有外情,便是老大的丑事,人世羞言;及至男人家撇了妻子,贪淫好色,宿娼养妓,无所不为,总有议论不是的,不为十分大害。
> 所以女子愈加可怜,男子愈加放肆。这些也是伏不得女娘们心里的所在。

这段议论把历来只是束缚妇女而不束缚男子的封建婚姻制度和贞操观念揭露得淋漓尽致。这种透辟、尖锐的见解,在明末是相当了不起的。

十二、揭露封建吏治的腐败与黑暗

明代后期吏治腐败,政治黑暗更为空前。《二拍》中就有一些篇章是暴露封建吏治腐败与黑暗的,由于揭露大胆,描写得充分,很有认识价值。《钱多处白丁横带,运退时刺史当艄》(《初刻》)对卖官鬻爵有具体生动的反映。

《二拍》中也还有不少封建、落后的糟粕。不少篇章描写不符合道德规范的淫乱关系,对男女性关系的描写,往往陷入自然主义的泥潭。有些篇章直接攻击农民起义,有些篇章纯粹是封建说教,有些篇章宣扬因果、报应等迷信落后的思想。

在艺术上,《二拍》和《三言》有相同的特点。有些地方的艺术描写细致具体,形象生动。但也有些地方"诰诫连篇,喧宾夺主"(鲁迅《中国小说史略》)削弱了艺术表现力。

第六节 明代戏剧

我国戏剧史上第一个高峰时期——元杂剧时期过后,到了明代,剧坛显现了杂剧与南戏

并存,杂剧走下坡道,南戏走上坡路的景象。明代中叶以后,杂剧实际上成了短剧,不上舞台演出的案头剧;南戏则吸收北曲杂剧的一些特点而雄踞剧坛。在中国戏曲史上,一般沿袭明人的习惯,把由南戏发展而成、以演唱南曲为主的戏曲称之为传奇。从明嘉靖到清乾隆年间,传奇风靡剧坛,力作如云,《牡丹亭》、《长生殿》、《桃花扇》等名剧相继涌现,这就形成了我国戏曲史上的第二个高峰时期。

明代戏剧可分杂剧和传奇两方面来叙述。

一、杂剧逐渐衰落

从总的趋势看,杂剧日益衰落,但从明代各时期具体情况而言,却又不是一泻而下、毫无成就的,它的发展颇有起伏变化,而且还出现了一些有成就的作品。

明代前期杂剧在戏剧舞台上虽有优势,数量不少,但成就甚微。影响较大的作家有明太祖十六子朱权,著有杂剧16种,还著有北曲曲谱《太和正音谱》;明太祖孙朱有炖[1]著有杂剧30余种,称《诚斋乐府》;杨景贤《西游记杂剧》对小说《西游记》的形成颇有影响。

明代中期以后,单折杂剧很多,并逐渐发展成为案头剧本。这个时期以王九思的《杜甫游春》和康海的《中山狼》最为著名。《杜甫游春》写杜甫在安史乱后闲游长安曲江、目睹村廓萧条、宫室败坏,痛斥宰相李林甫嫉贤妒能、败坏朝纲。作者有含针砭、指摘时弊之意。《中山狼》据马中锡《中山狼》故事改编,全剧以童话寓言的形式,讽刺了东郭先生迂腐懦弱的"仁心",揭露恶狼的本性,《曲海总目提要》云,这是寓指李东阳对康海的负恩。

明代后期杂剧以徐渭的成就最高,与前期、中期的名作相比也毫不逊色。徐渭同时或稍后的杂剧作家有许潮、徐复祚等。

徐渭(1521—1593)字文长,号青藤,又号天池,浙江山阴人。他是一个愤世嫉俗的奇人,傲视权贵,鄙睨礼法,才学高而所如不偶。壮年曾在浙江总督幕下当书记,晚年穷困以卖画为生。在文艺上,他是一个多面手,诗文、戏曲、书法、绘画都有相当的造诣。他的作品追求个性自由,大胆创造,不拘成法,着意表现真情真意。

《四声猿》是徐渭杂剧的代表作,所谓《四声猿》是他四则杂剧——《渔阳弄》、《雌木兰》、《女状元》、《翠乡梦》的总称。《渔阳弄》写祢衡死后在阴司击鼓骂曹的故事,剧中悲愤激越、孤高狂傲、恨奸嫉恶的祢衡正是作者痛苦心情的集中反映。《雌木兰》歌颂了花木兰的英雄主义与爱国主义精神。《女状元》写五代时黄崇嘏[2]女扮男装考中状元的故事,揭露封建时代轻视妇女、摧残人才的罪行。《翠乡梦》写民间流传的红莲、翠柳的故事。这四出杂剧以浪漫主义的气息,打破传统手法,洋溢着纵逸不羁的反抗意识。袁宏道评曰:"意气豪达。"(《徐文长传》)王骥德评道:"超迈绝尘,四泣鬼神。"(《曲律》)

徐渭还著有《南词叙录》一书,是研究宋元南戏的重要文献和理论批评著作。

---

①朱有炖:繁体字应作朱有燉,明代戏曲家。燉 dūn,温暖。 ②嘏 gǔ:福。

二、传奇逐渐繁盛

明代传奇发展很快,据傅惜华《明代传奇全目》统计,总共有 950 种。其发展过程也可分为前、中、后三个时期。前期是成化到隆庆(1465—1572)为初步兴盛期,名剧有三:《宝剑记》、《鸣凤记》、《浣纱记》。中期是万历时期(1573—1620)为大繁荣时期,代表作有《牡丹亭》、《红梅记》、《义侠记》、《玉簪记》等。后期是天启到崇祯(1621—1644)为持续发展期,代表作有《精忠旗》、《娇红记》、《绿牡丹》等。

明代戏曲声腔的演变:

南戏最初是以温州调演唱的,流传到其他地方就用其他地方的曲调演唱。此时,南戏的曲调很杂,各显其能并不统一。明代中叶前后流行的南曲声腔很多,以海盐、余姚、弋阳、昆山四大声腔最为流行,更以海盐腔、弋阳腔势力最大。后来,海盐腔一蹶不振,其他声腔也逐渐消歇,剧坛为昆山腔独占,这才形成了传奇的统一的声腔。

昆山腔相传为元末民间文学家顾坚在海盐腔的基础上创造的,以后在嘉靖、隆庆年间江西人魏良辅进行了加工提高。这样改革后的昆山腔得到了广大群众特别是文人的喜爱,便风靡明中叶舞台,这局面一直持续到清后期"皮黄戏①"的兴起。

前期名剧:

《宝剑记》作者李开先(1502—1568)字伯华,山东章丘人。他对戏曲有特殊爱好,收藏极富,得"词山曲海"之称,著有《宝剑记》、《断发记》等。《宝剑记》写林冲被逼上梁山的故事。较之于《水浒》,李开先的改动有两方面:一是突出了忠奸斗争。林冲受高俅的迫害是因为林冲一再上本参奏高俅、童贯结党营私,祸国殃民。二是突出了张贞娘的坚贞不屈的性格。原来虚写的情节多改为实写。缺点是写林冲身虽在梁山,心却时时在朝廷,最后受招安而大团圆,从而削弱了林冲的反抗性。剧本曲词优美,描写细致,特别是《夜奔》一折表现了林冲"专心投水浒,回首望天朝"的复杂心情,这折戏至今流传,名句"丈夫有泪不轻弹,只因未到伤心处"就出自于此折。

《鸣凤记》,传说为王世贞所作。剧作写嘉靖年间杨继盛等八谏臣和奸臣严嵩父子斗争的故事,这是实写当时重大的政治斗争,是所谓"嘉靖年间现代戏",从而开创了以时事入剧之风。在形式上,剧作突破生旦悲欢离合的老套,以忠奸的戏剧冲突贯穿始终。在人物塑造方面,杨继盛的就义十分动人,表现出这个忠臣的壮烈形象。缺点是有些人物性格较浮泛,材料较繁杂。

《浣纱记》作者梁辰鱼(1509—1581),字伯龙,昆山人。平生慷慨任侠,科场却很不得意,善度曲,散曲风行一时,著《浣纱记》、杂剧《红线女》等。《浣纱记》以西施和范蠡的爱情故事,串联吴越兴亡的史实。作者批判了吴国君臣的骄傲腐败,歌颂了越国君臣的发奋图强。在

---

①皮黄戏:戏曲声腔,即西皮、二黄两种声腔的合称。

描写中突出的是越国臣民们艰苦奋斗、誓造江山的情怀,特别是西施牺牲青春入吴的感人行动。西施本是民间女子,和范蠡早已定情,但因国土沦丧。范蠡要她割断恩爱入吴。入吴后她专心学歌舞,一心报大仇,迷惑了吴王。作者正面肯定了这个美人计,抛弃了世俗的贞操观念,突出了西施、范蠡的爱国感情。作者写的虽是美人计,但思想境界还是比较高的。

《浣纱记》是首先用改良后的昆山腔演唱的传奇,演出后效果很好,扩大了昆山腔戏剧音乐的影响。

三、吴江派沈璟和他的戏曲理论

明代传奇创作的繁荣和不同流派的争辩有关,主要的流派有吴江派和临川派,他们在争辩中丰富、发展了戏剧艺术。

吴江派的代表作家是沈璟(1553—1610),字伯英,号宁庵,吴江人。22 岁登进士第,历官至光禄寺丞,壮年辞官,放心词曲。他对音律有很深的研究,著有传奇 17 种,今存《红蕖记》、《义侠记》等 7 种,还订定了《南九宫十三调曲谱》。

沈璟的剧作思想内容不外是宣扬封建伦理道德,文学艺术技巧也不高,但他在戏曲理论方面却颇有建树。他的戏曲理论可以归结为两点,一是强调"合律依腔"。在论曲的[二郎神]套曲里,他说:"欲度新声休走样,名为乐府,须教合律依腔,宁使时人不鉴赏,无使人挠喉捩嗓①。"他的声律论除了要求厘订曲谱、规定句法以外,对字句的平仄、阴阳、用韵也有严格的规定。二是主张语言的本色。他的所谓"癖好本色",主要是指戏剧语言中要大量运用口语、俚语,追求语言的朴素和家常。沈璟的戏剧理论在批判骈俪浮靡文风、纠正脱离舞台倾向方面是有积极意义的。

吴江派又称"格律派",沈璟的主张是这一派的主要理论,这一派的剧作家还有顾大典、卜世臣、吕天成等。

四、临川派汤显祖和他的《牡丹亭》

明代传奇的代表作是汤显祖的《牡丹亭》。汤显祖(1550—1616)字义仍,号若士,又号清远道人,江西临川人。早有文名,34 岁才考中进士,曾任南京太常博士、礼部祠祭司等职,万历十九年,他上书抨击朝政,被贬为雷州半岛徐闻县典史,后调浙江遂昌知县,万历二十六年愤然弃官回乡。一生可分为:34 岁前的求学时期、35—48 岁的官宦时期、48 岁以后的归隐写作时期。归隐头几年是他创作的黄金时代,写了《牡丹亭》、《紫钗记》、《南柯记》、《邯郸记》,合称"临川四梦",或"玉茗堂四梦"。

汤显祖像

①挠喉捩嗓:违腔走调、不合声律。挠 náo,搅;捩 liè,拗折。

所谓戏曲史上临川派与吴江派的斗争就是汤显祖和沈璟在戏曲理论上的尖锐对立和交锋,汤显祖反对程朱理学和禁欲主义,认为人性就是天性,"情有者理必无,理有者情必无"(《寄达观》)这是他的人文主义思想基础。在艺术上,他反对"以法役意",死守格律,主张"以意役法",强调情感的自然流露,讲求文辞华美。他说:"凡文以意、趣、神、色为主,四者到时,或有丽词俊音可用。尔时能一一顾九宫四声否?如必按字模声,即有窒滞迸拽①之苦,恐不能成句矣。"(《致吕姜山》)对于沈璟的"宁协律而词不工"的说法,汤显祖也把话说绝了:"彼恶知曲意哉!余意所至,不妨拗折天下人的嗓子。"(《曲品》)

《牡丹亭》是我国戏曲史上浪漫主义的杰作,是明代传奇的高峰。它通过杜丽娘和柳梦梅的悲喜剧,揭露了封建礼教的残酷,表现了叛逆者冲决礼教的决心,歌颂了他们追求理想爱情生活所作的不屈不挠的斗争。可以说,这出悲喜剧相当强烈地反映出了个性解放的民主要求。

杜丽娘、杜宝、陈最良、春香是全剧刻画得较成功的几个人物形象,其中以杜丽娘最为突出,她是主题的体现者。

她出身在封建官僚家庭,受严格的封建教育,父母要把她培养成一个具有三从四德的淑女,而她却在大好春光下,觉醒了青春。她悲叹青春虚度、才貌幽闭,执著地追求自由幸福。她不满意自己的处境,却找不到出路,于是就把自己的理想托之于梦中出现的书生,并为他们两人的爱情,出生入死地执著追求,直到取得最后的胜利。杜丽娘因情而死,又为情而生,情的追求可以泯灭大限②、超越生死,显然这是一种幻想。这种幻想是处于封建轭下的广大青年男女要求自由结合的理想的升华,深刻地反映了当时进步的社会思潮。所以,她能深深地打动读者和观众。沈德符《顾曲杂言》云:"《牡丹亭》一出,家传户诵,几令《西厢》减价。"可见其影响的巨大。后世有好几则传闻,是说年青女子读、演《牡丹亭》,感同身受,因而悲痛致死的。例如,焦循《剧说》转引《娥术堂闲笔》,说有一个杭州女伶商小伶,因婚姻不能自主,郁郁成疾,某日演《牡丹亭》,唱到"寻梦"中的"待打并香魂一片,阴雨梅天,守着梅根相见"时,热泪盈眶,随声扑地而死。这说明了杜丽娘形象的感人至深。

《牡丹亭》的艺术成就主要表现在下列两个方面。首先,它卓越的浪漫主义手法,成功地表现了剧作的浪漫主义精神。前面说过,《牡丹亭》最感人之处就在于它的浪漫主义或者说是理想主义精神。作者在《牡丹亭》题词中说:"情不知所起,一往而深。生者可以死,死者可以生。生而不可与死,死而不可复生者,皆非情之至也。"《牡丹亭》所展现的正是那种"生死人,肉白骨","扭转阴阳",战胜死亡的"至情"。扭转阴阳、起死回生的艺术构思是剧作的支柱,没有这支柱,也就没有《牡丹亭》。

《牡丹亭》的浪漫主义手法,还表现在一些情节和细节安排的离奇幻化方面。汤显祖是一个写梦的能手,剧中几个关键性的情节,如"惊梦"、"冥判"、"游魂"、"回生"等都写得壮丽

①窒滞迸拽:阻碍不畅。拽 zhuài,拖拉。 ②大限:死期。

动人，充满了奇情幻笔。比如，"冥判"一出的胡判官，剧本交代他原是十地阎罗殿下，因为人世间汉奸李全等争夺天下，人口死了十分之一，因而他降为判官。这是奇幻而幽默的一笔。再如，杜丽娘死后，她以真情打动了胡判官，判官破例不收她的精魂，放出枉死城，让她随风游戏，去寻找柳梦梅。这一笔又非常缜密而奇幻，给人以丰富的想象。美丽、热情、大胆、对爱情充满了执著追求的杜丽娘终于以其精诚赢得了所愿。正如她所唱："似这般花花草草由人恋，生生死死随人愿，便酸酸楚楚无人怨。"奇幻巧妙的情节使主人公更充满了诗情画意。所以说，《牡丹亭》的描写无境不新，变幻莫测，扑朔迷离，似假非假，似真非真，给人以美不胜收的印象。

其次，文辞的秀丽华美，使《牡丹亭》的读者和观众常有玩赏不尽感受。汤显祖的戏剧语言，继承了元杂剧的本色传统，又融合了六朝辞赋和五代词的绮丽风格，形成了一种秀丽华美、有如抒情诗一般的语言。汤显祖被称为文采派，王骥德评道："婉丽妖冶，语动刺骨"（《曲律·杂论》）。试看第十出《惊梦》：

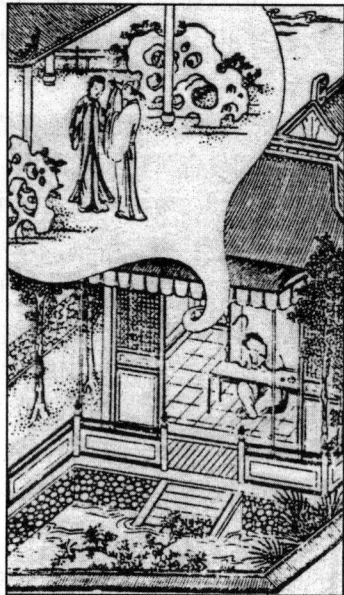

明代万历刻本《牡丹亭还魂记》插图

〔绕地游〕（旦上）梦回莺啭①，乱煞年光遍。人立小庭深院②（贴）炷尽沉烟，抛残绣线，恁今春关情似去年③？〔乌夜啼〕"（旦）晓来望断梅关，宿妆残④。（贴）你侧着宜春髻子恰凭阑⑤。（旦）剪不断，理还乱，闷无端⑥。（贴）已分付催花莺燕借春看⑦。"（旦）春香，可曾叫人扫除花径？（贴）分付了。（旦）取镜台衣服来。（贴取镜台衣服上）"云髻罢梳还对镜，罗衣欲换更添香⑧。"镜台衣服在此。

———

①"梦回"两句：一觉醒来，满耳是黄莺鸣啭，到处是令人眼花缭乱的春光。啭 zhuàn，鸟鸣宛转。②"人立"句：自己站在小而幽深的庭院。③"炷尽"三句：沉香烧尽无心添，绣花残线丢一边，为什么惹人心绪缭乱的春情又似去年一样呢？炷 zhù，燃烧；沉，香料，沉水香；关情，牵动情思的春光，扰人的春光。④"晓来"两句：清晨起来，顾不得昨日晚妆已搅乱，就去凝望梅关。梅关，指大庾岭，宋在此设有关城，为广东、江西来往要道；宿妆，昨日的晚妆。⑤"你侧着"一句：你偏着宜春髻子凭栏远眺，显得非常好看。宜春髻子，相传立春那天妇女将彩绸剪成燕子形状上贴宜春二字，戴在发髻上，称宜春髻子；恰，正好。⑥"剪不断"三句：这撩人的春闷，如同乱丝剪也剪不断，理也理不好，简直是越理越乱。无端的烦闷啊，说也说不清。⑦"已分付"句：这是吩咐花郎扫除花径，让我们去游园踏青的另一种说法。催花莺燕，即指花郎。⑧"云髻"两句：乌云般的发髻，梳好后还要对镜子再审视一番，绫罗衣衫欲换之前，再添些香料熏一熏。这是形容主人公打扮的审慎。这两句出自唐人薛逢《宫词》。

　　[步步娇]（旦）袅晴丝吹来闲庭院，摇漾春如线①。停半晌、整花钿②。没揣菱花，偷人半面，迤逗的彩云偏③。（行介）步香闺怎便把全身现④！（贴）今日穿插⑤的好。

　　[醉扶归]（旦）你道翠生生出落的裙衫儿茜，艳晶晶花簪八宝填，可知我常一生儿爱好是天然⑥。恰三春好处无人见⑦。不隄防沉鱼落雁鸟惊喧，则怕的羞花闭月花愁颤⑧。（贴）早茶时了⑨，请行。（行介）你看"画廊金粉半零星，池馆苍苔一片青。踏草怕泥新绣袜，惜花疼煞小金铃⑩。"（旦）不到园林，怎知春色如许！

　　[皂罗袍]原来姹紫嫣红开遍，似这般都付与断井颓垣⑪。良辰美景奈何天，赏心乐事谁家院⑫！恁般景致，我老爷和奶奶再不提起。（合）朝飞暮卷，云霞翠轩；雨丝风片，烟波画船⑬——锦屏人忒看的这韶光贱⑭！（贴）是花都放了，那牡丹还早⑮。

　　[好姐姐]（旦）遍青山啼红了杜鹃，茶蘼外烟丝醉软⑯。春香呵，牡丹虽好，他

------

　　①"袅晴丝"二句：春日的晴朗日子，那飘落的游丝，吹到我这安闲静谧的庭院，摇曳的春光，就如同游丝一样在流动晃漾着。袅niǎo，细长飘动的样子；晴丝，春日游丝。　②"停半晌"两句：耽搁了一会，再整理一下头上的装饰品。花钿diàn，泛指妇女的金花、珠宝等头饰物。　③"没揣"三句：没想到菱花镜好像偷偷地照了我的半边脸，惹得我羞答答忙避让把发髻也弄歪了。没揣，不料；菱花，菱花镜，镜子的代称，古时铜镜背面常铸刻菱花花纹，故以菱花代指镜子；迤逗yídòu，引惹，挑逗。　④"步香闺"句：我踱步于闺阁中，怎好意思出门去把全身呈现在外人面前。　⑤穿插：穿戴。　⑥"你道"三句：你说这衣衫裙子色彩艳丽显得很美，发簪上的亮晶珠宝镶嵌着绚丽光灿，可知我一向喜爱装扮得天性自然。翠生生，色彩艳丽鲜明；出落的，显出；茜qiàn，同蒨，鲜亮；艳晶晶，光彩灿灿；花簪，珠宝嵌成的簪子；天然，天性自然。　⑦"恰三春"句：正如同春光般的青春美貌无人理会。三春好处，以春光比喻自己的青春美貌。　⑧"不隄防"两句：没料到鱼儿自愧不如而下沉，雁儿因贪看美色而停落，鸟儿惊诧得鸣叫，花朵羞涩而颤抖不止，月亮也躲入云中去了。闭月，蔽月；沉鱼落雁、闭月羞花，是我国小说、戏曲中形容女子美丽的套话。　⑨早茶时了：是喝早茶的时候了。　⑩"你看画廊"四句：你看这画廊上金碧辉煌的色彩颜料一半剥落了，池畔馆舍长满的青苔一片苍绿。我踩着草地生怕弄脏了我新穿的鞋袜，可惜花而拉动金铃，这可使小金铃疼杀。零星，稀疏；泥，沾污；惜花的典故出自《开元天宝遗事》："天宝初(宁王)于后园纫红丝为绳，密缀金铃，系于花梢之上。每有鸟鹊翔集，则令园吏掣金铃索以惊之，盖惜花之故也。"疼杀，悬想金铃常被拉动而疼痛。　⑪"原来"两句：原来园子里万紫千红、百花盛开，像如此美丽的景致，都付与枯井和倒塌的垣墙去享受，岂不可惜。姹chà紫嫣yān红，花色繁多鲜艳的样子。姹，美丽；嫣，鲜艳；断井，枯井。　⑫"良辰"两句：美好的时光，绚丽的景色，可我却在无法排遣中度过，欢乐赏心的情事，又是谁家院落才有呢？奈何天，令人无可奈何的时光，表示出一种百无聊赖的情绪。　⑬"朝飞暮卷"四句：站在高大的翠玉装饰的楼阁上，观赏着朝云暮雨；那微风细雨、烟波浩渺的湖上，有画船在游弋。朝飞暮卷，是用王勃《滕王阁序》句"画栋朝飞南浦云，朱帘暮卷西山雨"。　⑭"锦屏人"句：躲在锦屏后面的我太辜负这大好春光了。锦屏人，指闺中人；忒tè，太，韶光，春光。　⑮"那牡丹"句：那牡丹开得还要早。俗云"谷雨三日看牡丹"是说谷雨节气一过，牡丹就开了。所以后文就有"他春归怎占的先"的话。　⑯"遍青山"两句：整个青山的杜鹃花仿佛被杜鹃鸟的啼血染红了，茶蘼架外轻烟和游丝荡漾，轻柔摇曳使人心醉。茶蘼túmí，花名，花黄白色，暮春开放，属蔷薇科。

春归怎占的先！（贴）成对儿莺燕呵。（合）闲凝眄，生生燕语明如剪，呖呖莺歌溜的圆①。（旦）去罢。（贴）这园子委是观之不足也。（旦）提他怎的！（行介）

[隔尾]观之不足由他缱，便赏遍了十二亭台是枉然。到不如兴尽回家闲过遣②。（作到介）（贴）"开我西阁门，展我东阁床。瓶插映山紫，炉添沉水香③。"小姐，你歇息片时，俺瞧老夫人去也。（下）

《惊梦》一出是杜丽娘性格发展的一个转折，它思想深沉、曲词华美，已经成为千古传唱的折子戏，至今仍活跃在昆曲舞台上。

《牡丹亭》的缺点在于，杜宝抗金的副线一定程度上削弱了杜丽娘、柳梦梅爱情的主线。某些地方还有庸俗的描写和不适当的插科打诨。

汤显祖之后，一些作家取法"四梦"称"临川派"，有吴炳、阮大铖等。他们的成就与汤显祖相差甚远。

第七节　明代诗文

明代诗文成就不及唐宋，但流派很多。在流派的更迭、争辩中发展是明代诗文发展的重要特色。就其演变过程而言，大致可分为前期和中后期两阶段。

一、明前期诗文

这是指明太祖洪武到英宗天顺年间的一段时期。明初文坛的重要作家如宋濂、刘基、高启等，他们大都是从元末动乱的社会中走来，作品古朴、雄放，富有现实意义，反映出开国勋臣的英风豪气，从而扫荡了元末文坛纤丽柔弱的文风。

以后，在永乐、天顺年间，风气大变，出现了雍容典雅的"台阁体"诗派，流行近百年。其间，不追时尚俗，屹然独立，与台阁体风格形成鲜明对照的则是于谦的诗歌。

宋濂、刘基、高启

宋濂（1310—1381）字景濂，号潜溪，浦江（今属浙江）人，元末曾入山为道士，明初受朱元

---

①"闲凝眄"三句：凝眸远望静听，燕子呢喃清脆，明快得像剪裁一般，黄莺的鸣叫清脆婉转是那样的圆润。闲，安闲；凝眄 miàn，注视；生生，燕子鸣叫声，形容有活力；呖呖 lì lì，声音清脆流利。　②"观之不足"三句：观赏不厌，也只好走开，即使把所有的景致都观赏遍，也是枉然，还不如乘兴回家，在平静中过日子。这是羡慕而无奈的感伤语。缱，留恋不舍；十二亭台，虚指所有景点；过遣，消遣、排遣。　③"开我"四句：这是春香开门、收拾的韵语。头两句化用《木兰诗》"开我东阁门，坐我西阁床"。映山紫，杜鹃花的一种，呈紫红色；沉水香，即沉香，沉香木做成的薰香料，其色黑芳香，脂膏凝结为块，入水能沉，故名沉水香。

璋的征聘,任江南儒学提举,后负责纂修《元史》,官至翰林学士。他是明代"开国文臣之首",当时朝廷关于祭祀、朝会、诏谕、封赐的文章,往往是他的手笔。晚年辞官回家。后因长孙宋慎犯法,全家被流放茂州,他病死于途中。著有《宋文宪公全集》。

宋濂的文学成就,主要在散文方面。他的散文描摹人物特别生动传神,能抓住典型细节和个性化的语言,传写出栩栩如生的人物形象。如《秦士录》中写邓弼:

邓弼,字伯翊①,秦人也。身长七尺,双目有紫稜②,开合闪闪如电。能以力雄人③,邻牛方斗不可擘④,拳其脊⑤,折扑地⑥;市门⑦石鼓,十人舁⑧,弗能举,两手持之行。然好使酒,怒视人,人见辄避,曰:"狂生不可近,近则必得其辱。"

一日,独饮倡楼⑨,萧、冯两书生过其下,急牵入共饮;两生素贱⑩其人,力拒之。弼怒曰:"君终不我从,必杀君,亡命走山泽耳;不能忍君苦也。"两生不得已,从之。弼自据中筵⑪,指左右,揖两生坐。呼酒歌啸以为乐。酒酣,解衣箕踞⑫,拔刀置案上铿然鸣。两生雅闻⑬其酒狂,欲起走,弼止之曰:"勿走也!弼亦粗知书,君何至相视如涕唾⑭? 今日非速⑮君饮,欲少吐胸中不平气耳。四库⑯书从君问⑰,即不能答,当血是刃⑱。"两生曰:"有是哉⑲?"遽摘⑳七经㉑数十义扣之㉒;弼历举传疏㉓,不遗一言。复询历代史,上下三千年缅缅㉔如贯珠。弼笑曰:"君等伏乎未也?"两生相顾惨沮㉕,不敢再有问。弼索酒,被发㉖跳叫曰:"吾今日压倒老生㉗矣!古者学在养气㉘,今人一服儒衣,反奄奄欲绝㉙,徒欲驰骋文墨,儿抚一世豪杰㉚,此何可哉? 此何可哉? 君等休矣。"两生素负多才艺,闻弼言,大愧,下楼足不得成步。归,询其所与游㉛,亦未尝见其挟册呻吟也。

泰定末㉜,德王㉝执法西御史台㉞,弼造书数千言袖谒㉟之。阍卒㊱不为通,弼曰:"若不知关中有邓伯翊耶?"连击踣㊲数人。声闻于王,王令隶人捽㊳入,欲鞭也,弼盛气㊴曰:"公奈何不礼壮士?"庭中人闻之,皆缩颈吐舌,舌久不能收。

①翊 yì:辅助。　②紫稜:紫色峰稜。稜,即棱 léng,条状突起。　③雄人:称雄于他人。　④擘 bāi:分开。　⑤拳其脊:(邓)用拳击打牛的脊项。　⑥折扑地:牛脊折断而跌扑倒地。　⑦市门:集市门口。　⑧舁 yú:抬。　⑨倡楼:娼楼。倡通娼。　⑩素贱:一向看不起。　⑪自据中筵:自己坐筵席的正中。　⑫箕踞 jī jù:坐着伸开两腿像簸箕一样,这是对人不恭敬的姿态。　⑬雅闻:向来听说。　⑭相视如涕唾:看不起我,像鼻涕、唾沫。　⑮速:请。　⑯四库:经、史、子、集四部书的代称。　⑰从君问:任凭你们提问。　⑱血是刃:血溅刀刃,即自刎。　⑲有是哉:惊叹世上竟有这事。　⑳遽摘:立即摘举出。　㉑七经:历代说法不一,一般指诗、书、周易、仪礼、公羊、礼记、论语七部书。　㉒数十义扣之:数十个问题问他。义,意义;扣,问。　㉓传疏:解释经文的文字。解经的叫传,解传的叫疏。　㉔缅缅 shǎi shǎi:即洋洋缅缅,连续不穷貌。　㉕惨沮 jǔ:丧气。　㉖被发:披发。　㉗老生:老书生、老学者。　㉘养气:修身养性。　㉙奄奄欲绝:气息弱,快死去。　㉚"儿抚"句:看轻举世豪杰。儿抚,像对小孩一样抚弄。　㉛所与游:与邓弼交往的朋友。　㉜泰定末:元泰定末年(1328)。　㉝德王:指安德王不答失里。　㉞西御史台:即陕西诸道行御史台。　㉟谒 yè:拜见。　㊱阍卒:守门士卒。阍 hūn,看门人。　㊲击踣:打倒,踣 bó,跌倒。　㊳捽 zuó:揪、捉。　㊴盛气:蓄怒而发貌。

王曰："尔自号壮士，解持矛鼓噪前登坚城乎？"曰："能"。"百万军中，可刺大将乎？"曰："能。""突围溃阵，得保首领①乎？"曰："能。"王顾左右曰："姑试之。"问所须，曰："铁铠②、良马各一，雌雄剑二。"王即命给与，阴戒③善槊④者五十人驰马出东门外，然后遣弼往。王自临观，空一府随之⑤。暨弼至，众槊并进，弼虎吼而奔，人马辟易⑥五十步，面目无色⑦。已而烟尘涨天，但见⑧双剑飞舞云雾中，连斫⑨马首堕地，血涔涔滴⑩。王抚髀⑪欢曰："诚壮士！诚壮士！"命勺酒⑫劳弼，弼立饮不拜。由是狂名振一时，至比之王铁枪⑬云。

王上章荐诸天子。会丞相与王有隙，格⑭其事不下。弼环视四体，叹曰："天生一具铜筋铁肋，不使立勋万里外⑮，乃槁死⑯三尺蒿下⑰，命也，亦时也！尚何言！"遂入王屋山⑱为道士，后十年终。

史官曰：弼死未二十年，天下大乱。中原数千里，人影殆绝，玄鸟⑲来降，失家⑳，竟栖林木间。使弼在，必当有以自见㉑。惜哉！弼鬼不灵则已，若有灵，吾知其怒发上冲也！

文章刻画出了一个狂放不羁、文才武勇兼备的神奇壮士的形象。他的所作所为令人惊讶感佩，他最终落得托足无门、槁死蒿下的结局，更令人扼腕悲惜。作者抓住嘲弄书生、舞剑攻城两情节加以描绘，写得笔酣墨饱、淋漓尽致。

他的《送东阳马生序》、《王冕传》、《杜环小传》、《记李歌》都是比较著名的作品。

他是当时的"文坛泰斗"，《明史》记载，当时明太祖尝以文学之臣为问，刘基回答："当今文章第一，舆论所属，实在翰林学士臣濂，其次臣基，不敢他有所让。"这就可见宋濂文章的地位了。《明史》本传还说"外国贡使亦知其名，数问宋先生起居无恙否。高丽、安南、日本至出兼金㉒购文集。"

刘基（1311—1375）字伯温，处州青田（今属浙江）人。元末进士，官至浙东行省郎中，受排斥而弃官。后受朱元璋征召，成为明朝的开国功臣，授诚意伯，告老还乡后，受左丞相胡惟庸构陷忧愤而死。作品后人集为《诚意伯文集》。

刘基是元末明初著名的文学家，作品反映了动乱时期人民的痛苦，诗多古朴浑厚、哀时愤世之作，散文锋利遒劲、切中时弊，《卖柑者言》直是《捕蛇者说》的姐妹篇。

《郁离子》是刘基在元末隐居时写的一部以寓言故事为主的散文集，共18章195篇。目

---

①首领：脑袋。 ②铁铠：铠甲。 ③阴戒：暗中警戒。 ④槊 shuò：长矛。 ⑤空一府随之：全府人都跟随了。 ⑥辟易：退避。 ⑦面目无色：被吓得面孔没有人色。 ⑧但见：只见。 ⑨斫 zhuó：砍。 ⑩血涔涔滴：血不断往下滴。涔涔 cén cén，不住往下滴的样子。 ⑪抚髀：拍着大腿。髀 bì，大腿。 ⑫勺酒：用勺舀酒。 ⑬王铁枪：五代王彦章的绰号，王骁勇有力，出战时使两条铁枪，各重100多斤，使得奋疾如飞，他人莫能敌，称王铁枪。 ⑭格：阻止。 ⑮立勋万里外：立功勋在边疆。 ⑯槁死：干枯死。槁 gǎo，枯干。 ⑰蒿下：野草之下。蒿 hāo，荒野之草。 ⑱王屋山：山名，在山西阳城之南。 ⑲玄鸟：燕子。 ⑳失家：（燕子）找不到做巢的人家。 ㉑见：同现。 ㉒兼金：加倍的钱。

刘基散文锋利遒劲

的"大概矫元室之弊,有激而言也"(徐一夔《郁离子序》)篇幅短小灵活,描写生动、即事论理,寓意深曲。有名的如《狙公赋芧①》、《工之侨为琴》、《芮伯②献马》等,试看《芮伯献马》:

> 周厉王③使芮伯帅师伐戎,得良马焉,将以献于王。
>
> 芮季④曰:"不如捐⑤之:王欲无厌,而多信人之言。今以师归,而献马焉,王之左右必以子获为不止一马,而皆求于子,子无以应之,则将晓⑥于王,王必信之。是贾祸⑦也!"弗听,卒献之。
>
> 荣夷公⑧果使有求焉。弗得,遂谮⑨诸王曰:"伯也隐!"王怒,逐芮伯。

传说故事中寓含了世情。

高启(1336—1374)字季迪,号槎轩,长洲(今江苏苏州)人。元末隐居吴淞江畔的青丘,自号青丘子。洪武二年应召修《元史》,授翰林国史编修。洪武三年(1370)任户部侍郎,后他辞归故里。朱元璋认为他有异图,借苏州刺史魏观的案件将他腰斩于南京,死年39岁。《明史》上说:"启尝赋诗,有所讽刺,帝嗛⑩之未发,归家,以(魏)观改修郡治,启为作《上梁文》,帝怒,遂腰斩于市。"他著有诗集《缶鸣集》、文集《凫藻集》、词集《扣舷集》等,后人合刻为《高太史大全集》,清金檀又增补为《青邱高季迪先生诗文集》。

他是明初最优秀的诗人,早有诗名,与张羽、杨基、徐贲⑪合称为"吴中四杰"。他的诗"才气豪健而不剑拔弩张,辞采秀逸而不句雕字绘"(汪端《明三十家诗选》)。清赵翼在《瓯北诗话》里评道:"高青丘才气超迈,音节响亮,宗派唐人,而自出新意,一涉笔便有博大昌明气象,亦关有明一代文运,论者推为开国诗人第一,信不虚也。"高启诗以律诗和歌行体见长,歌行意气飞扬、驰骋奔放,有如李白再世。试看《登金陵雨花台望大江》⑫:

> 大江来从万山中,山势尽与江流东⑬。钟山如龙独西上⑭,欲破巨浪乘长风⑮。江山相雄不相让,形胜争夸天下壮。秦皇空此瘗黄金⑯,佳气葱葱至今王⑰。我怀郁塞何由开?酒酣走上城南台⑱。坐觉苍茫万古意,远自荒烟落日之中来!⑲ 石

（竖排边注）高启诗才气豪健有盛唐气象

---

①狙公赋芧:猴子献栎实。狙jū,猕猴;芧xù,栎实。　②芮伯:西周厉王时大夫。芮ruì,姓。　③周厉王:西周王姬胡,专横好利,即《国语》中"邵公谏弭谤"中的暴虐者。　④芮季:周厉王卿士。⑤捐:舍弃。⑥晓xiāo:(谗言)唠叨。　⑦贾祸:取祸。　⑧荣夷公:周厉王的大臣,执政卿士。　⑨谮zèn:进谗言。⑩嗛xián:怀恨。　⑪杨贲:明初诗人。贲bì,装饰得很美。⑫题名:这首诗写于明洪武二年(1369),当时作者在金陵修《元史》。雨花台在城南冈阜最高处,那时可以眺望大江。⑬"山势"句:沿江的山势与大江一样都向东而去。　⑭"钟山"句:钟山与众不同,山势却由东向西。⑮"欲破"句:像巨船乘风破浪。　⑯"秦皇"句:秦始皇在此白白地埋了黄金。据《太平御览》卷170引《金陵图》:"秦并天下,望气者言江东有天子气,凿地断连冈。"又《丹阳记》载:"秦始皇埋金杂玉以压天子气。"瘗yì,埋。⑰"佳气"句:至今犹是天子气旺盛、王者所宅的样子。葱葱,茂盛貌;王,通旺。　⑱城南台:即雨花台。　⑲"坐觉"两句:万古苍茫的感觉,是从荒烟落日的景象中引出的。坐,因。

头城①下涛声怒,武骑千群谁敢渡?黄旗入洛②竟何祥?铁锁横江③未为固。前三国,后六朝④,草生宫阙何萧萧!英雄乘时务割据,几度战血流寒潮。我今幸逢圣人起南国⑤,祸乱初平事休息⑥。从今四海永为家,不用长江限南北⑦。

诗人以豪雄、粗犷、流畅的笔调描绘了金陵河山的壮丽。气势阔大沉雄,却毫无颓伤之感。全诗感慨深沉,寓意深邃。从明的方面说,诗人是从江山形胜跳跃到河山一统的喜悦;从暗的方面说,诗人是从河山壮丽,孙皓并未固守的历史教训中,引导出建立稳固的统治不在于王气、不在于江山险要的感叹。

他的七言律诗如《清明呈馆中诸公》、《送沈左司从汪参政分省陕西》等,艺术性强,挥洒从容,有盛唐气象。

"台阁体"

在永乐、弘治年间,诗文则向另一个方向转化,那就是以杨士奇、杨荣、杨溥"三杨"为代表的台阁体。他们都是"台阁重臣",位高至宰相,他们的诗文里充满了"代言"、"圣谕"、"应制"等"颂圣"的内容以及一些应酬吹捧的套话。号称词气安闲、雍容典雅,其实陈陈相因、平庸乏味。

台阁体风靡文坛百年,直到前后七子起来反对,才逐渐消歇。

于谦

于谦(1398—1457)字廷益,钱塘人。永乐十九年进士,历任山西、河南等地巡抚,为官清正,深得民心。明英宗正统十四年(1449)蒙古瓦剌部族入侵,英宗被俘。京城危急,于谦是兵部尚书、九门提督,所谓"当时天子已蒙尘,中外安危寄此身"。他毅然主战,拥立英宗之弟景帝,反对南迁,稳定局势,并亲自督战,打败了瓦剌。数年后,英宗复辟,以"大逆不道,迎立外藩"的罪名将他杀害。万历间昭雪,谥宗肃。遗著有《于肃愍公集》。

于谦是明代的一位忠心报国的民族英雄,又是一位关心民瘼的政治家。他的诗充分地反映了他的品质和情怀,内容广泛而有深刻的现实意义,艺术上淳朴天然而有真情,这与当

①石头城:这是指南宋以前的旧城。在金陵草场门外,背负石头山,临大江,后江流西北去,不见江涛。②黄旗入洛:这是《三国志·孙皓传》的典故:吴主孙皓迷信童谣"黄旗紫盖见于东南",以为这是东吴灭晋的好兆头,即载妻、母、后宫数千人去洛阳当天子"以顺天命",没想到途中大雪,道途陷坏、士卒寒冻殆死,皆曰:"若遇敌,便倒戈耳。"孙皓无奈,只得回师。后来向晋投降,举家西迁。 ③铁锁横江:这是《晋书·王濬传》典故:晋太康元年(280)王濬帅水师攻吴,吴在险处用铁锁拦截,并在江中暗置铁锥。王濬则以火烧断铁锁,进逼石头城,结果孙皓投降,吴亡。 ④前三国后六朝:前有三国、后有南北朝。三国实指东汉末的魏、蜀、吴三国,六朝实指吴、东晋、宋、齐、梁、陈。 ⑤圣人起南国:指朱元璋从南方起义。朱元璋安徽凤阳人,从郭子兴起兵濠州。 ⑥"祸乱"句:指元末大乱后,国家得以休养生息。 ⑦"不用"句:意思是国家统一,长江不再是南北的疆界。这最后的几句从中赞誉了朱元璋的功绩。

时矫揉造作、粉饰太平的台阁体相比,显得更为突出。可以说,他是一位卓然自立,以生命写诗的诗人。《四库全书总目提要》评其诗"风格遒上,兴象深远"。

于谦诗最突出的是那些咏物抒怀的作品。如《石灰吟》、《咏煤炭》等。

于谦诗还有一部分关心民间疾苦、戍边治军的作品也很有名,如《田舍翁》、《悯农》、《入塞》、《夜坐念边事》等,试看《田舍翁》:

> 田舍翁,老更勤,种田何管苦与辛。鸡皮鹤发十指秃,日向田间耕且劚①。雨旸②时若得秋成,敢望肥甘充口腹? 但愿公家无负租,免使儿孙受凌辱。吏不敲门犬不惊,老稚团栾③贫亦足。可怜憔悴百年身,暮暮朝朝一盂粥。田舍翁,君莫欺,暗中朘剥④民膏脂,人虽不语天自知。

诗写老农生活的艰苦,如怨如恨,如泣如诉。格调清新自然,语言质朴浅显,有如白居易的新乐府。

于谦诗重在立意,谋篇布局、遣词造句,有时不计工拙,出现小疵,这是其缺点。

茶陵诗派

大约晚于谦半个世纪,诗坛上为矫台阁体平庸柔弱的积弊,而出现了茶陵诗派。代表人物是湖南茶陵人李东阳。

李东阳(1447—1516)历相孝宗、武宗,工为文章,朝廷大作多出其手。他的诗论,主张取法汉魏盛唐,特别强调从音律声调方面宗法杜甫。他的作品也多平庸之作,有的甚至未脱台阁体旧貌。

但是,李东阳的理论和创作,在文学史上还是起了作用的,它上承台阁体,下启前后七子的复古主义,是七子主张的先导。

二、明代中后期诗文

明代中叶以后,文坛上并未出现惊人的佳作,而派别斗争却相当激烈,论争集中在复古与反复古的问题上,先后出现了许多文人集团和派别,比如前七子、后七子、唐宋派、公安派、竟陵派、晚明小品作家、复社等,他们此起彼伏,旗帜鲜明,口号相对,又相互争辩、诘难,一直吵到明亡。

前、后七子的文学复古运动

弘治、正德时期,前七子(李梦阳、何景明、徐祯卿、边贡、康海、王九思、王廷相)打出复古主义的"文必秦汉、诗必盛唐"的旗号,向台阁体发起猛烈进攻。他们相互唱和,推波助澜,形

概况

前后七子

---

①劚 zhǔ:用锄掘地。 ②雨旸:雨天和晴天。旸 yáng,日出,晴天。 ③老稚团栾:老小团聚。团栾,即团圆、团聚。 ④朘剥:剥削、搜刮。朘 juān,缩小、减少之意。

成了一个声势浩大的运动,从而取代了台阁体的统治地位。

嘉靖、万历时期,又有后七子(李攀龙、王世贞、谢榛、宗臣、梁有誉、徐中行、吴国伦)再次发起复古主义运动,把复古文学的理论和实践推向新的高潮。

前后七子的影响很大,以弘治到万历的近百年中,"天下共推李、何、王、李为四大家,无不争效其体"。(《明史·李梦阳传》)

前后七子要求改变文坛的颓靡状况,反对台阁体的腐朽文风有进步意义,但唯古是尚,达到"物不古不灵,人不古不名,文不古不行,诗不古不成"的程度,则是走入了另一个错误的终端。在复古理论指导下,产生了一批有"霉味"、"假古董"的作品,如李梦阳《艳歌行》:

> 晨日出扶桑①,照我结绮窗②。绮窗不时开,日光但徘徊。

诗句似曾相识,缺乏新意。

前后七子拟古的程度并不一样,有的人后期也认识到拟古的弊病。他们也有些作品现实性强,写得较好。如李梦阳《秋望》、何景明《鲥鱼》、李攀龙《挽王中丞》、王世贞《钦䲹③行》、宗臣《报刘一丈书》等。

唐宋派

嘉靖年间,王慎中、唐顺之、茅坤、归有光等人起来反对前后七子的拟古主义,推崇唐宋散文,并作出了可观的实绩。这派人被称为"唐宋派"。茅坤选《八大家文钞》,唐顺之的《文编》中唐宋只选八家,影响很大。"唐宋八大家"的名称由此传开。

唐宋派中以归有光的散文成就最高。归有光(1506—1571)字熙甫,号震川,昆山人。自幼聪颖,但科场很不得意,35岁才中举,60岁才考中进士,任长兴县知县。有《震川文集》。他的散文体现了明代人情觉醒的思潮,多叙家事,感情真挚自然,笔触细腻善于捕捉细节,语言疏淡而自有风味。名篇如《项脊轩志》、《先妣事略》、《寒花葬志》等。试看《寒花葬志》:

> 婢,魏孺人媵也④。嘉靖丁酉⑤五月四日死,葬虚丘⑥。事我而不卒,命也夫!
>
> 婢初媵时,年十岁,垂双鬟⑦,曳深绿布裳⑧。一日,天寒,爇⑨火煮荸荠熟,婢削之盈瓯⑩。予入自外,取食之;婢持去,不与。魏孺人笑之。孺人每令婢倚几旁饭,即饭,目眶冉冉动⑪。孺人又指予以为笑。
>
> 回思是时,奄忽⑫便已十年。吁⑬,可悲也已⑭。

---

①扶桑:古代神话中的日出处。　②结绮窗:代指豪华楼阁的窗棂。南朝陈后主曾盖结绮、临春、望仙三阁,让张贵妃住结绮阁。　③　钦䲹　传说中的神鸟。䲹 pī。　④"魏孺人"句:魏孺人随嫁的婢女。魏孺人是归有光的妻子,姓魏,孺人,封号。明代七品以下官员妻子称孺人。媵 yìng,随嫁婢。　⑤嘉靖丁酉:嘉靖十六年(1537)。　⑥虚丘:土山。　⑦鬟 huán:妇女环形发髻。　⑧"曳深"句:穿深绿布裙。曳 yè,拖;裳 cháng,裙子。　⑨爇 ruò:烧。　⑩盈瓯:满一小盆。瓯 ōu,小盆。　⑪冉冉动:光亮闪动貌。　⑫奄忽:形容很快的样子。　⑬吁 xū:表示惊异的叹词。　⑭已:叹词,同"矣"。

寥寥几笔就给人以深刻的印象。文中不仅忆念寒花,也一并忆念着他的妻子。

公安派

唐宋派未能扫荡复古派,真正摧垮复古派的是万历年间的公安派。公安派因其代表人物是湖北公安三兄弟袁宗道(字伯修)、袁宏道(字中郎)、袁中道(字小修)而得名。公安派发展了离经叛道的思想家李贽的童心说,认为文学应该"独抒性灵,不拘格套";文学是随时代发展的,各个时代都有自己的特色,"天下无百年不变之文章","古不可优,后不可劣";创作要有独创性,"宁今宁俗,不肯拾人一字";他们猛烈抨击了当时的复古文风,指出复古就是剽窃,是所谓"粪里嚼渣,顺口接屁"。

公安派的贡献还在小品文创作方面,他们的文章不循传统的陈规定局,清新流丽,表达自己的个性。三袁中以袁宏道的文章最为著名,他的《满井游记》、《晚游六桥待月记》、《徐文长传》文笔秀逸、情趣盎然。试看《徐文长传》:

余一夕坐陶太史①楼,随意抽架上书,得《阙编》诗一帙②,恶楮毛书③,烟煤败黑④,微有字形,稍就灯间读之。读未数首,不觉惊跃,急呼周望:"《阙编》何人作者?今耶?古耶?"周望曰:"此余乡徐文长先生书也。"两人跃起,灯影下,读复叫,叫复读。僮仆睡者皆惊起。盖不佞⑤生三十年,而始知海内有文长先生。噫,是何相识之晚也。因以所闻于越人士者,略为次第,为徐文长传。

徐渭,字文长,为山阴诸生⑥,声名藉甚。薛公蕙校越时⑦,奇其才,有国士⑧之目。然数奇⑨,屡试辄蹶⑩。中丞胡公宗宪闻之⑪,客诸幕。文长每见,则葛衣乌巾⑫,纵谭⑬天下事,胡公大喜。是时,公督数边兵⑭,威振东南,介胄⑮之士,膝语蛇行,不敢举头,而文长

徐文长像

公安三袁独抒性灵不拘格套

---

①陶太史:即作者的朋友陶望龄。陶字周望,号石篑,会稽人。万历中进士,授编修,不久告归家居。 ②帙 zhì:一册或一函。 ③恶楮毛书:纸质差装祯粗糙。楮 zhǔ,楮树皮造的纸,质地差。毛书,没有装祯切裁的书。 ④烟煤败黑:印刷质量差,满纸有烟煤样黑团。 ⑤不佞:不才。佞 nìng,有才。 ⑥山阴诸生:绍兴的秀才。 ⑦"薛公"句:薛蕙任越中主考时。薛字君采,亳州人,官至吏部考功司郎中。校越,主试于越。 ⑧国士:一国杰出的人物。 ⑨数奇:命运不好。奇 jī,单数,不成双。 ⑩蹶 jué:跌倒、失败。 ⑪"中丞"句:浙江巡抚胡宗宪听到后。明代以副都御史或佥都御史任巡抚,故称中丞。 ⑫葛衣乌巾:穿着葛麻衣服,戴着黑色头巾,当时平民服装。 ⑬谭:古通谈,谈说之意。 ⑭公督数边兵:胡宗宪总督江南、江北、浙江、山东、湖广、福建诸军。 ⑮介胄:穿着军服的士兵。

以部下一诸生傲之，议者方之刘真长、杜少陵云①。会得白鹿，属文长作表，表上，永陵喜②。公以是益奇之，一切疏记③，皆出其手。

文长自负才略④，好奇计，谈兵多中。视一世士，无可当意者，然竟不偶。文长既已不得志于有司，遂乃放浪麴糵⑤，恣情山水，走齐、鲁、燕、赵⑥之地，穷览朔漠⑦。其所见山崩海立，沙起云行，风鸣树偃⑧，幽谷大都，人物鱼鸟，一切可惊可愕之状，一一皆达之于诗。其胸中又有勃然不可磨灭之气，英雄失路托足无门之悲，故其为诗，如嗔，如笑，如水鸣峡，如种出土，如寡妇之夜哭，羁人之寒起⑨。虽其体格时有卑者，然匠心独出，有王者气，非彼巾帼⑩而事人者所敢望也。文有卓识，气沉而法严，不以模拟损才，不以议论伤格，韩、曾⑪之流亚也。文长虽雅⑫不与时调合，当时所谓骚坛⑬主盟者，文长皆叱而奴之，故其名不出于越，悲夫！喜作书，笔意奔放如其诗，苍劲中姿媚跃出，欧阳公所谓"妖韶女老自有余态"⑭者也。间以其余⑮，旁溢⑯为花鸟，皆超逸有致。卒以疑，杀其继室，下狱论死。张太史元汴⑰力解，乃得出。晚年愤然益深、佯狂益甚。显者至门，或拒不纳；时携钱至酒肆，呼下吏与饮；或自持斧击破其头，血流被面，头骨皆折，揉之有声；或以利锥锥其两耳，深入寸余，竟不得死。

周望言："晚岁诗文益奇，无刻本，集藏于家。"余同年有官越者，托以抄录，今未至。余所见者，《徐文长集》、《阙编》二种而已，然文长竟以不得志于时，抱愤而卒。

石公曰⑱："先生数奇不已，遂为狂疾；狂疾不已，遂为囹圄⑲。古今文人，牢骚困苦未有若先生者也。虽然，胡公间世豪杰⑳，永陵英主；幕中礼数异等㉑，是胡公知有先生矣；表上，人主悦，是人主知有先生矣。独身未贵耳。先生诗文崛起，一扫近代芜秽之习，百世而下，自有定论。胡为不遇哉！梅客生㉒尝寄余书曰：'文长吾

①方之刘真长、杜少陵云：比之以刘真长、杜少陵。刘、杜皆为幕僚，不屈于势位，故用作比方。刘真长，东晋人，简文帝为相，与王濛同为谈客，待以上宾之礼。杜少陵即杜甫，严武镇剑南时，表杜甫为参谋。武以世旧，待甫甚喜，亲至其家，甫见之或时不巾。　②永陵喜：明世宗(嘉靖)很高兴。据陶望龄《徐文长传》，"表进，上大嘉悦其文，旬月间遍颂人口"。　③疏记：这里是一切奏疏、公文的意思。　④自负才略：对自己的才能、智慧看得很高。　⑤麴糵 qū niè：酒。　⑥齐、鲁、燕、赵：指今河北、山东、山西一带。　⑦穷览朔漠：深入游览北方沙漠地区。　⑧偃 yǎn：仰面倒下。　⑨"羁人"句：滞留他乡的人在寒夜睡不着起来彷徨。　⑩巾帼：原为妇女的头巾和首饰，后多作妇女的代称。　⑪韩、曾：韩愈、曾巩。　⑫雅：很、甚。　⑬骚坛：文坛。　⑭"妖韶女"句：此句出自欧阳修《水谷夜行寄子美圣俞》："作诗三十年，视我犹后辈。文词愈清新，心意难老大。譬如妖韶女，老自有余态。"妖韶，妖娆美好。　⑮间以其余：有时遣余力。　⑯旁溢：指书法之外，又旁及绘画。　⑰张太史元汴：指徐文长的同乡张阳和，张本名元汴，字子荩，号阳和，乾隆进士，曾任翰林院修撰。　⑱石公：即袁宏道。　⑲囹圄 líng yǔ：牢狱。这里是入狱的意思。　⑳间世豪杰：不常有的英雄豪杰。间世，隔世。　㉑"幕中"句：指徐文长在胡宗宪幕中得到特殊的优待。　㉒梅客生：指作者的朋友梅国桢，梅是麻城人，万历进士，官至兵部右侍郎。

老友,病奇于人,人奇于诗。'余谓文长,无之而不奇者也。无之而不奇,斯无之而不奇①也,悲夫!

文章写出了徐文长狂放不羁的个性和他诗书画艺术奔放磊落的风格。语言清新明快,叙事流畅而精彩,也蕴含着一种苍凉悲慨的气息。

竟陵派

湖北竟陵人钟惺、谭元春和公安派同时反对复古主义,他们被称为竟陵派。他们也崇尚真趣,标榜性灵,但是认为公安派文风平易,失于俚俗,主张作品要写到极无烟火之处,以"幽深孤峭"的风格,表现"幽情单绪"、"孤行静寄"。他们的作品用怪字、押险韵、造句刁钻古怪,不易读懂,比如"鱼出声中立,花开影外穿"之类。

晚明小品文作家

晚明到清初有大量的小品散文,它们不同于传统的散文,而是公安、竟陵派散文发展的产物。在题材内容方面,它们一变载道文章经世致用的面目,而从记山水花草、风俗时尚中表现个人的心情意绪。在表现形式方面,它不拘泥什么首尾开阖、经纬错综的法则,而是追求一种长短自如、洒脱无羁的情致;文字或庄或谐尚淡尚雅。鲁迅评道:"虽然比较的颓放,却并非全是吟风弄月,其中有不平,有讽刺,有攻击,有破坏。"(《南腔北调集·小品文的危机》)作家甚多,公安三袁、竟陵钟谭、徐文长、刘侗、王思任、祁彪佳等都是,成就最高的则数明末清初之张岱。

张岱(1597—1679)字宗子,号陶庵,绍兴人。出身官宦家庭,自己却没有做过官;文化修养很高,对戏剧、音乐等都有特殊的爱好。明亡后,他"无所归止,披发入山",以消极避世表示民族气节,其心情正如他在《自题小像》中所说:"功名耶落空,富贵耶如梦,忠臣耶怕痛,锄头耶怕重,著书二十年耶仅堪覆瓮,之人耶有没有用。"有《陶庵梦忆》、《西湖梦寻》等。《陶庵梦忆》是关于昔日生活琐事的回忆,《西湖梦寻》是关于西湖的掌故。这两部笔记小品,文字空灵流丽,流露出淡淡的兴亡感慨。其中《湖心亭看雪》、《西湖七月半》、《柳敬亭说书》等篇什早已脍炙人口。试举《柳敬亭说书》②:

> 南京柳麻子③,黧黑④,满面疤瘰⑤,悠悠忽忽,土木形骸⑥,善说书。一日说书

---

①"文长吾老友"四句:徐文长是我的老朋友,奇人、奇病、奇诗。我认为文长的一切,无所不奇,所以他处处遇到恶运。这最后一个奇字应读 jī,即数奇,命运不好。　②题名:这篇选自《陶庵梦忆》五。　③南京柳麻子:即柳敬亭,名逢春,泰州人,善说书,曾入马士英、阮大铖幕下,因耻马、阮为人,离去投左良玉,左兵败,则在南京说书,后穷困潦倒死。　④黧黑:面色黄黑。黧 lí,黄黑色。　⑤疤瘰:疮疤疙瘩。瘰 léi,疙瘩。　⑥"悠悠"两句:放荡轻忽,不加修饰。这原是《世说新语·容止》中写刘伶的话。

晚明小品的特色

张岱

一回,定价一两。十日前先送书帕①下定,常不得空。南京一时②有两行情人③,王月生④、柳麻子是也。

　　余听其说景阳岗武松打虎白文⑤,与本传大异。其描写刻画,微入毫发,然又找截干净⑥,并不唠叨。呶夬⑦声如巨钟,说至筋节处⑧,叱咤叫喊,汹汹崩屋⑨。武松到店沽酒,店内无人。謈⑩地一吼,店中空缸空甓⑪,皆瓮瓮有声。闲中著色⑫,细微至此。主人必屏息静坐,倾耳听之,彼方掉舌⑬,稍见下人咕哔耳语⑭,听者欠伸有倦色,辄不言,故不得强。每至丙夜⑮,拭桌剪灯,素瓷⑯静递,款款⑰言之,其疾徐轻重,吞吐抑扬,入情入理,入筋入骨。摘⑱世上说书之耳,而使之谛听,不怕其齰舌⑲死也。

　　柳麻子貌奇丑,然口角波俏⑳,眼目流利,衣服恬静,直与王月生同其婉娈㉑,故其行情正等。

小品写得生动传神,可见《陶庵梦忆》之一斑。

复社和几社作家

　　明末的复社和几社,是反奸抗清的政治结社,又是文学团体。他们的文学主张虽然步前后七子后尘,以复兴古学、务为有用相号召,但他们都从事着爱国斗争,作品内容充实,洋溢着爱国主义的思想光辉。

　　张溥是复社的创始人、领袖,编有《汉魏六朝一百零三家集》,影响很大。他的散文《五人墓碑记》歌颂苏州市民与阉党的英勇斗争,倾向鲜明,语调慷慨激昂,是一篇大气磅礴、感人至深的散文。

　　陈子龙是复社的主将,他七律写得最好,如《辽事杂诗》、《秋日杂感》等。试看《秋日杂感》㉒之一:

---

　　①书帕:请柬和定金。明代官场送礼,以一书一帕为具,称书帕。　②一时:这里是当时的意思。　③行情人:走时的艺人。　④王月生:南京名妓。《陶庵梦忆》就有记载:"南京勋戚大老力致之,亦不能竟一席。富商权胥得其主席半晌,先一日送书帕,非十金则五金,不敢亵订。"　⑤白文:这里指大书。南方说书分大书和小书两种,大书不唱,重在描摩语言、表情、声势;小书则有说有唱。　⑥找截干净:铺排省略得法,没有拖沓松散的毛病。找,补叙;截,省略,停止。　⑦呶夬 bó guài:呼喝喊叫。　⑧筋节处:关节处,关键。　⑨汹汹崩屋:喊叫声震屋。汹汹,气势凶猛的声音。　⑩謈 páo:大声呼喊。　⑪甓 pì:小瓦器。　⑫闲中着色:不经意处的点染、铺陈。　⑬掉舌:开口动舌。　⑭咕哔耳语:小声附耳讲话。咕哔即咭哔 chè bì,小声细语。　⑮丙夜:子夜,午夜。　⑯素瓷:干净、雅洁的茶杯。　⑰款款:缓慢。　⑱摘:集中。　⑲齰舌:咬舌。惊讶、赞叹的表情。齰 zè,是舴的本字,咬。　⑳波俏:美妙有风致。　㉑婉娈:少年美好貌。典自《诗经·甫田》:"婉兮娈兮,总角丱(guàn 儿童束发两角)兮"。　㉒题名:这首诗是该组诗的第四首。这些诗写于清顺治三年(1646),是作者抗清兵败,躲避于吴中的抒怀之作。

行吟坐啸独悲秋,海雾江云①引暮愁。不信有天常似醉②,最怜无地可埋忧。

荒荒葵井多新鬼③,寂寂瓜田识故侯④。见说五湖供饮马⑤,沧浪何处着渔舟⑥。

哀悼殉国的烈士,发抒亡国的悲痛,悲歌慷慨,酣畅漓淋。

夏完淳是少年爱国诗人,父夏允彝是几社领袖,14岁随父、师起兵抗清,17岁就义。散文《狱中上母书》和悲悼老师陈子龙的歌行《细林夜哭》都是用生命写出来的——临难陈词,悲壮激越,动人心魄。

本章复习思考题

一、《三国演义》是怎样成书的,它在艺术表现方面最成功的地方。

二、《水浒传》的主题思想,它在人物塑造方面的艺术成就。

三、西游故事的演变,《西游记》的主旨,"笔致诙谐"的艺术特色。

四、为什么说《三言》是我国明代市民生活的百科全书?

五、戏曲史上临川派和吴江派争论的要点。

六、《牡丹亭》的主题,杜丽娘形象的感人之处。

七、前后七子、唐宋派、公安派、竟陵派的文学主张。

八、晚明小品散文的特点和主要作家。

---

①雾海江天:江海雾云。可能隐约指福建唐王朱聿键和浙江朱以海抗清之事。　②"不信有天"两句:用不信天醉、无地埋忧的想象,抒发亡国的哀痛。汉仲长统《述志诗》有"寄愁天上,埋忧地下"的话,这里是反用。　③"荒荒"句:这是写广大人民家毁人亡的荒凉景象,用古诗"井上生旅葵"(《十五从军征》诗句)。葵,冬葵,草类,古代的一种蔬菜。　④"寂寂"句:这是写当时的反清复明人士隐居乡间,以种瓜菜为生的景象。瓜田故侯是指秦广陵人邵平,邵平原封东陵侯,秦亡后在长安城东种瓜,瓜味甜美,称东陵瓜。　⑤"见说"句:听说五湖业已成为清兵饮马之所。五湖,泛指太湖一带。　⑥"沧浪"句:全国沦亡,已无处可供泛舟垂钓了。沧浪,泛指江湖。用《孟子·离娄》"沧浪之水清兮……"典故。

第八章 清代文学

从 1644 年到 1911 年的 267 年是我国封建社会的最后一个王朝——清朝的统治期。清朝居统治地位的民族是金朝的后裔建州女真族，后定族称为满州（译音，即妙吉祥义）。清朝共 10 个皇帝，即顺治、康熙、雍正、乾隆、嘉庆、道光、咸丰、同治、光绪、宣统。清王朝建立初期，在镇压人民反抗的同时，也采取了兴修水利、减轻赋税等恢复生产的措施，同时恢复科举、笼络人才，这样，国力强盛，社会安定，先后出现了所谓"康乾盛世"、"乾嘉盛世"。及至 18 世纪后期，全国人口达 3 亿左右，是当时亚洲最强大的国家。以后，从道光二十年（1840）的鸦片战争开始，由于封建国家内部矛盾激化、统治集团的腐败和帝国主义的入侵，中国一步一步沦为半封建半殖民地的国家，在 1911 年为辛亥革命所推翻，从此延续了 2000 多年的封建君主专制制度宣告结束。

清代历史与文学发展密切关联的问题，大致有如下一些：

清统治者进一步加强了中央集权政治制度，恢复科举，羁縻人才；严禁文人结社，大兴文字狱，形成了极端专制的封建统治。

清朝在巩固自然经济的基础上，又积极发展资本主义经济。清统治者对资本主义萌芽的态度是矛盾的：他们的保守性、顽固性使其反对、抑制萌芽的成长；他们的贪婪性、享乐性又使其依赖、赞助萌芽的成长。

清朝在思想上统治和反统治的斗争是异常尖锐的，清统治者大力提倡程朱理学，编纂大型类书，销毁禁书，以巩固其思想统治。与之相对立的，民主进步思想的反抗也异常强烈，进步思想家大胆地批判科举和封建政治弊端，甚至抨击封建君主，提出一些带有民主性的政治主张。这种思想上的狂飙突进被称为"天崩地解"时代的到来。

清代的历史对文化、文学产生了不同程度的影响。

清代文学以小说的成就最为突出。《聊斋志异》、《儒林外史》和《红楼梦》等巨著的出现使古典小说的艺术创作达到了空前未有的高峰。受它们的影响，文言短篇、社会小说、爱情小说都掀起了历久不衰的热潮。

清代传奇是明代传奇的继续。《长生殿》、《桃花扇》等剧作使传奇继续在颠峰的地位发展。清中叶以后，地方戏兴盛，争奇斗艳，终于在晚清推出了京剧，风靡全国，传奇衰落。

清代诗、词、文流派众多，作家作品数量可观，历代盛行的各种体裁都有所承接、发展，可惜的是没有产生最杰出的作家、作品。

　　清代的文学理论著作十分丰富,有诗话、词话、曲话、文论等,几乎对各种文学样式都有所总结、研讨。从总体上看,超过前代。

　　1840 年鸦片战争以后,中国进入了半殖民地半封建的近代,文学上也发生了新的变化,为五四以后新文学的萌发准备条件。

第一节　《聊斋志异》和清代文言短篇小说

　　明代在白话短篇小说方面发展很快,可是文言短篇小说的"枝丫"却发展缓慢,几乎处于衰落状态。清朝初年,蒲松龄的《聊斋志异》却在这一枝丫上爆出了大冷门,它一枝独秀,一下子登上了文言短篇小说的高峰,并给以后作者带来了深刻的影响。在清代,由于《聊斋志异》的影响,逐渐形成了文言短篇小说的繁荣局面。

一、作者蒲松龄和《聊斋志异》的创作

　　在小说史上,明代小说家的面貌十分模糊,不是著作权有争议,就是生平事迹所知者甚少。到了清代,这种情况有所改观。蒲松龄就是较为清楚的一个。《聊斋志异》的著作权,毫无争议,蒲松龄的手稿(上半部)已经发现;他的生平事迹、思想、面貌也大体清楚。他 74 岁时,曾请当时画家朱湘麟画了一幅像,这画像至今存留。

　　蒲松龄(1640—1715)字留仙,一字剑臣,别号柳泉。山东淄川(今淄博市)人。他出生在一个书香门第的家庭,父亲蒲槃①本是一个读书人,后来弃儒经商。蒲松龄的童年就是跟随父亲学习的。他天性聪明,经史子集过目了然,学习十分勤奋刻苦。在 19 岁那年,连中县、府、道三个第一,入学成了秀才。可是好运道只昙花一现,以后次次应考,次次落第,再没有在科举的阶梯再上一步。

蒲松龄画像
(这是蒲松龄 74 岁时
请画家朱湘麟画的像)

---

　　①槃 pán:古同"盘"。

31 岁时,他迫于家贫,应聘为宝应县知县孙蕙的幕宾。这是他平生仅有的一次远游。这次远游除了宝应以外,还到过扬州、镇江。异地的风土人情,传说故事,大江南北的绮丽景色使他陶醉,但仰人鼻息、"无端而代人歌哭"的幕宾生活却又使他厌烦,第二年便辞幕回乡了。

从 33 岁起,他开始了在家乡的缙绅人家设帐教书的生活,一直到 70 多岁才"撤帐归来"。在这 40 多年中,他的大部分时间是在一个叫毕际有的官绅家设馆的。除了教书、著书以外,他还去应山东乡试。可是,或越幅①,或犯规,每次都给他带来沮丧和失望。正如他的词〔大江东去·寄王如水〕所说:

> 天孙②老矣,颠倒了,天下几多杰士! 蕊宫③榜放,直教那,抱玉卞和④哭死。

凄苦、愤懑之情跃然纸上。到了 72 岁的高龄,才援例出贡,4 年后,他便离开了人世。

坎坷蹉跎的一生,使他产生创作的激动,给他提供了丰富的创作素材,也对他的世界观和创作思想产生了影响。科举制度的腐败、封建仕途的黑暗,他有切身的体会,在《与韩刺史樾依书》中,他愤愤地说:"仕途黑暗,公道不彰⑤,非袖金输璧⑥,不能自达于圣明⑦,令人愤气填胸,欲望望然⑧哭向南山而去⑨!"他一生没有做过官,过着"十年贫病出无驴"、"终年不知肉味"的清苦生活,对终年挣扎在贫困线上的广大人民的痛苦,也有感同身受的体验。在《答王瑞亭》信中,他说:"粜谷卖丝⑩,以办太平之税⑪;按限比销⑫,惧逢官怒。"他能够这样体察民间疾苦,决定了他的作品里洋溢着一种为民请命的精神。

蒲松龄一生著作丰富,除文言短篇小说集《聊斋志异》以外,还有文 400 余篇、诗 900 余首、词 100 余阕、戏 3 出、俚曲 14 种、杂著数种。

《聊斋志异》是他的代表作,是他几十年心血的结晶。他从 20 岁开始写作,40 岁写成,50 多岁定稿,历时 30 余年。聊斋故事大多采自民间的神话、传说。这是他几十年如一日地喜好、搜集、写作的结果。南游期间所写的一些诗就反映了这种情况,"途中寂寞姑言鬼,舟上招摇⑬意欲仙","新闻总入《夷坚志》⑭,斗酒难消磊块愁"(《途中》、《感愤》)。最能说明这部书创作过程的则是《聊斋自志》中的一段话:

①越幅:试卷超过了规定的篇幅。 ②天孙:专巧的人,原由织女星转意而来。这句话的意思是专巧的星官老聩糊涂了,使天下的杰出之士受到了颠倒的命运。 ③蕊宫:即蕊珠宫,道教中传说的仙宫,这里借指皇宫放榜。 ④卞和:春秋时楚国人。相传他觅得了璞,两次献于楚王,都被认为是诓骗,砍去了双脚。楚文王即位,他抱璞哭于荆山下,王使人剖璞,果然得玉。 ⑤不彰:不明。彰 zhāng,明显。 ⑥袖金输璧:送金赠璧,喻行贿。 ⑦圣明:皇上。 ⑧望望然:失望扫兴的样子。 ⑨"哭向"句:喻生不逢时、怀才不遇,只得上终南山隐居。 ⑩粜谷卖丝:卖粮卖丝。粜 tiào,卖粮食。 ⑪太平之税:维持社会治安、和平的赋税,即国税。 ⑫按限比销:按照限期销差。比,官府对缴纳税赋的限期。追比,则是用残酷的手段(比如打板子)追逼。 ⑬招遥:逍遥貌。 ⑭《夷坚志》:笔记小说名,南宋洪迈著,这里代指蒲松龄自己的神怪笔记作品。

才非干宝①,雅爱搜神②;情类黄州③,喜人谈鬼。闻则命笔,遂以成编。久之,四方同人,又以邮筒④相寄,因而物以好聚,所积益夥。

这是 1948 年发现的蒲松龄手稿本的第一页

《聊斋志异》搜集的虽然都是民间的神仙鬼怪、花妖狐魅的故事,但作者的创作目的却不止于搜奇猎怪,他是通过这些故事寄托自己的爱憎,发泄"孤愤"。在《聊斋自志》一文中,他说,为了这些狐鬼故事,达到了创作的神思飞扬、激情迸发的境界:"遄飞逸兴⑤,狂固难辞;

---

①干宝:晋史学家、文学家。他曾经编辑当时的神怪灵异故事为《搜神记》。　②搜神:搜集神怪灵异故事。　③黄州:代指苏东坡,苏曾贬谪黄州。苏也喜谈鬼神,著有《东坡志林》。　④邮筒:古时封寄书信的竹筒。　⑤遄飞逸兴:勃发起超逸的兴致。遄 chuán,勃发。

永托旷怀①，痴且不讳。"而创作目的则是：

集腋为裘②，妄续幽冥之录③；浮白④载笔，仅成孤愤之书：寄托如此，亦足悲矣！

所以，在《聊斋志异》的狐鬼故事里，有现实世界的折光，有着作者亲身体验到的人生的痛苦、辛酸、愤懑和不平。传说当时的文坛盟主王士祯欲以千金收买这部书，蒲松龄不干。收买之事，难以令人置信，但王士祯对作者的理解和赞扬却是真实的。他评点了此书，并题过一首绝句："姑妄言之妄听之，豆棚瓜架雨如丝。料应厌作人间语，爱听秋坟鬼唱诗。"在一"厌"一"爱"之中，道出了作者创作的真意。

《聊斋志异》现存的版本主要有：（一）手稿本。237 篇，只是书的上半部。（二）铸雪斋抄本。共 484 篇。（三）青柯亭刻本，共 441 篇。（四）吕湛恩本。（五）图咏本。（六）三会本。1962 年中华书局出版了张友鹤的《聊斋志异》会校、会注、会评本，共收 491 篇，是目前较为完备的一个本子。（七）2001 年齐鲁书社出版了任笃行辑校的《全校会注集评聊斋志异》则是更为完备的本子。

《聊斋志异》题材广泛，内容丰富，它是当时的一部民间传说和神话的总结，又是一部清初现实社会的百科全书。490 多个故事大体上可分为五类。

二、读书人的故事——抨击了科举制度的腐败

八股取士是明、清两代用以选拔人才的制度。到了清代，这个制度已经日渐腐朽，弊端丛生。蒲松龄首先用文艺的形式进行了全面的批判，其深刻程度是前人未曾达到的。可以说，他是文艺领域里集中向封建科举制度开火的第一人。

又因为蒲松龄自己就是一个科举的受害者，在这条路上挣扎了 50 年，感受特别深切，所以他对科举弊端的揭露、鞭挞也就特别深刻、生动、酣畅淋漓。他通过谈狐说鬼，反映了读书人抑郁不得志的苦衷，辛辣地嘲讽了考官们的有眼无珠、昏聩糊涂，还无情地嘲笑了在科举的毒害下，举业迷们精神的空虚、无聊。

反映读书人的痛苦和悲愤，是聊斋故事中较为突出的主题，封建社会放在广大青年面前的阶梯是一个金字塔形的阶梯，通过读书应考爬到上层的只是极少数幸运儿，多数有才华的读书人却一辈子蹭蹬⑤于这阶梯的各个不同的层次上，欲进无路，欲退不能。再加上考官糊涂，考弊丛生，这就出现了文章做得好的反而考不取，做得不好的却连战皆捷的情况，这种怪现象使广大读书人愤恨不平。《叶生》一篇就典型地反映了读书人的这种冤愤，揭露了科举制度扼杀人才的罪恶。主人公叶生文章词赋冠绝当时，而他却屡试不中，一辈子困于场屋，

---

①永托旷怀：寄托豁达的襟怀。　②集腋为裘：比喻集少成多，集众力以成一事。腋 yè，指狐腋毛，其毛纯白珍美；裘，皮袍。　③幽明之录：即志怪小说集《幽明录》，南朝宋刘义庆撰。　④浮白：本谓罚酒为浮白，后谓满饮一大杯为浮一大白。白，酒杯。　⑤蹭蹬 cèng dēng：失意、潦倒、遭遇挫折。

以至于抑郁而死。《司文郎》篇中宋生的命运比叶生更悲惨。他才学超群,困顿终生,死了变成鬼魂还咽不下这口怨气,想借朋友来再拼一下,而这样一个可怜的愿望也同样落空了。宋生的遭遇表达了广大读书人内心的辛酸和愤懑,向不公平的世道作出了鲜血淋漓的控诉。

与此同时,作者很自然地把矛头指向了糊涂试官。在作者笔下,试官们是一群昏聩糊涂、不学无术,只知徇私舞弊的家伙。《三生》篇中落第士子愤死千万,鬼魂在阴司聚众告状,要挖掉试官的双眼,"以为不识文之报"。《于去恶》篇中,试官竟是乐正师旷(晋国盲乐官)、司库和峤(晋朝有"钱癖"的官),他们"黜佳士而进凡庸"。在另外一些篇章里,作者甚至揭露试官自己的文章狗屁不通,连瞎子都不如。

再有,作者还把讽刺的矛头指向读书人自己,描写读书人在科举的毒害下精神境界的空虚无聊。这是批判科举的深层主题,蒲松龄在吴敬梓、曹雪芹、鲁迅之前就接触到了这一问题,并作了具体形象的反映。《续黄梁》揭示了科举对读书人心灵的腐蚀和读书人锐意干进的丑态。主人公曾孝廉在高捷南宫之后,便得意忘形大做升官发财、胡作非为的美梦:"某为宰相时,推张年丈①作南抚②,家中表③为参、游④,我家老苍头⑤亦得小千把⑥,于愿足矣。"《王子安》是一篇以喜剧的形式反映读书人悲剧的短篇小说,揭示了庸俗、酸腐的举业迷,热中举业,并为之而发疯发狂的原因。

小说后面的"异史氏曰",用散文的笔法,把穷秀才应考前后的种种情态、心理描摹得维妙维肖,揭示得入木三分,简直可以说是举业迷的脸谱、读书人的镜子:

> 初入时,白足⑦提篮⑧,似丐。唱名时,官呵吏骂,似囚。其归号舍也,孔孔伸头,房房露脚,似秋末之冷蜂。其出闱场也,神情惝恍⑨,天地异色,似出笼之病鸟。迨⑩望报也,草木皆惊,梦想亦幻。时作一得志想,则顷刻而楼阁俱成;作一失意想,则瞬息而骸骨已朽。此际行坐难安,则似被絷之猱⑪。忽然而飞骑传人,报条无我,此时神色猝变⑫,嗒然⑬若死,则似饵毒之蝇,弄之亦不觉也。初失志,心灰意败,大骂司衡⑭无目,笔墨无灵,势必举案头物而尽炬之;炬之不已,而碎踏之;踏之不已,而投之浊流。从此披发入山,面向石壁,再有以且夫、尝谓之文⑮进我者,定当操戈逐之。无何,日渐远,气渐平,技又渐痒;遂以破卵之鸠,只得衔木营巢,从

①年丈:犹年伯,科举时代对父亲同年登科者的尊称,后泛指父辈。　②南抚:南方去作巡抚之官的意思。　③中表:即中表兄弟,姑母、舅母、姨母的儿子。　④参、游:即参将、游击。参将,武官名,位次于副将;游击,武官名,职位次于参将,分领营兵。　⑤老苍头:老奴仆。　⑥千把:清代对千总把总的并称。两者均为守备以下的领兵官。　⑦白足:光脚。科考规定考生脱袜入场。　⑧提篮:提着考篮。篮内放文具、食品。　⑨惝恍 chǎng huǎng:迷糊恍惚、不清楚。　⑩迨 dài:等到。　⑪被絷之猱:被拴住的猴子。絷 zhí,拴住,拘禁;猱 náo,古书上说的一种猴子,猕猴。　⑫猝变:突然变化。猝 cù,突然。　⑬嗒然:失意的样子。嗒 tà,嗒然若失,失意的样子。　⑭司衡:负责评阅试卷,这里是负责评阅试卷之官。　⑮且夫、尝谓之文:即八股文。且夫、尝谓都是发语词,无意义,写八股文时常作承上启下的套语。

新另抱矣。如此情况,当局者痛哭欲死;而自旁观者视之,其可笑孰甚焉①。

三、爱情故事——表现了反封建礼教的精神

《聊斋志异》中描写爱情主题的作品,数量最多,也最生动感人。它们通过人与神仙鬼怪、花妖狐魅相恋的故事,反映了封建婚姻的不合理,男女青年的受摧残,以及他们打破桎梏而自由结合的愿望和行动。《青风》是一个人狐相恋的故事,具有反封建的意义。

《小谢》一篇里男女主人公的恋爱,则有现代恋爱的规模。其他一些篇章里,女鬼、仙子、妖精都很有个性,她们违抗父母之命、媒妁之言,不顾门第、财势的差别,主动追求男子,求得幸福的结合。一旦男子变心了,还能主动脱离,另觅知音。这在封建社会几乎是不可思议的事,蒲松龄让它在狐鬼身上实现了。这是突破封建道德规范,具有民主色彩的进步。

爱情故事中的另外一些作品,着重批判了玩弄妇女的丑恶行为。《窦氏》写晋阳地主南三复引诱农家少女窦氏,始乱而终弃的故事。窦氏死后变为厉鬼进行报复,使南三复几次娶亲不成,最后犯案被处死。

四、公案故事——暴露贪官污吏、豪绅恶霸的罪恶

《聊斋志异》里有不少涉及官府的公案故事,在这些故事里,作者集中暴露了贪官污吏、豪绅恶霸的罪恶,展示当时吏治的腐败和人民的痛苦。

首先,作者把矛头指向官府衙门,指出官贪而吏虐是这些衙门腐败的标志。《梦狼》一篇最为典型。"官虎而吏狼"这本是人民群众对封建官府欺压百姓的形象化的比喻,蒲松龄抓住了这一比喻,假托梦境,真的描绘出了一个虎狼世界。最后,作者评论道:"窃叹天下之官虎而吏狼者,比比也。即官不为虎,而吏且将为狼,况有猛于虎者耶!"

其次,作者还写了豪绅恶霸鱼肉乡里、巧取豪夺的罪恶。《石清虚》是一个关于玩石的小故事。豪绅恶霸与贼,轮番光顾,表现势豪为了夺人所好,不惜构陷无辜、草菅人命,比贼凶恶、卑劣得多。篇末作者甚至写到官吏也垂涎这块奇石,一面审贼,一面就想出寄库的花招,据为己有,揭示官吏与豪绅恶霸也是一路货色。

再次,作者写出了封建官僚机构的黑暗和腐败。《红玉》篇中权势者欺凌平民百姓却受到官府包庇的现象,真实地反映了土豪劣绅与封建官僚的依存关系。《席方平》、《向杲》等篇也有类似的情况,它们说明封建社会的一整套国家机器都已腐败不堪:官吏贪赃枉法,势豪欺压百姓,相互勾结,沆瀣一气,狼狈为奸,使百姓投诉无门、沉冤莫辩。

有些篇章,蒲松龄还进一步把矛头指向更高的统治者——皇帝。《促织》既指出官贪吏虐已经造成人民群众"贴妇卖儿"的悲剧,又提出"天子每一踬步②,皆关民命"的大胆的劝谏。这在当时无疑是一种惊世骇俗的言论,致使以后的一些刊刻者不得不删掉这话以远祸。

---

①其可笑孰甚焉:还有什么比这更可笑的呢? ②踬步:跨一脚。踬 kuǐ,半步。

《聊斋志异》就是这样闪烁着批判现实的光辉。

五、寓言故事——很有生活哲理

《聊斋志异》中有一部分故事,富有寓言意味,大到人生哲理,小到为人处世的具体方式,都能给人以启迪,《画皮》告诉人们要警惕化妆成美女的魔鬼,切勿为美丽的外表所迷惑。《劳山道士》通过王生劳山学道的遭遇,说明不肯下苦工夫勤学苦练,只想投机取巧者,结果只能碰壁。《武技》说明本领越大越应谦诚自守,锋芒毕露,骄傲自满就要吃大亏。

六、单纯述异志怪——有了解情况的作用,或有宣扬迷信的消极意义

《地震》完全是一篇记实散文,年、月、日、时无一不与《淄川县志》所载的康熙七年六月十七日大地震相契合,但它的记述要比信史具体形象得多:

> 忽闻有声如雷,自东南来,向西北去。众骇异,不解其故。俄而几案摆簸,酒杯倾覆;屋梁椽柱,错折有声,相顾失色。久之,方知地震,各疾趋出。见楼阁房舍,仆地复起;墙倾屋塌之声,与儿啼女号,渲如鼎沸。人眩晕不能立,坐地上,随地转侧。河水倾泼丈余,鸭鸣犬吠满城中。逾一时许,始稍定。视街上,则男女裸聚,竞相告语,并忘其未衣也。后闻某处井倾仄,不可汲;某家楼台南北易向;栖霞山①裂;沂水②陷穴,广数亩。此真非常之奇变也。

除了这样一些可以让读者了解具体情况的篇章外,还有一些只是述异志怪,并无多大意义,或有宣扬迷信的消极意义。

当然,《聊斋志异》里消极落后的东西,还远不止这些。有些篇章露骨地宣扬封建道德,赞美男子纳妾、一夫多妻制;有些篇章不能忘怀于科举,流露出对荣华富贵的艳羡;有些篇章敌视农民起义,鼓吹封建剥削;有些篇章则完全是迷信思想、因果报应的图解,等等。在具有积极意义主题思想的篇章里,有时还夹杂着一些消极思想。

《聊斋志异》是一部积极浪漫主义的文言短篇小说集,其艺术成就是巨大的、不朽的。鲁迅说:"描写委曲,叙次井然,用传奇法,而以志怪,变幻之状,如在目前;又或易调改弦,别叙畸人异行,出于幻域,顿入人间,偶述所闻,亦多简洁,故读者耳目,为之一新。"(《中国小说史略》)

七、造奇设幻的巧妙

《聊斋志异》的艺术成就首先表现在造奇设幻的巧妙上。作者构想故事情节的巧妙与奇幻,简直令人拍案叫绝,不单单是曲折离奇等字眼所能概括。《聊斋志异》所写的故事有的发生在人世,有的发生在阴曹地府、狐妖世界、精魅王国。鬼怪会变成人,人也会变成鬼怪;蠢

---

①栖霞山:这是指山东半岛的栖霞山。　②沂水:县名,在山东临沂市东北部,沂水上游。

笨如驴的县官竟真是驴子变来的,骂王公大人不是人就果真让他变成犬、马、蛇。这就需要作者有丰富的想象力,描绘出一个光怪陆离的神话世界,把现实生活中并不存在的事件、情景呈现在读者面前,满足读者这方面的美感要求。

作者善于把奇幻的非现实的情境组织到现实世界中来,造成一个人鬼相杂、幽明相间的特殊境界。

作者还善于把狐鬼人格化、狐鬼世界世俗化,从而造成亦真亦幻、扑朔迷离的奇幻世界。把狐鬼人格化,其情形正如鲁迅所说:"明末志怪群书,大抵简略,又多荒怪,诞而不情,《聊斋志异》独于详尽之外,示以平常,使花妖狐魅,多具人情,和易可亲,忘为异类,而又偶见鹘突①,知复非人。"(《中国小说史略》)

作者还特别善于在故事中穿插一些别出心裁的情节和细节,取得出乎意料之外,意味又十分隽永的艺术效果。不仅故事情节充满了奇幻的想象,就连一些细节也充满了奇幻的想象,直令读者赞叹、叫绝。

从造奇设幻、表现丰富的想象力方面来衡量全书,聊斋故事大体可分为奇闻传说的简单记录和奇闻传说的深加工两大类,后者是聊斋故事的主要部分,也是最有艺术光彩的部分。作者通过造奇设幻的艺术加工,大大丰富了神话小说的思想内容,大大提高了神话小说反映生活、表现人生理想的艺术技巧。

八、塑造了许多生动可爱、性格鲜明的狐鬼形象

《聊斋志异》塑造了许多生动可爱、性格鲜明的狐鬼形象,数量之多,质量之高,在志怪、传奇、文言短篇小说中首屈一指。这些狐妖、鬼怪、性情各异,栩栩如生,例如天真无邪的婴宁、玩皮爱笑的小翠、拘谨温顺的青凤、粗豪爽直的苗生,等等。

《聊斋志异》塑造人物,注意突出人物性格的主要方面,务使之鲜明、强烈。《狐谐》一篇主要是突出狐女的诙谐幽默、聪明机智,经过不同情节的反复描绘,这种性格给读者以强烈的印象。

《聊斋志异》塑造人物,注意把现实社会人的性格和精魅物的属性结合起来,做到两者和谐统一。《花姑子》里的花姑子是獐精,她"气息肌肤,无处不香",给情郎治病时,使情郎"觉脑麝奇香,穿鼻沁骨",这个特征与她那憨而慧、深于情的性格结合起来,构成了一个美丽可爱的得道仙女的形象。《阿纤》里的古家一家是鼠精,"堂上迄无几榻",家中储粟甚丰,饮食"品味杂陈,似所宿具",招待来客"拔来报往,蹀躞②甚劳"。阿纤"窈窕柔弱",出嫁后"昼夜绩织无停晷③"——这些隐约暗示出老鼠的习性。

《聊斋志异》塑造人物,还能在轻轻点染中露慧心、见微妙。在这方面,作者的手段很高

---

①鹘突:乖迕。鹘gǔ,鸟类的一种。《明史·刘宗周传》:"诛阉定案,前后诏书鹘突。"这里的鹘突就作乖迕解。 ②蹀躞 dié xiè:小步貌。 ③停晷:停时。晷 guǐ,日影,引申为时光。

明,他往往以一两个细节、一两句话,传神地写出了人物的精神面貌。《农妇》以 200 字的篇幅,描写出了一个强悍、勇健、眼里揉不得沙子的农妇形象。

《聊斋志异》塑造人物,善于运用衬托和对照的方法,为了突现主人公,作者总爱同时描绘一个相映或相对的人物,让作品在彼此的衬托和对照之中,完成人物的刻画。《青凤》篇中的狂放的耿生,实际是处于陪衬地位的一个人物,他是狐女青凤的一个反衬。青凤美丽温柔,拘守于礼法,谨守闺训,不敢越雷池一步。作品越是着意刻画耿生的狂放,就越衬托出青凤恪遵礼法的拘谨。这就从人物性格的对照中加强了读者的印象,深化了主题。

《聊斋志异》塑造人物,注意赋予人物以诗意的美感,从而给读者以强烈的印象。书中写得较好的人物,往往具有这个特点。《绿衣女》中的绿衣女是只绿蜂的精灵,她容貌美,体型美:"绿衣长裙,婉妙无比","腰细殆不盈掬①",能诗会曲,"妙解音律",唱歌时"声细如蝇","而静听之,宛转滑烈,动耳摇心"。绿衣女遭到了大蜘蛛的捕捉,现了绿蜂的原形,奄然将毙,被于璟救回室中,置于案头,"停苏移时,始能行步。徐登砚池,自以身投墨汁,出伏几上,走作'谢'字。频展双翼,已乃穿窗而去。自此遂绝"。这种诗情洋溢的情境,给人以余音袅袅,回味不尽的感受。

九、"用传奇法,而以志怪"

"用传奇法,而以志怪"这是鲁迅对《聊斋志异》创作方法、记叙方法的简明概括,也是我国文言短篇小说反映现实的独特的艺术方法。具体地说,《聊斋志异》所创造的文体,有两方面的特点:一是主人公虽然是花妖狐魅,有如六朝志怪,但故事情节却又极尽委婉曲折之能事,比于或者胜于传奇;二是"以传纪体叙小说之事"(冯镇峦《读聊斋杂说》),传奇的主要代表作多写现实人事,为人立传,《聊斋志异》则大多写幻化之事,为狐鬼立传。所以,《聊斋志异》的写法是融合传奇、志怪和史传各体之长的艺术创造。

《聊斋志异》写法上的另一种特点是,篇末往往附有"异史氏曰"的评赞。这是蒲松龄取法《史记》的"太史公曰"的模式,把它运用到笔记小说中来。就是在故事的后面,作者还附带发一些议论、感叹,或者再记上一点类似的事件,从而形成小说配散文的格局。

"三会本"所收的 491 篇中,计有"异史氏曰"194 则,约占全书篇数的五分之二。

《聊斋志异》里的"异史氏曰",议论精辟,形式多样,行文活泼,很有艺术魅力。上文列举的《王子安》篇里的"异史氏曰"即是很好的例证。

十、语言古朴简雅而又具体形象,具有文言美

用文言写小说比白话困难,写得不好,就只能粗陈梗概,行文呆板、滞涩,失去了说故事的生动丰富性。《聊斋志异》则不然,它吸取了史传文学、志怪小说和唐人传奇的优点而加以

---

①盈掬 jū:满一捧。掬,用两手捧。

发展,语言既古朴简雅,又具体形象,具有文言的丰富和优美。

因为是用文言写的,《聊斋志异》的语言首先就具有古朴简雅的特点。《王者》篇中写瞽者带领官府寻找饷银的情况只有这样几个字:"瞽曰:'东'。东之。瞽曰'北。'北之。"极其简练地交代了寻找的过程。

《聊斋志异》语言的古朴简雅,还表现在典故的运用上。据统计,它所用的典故有 2 000余条,范围之广,涉及文、史、哲和天文地理各个方面。由于运用了大量的典故,行文就典雅闳丽①,精练含蓄,笔墨容量大。

另外,作者还注意发挥文言含蓄隽永、句式整齐、节奏感强、修辞手法特殊的特点,使小说的语言具有艺术魅力。《狐谐》一篇中聪明的狐娘子借作对子、谐音、拆字等和别人开玩笑,语言精练、意蕴深长。

其次,《聊斋志异》的语言,还有具体形象、新鲜活泼的特点。《胡四娘》里描写胡四娘在贫困时受尽了兄嫂、姐姐的歧视、嘲讽,可是她的丈夫一朝中举,情况就立即改观:

申贺者,捉坐者,寒暄者,喧杂满屋。耳有听,听四娘;目有视,视四娘;口有道,道四娘也。

寥寥几笔就活画出了人情淡薄、世态炎凉的画面。

再次,《聊斋志异》的人物语言,很有特色,它是文言,又包含了一些生动的口语成分,创造了一种简洁生动、口吻逼真的文言对话体式。它与《三国演义》的人物语言相比较:《三国演义》以政治家的雄才大略、纵横捭阖的辩难色彩见长,而《聊斋志异》则以村俗妇女的口吻酷肖取胜。

十一、清代其他短篇文言小说

清代是短篇文言小说大发展的时代,数量之多(据统计超过 550 种),为历代所不及。它的发展大体可分为三个阶段:

(一)《聊斋志异》问世前的沉寂阶段,这是明末清初的一段时期。较好的是张潮辑《虞初新志》、王士禛作《池北偶谈》等。

(二)《聊斋志异》问世后的"聊斋热"。这是清初到清中叶的一段时期,《聊斋志异》出现后,影响很大,摹仿之作竞相出笼。如沈起凤《谐铎②》、邦额《夜谭随录》、长白浩歌子《萤窗夜草》、管世灏③《影谈》、袁枚《新齐谐》等。其中《谐铎》和《新齐谐》两书较好。

(三)《阅微草堂笔记》问世后的新高潮,即清中叶到晚清的一段时期。纪昀④反对《聊斋志异》的写法,主张要以写史的眼光和笔法来写文言短篇小说。他写成《阅微草堂笔记》,对后世也有较大影响。因此,文言小说领域形成学《聊斋志异》和学《阅微草堂笔记》,即学蒲

---

①闳丽:宏伟壮丽。闳 hóng,宏大。 ②铎 duó:古代统治者颁布政令时用的大铃。 ③灏 hào:水势大、广大。 ④昀 yún:日光。

和学纪两大潮流。学蒲的有邹弢①《浇愁集》，黍余裔孔《六合内外琐言》，王韬《遁窟谰言》、《松隐漫录》，宣鼎《夜雨秋灯录》等。学纪的有许秋垞②《闻记异辞》，俞鸿渐《印雪轩随记》，俞樾③《右台仙馆笔记》、《耳邮》等书。

第二节　《儒林外史》

清代乾隆年间，先后诞生了名著《儒林外史》和《红楼梦》，把中国古典小说创作推向了顶峰。

《儒林外史》是我国讽刺文学的丰碑，它以自己独特的艺术和风格，丰富了我国古典小说的宝库。正如鲁迅所说："迨④吴敬梓《儒林外史》出，……于是说部中乃始有足称讽刺之书。"（《中国小说史略》）

一、作者吴敬梓

《儒林外史》和《聊斋志异》一样，作者确凿而无可怀疑。吴敬梓(1701—1754)字敏轩，号粒民，安徽全椒县人。移家南京后，自号秦淮寓客，晚年又号文木老人。他诞生在全椒的一个名门望族，"国初以来重科第，鼎盛最数全椒吴"。但是，到了他父亲便开始衰落了，父亲吴霖起只是康熙丙寅年的拔贡，做过赣榆县学教谕⑤，为人方正恬淡，不慕名利，看重操守。这对吴敬梓的思想有一定的影响。吴敬梓就出生在这样一个世代书香，鼎盛50年却又开始衰落的大家庭里。这个家庭使他自小就接受了更多的文化教养，也使他体验了更多的炎凉的世态。他自小聪颖，过目成诵，13岁丧母，14岁随父至赣榆教谕任所读书。22岁那年他陪伴重病的父亲回乡，并参加了童试。待到他考中秀才的消息传来时，父亲却与世长辞了。父亲的死，对他的打击很大。作为宗子，他又亲眼目睹了一次瓜分和掠夺财产的争斗。最后他是失败者，留给他的只是寥寥无几的一点产业。从这，他更加体验了封建家族的黑暗与丑恶。

吴敬梓像

由于他"不习治生"，会挥霍，肯帮助别人，手中的钱很快花光了，接着就是变卖祖传的田地和房产。"田庐尽卖，乡里传为子弟戒"。

---

①弢:同"韬"。　②垞 chá:小土山。　③樾 yuè:树荫。　④迨 dài:等到。　⑤教谕:学官名。明清时是县学学官,掌管文庙祭祀、教育所属生员。

他屡次参加乡试都未能中举,更是遭到族人和乡里的歧视。雍正七年夏天,他去滁州预考,勉强录取。但到了秋天的乡试,依旧被黜落了。

科举的失败和乡里风俗的浇薄,使他感到在乡里很难居住下去。33 岁时,他移家南京,寓居秦淮水亭。36 岁时,安徽巡抚赵国麟举荐他到北京去应"博学鸿词"科①的考试,他以病辞,从此他便不再应考。此时,他对科举失望,对这个制度的本身也产生了怀疑。

他爱好宾客交游,结识了许多文人、学士、伶工、歌伎、和尚、道士,"四方文酒之士走金陵者,胥②推先生为盟主"(金和《儒林外史跋》)。金陵雨花台先贤祠,祀吴泰伯③以下先贤 230 人。祠堂年久失修,他热心倡议出资修复,自己就捐献出了卖房屋的钱。

可是,此时他的生计非但不宽裕,而且已经陷入了卖文、卖书和靠朋友接济的窘迫境地。"日惟闭门种菜,偕佣保杂作"(顾云《钵山志》),"囊无一钱守,腹作干雷鸣","近闻典衣尽,灶突无烟青"(程晋芳《寄怀严东有》),这些记载形象地反映了他的艰难情况。还有的记载说,冬夜苦寒,他衣单炉冷,就邀约五六知己,乘月色绕城墙步行数十里,一路歌吟呼啸,天明人水西门大笑散去,他们管这叫"暖足"。他先人的门生故吏半天下,他却不居恩索报,甚至断炊也不一扣豪门。有一年秋天,连下了三四天大雨,亲戚程丽山对他的儿子说:"比日④城中米奇贵,不知敏轩作何状? 可持米三斗、钱二千,往视之。"到了一看,吴敬梓则不食二日矣。"然先生得钱,则饮酒歌呶⑤,未尝为来日计。"(程晋芳《文木先生传》)贫困在折磨着他,而他不仅没有被折磨倒,相反却以豁达狂放的态度直面惨淡的人生,傲睨着名缰利锁下各色各样的卑小人物。不朽的名著《儒林外史》正是在这样的艰苦情况下,积 10 年之久创作而成的。

乾隆十九年,54 岁的吴敬梓携妻及幼子客居扬州琼花观的后土祠。友人程晋芳的家境也遭变故,有一天两人相见,他拉着程晋芳的手泫然泣下,说:"子亦到我地位,此境不易处也,奈何!"可见,这位伟大的作家平日是以怎样的勇气和毅力和生活搏斗的,他的豁达狂放正是内心战胜了贫苦的表现。在扬州,他与几个友人欢聚。十月二十八日薄暮,他与友人王又曾聚会归来,还吃了一杯酒,不料就寝后,猝然痰壅⑥,不及救治就向尘世诀别了。朋友们慷慨解囊,买棺装殓。由他儿子护送棺木到南京下葬。墓地有两说:一说在南京凤台门外花田中,一说在清凉山麓。

他的作品,除《儒林外史》以外,还有诗文集《文木山房集》十二卷,今存四卷。

---

①博学鸿词科:清制科之一,系皇帝特旨开设、由京外官推荐参加的科举考试。清朝共开过两次,书中赵国麟举荐的是后一次,1736 年(乾隆元年)举行。 ②胥 xū:全、都,如万事胥备。 ③吴泰伯:即吴太伯。据《史记·吴太伯世家》记载,泰伯闻知太王有意传位给三弟李历,于是偕同二弟仲雍出奔荆蛮,文身断发而成为荆蛮首领,自号句吴,是为春秋吴国始祖。 ④比日:近来、近日。 ⑤歌呶:歌唱喧闹。呶 náo,喧闹。 ⑥壅 yōng:堵塞。

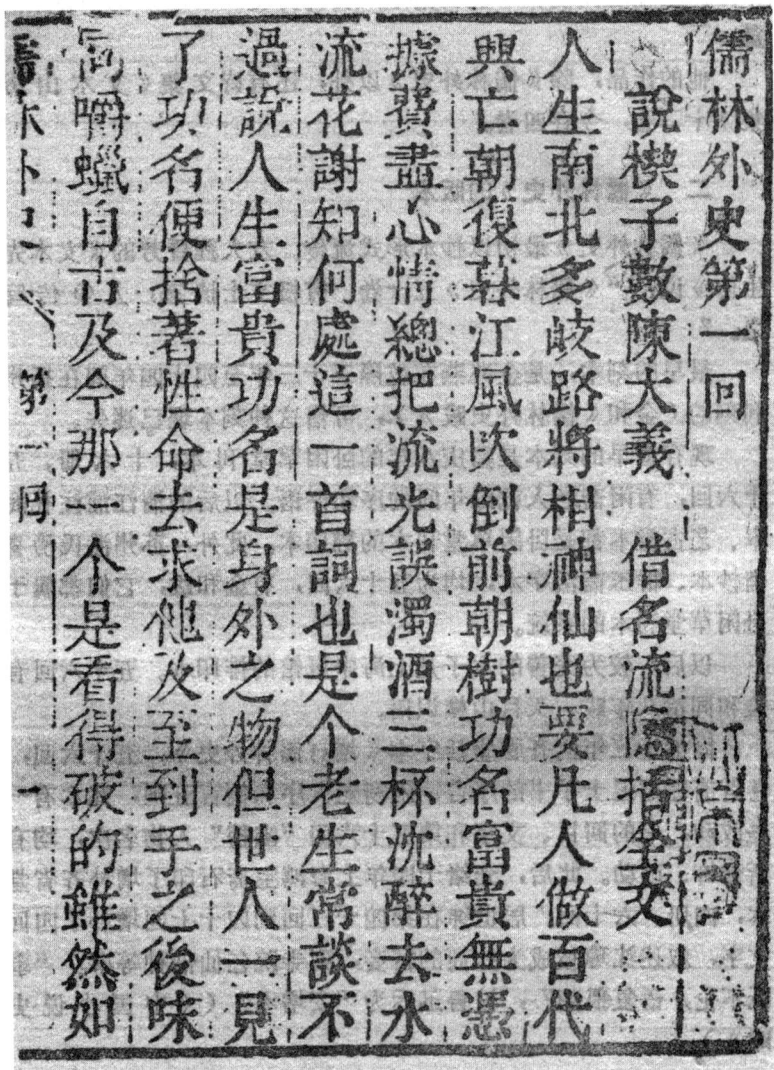

儒林外史第一回

說楔子敷陳大義　借名流隱括全文

人生南北多歧路，將相神仙也要凡人做。百代

興亡朝復暮，江風吹倒前朝樹功名富貴無憑

據，費盡心情總把流光誤濁酒三杯沈醉去水

流花謝知何處這一首詞也是個老生常談不

過說人生富貴功名是身外之物但世人之後味

了功名便捨著性命去求他及至到手之後味

同嚼蠟自古及今那一個是看得破的雖然如

晉林卜口：第一回一

清嘉庆八年卧闲草堂刻本《儒林外史》的第一页，卧闲草堂本是现存最早的刻本

二、《儒林外史》的版本

《儒林外史》最初以抄本形式流传。友人程晋芳的《文木先生传》说："《儒林外史》五十卷，穷极文士情态，人争传写之。"

最早的刻本，是金兆燕在乾隆三十三年至四十四年间在扬州刊刻的（金和《儒林外史跋》），可惜这种刻本现已散佚。

现存最早的刻本是嘉庆八年（1803）的卧闲草堂刊本，16 册，56 回，有闲斋老人乾隆年间的序和评语。以后的清江浦注礼阁本、艺古堂本都是卧闲草堂刊本的翻印本。此外，苏州潘氏滂①喜斋抄本、群玉斋活字本，均为 56 回，有金和跋，它们都属于卧闲草堂刊本的系统。

以后，较为完善的本子是上海申报馆的排印本。56 回有金和同治八年跋、天目山樵识语。

同治十三年（1874）的齐省堂活字本《增订儒林外史》56 回，卷首有惺园退士手书的序言、闲斋老人序和例言五则，此本有一些改动，书的回目、文字和第五十六回"幽榜"人物名次，均有所修饰、改动。此后，光绪十四年（1888）上海鸿宝斋石印了增补齐省堂本，4 册，60 回。居世绅在第四十三回到四十七回增补了四回文字，叙述沈琼枝成为盐商的富妾，到寺院乞仙借种等事。"事既不伦，语复猥陋"，被鲁迅斥为"妄增本"（《中国小说史略》）。

由于《儒林外史》传抄数十年，刻本又不尽相同。原书究竟多少回，历来有不同的说法。程晋芳《文木先生传》说有 50 卷。后来的金和跋文说，有 55 卷，"幽榜"系后人妄增。新中国成立后印行的《儒林外史》依此说去第五十六回。1981 年才将第五十六回作为附录收入。

《儒林外史》的作者把他所描述的故事安排在明代，开头"说楔子敷陈大义，借名流隐括全文"，写的是元明交递之际的王冕；第二回周进山东汶上县教馆，标明的是"成化末年"即1487 年，第五十六回明神宗诏"幽榜"，那是万历四十四年，即 1616 年；除楔子外，全书共写了 129 年的事。但是，就全书的内容而言，实际上所反映的却是作者所置身的清朝的社会生活，书中所写多有当时实有的真人真事的影子。（关于《儒林外史》的取材来源和重要人物考索有何泽翰《儒林外史人物本事考略》一书可资参考）

《儒林外史》是一部带有强烈的批判性的小说，它以讽刺科举制度和封建知识分子为核心，旁及封建社会形形色色的弊端，展现了封建社会末期广阔的生活画面，揭露封建社会的丑恶和黑暗。

三、深刻地批判了封建科举制度

科举制度是隋唐创立，以后一直沿用的封建统治者选拔人才的制度，随着封建统治的没落，这个制度的腐朽性也暴露无遗。正如书的第一回王冕所说："这个法却定的不好，将来读书人既有此一条荣身之路，把那文行出处都看得轻了。"所谓"文行出处"，即学业、品德、做官和退隐应持有的操守，八股取士制度正是不讲究这样一些根本的东西。"三场辛苦磨成鬼，两句功名误煞人"，这个制度耽误了好几百年的读书人。《儒林外史》里的读书人正是这样的一批不通世事、迂腐无能的呆子。做了 37 年秀才的倪霜峰沉痛地说："就坏在读了这几句死书，拿不得轻，负不得重。"就是书也没读好，范进不知大文学家苏轼，马二先生弄不清女词人

①滂 pāng：水涌出的样子。

李清照为何人,可见这一伙八股迷们的无知和浅陋,他们除了八股,什么也不懂。马二先生对举业的看法却极其迂腐荒唐:"举业二字是从古及今人人必要做的……就是孔夫子在而今,也要念文章,做举业,断不讲那'言寡尤、行寡悔①'的话,何也,就日日讲究'言寡尤,行寡悔'那个给你官做。""书中自有黄金屋,书中自有千钟粟,书中自有颜如玉";②"人生世上,除了这事(指举业),就没有第二件可以出头。"这些话真实生动地反映了当时读书人的思想境界。正如鲁迅在《中国小说史略》中所分析的"不特尽揭当时对于学问之见解,且洞见所谓儒者之心肝也"。

不仅如此,作者还以生动婉细的笔触揭示出举业迷们热衷于举业并为之发疯发狂的原因。小说里的周进是个被举业弄得发疯发痴、神魂颠倒的典型。他苦读了几十年的书,考得胡子都花白了,还没取得秀才的资格,无权进贡院考举人。当他跟随商人游览贡院时,见到贡院的号板,"不觉眼睛里一阵酸酸的,长叹一声,一头撞在号板上,直僵僵不省人事",被众人灌醒以后,又发声大哭起来,满地打滚,直哭到口里吐出鲜血来。几个商人一商量凑钱为他捐个监生入考场。周进立即"爬到地下就磕了几个头"说:"若得如此,便是重生父母,我周进变驴变马,也要报效!"经过这一番波折,他竟奇迹般地考中了。中举后,辛酸困顿的境况立即改观:"典史③拿晚生帖子上门来贺","不是亲的也来认亲,不相与的也来认相与",送贺礼的、请喜酒的,络绎不绝。以后,乡邻还在他当年坐馆的观音庵里供起了长生牌位④。真是一登龙门,身价百倍。在举业途中演着类似的悲喜剧的另一个人物是范进。他从20岁考到54岁,胡须花白,冻得乞乞缩缩,遇着周进才考中秀才。接着跑到省城考举人,回来时,"家里已是饿了两三天",母亲"饿的两眼都看不见了"。此刻中举的喜报来了,他竟欢喜得发了疯,其中况味便如一下子撞翻了五味瓶,毕生的酸甜苦辣咸都倾倒出来。中举前,他家饿饭三天无人问津,中举后,有的送米,有的送鸡,从不亲近的张乡绅亲自送来贺银五十两和三进三间房屋。"自此以后,果然有许多人来奉承他:有送田产的,有送店房的,还有那些破落户,两口子来投身为仆图荫庇的。不到两三个月,范进家奴仆、丫鬟都有了,钱、米是不消说了。"就这样荣华富贵从天而降。作者描绘的是整个社会的风习,人人以举业为正途,人人做着瞬息荣华的好梦。

不仅如此,作者还揭示出科举场中的种种腐败现象。向鼎主考安庆七府童生,那些考生"也有代笔的,也有传递的,大家丢纸团、掠砖头,挤眉弄眼,无所不为"。还有的考生装着出恭,在土墙上挖个洞,"伸手到外头去接文章"。一个大字不识的金耀,用五百两银子雇了枪

---

①"言寡尤"两句:此语出自《论语·为政》:"言寡尤,行寡悔,禄在其中矣。"言寡尤,言论少有错。
②"书中自有"三句:谓士子只要刻苦攻读,一切功名富贵都可以从书本里获得。千钟粟,指优厚的官俸;黄金屋,指富丽的房屋;颜如玉,指美貌女子。这话出自宋真宗《劝学文》:"富家不用买良田,书中自有千钟粟;安居不用架高堂,书中自有黄金屋;出门莫恨无人随,书中车马多如簇;娶妻莫恨无人随,书中有女颜如玉。"　③典史:官名,为县以下掌管缉捕牢狱的属官。　④长生牌位:写有恩人名字,为其祈求福寿的牌位。

手代考,竟成了秀才。秀才臧荼不惜给人下跪,求得三百两银子,拿去行贿补了廪生①。他说这样做纯粹是为了升官发财、骑在人民头上作威作福。"廪生一来中的多,中了就做官。就是不中,十几年贡了,朝廷试过,就是做知县、推官②,穿螺蛳结底的靴③,坐堂、洒签、打人。"士子无行,考官也是营私舞弊,有眼无珠。可以看出,科举考试和这个制度的本身一样都已糜烂到不可收拾的地步。

不仅如此,书中更深刻地揭示出科举制度孳生了一批利欲熏心,灵魂肮脏、恬不知耻的寄生虫。作者通过匡超人的蜕化变质,深刻揭露出了科举制度对青年心灵的毒害。小说还进一步通过那些斗方名士们自名风雅的丑态,揭露出这种毒害不是个别的、偶然的现象,而是普遍的现实。这些斗方名士其实都是些热中功名富贵却又未能爬上去的无聊文人,他们吟诗结社,附庸风雅,以无意功名来自我标榜,同时他们又广交达官贵人,沽名钓誉,靠帮闲吃饭,倚势干卑鄙龌龊的事。书中着力描绘了三个这样的名士群:一是麇集在娄相府公子娄三、娄四周围的湖州莺脰④湖名士。二是以纨绔子弟杜慎卿为中心的南京莫愁湖名士。三是杭州西湖名士。小说通过这些斗方名士的描写,说明儒林风气的浇薄,并且日益影响着世道人心,使好人变坏,坏人更坏,产生出一大批无赖和骗子。正如后来严复所说,八股三大危害,锢智慧、坏人心、滋游手。

吴敬梓对科举制度批判得如此深刻,对儒林群丑讽刺得如此有力,除了个人的经历和思想认识外,起作用的还有那个时代的社会思潮。明末清初出现过一批很有影响的思想家,如顾炎武、黄宗羲等,他们对封建社会的弊病,特别是科举八股的弊病挖掘得很深刻、抨击得很激烈。顾炎武就写有《生员论》,历数了生员不学无术、交结官府、害民误国的弊端,大声疾呼:"废天下之生员而官府之政清,废天下之生员而百姓之困苏,废天下之生员而门户之习除,废天下之生员而用世之材出。"

四、有力地抨击了当时吏治的癏败⑤

作品中的封建官僚大多是品行不端、昏庸无知、贪赃枉法、循私舞弊的。南昌太守王惠念念不忘所谓"三年清知府,十年雪花银"的俗谚,一上任就打听:"地方人情,可有什么出产?词讼里,可也略有些什么通融?"为了榨取钱财,他的衙门里"钉了一把头号的库戥⑥","用的是头号的板子",满衙是"戥子声、算盘声、板子声"。"全城的人,无一个不知道太守的利害,睡梦里也是怕的"。就这样一个贪官酷吏,"各上司访闻,都道是江西第一个能员","朝廷就

---

①廪生:即领膳生员。秀才根据考试的名次,分为廪生、增生、附生。府学、县学都有廪生,名额有限定。秀才依次补廪后,可按月在官府领取膳米。廪 lǐn,谷仓。 ②推官:知府的辅佐官,专司司法。 ③螺蛳结底的靴:官靴,靴底线纹交作套圈形。 ④脰 dòu:脖子颈项。 ⑤癏败:陈旧破败、衰败。癏 yǔ,败坏。 ⑥库戥:官府用以称量金钱的小型杆秤。戥 děng,一种称金银、药物的小秤。

把他推升了南赣道①"。官贪则吏虐,书中写了好几个吏役,如黄老爷、李老爷、潘老爷等。这些人都是营私舞弊、贪赃枉法的惯家,"把持官府,包揽词讼","私和人命","拐带人口","威逼平人身死","买嘱枪手代考",等等,神通广大,无恶不作。这些既是贪官的爪牙,帮着收刮民脂民膏;又能武断乡曲,干些瞒上不瞒下的勾当,"钱到公事办,火到猪头烂"是他们的口头禅。

五、形象地揭露了土豪劣绅的罪恶

《儒林外史》里写了好些土豪劣绅,他们勾结官府,横行乡里,敲诈勒索,鱼肉乡民,这从另一侧面反映了封建政治的腐败。严贡生就是这类土豪劣绅的典型。他蛮横霸道,坑蒙拐骗,鱼肉乡里。在赖船钱一节,则尽情地揭露这个土豪劣绅卑劣无耻。

其他如南海县的张静斋、五河县的彭乡绅、方老六与严贡生是一丘之貉。这些土豪劣绅,虽然没有身居官位,但是他们可以凭着贡生、监生的学衔,交接官府、欺侮百姓,他们是封建专制统治的重要基础。

六、尖锐地谴责了理学的虚伪和残酷

《儒林外史》对封建科举的揭露又是和对程朱理学、封建礼教的批判结合起来的。在清代,理学早已被奉为官方哲学,封建伦理道德也已法典化、教义化,深入人心,特别是深入到一辈子攻读经义的儒生的心里。清初的一些进步的思想家都反对思想牢笼政策,反对程朱理学。他们指出理学、礼教是极其虚伪、残酷的,是"杀人工具","以理杀人"甚于"以法杀人"(戴震《与某书》)。吴敬梓则以其艺术实践,对上述进步思想作了形象的表述。书中的王玉辉就是一个被理学、礼教毒害得达到丧失人性、冷酷麻木地步的人。他是一个年逾60岁的穷秀才,一边应举,一边写什么"事亲之礼、敬长之礼"的《礼书》。三女儿出嫁不上一年死了丈夫,哭得天昏地惨,心想父亲是个寒士,养活不来这许多女儿,不如"寻一条死路跟着丈夫一处去了"。作为亲生父亲的王玉辉,非但不加劝阻,反而鼓励女儿去"殉"节。三女儿终于饿死了,王玉辉走到床前说:"他这死的好,只怕我将来不能像他这一个好题目死哩!"因而仰天大笑说:"死的好! 死的好!"大笑着,走出门去了。封建礼教是一把杀人不见血的刀子,千千万万的无辜者就在上面所谓的"旌表节烈"的祭典中,在理学的"饿死事极小,失节事极大"的主张的蛊惑下,被活活埋葬了。作者通过王玉辉这个迂腐的道学先生的悲剧,讽刺了程朱理学和封建礼教的野蛮、残酷和泯灭人性。

吴敬梓又以犀利的笔锋,讽刺了假道学的虚伪、可耻。书中的高翰林表白"敦孝悌②,劝农桑"那是"呆活",不过是"教养题目里的词藻",不能"拿着当了真"。这岂不又是对礼教和

---

①南赣道:即南赣巡抚。"巡抚南赣汀韶等处地方提督军务",明弘治十年始置,驻赣州,清康熙三年废。 ②敦孝悌:勉励孝顺父母、敬爱长上。

理学的讽刺?!

七、对比着塑造了一些寄托理想的正面人物

《儒林外史》在对浊恶社会进行全面、深刻揭露和讽刺的同时,还塑造了一批寄托作者理想的正面人物,他们鄙薄功名富贵,反对科举八股,蔑视醉心名利的群丑,憎恶趋炎附势、尔虞我诈的世风。有这样一些正面的形象相对照,社会的浊恶,群丑的卑劣就愈益突出了。

杜少卿是全书着力刻画的一个正面形象,在他身上表现出一定程度的叛逆精神和民主主义思想。看来,这个人物寓含了作者自己的影子。书中写道:杜少卿虽然出身于一个"一门三鼎甲,四代六尚书"的名门贵族,却瞧不起功名富贵,他说"学里秀才,未见得好似奴才",他骂热衷科考做官的人是下流无耻的匪类。他自己"布衣蔬菜,心里淡然",陶醉于山水朋友之乐。他藐视封建礼教和陋俗,在众目睽睽①之下,携着妻子的手游清凉山,惹得左右观看之人"目眩神摇,不敢仰视"。他崇敬具有反抗性格的沈琼枝,对封建迷信持否定态度,对纳妾更是深恶痛绝。书中着意把它刻画成一个举止豪迈、风度洒脱的读书人,"品行文章是当今第一人"。

王冕、虞育德、庄绍光、迟衡山等也是作者所肯定的读书人,他们看轻功名富贵,流连自然山水,不作寡廉鲜耻的官僚,宁愿过隐居的清贫生活。

沈琼枝是一个闪辉着个性光彩的具有叛逆精神的女性,尽管书中着墨不多,也没有交代她的最后下落,给读者的印象却非常深刻。

全书的结尾,作者又写了四个市井奇人,表示在真儒隐灭、世风浊恶的情况下,市井中大有不图富贵,不羡荣华、自食其力、我行我素的人在。

应该指出,由于时代的局限,作者所写的理想人物与所抨击的反面人物相比,显得苍白、呆板,他们的生活情趣往往都打上的读书人的印记。

《儒林外史》是我国文学史上第一部优秀的长篇讽刺小说,有很高的艺术成就,可以说,它是我国古代小说艺术发展的顶峰。就其对现实批判的广度和深度而言,它标志着我国批判现实主义创作方法的成熟,从而将我国文学的现实主义推向了新的辉煌的高峰。

八、尖锐、辛辣而又蕴藉、深刻的讽刺艺术

讽刺是《儒林外史》最为显著的艺术特色,它的讽刺是极其尖锐的、辛辣的,同时又是十分蕴藉的、深刻的,它不停留在暴露黑幕、揭发阴私上,也没有谩骂和攻讦,它所呈现的是一种"戚而能谐、婉而多讽"(鲁迅《中国小说史略》)的风致。这是讽刺艺术中的难能可贵的手法。

《儒林外史》高超的讽刺手法,主要有下列几点:

---

①睽睽 kuí kuí:睁大眼睛注视。

（一）通过情节发展自然流露。讽刺小说贵在旨微而语婉。《儒林外史》的讽刺不用漫画化的笔法，不脸谱化，也不特别点明，而是让人物形象通过情节自然地流露出来。严贡生是个奸诈狠毒，专干倚势欺凌乡里的勾当的恶棍，可他偏要把自己说成是"为人率直，在乡里之间不晓得占人寸丝半粟便宜"的人，就在他自吹自擂的时候，小厮跑来报告："早上关的那口猪，那人来讨了，在家里吵哩。"这使这个巧舌如簧的骗子，顿时现出了原形。作者的描绘是极其冷峻的，"无一贬辞，而情伪毕露"（鲁迅《中国小说史略》）。

在通过情节发展自然流露方面，作者特别注意用人物自己的行动来揭露自己的言论的虚妄。

在通过情节发展自然流露方面，作者特别注意用人物前后言语的矛盾来暴露人物的丑陋。

在通过情节发展自然流露方面，作者还特别注意点逗人物言语和行动的破绽，使人物当场出丑。

（二）适度的、合理的夸张。夸张是讽刺的主要手段。《儒林外史》在精确的现实主义描绘中，有时会突然加上一个传神的适当夸张的情节，突出了对象的丑陋和畸形，收到讽刺辛辣的艺术效果。严监生是个胆小怕事，一钱如命的土财主，临死前，"喉咙里痰响得一进一出，一声不倒一声的，总不得断气，还把手从被单里拿出来，伸着两个指头"。

> 大侄子走上前来问道："二叔，你莫不是还有两个亲人不曾见面？"他就把头摇了两三摇。二侄子走上前来问道："二叔，你莫不是还有两笔银子在那里，不曾吩咐明白？"他把两眼睁的溜圆，把头又狠狠摇了几摇，越发指的紧了。……赵氏分开众人，走上前道："爷，只有我能知道你的心事。你是为那盏灯里的两茎灯草，不放心，恐费了油。我如今挑掉一茎就是了。"说罢，忙走去挑掉一茎。众人看严监生时，点一点头，把头垂下，登时就没了气。

（三）掌握分寸，针对不同人物作不同程度、不同方式的讽刺。作者秉持公正，爱憎分明，对王惠、张静斋、严贡生、潘三这批贪官污吏、土豪劣绅，是无情地揭露和严厉地鞭打；对周进、范进、马二先生，则是既同情，又讽刺；即使对书里的正面人物王冕、虞育德、庄绍光等在肯定的同时也有所幽默、诙谐。例如周进，他哭贡院满地打滚，哭出血来，及至众人说拿出银子给他捐监，他就立即爬下磕头，再不哭了，并且同众人说说笑笑。这一瞬间转悲为喜的变化，有点近于滑稽表演，使读者在同情周进屈辱辛酸的同时，又感到这个举业迷执迷不悟的卑微可笑。

作者的讽刺有时还随着人物的社会地位和思想品质的变化而分别采取不同的态度。例如，范进一家在凄凉的境遇里煎熬，作者对他们的态度是怜悯和同情；范进中举后，随着地位的变化，男女老少表现出了一种发迹新贵的模样，作者对他们则采取了幽默讽刺的态度。《儒林外史》讽刺十分讲究分寸，矛头对准了病态社会的丑恶现象和科举制度，而不是人身攻击。

（四）善于从悲喜交集中显露出讽刺的锋芒。作者善于从悲剧中发现喜剧，从喜剧中发现悲剧，特别能够从悲剧和喜剧的糅合中，表现出他的幽默和讽刺。范进中举原是件喜事，他高兴得发了疯则是可悲的，作者对科举制度的讽刺，正寄寓在这喜悲的交递之中。范进阔气起来后，一切都沉浸在喜庆之中，老太太都突然喜欢死了。原来的欢天喜地，顿时变作了悲悲戚戚。就在这悲喜交集之中，作者又一次深刻讽刺了科举制度的毒害，举子十年寒窗坑累了全家，而一朝得中也会坑害全家。

（五）语言幽默诙谐增强了作品的讽刺意味。《儒林外史》的语言除了具有叙述描写形象化、人物语言个性化、口语化的特点外，更为突出的一点就是语言幽默诙谐，从而增强了作品的讽刺意味。在叙述描写方面，作者擅长于白描，能寥寥数语勾画出一幅场景，一个人物；又由于作者的语言幽默诙谐，所以在白描的图画中往往闪射出冷峻的讽刺的锋芒。书中对鲍廷玺所娶的填房王太太的叙述描写更是幽默诙谐，充满了文笔情趣。王太太是官吏的遗孀，颇有家私，嫁到唱戏领班鲍家来，"丫头一会出来要雨水煨茶①与太太嗑②，一会出来拿炭烧着了进去与太太添着烧速香，一会出来到厨下叫厨子蒸点心，做汤，拿进房来与太太吃，两个丫头，川流不息在家前屋后的走，叫的太太一片声响"。等到王太太了解到丈夫原来只是个带戏班子的，一气得了病，"一连害了两年，把些衣服、首饰都花费完了，两个丫头也卖了"。接着鲍家又把他们小俩口赶了出来，坐吃山空，"太太的人参、琥珀药③也没得吃了，病也不大发了，只在家里哭泣咒骂，非止一日。谁知否极泰来，喜从天降，做了官的哥哥找到了鲍廷玺，一次就给七十两银子，要他买房子过日子。于是鲍廷玺又阔了起来："请了两日酒，又替太太赎了些头面，衣服。太太身子里又有些啾啾唧唧④的起来，隔几日要请医生，要吃八分银子的药"。这些生动的描写，形象地表现了王太太的兴衰变化，其中的一些活泼风趣的话，如"叫的太太一片声响"，"太太身子里又有些啾啾唧唧的起来"等，表现了作者的幽默，使人忍俊不禁。

《儒林外史》的格调和审美情趣是高尚的，从中我们可以看出作者对丑恶的憎恨、对虚伪的厌恶、对世情的鞭挞。惺园退士序说："慎勿读《儒林外史》，读竟乃觉身世酬应之间，无往而非《儒林外史》。"这就可见作者讽刺现实的巨大批判力量。

九、"行列而来"的体制

明末清初的小说盛行体制有两种，一种是长篇演义体，一种是白话短篇体，《儒林外史》不同于这两种体制，创造了一种"连环的短篇"体，正如鲁迅所说：

> 惟全书无主干，仅驱使各种人物行列而来，事与其来俱起，亦与其去俱讫，虽云

①煨 wēi 茶：用文火炖茶。 ②嗑：这里同"呷"，呷 xiā，小口喝茶。 ③琥珀药：琥珀制的药，可以通淋化痰、宁心安神。琥珀 hǔ pò 古代松柏树脂所生的化石。 ④啾啾唧唧的：谓身体小有不适。啾 jiū、唧 jī，象声词。

长篇,颇同短制;但集诸杂锦,合为帖子①,非虽巨幅,而时见珍异,因亦娱心,使人刮目矣。(《中国小说史略》)

《儒林外史》虽没有一个贯串首尾的中心人物,却都围绕着一个统一的中心思想,围绕着反对科举制度和浇薄世俗来安排情节的。全书无主干,每个人物和段落可以独立成章,这样既可以从各个侧面、各种角度、各种人物来表现广阔的社会生活画面,又头尾遥相呼应地点明主题。这种结构有助于中心思想的表达。

过渡自然,人物交错穿插是这种结构的另一特点。书中的行列而来的人物和故事,往往通过一些人物进行过渡从而连接起来。书中的一些主要人物往往交错穿插,前后呼应。这样,全书的一些故事就没有"杂凑的短篇",而有"连环的短篇"的感觉,它们过渡自然,交相呼应,形成了一个有机的整体。

十、《儒林外史》的影响

《儒林外史》的问世,在中国小说发展史上起了很大的影响。它奠定了我国古典讽刺小说的基础,为以后的讽刺小说的发展开辟了广阔的道路。晚清的谴责小说、社会小说就是受了《儒林外史》的影响而出现的。可以说,以《儒林外史》为发端的一大批谴责小说、社会小说的出现,形成了一股批判封建社会的潮流。这股潮流一直影响到五四以后的新文学。鲁迅非常推崇《儒林外史》,并从中吸取营养。他34岁时曾向友人表示要写一本《儒林外史》式的小说:"我总想把绍兴社会黑暗的一角写出来,可惜不能象吴氏那样写五河县风俗一般的深刻。"(张宗祥《我所知道的鲁迅》,见《鲁迅回忆录》二集)

这部杰作在国外也产生了广泛的影响。它已有英、俄、法、德、越、日等文字的译本。关于这部书在世界文学发展史上的地位,亨利·韦尔斯在所写《论〈儒林外史〉》一文中指出:"足堪跻身②世界文学史杰作之林,它可与意大利薄伽丘③、西班牙塞万提斯④、法国巴尔扎克⑤或英国狄更斯⑥等人作品相抗衡。"

第三节　《红楼梦》

《红楼梦》是我国最伟大的一部古典小说,是古代小说发展史上空前的高峰,也是现实主义创作的巍峨的丰碑。它诞生在清朝的乾隆年间,全面而深刻地反映了这个时代和贵族家

---

①帖子:原指书画册页,这里代指短篇小说。　②跻身:踏入、跨入。跻 jī,升、登。　③薄伽丘:意大利作家,1713—1775,代表作有《十日谈》。　④塞万提斯:西班牙作家,1547—1616,代表作有《唐·吉诃德》。　⑤巴尔扎克:法国作家,1799—1850,代表作有《高利贷者》、《高老头》等。　⑥狄更斯:英国作家,1812—1870,代表作有《艰难时世》、《大卫·科波菲尔》等。

庭的特征。

一、作者、版本、续书和红学

曹雪芹（1715？—1764？）名沾，字梦阮，号雪芹、芹圃、芹溪。祖上原为汉人，很早就入了满洲旗籍，属正白旗。曾祖曹玺是皇帝的亲信，其妻孙氏是康熙的奶母。康熙二年，他被任命为江宁织造郎中。祖父曹寅是康熙的奶兄弟、伴读，康熙三十一年被任命为江宁织造，一直做到康熙五十一年病故。曹寅文化水平很高，诗词歌赋、琴棋书画件件精通，著有《楝亭集》、《续琵琶记》。他在江南广交文士朋友，并为朱彝尊、施闰章等名家梓刻文集，还曾奉康熙之命，主持刊刻《全唐诗》和《佩文韵府》。康熙六次南巡有四次是以织造府为行宫，由曹家来接驾。此时曹家正处于"烈火烹油、鲜花着锦"的鼎盛时期。曹寅死后，康熙命其子曹颙继任江宁织造。可仅两年曹颙便病死了。康熙就在曹寅的侄儿中选曹頫过继，袭了职。康熙死后，雍正就一改对曹家信任和回护的态度，雍正五年以"行为不端，织造款项亏空甚多"的罪名，对曹頫革职查办。曹家旋即被抄，人丁疏散，只有少数男丁和女眷迁

曹雪芹像（刘继卣绘）

移北京。曹家扶持遮饰、荣损与共的姻戚也先后获罪。如同《红楼梦》所描写的那样，盘根错节的几大家族，一时间都忽喇喇大厦倾地败落下来。曹雪芹就生活在这样一个曾经无比显赫、诗礼传家的大家庭里，又亲身经历了极盛而衰的剧烈变化。

曹雪芹是曹寅之孙，但他是曹颙的遗腹子，还是曹頫之子尚无定论，抄家时大约十二三岁。曹家北迁以后，上司曾酌量拨给北京崇文门外蒜市口的一部分房子予以安顿，但生活相当清苦。他曾在石虎胡同的右翼宗学里做过文书、杂差之类的工作，在这里结识了破落飘零子弟敦诚、敦敏。他和敦氏兄弟感情相投，经常诗酒往还。现存的敦氏兄弟的诗中反映了曹雪芹生活拮据，傲岸不屈、艰难挣扎的情况。他的最后10年是在北京香山正白旗村度过的。在这里，他结识了村塾先生张宜泉。

关于曹的家庭，从友人的诗文中可推知，他有过一个儿子，后来夫人病逝，娶了续弦。由于缺乏经济来源，有时靠卖画，有时靠敦氏兄弟接济，生活很苦，后因爱子夭亡，他感伤成疾而死。死时只48岁。

他是一个豪放狷傲、愤世嫉俗的人。张宜泉《伤芹溪居士》小序说："其人素性放达，好饮，又善诗画。"后人裕瑞在《枣窗闲笔》中记载："闻前辈姻戚有与之交好者。其人身胖头广而色黑，善谈吐，风雅游戏，触境生春。闻其奇谈娓娓然，令人终日不倦，是以其书绝妙

尽致。"

　　关于《红楼梦》一书的创作起于何时,今日也不得而知。只从小说原文中知道小说初稿叫《风月宝鉴》,以后"披阅十载,增删五次"才完成 80 回。

　　《红楼梦》的版本很多,乾隆时期的抄本就有 12 种:甲戌本、己卯本、庚辰本、戚蓼生序本、列宁格勒藏本、蒙古王府藏本、梦觉主人序本、舒元炜序本、郑振铎藏本、杨继振藏本、靖应鹍藏本、梦稿本。

这是胡适珍藏的清乾隆甲戌抄本《红楼梦》的第一页

刻本系统主要有：程甲本、程乙本、王希廉评本、藤花谢本、中华索隐本、王姚合评本、红楼梦研究所本等。

据考曹雪芹所著《红楼梦》只80回，程甲本、程乙本是120回，这后40回是汉军镶黄旗人高鹗在曹雪芹死后20年续作的。

高鹗（1737—1815）字兰墅、兰史，别号红楼外史、兰史，原籍奉天府铁岭（今辽宁铁岭县），乾隆顺天乡试举人，乾隆六十年（1795）进士，历官内阁中书、顺天乡试同考官、江南道御史、刑科给事中等。现有辑本《高鹗诗文集》。他家贫官冷，淹滞仕途，受苏州人程伟元之托请修补后40回以付梓，于是1791年有程甲本，1792年再度增删有程乙本。

高鹗所续后40回应该基本肯定，它使《红楼梦》成为大体和谐统一的整体，200年盛传不衰，这本身就是很大功劳，何况它还有好些地方是颇为动人的：其一，它完成了《红楼梦》的大悲剧，成功地写出了全书的高潮和结局。其二，后40回主要人物的性格与前80回基本相衔接。其三，后40回成功地描绘出了和前80回和谐一致的事件和场景，真实具体，读者乐于接受。后40回也有不少缺点，主要的一点就是，思想境界比前80回低，"兰桂齐芳"、"家道复初"，大大削弱了红楼故事反封建的社会意义。另外，在艺术描写方面比前80回略逊一筹。

《红楼梦》一出世，就引起了人们对它评论和研究的兴趣。"红学"一词起先还是戏称，以后则堂而皇之地把它与经学相提并论了。历时200年，掀起几次高潮，出现几种学派，发表文章成千累万，这在文学史、小说史，乃至于文化史上实属罕见。200年来的红学大致可分为五个阶段：（一）评点派时期，（二）索隐派时期，（三）新红学时期，（四）"评红"时期，（五）"文化大革命"以后的实事求是地评论时期。

《红楼梦》写的是一个悲剧的爱情故事，它以贾宝玉和林黛玉的爱情悲剧为主要线索，通过以贾家为主的四大家族的极盛而衰的发展历史，深刻地反映了我国封建社会末期广阔的社会现实，集中表现了贵族家庭内种种尖锐复杂的斗争，揭露了封建贵族的奢靡丑恶，从而展示封建社会必然走向崩溃的历史命运。

关于《红楼梦》的思想内容历来存在种种说法，五四以前旧红学阶段有：纳兰性德家事说、清世祖与董小宛秘事说、排满说、宫闱秘事说、经书说、情书说、淫书说、刺和坤说、藏谶纬说、明易象说、欲念解脱说、家庭感化说，等等。五四以后的新红学阶段有：自传说、色空说、钗黛合一说，等等。目前则有下列几种说法：封建社会百科全书说、市民思想说、四大家族衰亡过程说、房族矛盾嫡庶之争说、封建阶级子孙后继无人说、封建社会普遍的女子悲剧说、主题取消说，等等。

那么，《红楼梦》究竟反映了哪些社会矛盾、宣扬了哪些具有积极意义的思想？大致如下。

二、反映青年男女自主婚姻的要求,揭露封建婚姻制度的罪恶

曹雪芹写了贾宝玉和林黛玉婚姻恋爱的悲剧,因为封建家长反对,他们真心相爱,也得不到结合。第五回[枉凝眉]的曲子就具体反映了他们活活被拆散的痛苦:

　　　　一个是阆苑仙葩①,一个是美玉无瑕②。若说没奇缘,今生偏又遇着他;若说有奇缘、如何心事终虚化? 一个枉自嗟呀,一个空劳牵挂。一个是水中月,一个是镜中花。想眼中能有多少泪珠儿,怎经得秋流到冬尽,春流到夏。

贾和林到头来成了封建婚姻制度的牺牲品。司棋和潘又安是由青梅竹马而生死相恋的一对,但被看做是盗贼一般的人物,始而被拆散,终而以殉情了结。曹雪芹以这些婚姻恋爱的悲剧,表现了青年男女的抗争,控诉了封建婚姻制度戕害青年的罪恶。

三、反映了以贾宝玉为代表的叛逆思想和封建正统思想的矛盾和斗争

贾宝玉是贾府的传人,又深受贾母的溺爱,本来在他身上寄托着家族中兴的厚望,可他却走上了一条与封建主义要求截然相反的道路。首先,他蔑视功名富贵,揭露封建教育制度的腐败。他把那些热衷于功名富贵的读书人骂作"禄蠹",说时文八股是最可笑的,人们不过拿它"诓功名混饭吃罢了",要求摆脱功名利禄的束缚。其次,他要求男女平等,反对男尊女卑的封建道德。他说:"天地灵淑之物③,只钟于女子","女儿是水做的骨肉,男人是泥做的骨肉,我见了女儿便清爽,见了男人便觉浊臭逼人。"这是对传统的男尊女卑思想的反驳、反抗。再次,他追求恋爱自由,违抗家庭的安排。第四,他蔑视封建主义的秩序,主张按个人的性情去做。在兄弟、主仆关系上,主张听任自然,"喜欢时没上没下,大家乱顽一阵;不喜欢各自走了,他也不理人"。他不以主子自居,不大用封建礼法责人。显然,贾宝玉的这些思想是对于封建正统思想的严重叛逆,带有民主主义思想的性质。贾政、王夫人、贾母等都意识到这些思想的危险性,他们采取种种方法加以扼制,但贾宝玉却不为所屈,相反却更为坚定。

四、揭露了封建贵族家庭的恶德败行和封建伦理道德的腐朽、虚伪

荣、宁二府,"诗礼簪缨之族④",表面极其文明而煊赫,骨子里却极其腐朽、糜烂。贾琏、贾珍父子整日会酒观花、嫖娼聚赌。贾珍与媳妇苟且,贾琏一边办丧事一边去调情。贾蓉为父亲、叔父拉皮条,从中抽头、鬼混。贾赦一把年纪的人,厚着脸皮向贾母讨鸳鸯去作小老婆。贾瑞、贾环等也偷摸着去搞不正当的关系。这些主子已经达到了道德败坏、不顾廉耻的

①阆苑仙葩:传说中神仙宫殿里的奇花。阆 làng 苑,神仙宫殿;葩 pā,花。 ②瑕 xiá:玉面上的斑痕,比喻有缺点。 ③灵淑之物:聪明秀美的人物。 ④诗礼簪缨之族:诗礼传家的显贵家族。簪缨,古代官吏的冠饰。

地步。正像老仆人焦大所醉骂的："我要往祠堂里哭太爷去。那里承望到如今生下这些畜牲来！每日价偷狗戏鸡，爬灰的爬灰，养小叔子的养小叔子，我什么不知道？咱们'胳膊折了往袖子里藏'！"曹雪芹还以深刻的笔触揭露这个家族脉脉温情面纱后面的勾心斗角。财产和权势使人与人之间所造成的相互仇恨、猜忌、欺诈、倾轧、争夺等现象，在这里每天每日地发生着。赵姨娘、贾环暗地里谋害宝玉和凤姐；凤姐则处处勒掯他们母子。贾赦、邢夫人对二房掌权深为不满，抓住机会就要寻衅斗气。所以，探春沉痛地说："咱们倒是一家子亲骨肉呢，一个个象乌眼鸡，恨不得你吃了我，我吃了你。"尤氏也说："咱们家下大小的人，只会讲外面假礼假体面，究竟作出来的事都够使的了。"

五、广阔地揭露了封建官僚政治的黑暗

全书以贾家为主，连带写了史、王、薛三大家族。这四大家族"连络有亲，一损皆损，一荣皆荣，扶持遮饰，俱有照应"。他们的气焰和财势，正如贾雨村从门子手中接过来的"护官符"上所言："贾不假，白玉为堂金作马。阿房宫，三百里，住不下金陵一个史。东海缺少白玉床，龙王来请金陵王。丰年好大雪，珍珠如土金如铁。"他们相互勾结，为非作歹，坑害百姓。凤姐拿月钱放高利贷；她接受了 3 000 两银子的贿赂，拆散张金哥的婚姻，害死两条人命。身为皇商的薛蟠，抢劫民女，打死人"便如没事人一般"地走了，自谓"花上几个臭钱没有不了的"。果然，贾雨村为了巴结贾府，就草菅人命，不了了之。贾雨村还以拖欠官债的名义，平白无故地抢来石呆子手中的 12 把名贵扇子，使石呆子家破人亡。它们是封建国家机器和官僚制度的缩影，是封建国家残暴政治的真实反映。

六、《红楼梦》还曲折巧妙地触及了封建社会的主要矛盾——农民和地主的矛盾

全书大肆铺排地描写贾府的豪华奢侈：重孙媳妇秦可卿的丧事办得何等奢靡，棺材用的是 1 000 两银子也没处买的樯木①，大殡的队伍"浩浩荡荡，压地银山一般"。为了迎接贾妃元春省亲，盖大观园别墅，连元春本人也觉得太奢华糜费了。贾珍、贾蓉等在居丧期间，以习射为由，约朋聚友，"天天宰猪割羊，屠鸡戮鸭，好似'临潼斗宝'一般"。贾母两宴大观园，一顿螃蟹宴，就使刘姥姥惊叹："阿弥陀佛！这一顿的银子，够我们庄稼人过一年了！"然而，维持这个贵族家庭豪奢排场的正是穷得像刘姥姥一样庄稼人的血汗——贾府每年要从庄地的农民身上剥削很多实物和钱财，否则就维持不下去，庄地的收入是他们生活的经济基础。第五十三回，黑山村庄头乌进孝向宁国府缴租一节，就是作者的点睛之笔。一个"从三月下雨，接连到八月"，九月又遭了碗大雹子的灾荒年成，缴纳的地租中不仅有鹿、獐、熊掌等名贵的山珍海味，还有折银 2 500 百两的粱谷实物。他们对农民的

---

① 樯木：樯 qiáng，船上桅杆。樯木，各注解本，都未加注，依原书"纹若槟榔，味若檀麝，以手扣之，玎珰如金玉"的介绍，还是无法猜出。

剥削何等惨重！这还只是宁国府的一个庄子，荣国府有 8 处庄地，其地租之多，可以想见。但是，地主阶级贪欲的掠夺是无止境的，倒背着双手从贾蓉手里看禀帖的贾珍，看了以后大为不满，皱眉道："我算定你至少也有五千两银子来，这够作什么的！""这一两年倒赔了许多，不和你们要，找谁去！"他们的挥霍享乐正是以残酷剥削农民为基础的。从根本上说，贾府产生入不敷出而衰败的危机，重要的原因之一，就是农民已经被逼到破产的境地，无法供应着这些"人肉筵席"了。小说在描写贾府的"膏粱锦绣"生活的外面，正是"水旱不收，鼠盗蜂起"的岁月。

七、描写了贾府主子和奴隶们的矛盾，歌颂了那些被压迫在底层的奴隶心灵的美好和可贵的反抗精神

宁、荣二府是由少数主子和数百名奴仆所组成的贵族大家庭。少数主子是封建势力的代表，他们对奴隶们拥有变卖、打骂、任意凌辱的权利。书中描写了许许多多失去人身自由的奴婢所受到的多方面的迫害和她们英勇的抗争。晴雯是一个连父母姓氏都不知道的丫鬟，最初是管家赖大买来供自己使唤的，后来因为贾母看了喜欢，被赖大送给了贾母，贾母又给了宝玉。按凤姐的说法她是大观园中最美丽的丫头；从病补孔雀裘事件中，可以知道她是很有才能的丫头，从撕扇子的情节中可以知道她是热情爽利、敢说敢为的丫头；从夭折时与宝玉的谈话中，可以知道她与宝玉并未有过私情，更谈不上勾引宝玉。这样一个心地明净、保留着劳动人民粗犷气息的女孩子，却成了大观园中最悲惨的牺牲者。这个铁骨铮铮的女奴的反抗也是十分强烈的，在抄检大观园中，我们看到了她嫉恶如仇、宁折不弯的形象。其他如鸳鸯、司棋、平儿、袭人、香菱等，几乎每个人都有一本血泪账。她们被豢养得离不开大观园，同时又在大观园里受着无穷无尽的精神和肉体的折磨。就说袭人，连这样一个攀上高枝的奴婢也对自己的"奴才命"发出了怨言："我一个人是奴才命罢了，难道连我的亲戚都是奴才命不成！定还要拣实在好的丫头才往你家来。"

作者同情奴婢的遭遇，表现奴婢心灵的美好，谴责封建主子的凶残，歌颂奴婢的反抗，这在当时是难能而可贵的。

从上面的分析中，可以看出，《红楼梦》对封建主义，特别是对封建贵族所作的批判是多方面的、极其深刻的。就其揭露的广泛性和批判的深刻性来说，还没有一部同类的文学作品能与之相媲美。

但是，曹雪芹毕竟是贵族家庭中生活过来的人，他在揭露封建阶级必然灭亡的历史命运的时候，又流露出了对本阶级衰亡的惋惜和伤感。他笔下的主人公贾宝玉、林黛玉等反对封建主义只是一定程度上的，他们身上还有着较多的贵族的烙印。作者不能从社会本质矛盾上去看待问题，对人物的命运安排，往往带有宿命论的色彩。另外，他显然是受了佛教唯心论的影响，书中常常宣扬色空观念和虚无主义情绪。

局限

八、《红楼梦》的主要人物形象

父、祖辈	子辈	孙辈	重孙辈
宁国公 贾演　——贾代化	贾敷		
	贾敬	贾珍×尤氏	贾蓉×秦可卿
		惜春	
荣国公 贾源　贾代善 　　　×史太君	贾赦×邢夫人	贾琏×王熙凤	巧姐
		迎春（姨娘所生）	
	贾政×王夫人	贾珠×李纨	贾兰
		元春 宝玉 探春（赵姨娘所生） 贾环（赵姨娘所生）	
	贾敏×林如海	林黛玉	
史——？ 　　史太君	史鼎	史湘云	
王——？	？	王仁、王熙凤	
	王夫人 王子腾 王子胜 薛姨妈		
薛——？	？×薛姨妈	薛蟠、薛宝钗	

注：表中标"×"号者为配偶关系。所谓"金陵十二钗"即林黛玉、薛宝钗、贾元春、贾迎春、贾探春、贾惜春、史湘云、妙玉、王熙凤、李纨、秦可卿、巧姐十二人。

《红楼梦》描写的人物众多，其着力刻画的主要人物起码有三四十个。主要人物的辈份和关系，可以从上列图表中了解。

在错综复杂的矛盾、林林总总的人物中，作者着力表现的是以贾宝玉、林黛玉为代表的封建阶级的叛逆者反封建的斗争，热情地赞扬了他们对传统封建阶级人生道路的背叛和他们的反封建礼教的忠贞爱情。另外，作者还塑造了薛宝钗、王熙凤、贾母、贾政、探春、贾琏、王夫人等各色人物，具体而又典型地反映出了封建贵族家庭的斗争和全貌。

　　贾宝玉：他是书中进步力量的代表，是封建贵族家庭的叛逆者。在他身上，作者着力最多，寄托也最深，看来，这一形象中，有着作者亲身的体验。这一人物身上最突出、最感人的东西，就是反封建主义的叛逆精神：他对科举八股、仕途、礼教等一系列封建制度的不满和反对，对于尚未受封建思想毒害的少女的爱悦、同情、尊重，以及违抗家长意愿的爱情。

　　林黛玉：她是封建时代贵族妇女悲剧的典型。悲凉的身世使她多愁善感、动辄流泪；她生性聪颖灵慧，遇事情看得明白透彻，并且常常以"比刀子还厉害"的语言揭露出事情的真相，因此被人说作是"刻薄"、"小心眼"。最根本的一点就是她和宝玉一样具有反封建的叛逆性。

　　薛宝钗：她是一个封建的奉守者，又是一个封建礼教的牺牲品。在她身上有很多优点，也有着明显受封建思想熏陶而形成的缺点。

　　王熙凤：这是一个具有美学价值的人物典型，漂亮能干、聪明伶俐、善于逢迎、阴险狠毒是这个人物的特征。女性的貌美和灵巧、口角的波俏和锋利、办事的决断和麻利把这个凶似虎狼、毒如蛇蝎的人物更加复杂化，隐藏得更巧妙了。

黛玉幽情图（清改琦绘）

史湘云醉卧（选自清代光绪五年刻本《红楼梦图咏》）

《红楼梦》的巨大成就,不仅表现在它的深刻的思想内容方面,还表现在完美的艺术形式和丰富生动的艺术表现方法方面。曹雪芹继承了前代作家的创作经验,加以开辟和创造,把古典小说创造艺术推向了高峰。鲁迅说:"自有《红楼梦》出来以后,传统的思想和写法都打破了。"(《中国小说的历史的变迁》)那么,《红楼梦》究竟打破了哪些传统的思想和写法:其一是它打破了历来才子佳人小说大团圆的俗套,描写出了贾、林叛逆爱情的悲剧;其二是它打破了从前代作品中寻找人物原型的方法,完全从现实生活中提取人物和故事情节,"敢于如实描写,并无讳饰,和从前的小说叙好人完全是好、坏人完全是坏的大不相同",做到历史真实和艺术真实的高度统一;其三是它所描写的人物的丰富性、复杂性、艺术结构的严密性、艺术表现的逼真性都达到了前所未有的高度,真正做到"巨大的思想深度和意识到的历史内容,同莎士比亚式的情节的生动性、丰富性,这三者之完美的融和"(恩格斯《给拉萨尔的信》)。

《红楼梦》的艺术成就反映在下列方面。

九、写出了与现实生活一样丰富、复杂的人物性格

《红楼梦》塑造了众多的人物形象,他们各自具有鲜明、独特的个性特征,成为不朽的艺术典型。他们不是前代作家笔下的复制品,而是直接按照现实生活创造出来的有血有肉的形象。

《红楼梦》塑造人物的显著特点就是,它改变了以前一些作品人物性格单向的弱点,真正写出了人物性格的丰富性和复杂性,它的人物富有立体感,是一个多侧面、多棱角的"球形人物"。但这种丰富、复杂性,又不是杂乱无章、带有随意性的,而是明显地暗示出它受着一些基本因素的制约,有着规律性、可知性。它的人物不是时代精神的单纯的号筒,却打着鲜明的时代、阶级烙印;它的人物性格与人物的教养、年龄、身份密切相关,做到了每个人物都有一个特定的现实世界。

《红楼梦》描写人物的方法多种多样:

(一)它能调动一切因素,抓住各种时机,多侧面地描写人物。

它通过环境写人。

它通过诗、词、灯谜、酒令写人。

它通过各种姿态写人。

它通过神话、梦境、物品写人。

(二)《红楼梦》常常运用虚实交替的方法来描绘人物。有的明写,有的暗写,明暗交织,收到了桴鼓相应、相得益彰的艺术效果。

有时,作者一面作为虚写反映局外人的情况,一面又作为实写描绘说话者,从而收到一举两得、绰约多姿的艺术效果。

有时,作者交替使用虚写和实写,起到相互补充、相互映衬的作用。

（三）《红楼梦》常常运用正话、反话并用的方法来描绘人物。正和书中的"风月宝鉴"一样,正照与反照景象各不相同,效果也截然相反。书中多用褒中有贬、贬中有褒的文字,有的表面是褒,实质是贬,有的表面是贬实质是褒,这种写法就是我们通常的所谓逆笔和曲笔。

（四）《红楼梦》善于运用对比和衬托的方法来描绘人物。就主要人物而言,黛玉和宝钗是一对比、李纨和凤姐是一对比。为了使人物个性更加鲜明,《红楼梦》还常常采用这样的方法,就是关系密切的人写得个性差异很大,从而形成对比。

《红楼梦》除了运用次要人物来衬托主要人物以外,也还运用环境和气氛来烘托人物和事件。

（五）心理描写细腻、多样。它描写人物心理的方法大致有:作者客观地描述、人物内心的独白、人物内心的对白、心理的诗化（即写诗词发抒内心的活动）、心理的幻化（即借梦境表白人物心理）等等。《红楼梦》的这些心理描写发展了我国古代小说艺术,也是具有世界意义的艺术创造。

《红楼梦》人物描写的成就是多方面的,其他如伏笔和铺垫的艺术、粗线条勾勒和工笔细描并用的方法、肖像描写的艺术,等等,都为后世提供了成功的范例。

十、叙述了精彩传神、具有典型意义的情节

《红楼梦》的作者不去追求惊险离奇的情节,而是从贵族之家的日常琐细生活中挖掘、提炼具典型意义的情节。从史太君两宴大观园、宝玉挨打、秦可卿出丧等情节的叙述中,读者往往可以获得超出于故事本身的认识。作者不是一个目光如豆,只注意卿卿我我恋情和琐细生活现象的作家,而是一个有着敏锐的眼光和时代思考的作家。

《红楼梦》的情节叙述做到了生动活泼、曲折传神。

《红楼梦》的情节叙述做到了张弛结合、动静结合。

《红楼梦》的情节叙述还做到了质实与疏空的结合,有的叙述详到、酣畅淋漓,有的则含而不露、引而不发。

十一、安排了有纲有目、百面贯通宏大的艺术结构

《红楼梦》的艺术结构是作者现实主义创作原则的高度体现,全书以宝、黛爱情为主线,以贾府极盛而衰的过程为副线,将众多的人物、纷繁的事件,有机地组织在主、副线纵横交织的纲目里,从而形成一个巨大的网状结构。

在具体的内容安排上,全书明显地看出有下列几个阶段:

（一）一到五回是纲领、引子。它通过神话、甄士隐、贾雨村的故事以及冷子兴演说荣国府、黛玉投亲、宝玉梦游太虚幻境,为全书勾画了总的布局。

（二）六到十八回为第一部分。这一部分重点介绍贾府的生活环境和主要人物,掀开宝、黛恋情的序幕。

（三）十九到五十五回是第二部分。这一部分是宝、黛爱情的成熟时期,也是贾府内部矛盾发展的时期。

（四）五十六回到八十回是第三部分。这一部分贾府开始走下坡路,各种矛盾都在爆发,宝、黛爱情受到压抑而处于夭折的边缘。

（五）高潮、结尾部分。这一部分曹雪芹未写出,他的构想在前面和脂批中都已透露。

在诸多情节中,作者的描写是有所侧重的,前80回有三个重大情节或者叫做情节的三大波澜:"秦可卿死封龙禁尉,王熙凤协理宁国府"、"手足耽耽小动唇舌,不肖种种大承笞挞"、"惑奸谗抄检大观园,矢孤介杜绝宁国府"。这些波澜是日常生活各种矛盾发展的必然结果,又是故事发展的关键和转折点。大波澜兴起之前,矛盾冲突呈现为孕育发生、不断汇聚的态势;大波澜发生以后,又表现出引发新的矛盾、余波荡漾的景象。大波澜之外,还有若干小波澜,它们既与总的矛盾相一致,又千姿百态地反映着生活巨流的方方面面。

在结构方面,作者还有意识地安排一些次要人物,如刘姥姥、贾雨村、冷子兴、倪二、胡君荣等,让他们除起展开情节的作用外,还起穿针引线、伏笔照应的作用,有意无意地成了结构上的标志。

十二、运用了洗练、流畅、表现力极强的文学语言

曹雪芹以北京方言为基础,融会了古典书面语言的精华,再加上自己的创造,形成了一种准确精练、生动活泼、具有浓厚生活气息和强烈感染力的文学语言。这种语言既有古典文学语言的隽美,又有群众口语的鲜活明快。可以说,它记录并提炼了中国古代的语言,是一部辉煌的语言辞典。

就描写语言来说,其丰富多样、无与伦比。它继承了《水浒》点染景色的方法,借景传情,寓情于景。第四十一回、七十八回,同是描写笛声,主人公情绪不同,景色也就迥然不同。

关于人物动作的叙描,它做到了维妙维肖、精彩传神。

《红楼梦》的人物的语言也呈现出多样性和丰富性,它们或文或野,或简捷或絮叨,无不切合特定人物的个性、故事情境和人物说话时的情态。曹雪芹是一个全能的语言大师,他为人物设计语言,要粗就粗,要细就细,其他如睿智、幽默、野蛮、直率、搅缠,乃至于结巴、绕口令,样样来得。他笔下人物语言的千姿百态正反映着人物的千姿百态。言为心声,语言表现了人物的性格特征。王熙凤的语言特点是泼辣、机巧、鄙直、狡黠诸因素的统一,宝玉则是明快、深情、赤诚和喜带哲理意味诸因素的统一,黛玉是尖利、敏慧、坦率、悲怨诸因素的统一,宝钗是博识、端庄、深厚、冷漠诸因素的统一。书中不仅主要人物个性化、口吻酷肖,次要人物乃至于过场人物也达到了口吻逼真的地步。

《红楼梦》的人物语言不仅个性化,而且富有动作性,即有所谓"随声赋形①"的特点。

《红楼梦》语汇丰富,修辞手段多姿多彩。

《红楼梦》方言、俗语、谚语、生活用语都运用得十分美妙自如。

十三、《红楼梦》的影响

"红学"的产生十足说明这书的影响之大。

《红楼梦》是影响中国历史和社会生活的一部小说,它一出世,人们就"爱玩鼓掌"、"读而艳之",有的青年男女被感动得"呜咽失声,中夜常为隐泣"。有的为评论黛玉和宝钗的优劣,甚至"遂相龃龉②,几挥老拳"。

清光绪年间曾被统治者列为禁书,明文见丁日昌任江苏巡抚期间的两次奏请中,丁将它列为"淫词小说"中,主张应"一体查禁"。

《红楼梦》续书之多,达 30 余种,创长篇小说续书的记录,有《后红楼梦》、《补红楼梦》、《红楼重梦》、《红楼圆梦》、《红楼梦补》、《红楼复梦》、《绮楼重梦》、《增补红楼梦》、《红楼幻梦》、《红楼后梦》、《红楼再梦》、《红楼梦影》等。

《红楼梦》也早走向世界,抄本就有流传到俄国、日本的,它被翻译成了英、俄、日、法、德、意等 14 种文字。我国自己也出了英文译本。1981 年法国出了全译本,有评论云,法国文学界就"好像突然发现了塞万提斯和莎士比亚"。

宝玉游太虚幻境
(选自清代乾隆五十六年"程甲本"《红楼梦》插图)

第四节　清代戏剧

清代是戏剧的大转变时代,旧的——传奇持续着明代的余响在顶峰上发展,新的——花部戏紧接着又雨后春笋般地萌发,花部的兴起和京剧的独占鳌头标志着我国戏曲史上第三次浪潮的到来。就戏剧的题材内容而言,清代比之于前代要广阔得多,现实性也大大增强。

---

①随声赋形:即在人物的语言里反映着人物的表情和形体动作。　②龃龉 jǔ yǔ:上下牙齿对不齐,比喻意见不合而争执。

就表现手法而言,中国戏曲写意化、程式化的特色,戏曲演员的歌唱类型化、念白音乐化、动作舞蹈化的表演方法都得到充分的发展并逐渐固定下来。

一、李玉和苏州剧派

清初顺、康时期,苏州地区传奇兴盛,著名的作家有李玉、朱㿞、朱素臣、朱佐朝、毕万后等,他们的作品具有鲜明的时代特色,注重反映现实斗争、紧密联系舞台实践,还经常进行集体创作,这一剧派被称之为苏州剧派。

李玉(1605—1680)字玄玉,别号苏门啸侣,苏州吴县人,明亡前他仕途并不得意,崇祯年间才中副榜。清初则绝意仕进,与一些穷困不得志的文人交游往还,专心从事戏剧创作,借他人酒杯,浇自己胸中块垒。李玉剧作各书著录不一,尚存于世的有 19 种,相传的"一笠庵四种曲一、人、永、占"(即《一捧雪》、《人兽关》、《永团圆》、《占花魁》)最为有名。其实,除此以外,《千锺禄》和《清忠谱》也很有名。《千锺禄》写明燕王与建文帝争夺帝位的故事。其中[倾杯玉芙蓉]的曲子广为传唱。俗谚云:"家家'收拾起',户户'不提防'","收拾起"即指[倾杯玉芙蓉]:

> 收拾起大地山河一担装,四大皆空相①。历尽了渺渺程途,漠漠平林②,叠叠
> 高山,滚滚长江。但见那寒云惨雾和愁织③,受不尽苦风凄雨带怨长!雄城壮,看
> 江山无恙④,谁识我一瓢一笠到襄阳⑤。

这是建文帝化装成和尚去国流亡的唱词,凄楚苍凉,缠绵深曲,令人不胜悲怆。至于"不提防"是指《长生殿》中[一枝花]"不提防余年值乱离"曲。

《清忠谱》是李玉、朱素臣、毕万后、叶雉斐等共同创作。剧本描写明末东林党人和苏州市民共同反对阉党魏忠贤黑暗统治的斗争。作品有力地揭露了阉党统治的专横残暴、黑暗腐败,热情地歌颂了周顺昌等东林党人和颜佩韦等市民群众斗争的英勇、品格的高尚,从而表现出对阉党的痛恨和清明政治的渴望。这样表现市民政治斗争的作品,在戏剧史上还是第一次。

主人公东林党人周顺昌是正直士大夫的代表,清廉刚直、嫉恶如仇,是一个具有崇高气节和英勇斗争精神的士大夫。

颜佩韦则是市民代表,他性格豪爽,行侠仗义、胆识过人,是一个敢于斗争、慷慨赴义的下层市民的典型。

《清忠谱》是一出现实主义的悲剧,在艺术表现方面有不少独创之处:首先,它做到了在

《清忠谱》的主题、人物和艺术

---

①四大皆空相:即"四大皆空",佛教称地、水、火、风为四大,所有物质皆由四大构成,而四大又从空而生,因此世间一切事物都是空虚的。旧时以四大皆空表示看破红尘、出家。空相,一切成了皆空的表象。 ②漠漠平林:广阔的平地树林。 ③"但见"句:只见寒云、惨雾混和交织着忧愁。 ④"看江山"句:江山依旧。无恙,无灾无病。 ⑤"谁识"句:谁识我持一瓢、披一斗笠,赶到襄阳。

激烈的悲剧冲突中表现人物的性格。例如,周顺昌这个人物的性格就是从他与魏党的斗争中显现的,《述珰①》、《缔姻》、《骂像》三折从三桩事件中表现了他嫉恶如仇、刚正不阿的性格;《就逮》、《叱勘》、《囊首》三折则把他的英勇顽强、宁死不屈的性格表达得淋漓尽致。其次,它做到了以巧妙的结构艺术反映主题。剧中有两条线索,一条是东林党人周顺昌等与阉党的斗争,一条是市民颜佩韦等五人与阉党的斗争,在双线的交织中表现忠义与奸恶的斗争。场次的安排是匀称的,在层层深入、反复对照中使悲剧冲突激化。场次之间的对比照应,更加强了悲剧气息;特别可贵的是,剧作能够运用演员的上下场,使明场与暗场相结合,表现出群众斗争的声势。再次,它宾白通俗,曲词浅显很有感染力。剧作不同人物的语言符合不同人物的身份,周顺昌在被捕时说道:"闻呼赴君命难违,此身许国应抛弃,我那祖宗嗳,你只顾子孙忠孝,今日此去轰轰烈烈,也不负你的家教了。"这是文雅的士大夫的话。颜佩韦在被捕时则说:"这桩事,是我做的,何消拿得别人。"这是鲁直的平民的口吻。

二、李渔和《闲情偶记》

清代戏剧的发达,还表现在戏曲理论方面,著名的有李渔的《闲情偶记》和焦循的《花部农谭》。

李渔(1611—1680)字笠鸿,号笠翁、随庵主人、新亭樵客,浙江兰溪人。27 岁考中秀才,以后多次应乡试,都未能中。顺治八年移家杭州,开始小说、戏曲创作。约在顺治十五年移家南京,开书肆叫"芥子园",并自蓄家妓,各处献艺,积累了丰富的编导经验。晚年又移家杭州。

李渔写有大量的剧本,现存的有《怜香伴》、《风筝误》、《意中缘》、《蜃中楼》、《奈何天》、《玉搔头》、《比目鱼》、《凤求凰》、《巧团圆》、《慎鸾交》10 种,合刻为《李笠翁十种曲》。这些剧作思想情趣都不高,往往以追求离奇情节和生造关目取胜。他剧作的特点是,密切了舞台的实际,却脱离了社会实际。

与沈璟相仿佛,李渔在戏曲理论方面的著作《闲情偶记》却有较高的价值。这是一本系统的戏曲论著,共五卷,前三卷为词曲部,后两卷为演习部。词曲部包括结构、词采、音律、宾白、科诨、格局六部分;演习部包括选剧、变调、授曲、教白、脱套五部分。

李渔戏曲理论有特色的方面大致如下:(一) 结构论,他说:"填词首重音律,而予独先结构。"他提出的"立主脑",是主题的范畴,但他也应用于结构。他主张一本戏要有一个主脑人物、主脑事件,并说要"减头绪"、"密针线",使剧作脉络清楚、结构严谨以突出主脑。(二)题材论,在选材和安排关目的问题上,提出"脱窠臼"的主张,即从常见事中求新、求奇,"窠臼不脱,难语填词"。(三)语言论,他认为戏曲语言"贵浅不贵深",要求尖新、机趣、洁净。他认为语言要个性化,"说何人,肖何人,议某事,切某事"。(四)演出论,他认为戏曲剧本第一,

---

①珰 dāng:汉代武职宦官帽上的装饰品,后借指宦官。

李渔的戏剧理论

还要注意培养演员,从授白、教曲等方面严格要求。显然这是当时的导演论。

李渔结合舞台实践,全面系统地总结了戏曲理论,表述又非常通俗、形象,对后世影响是巨大的。

三、洪昇和《长生殿》

清代传奇的代表作是洪昇的《长生殿》和孔尚任的《桃花扇》,前者写成于康熙二十七年(1688),后者写成于康熙三十八年(1699)。这两部剧作风行一时,有如双璧,故称"南洪北孔"。

洪昇(1645—1704)字昉思,号稗畦,浙江钱塘人。出身于仕宦家庭,早年流寓京师,一直作国子监生,仕途很不得意。他对现实不满,常常"白眼踞坐,指古摘今"。《长生殿》脱稿,曾轰动一时,到处传抄搬演。但在第二年便以在佟皇后丧期演戏的罪名被削职回乡。从此他过着忧郁的生活,康熙四十三年(1704)在吴兴酒醉落水而死。当时流传的《竹枝词》[①]云:"可怜一曲长生殿,断送功名到白头。"著作有杂剧《四婵娟》、传奇《长生殿》、诗集《稗畦集》、《稗畦续集》。

《长生殿》写的是唐明皇与杨贵妃的故事。它是在前人创作的基础上发展起来的。首先是唐朝白居易的《长恨歌》和陈鸿的《长恨歌传》把这一题材传之于文学;宋代有乐史《杨太真外传》和传奇《马践杨妃》;元代有孙伯成《天宝遗事诸宫调》和白朴杂剧《梧桐雨》;明代有传奇吴世美《惊鸿记》和屠隆《綵[②]毫记》。作者在前人创作的基础上,经过十余年的劳动,三易其稿,才写成了这部《长生殿》。第一稿名叫《沉香亭》,以李白遭遇为中心;第二稿名叫《舞霓裳》以李泌辅肃宗中兴为中心;第三稿才叫《长生殿》,以李、杨故事为中心。

《长生殿》热烈地歌颂了唐明皇和杨贵妃之间的爱情,并联系他们的爱情生活,反映出中唐社会种种复杂激烈的斗争,抒发了作者忧国忧民的思想。

《长生殿》主题开掘的成功之处在于,丰富发展了这个历史传说的爱情主题,展示出了广阔的社会内容和特有的政治内涵,塑造了传奇色彩强烈、个性鲜明的人物形象。作品真实地描绘了唐代天宝年间各种复杂、尖锐的社会矛盾和政治斗争;形象地展现出唐朝从极盛跌入极衰即所谓"乐极哀来"的历史变迁,表达出作者抨击权奸、歌颂忠臣义士、同情民生疾苦、缅怀故国河山的情感。剧中的唐明皇已不是一个盛世明君,而是一个倦于政事,淫靡腐败的昏君。他"弛了朝纲,占了情场",专宠杨玉环,特赐杨家一门荣耀,封杨国忠为右相,纵容李林甫、杨国忠等专权纳贿、穷奢极侈。他听信奸言,赦免安禄山贻误军机的死罪,更加以重用,让他出入宫闱,交结内外。这样,奸臣弄权于内,逆藩祸乱于外,渔阳之变一触即发,国家立

①《竹枝词》:原为乐府《近代曲》,巴渝一带民歌,唐代诗人刘禹锡任夔州刺史时根据民歌改作新词,此后各代诗人都写有《竹枝词》,也多咏当地风光和男女恋情。形式都是七言绝句,语言通俗,音调轻快。
②綵:彩的异体字。

即陷于存亡危急之秋。剧本有好几处从平民百姓的口中表达了对这场政治悲剧的评骘①："我想天宝皇帝，只为宠爱了贵妃娘娘，朝欢暮乐，弄坏朝纲，致使干戈四起，生民涂炭。"可贵的是作者把统治者的奢侈腐朽，与平民百姓的苦难对比着写出来：杨贵妃喜吃新鲜荔枝，唐明皇就让涪州、海南飞马千里贡送。使臣纵马飞驰，踏坏禾苗、践死百姓也在所不惜。老田夫悲怆地喊道："田家耕种多辛苦，愁旱又愁雨。一年靠这几茎苗，收来半要偿官赋，可怜能得几粒到肚！"人民的苦难在这里反映得比较充分，皇室贵族的享乐正是建筑在平民百姓生命和痛苦之上的，正如剧中郭子仪所说："可知他朱甍碧瓦②，总是血膏涂。"《长生殿》除了揭露和谴责之外，还倾向鲜明地塑造了一些爱国忠勇的人物，表现出作者积极进步的思想。郭子仪就是最具代表的一个，他出身低微、头脑清醒、远见卓识。在执掌了军权以后，他积极备战，英勇为国除奸，《剿寇》《收京》两出就集中地表现了他灭贼复国的勋业。雷海青虽是一个普通的乐工，但他却敢于斥骂并以琵琶击打气焰熏天的安禄山。他的慷慨捐躯，表达了作者对这样一批忠烈之士的赞歌，也表达了作者对那些贪生怕死、觍颜从贼的人物的谴斥。

思想内容方面，《长生殿》最为显著的缺陷在于，剧作在总体思想上有抵牾③之处。一方面，作者着意表现李杨爱情的缠绵悱恻，他们虽人间离散，却得到了天上团圆，由长恨而长生，赞美歌颂之意是很清楚的。另一方面，作者又真实地写出了由于李、杨爱情造成的国家和社会的灾难，批判、谴责的意思又十分突出。这样，整个剧作就缺乏思想的统一性，因而后人常在这个问题上辨析、争论。

《长生殿》是明清传奇处于颠峰时期的名作，艺术上显得十分完美圆熟。

现实主义和浪漫主义结合紧密，现实故事和虚幻的情节完全融为一体，这是《长生殿》重要的艺术特征。全剧五十出，分上下两卷，上卷写杨李的爱情、宫廷生活和人民的苦难，着重于现实生活的描绘；下卷写杨李人间天上的恋情和最后的"永生"，着重于虚幻的想象。两卷有所侧重，但又相互照应，相互补充、生发。上卷的写实中，也偶有虚幻的情节，如《闻乐》一出，它为下卷杨妃蓬莱成仙埋下了伏笔，下卷里也有现实性很强的折子，如《献饭》《骂贼》《弹词》等，它们把上卷的悲剧推向了高潮。总之，《长生殿》把动人的故事和深刻具体的现实矛盾结合起来，把豪华的场景、幻化的仙境，和真实的历史结合起来，把优美的人物、理想的恋情和生动曲折的情节结合起来，给人以强烈的艺术感受。

人物性格的鲜明饱满也是剧作成功的因素之一。杨玉环是全剧的主要人物，作者屏弃了前人所谓"多污乱"的记载，而把她写成一个严肃的具有复杂思想的悲剧人物。她虽是以色邀宠的妃子，沉溺于豪华奢侈的宫廷生活，但她却不是妲己，不以唆使君王作恶为能。她排斥别人，只是为了稳固自己的位置；她恃宠而骄，也只是为了享乐。剧中写出了她的专情和可怜可悲、不能自主的苦衷。所以，剧中的杨玉环是一个真实具体、血肉丰满的妃子的形

---

①评骘：评议。骘 zhì，评定。　②朱甍碧瓦：红色屋脊、青绿色的琉璃瓦，代指华丽的建筑。甍 méng，屋脊。　③抵牾：抵触、矛盾。牾 wǔ，冲突。

象。剧中其他人物也都有鲜明的性格特性,例如作为帝王的李隆基虽专于情,但又有恣纵骄横的一面。再有如杨国忠的奸诈、安禄山的狡黠残暴、郭子仪的忠直、雷海青的义烈、郭从谨的练达、李龟年的持重都给观众以强烈的印象。

对白切合人物性格、曲词精美流丽合乎音律也是《长生殿》一向被人们称赞的优点。对于曲词,作者是花了工夫的,他也为此而自豪,吴仪一在《长生殿序》一文中说:"句精字研,罔不谐叶,爱文者喜其词,知音者赏其律……"当不是虚美之词。我们且举《惊变》一折,领略剧作的韵味:

（丑上）玉楼天半起笙歌,风送宫嫔笑语和。月殿影开闻夜漏①,水晶帘卷近秋河②。咱家高力士③,奉万岁爷之命,着咱在御花园中,安排小宴,要与贵妃娘娘同来游赏,只得在地此伺候。（生、旦乘辇,老旦、贴随后,二内侍引,行上）

［北中吕粉蝶儿］④天淡云闲,列长空数行新雁。御园中秋色斓斑⑤,柳添黄,蘋减绿,红莲脱瓣。一抹⑥雕阑,喷清香桂花初绽。

（到介）（丑）请万岁爷、娘娘下辇。（生、旦下辇介）（丑同内侍暗下）（生）妃子,朕⑦与你散步一回者。（旦）陛下请。（生携旦手介）（旦）

［南泣颜回］携手向花间,暂把幽怀同散。凉生亭下,风荷映水翩翩。爱桐阴静悄,碧沉沉并绕回廊看。恋香巢秋燕依人,睡银塘鸳鸯蘸眼⑧。

（生）高力士,将酒⑨过来,朕与娘娘小饮数杯。（丑）宴已安排在亭上,请万岁爷娘娘上宴。（旦作把盏,生止住介）妃子,坐了。

［北石榴花］不劳你玉纤纤⑩,高捧礼仪烦,只待借小饮对眉山⑪。俺与你浅斟低唱,互更番⑫,三杯两盏,遣兴消闲。妃子,今日虽是小宴,倒也清雅,迥避了御厨中,烹龙炰凤⑬堆盘案,伊伊哑哑,乐声催趱⑭。只几味脆生生⑮,只几味脆生生,蔬和果清肴馔⑯,雅称⑰你仙肌玉骨美人餐。

妃子,朕与你清游小饮,那些梨园⑱旧曲,都不耐烦听他。记得那年沉香亭上赏牡丹,召翰林李白,草《清平调》三章⑲,令李龟年度成新谱,其词甚佳,不知妃子

本折人物：丑：高力士　生：唐明皇　旦：杨贵妃　副净：杨国忠　老旦、贴：宫娥

---

①夜漏:古代用铜壶滴漏记时,夜间听来特别清晰,所以说"闻夜漏"。　②秋河:银河。"近秋河"是形容楼阁高。　③高力士:唐太宗的太监。他深得太宗宠幸,被封为左监门大将军、骠骑大将军。　④[北中吕粉蝶儿]:即[中吕粉蝶儿](生唱)。本剧为南北合套,生唱北曲,旦唱南曲,曲牌前标"北"字为生唱,标"南"字为旦唱。　⑤斓斑:即斑斓,色彩错杂灿烂。　⑥一抹:即一带。　⑦朕:我,我的。从秦始皇起变成皇帝自称。⑧蘸眼:引人注意,招眼。蘸 zhàn,在液体里沾一下就拿出来。　⑨将酒:即拿酒。　⑩玉纤纤:形容女子手纤小细白。　⑪眉山:形容女子秀美的双眉。典出《西京杂记》:"文君姣好,眉色如望远山。"⑫互更番:浅斟、低唱相互更替。　⑬烹龙炰凤:比喻烹调山珍海味。炰 páo,煮。　⑭催趱:催赶。趱 zǎn,赶。　⑮脆生生:(食物)很脆。生生,形容程度。　⑯清肴馔:清淡可口食物。　⑰雅称:非常适合。雅,非常。　⑱梨园:唐玄宗教练歌舞艺人的地方。　⑲《清平调》三章:唐教坊曲名。

还记得么？（旦）妾还记得。（生）妃子可为朕歌之，朕当亲倚玉笛以和①。（旦）领旨。（老旦进玉笛，生吹介，旦按板②介）

[南泣颜回]花繁，秾艳想容颜，云想衣裳光灿；新妆谁似，可怜飞燕③娇懒。名花国色，笑微微常得君王看。向春风解释④春愁，沉香亭同倚阑干。

（生）妙哉！李白锦心，妃子绣口⑤，真双绝矣！宫娥，取巨觥过来，朕与妃子对饮。（老旦、贴送酒介）（生）

[北斗鹌鹑]畅好是喜孜孜驻⑥拍停歌，喜孜孜驻拍停歌，笑吟吟传杯送盏。妃子干一杯。（作照干介）不须他絮烦烦射覆藏钩⑦，闹纷纷弹丝弄板⑧。（又作照杯介）妃子，再干一杯。（旦）妾不能饮了。（生）宫娥每跪劝。（老旦、贴）领旨。（跪旦介⑨）娘娘请上这一杯。（旦勉饮介）（老旦、贴作连劝介）（生）我这里无语持觥仔细看，早子见⑩花一朵上腮间。（旦作醉介）妾真醉矣！（生）一会价⑪软咍咍⑫柳軃花敧⑬，软咍咍柳軃花敧，困腾腾⑭莺娇燕懒。

妃子醉了。宫娥每，扶娘娘上辇进宫去者。（老旦、贴）领旨。（作扶旦起介）（旦作醉态呼介）万岁。（老旦、贴扶旦行。旦作醉态介）

[南扑灯蛾]态恹恹⑮轻云软四肢，影濛濛空花乱双眼；娇怯怯柳腰扶难起，困沉沉强抬娇腕，软设设⑯金莲倒褪⑰，乱松松香肩軃云鬟⑱；美甘甘思寻凤枕，步迟迟倩⑲宫娥挽入绣帏间。

（老旦、贴扶旦下）（丑同内侍暗上）（内击鼓介）（生惊介）何处鼓声骤发（副净⑳急上）渔阳鼙鼓㉑动地来，惊破霓裳羽衣曲㉒。（问丑介）万岁爷在那里？（丑）在御花园内。（副净）军情紧急，不免迳入。（进见介）陛下，不好了！安禄山起兵造反，杀过潼关，不日就到长安了！（生大惊介）守关将士何在？（副净）哥舒翰㉓兵败已

---

①倚玉笛以和：吹笛子伴奏。倚，伴奏。在音乐方面，倚字指以歌合乐或以乐伴歌、按调填词。　②按板：打拍板。　③飞燕：汉成帝的皇后赵飞燕。　④解释：消解、解除。　⑤李白锦心妃子绣口：这是化用"锦心绣口"成语。李白《冬日于龙门送从弟京兆参军令问之淮南勤省序》："兄心肝五脏皆锦绣耶？不然何以开口成文，挥翰雾散？"因以锦心绣口比喻满腹文章，才思横溢。　⑥驻：停止。　⑦射覆藏钩：古代的两种游戏。射覆，即猜测，将物体预为隐藏，供人猜度；藏钩，猜测物体藏匿之处。　⑧弹丝弄板：指演奏乐曲。　⑨跪旦介：做向旦角下跪的动作。　⑩早子见：早见。　⑪一会价：一会儿。　⑫软咍咍：软绵绵。咍咍 hāi hāi，喜笑。　⑬柳軃花敧：像花柳一样倒覆、倾斜。軃 duǒ，下垂。敧 qī，倾斜。　⑭困腾腾：困倦的样子。腾腾，犹昏昏、懵懵。　⑮恹恹 yān yān：疲乏的样子。　⑯软设设：软绵绵的样子。　⑰金莲倒褪：女子小脚倒退。　⑱香肩軃云鬟：头发散垂在肩上。　⑲倩：请人代做。　⑳副净：这副净是杨国忠。　㉑渔阳鼙鼓：代指安禄山起兵造反。渔阳，唐郡名，治所在今天津市蓟县。当时安禄山任平卢、范阳、河东三镇节度使，作乱时从渔阳起兵。　㉒霓裳羽衣曲：即霓裳羽衣舞，唐代宫廷乐舞，相传由唐玄宗润色改制。　㉓哥舒翰：唐玄宗时大将军，封西平郡王。安禄山叛乱时，起用为兵马副元帅，率大军守潼关，兵败被俘。先被囚于洛阳，后于安禄山子安庆绪兵败撤退时遭杀害。这里，杨国忠说他"降贼"，与史实不符。

降贼了。(生)

[北上小楼]呀，你失机的哥舒翰，称兵①的安禄山，赤紧的②离了渔阳，陷了东京③，破了潼关。唬的人胆战心摇，唬的人胆战心摇，肠慌腹热，魂飞魄散，早惊破月明花粲④。

卿有何策，可退贼兵？(副净)当日臣曾再三启奏禄山必反，陛下不听，今日果应臣言。事起仓卒，怎生抵敌？不若权时幸蜀⑤，以待天下勤王⑥。(生)依卿所奏。快传旨，诸王百官，即时随驾幸蜀便了。(副净)领旨。(急下)(生)高力士，快些整备军马，传旨令右龙武将军陈元礼统领羽林军士⑦三千扈从前行。(丑)领旨。(下)(内侍)请万岁爷回宫。(生转行叹介)唉！正尔欢娱，不想忽有此变，怎生是了也！

[南扑灯蛾]稳稳的宫廷宴安，扰扰的边庭造反，蓥蓥的鼙鼓喧，腾腾的烽火黰⑧。的溜扑碌⑨臣民逃散，黑漫漫乾坤覆翻，磣磕磕⑩社稷摧残，当不得萧萧飒飒西风送晚，黯黯的一轮落日冷长安。

(向内问介)宫娥每，杨娘娘可曾安寝？(老旦、贴内应介)已熟睡了。(生)不要惊他，且待明早五鼓同行。(泣介)天那！寡人不幸，遭此播迁⑪，累⑫他玉貌花容，驱驰道路，好不痛心也！

[南尾声]在深宫兀自娇慵惯，怎样支吾⑬蜀道难？(哭介)我那妃子呵！愁杀你玉软花柔要将途路趱。

宫殿参差落照间(卢纶⑭)，渔阳烽火照函关⑮(吴融)过云⑯声绝悲风起(胡曾)，何处黄云是陇山⑰(武元衡)。

这是剧作的第二十四出，可以看做是上下两卷的分水岭。正是由于唐明皇的纵情声色才导致了唐王朝政治危机，剧情气氛由热闹欢乐转变为紧张凄凉，对白和曲词反映了剧情的突变。

《长生殿》适合舞台演出，《惊变》《骂贼》《定情》等折子300年来盛演不衰。

---

①称兵：举兵。即动用武力、发动战争。　②赤紧的：很快地、紧急地。　③东京：洛阳。唐代沿袭汉代称呼，以洛阳为东都，故称东京。　④月明花粲：比喻时代升平、社会安乐。　⑤幸蜀：到蜀地去避难，古时称天子到某地去为幸。　⑥勤王：朝中国王有难，各地兵马前来救驾，称勤王。　⑦羽林军士：即御林军士。　⑧黰 yān：黑色，形容战火迷漫。　⑨的溜扑碌：纷乱的样子。　⑩磣磕磕 cǎn kē kē：十分悲惨，悲惨至极。磣，同惨；磕磕，同可可，助词，无意义。　⑪播迁：流离迁徙。　⑫累：连累。　⑬支吾：这里是对付的意思。　⑭卢纶：卢和下列三位吴融、胡曾、武元衡均为唐代诗人。　⑮函关：函谷关，这里泛指长安一带。　⑯遏云：即"响遏行云"，形容乐声高亢，连行云也被止住。遏 è，止住。　⑰陇山：在甘陕一带，由长安去四川，须经陇山东麓而南行。

四、孔尚任和《桃花扇》

孔尚任(1648—1718)字聘之、季重,号东堂、岸堂、云亭山人,山东曲阜人,孔子六十四代孙。36 岁前隐居在曲阜县北的石门山中读书。康熙来曲阜祭孔,孔尚任在御前讲经受到赏识,据他自己说,讲《大学》时"三问臣年",破例到北京国子监做博士。不久,他被派到淮扬一带治水。他因此有了解南明历史的机会,他到南京、扬州一带访问,还结识了南明的遗老。创作《桃花扇》发端于石门山读书时期,由于有上述实地采访,康熙二十九年回京后便专心写作,经 10 年努力,三易书稿告成。初演时,便获得成功,一些故臣野老"掩袂独坐","啼嘘而散"。由于北京王府辗转传抄,消息传入宫中,致使康熙索看,孔尚任慌急中找不到原稿,只找了一本传抄本递入大内。演出就更加轰轰烈烈。谁知,不久就被免官,两年后只得回曲阜老家。以后在老家病逝。著有《孔尚任诗文集》(近人辑)、传奇《桃花扇》、《小忽雷》(后者系与顾彩合作)。

《桃花扇》写的是南明弘光王朝兴亡的历史故事。它以复社文人侯方域和秦淮名妓李香君的悲欢离合为线索,生动具体地反映了明末腐败的社会现实和弘光王朝内部的矛盾和斗争,表现了作者爱国主义和民主进步的思想感情。作者在《桃花扇小引》中讲得很明白:"《桃花扇》一剧皆南朝新事,父老犹有存者。场上歌舞,局外指点,知三百年之基业,隳①于何人?败于何事?消于何年?歇于何地?不独令观者感慨涕零,亦可惩创人心,为末世之一救矣。"这说明作者是有意总结当年的历史教训的。

那么,剧作是通过哪些人物和情节来展现这个主题的?

剧作具体而深刻地描绘了南明王朝内部的矛盾和斗争,显示这王朝一诞生就腐败透顶,只有迅速败亡,不配有更好的命运。福王朱由崧是一个声色之徒,任用奸佞,贪图女色,演戏作乐。他的诰命大臣是魏忠贤的余党马士英、阮大铖之流,这些人一开始就露出了争权夺利、祸国殃民的嘴脸:"幸运国家大变,正是我辈得意之秋。""捷足争先,拜相与封侯,凭着这拥立功大权在手。"这些人建立南明政权的目的,完全不是复国,而是借此营私。可贵的是,作者对这班荒淫昏乱君臣的揭露鞭挞,是历史真实的概括和集中,不是文学的夸张和想象。

另外,剧作还揭示出,小朝廷的腐败是和统治集团内部重重矛盾联系在一起的。剧中有大量篇幅描写驻守在南京附近的"四镇"头目之间的火并:其他头目要把高杰挤出扬州,而高却赖着不走。史可法调停也不起作用,他们把这看做是高于一切的,所谓"国仇犹可恕,私仇最难消"。左良玉等以"清君侧"的名义沿江东下,进行内部火并,最后左良玉呕血而死。这样的军力,自然不能抵御清兵蜂拥南下。

再有,剧作还刻画了一些具有民族气节和正义感的英雄人物。例如对民族英雄史可法,写这个人物虽有干碍,但作者还是忠于历史地写出了他的壮烈牺牲。《誓师》、《沉江》等出表

---

①隳 huī:毁坏。

达出感人的血战到底的悲剧气息。柳敬亭、苏昆生等虽是下层市井人物,但都是具有见义勇为的品质和爱国主义精神。

作为全书纲目的一生一旦——侯方域、李香君的悲欢离合更具体体现出时代的风云和剧作的爱国主义思想。侯方域是复社文人,为人正直、具有正义感,忠于爱情,但还不够坚决果敢,与阮大铖的斗争稍觉软弱。在国家生死危亡的关头,一面为国奔忙,一面沉迷儿女私情,所幸李香君是一个大义凛然的青楼女子,这就使他们的恋情与国事相一致,显现出悲而壮的特色。李香君是一个富有政治敏感,爱国精神强烈、勇于斗争的歌女。她嫁侯方域,主要是因为侯具有复社文人爱国反奸的品性,她政治上的爱憎和爱情上的坚贞完全统一在一起。《却奁》一出她责备了侯方域的软弱,并以自己不爱钱财、嫁奁的行动,显示出不妥协的斗争精神。《骂筵》一出更是把她那不计成败,坚决斗争的精神表现得痛快淋漓。李是作者全力歌颂的一个典型,她色艺双全,既追求人格独立和爱情自主,又具有清醒的政治头脑,敢于为国拼死斗争,她是戏曲史上的一个光辉的妇女形象。

《桃花扇》是明清传奇的压卷之作,艺术性较高。艺术特色有下列几点:一、它达到了艺术真实与历史真实的完美结合。作者所写的人物和故事大都是在真实人物、事件的基础上进行艺术创造的,正如剧中人物老赞礼所说:"借离合之情,写兴亡之感,实事实人,全凭有据。"剧作有《桃花扇考据》的附录,列举所依据的文献目录,表明作者忠于历史的严格态度。但剧作又不全是历史的实录,而是有所加工提炼的。例如,田仰以三百金聘香君为妾一事,在侯方域的《李姬传》中有所透露,而剧作则加以铺陈,敷演出了《拒媒》、《守楼》、《寄扇》、《骂筵》四折戏。这四折戏充分揭露了马士英等奸贼嘴脸,强烈表现了刚骨如霜、大义凛然的李香君的反抗性格。试看《骂筵》一折:

[缕缕金](副净扮阮大铖吉服①上)风流代,又遭逢,六朝金粉②样,我遍通。管领烟花③,衔名供奉④。簇新新帽乌衬袍红,皂皮靴绿缝,皂皮靴绿缝。

(笑介)我阮大铖,亏了贵阳相公⑤破格提挈,又取在内廷供奉;今日到任回来,好不荣耀。且喜今上⑥性喜文墨,把王铎⑦补了内阁大学士,钱谦益⑧补了礼部尚书。区区不才,同在文学侍从之班;天颜⑨日近,知无不言。前日进了四种传奇⑩,圣心大悦;立刻传旨,命礼部采选宫人,要将《燕子笺》被之声歌,为中兴一代之乐。我想这本传奇精深奥妙,倘被俗手教坏,岂不损我文名。因而乘机启奏:生口不如

---

①吉服:礼服。　②六朝金粉:指粉黛、美女。建都于金陵的六朝都崇尚华靡,仕女以艳丽见称。后比喻妇女仪容装饰,也指金陵的繁华景象。　③烟花:旧时称妓女为烟花。　④衔名供奉:官衔为供奉。供奉,指以文学、伎艺供奉内廷的官。　⑤贵阳相公:指马士英。他是贵阳人,因迎立福王而升任东阁大学士。⑥今上:当今皇上。指南明弘光帝朱由崧。　⑦王铎:明末文学家、画家,在弘光朝任东阁大学士。　⑧钱谦益:明末清初文学家,在弘光朝任礼部尚书。　⑨天颜:本为天子容颜的意思,这里代指天子。　⑩四种传奇:指阮大铖的《燕子笺》、《春灯谜》、《双金榜》、《狮子赚》四种戏曲,称石巢四种传奇。

（桃花扇）的艺术性

本折人物　副净：阮大铖

熟口，清客①强似教手。圣上从谏如流，就命广搜旧院②，大罗秦淮，拿了清客妓女数十余人，交与礼部拣选。前日验他色艺，都只平常；还有几个有名的，都是杨龙友旧交，求情免选，下官只得勾去。昨见贵阳相公说道："教演新戏是圣上心事，难道不选好的，倒选坏的不成。"只得又去传他，尚未到来。今乃乙酉新年人日③佳节，下官同龙友，移樽赏心亭④，邀俺贵阳师相，饮酒看雪。早已吩咐新选的妓女，带到席前验看。正是：花柳笙歌隋事业，谈谐裙屐晋风流⑤。（下）

[黄莺儿]（老旦卞玉京道妆背包急上）家住蕊珠宫⑥，恨无端业海风⑦，把人轻向烟花送。喉尖唱肿，裙腰舞松，一生魂在巫山洞⑧。俺卞玉京，今日为何这般打扮？只因朝廷搜拿歌妓，逼俺断了尘心。昨夜别过姐妹，换上道妆，飘然出院，但不知哪里好去投师。望城东云山满眼，仙界路无穷。

（飘摇下）（副净、外、净扮丁继之、沈公宪、张燕筑三清客上）

[皂罗袍]（副净）正把秦淮箫弄，看名花好月，乱上帘栊。凤纸⑨签名唤乐工，南朝天子春心动。我丁继之年过六旬，歌板久抛；前日托过杨老爷，免我前往，怎的今日又传起来了。（外、净）俺两个也都是免过的，不知又传，有何话说。（副净拱介）两位老弟，大家商量，我们一班清客，感动皇爷，召去教歌，也不是容易的。（外、净）正是。（副净）二位青年上进，该去走走，我老汉多病年衰，也不望什么际遇⑩了。今日我要躲过，求二位遮盖一二。（外）这有何妨，太公钓鱼，愿者上钩⑪。（净）是是！难道你犯了王法，定要拿去审问不成。（副净）既然如此，我老汉就回去了。（回行介）急忙回首，青青远峰；逍遥寻路，森森乱松。（顿足介）若不离了尘埃，怎能免得牵绊。（袖出道巾、黄绦换介）（转头呼介）二位看俺打扮罢，道人醒了扬州梦⑫。

（摇摆下）（外）咦！他竟出家去了，好狠心也。（净）我仍且坐廊下晒暖，待他姊妹到来，同去礼部过堂。（坐地介）（小旦扮寇白门，丑扮郑妥娘，杂扮差役跟上。）

---

①清客：明末清客多通伎艺、音律。　②旧院：指秦淮河畔歌妓聚居地。　③乙酉新年人日：指弘光二年（1645）正月初七。《北史·魏收传》："正月一日为鸡、二日为狗、三日为猪、四日为羊、五日为牛、六日为马、七日为人。"又据《荆楚岁时记》："（此日）以七种菜为羹，剪彩为人，或镂金箔为人，以贴屏风，亦戴之头鬓，又造华胜（妇人头饰）以相遗，登高赋诗。"　④赏心亭：在南京西面下水城门上，当时为游览胜地。2014年重建。　⑤"花柳笙歌"两句：干的是隋末君臣纵情声色的事业，过的是东晋富家子弟游乐谈谐的贵族生活。裙，下裳；屐，木底鞋。原指六朝贵族子弟衣着，后泛指富家时髦装束。　⑥蕊珠宫：道家谓神仙住处。⑦业海风：从"孽海"吹来的风。佛家语，世人造下无边罪孽，有如大海。　⑧巫山洞：男女幽会的洞穴。这句是卞玉京自怨一生过着娼妓生活。巫山，用宋玉《高唐赋》典故，暗指男女幽会。　⑨凤纸：即凤诏，内廷诏书。　⑩际遇：指有好的遭遇。这里还特指再受到皇帝赏识的意思。　⑪"太公钓鱼"句：这里就是纯粹"自愿"的意思。相传姜太公（姜尚）出仕前在渭水边钓鱼，用的是垂直鱼钩，并说愿者上钩。　⑫扬州梦：说自家已经从歌舞繁华的醉梦中清醒过来。暗用杜牧"十年一觉扬州梦"诗句。

净：马士英　末：杨龙友　副净：丁继之　外：沈公宪　净：张燕筑　旦：李贞娘（即李春君）　杂扮：差役　老旦：卞玉京　小旦：寇白门　丑：郑妥娘

（小旦）桃片随风不结子。（丑）柳绵浮水又成萍①。（望介）你看老沈老张不约俺一声儿，先到廊下向暖，我们走去，打他个耳刮子。（相见，浑介）（外问杂介）又传我们到那里去？（杂）传你们到礼部过堂，送入内廷教戏。（外）前日免过俺们了。（杂）内阁大老爷不依，定要借重你们几个老清客哩。（净）是哪几个？（杂）待我瞧瞧票子。（取票看介）丁继之、沈公宪、张燕筑。（问介）那姓丁的如何不见？（外）他出家去了。（杂）既出了家，没处寻他，待我回官罢！（向净、外介）你们到了的，竟往礼部过堂去。（净）等姊妹们到齐着。（杂）今日老爷们秦淮赏雪，吩咐带着女客，席上验看哩。（外、净）既是这等，我们先去了。正是：传歌留乐府，撕笛傍宫墙②。（下）（杂看票问小旦介）你是寇白门么？（小丑）是。（杂问丑介）你是卞玉京么？（丑）不是，我是老妥。（杂）是郑妥娘了。（问介）那卞玉京呢？（丑）他出家去了。（杂）咦！怎么出家的都配成对儿。（问介）后边还有一个脚小走不上来的，想是李贞丽了？（小旦）不是，李贞丽从良去了！（杂）我方才拉他下楼，他说是李贞丽，怎的又不是？（丑）想是他女儿顶名替来的。（杂）母子总是一般，只少不了数儿就好了。（望介）他早赶上来也。

　　[忒忒令]（旦）下红楼残腊雪浓，过紫陌③早春泥冻；不惯行走，脚儿十分痛。传凤诏，选蛾眉，把丝鞭，骑骄马；催花使乱拥。

　　奴家香君，被捉下楼，叫去学歌，是俺烟花本等，只有这点志气，就死不磨。（杂喊介）快些走动！（旦到介）（小旦）你也下楼了，屈尊，屈尊。（丑）我们造化，就得服侍皇帝了。（旦）情愿奉让罢。（同行介）（杂）前面是赏心亭了，内阁马老爷，光禄阮老爷，兵部杨老爷，少刻即到，你们各人整理侍候。（杂同小旦、丑下）（旦私语介）难得他们凑来一处，正好吐俺胸中之气。

　　[前腔]赵文华陪着严嵩④，抹粉脸席前趋奉；丑腔恶态，演出真《鸣凤》。俺做个女祢衡⑤，挝渔阳⑥，声声骂；看他懂不懂。

　　（净扮马士英，副净扮阮大铖，末扮杨文骢，外、小生扮从人喝道上）（旦避下）（副净）琼瑶楼阁朱微抹，（末）金碧峰峦粉细勾⑦。（净）好一派雪景也。（副净）这座赏心亭，原是看雪之所。（净）怎么原是看雪之所？（副净）宋真宗曾出周昉雪图，

---

　　①"柳绵"句：这是用柳絮落水为浮萍的传说。　②撕笛傍宫墙：这句是说进内府去教戏。用唐人李謩典故，李曾拿着笛子，傍着宫墙，把唐玄宗宫里演唱的曲调记录下来。撕 yè，用手指按笛；謩 mó，谟的异体字。　③紫陌：指帝王都城的道路。　④"赵文华"句：是拿《鸣凤记》的故事比喻这里的阮大铖和马士英。严嵩是明中叶权奸，赵文华是严嵩的私党、亲信。　⑤女祢衡：自比击鼓骂曹的祢衡。祢衡是汉末著名文人，曹操网罗来作鼓吏。试鼓时，祢击《渔阳参》，并大骂曹操。　⑥挝渔阳：击打出《渔阳参》的鼓曲。《渔阳参》亦作《渔阳掺》、《渔阳参挝》，鼓曲名，《后汉书·祢衡传》李贤注："参挝是击鼓之法"。参读 càn，挝 zhuā，击、打。　⑦"琼瑶"两句：是赞美雪后楼台和峰峦在阳光映照下如诗如画般的美丽。琼瑶，美玉；勾抹，绘画笔法。

赐与丁渭①。说道："卿到金陵,可选一绝景处张之。"因建此亭。(净看壁介)这壁上单条,想是周昉雪图了。(末)非也。这是画友蓝瑛②新来见赠的。(净)妙妙!你看雪压钟山,正对图画,赏心胜地,无过此亭矣。(末吩咐介)就把炉、榼③、游具,摆设起来。(外、小生设席坐介)(副净向净)荒亭草具,特爱高攀,着实得罪了。(净)说哪里话。可笑一班小人,承奉权贵,费千金盛设,十分丑态,一无所取,徒传笑柄。(副净)晚生今日扫雪烹茶,清谈攀教,显得老师相高怀雅量,晚生辈也免几笔粉抹。(净)呵呀! 那戏场粉笔④,最是利害,一抹上脸,再洗不掉;虽有孝子慈孙,都不肯认做祖父的。(末)虽然利害,却也公道,原以儆戒无忌惮之小人,非为我辈而设。(净)据学生看来,都吃了奉承的亏。(末)为何? (净)你看前辈分宜相公严嵩⑤,何尝不是一个文人,现今《鸣凤记》里抹了花脸,着实丑看。岂非赵文华辈奉承坏了。(副净打恭介)是是! 老师相是不喜奉承的,晚生惟有心悦诚服而已。(末)请酒! (同举杯介)(副净问外介)选的妓女,可曾叫到了么? (外禀介)叫到了(杂领众妓叩头介)(净细看介)(吩咐介)今日雅集,用不着他们,叫他礼部过堂去罢。(副净)特令到此伺候酒席的。(净)留下那个年小的罢。(众下)(净问介)他唤什么名字? (杂禀介)李贞丽。(净笑介)丽而未必贞也。(笑向副净介)我们扮过陶学士⑥了,再扮一折党太尉何如? (副净)妙妙! (唤介)贞丽过来斟酒唱曲。(旦摇头介)(净)为何摇头? (旦)不会。(净)呵呀! 样样不会,怎称名妓。(旦)原非名妓。(掩泪介)(净)你有甚心事,容你说来。

[江儿水](旦)妾的心中事,乱似蓬,几番要向君王控。拆散夫妻惊魂迸,割开母子鲜血涌,比那流贼⑦还猛。做哑装聋,骂着不知惶恐。

(净)原来有这些心事。(副净)这个女子却也苦了。(末)今日老爷们在此行乐,不必只是诉冤了。(旦)杨老爷知道的,奴家冤苦,也值当不的⑧一诉。

[五供养]堂堂列公,半边南朝,望你峥嵘⑨。出身希贵宠,创业选声容,后庭花⑩又添几种。把俺胡撮弄⑪,对寒风雪海冰山,苦陪觞咏⑫。

---

①"宋真宗"两句:用《渑水燕谈录》和《湘山野录》典故,说宋真宗把周昉的《袁安卧雪图》赐给丁渭。周昉,唐画家,以善绘人物著称。昉 fǎng,曙光初现。　②蓝瑛:当时浙派画家,字田叔,钱塘人,善山水,兼工人物、花鸟,人称"浙派殿军"。　③榼 kè:酒器。　④戏场粉笔:指戏剧的讽刺、丑化笔法。我国古代戏剧对奸佞人物,除了情节的揶揄外,还要用粉笔勾抹大白脸,进行讽刺丑化。　⑤分宜相公严嵩:即严嵩。他是江西分宜人。　⑥陶学士:这里的陶学士和下文的党太尉都代指雅俗两种不同的人和生活。陶穀,宋人,历任礼、刑、户三部尚书。他曾得太尉党进家姬妾。一天掏雪水烹茶,陶问党进家有无这样的风味? 党家姬回答说:"他是粗人,只知道在销金帐下浅斟低唱,饮羊羔美酒,哪有这样的风味?!"　⑦流贼:指李闯王。⑧值当不得:值不得。　⑨峥嵘:这里是振兴、强大、繁荣之意。　⑩后庭花:指被称为亡国之音《玉树后庭花》乐曲。南朝陈后主(陈叔宝)沉湎声色,以致亡国,《玉树后庭花》就是他创造。　⑪胡撮弄:胡摆弄。⑫觞咏:饮酒赋诗。

（净怒介）这妮子胡言乱道，该打嘴了。（副净）闻得李贞丽，原是张天如、夏彝仲辈品题之妓①，自然是放肆的。该打该打！（末）看他年纪甚小，未必是那个李贞丽（旦恨介）便是他待怎的！

［玉交枝］东林伯仲②，俺青楼皆知敬重。干儿义子③从新用，绝不了魏家种。（副净）好大胆，骂的是那个，快快采④去丢在雪中。（外采旦推倒介）（旦）冷肌雪肠原自同，铁心石腹何愁冻。（副净）这奴才，当作内阁大老爷，这般放肆，叫我们都开罪了。可恨可恨！（下席踢旦介）（末拉起介）（净）罢罢！这样奴才，何难处死，只怕妨了俺宰相之度。（末）是是！丞相之尊，娼女之贱，天地悬绝，何足介意。（副净）也罢！启过老师相，送入内廷，拣着极苦的脚色，叫他去当。（净）这也该的。（末）着人拉去罢！（杂拉旦介）（旦）奴家已拼一死。吐不尽鹃血⑤满胸，吐不尽鹃血满胸。

（拉旦下）（净）好好一个雅集，被这奴才搅乱坏了。可笑，可笑！（副净、末连三揖介）得罪，得罪！望乞海涵⑥，另日竭诚罢。（净）兴尽宜回春雪棹⑦。（副净）客羞应斩美人头⑧。（净、副净从人喝道下）（末吊场⑨介）可笑香君才下楼来，便撞两个冤对⑩，这场是非免不了的；若无下官遮盖，香君性命也有些不妥哩。罢罢！选入内廷，倒也省了几日悬挂；只是媚香楼无人看守，如何是好？（想介）有了，画友蓝瑛托俺寻寓，就接他暂住楼上；待香君出来，再作商量。

赏心亭上雪初融，煮鹤烧琴⑪宴巨公⑫。

恼杀秦淮歌舞伴，不同西子⑬入吴宫。

其次，在人物塑造方面，剧作注意通过人物的性格，加强戏剧冲突。比如《拒媒》一场写几个歌妓、清客来劝说李香君改嫁田仰，各人个性不同，劝说的方式也就不同。剧本还注意着重揭示人物的复杂性，以显示矛盾冲突的生动丰富，防止简单化、脸谱化。例如，杨龙友、李贞丽、左良玉等都是有着许多侧面的人物，剧作真实具体地反映出了他们的思想风貌，显示广阔、复杂的历史画面。

再次，剧作的结构恢弘而紧凑。《桃花扇》是以一把桃花扇的际遇，贯穿侯、李的恋情，而

---

①"李贞丽"两句：明末复社、几社领袖张溥、夏允彝诗文题咏过一些名妓，李贞丽是其中之一。这是说这些妓女既有文化素质又像复社人物那样有反抗精神。　②东林伯仲：指东林党、复社等进步人士。伯仲，兄弟。　③干儿义子：这是指阮大铖认宦官魏忠贤为干爹的事。魏是明末大奸臣，所以李香君骂他们"绝不了魏家种"。　④采：即採，捉。　⑤鹃血：传说杜鹃啼声凄苦，常常口里啼出血来。故事用啼血喻指悲苦之事。　⑥海涵：谓气量大，能包容，如海之能容纳百川。　⑦"兴尽"句：这是用《世说新语·任诞》典故：东晋王子猷雪夜乘船到剡 shàn 溪（今浙江嵊州市西）访问戴安道，船将到时忽然又令船夫回棹，说"乘兴而来，兴尽而返"。　⑧"客羞"句：这是用《世说新语·汰侈》典故：晋石崇豪富，任性凶残，宴客时叫美人劝酒，如客不饮，就将劝酒美人杀掉。　⑨吊场：戏曲术语，指场上其他角色都已下场，最后留下的角色再作一番表白。　⑩冤对：冤家对头。　⑪煮鹤烧琴：比喻糟蹋美好的东西。　⑫巨公：大官、大人物。　⑬西子：西施。

侯、李的恋情又贯穿了南明的兴亡史和当时重要历史的遭际。作者在《桃花扇小识》中说："桃花扇何奇乎？其不奇而奇者，扇面之桃花也；桃花者，美人之血痕也；血痕者，守贞待字，碎首淋漓不肯辱于权奸者也；权奸者，魏阉之余孽也；余孽者，进声色，罗货利①，结党复仇，隳三百年之帝基者也。"这说明作者有意用侯李定情表记的扇子作为结构的小道具的。这样，剧作构思新奇，结构脉络分明、严整有序。

再次，剧作语言典雅谨严，深沉而有余韵。曲词和宾白切合人物声口，而又词意明亮，文采斐然。《余韵》一出中苏昆生唱的一套［哀江南］曲是历来称赞的美文：

［北新水令］山松野草带花挑，猛抬头秣陵重到。残军留废垒，瘦马卧空壕；城郭萧条，城对着夕阳道。

［驻马听］野火频烧，护墓长楸②多半焦。山羊群跑，守陵阿监③几时逃。鸽翎蝠粪满堂抛，枯枝败叶当阶罩；谁祭扫，牧儿打碎龙碑帽。

［沉醉东风］横白玉八根柱倒，堕红泥半堵墙高，碎琉璃瓦片多，烂翡翠窗棂少，舞丹墀④燕雀常朝，直入宫门一路蒿，住几个乞儿饿殍⑤。

［折桂令］问秦淮旧窗寮⑥，破纸迎风，坏槛当潮，目断魂消。当日粉黛，何处笙箫。罢灯船端阳⑦不闹，收酒旗重九⑧无聊。白鸟飘飘，绿水滔滔，嫩黄花有些蝶飞，新红叶无个人瞧。

［沽美酒］你记得跨青溪⑨半里桥，旧红板没一条，秋水长天人过少，冷清清的落照，剩一树柳弯腰。

［太平令］行到那旧院门，何用轻敲，也不怕小犬哮哮⑩。无非是枯井颓巢，不过些砖苔砌草。手种的花条柳梢，尽意儿采樵；这黑灰是谁家厨灶？

［离亭宴带歇指煞］俺曾见金陵玉殿莺啼晓，秦淮水榭⑪花开早，谁知道容易冰消。眼看他起朱楼，眼看他宴宾客，眼看他楼塌了。这青苔碧瓦堆，俺曾睡风流觉，将五十年兴亡看饱。那乌衣巷⑫不姓王，莫愁湖⑬鬼夜哭，凤凰台⑭栖枭鸟⑮。残山梦最真，旧境丢难掉，不信这舆图换稿⑯，诌⑰一套哀江南，放悲声唱到老。

发抒了浓烈的黍离之悲、亡国之痛。

《桃花扇》不仅在康熙年间盛演不衰，以后仍活跃在舞台上，还曾改编为京剧、桂剧、越剧、话剧、电影、电视剧、昆剧等。

①货利：货物财利。 ②长楸：一种落叶乔木，高可达 30 米。楸 qiū，又名野桐。 ③阿监：太监。 ④丹墀：臣子朝见天子的地方，用红漆涂阶，故曰丹墀。墀 chí，台阶、台阶上的平地。 ⑤饿殍：饿昏的人。殍 piǎo，饿死、饿昏的人。 ⑥窗寮：窗屋。寮 liáo，小屋。 ⑦端阳：即五月初五端午节。 ⑧重九：即九月初九重阳节。 ⑨青溪：南京河道，市内的一段已湮没。 ⑩哮哮 láo láo：犬吠声。 ⑪水榭：建在水上的敞屋。榭 xiè，建在台上的敞屋。 ⑫乌衣巷：南京街巷，传说晋时为王、谢等大家族所聚居。 ⑬莫愁湖：南京名胜，在水西门外。 ⑭凤凰台：南京名胜，在城南。 ⑮枭鸟：猫头鹰。枭 xiāo，旧说为不祥之物。 ⑯舆图换稿：山河易主、改朝换代。舆图，地图。 ⑰诌 zhōu：随口编。

第五节 清代诗文词

清代文学的成就主要表现在小说、戏曲上,但诗文词的成就也相当可观,超过元明,呈现出一种复兴的景象。具体表现在下列三个方面:其一,作品丰富流派多。清代诗人词人、诗集词集文集、风格流派之多是空前的。其二,内容广泛,开拓了好些新的领域。最为显著的就是,清代出现了一大批反帝、反封建、呼喊民族民主革命的作品。其三,艺术上有所继承,更有所创新。清代诗文艺术风格,不外宗唐、宗宋和写个性三个方面,但它们并不拘泥于古法,而是大踏步地走出了新的境界,诗话词话等文学理论著作也都超过了前代。

清代诗文大致可分为三个阶段来阐述,前期:顺治、康熙、雍正时期,即 1644 年至 1736 年的 92 年;中期:乾隆、嘉庆、道光时期,即 1737 年至 1840 年的 104 年;后期:咸丰、同治、光绪、宣统时期,即 1840 年至 1911 年的 71 年。这后期就是通常的所谓近代。

一、清前期诗文词

在清代前期的 92 年中,就作品内容而言,约前 40 年以反映民族矛盾的诗文占主导地位,后 50 年则以反映民生疾苦、歌颂太平景象的作品居多。前期代表作家有顾炎武、王夫之、黄宗羲、钱谦益、吴伟业等,后期代表作家有王士禛、朱彝尊等。就作家情况而言,亦可分为遗民作家、两朝文人、散文家、词家等不同类别。所谓"遗民作家",就是指一些在清初还坚持抗清,或者坚持不合作态度归隐山林的文坛主将,他们的作品往往以反映亡国之痛为主。所谓"两朝文人",就是指一些原来在明朝做官,后来降清也做了官的文坛领袖,他们写过一些名作,还写了一些诉说降清后矛盾心情的篇章。

在清初,还有一个显著的特点就是思想家兼为文学家的居多。清初思想界民族、民主思想是相当激进的,被称为"天崩地解"的时代。当思想家们诉之于文学作品的时候,自然也使作品显现出从未有过的激进色彩,它们响彻了反对封建主义的最强音。

清前期主要的作家有:

顾炎武

顾炎武(1613—1682)字宁人,号亭林,晚年化名蒋山佣,江苏昆山人。他是一位具有强烈民族意识的思想家、学者、文学家和抗清斗士。他参加过南明抗清和昆山自发反抗斗争,失败后,流亡各地,坚持反清的秘密活动。后卒于曲沃①。他提倡的"天下兴亡,匹夫有责"

①曲沃:县名,在山西西南部,汾河支流浍(huì)河下游。

之说和"人寰①尚有遗民在,大节难随九鼎②沦"的名言,影响深远,成为民族民主革命的口号。

顾炎武的诗沉雄悲壮,极具时代使命感和战斗的献身精神。如《精卫》③:

> 万事有不平,尔何空自苦?长将一寸身④,衔木到终古⑤!我愿平东海,身沉心不改。大海无平期,我心无绝时。呜呼!君不见西山衔木众鸟多,鹊来燕去自成窠!

诗人借精卫以明志,表达从事反清复明斗争的毅力和决心。又如《又酬傅处士次韵之二》⑥:

> 愁听关塞遍吹笳⑦,不见中原有战车。三户已亡熊绎国⑧,一成犹启少康家⑨。
> 苍龙日暮还行雨,老树春深更著花。待得汉庭⑩明诏⑪近,五湖⑫同觅钓鱼槎⑬。

写抗清复明形势的严峻,而自己却执著营求、老而弥坚。

黄宗羲

黄宗羲(1610—1695)字太冲,号梨洲,浙江余姚人。他是明清之际著名的思想家、史学家、文学家。他直接从事过抗清活动,他的诗文不事雕琢、直抒胸臆,富有民主主义、爱国主义精神。

他的《明夷待访录》一书对君主专制的封建制度提出了尖锐的批判,并在官制、立法、学校、选举、兵制、财政诸方面提出了一系列改革办法。《原君》为第一篇,推究做君主的道理,痛斥君主把天下当做私产给天下人带来的无穷祸害。试看文中的一段:

> 后世为人君者不然。以为天下利害之权皆出于我,我以天下之利尽归于己,以天下之害尽归于人,亦无不可。使天下之人不敢自私,不敢自利,以我之大私为天下之大公。始而惭焉,久而安焉,视天下为莫大之产业,传之子孙,受享无穷。汉高

---

①人寰:世界上。寰 huán,广大的领域。 ②九鼎:这里是指国家。传说夏禹铸九鼎,象征九州。 ③题名:这首诗写于清顺治四年(1647),当时清政权正在逐渐巩固,各地抗清义军渐次败亡。顾以诗明志,自誓不惮身小力微,一定要将战斗进行到底。精卫,见本书"精卫填海"典故,顾即以精卫自喻。 ④一寸身: 微小的身躯。 ⑤终古:久远。 ⑥题名:傅处士即明末学者傅山(1607--1684)自称朱衣道人,山西阳曲人,明亡后着道士装。康熙时屡受征召,屡不就,以行医为业,后终老山中。顾炎武到太原,与之酬唱,曾有《赠傅处士山》五言律一首,这里是又一次和诗。次韵,即是依原诗作韵,韵脚次序也相同。 ⑦笳:胡笳。这里指清兵的声息。 ⑧"三户"句:用《史记·项羽本纪》典故;楚南公曰:"楚虽三户,亡秦必楚也。"这三户指屈、景、昭三姓;熊绎国,即楚国,楚武王名熊绎。 ⑨"一成"句:这是用夏代少康中兴的典故;少康曾以一成之田,一旅(500 人)之众,光复夏朝,号称中兴。一成,古代计算土地的单位,方 10 里为一成;少康,姓姒(sì),父姒相。 ⑩汉庭:这里借指明朝。 ⑪明诏:圣明的诏书,也可理解为明朝的圣旨。 ⑫五湖:一般指太湖及其附近的长荡湖、射湖、贵湖和漏(hé)湖,合称五湖。所谓五湖觅槎的说法,取自范蠡和西施功成身退,入五湖隐居的事。 ⑬钓鱼槎:钓鱼筏。槎 chá,筏。

祖所谓"某业所就,孰与仲多"者①,其逐利之情,不觉溢之于辞矣。此无他,古者以天下为主,君为客,凡君之所毕世而经营者,为天下也。今也以君为主,天下为客,凡天下之无地而得安宁者,为君也。是以其未得之也,屠毒天下之肝脑②,离散天下之子女,以博③我一人之产业、曾不惨然④,曰:"我固⑤为子孙创业也。"其既得之也,敲剥天下之骨髓,离散天下之子女,以奉⑥我一人之淫乐,视为当然。曰"此我产业之花息⑦也。"然则为天下之大害者,君而已矣。向使⑧无君,人各得自私也,人各得自利也。呜呼!岂设君之道固如是乎⑨?

文章朴实无华,但笔锋锐利,说理透辟。"然则为天下之大害者,君而已矣"是惊世骇俗之论,向君主专制制度提出挑战,充满了思想解放和民主战斗的精神。

屈大均

屈大均(1630—1696)字翁山,番禺人。明亡时仅 14 岁,但有强烈的反清情绪,18 岁参加反抗斗争。失败后,一度削发为僧。还俗后,参与过顾炎武、吴三桂的反清活动。以后避居江浙,终老山林。

屈大均论诗,主张"尚华"、"务实""合而一之",他既推崇李白、屈原,又主张学杜,所以他的诗既充满飞腾的奇思异想,又工于比兴,描写细密,有两结合的特征。举如《咏怀》:

> 吾剑虽短兵,其疾如电光。回旋⑩应规矩,恍惚双龙翔。上天降丧乱,日月颠其行⑪。重华⑫命百神,迎我朱陵冈⑬。林峦亘⑭千里,沅湘流汤汤⑮。山鬼纷媚⑯人,前驱从两狼。忠诚夙⑰所立,九死⑱吾何伤。

作者以短剑自喻,借《离骚》等浪漫主义的境界,表达自己忠贞不渝的战斗精神。

侯方域

侯方域(1618—1654)字朝宗,河南商丘人。少年时,主盟复社。南明时,与阮大铖等魏党斗争,写过讨阮檄文。顺治时,被迫参加河南乡试,中副榜。后抑郁病死。

他的散文以气势壮观、语言流丽见长,当时推为第一。《李姬传》写李香君与他的爱恋,故事情节成为后来孔尚任《桃花扇》传奇的素材。再看他的《马伶传》:

---

①"汉高祖"句:出自《史记·高祖本纪》,原句为:"始,大人常以臣无赖,不能治产业,不如仲力。今某之业所就,孰与仲多?"这是刘邦对其父炫耀的话。仲,指其兄。　②"屠毒"句:使天下人肝脑涂地。屠,宰杀;毒,毒害。　③博:博得,换取。　④曾不惨然:竟不觉得很惨痛。　⑤固:本来,理所当然。　⑥奉:供奉。⑦花息:花红利息。　⑧向使:原来假如。　⑨"岂设"句:难道设立君主的道理本来就是这样的吗?　⑩回旋:进退转换。　⑪日月颠其行:比喻世道纷乱。　⑫重华:舜的名字,重读 chóng。　⑬朱陵冈:这里指舜的陵墓处。朱陵,道家神仙居住处。　⑭亘 gèn:空间延续不断。　⑮汤汤 shāng shāng:水势浩荡的样子。　⑯媚:蛊惑诱媚。　⑰夙 sù:素有的、旧有的。　⑱九死:意志坚定,虽受多次伤害至死,也无所畏惧。

马伶者，金陵梨园部①也。金陵为明之留都②，社稷③百官皆在；而又当太平盛时，人易为乐④。其士女问桃叶渡⑤、游雨花台者，趾相错也⑥。梨园以技鸣者，无虑⑦数十辈⑧；而其最著者二：曰兴化部，曰华林部。

一日，新安贾⑨合两部为大会，遍征金陵之贵客文人，与夫妖姬静女⑩，莫不毕集。列兴化于东肆⑪，华林于西肆，两肆皆奏《鸣凤》⑫所谓椒山先生⑬者。迨半奏⑭，引商刻羽⑮，抗坠疾徐⑯，并称善也。当两相国论河套⑰，而西肆之为严嵩相国⑱者曰李伶，东肆则马伶。坐客乃西顾而叹⑲，或大呼命酒⑳，或移坐更近之，首不复东。未几更进，则东肆不复能终曲；询其故，盖马伶耻出李伶下，已易衣㉑遁矣。

马伶者，金陵之善歌者也。既去，而兴化部又不肯辄以易之㉒，乃竟辍㉓其技不奏，而华林部独著。

去后且三年，而马伶归，遍告其故侣，请于新安贾曰："今日幸为开宴，招前日宾客，愿与华林部更奏《鸣凤》，奉一日欢。"既奏，已而论河套，马伶复为严嵩相公以出，李伶忽失声，匍匐㉔称弟子。兴化部是日遂凌出㉕华林部远甚。

其夜，华林部过马伶曰："子㉖，天下之善技也，然无以易㉗李伶。李伶之为严相国至矣，子又安从授之而掩其上哉？"马伶曰："固然。天下无以易李伶，李伶即又不肯授我。我闻今相国昆山顾秉谦㉘者，严相国俦㉙也。我走京师，求为其门卒三年，日侍昆山相国于朝房，察其举止，聆其言语，久乃得之。此吾之所为师也。"华林部相与罗拜而去。

马伶名锦，字云将，其先西域人，当时犹称马回回㉚云。

---

①梨园部：戏子，属于戏班子里的人。　②留都：明成祖迁都北京后，南京为留都，建制与北京相同。③社稷 jì：原指帝王设坛祭祀的土地神和谷神，这里泛指国家机构建置。　④人易为乐：百姓经常搞娱乐活动。　⑤问桃叶渡：游访桃叶渡。在秦淮河与青溪合流处，因王献之送爱妾桃叶作歌而得名。⑥趾相错：（人多）脚步错杂。　⑦无虑：不下，至少有。　⑧数十辈：几十位。辈作同列、同等讲。　⑨新安贾：新安商人。新安，安徽徽州。　⑩妖姬静女：漂亮女子，名门才女。　⑪肆：铺面。这里指戏场。　⑫《鸣凤》：明王世贞传奇《鸣凤记》，演杨继盛弹劾奸相严嵩的故事。　⑬椒山先生：即杨继盛。杨字仲芳，号椒山，官至南京兵部左侍郎，因弹劾被严嵩害死。　⑭迨(dài)半奏：等到演至一半。　⑮引商刻羽：谓格调高古、符合声律的演奏。商声在五音中最高，称引；羽声较细，称刻。　⑯抗坠疾徐：即高低快慢，这里有音乐抑扬顿挫、悠扬婉转的意思。　⑰"当两"句：这是《鸣凤记》第六出中的情节：明世宗时，总督三边军务的曾铣建议从鞑靼族手里收复河套地区，宰相夏言赞成，严嵩反对。　⑱严嵩相国：严嵩，江西分宜人，嘉靖二十三年任首辅，一度退居次辅，无才略，唯谄媚世宗为固位。四十一年被御史邹应龙劾解职归。　⑲叹：赞叹。　⑳命酒：命令拿酒来。㉑易衣：换下戏装。　㉒辄以易之：随便以别人顶替。　㉓辍 chuò：中止。　㉔匍匐 pú fú：伏在地上。㉕凌出：超出。　㉖子：您，古时对男子的敬称。　㉗易：这里是胜过、超出的意思。　㉘昆山顾秉谦：明时苏州昆山人，万历进士，天启元年任礼部尚书，天启三年以原官兼东阁大学士预机务，杀害杨涟、左光斗，后被判流放，赎身为民。　㉙俦 chóu：同类。　㉚回回：旧时对伊斯兰教徒和回族人的称呼。

侯方域曰："异哉! 马伶之自得师也。夫其以李伶为绝技,无所于求,乃走事昆山,见昆山犹之见分宜①也。以分宜教分宜,安得不工哉! 呜呼! 耻其技之不若,而去数千里为卒三年,倘三年犹不得,即犹不得归尔。其志如此,技之工又何须问耶?

顾秉谦系昆山人,曾任宰相,因依附魏忠贤,后被判流放。这篇文章矛头直指魏忠贤为首的奸党。语言流丽,鞭辟入里。至于故事所阐明的演员必须要有生活体验的问题,则是不言而喻的。侯方域的散文学《史记》,行文明畅流利,人物栩栩如生。

钱谦益

清初诗坛居领袖地位的还有钱谦益、吴伟业。钱宗宋,吴宗唐,两人各立门户,都有一批追随者。

钱谦益(1582—1664),字受之,号牧斋,常熟人。明万历进士,官至礼部尚书。清军攻陷南京,钱请降,任礼部侍郎。不久辞归。

钱谦益的诗沉郁藻丽,技巧纯熟,诗风接近宋诗。他善于写组诗,他的《后秋兴》是和杜甫《秋兴》之作,120 首,韵至十三叠,表达复国无望、自己觍颜仕清的复杂心情。

吴伟业

吴伟业(1609—1671)字骏公,号梅村,太仓人。曾师事张溥,是复社成员,崇祯四年进士,翰林院编修,官至左庶子。后仕清为国子监祭酒,三年便归。著有《梅村家藏稿》。

吴伟业的诗取法盛唐,学习元、白,时称"娄东派"。总起来说,诗风沉郁苍凉,词藻清丽。但前后期略有不同,"其少作大抵才华艳发,吐纳风流,有藻思绮合、清丽芊眠②之致。及乎遭逢丧乱,阅尽兴亡,激楚苍凉,风格弥为遒上③"。(《四库全书总目提要》)

吴伟业精于律诗,歌行体尤为擅长。长篇歌行数量之多在诗史上首屈一指。名篇如《圆圆曲》、《松山哀》、《永和宫词》等。词藻清丽,音节和谐、微婉含蓄,沉着痛快是这些七言歌行的艺术特色。

王士祯

王士祯(1634—1711)字贻上,号阮亭,别号渔洋山人。山东新城人。顺治进士,官至刑部尚书。他早有诗名,继钱谦益、吴伟业后成为文坛领袖,并有清代第一诗人的美誉。作品除《带经堂集》外,还有笔记小说《池北偶谈》等。

王士祯倡导神韵说,他认为作诗"取兴会神到""神韵天然"。诗人功夫到家,自有神韵。

---

①分宜:代指严嵩。严是江西分宜人,故称。 ②芊眠:即"芊绵",草木蔓衍丛生的样子。芊 qiān,草木茂盛貌。 ③遒上:超逸不群、雄健超群。遒 qiú,强健。

因此,他理论上推崇严羽的"空中之音、相中之色①、水中之月、镜中之象","羚羊挂角、无迹可求②"等说法,以此为诗的最高境界。在作品中,他推崇王维、孟浩然等清淡、闲适的作品。

王士禛诗风澄淡,以写景七绝最为出色,试举《真州绝句》(五首之四)③:

江干④多是钓人居⑤,柳陌菱塘一带疏⑥。好是⑦日斜风定后,半江红树卖鲈鱼⑧。

描绘出了傍晚江边渔市的景致,诗中有画,仿佛王维作品。他诗作的缺点是只注意模山范水,表达个人情趣,内容狭窄。

以后,力图转变诗风,反对王士禛主张的有查慎行、赵执信等。

宋词的高潮以后,元明两代词坛衰微,清初词就呈现出复兴的态势,词人辈出,很多诗家兼词家,屈大均、吴伟业、王士禛等都写有好词。另外,此时还出现了以陈维崧为代表的阳羡派⑨,以朱彝尊为代表的浙西派和酷似后主的词人纳兰性德。

陈维崧

陈维崧(1625—1682),字其年,号迦陵,宜兴人。康熙中应博学鸿词科,授翰林院检讨,参与修纂《明史》。有《湖海楼诗文词全集》。

"国初词家,断以迦陵⑩为巨擘⑪","迦陵词气魄绝大,骨力绝遒,填词之富,古今无两"⑫(陈廷焯《白雨斋词话》)。他是清初阳羡派创始人。他的词学苏、辛,沉雄爽俊,横放杰出。试看其〔点绛唇〕(夜宿临洺驿⑬):

晴髻⑭离离⑮,太行山势如蝌蚪⑯。稗花盈亩,一寸霜皮厚⑰。　　赵魏燕韩⑱,历历堪⑲回首。悲风吼,临洺驿口,黄叶中原走。

记游词,意境雄阔,尺幅千里。写景中有身世感慨,有自己漂泊的回忆,有对历史的追怀,有

---

①相中之色:这句的意思与"空中之音"、"水中之月"、"镜中之象"相同,说是空虚的。佛教把一切事物外观的形象、状态称之为相,把一切能使人感触到的东西称之为色。　②"羚羊"两句:传说羚羊夜眠防患,以角悬树,足不着地,无迹可寻。这说法见之于《埤雅·释兽》。因以"羚羊挂角"喻意境超脱,不着形迹。宋严羽《沧浪诗话·诗辨》:"诗者,吟咏情性也。盛唐诸人,唯在兴趣。羚羊挂角,无迹可求。故其妙趣,透澈玲珑,不可凑泊。"　③题名:原诗五首,这里是第四首。此诗作于康熙元年(1662),当时王士禛任扬州推官。真州,即今江苏仪征,位于长江北岸,是扬州通往南京的必经之地。　④江干:江岸、江边。　⑤钓人居:渔人居所。　⑥"柳陌"句:渔家房舍疏疏落落地点缀在柳荫和菱花塘之间。　⑦好是:最美的是。　⑧"半江"句:江边的柳树在斜日映照下,仿佛半江都是红色的树影,树下渔人在卖鲈鱼。鲈鱼,生活在东南近海的名贵鱼,口大鳞细,肉味鲜美。　⑨阳羡派:江苏宜兴古称阳羡,陈维崧是宜兴人,故称阳羡派。　⑩迦陵:即陈维崧。陈字迦陵。　⑪巨擘bò:喻杰出人物。擘,大拇指。　⑫"填词"句:《迦陵词》凡30卷,1600余首。　⑬临洺驿:临洺县驿站。临洺,今河北永年县。　⑭晴髻:阳光映照的山峦。髻jì,女人发髻。　⑮离离:分明,即"历历"。　⑯蝌蚪:蝌蚪是青蛙的幼体,这里是形容太行山势如蝌蚪攒聚。　⑰"一寸"句:稗花繁茂像结了一寸厚的霜。　⑱赵魏燕韩:在今山西、河北一带。　⑲堪:值得。

陈维崧和阳羡派

英雄失路的悲感。

朱彝尊

朱彝尊（1629—1709），字锡鬯①，号竹垞②，秀水人。康熙中，应博学鸿词科，授翰林院检讨，寻入直南书房，出典江南省试。有《曝书亭诗文集》。

他是浙西词派的创始人，他标榜南宋，推崇姜夔、张炎。主张辞句工丽、声律谐调，刻意追求一种醇雅的风格。在〔解珮令〕（自题词集）中表白：

> 十年磨剑，五陵结客③，把平生涕泪都飘尽。老去填词，一半是空中传恨④，几曾围燕钗蝉鬓⑤。　　不师秦七⑥，不师黄九⑦，传新声玉田差近⑧，落拓江湖⑨，且吩咐歌筵红粉⑩，料封侯白头无分。

他的词宛转细密，技巧纯熟，确有姜、张风致，试看他的〔卖花声〕·（雨花台）⑪〕

> 衰柳白门湾⑫，潮打城还。小长干接大长干⑬。歌板酒旗零落尽，剩有渔竿。
> 秋草六朝寒，花雨空坛⑭。更无人处一凭栏。燕子斜阳来又去⑮。如此江山。

写雨花台的萧瑟，贯注了词人凄凉冷落的感慨。

纳兰性德

纳兰性德（1655—1685），字容若，满洲正黄旗人。他是太傅明珠的长子，21 岁中进士，任侍卫，31 岁出巡北方，盛夏患病死。著有《通志堂集》、《纳兰词》等。

纳兰性德主张填词须有比兴，反对模仿。他的词多写离别相思以及个人内心哀痛，风格悲抑凄婉，语言清丽自然，接近李后主。王国维推崇其词作的赤子真情，说他"北宋以来，一人而已"（《人间词话》）。试举〔长相思〕⑯：

> 山一程，水一程。身向榆关⑰那畔行，夜深千帐灯。　　风一更，雪一更。聒

朱彝尊和浙西词派

纳兰性德

---

①鬯 chàng：古代祭祀用香酒。　②垞 chá：小土山。　③五陵结客：豪侠结交壮举。汉时经营帝王陵墓，各处侠士往往云聚。因此五陵结交，代表了少年们的血性豪壮的举动。五陵即汉高帝长陵、惠帝安陵、景帝阳陵、武帝茂陵、昭帝平陵。　④空中传恨：用词来抒发胸中积愤。旧称歌词为空中语。　⑤燕钗蝉鬓：代指女子。燕钗，妇女髻上状如飞燕的玉钗；蝉鬓，妇女鬓边饰物薄如蝉翼。　⑥秦七：指秦观，他行七。　⑦黄九：指黄庭坚，他行九。　⑧"倚新声"句：填词与张炎约略相近。倚新声，按谱填词；玉田，张炎字。　⑨落拓江湖：失意放浪江湖。　⑩歌筵红粉：代指歌女。　⑪雨花台：在南京中华门外。　⑫白门湾：本指建康台城的外门，后代指建康。　⑬"小长干"句：指南京繁华处。刘渊林《吴都赋注》："江东谓山间为干。建业南五里有山冈，其间平地，吏民杂居，东长干有大长干、小长干皆相连。"　⑭花雨空坛：曾繁华一时留有佳话的雨花台，如今已人去坛空。相传梁武帝时有一位云光法师讲经，感天雨花，故名。　⑮"燕子"句：当年金陵豪贵之家也已败落。这是用刘禹锡《乌衣巷》诗："旧时王谢堂前燕，飞入寻常百姓家。"　⑯题名：这首写于清康熙二十一年（1682），作者随康熙出巡时。　⑰榆关：山海关的别称，今河北秦皇岛东北；那畔，那边。

碎①乡心梦不成,故园无此声。

出巡思乡,语浅情深。他的词作有名的除边塞词外,还有一些悼亡词,写得情浓意笃,悲怆感人。

顾 贞 观

清初词人还应提及顾贞观和他的两首〔金缕曲〕。顾贞观(1637—1914)字华峰,无锡人。曾馆纳兰家,与纳兰性德交契。

他的〔金缕曲〕②,以词代书,形式新奇,情真语切,广为流传。

金缕曲

寄吴汉槎③宁古塔④,以词代书,丙辰冬寓京师千佛寺雪中作。

季子⑤平安否?便归来,平生万事,哪堪回首?行路悠悠谁慰藉⑥?母老家贫子幼。记不起从前杯酒。魑魅择人⑦应见惯,总输他覆雨翻云手⑧。冰与雪,周旋久⑨。　　泪痕莫滴牛衣⑩透,数天涯,依然骨肉,几家能够⑪?比拟红颜多命薄,

----

①聒 guō 碎:声音吵杂扰人。　②题名:这两首词写于清康熙十五年(1676)冬,是寄给因罪流徙于宁古塔的吴汉槎的。作者自幼与吴汉槎交契。顺治十四年(1657)吴参加江南乡试,中举人,主考方猷等因**舞弊被弹劾**,次年三月在北京复试江南举人。那日兵卫银铛旁逻,夹棍大刀森布,吴当时惊怖不已,战栗而无法下笔,遂被收监。十一月判责四十大板,家产籍没入官,全家流徙宁古塔。作者对好友的无辜受累,十分悲痛,曾为之求援于纳兰性德,未获即许。这两首词写得很好,纳兰性德为之感叹哭泣,便言于其父相国明珠。据《随园诗话》卷三记载:“华峰(即顾贞观)之救吴季子也,太傅(明珠)方宴客,手巨觥,谓曰:‘若饮满,为救汉槎。’华峰素不饮,至是一吸而尽。太傅笑曰:‘余真戏耳! 即不饮,余岂遂不救汉槎耶? 虽然,何其壮也!’呜呼,公子能文,良朋爱友,太傅怜才,真一时佳话。”后来吴汉槎于辛酉(1681)从绝塞生还。　③吴汉槎 chá:吴兆骞(1631—1684)清江南吴江人,字汉槎,少有俊才,入慎交社,与陈维崧、彭师度有“江南三凤凰”之称,顺治十四年中举人,旋因科场案遭戍宁古塔,谪居20余年,康熙二十年赦还,著有《秋笳集》。　④宁古塔:在今黑龙江省宁安县,此词满语为六个之意,相传清皇族远祖兄弟六人居此。《研堂见闻杂记》:“宁古塔在宁东极北,去京师七八千里,其地重冰积雪,非复世界。”　⑤季子:一般排行第四或最幼的兄弟为季子,吴汉槎家有三兄弟,他最幼,故称。　⑥慰藉:安抚、抚慰。　⑦魑魅择人:这里是遭坏人陷害的意思。魑魅 chī mèi,传说中的山泽鬼怪;择人,选择人的意思。吴振臣在《秋笳集》跋中透露其父“为仇家所中,遂至遣戍。”　⑧覆雨翻云手:比喻反复无常或玩弄手段的人。杜甫《贫交行》:“翻手作云覆手雨,纷纷轻薄何须数。”　⑨“冰与雪”两句:汉槎在冰雪苦寒的世界中已经过得很久了。　⑩牛衣:亦称“牛被”,给牛御寒用的覆盖物。《汉书·王章传》:“章疾病,无被,卧牛衣中,与妻决涕泣。”后以“牛衣对泣”形容夫妻共守穷困。　⑪“数天涯”三句:这里是安慰吴汉槎的意思:你虽然谪戍边荒,却依然骨肉团聚,倒也是十分难得的事。天涯,天边;按:吴汉槎于顺治十六年遭戍宁古塔,四年后,其妻葛氏去戍所省夫,相聚10余年,生一子四女。

更不如今还有。只绝塞①苦寒难受。廿载包胥承一诺②,盼乌头马角终相救③。置此札,兄怀袖④。

　　我亦飘零久。十年来,深恩负尽,死生师友。宿昔齐名非忝窃⑤,只看杜陵穷瘦⑥,曾不减夜郎僝僽⑦。薄命长辞知己别⑧,问人生到此凄凉否? 千万恨,为兄剖。　　兄生辛未吾丁丑⑨,共些时冰霜摧折,早衰蒲柳⑩。词赋从今须少作,留取心魂相守,但愿得河清人寿⑪。归日急翻行戍稿⑫,把空名料理传声后。言不尽,观顿首⑬。

这两首词⑭既有书信的平易畅达,又有词的意境、节奏,堪称独创。以词代书,宋人张元干《贺新郎·送胡邦衡待制赴新州》等就有书信的意味,但完全运用书信的形式却自此二首始。

二、清中叶诗文

　　清代中叶在学术上考据风盛行,形成学术史上大名鼎鼎的乾嘉学派。考据风也影响到文坛、诗坛。

　　清中叶文坛是桐城派的一统天下,桐城派上起康熙朝,下至晚清,风靡 200 年。

　　清中叶诗坛是袁枚性灵说、沈德潜格调说,翁方纲肌理说鼎足而三的时代。袁枚的诗论、诗作都很吸引人,使另两派,特别是翁派显得微弱。

---

　　①绝塞:极远的边塞,指宁古塔。　②"廿载"句:自己一定要实践相救援的诺言。用申包胥救楚的典故。《史记·伍子胥列传》记载,楚大夫申包胥与伍子胥为知交,子胥被迫出走时,对申包胥说,我必覆楚。申回答说,我必存之。后来,吴王用伍子胥计破了楚国,申包胥则去秦国求救,在秦廷痛哭七天七夜,感动秦国发兵救楚。　③"盼乌头"句:即使没有可能,我也矢志不移地要营救你。用《史记·荆轲列传》的典故,传赞注:燕丹求归,秦王曰:"乌白头,马生角,乃许耳。"后以此比喻不可能之事。　④怀袖:怀藏。　⑤"宿昔"句:看来我们过去的齐名并非过誉。宿昔,从前;忝 tiǎn 窃,愧得其名。忝,有愧于;窃,私,谦词。　⑥"只看"句:只看我自己就极其穷愁潦倒。杜陵,杜甫。杜甫自称"杜陵野老"、"杜陵布衣",是出名的穷瘦生。　⑦"曾不减"句:我也曾和李白一样烦恼愁苦。夜郎,指李白,僝僽 chán zhòu,烦恼苦冈;李白曾困永王璘的事被流放夜郎(今遵义),所以,以夜郎代指李白。　⑧"薄命"句:我的妻子死了,而好友你也天各一方。薄命,女子命运不好为薄命;长辞,死了;知己,好友。　⑨"兄生"句:你生于辛未年(崇祯四年 1631),我生于丁丑年(崇祯十年 1637)。　⑩"共些时"两句:我们共同经历了一段时间的冰霜摧残,都已成了早衰的蒲柳。蒲和柳是易凋植物,比喻体质衰弱。按:贞观写此词是 40 岁,汉槎是 46 岁。　⑪河清人寿:这里是祝愿汉槎健康长寿早日归来。古时传说黄河水千年一清,因以"河清人寿"极言人之长寿。　⑫行戍稿:指汉槎遭戍期的文稿。　⑬顿首:叩头。古代九拜之一,下对上的敬礼。常用于书信开头或末尾。　⑭这两首词:这两首后面作者还有附书:"二词容若见之,为泣下数行,曰:'河梁生别之诗(即李陵念苏武之诗,名句为"携手上河梁,游子暮何之")山阳死友之传(即向秀怀念嵇康、吕安,二人被司马昭杀害,向秀经山阳旧居,作《思旧赋》)得此而三。此事三千六百日中,弟当以身任之,不俟兄再嘱也。'余曰:'人寿几何,请以五载为期。'恳之太傅,亦蒙见许,而汉槎果以辛酉入关矣。附书志感,兼志痛云。"

沈德潜的"格调说"

沈德潜(1673—1769),字确士,号归愚,长洲(今江苏苏州)人,乾隆元年荐举博学鸿词科,四年成进士,官至内阁学士兼礼部侍郎。他早年就以诗论和选家名世,选有《古诗源》、《唐诗别裁》、《明诗别裁》、《清诗别裁》等,流传很广。著有《沈归愚诗文全集》。

沈德潜提倡格调说,他认为"诗贵性情,亦须论法"。他的格调说主要包括"贵性情"——诗的风格要符合温柔敦厚的诗教;"论法"——讲究体式、格律、声调。所谓温柔敦厚的诗教,即是说,诗必须是温柔敦厚、怨而不怒的,怨艾、讽刺、发露则是违背诗教的。温柔敦厚一语原出于《礼记·经解》:"温柔敦厚诗教也。"疏曰:"温,谓颜色温润;柔,谓性情和柔。《诗》依违讽刺,不指切事情,故云温柔敦厚是诗教也。"所以,温润柔和、笃实宽厚是诗教。所谓讲究体式、格律、声调,就是说要注意形式的完满。不过,他的讲究形式却归结到复古方面去,他赞美前后七子,主张古体诗宗汉魏,近体宗法盛唐。他的主张继承老师叶燮和前后七子,而加以发挥和系统化,符合了当时最高统治者的需要,在乾隆年间显赫一时,因而也造成复古主义的泛滥。

沈德潜的诗作平正朴素,缺少气势,多歌功颂德之作。

郑燮的"直摅①血性"

郑燮(1693—1765)字克柔,号板桥,江苏兴化人。他是康熙秀才、雍正举人、乾隆进士,49岁做官、61岁辞官、73岁逝世。做官也只做过山东范县和潍县的县官。辞官后在扬州卖画度日。诗、书、画三绝,为"扬州八怪"之一,有《郑板桥集》。

他认为诗文要"直摅血性"、"自树旗帜",要做主子文章不可像"婢学夫人"那样做奴才文章。

他的诗文不随流俗,自成一家,呈现出一种"怪而不怪"的风致。所谓怪是对时风和传统而言,所谓不怪是从他诗文的自由洒脱、自成意境方面而言。诗如《画竹呈包括》②:

衙斋③卧听萧萧竹,疑是民间疾苦声。些小④吾曹⑤州县吏,一枝一叶总关情。

文如《范县署中寄舍弟墨第四书》⑥:

十月二十六日得家书,知新置田,获秋稼五百斛⑦甚喜。而今而后,堪为农夫以没世⑧矣。要须制碓⑨制磨,置筛箩簸箕,制大小扫帚,制升斗斛。家中妇女,率诸婢妾,皆令习舂揄蹂簸⑩之事。便是一种靠田园长子孙气象。天寒冰冻时,穷亲戚朋友到门,先泡一大碗炒米送手中,佐以酱姜一小碟,最是暖老温贫之具。暇日

①摅 shū:抒发。　②题名:这是一首题画七言绝句。包括,字银河,钱塘人,曾任山东布政使,署理巡抚。　③衙斋:县衙中的书房。　④些小:如此卑贱低微。　⑤吾曹:我辈。　⑥《题名》:乾隆元年(1736)郑板桥中进士,后官范县县令。范县,在山东;墨,是郑的堂弟。　⑦斛 hú:旧时量器名,五斗为一斛。　⑧没世:死去。　⑨碓 duì:舂米的工具。　⑩舂揄蹂簸:舂谷簸糠等农事。揄 yǔ,挥动,掼稻。

咽碎米饼,煮糊涂粥,双手捧碗,缩颈而啜①之。霜晨雪早,得此周身俱暖。嗟呼!嗟呼! 吾其长为农夫以没世乎!

我想天地间第一等人,只有农夫,而士为四民②之末。……我辈读书人,入则孝,出则弟③,守先待后④,得志泽加于民,不得志修身见于世,所以又高于农夫一等。今则不然,一捧书本,便想中举人进士作官,如何攫取金钱,造大房屋,置多田产。起手便走错了路头,后来越做越坏,总没个好结果。其不能发达者,乡里作恶,小头锐面⑤,更不可当。夫束修自好⑥者,岂无他人;经济自期⑦,抗怀千古⑧者,亦所在多有。而好人为坏人所累,遂令我辈开不得口,一开口人便笑曰:"汝辈书生,总是会说,他日居官,便不如此说了。"所以忍气吞声,只得挨人笑骂。工人制器利用,贾人搬有运无,皆有便民之处。而士独于民大不便,无怪乎居四民之末也!且求居四民之末,而亦不可得也。……

你看他言情述事说理,明白自然,真诚坦率,脱口而出,无一点做作气。有人评道:"板桥有三绝,曰画曰诗曰书。三绝之中又有三真,曰真气真意真趣。"(马宗霍《松轩随笔》)

袁枚的"性灵说"

袁枚(1716—1797)字子才,号简斋,钱塘(今浙江杭州)人。他从小聪明颖悟,于书无不研读,24岁中进士,入翰林。历任溧水、江宁、江浦等县县令。33岁就辞官家居,在南京小仓山下筑随园⑨,优游近50年。著有《小仓山房诗文集》、《随园诗话》、《新齐谐》等。

袁枚提倡性灵说,他的性灵说是在前人如李贽、袁宏道、钟惺等有关性灵的美学基础上发展而成的。性灵说有如下一些要点:其一,创作需要灵感,要有独创性。他反对模拟唐宋、反对大谈学问、格律、语言之类的形式主义诗风。其二,作诗要有真情实感,要表现个性。即他之所谓"夫诗者由情而生者也,有必不可解之情,而后有必不可朽之诗",诗"有性情而后真""作诗不可以无我"云云。其三,好诗就是要自然风趣地抒写自我的性灵。即他之所谓"诗宜自出机杼"⑩"灵机一点是吾师",《诗经》以来的佳作,"都是性灵,不关堆垛"⑪云云。

一时性灵说风靡天下,形成了一个派别,有赵翼、张问陶,舒位等与之相呼应。

袁枚的诗作确有新气息、新见解,写出了自己新鲜的感受,语言又清新活泼、流转自如。如《马嵬驿》⑫:

---

①啜 chuò:喝。 ②四民:农、工、商、士。 ③弟:古同悌,弟弟敬爱哥哥。 ④守先待后:安守先人基业等待后人接替。 ⑤小头锐面:锐意钻营貌。 ⑥束修自好:束约修养,慎行自好。 ⑦经济自期:财力、物力自给自足。 ⑧抗怀千古:一生坚守高尚的情怀。 ⑨随园:现在市内五台山附近。 ⑩机杼:比喻创意、构思。杼 zhù,织布机上的筘 kòu(使经纬交织的梳子)。 ⑪堆垛:货物的堆栈。这里用其转意,就是堆砌典故的意思。 ⑫题名:这首是诗人赴西安候补时所作。原诗四首,此其四。

　　莫唱当年长恨歌①,人间亦自有银河②。石壕村里夫妻别③,泪比长生殿
上多④。

诗从旧题中翻出新意。再如《渡江大风》⑤:

　　水怒如山立⑥,孤蓬⑦我独行。身疑龙背坐,帆与浪花平。缆系地无所⑧,鼍
鸣⑨窗有声。金焦⑩知客⑪到,出郭远相迎。

写出了在大风中渡江的惊恐害怕,末句的受迎接,其定心喜悦之情可想而知。他的散文亦多
传世之作,如《祭妹文》、《黄生借书说》等。

翁方纲的“肌理说”

　　翁方纲(1733—1818),字正三,号覃溪,大兴(今属北京市)人。嘉庆中成为诗坛领袖。
　　他主张“诗必研诸肌理”(肌理一词源出杜诗“肌理细腻骨肉匀”。)这里的“肌理”,即以儒
家经籍为基础的学问。好的作品要做到义理(思想)、文理(文词)和肌理(学问材料)的统一。
他还主张诗要有细密质实的风格,“诗宗江西派,出入山谷、诚斋”。他生当汉学考据风盛行
的年代,他的诗论就是要为以学问入诗寻找依据,他自己就写了许多学问诗。这派也有影
响,近代的宋诗派对它就有所承接。

桐城派散文

　　桐城派是清代最大的一个散文流派,风靡有清 200 余年,在文学史上占有重要的位置。
自五四时期被新文学创导者斥为“桐城谬种”、“选学妖孽”以来,蒙冤负屈。一直遭到非议和
谴责。其实,这是过头的批判,并不实事求是。这个文派不仅系统地总结了我国散文写作的
理论,而且有着丰富的创作实践,留下了比较深远的影响。
　　桐城派始创于戴名世(1654—1713,字有田,号褐夫,康熙进士,因文字狱被杀,而不再提
起)、方苞(1668—1749,字凤九,号望溪),以后传至刘大櫆(1698—1780,字耕南,号海峰)再
传至姚鼐(1731—1815,字姬传,号惜抱)。他们都是安徽桐城人,所以叫做桐城派。
　　姚鼐是桐城派写作理论的集大成者,他融合了方苞的“义法”说和刘大櫆的“神气音节字
句”说,提出了系统的理论:(一) 提出义理(观点)、考据(准确的材料)、文章(华美的文词)
三者统一的主张;(二) 提出为文“八要”:神、理、气、味、格、律、声、色;(三) 提出文章有阳刚

---

①长恨歌:即白居易诗《长恨歌》。　②银河:指牛郎织女故事,这句是说人间像牛郎织女样的爱情悲剧
还多呢!　③“石壕村”句:像杜诗《石壕吏》中那对老年夫妇的惨别。　④“泪比”句:要比帝王李、杨的生离死
别更悲惨、更值得同情、更有意义。长生殿,在陕西临潼县城南骊山华清宫内,相传李、杨在这里生死离别
地密誓定情。　⑤题名:这首诗是描写作者从江北渡江到镇江时的情景。选自《小仓山房诗集》卷 22。
⑥“水怒”句:浪涛怒涌如山而立。　⑦孤蓬:江中飘泊前行的小船。孤蓬,原指随风飘转的蓬草。　⑧无所:即
无处。　⑨鼍鸣:鳄鱼的吼声。鼍 tuó,扬子鳄。　⑩金焦:即镇江的金山、焦山两寺。金山,在镇江西北岸
边,焦山在镇江东北面江中,两山均有古刹。　⑪知客:佛教寺院中专司接待宾客的僧职。

和阴柔之美的文章风格说。他还编选了《古文辞类纂》的选本，从秦汉开始，终于方苞和刘大櫆，选择标准贯彻了他们的主张，因而扩大了桐城派的影响。

桐城派散文从内容上看并不突出，一些墓碑表记之类的文章显得平庸，但也还有一些议论时政，记述时事，描摹人物，绘画山水的文章颇有认识意义。

从形式上看，它们大都结构严密，取材精当，且辅以考证，文字雅洁，声调抑扬，形成一种高简深古、淡雅流畅的风格。名作如方苞《狱中杂记》、《左忠毅公逸事》、刘大櫆《游三洞记》、姚鼐《登泰山记》。

桐城派影响深远，以后的以恽敬、张惠言为代表的阳湖派①，以曾国藩为代表的湘乡派②，以严复、林纾③为代表的侯官派④都是桐城派的变体和分支。

近代文学的先驱龚自珍

清代中期最后一个重要的文学家是龚自珍。

鸦片战争以后，中国沦为半殖民地社会国家。与此相适应，统治阶级内部激烈分化，一部分顽固分子因循守旧、反对任何改革；一部分开明人士则发出了要求改革内政、改革现状、抵抗侵略、挽救祖国的呼声。这部分具有启蒙主义思想的文人往往以敏锐的眼光、批判的态度和激烈的言辞，向腐败的官僚政治和陋卑的习俗进行了大胆的抨击，而龚自珍则是其始。龚自珍死于 1841 年，按说他只是清中期最后一个重要的作家，但他诗文的思想风貌却是属于下一阶段——近代的，所以说他是近代文学的先驱。

龚自珍（1792—1841），字璱⑤人，号定庵，仁和（今浙江杭州）人。一生分三个时期，27 岁前是青少年时期，此时已开始创作。28 岁到 47 岁是京城做官时期，考了 6 次方中进士，做过中书舍人、礼部主事等小官。48 到 50 岁是南归述著时期，50 岁暴卒于丹阳云阳书院。有《龚定庵全集》。

龚自珍是我国 19 世纪上半叶见卓识高、富有才华的思想家、文学家，他的思想带有极大的叛逆性，文学又极富于创造性。在中国逐渐沦向半封建半殖民地社会的时期，他提出了一系列的经国方略、改革措施，举凡抵抗侵略、禁止鸦片、人人平等、反对妇女缠足、废止跪拜、耕者授其田、发展商品生产、移民实边等问题都有精辟的见解。但是，官微言轻，往往被目为"伤时之语，骂座之言"，得不到重视。

在诗文中，龚自珍的诗成就最高，他的诗跳动着时代的脉搏，具有深刻的社会内容和现实意义。诗的内容大致有下列四方面：

揭露社会的衰败和官僚的腐朽。如 1825 年写的《咏史》一律：

龚自珍首开近代文学风气

①阳湖派：恽 yùn 敬、张惠言为阳湖（今江苏武进）人，故称。　②湘乡派：曾国藩为湖南湘乡人，故称。③纾 shū：宽裕、缓和。　④侯官派：严复、林纾为福建侯官人，故称。　⑤璱 sè：玉鲜明洁净。

金粉东南十五州①，万重恩怨属名流②。牢盆狎客操全算③，团扇才人居上游④。避席畏闻文字狱⑤，著书都为稻粱谋⑥。田横五百人安在，难道归来尽列侯⑦。

题为咏史，实为讽今。运用典故，鞭笞了世风日下、名流堕落、政治黑暗的现实。

同情人民的苦难。如《己亥杂诗》(共315首，是自叙传式的组诗)中的：

只筹一缆十夫多⑧，细算千艘渡此河⑨。我亦曾糜太仓粟⑩，夜闻邪许泪滂沱⑪。

不筹盐铁不筹河⑫，独倚东南涕泪多。国赋三升民一斗⑬，屠牛那不胜栽禾⑭。

深切地表达了劳动人民的悲愤。

表达维护民族尊严的爱国主义思想。如《己亥杂诗》中的：

故人横海拜将军⑮，侧立东南未蒇勋⑯。我有阴符三百字⑰，蜡丸难寄惜雄文⑱。

赞叹林则徐的斗争精神。

追求个性解放，呼唤打破沉寂的局面。如《己亥杂诗》中的：

---

①"金粉"句：繁华富庶的东南地区。金粉，花钿和铅，妇女装饰品，以往多以金粉形容繁华绮丽的生活。　②"万重"句：指东南名士醉心声色，沉溺于重重名利和恩怨。名流，知名要人。　③"牢盆"句：是说盐商家的清客们占据着最为有利的形势，打着最合适如意的算盘。牢盆，煮盐的器具；牢盆狎客，指聚集于盐商周围的帮闲清客；操全算，打着最有利的算盘。　④"团扇"句：流连声色的文人雅士更是得意非凡。团扇才人，用东晋王导孙王珉典故：王珉平日喜用白团扇，20岁就当上了中书令，但却不通政务。这里有指摘纨绔子弟的意思。　⑤"避席"句：常听到令人惊骇的文字狱。避席，心怀畏惧离座而起。　⑥"著书"句：著书都是为了谋生。稻粱谋，指谋生活，用杜甫《同诸公登慈恩寺塔》："君看随阳雁，各有稻粱谋"典故。⑦"田横"两句：田横等五百壮士能到哪儿去呢？难道归顺刘邦后，都会被封为列侯？这是告诫大家不要对怀柔政策抱有幻想。田横故事见于《史记·田儋列传》，楚汉相争时，田横自立为齐王，汉灭楚后，田横率五百壮士流落海岛，刘邦数番召降，说："田横来，大者王，小者乃侯耳！不来且兵加诛焉。"田横终不愿归附，而自刭，海上五百壮士闻讯皆自杀。列侯，汉代异姓封侯称列侯。　⑧"只筹"句：单独计算一条船就要有十多个纤夫背纤。缆，纤绳；夫，指纤夫。　⑨"细算"句：细算来渡河的千艘船只又该有多少纤夫？　⑩"我亦"句：我也曾在京城做过官，耗费过京城太仓的俸米。糜，糜费；太仓，国库，国家仓库。　⑪"夜闻"句：夜来听着此起彼伏的纤夫号子声，泪水禁不住地流淌着。邪虎 yé hǔ，象声词；滂沱 pāng tuó，眼泪多的样子，如涕泗滂沱。　⑫"不筹"句：我辞官南归不去筹办盐铁，也不去筹办整治河道。　⑬"国赋"：现在情况却是国家征税三升，老百姓要交一斗粮食。　⑭"屠牛"句：老百姓杀牛完税，岂不胜于栽稻米完税吗？　⑮"故人"句：故人林则徐可以说是横海将军，他以钦差大臣的身份赴粤禁烟。横海将军是用《史记·东越列传》典故。　⑯"侧立"句：林则徐犹如南天一柱支撑大局，但尚未大功告成。侧立，肃立表示担心，有恐惧。蒇勋，完成勋业。蒇 chǎn，完成。　⑰"我有"句：我虽然有克敌制胜的好谋略。"阴符三百字"，用《云笈七签》典故。阴符，就是古代兵书阴符经，据说由轩辕氏传给黄帝，黄帝因而战胜蚩尤。　⑱"蜡丸"句：(好谋略)无法传递南疆而空自叹息。蜡丸，蜡封的保密文件；雄文，气象开阔、才气过人的文章。

　　九州生气恃风雷①,万马齐喑究可哀②。我劝天公重抖擞③,不拘一格降人才④。
这是他过镇江时,为道士写的"青词"⑤,表达了他渴望变革现实的政治风雷的降临。散文
《病梅馆记》也表现了他渴望治疗矫揉造作的病态社会和解放人才的心情。

　　龚自珍诗的艺术特征是浪漫主义色彩强烈。他往往奇境独辟,别开生面地以丰富的想
象、新颖的比喻、豪迈的气势和瑰丽的文辞构成绚丽感人的艺术形象。他明显地接受了庄
子、屈原和李白的影响。他自己就曾说:"庄骚两灵鬼,盘踞肝肠深。"庄子的雄奇想象、屈原
香草美人比兴、李白狂飙诗笔都在龚自珍诗中有所反映。

　　龚自珍对近代文学影响巨大,梁启超就曾说过,光绪间所谓新学家者,大率人人皆有过
崇拜龚氏之一时期。南社作家柳亚子、高旭和五四新文学革命主将鲁迅也都受其影响。

龚自珍诗《己亥杂诗》:"落红不是无情物,化作春泥更护花"道出了海内
外华夏赤子的心曲。画家丰子恺为之作画,有的文学社团则起名为"春
泥"、"垦春泥"。

　　①"九州"句:中国要勃勃有生气,必须要经过风雷激荡的变革。九州,指中国,中国古代曾分为九州。
②"万马"句:当下这种黑暗的政局、令人窒息的气息,实在是叫人沮丧。万马齐喑,语出苏轼《三马图赞引》:元祐
初西域贡马"振鬣长鸣,万马齐喑"。喑 yīn,哑;究,终究、毕竟。　③"我劝"句:我希望天帝重新振作精神。天公,
道教传说中的玉皇大帝。抖擞 sǒu,振作精神。　④"不拘"句:不拘一种规格降生出各种各样的济世人才。
⑤这首诗龚自珍自注:"过镇江见赛玉皇及风神、雷神者,祷词万数。道士乞撰青词。"赛,指赛神会,旧俗在
节日及神的生日,迎神像出庙游行。青词,道士斋醮时祭神的文字。唐李肇《翰林志》:"凡太清宫道观荐告
词文,用青藤纸、朱字谓之青词。"

第六节　近代文学

从 1840 年的鸦片战争到 1919 年五四运动的一段历史时期是近代,近代的历史就是帝国主义侵略、清王朝腐败、中国沦为半封建半殖民地社会从而全面崩溃的历史。这一历史时期的文学有自己的特色,被称为近代文学,它上承古代,下接五四新文学,反映了新旧文学在特定时代的交替和嬗变。

一、近代诗文

80 年左右的近代历史,大体可分为鸦片战争和太平天国革命时期、资产阶级改良运动和义和团运动时期、资产阶级民主革命三个时期,文学思潮和诗文创作也大体与这个分期相一致。

早期诗文以林则徐、魏源和张维屏为代表。

魏源(1794—1859)字默深,湖南邵阳人。进步的思想家、诗人。著有《古微堂诗集》、《圣武记》等。魏源是鸦片战争中与龚自珍齐名的哲人,他在斗争中探寻富国御侮的办法,也丰富了他的诗文创作内容。所以,他的优秀诗作继承了古代乐府诗的现实主义传统,又富有时代精神。他的《江南吟》、《偶然吟》、《寰海》、《秋兴》等直陈时弊、谴责英国殖民主义者的罪行,反映人民的痛苦、讴歌人民同仇敌忾、抗敌御侮的斗争。试看《寰海》十章其四①:

谁奏中宵秘密章,不成荣虢不汪黄②。已闻狐鼠神丛托③,那望鲸鲵澥渤攘④。

功罪三朝云变幻⑤,战和两议镬冰汤⑥。安邦自是诸刘事⑦,绛灌何能赞塞防⑧。

---

①题名:作者自注作于道光二十年。　②"谁奏"两句:这半夜五更是谁写秘密奏章,不就周朝的荣夷公、虢石父、宋朝的汪伯彦、黄潜善那样的人物吗? 这是以历史上的奸臣比喻当时把持朝政穆彰阿、琦善等人。荣虢,荣夷公、虢石父。《国语》上说荣好利而不知大难,使"王流彘";《史记》上说虢石父佞巧、善谀好利。汪黄,指汪伯彦(高宗时拜右仆射)黄潜善(高宗时拜左仆射)两人相互勾结,狼狈为奸,为正人所切齿痛恨。③"已闻"句:已经传闻奸佞之臣聚集于朝廷之中。狐鼠,即城狐社鼠,比喻依势为奸的人,典出《晋书·谢鲲传》:"隗嚣始祸,然城狐社鼠也。"神丛,神祠里丛树,这里是托身朝廷的意思。　④"那望"句:哪能指望这样一些奸臣败类去击退英国侵略者? 澥渤 xiè bó,渤海。鲸鲵 qíng ní,鲸鱼,雄曰鲸,雌曰鲵,以喻吞食小国的不义者;攘 ráng,排除。　⑤"功罪"句:是功是罪,三朝两变,实在变幻无常。1840 年前后清政府对英侵略者的和与战,对林则徐的功和罪三朝两变,出尔反尔,变化无端。　⑥"战和"句:清政府忽而主张战,忽而主张和,忽冷忽热,如镬中的冰水和热汤。镬 huò,煮食物的器皿。　⑦"安邦"句:安邦定国本是皇族分内的事。诸刘,汉朝宗室,这里指满清贵族,如文华殿大学士穆彰阿等。　⑧"绛灌"句:一般将军大臣哪里能起安定宗室的作用呢? 绛灌,指汉朝绛侯周渤,颍阳侯灌婴,作者用这两个人代指林则徐、邓廷桢等主张禁烟的将领。赞,帮助。

早期：魏源

明比暗喻,矛头直指清廷;古今贯穿,感情色彩强烈。他还写有很多山水诗,形象飞动、生机蓬勃。他的散文内容详实、明晰畅达,对后世白话散文颇有影响。

林则徐(1785—1850)字少穆,福建侯官人。他是鸦片战争中抗战派领袖,杰出的爱国主义政治家和诗人。他的文学创作主要是诗歌,写有《云左山房诗钞》等。

虎门销烟和伊犁充军是当时和他一生中壮而悲的两件大事,他的诗作是他心情的实录,也显现凄惋苍凉的风致。试举《程玉樵方伯德润饯予于兰州藩廨之若己有园,次韵奉谢》之一:①

> 我无长策靖蛮氛②,愧说楼船练水军③。闻道狼贪今渐戢④,须防蚕食念犹纷⑤。白头合对天山雪,赤手谁摩岭海云⑥?多谢新诗赠珠玉⑦,难禁伤别杜司勋⑧。

这是1842年9月赴伊犁途中所作,忧愤之情,溢于言表。

张维屏(1780—1859)字子树,广东番禺人。他出生较魏、林早,过世却较魏、林晚,在鸦片战争中可说是一位老诗人。著有《松心斋诗集》等。1841年他目睹了英军的暴行和三元里人民的英勇抗争,写了《三元里》⑨一诗,气壮词雄,传颂当时:

> 三元里前声如雷,千众万众同时来。因义生愤愤生勇,乡民合力强徒摧⑩。家

---

①题名:这是一首赠别诗(和作)。作于1842年9月赴伊犁途中。程玉樵,名德润,字玉樵。方伯是明清时对布政使的美称,布政使是一省民政长官。程玉樵当时任甘肃布政使;饯,拿酒食请客送行;予,我;藩廨,布政使衙门;廨 xiè,古代称官署、衙门为廨;若己有园,当时甘肃布政使衙门的花园;次韵,和诗依原诗的韵脚用韵。程玉樵在酒席上作诗赠别,作者和诗答谢,原诗共两首,这是其中之一。 ②"我无"句:我没有好的谋略平定英国侵略军。长策,好的谋略;靖,平定;蛮氛,指外国侵略者凶暴的气焰。蛮,本是我国古代对南方民族的蔑称。 ③"愧说":自己过去练水师反抗侵略未成而惋惜、惭愧。楼船,战船,作者在广东时曾与邓廷桢等训练水师,加固海防。 ④"闻道"句:听说贪婪的侵略者现已有所收敛。狼贪,指贪婪如狼的英侵略者;戢 jí,收敛。1842年8月清政府与英订立了丧权辱国的《南京条约》,鸦片战争结束。这句话实际是对丧权辱国清政府的讳语。 ⑤"须防"句:我们还要隄防侵略者逐步蚕食企图,思念及此,更觉郁闷。纷,杂乱。 ⑥"白头"两句:我年老谴戍伊犁本是应该的,但主持南方防御的又是谁?合,应该;天山,贯穿新疆中部,山顶终年积雪,伊犁在其山脚;摩,这里是镇抚之意;岭海云,这里是指岭南的战云、纠纷。岭海,五岭以南,即岭南。 ⑦珠玉:形容程诗美好珍贵。 ⑧"难禁"句:难禁我像杜牧那样伤情不已。杜司勋,即晚唐诗人杜牧,他一生转徙多处,写有多篇伤离恨别诗。李商隐有云:"刻意伤春复伤别,人间唯有杜司勋。" ⑨题名:这首诗写的是震惊中外的三元里人民抗英斗争,写作日期不详,估计在事件发生后不久。三元里,距广州城北五里远的小村。1841年5月英国侵略者占领了三元里附近的方园两炮台,进逼广州,奕山等投降派惊慌失措,与英军签订《广州和约》。英军占领广州后,四出掳掠,这就更加激起人民的义愤。5月30日,三元里附近一百余乡民自发组织起来与英军展开殊死战斗,前后持续三天,并把他们团团围困住。英军死伤很多,只得向广州官府求援。奕山赶紧派广州知府余保纯等出城,用威胁、欺骗手段强迫民众解围,英军才得仓皇逃回。这就是著名的揭开近代史上民众大规模反帝斗争序幕的三元里事件。诗人用敘事写实的手法歌颂了人民的战斗,谴责了侵略者的暴行和他们遭围的丑态。 ⑩摧:挫折、挫败。

室田庐须保卫,不待鼓声群作气①。妇女齐心亦健儿,犁锄在手皆兵器。乡分远近旗斑斓②,什队百队沿溪山③。众夷相见忽变色,黑旗死仗难生还④!夷兵所恃唯枪炮,人心合处天心到⑤。晴空骤雨忽倾盆,凶夷无所行其暴。岂特火器无所施,夷足不惯行滑泥。下者田塍⑥苦踯躅⑦,高者冈阜愁颠挤⑧。中有夷酋貌尤丑,象皮⑨作甲裹身厚。一戈已舂⑩长狄喉⑪,十日犹悬郅支首⑫。纷然欲遁无双翅,歼厥渠魁⑬真易事。不解何由巨网开,枯鱼竟得攸然逝⑭。魏绛和戎且解忧⑮,风人慷慨赋同仇⑯。如何全盛金瓯日⑰,却类金缯岁币谋⑱。

格调昂扬、质朴有力,亦反映他诗作的风格。

中期资产阶级改良主义运动时期的代表作家是黄遵宪、梁启超和谭嗣同等人。

黄遵宪(1848—1905)字公度,广东嘉应州(今梅县)人。他是一个外交家、改良派、诗人。先后出任日、美、新等国参赞、领事,在国外生活了十六七年。回国后积极参与维新变法,失败后隐居乡里,以诗人终。著有《人境庐诗草》等。

黄遵宪被称为"诗界革命"的一面旗帜。他早就提出过一些诗歌改良的主张:"我手写吾口,古岂能拘牵⑲。即今流俗语,我若登简编。五千年后人,惊为古斓斑⑳。"(《杂感》)反对崇古卑今,盲目模仿,提倡语言通俗。他还进一步指出:"诗之外有事,诗之中有人。今之世异于古,则今之人亦何必与古人同。"(《人境庐诗草自序》)强调诗歌必须反映当前现实,表现

①气:勇气倍增、士气旺盛。 ②"乡分"句:远近各乡举着义旗聚集拢来形成一个声势浩大、色彩斑斓的海洋。斑斓,灿烂多彩。 ③"什队"句:几十队、几百队沿溪傍山源源而来。什通十。 ④"众夷"两句:英人以举黑旗为拼死作战的表示,当时义民中有举三星黑旗者,侵略军见了丧魂落魄。作者原注:"夷打死仗则用黑旗,适有执神庙七星旗者,夷惊曰:'打死仗者至矣!'" ⑤"夷兵"两句:人心齐老天也帮忙,英军所倚恃的枪炮也因天雨放不响了。据《鸦片战争》(四)《三元里打仗日记》记载:英军被围后,"午刻迅雷烈风,大雨如注,日夜不息。未刻后,逆夷之鸟枪火炮,俱被雨水湿透,施放不响。且夷兵俱穿皮鞋,三元里四面皆田,雨后泥泞土滑,夷兵寸步难行,水勇及乡民,遂分头截杀。" ⑥田塍 chéng:田间土埂子。 ⑦踯躅 zhí zhù:徘徊不进的样子。 ⑧颠挤:拥挤而跌落。 ⑨象皮:这里指较厚的皮革。 ⑩舂 chōng:刺、击。 ⑪长狄喉:这里指英军之喉。长狄,古代民族北狄的一种。刺喉是指英军官毕霞被击毙事。 ⑫悬郅至首:这是用汉陈汤等击杀匈奴郅支单于悬首十日的典故,代指英军毕霞的可耻下场。郅 zhì,极、大。 ⑬歼厥渠魁:歼灭其元凶。厥,其、那个;渠魁,首恶、元凶。 ⑭"不解"两句:不知何故包围巨网突然松开了,已经干枯要死的鱼儿得以悠然逃去。攸然,疾走的样子。 ⑮"魏绛"句:魏绛力主和戎而且解了眼前之忧(看来这是反话)。魏绛,春秋时晋国大夫,他对山戎主和,说有五利,于是晋悼公使魏绛与诸戎订盟。 ⑯"风人"句:诗人也同仇敌忾,共同对付敌人。风人,诗人。 ⑰"如何"句:为什么我们强盛的疆土完整的国家。全盛金瓯日,南北朝时齐武帝曾把自己的国家比喻成完整无缺的金瓯,后人就以金瓯无缺比喻国家强盛,国土完整。见《南史·朱异传》。瓯 ōu,小盆。 ⑱"却类"句:却和北宋一样,每年向敌人进贡金银和金帛呢? 此处是指1841年5月26日奕山与英人订立卖国条约,答应给英方续城费六百万元,并将清军撤出广州城的这件事。金缯岁币典故是:北宋对辽、金、西夏入侵者采取绥靖退让政策,屡订和约,每年输送金银、绢帛以求安稳。缯 zēng,丝织品总称;岁币,每年向入侵者纳币。 ⑲拘牵:牵制。 ⑳斓斑:即斑斓,彩色错杂灿烂。

诗人积极的变古革新的精神。

他的"新派诗",广阔地反映了当时重大的政治事变,特别是中国近代社会的矛盾斗争,表现强烈的爱国主义情感,被梁启超誉为"诗史"。他的诗不仅内容新、思想新,而且长于熔古诗、民歌、新名词、流俗语为一炉,形成一种"以旧风格含新意境"(《饮冰室诗话》)特殊韵味的诗。他的《今别离》四首分别介绍轮船、火车、电报、像片以及东西两半球昼夜相反的现象,寓意含蓄,描摹生动,使人耳目一新;《哀旅顺》、《悲平壤》、《哭威海》、《度辽将军歌》等爱国诗篇,无情地揭露了清廷的愚昧误国和清军的腐败无能,使人悲感起立,试看《哀旅顺》①:

> 海水一泓烟九点②,壮哉此地实天险。炮台屹立如虎阚③,红衣大将④威望俨。
> 下有洼地列巨舰,晴天雷轰夜电闪。最高峰头纵远览,龙旗百丈迎风飐⑤。长城万
> 里此为堑⑥,鲸鹏相摩图一啖⑦。昂头侧睨⑧何眈眈⑨,伸手欲攫⑩终不敢。谓海可
> 填山易撼,万鬼聚谋无此胆⑪。一朝瓦解成劫灰⑫,闻道敌军蹋背来⑬。

中日甲午之战爆发,号称北洋精华的旅顺军港也陷落敌手,诗中表现了诗人对国事的忧虑和对清廷的谴责。黄诗也有缺点,他显然受同光体的影响,旧形式摆脱不够,用典嫌多。

黄诗在近代地位突出,影响巨大,资产阶级革命派诗人高旭有云:"世界日新,文界、诗界当造出一新天地,此一定公例也。黄公度诗独辟异境,不愧中国诗界之哥伦布矣。"(《愿无尽庐诗话》)

梁启超(1873—1929)字卓如,号任公,别号饮冰室主人,广东新会人。他与其师康有为共同发起戊戌维新变法,世称康梁。变法前他的宣传鼓动起了很大作用。变法失败后流亡

梁启超像

---

①题名:这首诗写于日本侵占旅顺以后。旅顺,今属大连市。旅顺港在辽东半岛南端,是一个良好的军港,光绪二十年(1894)10月21日为日军侵占,黄遵宪写了这首诗。 ②"海水"句:辽阔的海洋浩瀚壮观,旅顺港就如同一杯水、点烟般微小。这是用唐李贺诗《梦天》典故"遥望齐州九点烟,一泓海水杯中泻"。泓hóng,清水一湾、一片。 ③虎阚:虎怒貌。阚 hǎn,虎叫声。 ④红衣大将:指大炮。1632年红衣大炮建成,清太宗命名为天佑助威大将军。 ⑤"最高"两句:站在最高山峰上放眼遥望港湾,绣龙的国旗迎风招展。龙旗,清国旗是绣有龙纹的;飐 zhǎn,招展。 ⑥堑 qiàn:隔断交通的壕沟。这里是说旅顺港实为万里长城的护城河。 ⑦"鲸鹏"句:帝国主义在中国的争夺,只是图谋侵占旅顺,吞食中国。相摩,即摩擦、争夺;啖 dàn,吞吃。 ⑧睨 ní:斜视。 ⑨眈眈 dān dān:注视的样子。这里也就是虎视眈眈的意思。 ⑩攫 jué:夺取。 ⑪"谓海"两句:常言道大海可填,山岳能撼,但此港险固,万难攻破,各国列强图谋侵占,终无胆量。 ⑫"一朝"句:这样坚固的要塞,一旦被瓦解,毁于战火,成为劫灰。 ⑬"闻道"句:听说日军是从背后袭来的。蹋,践踏;1894年10月日军从辽东半岛登陆,从背后抄袭旅顺、大连。大连守将弃城出逃,旅顺守将徐邦道孤军抗击三日,失陷。

日本,先后编辑《清议报》、《新民丛报》宣扬君主立宪,反对革命。北洋军阀时期曾任司法总长、财政总长。著有《饮冰室合集》。

在文学上,他成就最高的是散文。他的散文世称"新民体",风靡当时。其特点,正如他自己所说:"务为平易畅达,时杂以俚语、韵语及外国语法,纵笔所至不检束","条理明晰,笔锋常带感情。"(《清代学术概论》)

《少年中国说》是他的代表作,这篇散文作于1900年流亡日本时:

> 日本之称我中国也,一则曰老大帝国,再则曰老大帝国。是语也,盖袭译欧西人之言也①。呜呼!我中国果其老大矣乎?任公曰:恶②!是何言!是何言!吾心目中有一少年中国在。

> 欲言国之老少,请先言人之老少。老年人常思既往,少年人常思将来。惟思既往也,故生留恋心;惟思将来也,故生希望心。惟留恋也,故保守;惟希望也,故进取。惟保守也,故永旧③;惟进取也,故日新。惟思既往也,事事皆其所已经者,故惟知照例;惟思将来也,事事皆其所未经者,故常敢破格。老年人常多忧虑,少年人常好行乐。惟多忧虑,故灰心;惟行乐也,故盛气。惟灰心也,故怯懦;惟盛气也,故豪壮。惟怯懦也,故苟且④;惟豪壮也,故冒险。惟苟且也,故能灭世界;惟冒险也,故能造世界。老年人常厌事,少年人常喜事。惟厌事也,故常觉一切事无可为者;惟好事也,故常觉一切事无不可为者。老年人如夕照,少年人如朝阳。老年人如瘠牛,少年人如乳虎。老年人如僧,少年人如侠。老年人如字典,少年人如戏文。老年人如鸦片烟,少年人如泼兰地酒⑤。老年人如别行星之殒石,少年人如大洋海之珊瑚岛⑥。老年人如埃及沙漠之金字塔,少年人如西伯利亚之铁路。老年人如秋后之柳,少年人如春前之草。老年人如死海之潴⑦为泽,少年人如长江之初发源。此老年人与少年人性格不同之大略也。任公曰:人固有之,国亦宜然。

> ......

> 任公曰:造成今日之老大中国者,则中国老朽之冤业⑧也。制出将来之少年中国者,则中国少年之责任也。......故今日之责任,不在他人,而全在我少年。......美哉我少年中国,与天不老!壮哉我少年中国,与国无疆!

气势雄放,格调清新,反复申述,多方取喻,或文或白,或奇或偶,是一篇说理酣畅淋漓,感人至深的好文章。

梁启超自是一代宗师,写过好些诗歌、戏曲、小说、评论,样样有所建树。

---

①"盖袭"句:大概是依照西方人的话吧。袭,沿袭;欧西,指欧美西方人。 ②恶:表示反感或否定的感叹词。 ③永旧:永久依旧。 ④苟且:得过且过。 ⑤泼兰地酒:即白兰地酒。 ⑥珊瑚岛:海中珊瑚虫的骨骼堆积成的岛屿。它与陨石相比生成年代要年轻得多。 ⑦潴 zhū:水停聚的地方。 ⑧冤业:即冤孽。佛家语,因造恶业而招致的冤报。

在文学改良运动方面,他提倡过"诗界革命"、"小说界革命"、"文界革命",对近代文学的发展起了指导、引路的作用。

谭嗣同(1865—1898)字复生,号壮飞,湖南浏阳人。他是改良运动中最激进的思想家、活动家和文学家。他积极参与变法,较康、梁激进,可以说是资产阶级民主革命的前驱。失败后慷慨就义。

他的诗一如其人,气势豪迈,境界阔大,洋溢着爱国主义的激情。如1898年作于狱中的绝笔《狱中题壁》[①]:

> 望门投止思张俭[②],忍死须臾待杜根[③]。我自横刀向天笑,去留肝胆两昆仑[④]。

表现了他以身许国、慷慨赴难的磊落胸怀。

维新派作家还有蒋智由、丘逢甲、严复、林纾等。

后期资产阶级民主革命时期的代表作家是章炳麟和秋瑾等人。

章炳麟(1869—1936)字枚叔,号太炎,浙江余杭人。他是一个学识广博猛烈宣传民族民主革命的思想家、学者。曾参与康、梁变法,后投身革命,大反康、梁。光绪二十九年(1903)因在上海《苏报》上发表《驳康有为论革命书》、《革命军序》反对清廷,被捕入狱。出狱后东渡日本,参加孙中山的同盟会,任同盟会机关报《民报》主编。辛亥革命后,一度担任孙中山护法政府秘书长。晚年反对新文化,脱离革命,专门讲学。著有《章氏丛书》等。

章太炎最有影响的是他的鼓吹民族民主革命的散文,如《訄[⑤]书》、《革命军序》、《中夏亡国二百四十二年纪念会作》等,思想睿锐、大气磅礴,说理透彻,轰动一时。只是他主张取法汉魏,讲求古朴,好用古字,不够通俗。章不以诗名,早年小诗,平易畅达,广为传颂,试看《狱

---

①题名:此诗作于1898年狱中,不久谭嗣同就慷慨就义。据说此诗是用煤屑写在墙上的。此诗大气磅礴,显示出作者视死如归的英雄气概。戊戌变法后,亲友们就曾劝他外出躲避,他说:"各国变法,无不以流血而成;今日中国未闻有因变法而流血者,此国之所以不昌也。有之,请自嗣同始!"并不隐匿,慷壮入图圄。临终时说:"有心杀贼,无力回天,死得其所,快哉快哉!" ②"望门"句:望门投宿,我就想起了东汉张俭的佳话。止,即宿;张俭,东汉末人,任督邮时,弹劾宦官侯览,为太学生所敬仰。后也遭到了侯览的陷害而逃亡。逃亡途中,家家愿意帮他隐匿。虽然冒着灭族的危险也在所不惜。这里作者有可能以张俭暗喻康有为。 ③"忍死"句:我们且忍受失败的痛苦,以待日后东山再起。须臾 yú,片刻;杜根,东汉安帝时郎中,邓太后摄政,他上书要求还政皇帝,太后大怒,令人将他装入口袋摔死,行刑人知杜根贤名,施刑不用力,载出后待其苏醒,太后使人验视,他装死三日,目中生蛆。后隐身做酒保。邓氏被诛死,他复官为侍御史。谭嗣同举出与太后争斗的杜根,暗喻十分明显。 ④"我自横刀"两句:我留在这里面对横加在颈上的屠刀仰天大笑,远逃异邦的革命志士会继续战斗完成伟大的事业,去与留,两边都像昆仑山一样巍峨磊落。去留,指康有为在变法前潜逃出京,梁启超躲进日本使馆,谭嗣同留了下来。康有为曾对梁启超说:"不有行者,无以图将来;不有死者,无以酬圣主。"肝胆,即光明正大、肝胆照人;昆仑,昆仑山。 ⑤訄 qiú:逼迫。

中赠邹容》①：

> 邹容吾小弟，被发下瀛洲②。快剪刀除辫，干牛肉作糇③。英雄一入狱，天地
> 亦悲秋④；临命须掺手，乾坤只两头⑤。

流利畅达，气势非凡。

秋瑾(1879—1907)字璇卿，号竞雄，别署鉴湖女侠，浙江山阴(今绍兴)人。她是辛亥革命中著名的革命女侠、诗人。1904 年东渡日本，参加了同盟会。回国后从事革命活动，宣传民族民主革命、妇女解放。1907 年准备起义在家乡被捕，遭杀害于古轩亭口，有《秋瑾集》。

秋瑾在文学上的努力是多方面的，以诗词数量最多。她的作品慷慨激昂，英气逼人，闪耀着爱国热情和呼喊革命的光彩，表现出彪炳亘古的革命新女性形象。试看《黄海舟中日人索句并见日俄战争地图》⑥：

> 万里乘风去复来⑦，只身东海挟春雷⑧。忍看图画移颜色⑨，肯使江山付劫
> 灰⑩！浊酒不销忧国泪，救时应仗出群才。拼将十万头颅血，须把乾坤⑪力挽回。

1904 年日、俄在东北火并，清政府竟宣布中立，1905 年作者第二次去日本，在船上看到了把中国领土画成与日本版图相同颜色的地图，怒火中烧、感慨万端，写下了这首慷慨悲愤的诗。

随着资产阶级民主革命高潮的到来，同盟会成员组织了革命文学团体南社，出版《南社丛刻》。到辛亥革命前已有社员 200 人，辛亥革命后骤增至千人。南社反对清朝统治，有意识地用文学为民族民主革命服务。著名作家有柳亚子、高旭、陈去病等。

---

①题名：这首诗写于 1903 年 7 月 22 日，当时章因为邹容《革命军》一书作序被捕。邹容为救同志 7 月 1 日挺身投案。于是章在狱中写了这首诗以示声援。邹容也有一首和诗《狱中答西狩》："我兄章枚叔，忧国心如焚。并世无知己，吾生苦不文。一朝沦地狱，何日扫妖氛。昨夜梦和尔，同兴革命军。"邹容，四川巴县人，18 岁留学日本，参加爱国运动。1903 年发表《革命军》一书，鼓吹反清、反列强，建立中华共和国。同年入狱，受折磨惨死。　②"邹容"两句：邹容是我的小弟，披着头发留学日本。小弟，邹容与章炳麟、张继、章士钊结为兄弟，炳麟最大为兄，邹容最小称小弟；被发，同披发；瀛州，代指日本。瀛，yíng。　③"快剪刀"两句：他毅然将辫子剪掉，以牛肉干充饥。剪辫以示革命行动的激进，牛肉干以示留学的艰苦。清政府长期以来强迫汉人蓄发留辫，否则作乱党处置。当时革命志士常以剪辫表示革命坚决。邹容在留日期间不仅自己剪辫，还伙同同学一起强剪了清政府监督留学生官员姚文甫的辫子；干牛肉，即牛肉干，当时是西方食品；糇 hóu，干粮。　④"天地"一句：天地也为之作悲。　⑤"临命"两句：我们一同赴死，天地之间，我们献出了两颗头颅。临命，临死；掺 chān 手，同搀手；乾坤，天地之间。　⑥题名：这首诗写于 1904 年日俄战争以后。中华书局编《秋瑾史迹》，此诗题作："日人银澜使者索题，并见日俄战地，早见地图，有感。"　⑦"万里"句：我只身往复日本和祖国数次。即 1904 年夏去日本，冬回国探亲，次年春再赴日本。　⑧挟春雷：指怀抱着唤醒国人，呼喊革命的壮志。　⑨"忍看"句：我怎么忍心去看祖国领土被侵占，而地图改变了颜色？当时日俄战争，俄国失败，经美国斡旋，日俄签订了《朴茨茅斯条约》，俄国将侵占我国东北的所得利益及旅顺、大连湾的租借权让给日本。　⑩"肯使"句：我怎肯使祖国大好河山为敌人炮火所焚毁。肯，岂肯；劫灰，佛教所云劫火之余灰，指兵火残留；付劫灰，指沦陷、沦亡。　⑪乾坤：原指天地，这里有挽回局势、收复国土的意思。

二、近代小说

近代小说的发展可以分两个阶段，一是从鸦片战争到甲午战争(1840—1894)的 45 年；二是从甲午战争到五四运动(1894—1919)的 26 年。

第一阶段可以说是古典小说的衰落并走上了歧路的时期。大量流行公案、侠义、狭邪小说，还出现了像《荡寇志》那样的具有明显反动倾向的作品。

《荡寇志》又名《结水浒传》，作者俞万春，作于道光年间。"尊王灭寇"、维护"世道人心"是这部小说的主题。作者对梁山泊义军充满了刻骨仇恨，他让官军张叔夜、陈希真等将义军全部剿灭。

《七侠五义》原名《三侠五义》，是一部具有浓厚传奇色彩的公案侠义小说，作者是说书艺人石玉昆。《三侠五义》120 回，分两大部分。前半部主要描写包拯在一些侠客的辅佐下审案平冤、除暴安良的故事；后半部主要描写侠客的纠葛和他们协助颜查散鄃除奸王党羽的故事。书歌颂清官义士有值得肯定的方面，也有消极作用。情节曲折、侠士颇见个性是这本书艺术上的优点。

《儿女英雄传》作者文康，满洲镶红旗人。原书 53 回，今存 40 回，写忠臣侠女的故事，作者从维护封建制度的立场出发，描绘了一个五伦全备的家庭，塑造了安学海、安骥、张金凤、何玉凤等忠孝节义俱全的理想人物，借以宣扬封建思想和封建道德，小说结尾安骥探花及第、金玉聚会，荣华富贵，更把这种封建说教推向了顶峰。思想内容方面的可取之处在于，它暴露了清代官场的腐朽和黑暗。

但《儿女英雄传》在群众中知名度较高，它的武打加言情的艺术形式很有吸引力，适合市民胃口；语言细腻、幽默风趣，很有艺术魅力。

19 世纪后半期，随着都市的发展，妓院日增，又受前期才子佳人小说的影响，文坛上出现了不少以描写妓院生活为内容的长篇小说。这类小说大都把妓女写成多情绝色的佳人，把嫖客写成才学兼优的才子，是一种才子佳人小说的变种，鲁迅称之为"狭邪小说"。代表作有《品花宝鉴》、《花月痕》、《青楼梦》、《海上花列传》等。

第二阶段可以说是近代谴责小说的发展时期。近代后期陆续出现了一些反映资产阶级改良主义要求、谴责社会黑暗现实的作品，这批作品被称之为谴责小说。谴责小说的繁荣与改良主义者呼喊"小说界革命"有很大关系。戊戌变法前后，改良派梁启超、严复等大力提倡小说，企图通过小说来改良政治、宣扬改良主义。他们夸大小说的社会作用，认为小说可以左右国家政治和社会人心，可以救国。他们把这种鼓吹和实践称之为"小说界革命"。他们的言论以 1902 年梁启超发表的《小说与群治之关系》最为典型。这样大大促进了小说的繁荣，小说杂志的兴办和小说的出版都是空前的。其中著名的有四部，被称为"四大谴责小说"。分述如下。

三、《官场现形记》

《官场现形记》作者李伯元(1867—1906)名宝嘉,号南亭亭长,江苏武进人,在 1895 年左右到上海。这时正值变法运动兴起,他受改良主义思想影响创办《指南报》,以后又主办《游戏报》《繁华报》,专门发表些嬉笑怒骂的文章,还为当时著名的艺人们作起居注①,体裁略同于后来的小说。从 1901 年起,他全力投入小说的创作,先后写成《官场现形记》《文明小史》《活地狱》《海天鸿雪记》《中国现在记》等。

《官场现形记》最初连载于《上海世界繁华报》,共 60 回。原计划为 10 编,每编 12 回,但第五编尚未写完,作者就因病死去,后面的一小部分是他的朋友欧阳巨源代为补齐的。

《官场现形记》是一部全面揭露晚清腐败官场的小说,作者从改良主义的立场出发,揭露官场的丑恶,抨击官僚制度的腐败,显示出官僚残民误国的种种行径。

《官场现形记》的深刻之处在于,它不仅揭露了半封建半殖民地社会形形色色官僚的罪恶,而且接触到了近代中国的主要矛盾,贯穿着强烈的批判精神和爱国意识。书的缺点在于,作者对封建国家还有幻想,希望出现"好官"。对人民群众认识不清,把人民说成是奴才,攻击太平天国革命和捻军起义。这些正是作者改良主义思想的反映。

漫画式的讽刺是《官场现形记》最主要的艺术特色。它以漫画式夸张的笔法来刻画官僚的各种丑相,凸显其本质。像文制台见洋人一类的漫画、夸张的笔墨,批判的效果是强烈的,它让当时人们的内心郁愤,得到了畅快的发泄。有些段落漫画得十分巧妙,讽刺力量很强。例如第八回陶子尧在妓院吹嘘官场的情况,他越说越高兴:"我们做官的人,说不定今天在这里,明天就在那里,自己是不能做主的。"新嫂嫂回答一句简直令人叫绝:"那末,大人做官格身体,搭子讨人身体(即"堂子里的小姐")差勿多哉。"做官和当妓女一样,这是对官场的绝妙嘲讽。

四、《二十年目睹之怪现状》

《二十年目睹之怪现状》(以下简称《怪现状》)的作者是吴趼②人(1866—1910),名沃尧,原字茧人,广东南海人。因居住佛山镇,故笔名我佛山人。生于一个破落的官僚地主家庭。20 多岁去上海谋生,曾在江南制造局当抄写员,同时为报纸写文章。1904 年任汉口美国人办的《楚报》的主笔,后辞职返回上海参加反华工禁约运动。1906 年开始编《月月小说》杂志,1910 年病死于上海。吴趼人的思想发展可分为前后两期,前期较激进,后期转向保守,变为厌世主义。他是个多产作家,有《痛史》《电术奇谈》《九命奇冤》《恨海》《劫余灰》《新石头记》《二十年目睹之怪现状》等 30 多种小说。

---

①起居注:原为官名,专录帝王的言行。晚清发展成一种专录人物行止的文体。　②趼 jiǎn:足久行所生的硬皮。

《怪现状》是作者的代表作,发表于《新小说》杂志,1903 年开始,1909 年才最后完成。全书 108 回,写的是 1884 年中法之战到 1904 年左右 20 年间清王朝末期社会的种种怪现状。这是一部带有自传性质的作品,以一个自号为"九死一生"的人物为线索,把 20 年所见所闻贯串起来,为我们描绘出了一幅行将崩溃的清末的社会画卷。

小说还写了商场洋行的肮脏龌龊,鞭笞了洋场才子和斗方名士。他们胸无点墨,却到处附庸风雅、卖弄才情。

小说也写了几个正面人物,从他们身上表现作者的改良主义的理想。

这部书在艺术方面的成功之处在于,它描绘出了这 20 年间半封建半殖民地的众生相。书中上自西太后、华中堂,下至商贩、仆妇、乌龟、妓女,乃至于人口贩子、外国冒险家都有形象生动的描绘。其中以苟才这个反面人物描绘得较为成功。这个人物作者用墨较多,大致与全书相始终。他贪财、好色、虚伪、不择手段地钻营,寡廉鲜耻,几乎集中了清末官僚的一切丑恶特征。他的事迹以逼迫媳妇改嫁一节最为典型、生动。他逼媳妇嫁给总督早有预谋,还置办了二三千两银子的妆奁,也早对媳妇跪过并叫姨妈软磨硬劝了几天:

> 姨妈看见少奶奶不言不语,似乎有点转机了,便出来和苟太太说知,如此如此。苟太太告诉了苟才,苟才立刻和婆子过来,也不再讲什么规矩,也不避什么鸦头老妈,夫妻两个,直走到少奶奶房里,双双跪下。吓得少奶奶也只好陪着跪下,嘴里说道:"公公婆婆,快点请起,有话好说。"苟才双眼垂泪道:"媳妇啊!这两天里头,叫人家逼死我了!我托了人和制台说成功了,制台就要人,天天逼着那代我说的人;他交不出人,只得来逼我;这个是要活活逼死我的了!'救人一命,胜造七级浮屠',望媳妇大发慈悲罢!"……苟才站起来,便请了一个安道:"只望媳妇顺变达权,成全了我这件事,我苟氏生生世世,不忘大恩!"……苟才此时还在房外等候消息,听了这话,连忙走近门口垂手道:"宪太太再将息两天,等把哭的嗓子养好了,就好进去。"

伦理道德在这里已被撕得粉碎,为了升官发财,他已经什么都不顾忌了。媳妇刚刚答应,他就立即改换称呼,无耻的嘴脸溢于言表。作者就是这样以夸张的情节,漫画似地勾勒出这个令人憎恶的反面典型。吴趼人的笔法有漫画讽刺的特点,但有些地方显得太浮浅、露骨,没有真实的影子,讽刺效果不强。正如鲁迅所说:"惜描写失之张皇,时或伤于溢恶,言违真实,则感人之力顿微,终不过连篇'话柄'①,仅足供闲散者谈笑之资而已。"(《中国小说史略》)

五、《老残游记》

《老残游记》的作者刘鹗(1857—1909)字铁云,江苏丹徒人。他虽出身于一个封建官僚家庭,却无意科举功名,对"西学"却有极大的兴趣,具有算学、医药、治河等方面的知识。他

---

①话柄:被他人当做谈话资料的言论或行动。

曾经做过河南巡抚吴大澂①和山东巡抚张曜②的幕宾、帮办。曾向清廷建议借外资筑铁路、开矿，事情虽非经刘鹗手办成，但他却得到了"汉奸"的骂名。以后，他去官经商，有过多次创办实业的计划，均告失败。八国联军入京时，刘鹗向联军购得太仓储粟，转卖给居民以济赈饥困。1908 年清廷即以私售仓粟罪将他流放新疆，次年七月他病死于乌鲁木齐。

《老残游记》是刘鹗晚年的一部小说，初编 20 回。1903 年初刊于李伯元主编的《绣像小说》上，署名"洪都百炼生"。后因故登载十三回而中止，后 7 回续载于天津《日日新闻》，光绪三十三年上海神州日报馆出了排印本。1935 年天津《日日新闻》又刊登出作者所写第二编的前 9 回。1981 年起，人民文学出版社把初编的 20 回和二编的前 9 回合集出版。

刘鹗是一个有争议的人物，《老残游记》是一部有争议的书，但是无论为毁为誉，刘鹗和《老残游记》在小说史上的地位却是抹煞不了的。《老残游记》写一个摇串铃的江湖医生老残在山东的所见所闻，暴露了当时官场的黑暗。它的暴露特色在于，不仅暴露了赃官的丑恶，而且暴露出了清官更甚于赃官的丑恶。那些所谓的清官，自称清廉，不受贿，其实都是些"急于做大官"不惜杀民邀功，用人血染红顶子的刽子手。这种暴露帮助了当时的人民群众清醒地认识到封建官场吏治的腐败，对这个官僚机器不能寄以任何希望。

《老残游记》还表现了对下层人民苦难遭遇的深切同情。这方面妓女翠环的悲惨遭遇最为典型。

《老残游记》又是一部瑕瑜互见的书，在思想内容上存在着严重缺陷的书。作者反对人民革命，攻击太平天国革命，称之为"粤匪"，咒骂义和团起义是"疫鼠"、"害马"，污蔑革命党是"乱党"、"妖妇"。特别值得注意的是，在第一回，作者用隐喻的方式表现了他反对革命的政治见解。

《老残游记》在艺术上的成就却是出人意料的，它文笔清新生动，描写细腻深刻，创造出一种清新细密的文风，给五四以后的新文学以很大影响。它叙事写景的艺术手法大致有如下几方面：其一，善于运用白描手法。这特点在"老残游大明湖"、"看黄河打冰"等片断中反映得比较充分。其二，善于运用烘云托月的手法。例如"白妞说书"一段的开头。其三，善于运用具体细腻的工笔描绘来凸出事物的形象。白妞演唱一段脍炙人口，它不仅再现了音乐的美，而且还表现文学的美、语言的美。它选用准确、形象的比喻来此拟曲调的高低缓急。比如，它用"象一条钢丝抛入天际"来比况突发曲声的高亢激越，用"如一条飞蛇在黄山三十六峰半中腰里盘旋穿插"来比况曲调的转折回环；用"花坞春晓、好鸟乱鸣"来比况曲声的缭乱众多，从而淋漓尽致地表现出了白妞演唱的节奏和旋律。特别绝妙的是，他形容白妞的眼睛竟用了一串叠喻："如秋水，如寒星，如宝珠，如白水银里头养着两丸黑水银"，这样反复取喻写尽了白妞眼睛的清澈明亮、神采飞动。这一段工笔细描还用感觉借移的方法来描写声乐形象。比如"声音初不甚大，只觉得入耳有说不出的妙境：五脏六腑象熨斗熨过，无一处不

---

①澂 chéng：清亮。　②曜 yào：日光、照耀。

伏帖；三万六千个毛孔，象吃了人参果，无一个毛孔不畅快"。这是运用感觉来写听觉，把美妙动听的意境写得那么具体，那么活灵活现。再如，"恍如由傲来峰西面攀登泰山的景象：初看傲来峰削壁千仞，以为上与天通，及至翻到傲来峰顶，才见扇子崖更在傲来峰上；及至翻到扇子崖，又见南天门更在扇子崖上：愈翻愈险，愈险愈奇"。这一段纯粹是以视觉印象来写听觉印象，以有形来写无形，生动写出了那节节高起，反复出奇的音乐境界。这种通感的手法可以更具体、更形象地反映出难以言传的音乐的美，增强表达效果。这段工笔描还用间接的以情绘声的方法反映演唱的美妙。例如，在描绘曲声突然拔尖高起的时候，夹上一句（老残）"不禁暗暗叫绝"；在描绘曲声愈唱愈低，愈低愈细的时候，夹上一句"满园子的人都凝神屏气，不能少动"。在描绘曲声俱起并发，异彩纷呈的时候，赘上一句"耳朵忙不过来，不晓得听那一声的为是"。最后，在描绘曲声戛然而止的时候，赘上一句"这时台下叫好之声，轰然雷动"。作者这样夹着描写音乐的效果，不仅形象地点染了现场的情势和气氛，而且间接描绘出曲声的美妙。《老残游记》的工笔细描正是运用了如同上述的种种手段，才给人以笔墨如镜、"色香味俱全"的感受。

艺术上，这部小说的缺点在于，结构较松散，情节之间、人物之间缺乏内在的联系。

六、《孽海花》

辛亥革命前后是资产阶级民主革命时期，这一时期出现的《孽海花》是晚清谴责小说的"巨擘"，鲁迅认为是最有价值的作品。

《孽海花》原署"爱自由者发起，东亚病夫编述"。"东亚病夫"即曾朴，"爱自由者"系曾的好友吴江人金天翮①。曾朴(1872—1935)字孟朴，江苏常熟人。早年在同文馆学习法文，翻译过雨果、左拉、莫里哀等人的作品。他曾结识康有为、谭嗣同等人，并参加了维新活动。1904年起，他同徐念慈等创办"小说林书社"，发行小说。他的《孽海花》就是此时开笔的。1907年又创办《小说林》杂志。1909年在受聘为两江总督的幕宾。端方北调，他以候补知府分发浙江。辛亥革命后，由浙江回江苏，当江苏省议员、官产处处长、财政厅厅长、政务厅厅长。1926年去官，次年在上海开办真善美书店，创办《真善美》杂志。1931年7月停刊，《孽海花》的很大一部分就发表在这个杂志上。以后，他回常熟度晚年，直至病死。

《孽海花》共35回，第一回发表于1903年，最后一回发表于1930年，全书就是在这27年里陆续与读者见面的。开始，这书前四、五回是由金天翮写的，后来才由曾朴修改和续写。

《孽海花》全书以同治初年到中日甲午战争期间的晚清社会为背景，以状元金雯青和名妓傅彩云的故事为线索，描绘了这30年中间清末上层社会的腐败，宣扬了资产阶级革命派的政治主张。

作品的取材，除了背景和事件的真实以外，书中人物也往往有所影射。书的主人公金雯

---

① 翮 hé：鸟的翅膀。

青和傅彩云,实际影射洪钧和其妾赵彩云。

书中其他人物,十之八九各有所指。冯桂芬谈洋务,刘永福抗日本等,直书其名,实写其事。另一些人则改其名,影射其事,如戴胜佛影射谭复生、闻韵高影射文其阁、李治民影射李慈民等。

作为政治历史小说,《孽海花》揭露了清末 30 年中间政治的腐败,清廷及其大小官僚的腐败、昏庸和他们的祸国殃民的罪行。

《孽海花》对帝国主义的侵略行径,也作了一定程度的揭露。作者借薛淑云之口,驳斥了"列强无野心"的谬论,指出帝国主义的侵略政策"出自天然"。

此外,《孽海花》还是第一部以同情的态度来描写民主革命和民族革命的作品。曾朴痛恨"专制政体",启迪民族革命,在描写革命党人演说的情节中,提出"现在的革命,要组织我黄帝子孙民族共和的政府"的要求。

《孽海花》的艺术成就是很显著的,正如鲁迅所说,它"结构工巧,文采斐然","并写当时达官名士模样,亦极淋漓"(《中国小说史略》)。

在人物描写方面,作者擅长于刻画作态的名士,这些人物胸无点墨,颟顸①无知,却偏要故作高深,吹嘘夸耀,他们的举步投足,实际上是淋漓尽致的自我暴露。作者对彩云这个人物也写得很有特征。她聪明伶俐、落落大方、爱交际、爱玩、爱勾搭男人。她既苦于受人虐待,又善于虐待他人,既温柔和顺招人喜爱,又凶狠泼辣令人生畏。这些都是她特殊的地位和遭遇造就的。

在艺术上,《孽海花》也有缺点,"描写当能近实,而形容时复过度,亦失自然,盖尚真实而贱白描,当日之作风固如此矣"(鲁迅《中国小说史略》)。

其他鼓吹民族民主革命的小说:1900 年以后随着资产阶级民族民主革命运动的高涨,出现了一些鼓吹民族民主革命的小说,其中陈天华和黄小配的作品比较突出。

近代后期还盛行"鸳鸯蝴蝶派"小说和"黑幕小说"。

七、近代戏剧

近代戏剧比起其他样式有更为明显的变化,那就是产生了风靡全国的新剧种——京剧和话剧,形成了我国戏剧的第三个高潮。

近代戏剧的发展大致可分为两个阶段:

第一阶段是由鸦片战争到戊戌变法(1840—1898)的一段时期。这一时期,昆曲从颠峰跌落下来,而花部戏(又称乱弹,是清中叶以后对各地方戏曲的泛称)雨后春笋般地发展起来,其中京剧却独占鳌头②。

---

①颟顸 mān hān:糊涂、不明事理。 ②独占鳌头:指在竞争中夺得首位。科举时代进士中状元后,立在殿阶的浮雕巨鳌头上迎榜,因称状元为独占鳌头。鳌 áo,传说中海里的大龟或大鳖。

京剧的前身为徽剧,通称皮黄戏,同治、光绪间最为盛行,二黄调是其主要的腔调。乾隆末年四大徽班进京,开始了吸收、融合、发展的道路。道光年间,汉调进京,徽汉合流。这样徽剧二黄调的委婉深沉和汉剧西皮调的刚劲明朗相互补充,形成了京剧的基本腔调。经过道光和咸丰初年的发展,京剧终于从徽剧胚胎里蜕变出来,成为具有自己独特风格的剧种。加上,几代有才能的演员的改进和创造,京剧日臻完善,发出了诱人的魅力。例如,早期咸丰、同治间的"老生三鼎甲":余三胜、张二奎、程长庚,同治、光绪间的谭鑫培、汪桂芬和孙菊仙,以后还有汪笑侬、杨月楼、龚云甫等。他们对京剧的贡献是巨大的,可以说,正是由于名角的不断涌现,京剧才有发展的活力,才能独占鳌头,席卷全国。京剧综合了许多地方剧种的长处,融念、唱、做、打为一炉,成为集古典戏曲艺术之大成、最能代表中国传统戏曲的剧种。京剧从各种剧种吸收改编剧目,现在统计有一万多种。名剧如《打渔杀家》、《宇宙锋》、《四进士》、《玉堂春》、《白蛇传》、《群英会》等,在中国家喻户晓、妇孺皆知。

第二阶段是戊戌变法到五四运动(1898—1919)的一段时期,这一阶段的特点就是适应新文化的孕育诞生,出现了戏曲改良运动,受西方影响的话剧兴起。

戊戌变法后,梁启超也提出了戏曲改革。在戏曲改良潮流中,汪笑侬是最早配合社会运动改编和创作京剧新剧本的艺人。汪笑侬(1858—1918)满族人,演京戏曾得孙菊仙指点,后在上海以王清波名挂牌。在改良主义思想影响下,他以戏曲进行通俗教育为宗旨,编新剧、创新声,社会影响很大。他改编的剧目很多,如《哭祖庙》、《将相和》、《党人碑》、《骂王朗》、《受禅台》、《博浪椎》等,他改编剧目大多取材历史,以古例今,讽刺现实。

此外,川剧、梆子腔等地方戏都开展了戏剧革新活动,川剧改良公会和陕西易俗社就是两个较有影响的戏剧改良组织。

传统戏曲改良取得了很大成绩,在西方文化的影响下,话剧却以全新的面貌,登上了剧坛,它在青年人中的影响,足以与旧剧抗衡。中日之战后,一些爱国青年曾经介绍过西欧的话剧。光绪三十二年(1906)留日学生组织的"春柳社",是当时影响最大的剧团。以后1912年在上海又出现了新剧同志会,被称为"后期春柳"。他们经常演出的剧目有《家庭恩仇记》、《不如归》、《猛回头》、《热血》等。欧阳予倩是活跃于前后期的重要人物。剧目虽多,但多为幕表戏,没有流传。

本章复习思考题

一、《聊斋志异》塑造狐鬼形象的艺术。

二、《儒林外史》批判科举制度的深刻性,它的讽刺艺术的高明之处。

三、《红楼梦》的思想深度,后四十回的成就与不足,它描写人物的艺术。

四、为什么说《老残游记》是一部瑜瑕互见的书。

五、我国古代小说的民族形式和风格。

六、什么叫苏州剧派、花部、戏剧革新运动?

七、《长生殿》主题表现的复杂性。

八、《桃花扇》的艺术成就。

九、什么是格调说、肌理说、性灵说、浙西词派、阳羡词派、南社。

十、桐城散文理论的要点。

十一、龚自珍诗歌的特色,为什么说他是首开近代文学风气的人物?

十二、什么是"诗界革命",为什么说黄遵宪是"诗界革命"的旗手?

沈大脚道:"因有一头亲事来效劳,将来好吃太太喜酒。"

(见《儒林外史》二十六回,程十发绘)

后　记

　　这是一本关于中国文学简史的教材,适用于大学本科公共选修课、文科专科必修课,也可作为理、工科大学生和中老年文学爱好者的普及读物。这一次以"自学本"的形式修改面市,更是为了方便大学生和文学爱好者的自学。书中所引用的作品,都备有简明的注释;所引用古人的品评、生僻的词语也都加以注释;连人名中的难字,作者也不厌其烦,查找人注。这样就方便了读者,读者一卷在手,可以顺畅自如地通读全书,连字典都不用查。"自学本"的另一处改进则是在正文旁边加上提示,这样,重要的文学现象、流派、风格特点就更为显豁,便于读者理解,加深记忆。

　　作为"中国文学简史"的教材,本书在吸收前人经验的基础上,注意发展下列几方面,作为自己的特点。

　　注意为课堂教学开路,使之成为名副其实的教材。本书既有基本知识、文学史的论述,又征引了必要的作品和资料。文学史和有关知识的介绍,力求简括,点到为止,引而不发;作品和资料部分则力求典范,不与中学课本重复。

　　注意文体本身的介绍。一部文学史是文体嬗变的历史,所谓文学的发展和进步,是在文体的不断更迭、创新中进行的。本书着重介绍诗经、汉赋、唐诗、宋词、元曲、明清小说、明清传奇等所谓"一代之文学"的发生发展、创作特点和历史走向。学生掌握了这些情况,文学发展的脉络也就清楚了。关于元杂剧、南戏、明清传奇,书中分别列举了三折戏的全文,占了一些篇幅,从教学角度看,是非常必要的,教师可以在课堂上让学生朗读、排演,从而掌握这些戏曲样式,进而去阅读其他的剧本。

　　强化艺术风格和艺术特点的介绍。本书注意艺术方面的介绍并试图从作家作品的艺术分析中,反映文学演进的一些规律,所以,书中征引的资料也以前人的艺术方面的品评为多。

　　作者业务水平不高,见识有限,书中错误、缺点不少,切望老师和同学们的批评、指正。书中吸取了近年文学史研究的先进成果和南大中文系文学史课的教学成果,未能一一注明,在此谨致谢忱。

　　为了教学的需要,书中选印了一些图片,一部分是作者自己采集的,一部分选自《中国历史参考图片集》、《中国大百科全书》、《中国音乐辞典》、《古典小说版本资料选编》等书,也未能一一注明,这里谨向为这些图片付出劳动的同志致以感谢。

　　南京大学出版社着眼于为教学服务,毅然把这部教材列入出版计划,编辑朱湘铭、蔡文彬等精心审阅、提出修改意见,在此,一并深表谢忱。

编注者　杨子坚

2012 年 2 月